КРАСНЫМ ПО БЕЛОМУ

Артур Конан Дойль

КРАСНЫМ ПО БЕЛОМУ

Артур Конан Дойль

Рисунки В. Высоцкого

© Издательство Miller, 2024

В этот том избранных произведений известного английского писателя войдет повесть «Красным по белому», в которой впервые появляются Шерлок Холмс и его друг доктор Уотсон, а также рассказы, в которых прославленного сыщика отличают редкая наблюдательность и оригинальная логика.

ISBN: 978-176-3747999

КРАСНЫМ ПО БЕЛОМУ

Часть I

Из воспоминаний доктора Джона Г. Уотсона, отставного офицера военно-медицинской службы

Глава I. М-р ШЕРЛОК ХОЛМС

В 1878 году я окончил Лондонский университет, получил звание врача и сразу же отправился в Нетли, где прошел специальный курс для военных хирургов. После окончания занятий я был назначен ассистентом хирурга в Пятый Нортумберлендский стрелковый полк. В то время полк стоял в Индии, и не успел я до него добраться, как вспыхнула вторая война с Афганистаном. Высадившись в Бомбее, я узнал, что мой полк форсировал перевал и продвинулся далеко в глубь неприятельской территории. Вместе с другими офицерами, попавшими в такое же положение, я пустился вдогонку своему полку; мне удалось благополучно добраться до Кандагара, где я наконец нашел его и тотчас же приступил к своим новым обязанностям.

Многим эта кампания принесла почести и повышения, мне же не досталось ничего, кроме неудач и несчастья. Я был переведен в Беркширский полк, с которым я участвовал в роковом сражении при Майванде. Ружейная пуля угодила мне в плечо, разбила кость и задела подключичную артерию. Вероятнее всего я попал бы в руки беспощадных гази[1], если бы не преданность и мужество моего ординарца Мьюррея, который перекинул меня через спину вьючной лошади и ухитрился благополучно доставить в расположение английских частей.

Измученный раной и ослабевший от длительных лишений, я вместе с множеством других раненых страдальцев был отправлен поездом в главный госпиталь в Пешавер. Там я стал постепенно поправляться и уже настолько окреп, что мог передвигаться по палате и даже выходить на веранду, чтобы немножко погреться на солнце, как вдруг меня свалил брюшной тиф, бич наших индийских колоний. Несколько месяцев меня считали почти безнадежным, а вернувшись наконец к жизни, я еле держался на ногах от слабости и истощения, и врачи решили, что меня необходимо немедля отправить в Англию. Я отплыл на военном транспорте «Оронтес» и месяц спустя сошел на пристань в Плимуте с

---

[1] Гази— фанатик-мусульманин.

непоправимо подорванным здоровьем, зато с разрешением отечески-заботливого правительства восстановить его в течение девяти месяцев.

В Англии у меня не было ни близких друзей, ни родни, и я был свободен, как ветер, вернее, как человек, которому положено жить на одиннадцать шиллингов и шесть пенсов в день. При таких обстоятельствах я, естественно, стремился в Лондон, в этот огромный мусорный ящик, куда неизбежно попадают бездельники и лентяи со всей империи. В Лондоне я некоторое время жил в гостинице на Стрэнде и влачил неуютное и бессмысленное существование, тратя свои гроши гораздо более привольно, чем следовало бы. Наконец мое финансовое положение стало настолько угрожающим, что вскоре я понял: необходимо либо бежать из столицы и прозябать где-нибудь в деревне, либо решительно изменить образ жизни. Выбрав последнее, я для начала решил покинуть гостиницу и найти себе какое-нибудь более непритязательное и менее дорогостоящее жилье.

В тот день, когда я пришел к этому решению, в баре Критерион кто-то хлопнул меня по плечу. Обернувшись, я увидел молодого Стэмфорда, который когда-то работал у меня фельдшером в лондонской больнице. Как приятно одинокому увидеть вдруг знакомое лицо в необъятных дебрях Лондона! В прежние времена мы со Стэмфордом никогда особенно не дружили, но сейчас я приветствовал его почти с восторгом, да и он тоже, по-видимому, был рад видеть меня. От избытка чувств я пригласил его позавтракать со мной, и мы тотчас же взяли кеб и поехали в Холборн.

— Что вы с собой сделали, Уотсон? — с нескрываемым любопытством спросил он, когда кеб застучал колесами по людным лондонским улицам. — Вы высохли, как щепка, и пожелтели, как лимон!

Я вкратце рассказал ему о своих злоключениях и едва успел закончить рассказ, как мы доехали до места.

— Эх, бедняга! — посочувствовал он, узнав о моих бедах.

— Ну, и что же вы поделываете теперь?

— Ищу квартиру, — ответил я. — Стараюсь решить вопрос, бывают ли на свете удобные комнаты за умеренную цену.

— Вот странно, — заметил мой спутник, — вы второй человек, от которого я сегодня слышу эту фразу.

— А кто же первый? — спросил я.

— Один малый, который работает в химической лаборатории при нашей больнице. Нынче утром он сетовал, что отыскал очень милую квартирку и никак не найдет себе компаньона, а платить за нее целиком ему не по карману.

— Черт возьми! — воскликнул я. — Если он действительно хочет разделить квартиру и расходы, то я к его услугам! Мне тоже куда приятнее поселиться вдвоем, чем жить в одиночестве!

Молодой Стэмфорд как-то неопределенно посмотрел на меня поверх стакана с вином.

— Вы ведь еще не знаете, что такое этот Шерлок Холмс, — сказал он. — Быть может, вам и не захочется жить с ним в постоянном соседстве.

— Почему? Чем же он плох?

— Я не говорю, что он плох. Просто немножко чудаковат — энтузиаст некоторых областей науки. Но вообще-то, насколько я знаю, он человек порядочный.

— Должно быть, хочет стать медиком? — спросил я.

— Да нет, я даже не пойму, чего он хочет. По-моему, он отлично знает анатомию, и химик он первоклассный, но, кажется, медицину никогда не изучал систематически. Он занимается наукой совершенно бессистемно и как-то странно, но накопил массу, казалось бы, ненужных для дела знаний, которые немало удивили бы профессоров.

— А вы никогда не спрашивали, что у него за цель? — поинтересовался я.

— Нет, из него не так-то легко что-нибудь вытянуть, хотя, если он чем-то увлечен, бывает, что его и не остановишь.

— Я не прочь с ним познакомиться, — сказал я. — Если уж иметь соседа по квартире, то пусть лучше это будет человек тихий и занятый своим делом. Я недостаточно окреп, чтобы выносить шум и всякие сильные впечатления. У меня столько было того и другого в Афганистане, что с меня хватит до конца моего земного бытия. Как же мне встретиться с вашим приятелем?

— Сейчас он наверняка сидит в лаборатории, — ответил мой спутник. — Он либо не заглядывает туда по неделям, либо торчит там с утра до вечера. Если хотите, поедем к нему после завтрака.

— Разумеется, хочу, — сказал я, и разговор перешел на другие темы.

Пока мы ехали из Холборна в больницу, Стамфорд успел рассказать мне еще о некоторых особенностях джентльмена, с которым я собирался поселиться вместе.

— Не будьте на меня в обиде, если вы с ним не уживетесь, — сказал он. — Я ведь знаю его только по случайным встречам в лаборатории. Вы сами решились на эту комбинацию, так что не считайте меня ответственным за дальнейшее.

— Ну не уживемся, так разъедемся, — ответил я. — Но мне кажется, Стамфорд, — добавил я, глядя в упор на своего спутника, — что по каким-то соображениям вы хотите умыть руки. Что же, у этого малого ужасный характер, что ли? Не скрытничайте, ради бога!

— Попробуйте-ка объяснить необъяснимое, — засмеялся Стэмфорд. — На мой вкус, Холмс слишком одержим наукой — это у него уже граничит с бездушием. Легко могу себе представить, что он вспрыснет своему другу небольшую дозу какого-нибудь новооткрытого растительного алкалоида, не по злобе, конечно, а просто из любопытства, чтобы иметь наглядное представление о его действии. Впрочем, надо отдать ему справедливость, я уверен, что он так же охотно сделает этот укол и себе. У него страсть к точным и достоверным знаниям.

— Что ж, это неплохо.

— Да, но и тут можно впасть в крайность. Если дело доходит до того, что трупы в анатомичке он колотит палкой, согласитесь, что это выглядит довольно-таки странно.

— Он колотит трупы?

— Да, чтобы проверить, могут ли синяки появиться после смерти. Я видел это своими глазами.

— И вы говорите, что он не собирается стать медиком?

— Вроде нет. Одному богу известно, для чего он все это изучает. Но вот мы и приехали, теперь уж вы судите о нем сами.

Мы свернули в узкий закоулок двора и через маленькую дверь вошли во флигель, примыкающий к огромному больничному зданию. Здесь все было знакомо, и мне не нужно было указывать дорогу, когда мы поднялись по темноватой каменной лестнице и пошли по длинному коридору вдоль бесконечных выбеленных стен с коричневыми дверями по обе стороны.

Почти в самом конце в сторону отходил низенький сводчатый коридорчик — он вел в химическую лабораторию.

В этой высокой комнате на полках и где попало поблескивали бесчисленные бутыли и пузырьки. Всюду стояли низкие широкие столы, густо уставленные ретортами, пробирками и бунзеновскими горелками с трепещущими язычками синего пламени. Лаборатория пустовала, и лишь в дальнем углу, пригнувшись к столу, с чем-то сосредоточенно возился какой-то молодой человек. Услышав наши шаги, он оглянулся и вскочил с места.

— Нашел! Нашел! — ликующе крикнул он, бросившись к нам с пробиркой в руках. — Я нашел наконец реактив, который осаждается только гемоглобином и ничем другим! — Если бы он нашел золотые россыпи, и то, наверное, его лицо не сияло бы таким восторгом.

— Доктор Уотсон, мистер Шерлок Холмс, — представил нас друг другу Стэмфорд.

— Здравствуйте! — приветливо сказал Холмс, пожимая мне руку с силой, которую я никак не мог в нем заподозрить. — Я вижу, вы жили в Афганистане.

— Как вы догадались? — изумился я.

— Ну, это пустяки, — бросил он, усмехнувшись. — Вот гемоглобин— это другое дело. Вы, разумеется, понимаете важность моего открытия?

— Как химическая реакция— это, конечно, интересно, — ответил я, — но практически…

— Господи, да это же самое практически важное открытие для судебной медицины за десятки лет. Разве вы не понимаете, что это дает возможность безошибочно определять кровяные пятна? Подите-ка, подите сюда! — В пылу нетерпения он схватил меня за рукав и потащил к своему столу. — Возьмем немножко свежей крови, — сказал он и, уколов длинной иглой свой палец, вытянул пипеткой капельку крови. — Теперь я растворю эту каплю в литре воды. Глядите, вода кажется совершенно чистой. Соотношение количества крови к воде не больше, чем один к миллиону. И все-таки, ручаюсь вам, что мы получим характерную реакцию. — Он бросил в стеклянную банку несколько белых кристалликов и накапал туда какой-то бесцветной жидкости. Содержимое банки мгновенно окрасилось в мутно-багровый цвет, а на дне появился коричневый осадок.

— Ха, ха! — Он захлопал в ладоши, сияя от радости, как ребенок, получивший новую игрушку. — Что вы об этом думаете?

— Это, по-видимому, какой-то очень сильный реактив, — заметил я.

— Чудесный! Чудесный! Прежний способ с гваяковой смолой очень громоздок и ненадежен, как и исследование кровяных шариков под микроскопом, — оно вообще бесполезно, если кровь пролита несколько часов назад. А этот реактив действует одинаково хорошо, свежая ли кровь или нет. Если бы он был открыт раньше, то сотни людей, что сейчас разгуливают на свободе, давно бы уже расплатились за свои преступления.

— Вот как! — пробормотал я.

— Раскрытие преступлений всегда упирается в эту проблему. Человека начинают подозревать в убийстве, быть может, через несколько месяцев после того, как оно совершено. Пересматривают его белье или платье, находят буроватые пятна. Что это: кровь, грязь, ржавчина, фруктовый сок или еще что-нибудь? Вот вопрос, который ставил в тупик многих экспертов, а почему? Потому что не было надежного реактива. Теперь у нас есть реактив Шерлока Холмса, и всем затруднениям конец!

Глаза его блестели, он приложил руку к груди и поклонился словно отвечая на аплодисменты воображаемой толпы.

— Вас можно поздравить, — сказал я, немало изумленный его энтузиазмом.

— Год назад во Франкфурте разбиралось запутанное дело фон Бишофа. Он, конечно, был бы повешен, если бы тогда знали мой способ. А дело Мэзона из Брадфорда, и знаменитого Мюллера, и Лефевра из Монпелье, и Сэмсона из Нью-Орлеана? Я могу назвать десятки дел, в которых мой реактив сыграл бы решающую роль.

— Вы просто ходячая хроника преступлений, — засмеялся Стэмфорд. — Вы должны издавать специальную газету. Назовите ее «Полицейские новости прошлого».

— И это было бы весьма увлекательное чтение, — подхватил Шерлок Холмс, заклеивая крошечную ранку на пальце кусочком пластыря. — Приходится быть осторожным, — продолжал он, с улыбкой повернувшись ко мне, — я часто вожусь со всякими ядовитыми веществами. — Он протянул руку, и я увидел, что пальцы его покрыты такими же кусочками пластыря и пятнами от едких кислот.

— Мы пришли по делу, — заявил Стэмфорд, усаживаясь на высокую трехногую табуретку и кончиком ботинка придвигая ко мне другую. — Мой приятель ищет себе жилье, а так как вы жаловались, что не можете найти компаньона, я решил, что вас необходимо свести.

Шерлоку Холмсу, очевидно, понравилась перспектива разделить со мной квартиру.

— Знаете, я присмотрел одну квартирку на Бейкер-стрит, — сказал он, — которая нам с вами подойдет во всех отношениях. Надеюсь, вы не против запаха крепкого табака?

— Я сам курю «корабельный», — ответил я.

— Ну и отлично. Я обычно держу дома химикалии и время от времени ставлю опыты. Это не будет вам мешать?

— Нисколько.

— Погодите-ка, какие же еще у меня недостатки? Да, иногда на меня находит хандра, и я по целым дням не раскрываю рта. Не надо думать, что я на вас дуюсь. Просто не обращайте на меня внимания, и это скоро пройдет. Ну, а вы в чем можете покаяться? Пока мы еще не поселились вместе, хорошо бы узнать друг о друге самое худшее.

Меня рассмешил этот взаимный допрос.

— У меня есть щенок-бульдог, — сказал я, — и я не выношу никакого шума, потому что у меня расстроены нервы, я могу проваляться в постели полдня и вообще невероятно ленив. Когда я здоров, у меня появляется еще ряд пороков, но сейчас эти самые главные.

— А игру на скрипке вы тоже считаете шумом? — с беспокойством спросил он.

— Смотря как играть, — ответил я. — Хорошая игра— это дар богов, плохая же…

— Ну, тогда все в порядке, — весело рассмеялся он. — По-моему, можно считать, что дело улажено, если только вам понравятся комнаты.

— Когда мы их посмотрим?

— Зайдите за мной завтра в полдень, мы поедем отсюда вместе и обо всем договоримся.

— Хорошо, значит, ровно в полдень, — сказал я, пожимая ему руку.

Он снова занялся своими химикалиями, а мы со Стэмфордом пошли пешком к моей гостинице.

— Между прочим, — вдруг остановился я, повернувшись к Стэмфорду, — как он ухитрился угадать, что я приехал из Афганистана?

Мой спутник улыбнулся загадочной улыбкой.

— Это главная его особенность, — сказал он. — Многие дорого бы дали, чтобы узнать, как он все угадывает.

— А,значит, тут какая-то тайна? — воскликнул я, потирая руки. — Очень занятно! Спасибо вам за то, что вы нас познакомили. Знаете ведь «чтобы узнать человечество, надо изучить человека».

— Стало быть, вы должны изучать Холмса, — сказал Стэмфорд, прощаясь. — Впрочем, вы скоро убедитесь, что это твердый орешек. Могу держать пари, что он раскусит вас быстрее, чем вы его. Прощайте!

— Прощайте, — ответил я и зашагал к гостинице, немало заинтересованный своим новым знакомым.

Глава II. ИСКУССТВО ДЕЛАТЬ ВЫВОДЫ

На следующий день мы встретились в условленный час и поехали смотреть квартиру на Бейкер-стрит, № 221-б, о которой Холмс говорил накануне. В квартире было две удобных спальни и просторная, светлая, уютно обставленная гостиная с двумя большими окнами. Комнаты нам пришлись по вкусу, а плата, поделенная на двоих, оказалась такой небольшой, что мы тут же договорились о найме и немедленно вступили во владение квартирой. В тот же вечер я перевез из гостиницы свои пожитки, а наутро прибыл Шерлок Холмс с несколькими ящиками и саквояжами. День-другой мы возились с распаковкой и раскладкой нашего имущества, стараясь найти для каждой вещи наилучшее место, а потом стали постепенно обживать свое жилище и приспосабливаться к новым условиям.

Холмс, безусловно, был не из тех, с кем трудно ужиться. Он вел спокойный, размеренный образ жизни и обычно был верен своим привычкам. Редко когда он ложился спать после десяти вечера, а по утрам, как правило, успевал позавтракать и уйти, пока я еще валялся в постели. Иногда он просиживал целый день в лаборатории, иногда — в анатомичке, а порой надолго уходил гулять, причем эти прогулки, по-видимому, заводили его в самые глухие закоулки Лондона. Его энергии не было предела, когда на него находил рабочий стих, но время от времени наступала реакция, и тогда он целыми днями лежал на диване в гостиной, не произнося ни слова и почти не шевелясь. В эти дни я подмечал такое мечтательное, такое отсутствующее выражение в его глазах, что заподозрил бы его в пристрастии к наркотикам, если бы размеренность и целомудренность его образа жизни не опровергала подобных мыслей.

Неделя шла за неделей, и меня все сильнее и глубже интересовала его личность, и все больше разбирало любопытство относительно его целей в жизни. Даже внешность его могла поразить воображение самого поверхностного наблюдателя. Ростом он был больше шести футов, но при своей необычайной худобе казался еще выше. Взгляд у него был острый, пронизывающий, если не считать тех периодов оцепенения, о которых говорилось выше; тонкий орлиный нос придавал его лицу выражение живой энергии и решимости. Квадратный, чуть выступающий вперед подбородок тоже говорил о решительном характере. Его руки были вечно в чернилах и в пятнах от разных химикалий, зато он обладал способностью удивительно деликатно обращаться с предметами, — я не раз это замечал, когда он при мне возился со своими хрупкими алхимическими приборами.

Читатель, пожалуй, сочтет меня отпетым охотником до чужих дел, если я признаюсь, какое любопытство возбуждал во мне этот человек и как часто я пробовал пробить стенку сдержанности, которой он огораживал все, что касалось лично его. Но прежде чем осуждать, вспомните, до чего бесцельна была тогда моя жизнь и как мало было вокруг такого, что могло бы занять мой праздный ум. Здоровье не позволяло мне выходить в пасмурную или прохладную погоду, друзья меня не навещали, потому что у меня их не было, и ничто не скрашивало монотонности моей повседневной жизни. Поэтому я даже радовался некоторой таинственности, окружавшей моего компаньона, и жадно стремился развеять ее, тратя на это немало времени.

Холмс не занимался медициной. Он сам однажды ответил на этот вопрос отрицательно, подтвердив тем самым мнение Стэмфорда. Я не видел также, чтобы он систематически читал какую-либо научную литературу, которая пригодилась бы для получения ученого звания и открыла бы ему путь в мир науки. Однако некоторые предметы он изучал с поразительным рвением и в каких-то довольно странных областях обладал настолько обширными и точными познаниями, что порой я бывал просто ошеломлен. Человек, читающий что попало, редко может похвастаться глубиной своих знаний. Никто не станет обременять свою память мелкими подробностями, если на то нет достаточно веских причин.

Невежество Холмса было так же поразительно, как и его знания. О современной литературе, политике и философии он почти не имел представления. Мне случилось упомянуть имя Томаса Карлейля, и Холмс наивно спросил, кто он такой и чем знаменит. Но когда оказалось, что он ровно ничего не знает ни о теории Коперника, ни о строении Солнечной системы, я просто опешил от изумления. Чтобы цивилизованный человек, живущий в девятнадцатом веке, не знал, что Земля вертится вокруг Солнца, — этому я просто не мог поверить!

— Вы, кажется, удивлены, — улыбнулся он, глядя на мое растерянное лицо. — Спасибо, что вы меня просветили, но теперь я постараюсь как можно скорее все это забыть.

— Забыть?!

— Видите ли, — сказал он, — мне представляется, что человеческий мозг похож на маленький пустой чердак, который вы можете обставить, как хотите. Дурак натащит туда всякой рухляди, какая попадется под руку, и полезные, нужные вещи уже некуда будет всунуть, или в лучшем случае до них среди всей этой завали и не докопаешься. А человек толковый тщательно отбирает то, что он поместит в свой мозговой чердак. Он возьмет лишь инструменты, которые понадобятся ему для работы, но зато их будет множество, и все он разложит в образцовом порядке. Напрасно люди думают, что у этой маленькой комнатки эластичные стены и их можно растягивать сколько угодно. Уверяю вас, придет время, когда, приобретая новое, вы будете забывать что-то из прежнего. Поэтому страшно важно, чтобы ненужные сведения не вытесняли собой нужных.

— Да, но не знать о Солнечной системе!.. — воскликнул я.

— На кой черт она мне? — перебил он нетерпеливо. — Ну хорошо, пусть, как вы говорите, мы вращаемся вокруг Солнца. А если бы я узнал, что мы вращаемся вокруг Луны, много бы это помогло мне или моей работе?

Я хотел было спросить, что же это за работа, но почувствовал, что он будет недоволен. Я задумался над нашим коротким разговором и попытался сделать кое-какие выводы. Он не хочет засорять голову знаниями, которые не нужны для его целей. Стало быть, все накопленные знания он намерен так или иначе использовать. Я перечислил в уме все области знаний, в которых он проявил отличную осведомленность. Я даже взял карандаш и записал все это на бумаге. Перечитав список, я не мог удержаться от улыбки. «Аттестат» выглядел так:

ШЕРЛОК ХОЛМС — ЕГО ВОЗМОЖНОСТИ

1. Знания в области литературы — никаких.
2.»» философии — никаких.
3.»» астрономии — никаких.

4.»» политики — слабые.

5.»» ботаники — неравномерные. Знает свойства белладонны, опиума и ядов вообще. Не имеет понятия о садоводстве.

6. Знания в области геологии — практические, но ограниченные. С первого взгляда определяет образцы различных почв. После прогулок показывает мне брызги грязи на брюках и по их цвету и консистенции определяет, из какой она части Лондона.

7.»» химии — глубокие.

8.»» анатомии — точные, но бессистемные.

9.»» уголовной хроники — огромные. Знает, кажется, все подробности каждого преступления, совершенного в девятнадцатом веке.

10. Хорошо играет на скрипке.

11. Отлично фехтует на шпагах и эспадронах, прекрасный боксер.

12. Основательные практические знания английских законов.

Дойдя до этого пункта, я в отчаянии швырнул «аттестат» в огонь. «Сколько ни перечислять все то, что он знает, — сказал я себе, — невозможно догадаться, для чего ему это нужно и что за профессия требует такого сочетания! Нет, лучше уж не ломать себе голову понапрасну!»

Я знал, что он может исполнять скрипичные пьесы, и довольно трудные: не раз по моей просьбе он играл «Песни» Мендельсона и другие любимые мною вещи. Но когда он оставался один, редко можно было услышать пьесу или вообще что-либо похожее на мелодию. Вечерами, положив скрипку на колени, он откидывался на спинку кресла, закрывал глаза и небрежно водил смычком по струнам. Иногда раздавались звучные, печальные аккорды. Другой раз неслись звуки, в которых слышалось неистовое веселье. Очевидно, они соответствовали его настроению, но то ли звуки рождали это настроение, то ли они сами были порождением каких-то причудливых мыслей или просто прихоти, этого я никак не мог понять. И, наверное, я взбунтовался бы против этих скребущих по нервам «концертов», если бы после них, как бы вознаграждая меня за долготерпение, он не проигрывал одну за другой несколько моих любимых вещей.

В первую неделю к нам никто не заглядывал, и я было начал подумывать, что мой компаньон так же одинок в этом городе, как и я. Но вскоре я убедился, что у него множество знакомых, причем из самых разных слоев общества. Как-то три- четыре раза на одной неделе появлялся щуплый человечек с изжелта-бледной крысьей физиономией и острыми черными глазками; он был представлен мне как мистер Лестрейд. Однажды утром пришла элегантная молодая девушка и просидела у Холмса не меньше получаса. В тот же день явился седой, обтрепанный старик, похожий на еврея-старьевщика, мне показалось, что он очень взволнован. Почти следом за ним пришла старуха в стоптанных башмаках. Однажды с моим сожителем долго беседовал пожилой джентльмен с седой шевелюрой, потом — вокзальный носильщик в форменной куртке из вельветина. Каждый раз, когда появлялся кто- нибудь из этих непонятных посетителей, Шерлок Холмс просил позволения занять гостиную, и я уходил к себе в спальню. «Приходится использовать эту комнату для деловых встреч», — объяснил он как-то, прося по обыкновению извинить его за причиняемые неудобства, — а эти люди — мои клиенты». И опять у меня был повод задать ему прямой вопрос, но опять я из деликатности не захотел насильно выведывать чужие секреты.

Мне казалось тогда, что у него есть какие-то веские причины скрывать свою профессию, но вскоре он доказал, что я неправ, заговорив об этом по собственному почину.

Четырнадцатого марта — мне хорошо запомнилась эта дата — я встал раньше обычного и застал Шерлока Холмса за завтраком. Наша хозяйка так привыкла к тому, что я поздно встаю, что еще не успела поставить мне прибор и сварить на мою долю кофе. Обидевшись на все человечество, я позвонил и довольно вызывающим тоном сообщил, что я жду завтрака. Схватив со стола какой-то журнал, я принялся его перелистывать, чтобы убить время, пока мой сожитель молча хрустел гренками. Заголовок одной из статей был отчеркнут карандашом, и, совершенно естественно, я стал пробегать ее глазами.

Статья называлась несколько претенциозно: «Книга жизни»; автор пытался доказать, как много может узнать человек, систематически и подробно наблюдая все, что проходит перед его глазами. На мой взгляд, это была поразительная смесь разумных и бредовых мыслей. Если в рассуждениях и была какая-то логика и даже убедительность, то выводы показались мне совсем уж нарочитыми и, что называется, высосанными из пальца. Автор утверждал, что по мимолетному выражению лица, по непроизвольному движению какого-нибудь мускула или по взгляду можно угадать самые сокровенные мысли собеседника. По словам автора выходило, что человека, умеющего наблюдать и анализировать, обмануть просто невозможно. Его выводы будут безошибочны, как теоремы Эвклида. И результаты окажутся столь поразительными, что люди непосвященные сочтут его чуть не за колдуна, пока не поймут, какой процесс умозаключений этому предшествовал.

По одной капле воды, — писал автор, — человек, умеющий мыслить логически, может сделать вывод о возможности существования Атлантического океана или Ниагарского водопада, даже если он не видал ни того, ни другого и никогда о них не слыхал. Всякая жизнь — это огромная цепь причин и следствий, и природу ее мы можем познать по одному звену. Искусство делать выводы и анализировать, как и все другие искусства, постигается долгим и прилежным трудом, но жизнь слишком коротка, и поэтому ни один смертный не может достичь полного совершенства в этой области. Прежде чем обратиться к моральным и интеллектуальным сторонам дела, которые представляют собою наибольшие трудности, пусть исследователь начнет с решения более простых задач. Пусть он, взглянув на первого встречного, научится сразу определять его прошлое и его профессию. Поначалу это может показаться ребячеством, но такие упражнения обостряют наблюдательность и учат, как смотреть и на что смотреть. По ногтям человека, по его рукавам, обуви и сгибе брюк на коленях, по утолщениям на большом и указательном пальцах, по выражению лица и обшлагам рубашки — по таким мелочам нетрудно угадать его профессию. И можно не сомневаться, что все это, вместе взятое, подскажет сведущему наблюдателю верные выводы.

— Что за дикая чушь! — воскликнул я, швыряя журнал на стол. — В жизни не читал такой галиматьи.

— О чем вы? — осведомился Шерлок Холмс.

— Да вот об этой статейке, — я ткнул в журнал чайной ложкой и принялся за свой завтрак. — Я вижу, вы ее уже читали, раз она отмечена карандашом. Не спорю, написано лихо, но меня все это просто злит. Хорошо ему, этому бездельнику, развалясь в мягком кресле в тиши своего кабинета, сочинять изящные парадоксы! Втиснуть бы его в вагон третьего класса подземки да заставить угадать профессии пассажиров! Ставлю тысячу против одного, что у него ничего не выйдет!

— И вы проиграете, — спокойно заметил Холмс. — А статью написал я.

— Вы?!

— Да. У меня есть наклонности и к наблюдению, и к анализу. Теория, которую я здесь изложил и которая кажется вам такой фантастической, на самом деле очень жизненна, настолько жизненна, что ей я обязан своим куском хлеба.

— Но каким образом? — вырвалось у меня.

— Видите ли, у меня довольно редкая профессия. Пожалуй, я единственный в своем роде. Я сыщик-консультант, если только вы представляете себе, что это такое. В Лондоне множество сыщиков, и государственных и частных. Когда эти молодцы заходят в тупик, они бросаются ко мне, и мне удается направить их по верному следу. Они знакомят меня со всеми обстоятельствами дела, и, хорошо зная историю криминалистики, я почти всегда могу указать им, где ошибка. Все злодеяния имеют большое фамильное сходство, и если подробности целой тысячи дел вы знаете как свои пять пальцев, странно было бы не разгадать тысячу первое. Лестрейд — очень известный сыщик. Но недавно он не сумел разобраться в одном деле о подлоге и пришел ко мне.

— А другие?

— Чаще всего их посылают ко мне частные агентства. Все это люди, попавшие в беду и жаждущие совета. Я выслушиваю их истории, они выслушивают мое толкование, и я кладу в карман гонорар.

— Неужели вы хотите сказать, — не вытерпел я, — что, не выходя из комнаты, вы можете распутать клубок, над которым тщетно бьются те, кому все подробности известны лучше, чем вам?

— Именно. У меня есть своего рода интуиция. Правда, время от времени попадается какое-нибудь дело посложнее. Ну, тогда приходится немножко побегать, чтобы кое-что увидеть своими глазами. Понимаете, у меня есть специальные знания, которые я применяю в каждом конкретном случае, они удивительно облегчают дело. Правила дедукции, изложенные мной в статье, о которой вы отозвались так презрительно, просто бесценны для моей практической работы. Наблюдательность — моя вторая натура. Вы, кажется, удивились, когда при первой встрече я сказал, что вы приехали из Афганистана?

— Вам, разумеется, кто-то об этом сказал.

— Ничего подобного. Я сразу догадался, что вы приехали из Афганистана. Благодаря давней привычке цепь умозаключений возникает у меня так быстро, что я пришел к выводу, даже не замечая промежуточных посылок. Однако они были, эти посылки. Ход моих мыслей был таков: «Этот человек по типу — врач, но выправка у него военная. Значит, военный врач. Он только что приехал из тропиков — лицо у него смуглое, но это не природный оттенок его кожи, так как запястья у него гораздо белее. Лицо изможденное, — очевидно, немало натерпелся и перенес болезнь. Был ранен в левую руку — держит ее неподвижно и немножко неестественно. Где же под тропиками военный врач-англичанин мог натерпеться лишений и получить рану? Конечно же, в Афганистане». Весь ход мыслей не занял и секунды. И вот я сказал, что вы приехали из Афганистана, а вы удивились.

— Послушать вас, так это очень просто, — улыбнулся я. — Вы напоминаете мне Дюпена у Эдгара Аллана По. Я думал, что такие люди существуют лишь в романах.

Шерлок Холмс встал и принялся раскуривать трубку.

— Вы, конечно, думаете, что, сравнивая меня с Дюпеном, делаете мне комплимент, — заметил он. — А по-моему, ваш Дюпен — очень недалекий малый. Этот прием — сбивать с мыслей своего собеседника какой-нибудь фразой «к случаю» после пятнадцатиминутного молчания, право же, очень дешевый показной трюк. У него, несомненно, были кое-какие аналитические способности, но его никак нельзя назвать феноменом, каким, по-видимому, считал его По.

— Вы читали Габорио? — спросил я. — Как, по-вашему, Лекок — настоящий сыщик?

Шерлок Холмс иронически хмыкнул.

— Лекок — жалкий сопляк, — сердито сказал он. — У него только и есть, что энергия. От этой книги меня просто тошнит. Подумаешь, какая проблема — установить личность преступника, уже посаженного в тюрьму! Я бы это сделал за двадцать четыре часа. А Лекок копается почти полгода. По этой книге можно учить сыщиков, как не надо работать.

Он так высокомерно развенчал моих любимых литературных героев, что я опять начал злиться. Я отошел к окну и повернулся спиной к Холмсу, рассеянно глядя на уличную суету. «Пусть он умен, — говорил я про себя, — но, помилуйте, нельзя же быть таким самоуверенным!»

— Теперь уже не бывает ни настоящих преступлений, ни настоящих преступников, — ворчливо продолжал Холмс. — Будь ты хоть семи пядей во лбу, какой от этого толк в нашей профессии? Я знаю, что мог бы прославиться. На свете нет и не было человека, который посвятил бы раскрытию преступлений столько врожденного таланта и упорного труда, как я. И что же? Раскрывать нечего, преступлений нет, в лучшем случае какое-нибудь грубо сработанное мошенничество с такими незамысловатыми мотивами, что даже полицейские из Скотленд-Ярда видят все насквозь.

Меня положительно коробил этот хвастливый тон. Я решил переменить тему разговора.

— Интересно, что он там высматривает? — спросил я, показывая на дюжего, просто одетого человека, который медленно шагал по другой стороне улицы, вглядываясь в номера домов. В руке он держал большой синий конверт, — очевидно, это был посыльный.

— Кто, этот отставной флотский сержант? — сказал Шерлок Холмс.

«Кичливый хвастун! — обозвал я его про себя. — Знает же, что его не проверишь!»

Едва успел я это подумать, как человек, за которым мы наблюдали, увидел номер на нашей двери и торопливо перебежал через улицу. Раздался громкий стук, внизу загудел густой бас, затем на лестнице послышались тяжелые шаги.

— Мистеру Шерлоку Холмсу, — сказал посыльный, входя в комнату, и протянул письмо моему приятелю.

Вот прекрасный случай сбить с него спесь! Прошлое посыльного он определил наобум и, конечно, не ожидал, что тот появится в нашей комнате.

— Скажете, уважаемый, — вкрадчивейшим голосом спросил я, — чем вы занимаетесь?

— Служу посыльным, — угрюмо бросил он. — Форму отдал заштопать.

— А кем были раньше? — продолжал я, не без злорадства поглядывая на Холмса.

— Сержантом королевской морской пехоты, сэр. Ответа не ждать? Есть, сэр.

Он прищелкнул каблуками, отдал честь и вышел.

Глава III. ТАЙНА ЛОРИСТОН-ГАРДЕНС

Должен сознаться, что я был немало поражен тем, как оправдала себя на деле теория моего компаньона. Уважение мое к его способностям сразу возросло. И все же я не мог отделаться от подозрения, что все это было подстроено заранее, чтобы ошеломить меня, хотя зачем, собственно, — этого я никак не мог понять. Когда я взглянул на него, он держал в руке прочитанную записку, и взгляд его был рассеянным и тусклым, что свидетельствовало о напряженной работе мысли.

— Как же вы догадались? — спросил я.

— О чем? — хмуро отозвался он.

— Да о том, что он отставной сержант флота?

— Мне некогда болтать о пустяках, — отрезал он, но тут же, улыбнувшись, поспешил добавить — Извините за резкость. Вы прервали ход моих мыслей, но, может, это и к лучшему. Так, значит, вы не сумели увидеть, что он в прошлом флотский сержант?

— Нет, конечно.

— Мне было легче понять, чем объяснить, как я догадался. Представьте себе, что вам нужно доказать, что дважды два — четыре, — трудновато, не правда ли, хотя вы в этом твердо уверены. Даже через улицу я заметил на его руке татуировку — большой синий якорь. Тут уже запахло морем. Выправка у него военная, и он носит баки военного образца. Стало быть, перед нами флотский. Держится он с достоинством, пожалуй, даже начальственно. Вы должны были бы заметить, как высоко он держит голову и как помахивает своей палкой. А с виду он степенный мужчина средних лет — вот и все приметы, по которым я узнал, что он был сержантом.

— Чудеса! — воскликнул я.

— А, чепуха, — отмахнулся Холмс, но по лицу его я видел, что он доволен моим восторженным изумлением. — Вот я только что говорил, что теперь больше нет преступников. Кажется, я ошибся. Взгляните-ка! — Он протянул мне записку, которую принес посыльный.

— Послушайте, да ведь это ужасно! — ахнул я, пробежав ее глазами.

— Да, что-то, видимо, не совсем обычное, — хладнокровно заметил он. — Будьте добры, прочтите мне это вслух.

Вот письмо, которое я прочел:

Дорогой мистер Шерлок Холмс!

Сегодня ночью в доме номер три в Лористон-Гарденс на Брикстон-роуд произошла скверная история. Около двух часов ночи наш полисмен, делавший обход, заметил в доме свет, а так как дом нежилой, он заподозрил что-то неладное. Дверь оказалась незапертой, и в первой комнате, совсем пустой, он увидел труп хорошо одетого джентльмена; в кармане он нашел визитные карточки: «Енох Дж. Дреббер, Кливленд, Огайо, Соединенные Штаты». И никаких следов грабежа, никаких признаков насильственной смерти. На полу есть кровяные пятна, но на трупе ран не оказалось. Мы не можем понять, как он очутился в пустом доме, и вообще это дело — сплошная головоломка. Если вы приедете в любое время до двенадцати, вы застанете меня здесь. В ожидании вашего ответа или приезда я оставляю все как было. Если не сможете приехать, я сообщу вам все подробности и буду чрезвычайно обязан, если вы соблаговолите поделиться со мной вашим мнением.

Уважающий вас Тобиас Грегсон.

— Грегсон — самый толковый сыщик в Скотленд-Ярде, — сказал мой приятель. — Он и Лестрейд выделяются среди прочих ничтожеств. Оба расторопны и энергичны, хотя банальны до ужаса. Друг с другом они на ножах. Они ревнивы к славе, как профессиональные красавицы. Будет потеха, если оба нападут на след.

Удивительно неторопливо журчала его речь!

— Но ведь, наверное, нельзя терять ни секунды, — встревожился я. — Пойти позвать кеб?

— А я не уверен, поеду я или нет. Я же лентяй, каких свет не видел, то есть, конечно, когда на меня нападет лень, а вообще-то могу быть и проворным.

— Вы же мечтали о таком случае!

— Дорогой мой, да что мне за смысл? Предположим, я распутаю это дело — ведь все равно Грегсон, Лестрейд и компания прикарманят всю славу. Такова участь лица неофициального.

— Но он просит у вас помощи.

— Да. Он знает, что до меня ему далеко, и сам мне это говорил, но скорее отрежет себе язык, чем признается кому-то третьему. Впрочем, пожалуй, давайте поедем и посмотрим. Возьмусь за дело на свой риск. По крайней мере посмеюсь над ними, если ничего другого мне не останется. Пошли!

Он засуетился и бросился за своим пальто: приступ энергии сменил апатию.

— Берите шляпу, — велел он.

— Хотите, чтобы я поехал с вами?

— Да, если вам больше нечего делать.

Через минуту мы оба сидели в кебе, мчавшем нас к Брикстон-роуд.

Стояло пасмурное, туманное утро, над крышами повисла коричневатая дымка, казавшаяся отражением грязно-серых улиц внизу. Мой спутник был в отличном настроении, без умолку болтал о кремонских скрипках и о разнице между скрипками Страдивариуса и Амати. Я помалкивал; унылая погода и предстоявшее нам грустное зрелище угнетали меня.

— Вы как будто совсем не думаете об этом деле, — прервал я наконец его музыкальные рассуждения.

— У меня еще нет фактов, — ответил он. — Строить предположения, не зная всех обстоятельств дела, — крупнейшая ошибка. Это может повлиять на дальнейший ход рассуждений.

— Скоро вы получите ваши факты, — сказал я, указывая пальцем. — Вот Брикстон- роуд, а это, если не ошибаюсь, тот самый дом.

— Правильно. Стойте, кучер, стойте!

Мы не доехали ярдов сто, но по настоянию Холмса вышли из кеба и к дому подошли пешком.

Дом номер три в тупике, носившем название «Лористон-Гарденс», выглядел зловеще, словно затаил в себе угрозу. Это был один из четырех домов, стоявших немного поодаль от улицы; два дома были обитаемы и два пусты. Номер третий смотрел на улицу тремя рядами тусклых окон; то здесь, то там на мутном темном стекле, как бельмо на глазу, выделялась надпись «Сдается внаем». Перед каждым домом был разбит маленький палисадник, отделявший его от улицы, — несколько деревцев над редкими и чахлыми кустами; по палисаднику шла узкая желтоватая дорожка, судя по виду, представлявшая собою смесь глины и песка. Ночью прошел дождь, и всюду стояли лужи. Вдоль улицы тянулся кирпичный забор в три фута высотой, с деревянной решеткой наверху; к забору прислонился дюжий констебль, окруженный небольшой кучкой зевак, которые вытягивали шеи в тщетной надежде хоть мельком увидеть, что происходит за забором.

Мне думалось, что Шерлок Холмс поспешит войти в дом и сразу же займется расследованием. Ничего похожего. Казалось, это вовсе не входило в его намерения. С беспечностью, которая при таких обстоятельствах граничила с позерством, он прошелся взад и вперед по тротуару, рассеянно поглядывая на небо, на землю, на дома напротив и на решетку забора. Закончив осмотр, он медленно зашагал по дорожке, вернее, по траве, сбоку дорожки, и стал пристально разглядывать землю. Дважды он останавливался; один раз я заметил на лице его улыбку и услышал довольное хмыканье. На мокрой глинистой земле было много следов, но ведь ее уже основательно истоптали полицейские, и я недоумевал, что еще надеется обнаружить там Холмс. Однако я успел убедиться в его необычайной проницательности и не сомневался, что он может увидеть много, такого, что недоступно мне.

В дверях дома нас встретил высокий, белолицый человек с льняными волосами и с записной книжкой в руке. Он бросился к нам и с чувством пожал руку моему спутнику.

— Как хорошо, что вы приехали!.. — сказал он. — Никто ничего не трогал, я все оставил, как было.

— Кроме этого, — ответил Холмс, указывая на дорожку. — Стадо буйволов и то не оставило бы после себя такое месиво. Но, разумеется, вы обследовали дорожку, прежде чем дали ее так истоптать?

— У меня было много дела в доме, — уклончиво ответил сыщик. — Мой коллега, мистер Лестрейд, тоже здесь. Я понадеялся, что он проследит за этим.

Холмс бросил на меня взгляд и саркастически поднял брови.

— Ну, после таких мастеров своего дела, как вы и Лестрейд, мне, пожалуй, тут нечего делать, — сказал он.

Грегсон самодовольно потер руки.

— Да уж, кажется, сделали все, что можно. Впрочем, дело заковыристое, а я знаю, что вы такие любите.

— Вы сюда подъехали в кебе?

— Нет, пришел пешком, сэр.

— А Лестрейд?

— Тоже, сэр.

— Ну, тогда пойдемте посмотрим комнату, — совсем уж непоследовательно заключил Холмс и вошел в дом. Грегсон, удивленно подняв брови, поспешил за ним.

Небольшой коридор с давно не метенным дощатым полом вел в кухню и другие службы. Справа и слева были две двери. Одну из них, видимо, уже несколько месяцев не открывали; другая вела в столовую, где и было совершено загадочное убийство. Холмс вошел в столовую, я последовал за ним с тем гнетущим чувством, которое вселяет в нас присутствие смерти.

Большая квадратная комната казалась еще больше оттого, что в ней не было никакой мебели. Яркие безвкусные обои были покрыты пятнами плесени, а кое-где отстали и свисали лохмотьями, обнажая желтую штукатурку. Прямо против двери стоял аляповатый камин с полкой, отделанной под белый мрамор; на краю полки был прилеплен огарок красной восковой свечки. В неверном, тусклом свете, пробивавшемся сквозь грязные стекла единственного окна, все вокруг казалось мертвенно-серым, чему немало способствовал толстый слой пыли на полу.

Все эти подробности я заметил уже после. В первые минуты я смотрел только на одинокую страшную фигуру, распростертую на голом полу, на пустые, незрячие глаза, устремленные в потолок. Это был человек лет сорока трех-четырех, среднего роста, широкоплечий, с жесткими, кудрявыми черными волосами и коротенькой, торчащей вверх бородкой. На нем был сюртук и жилет из плотного сукна, светлые брюки и рубашка безукоризненной белизны. Рядом валялся вылощенный цилиндр. Руки убитого были раскинуты, пальцы сжаты в кулаки, ноги скрючены, словно в мучительной агонии. На лице застыло выражение ужаса и, как мне показалось, ненависти— такого выражения я никогда еще не видел на человеческом лице. Страшная, злобная гримаса, низкий лоб, приплюснутый нос и выступающая вперед челюсть придавали мертвому сходство с гориллой, которое еще больше усиливала его неестественная вывернутая поза. Я видел смерть в разных ее видах, но никогда еще она не казалась мне такой страшной, как сейчас, в этой полутемной, мрачной комнате близ одной из главных магистралей лондонского предместья.

Щуплый, похожий на хорька Лестрейд стоял у двери. Он поздоровался с Холмсом и со мной.

— Этот случай наделает много шуму, сэр, — заметил он. — Такого мне еще не встречалось, а ведь я человек бывалый.

— И нет никакого ключа к этой тайне, — сказал Грегсон.

— Никакого, — подхватил Лестрейд.

Шерлок Холмс подошел к трупу и, опустившись на колени, принялся тщательно разглядывать его.

— Вы уверены, что на нем нет ран? — спросил он, указывая на брызги крови вокруг тела.

— Безусловно! — ответили оба.

— Значит, это кровь кого-то другого — вероятно, убийцы, если тут было убийство. Это мне напоминает обстоятельства смерти Ван Янсена в Утрехте, в тридцать четвертом году. Помните это дело, Грегсон?

— Нет, сэр.

— Прочтите — право, стоит прочесть. Да, ничто не ново под луной. Все уже бывало прежде.

Его чуткие пальцы в это время беспрерывно летали по мертвому телу, ощупывали, нажимали, расстегивали, исследовали, а в глазах стояло то же отсутствующее выражение, которое я видел уже не раз. Осмотр произошел так быстро, что вряд ли кто-либо понял, как тщательно он был сделан. Наконец Холмс понюхал губы трупа, потом взглянул на подметки его лакированных ботинок.

— Его не сдвигали с места? — спросил он.

— Нет, только осматривали.

— Можно отправить в морг, — сказал Холмс. — Больше в нем нет надобности.

Четыре человека с носилками стояли наготове. Грегсон позвал их, они положили труп на носилки и понесли. Когда его поднимали, на пол упало и покатилось кольцо. Лестрейд схватил его и стал рассматривать.

— Здесь была женщина! — удивленно воскликнул он. — Это женское обручальное кольцо…

Он положил его на ладонь и протянул нам. Обступив Лестрейда, мы тоже уставились на кольцо. Несомненно, этот гладкий золотой ободок когда-то украшал палец новобрачной.

— Дело осложняется, — сказал Грегсон. — А оно, ей-богу, и без того головоломное.

— А вы уверены, что это не упрощает его? — возразил Холмс. — Но довольно любоваться кольцом, это нам не поможет. Что вы нашли в карманах?

— Все тут. — Грегсон, выйдя в переднюю, указал на кучку предметов, разложенных на нижней ступеньке лестницы. — Золотые часы фирмы Барро, Лондон, № 97163. Золотая цепочка, очень тяжелая и массивная. Золотое кольцо с масонской эмблемой. Золотая булавка — голова бульдога с рубиновыми глазами. Бумажник русской кожи для визитных карточек и карточки, на них написано: Енох Дж. Дреббер, Кливленд — это соответствует меткам на белье — Е. Д. Д. Кошелька нет, но в карманах оказалось семь фунтов тринадцать шиллингов. Карманное издание «Декамерона» Боккаччо с надписью «Джозеф Стэнджерсон» на форзаце.

Два письма — одно адресовано Е. Дж. Дребберу, другое — Джозефу Стэнджерсону.

— Адрес какой?

— Стрэнд, Американская биржа, до востребования. Оба письма от пароходной компании «Гийон» и касаются отплытия их пароходов из Ливерпуля. Ясно, что этот несчастный собирался вернуться в Нью-Йорк.

— Вы начали разыскивать этого Стэнджерсона?

— Сразу же, сэр. Я разослал объявления во все газеты, а один из моих людей поехал на американскую биржу, но еще не вернулся.

— А Кливленд вы запросили?

— Утром послали телеграмму.

— Какую?

— Мы просто сообщили, что произошло, и просили дать сведения.

— А вы не просили сообщить подробнее относительно чего-нибудь такого, что показалось вам особенно важным?

— Я спросил насчет Стэнджерсона.

— И больше ни о чем? Нет ли здесь, по-вашему, каких-либо особых обстоятельств в жизни Дреббера, которые необходимо выяснить?

— Я спросил обо всем, что считал нужным, — обиженным тоном ответил Грегсон.

Шерлок Холмс усмехнулся про себя и хотел было что-то сказать, как вдруг перед нами возник Лестрейд, который остался в комнате, когда мы вышли в переднюю. Он пыжился от самодовольства и потирал руки.

— Мистер Грегсон, я только что сделал открытие величайшей важности! — объявил он. — Не догадайся я тщательно осмотреть стены, мы ничего бы и не узнали!

У маленького человечка блестели глаза, он, видимо, внутренне ликовал оттого, что обставил своего коллегу на одно очко.

— Пожалуйте сюда, — сказал он суетливо, ведя нас обратно в комнату, где, казалось, стало немного светлее после того, как унесли ее страшного обитателя. — Вот станьте-ка сюда!

Он чиркнул спичкой о подошву ботинка и поднес ее к стене.

— Глядите! — торжествующе сказал он. Я уже говорил, что во многих местах обои висели клочьями.

В этом углу от стены отстал большой кусок, обнажив желтый квадрат шероховатой штукатурки. На ней кровью было выведено

RACHE

— Видали? — хвастливо сказал Лестрейд, как балаганщик, представляющий публике аттракцион. — Это самый темный угол, и никому не пришло в голову сюда заглянуть. Убийца — он или она — написал это своей собственной кровью. Глядите, вот кровь стекла со стены, и здесь на полу пятно. Во всяком случае, самоубийство исключается. А почему убийца выбрал именно этот угол? Сейчас объясню. Видите огарок на камине? Когда он горел, этот угол был самый светлый, а не самый темный.

— Ну хорошо, надпись попалась вам на глаза, а как вы ее растолкуете? — пренебрежительным тоном сказал Грегсон.

— Как? А вот как. Убийца — будь то мужчина или женщина — хотел написать женское имя «Рэчел», но не успел докончить, наверное, что-то помешало. Попомните мои слова: рано или поздно выяснится, что тут замешана женщина по имени Рэчел. Смейтесь сколько угодно, мистер Шерлок Холмс. Вы, конечно, человек начитанный и умный, но в конечном счете старая ищейка даст вам несколько очков вперед!

— Прошу прощения, — сказал мой приятель, рассердивший маленького человечка своим смехом. — Разумеется, честь этого открытия принадлежит вам, и надпись, без сомнения, сделана вторым участником ночной драмы. Я не успел еще осмотреть комнату и с вашего позволения осмотрю сейчас.

Он вынул из кармана рулетку и большую круглую лупу и бесшумно заходил по комнате, то и дело останавливаясь или опускаясь на колени; один раз он даже лег на пол. Холмс так увлекся, что, казалось, совсем забыл о нашем существовании — мы все время слышали то бормотанье, то стон, то легкий присвист, то одобрительные и радостные восклицания. Я смотрел на него, и мне невольно пришло на ум, что он сейчас похож на чистокровную, хорошо выдрессированную гончую, которая рыщет взад-вперед по лесу, скуля от нетерпения, пока не нападет на утерянный след. Минут двадцать, если не больше, он продолжал свои поиски, тщательно измеряя расстояние между какими-то совершенно незаметными для меня следами, и время от времени — так же непонятно для меня — что-то измерял рулеткой на стенах. В одном месте он осторожно собрал щепотку серой пыли с пола и положил в конверт. Наконец он стал разглядывать через лупу надпись на стене, внимательно исследуя каждую букву. Видимо, он был удовлетворен осмотром, потому что спрятал рулетку и лупу в карман.

— Говорят, будто гений — это бесконечная выносливость, — с улыбкой заметил он. — Довольно неудачное определение, но к работе сыщика подходит вполне.

Грегсон и Лестрейд наблюдали за маневрами своего коллеги-дилетанта с нескрываемым любопытством и не без презрения. Очевидно, они не могли оценить того, что понимал я: все, что делал Холмс, вплоть до незначительных с виду мелочей, служило какой-то вполне определенной и практической цели.

— Ну, что скажете, сэр? — спросили оба хором.

— Не хочу отнимать у вас пальму первенства в раскрытии преступления, — сказал мой приятель, — и поэтому не позволю себе навязывать советы. Вы оба так хорошо справляетесь, что было бы грешно вмешиваться. — В голосе его звучал явный сарказм. — Если вы сообщите о ходе расследования, — продолжал он, — я буду счастлив помочь вам, если смогу. А пока я хотел бы поговорить с констеблем, который обнаружил труп. Будьте добры сказать мне его имя и адрес.

Лестрейд вынул записную книжку.

— Джон Рэнс, — сказал он. — Сейчас он свободен. Его адрес: Одли-корт, 46, Кеннингтон-парк-гейт.

Холмс записал адрес.

— Пойдемте, доктор, — сказал он мне. — Мы сейчас же отправимся к нему. А вам я хочу кое-что сказать, — обратился он к сыщикам, — быть может, это поможет следствию. Это, конечно, убийство, и убийца — мужчина. Рост у него чуть больше шести футов, он в расцвете лет, ноги у него очень небольшие для такого роста, обут в тяжелые ботинки с квадратными носками и курит трихинопольские сигары. Он и его жертва приехали сюда вместе в четырехколесном экипаже, запряженном лошадью с тремя старыми и одной новой подковой на правом переднем копыте. По всей вероятности, у убийцы красное лицо и очень длинные ногти на правой руке. Это, конечно, мелочи, но они могут вам пригодиться.

Лестрейд и Грегсон, недоверчиво усмехаясь, переглянулись.

— Если этот человек убит, то каким же образом?

— Яд, — коротко бросил Шерлок Холмс и зашагал к двери. — Да, вот еще что, Лестрейд, — добавил он, обернувшись. — «RACHE» по-немецки — «месть», так что не теряйте времени на розыски мисс Рэчел.

Выпустив эту парфянскую стрелу, он ушел, а оба соперника смотрели ему вслед, разинув рты.

Глава IV. ЧТО РАССКАЗАЛ ДЖОН РЭНС

Мы вышли из дома номер три, Лористон-Гарденс, около часу дня. Шерлок Холмс потащил меня в ближайшую телеграфную контору, откуда он послал какую-то длинную телеграмму. Затем он подозвал кэб и велел кучеру ехать по адресу, который дал нам Лестрейд.

— Самое ценное — это показания очевидцев, — сказал мне Холмс. — Откровенно говоря, у меня сложилось довольно ясное представление о деле, но тем не менее надо узнать все, что только можно.

— Знаете, Холмс, вы меня просто поражаете, — сказал я. — Вы очень уверенно описали подробности преступления, но скажите, неужели вы в душе ничуть не сомневаетесь, что все было именно так?

— Тут трудно ошибиться, — ответил Холмс. — Первое, что я увидел, подъехав к дому, были следы кеба у самой обочины дороги. Заметьте, что до прошлой ночи дождя не было целую неделю. Значит, кеб, оставивший две глубокие колеи, очевидно, проехал там нынешней ночью. Потом я заметил следы лошадиных копыт, причем один отпечаток был более четким, чем три остальных, а это значит, что подкова была новая. Кеб прибыл после того, как начался дождь, а утром, по словам Грегсона, никто не приезжал, — стало быть, этот кеб подъехал ночью, и, конечно же, он-то и доставил туда тех двоих.

— Все это вполне правдоподобно, — сказал я, — но как вы угадали рост убийцы?

— Да очень просто: рост человека в девяти случаях из десяти можно определить по ширине его шага. Это очень несложно, но я не хочу утомлять вас вычислениями. Я измерил шаги убийцы и на глинистой дорожке и на пыльном полу в комнате. А потом мне представился случай проверить свои вычисления. Когда человек пишет на стене, он инстинктивно пишет на уровне своих глаз. От пола до надписи на стене шесть футов. Одним словом, задачка для детей!

— А как вы узнали его возраст?

— Ну, вряд ли дряхлый старец может сразу перемахнуть четыре с половиной фута. А это как раз ширина лужи на дорожке, которую он, судя по всему, перепрыгнул. Лакированные ботинки обошли ее стороной, а

Квадратные носы перепрыгнули. Ничего таинственного, как видите. Просто я применяю на практике некоторые правила наблюдательности дедуктивного мышления, которые я отстаивал в своей статье… Ну, что же еще вам непонятно?

— Ногти и трихинопольская сигара, — ответил я.

— Надпись на стене сделана указательным пальцем, обмакнутым в кровь. Я рассмотрел через лупу, что, выводя буквы, убийца слегка царапал штукатурку, чего не случилось бы, если бы ноготь на пальце был коротко подстрижен. Пепел, который я собрал с полу, оказался темным и слоистым — такой пепел остается только от трихинопольских сигар. Ведь я специально изучал пепел от разных сортов табака; если хотите знать, я написал об этом целое исследование. Могу похвастаться, что с первого же взгляда определю вам по пеплу сорт сигары или табака. Между прочим, знание таких мелочей и отличает искусного сыщика от всяких Грегсонов и Лестрейдов.

— Ну, а красное лицо? — спросил я.

— А вот это уже более смелая догадка, хотя я не сомневаюсь, что и тут я прав. Но об этом вы пока что не расспрашивайте.

Я провел рукой по лбу.

— У меня просто голова кругом идет, — сказал я, — чем больше думаешь об этом преступлении, тем загадочнее оно становится. Как могли попасть эти двое — если их было двое — в пустой дом? Куда девался кучер, который их привез? Каким образом один мог заставить другого принять яд? Откуда взялась кровь? Что за цель преследовал убийца, если он даже не ограбил свою жертву? Как попало туда женское кольцо? А главное, зачем второй человек, прежде чем скрыться, написал немецкое слово «RACHE»? Должен сознаться, решительно не понимаю, как связать между собой эти факты.

Мой спутник одобрительно улыбнулся.

— Вы кратко и очень толково подытожили все трудности этого дела, — сказал он. — Тут еще многое неясно, хотя с помощью главных фактов я уже нашел разгадку. А что до открытия бедняги Лестрейда, то это просто уловка убийцы, чтобы направить полицию по ложному следу, внушив ей, будто тут замешаны социалисты и какие-то тайные общества. Написано это не немцем. Букву «А», если вы заметили, он пытался вывести готическим шрифтом, а настоящий немец всегда пишет печатными буквами на латинский манер, поэтому мы можем утверждать, что писал не немец, а неумелый и перестаравшийся имитатор. Конечно же, это хитрость с целью запутать следствие. Пока я вам больше ничего не скажу, доктор. Знаете, стоит фокуснику объяснить хоть один свой фокус, и в глазах зрителей сразу же меркнет ореол его славы; и если я открою вам метод своей работы, вы, пожалуй, придете к убеждению, что я самая рядовая посредственность!

— Вот уж никогда! — возразил я. — Вы сделали великое дело: благодаря вам раскрытие преступлений находится на грани точной науки.

Мои слова и серьезная убежденность тона, очевидно, доставили моему спутнику немалое удовольствие— он даже порозовел. Я уже говорил, что он был чувствителен к похвалам его искусству не меньше, чем девушка к похвалам своей красоте.

— Я скажу вам еще кое-что, — продолжал он. — Лакированные ботинки и Квадратные носы приехали в одном кебе и вместе, по-дружески, чуть ли не под руку, пошли по дорожке к дому. В комнате они расхаживали взад и вперед, вернее Лакированные ботинки стояли, а расхаживали Квадратные носы. Я это прочел по следам на полу и прочел также, что человека, шагавшего по комнате, охватывало все большее возбуждение. Он все время что-то говорил, пока не взвинтил себя до того, что пришел в ярость. И тогда произошла трагедия. Ну вот, я рассказал вам все, что знаю, наверное, остальное— лишь догадки и предположения. Впрочем, фундамент для них крепкий. Но давайте-ка поторопимся, я еще хочу успеть на концерт, послушать Норман Неруду.

Кеб наш тем временем пробирался по бесконечным убогим уличкам и мрачным переулкам. Наш кучер вдруг остановился в самом мрачном и унылом из них.

— Вот вам Одли-корт, — произнес он, указывая на узкую щель в ряде тусклых кирпичных домов. — Когда вернетесь, я буду стоять здесь.

Одли-корт был местом малопривлекательным. Тесный проход привел нас в четырехугольный, вымощенный плитняком двор, окруженный грязными лачугами. Мы протолкались сквозь толпу замурзанных ребятишек и, ныряя под веревки с линялым бельем, добрались до номера 46. На двери красовалась маленькая медная дощечка, на которой было выгравировано имя Рэнса. Нам сказали, что констебль еще не вставал, и предложили подождать в крохотной гостиной.

Вскоре появился и сам Ране. Он, по-видимому, был сильно не в духе оттого, что мы потревожили его сон.

— Я ведь уже дал показания в участке, — проворчал он.

Холмс вынул из кармана полсоверена и задумчиво повертел его в пальцах.

— Нам было бы куда приятнее послушать вас лично, — сказал он.

— Что ж, я не прочь рассказать все, что знаю, — ответил констебль, не сводя глаз с золотого кружка.

— Просто расскажите нам все по порядку.

Рэнс уселся на диван, набитый конским волосом, и озабоченно сдвинул брови, как бы стараясь восстановить в памяти каждую мелочь.

— Начну с самого начала, — сказал он. — Я дежурил ночью, с десяти до шести утра. Около одиннадцати в «Белом олене» малость подрались, а вообще-то в моем районе было тихо. В час ночи полил дождь, я повстречался с Гарри Мерчером — с тем, что дежурит в районе Холленд-Грув. Мы постояли на углу Генриетта-стрит, покалякали о том, о сем, а потом, часа, наверное, в два или чуть позже, я решил пройтись по Брикстон-роуд, проверить, все ли в порядке. Грязь там была невылазная, а кругом ни души, разве что один-два кэба проехали. Иду себе и думаю, между нами говоря, что хорошо бы сейчас пропустить стаканчик горяченького джина, как вдруг вижу — в окне того самого дома мелькнул свет. Ну, я-то знаю, что два дома на Лористон-Гарденс стоят пустые, и все потому, что хозяин не желает чистить канализационные трубы, хотя, между прочим, последний жилец умер там от брюшного тифа... Ну и вот, я как увидел в окне свет, так даже опешил и, конечно, заподозрил что-то неладное. Когда я подошел к двери...

— Вы остановились, потом пошли обратно к калитке, — перебил его мой приятель. — Почему вы вернулись?

Рэнс подскочил на месте и изумленно уставился на Холмса.

— А ведь верно, сэр! — сказал он. — Хотя откуда вам это известно, один бог знает! Понимаете, когда я подошел к двери, кругом было так пустынно и тихо, что я решил: лучше-ка я захвачу кого-нибудь с собой. Вообще-то я не боюсь никого, кто ходит по земле; вот те, кто лежат под землей, конечно, другое дело... Я и подумал: а вдруг это тот, что умер от брюшного тифа, пришел осмотреть канализационные трубы, которые его погубили?..Мне, признаться, стало жутковато, ну я и вернулся к калитке, думал, может, увижу фонарь Мерчера, но только никого вокруг не оказалось.

— И на улице никого не было?

— Ни души, сэр, даже ни одна собака не пробежала. Тогда я собрался с духом, вернулся назад и распахнул дверь. В доме было тихо, и я вошел в комнату, где горел свет. Там на камине стояла свечка, красная, восковая, и я увидел...

— Знаю, что вы увидели. Вы несколько раз обошли комнату, стали на колени возле трупа, потом пошли и открыли дверь в кухню, а потом...

Джон Рэнс порывисто вскочил на ноги, с испугом и подозрением глядя на Холмса.

— Постойте, а где же вы прятались, почему вы все это видели, а? — закричал он. — Что-то вы слишком много знаете!

Холмс рассмеялся и бросил на стол перед констеблем свою визитную карточку.

— Пожалуйста, не арестовывайте меня по подозрению в убийстве, — сказал он. — Я не волк, а одна из ищеек; мистер Грегсон или мистер Лестрейд это подтвердят. Продолжайте, прошу вас. Что же было дальше?

Рэнс снова сел, но вид у него был по-прежнему озадаченный.

— Я пошел к калитке и свистнул в свисток. Прибежал Мерчер, а с ним еще двое.

— А на улице так никого и не было?

— Да, в общем, можно сказать, никого.

— Как это понять?

По лицу констебля расплылась улыбка.

— Знаете, сэр, видал я пьяных на своем веку, но уж чтоб так нализаться, как этот, — таких мне еще не попадалось. Когда я вышел на улицу, он привалился к забору возле калитки, но никак не мог устоять, а сам во всю мочь горланил какую-то песню. А ноги его так и разъезжались в стороны.

— Каков он был с виду? — быстро спросил Шерлок Холмс.

Джон Рэнс был явно раздражен этим не относящимся к делу вопросом.

— Пьяный, как свинья, вот какой он был с виду, — ответил он. — Если б мы не были заняты, конечно, сволокли бы его в участок.

— Какое у него лицо, одежда, вы не заметили? — нетерпеливо добивался Холмс.

— Как не заметить, ведь мы с Мерчером попробовали было поставить его на ноги, этого краснорожего верзилу. Подбородок у него был замотан шарфом до самого рта.

— Так, достаточно! — воскликнул Холмс. — Куда же он делся?

— Некогда нам было возиться с пьяницей, других забот хватало, — обиженно заявил полисмен. — Уж как-нибудь сам доплелся домой, будьте уверены.

— Как он был одет?

— Пальто у него было коричневое.

— А в руке он не держал кнут?

— Кнут? Нет.

— Значит, бросил его где-то поблизости, — пробормотал мой приятель. — Может быть, вы видели или слышали, не проехал ли потом кэб?

— Нет.

— Ну вот вам полсоверена — сказал Холмс, вставая и берясь за шляпу. — Боюсь, Рэнс, вы никогда не получите повышения по службе. Головой надо иногда думать, а не носить ее, как украшение. Вчера ночью вы могли бы заработать сержантские нашивки. У человека, которого вы поднимали на ноги, ключ к этой тайне, его-то мы и разыскиваем. Сейчас нечего об этом рассуждать, но можете мне поверить, что это так. Пойдемте, доктор!

Оставив нашего констебля в тягостном недоумении, мы направились к кебу.

— Неслыханный болван! — сердито хмыкнул Холмс, когда мы ехали домой. — Подумать только: прозевать такую редкостную удачу!

— Я все-таки многого тут не понимаю. Действительно, приметы этого человека совпадают с вашим представлением о втором лице, причастном к этой тайне. Но зачем ему было опять возвращаться в дом? Убийцы так не поступают.

— Кольцо, друг мой, кольцо— вот зачем он вернулся. Если не удастся словить его иначе, мы закинем удочку с кольцом. Я его поймаю на эту наживку, ставлю два против одного, что поймаю. Я вам очень благодарен, доктор. Если б не вы, я, пожалуй, не поехал бы и пропустил то, что я назвал бы интереснейшим этюдом. В самом деле, почему бы не воспользоваться жаргоном художников? Разве это не этюд, помогающий изучению жизни? Этюд в багровых тонах, а? Убийство багровой нитью проходит сквозь бесцветную пряжу жизни, и наш долг— распутать эту нить, отделить ее и обнажить дюйм за дюймом. А теперь пообедаем и поедем слушать Норман Неруду. Она великолепно владеет смычком, и тон у нее удивительно чистый. Как мотив этой шопеновской вещицы, которую она так прелестно играет? Тра-ля-ля, лира-ля!..

Откинувшись на спинку сиденья, этот сыщик-любитель распевал, как жаворонок, а я думал о том, как разносторонен человеческий ум.

Глава V. ПОСЕТИТЕЛЬ ПРИХОДИТ ПО ОБЪЯВЛЕНИЮ

Волнения нынешнего утра оказались мне не по силам, и к концу дня я почувствовал себя совершенно разбитым. Когда Холмс уехал на концерт, я улегся на диване, надеясь, что сумею заснуть часа на два. Но не тут-то было. Мозг мой был перевозбужден сегодняшними событиями, в голове теснились самые странные образы и догадки. Стоило мне закрыть глаза, как я видел перед собой искаженное, гориллообразное лицо убитого — лицо, которое нагоняло на меня такую жуть, что я невольно проникался благодарностью к тому, кто отправил его владельца на тот свет. Наверное, еще ни одно человеческое лицо не отражало столь явно самые низменные пороки, как лицо Еноха Дж. Дреббера из Кливленда. Но правосудие есть правосудие, и порочность жертвы не может оправдать убийцу в глазах закона.

Чем больше я раздумывал об этом преступлении, тем невероятнее казались мне утверждения Холмса, что Енох Дреббер был отравлен. Я вспомнил, как он обнюхивал его губы, — несомненно, он обнаружил что-нибудь такое, что навело его на эту мысль. Кроме того, если не яд, то что же было причиной смерти, раз на мертвеце не оказалось ни раны, ни следов удушения? А с другой стороны, чьей же кровью так густо забрызган пол? В комнате не было никаких признаков борьбы, а на жертве не найдено никакого оружия, которым он мог бы ранить своего противника. И мне казалось, что, пока на все эти вопросы не найдется ответов, ни я, ни Холмс не сможем спать по ночам. Мой приятель держался спокойно и уверенно, — надо полагать, у него уже сложилась какая-то теория, объяснявшая все факты, но какая — я не имел ни малейшего представления.

Мне пришлось ждать Холмса долго — так долго, что не было сомнений: после концерта у него нашлись и другие дела. Когда он вернулся, обед уже стоял на столе.

— Это было прекрасно, — сказал он, садясь за стол. — Помните, что говорит Дарвин о музыке? Он утверждает, что человечество научилось создавать музыку и наслаждаться ею гораздо раньше, чем обрело способность говорить. Быть может, оттого-то нас так глубоко волнует музыка. В наших душах сохранилась смутная память о тех туманных веках, когда мир переживал свое раннее детство.

— Смелая теория, — заметил я.

— Все теории, объясняющие явления природы, должны быть смелы, как сама природа, — ответил Холмс. — Но что это с вами? На вас лица нет. Вас, наверное, сильно взволновала эта история на Брикстон-роуд.

— Сказать по правде, да, — вздохнул я. — Хотя после моих афганских мытарств мне следовало бы стать более закаленным. Когда в Майванде у меня на глазах изрубили в куски моих товарищей, я и то не терял самообладания.

— Понимаю. В этом преступлении есть таинственность, которая действует на воображение; где нет пищи воображению, там нет и страха. Вы видели вечернюю газету?

— Нет еще.

— Там довольно подробно рассказано об этом убийстве. Правда, ничего не говорится о том, что, когда подняли труп, на пол упало обручальное кольцо, — но тем лучше для нас!

— Почему?

— Прочтите-ка это объявление. Я разослал его во все газеты утром, когда мы заезжали на почту.

Он положил на стол передо мной газету; я взглянул на указанное место. Первое объявление под рубрикой «Находки» гласило:

СЕГОДНЯ УТРОМ НА БРИКСТОН-РОУД, МЕЖДУ ТРАКТИРОМ «БЕЛЫЙ ОЛЕНЬ» И ХОЛЛЕНД- ГРУВ НАЙДЕНО ЗОЛОТОЕ КОЛЬЦО. ОБРАЩАТЬСЯ К ДОКТОРУ УОТСОНУ, БЕЙКЕР-СТРИТ, 221-Б, ОТ ВОСЬМИ ДО ДЕСЯТИ ВЕЧЕРА.

— Простите, что воспользовался вашим именем, — сказал Холмс. — Если бы я назвал свое, кто-нибудь из этих остолопов догадался бы, в чем дело, и счел бы своим долгом вмешаться.

— О, ради бога, — ответил я. — Но вдруг кто-нибудь явится — ведь у меня нет кольца.

— Вот оно, — сказал Холмс, протягивая мне какое-то кольцо. — Сойдет вполне: оно почти такое же.

— И кто же, по-вашему, придет за ним?

— Ну, как кто, конечно, человек в коричневом пальто, наш краснолицый друг с квадратными носками. А если не он сам, так его сообщник.

— Неужели он не побоится риска?

— Ничуть. Если я правильно понял это дело, а у меня есть основания думать, что правильно, — то этот человек пойдет на все, лишь бы вернуть кольцо. Мне думается, он выронил его, когда нагнулся над трупом Дреббера. А выйдя из дома, хватился кольца и поспешил обратно, но туда по его собственной оплошности уже явилась полиция, — ведь он забыл погасить свечу. Тогда, чтобы отвести подозрения, ему пришлось притвориться пьяным. Теперь попробуйте-ка стать на его место. Подумав, он сообразит, что мог потерять кольцо на улице после того, как вышел из дома. Что же он сделает? Наверняка схватится за вечерние газеты в надежде найти объявление о находке. И вдруг— о радость! — он видит наше объявление. Думаете, он заподозрит ловушку? Никогда. Он уверен, что никому и в голову не придет, что между найденным кольцом и убийством есть какая-то связь. И он придет. Вы его увидите в течение часа.

— А потом что? — спросил я.

— О, предоставьте это мне. У вас есть какое-нибудь оружие?

— Есть старый револьвер и несколько патронов.

— Почистите его и зарядите. Он, конечно, человек отчаянный, и, хоть я поймаю его врасплох, лучше быть готовым ко всему.

Я пошел в свою комнату и сделал все, как он сказал. Когда я вернулся с револьвером, со стола было уже убрано, а Холмс предавался своему любимому занятию — пиликал на скрипке.

— Сюжет усложняется, — сказал он. — Только что я получил из Америки ответ на свою телеграмму. Все так, как я и думал.

— А что такое? — жадно спросил я.

— Надо бы купить новые струны для скрипки, — сказал он. — Спрячьте револьвер в карман. Когда явится этот тип, разговаривайте с ним как ни в чем не бывало. Остальное я беру на себя. И не впивайтесь в него глазами, не то вы его спугнете.

— Уже восемь, — заметил я, взглянув на часы.

— Да. Он, наверное, явится через несколько минут. Чуть-чуть приоткройте дверь. Вот так, достаточно. Вставьте ключ изнутри… Спасибо. Вчера на лотке я купил занятную старинную книжку — De Jure inter Gentes[1], изданную на латинском языке в Льеже в 1642 году. Когда вышел этот коричневый томик, голова Карла еще крепко сидела на плечах.

— Кто издатель?

— Какой-то Филипп де Круа. На титульном листе сильно выцветшими чернилами написано: «Ex libris Guliolmi Wnyte»[2]. Любопытно, кто такой был этот Уильям Уайт. Наверное, какой-нибудь дотошный стряпчий семнадцатого века. У него затейливый почерк крючкотвора. А вот, кажется, и наш гость!

Послышался резкий звонок. Шерлок Холмс встал и тихонько подвинул свой стул поближе к двери. Мы услышали шаги служанки в передней и щелканье замка.

— Здесь живет доктор Уотсон? — донесся до нас четкий, довольно грубый голос. Мы не слышали ответа служанки, но дверь захлопнулась, и кто-то стал подниматься по лестнице. Шаги были шаркающие и неуверенные. Холмс прислушался и удивленно поднял брови. Шаги медленно приближались по коридору, затем раздался робкий стук в дверь.

— Войдите, — сказал я.

Вместо грубого силача перед нами появилась древняя, ковыляющая старуха! Она сощурилась от яркого света; сделав реверанс, она остановилась у двери и, моргая подслеповатыми глазками, принялась нервно шарить в кармане дрожащими пальцами. Я взглянул на Холмса — на лице его было такое несчастное выражение, что я с трудом удержался от смеха.

Старая карга вытащила вечернюю газету и ткнула в нее пальцем.

— Я вот зачем пришла, добрые господа, — прошамкала она, снова приседая. — Насчет золотого обручального колечка на Брикстон-роуд. Это дочка моя, Салли, обронила, она только год как замужем, а муж ее плавает буфетчиком на пароходе, и вот было бы шуму, если б он вернулся, а кольца

---

[1] О международном праве (лат.)

[2] Из книг Уильяма Уайта (лат.)

нет! Он и так крутого нрава, а уж когда выпьет — упаси бог! Коли угодно вам знать, она вчера пошла в цирк вместе с...

— Это ее кольцо? — спросил я.

— Слава тебе господи! — воскликнула старуха. — Уж как Салли обрадуется! Оно самое, как же!

— Ваш адрес, пожалуйста, — сказал я, взяв карандаш.

— Хаундсдитч, Дункан-стрит, номер тринадцать. Путь до вас не ближний!

— Брикстон-роуд совсем не по дороге от Хаундсдитча к цирку, — резко произнес Холмс.

Старуха обернулась и остро взглянула на него своими маленькими красными глазками.

— Они ведь спросили, где живу я, — сказала она, — а Салли живет в Пекхэме, Мэйсфилд-плейс, дом три.

— Как ваша фамилия?

— Моя-то Сойер, а ее — Деннис, потому как она вышла за Тома Денниса, — малый он из себя аккуратный, тихий, пока в море, а пароходная компания им не нахвалится, а уж сойдет на берег, тут и женский пол, и пьянки, и...

— Вот ваше кольцо, миссис Сойер, — перебил я, повинуясь знаку, поданному Холмсом. — Оно, несомненно, принадлежит вашей дочери, и я рад, что могу его вернуть законной владелице.

Бормоча слова благодарности и призывая на меня божье благословение, старая карга спрятала кольцо в карман и заковыляла вниз по лестнице. Едва она успела выйти за дверь, как Шерлок Холмс вскочил со стула и ринулся в свою комнату. Через несколько секунд он появился в пальто и шарфе.

— Я иду за ней, — торопливо бросил он. — Она, конечно, сообщница и приведет меня к нему. Дождитесь меня, пожалуйста.

Когда внизу захлопнулась дверь за нашей гостьей, Холмс уже сбегал с лестницы. Я выглянул в окно, — старуха плелась по другой стороне улицы, а Холмс шагал за нею, держась немного поодаль. «Либо вся его теория ничего не стоит, — подумал я, — либо сейчас он ухватится за нить, ведущую к разгадке этой тайны».

Просьба дождаться его была совершенно излишней: разве я мог уснуть, не узнав, чем кончилось его приключение?

Он ушел около девяти. Я, конечно, и понятия не имел, когда он вернется, но тупо сидел в столовой, попыхивая трубкой и перелистывая страницы «Vie de Boheme»[1] Мюрже. Пробило десять; по лестнице протопала служанка, отправляясь спать. Вот уже и одиннадцать, и снова шаги; я узнал величавую поступь нашей хозяйки, тоже собиравшейся отходить ко сну. Около двенадцати внизу резко щелкнул замок. Как только Холмс вошел, я сразу понял, что он не мог похвастаться удачей. На лице его боролись смешливость и досада, наконец, чувство юмора взяло верх, и он весело расхохотался.

— Что угодно, лишь бы мои «дружки» из Скотленд-Ярда не пронюхали об этом! — воскликнул он, бросаясь в кресло. — Я столько раз издевался над ними, что они мне этого ни за что не спустят! А посмеяться над собой я имею право — я ведь знаю, что в конечном счете возьму реванш!

— Да что же произошло? — спросил я.

---

[1] «Жизнь богемы» (франц.)

— Я остался в дураках, но это ничего. Так вот. Старуха шла по улице, потом вдруг стала хромать, и по всему было видно, что у нее разболелась нога. Наконец она остановилась и подозвала проезжавший мимо кеб. Я старался подойти как можно ближе, чтобы услышать, куда она велит ехать, но мог бы и не трудиться: она закричала на всю улицу: «Дункан-стрит, номер тринадцать!» Неужели же здесь нет обмана, подумал я, но когда она села в кеб, я на всякий случай прицепился сзади — этим искусством должен отлично владеть каждый сыщик. Так мы и покатили без остановок до самой Дункан-стрит. Я соскочил раньше, чем мы подъехали к дому, и не спеша пошел по тротуару. Кеб остановился. Кебмен спрыгнул и открыл дверцу — никого! Когда я подошел, он в бешенстве обшаривал пустой кеб, и должен сказать, что такой отборной ругани я еще на своем веку не слыхал! Старухи и след простыл, и, боюсь, ему долго придется ждать своих денег. Мы справились в доме тринадцать — владельцем оказался почтенный обойщик по имени Кесупк, а о Сойерах и Деннисах там никто и не слышал.

— Неужели вы хотите сказать, — изумился я, — что эта немощная хромая старуха выскочила из кэба на ходу, да так, что ни вы, ни кучер этого не заметили?

— Какая там, к черту, старуха! — сердито воскликнул Шерлок Холмс. — Это мы с вами старые бабы, и нас обвели вокруг пальца! То был, конечно, молодой человек, очень ловкий, и к тому же бесподобный актер. Грим у него был превосходный. Он, конечно, заметил, что за ним следят, и проделал этот трюк, чтобы улизнуть. Это доказывает, что человек, которого мы ищем, действует не в одиночку, как мне думалось, — у него есть друзья, готовые для него пойти на риск. Однако, доктор, вы, я вижу, совсем никуда не годитесь! Ступайте-ка спать, вот что я вам скажу!

Я и в самом деле очень устал и охотно последовал его совету. Холмс уселся у тлеющего камина, и я еще долго слышал тихие, заунывные звуки его скрипки. Я уже знал, что это значит — Холмс обдумывал странную тайну, которую решил распутать во что бы то ни стало.

Глава VI. ТОБИАС ГРЕГСОН ДОКАЗЫВАЕТ, НА ЧТО ОН СПОСОБЕН

На следующий день все газеты были полны сообщениями о так называемой «Брикстонской тайне». Каждая газета поместила подробный отчет о происшедшем, а некоторые напечатали и статьи. Из них я узнал кое-что для меня новое. У меня до сих пор хранится множество газетных вырезок, а в записной книжке есть выписка из статей о загадочном убийстве. Вот содержание нескольких из них:

«Дейли телеграф» писала, что в истории преступлений вряд ли можно найти убийство, которому сопутствовали бы столь странные обстоятельства. Немецкая фамилия жертвы, отсутствие каких-либо явных мотивов и зловещая надпись на стене — все говорит о том, что преступление совершено политическими эмигрантами и революционерами. В Америке много социалистических организаций; по-видимому, убитый нарушил какие-то их неписаные законы и его выследили. Бегло упомянув германский фемгерих[1], aqua tofana[2], карбонариев, маркизу де Бренвилье[3], теорию Дарвина, теорию Мальтуса и убийства на Рэтклиффской дороге[4], автор статьи под конец призывал правительство быть начеку и требовал усиления надзора за иностранцами в Англии.

«Стандард» подчеркивала, что беззакония такого рода, как правило, происходят при либеральном правительстве. Причина тому — неустойчивое

---

[1] Фемгерих — тайный суд в средневековой Германии, выносивший свои приговоры на секретных ночных заседаниях.

[2] Аква тофана — яд, названный по имени применявшей его отравительницы Теофании ди Адамо, казненной в Палермо в 1633 году.

[3] Бренвилье, Мария Мадлен — из корыстных целей отравила своего отца и двух братьев. Казнена в Париже в 1670 году.

[4] Убийства на Рэтклиффской дороге — одно из самых знаменитых преступлений в истории английской криминалистики.

настроение масс, что порождает неуважение к закону. Убитый по происхождению американец, прожил в нашей столице несколько недель. Он остановился в пансионе мадам Шарпантье на Торки-Террас, в Камберуэлле. В поездках его сопровождал личный секретарь, мистер Джозеф Стэнджерсон. Во вторник, четвертого числа сего месяца, оба простились с хозяйкой и поехали на Юстонский вокзал к ливерпульскому экспрессу. На перроне их видели вместе. После этого о них ничего не было известно, пока, согласно приведенному выше отчету, тело мистера Дреббера не было обнаружено в пустом доме на Брикстон-роуд, в нескольких милях от вокзала. Как он туда попал и каким образом был убит — все это пока окутано мраком неизвестности. «Мы рады слышать, что расследование ведут мистер Лестрейд и мистер Грегсон из Скотленд-Ярда; можно с уверенностью сказать, что с помощью этих известных сыщиков загадка разъяснится очень скоро».

Газета «Дейли ньюс» не сомневалась, что это — убийство на политической почве. Деспотизм континентальных правительств и их ненависть к либерализму прибили к нашим берегам множество эмигрантов, которые стали бы превосходными гражданами Англии, если бы не были отравлены воспоминаниями о том, что им пришлось претерпеть. У этих людей существует строгий кодекс чести, и малейшее его нарушение карается смертью. Нужно приложить все усилия, чтобы разыскать секретаря покойного, некоего Стэнджерсона, и разузнать об особенностях и привычках его патрона. Чрезвычайно важно то, что удалось установить адрес дома, где он жил, — это следует целиком приписать энергии и проницательности мистера Грегсона из Скотленд-Ярда.

Мы прочли эти статьи за завтраком; Шерлок Холмс потешался над ними вовсю.

— Я же говорил, — что бы ни случилось, Лестрейд и Грегсон всегда останутся в выигрыше!

— Это зависит от того, какой оборот примет дело.

— Ну что вы, это ровно ничего не значит. Если убийцу поймают, то исключительно **благодаря** их стараниям; если, он удерет — то **несмотря** на их старания. Одним словом, — «мне вершки, тебе корешки», и они всегда выигрывают. Что бы они ни натворили, у них всегда найдутся поклонники. Un sot trouve toujours un plus sot qui l'admire[1].

— Боже, что там такое? — воскликнул я, услышав в прихожей и на лестнице топот множества ног и гневные возгласы нашей хозяйки.

— Это отряд уголовной полиции Бейкер-стрит, — серьезно ответил Шерлок Холмс.

В комнату ворвалась целая орава на редкость грязных и оборванных уличных мальчишек.

— Смирно! — строго крикнул Холмс, и шестеро оборванцев, выстроившись в ряд, застыли неподвижно, как маленькие, и, надо сказать, довольно безобразные изваяния. — Впредь с докладом будет приходить один Уиггинс, остальные пусть ждут на улице. Ну что, Уиггинс, нашли?

— Не нашли, сэр, — выпалил один из мальчишек.

— Я так и знал. Ищите, пока не найдете. Вот ваше жалованье. — Холмс дал каждому по шиллингу. — А теперь марш отсюда, и следующий раз приходите с хорошими новостями!

Он махнул им рукой, и мальчишки, как стайка крыс, помчались вниз по лестнице; через минуту их пронзительные голоса донеслись уже с улицы.

— От этих маленьких попрошаек больше толку, чем от десятка полисменов, — заметил Холмс. — При виде человека в мундире у людей деревенеет язык, а эти сорванцы всюду пролезут и все услышат. Смышленый народ, им не хватает только организованности.

— Вы наняли их для Брикстонского дела? — спросил я.

— Да, мне нужно установить один факт. Но это только вопрос времени. Ага! Сейчас мы услышим что-то новенькое насчет убийства из мести. К нам жалует сам Грегсон, и каждая черта его лица источает блаженство. Вот он и пришел.

Нетерпеливо зазвонил звонок; через несколько секунд белобрысый сыщик взбежал по лестнице, перепрыгивая через три ступеньки зараз, и влетел в нашу гостиную.

---

[1] «Глупец глупцу всегда внушает восхищенье»(франц.). Н. Буало. «Поэтическое искусство».

— Дорогой коллега, поздравьте меня! — закричал он, изо всех сил тряся покорную руку Холмса. — Я разгадал загадку, и теперь все ясно, как божий день!

Мне показалось, что на выразительном лице моего приятеля мелькнула тень беспокойства.

— Вы хотите сказать, что напали на верный след? — спросил он.

— Да что там след! Ха-ха! Преступник сидит у нас под замком!

— Кто же он такой?

— Артур Шарпантье, младший лейтенант флота ее величества! — воскликнул Грегсон, горделиво выпятив грудь и потирая пухлые руки.

Шерлок Холмс с облечением вздохнул, и его чуть сжавшиеся губы распустились в улыбке.

— Садитесь и попробуйте вот эти сигары, — сказал он. — Мы горим нетерпением узнать, как это вам удалось. Хотите виски с водой?

— Не возражаю, — ответил сыщик. — Последние два дня отняли у меня столько сил, что я просто валюсь с ног — не столько от физической усталости, конечно, сколько от умственного перенапряжения. Вам это знакомо, мистер Холмс, мы же с вами одинаково работаем головой.

— О, вы мне льстите, — с серьезным видом возразил Холмс. — Итак, каким же образом вы пришли к столь блистательным результатам?

Сыщик удобно уселся в кресло и задымил сигарой. Но вдруг он хлопнул себя по ляжке и захохотал.

— Нет, вот что интересно! — воскликнул он. — Этот болван Лестрейд, который воображает, что умнее всех, пошел по совершенно ложному следу! Он ищет секретаря Стэнджерсона, а этот Стэнджерсон так же причастен к убийству, как еще не родившееся дитя. Он уже, наверное, его арестовал!

Эта мысль показалась Грегсону столь забавной, что он смеялся до слез.

— А как же вы напали на след?

— Сейчас все расскажу. Доктор Уотсон, это, конечно, строго между нами. Первая трудность состояла в том, как разузнать о жизни Дреббера в Америке. Другой бы стал ждать, пока кто-то откликнется на объявление или сам вызовется дать сведения об убитом. Но Тобиас Грегсон работает иначе. Помните цилиндр, что нашли возле трупа?

— Помню, — сказал Холмс. — На нем была марка: «Джон Ундервуд и сыновья, Камберуэлл-роуд, сто двадцать девять.

Грегсон заметно помрачнел.

— Вот уж никак не думал, что вы это заметили, — сказал он. — Вы были в магазине?

— Нет.

— Ха! — с облегчением усмехнулся Грегсон. — В нашем деле нельзя упускать ни единой возможности, хоть и самой малой.

— Для великого ума мелочей не существует, — сентенциозно произнес Холмс.

— Само собой, я пошел к Ундервуду и спросил, не случилось ли ему продать такой-то цилиндр такого-то размера. Он заглянул в свою книгу и сразу же нашел запись. Он послал цилиндр мистеру Дребберу в пансион Шарпантье на Торки-Террас. Вот таким образом я узнал его адрес.

— Ловко, ничего не скажешь, — пробормотал Шерлок Холмс.

— Затем я отправился к миссис Шарпантье, — продолжал детектив. — Она была бледна и, очевидно, очень расстроена. При ней находилась дочь— на редкость хорошенькая, между прочим; глаза у нее были красные, а когда я с ней заговорил, губы ее задрожали. Я, конечно, сразу почуял, что дело тут нечисто. Вам знакомо это ощущение какого-то особого холодка внутри, когда нападаешь на верный след, мистер Холмс? Я спросил:

«Вам известно о загадочной смерти вашего бывшего квартиранта, мистера Еноха Дреббера из Кливленда?»

Мать кивнула. У нее, видно, не было силы вымолвить хоть слово. Дочь вдруг расплакалась. Тут мне уже стало ясно: эти женщины что-то знают.

«В котором часу мистер Дреббер уехал на вокзал?» — спрашиваю я.

Мать, стараясь побороть волнение, судорожно глотнула воздух.

«В восемь, — ответила она. — Его секретарь, мистер Стэнджерсон, сказал, что есть два поезда: один— в девять пятнадцать, другой— в одиннадцать. Он собирался ехать первым».

— И больше вы его не видели?

Женщина вдруг сильно изменилась в лице. Она стала белой, как мел, и хрипло, через силу произнесла

«Нет».

Наступило молчание; вдруг дочь сказала ясным, спокойным голосом:

«Ложь никогда не приводит к добру, мама. Давайте скажем все откровенно. Да, мы видели мистера Дреббера еще раз».

«Да простит тебя бог! — крикнула мадам Шарпантье, всплеснув руками, и упала в кресло. — Ты погубила своего брата!»

«Артур сам велел бы нам говорить только правду», — твердо сказала девушка.

«Советую вам рассказать все без утайки, — сказал я. — Полупризнание хуже, чем запирательство. Кроме того, мы сами уже кое-что знаем».

«Пусть же это будет на твоей совести, Алиса! — воскликнула мать и повернулась ко мне. — Я вам расскажу все, сэр. Не подумайте, что я волнуюсь потому, что мои сын причастен к этому ужасному убийству. Он ни в чем не виновен. Я боюсь только, что в ваших глазах и, может быть, в глазах других он будет невольно скомпрометирован. Впрочем, этого тоже быть не может. Порукой тому его кристальная честность, его убеждения, вся его жизнь!»

«Вы лучше расскажите все начистоту, — сказал я. — И можете поверить, если ваш сын тут ни при чем, ничего плохого с ним не случится».

«Алиса, пожалуйста, оставь нас вдвоем, — сказала мать, и девушка вышла из комнаты. — Я решила молчать, но раз уж моя бедняжка дочь заговорила об этом, то делать нечего. И поскольку я решилась, то расскажу все подробно».

«Вот это разумно!» — согласился я.

«Мистер Дреббер жил у нас почти три недели. Он и его секретарь, мистер Стэнджерсон, путешествовали по Европе. На каждом чемодане была наклейка «Копенгаген» — стало быть, они прибыли прямо оттуда. Стэнджерсон — человек спокойный, сдержанный, но хозяин его, к сожалению, был совсем другого склада. У него были дурные привычки, и вел он себя довольно грубо. Когда они приехали, он в первый же вечер сильно напился, и если уж говорить правду, после полудня вообще не бывал трезвым. Он заигрывал с горничными и позволял себе с ними недопустимые вольности. Самое ужасное, что он вскоре повел себя так и с моей дочерью Алисой и не раз говорил ей такое, чего она, к счастью, по своей невинности даже не могла понять. Однажды он дошел до крайней наглости — схватил ее и стал целовать; даже его собственный секретарь не вытерпел и упрекнул его за столь неприличное поведение».

«Но вы-то почему это терпели? — спросил я. — Вы ведь могли выставить вон ваших жильцов в любую минуту».

Вопрос, как видите, вполне естественный, однако миссис Шарпантье сильно смешалась.

«Видит бог, я отказала бы им на другой же день, — сказала она, — но слишком велико было искушение — ведь каждый платил по фунту в день — значит, четырнадцать фунтов в неделю, а в это время года так трудно найти жильцов! Я вдова, сын мой служит во флоте, и это стоит немалых денег. Не хотелось лишаться дохода, ну я и терпела, сколько могла. Но последняя его выходка меня совсем уж возмутила, и я сейчас же попросила его освободить комнаты. Потому-то он и уехал».

«А дальше?»

«У меня отлегло от сердца, когда они уехали. Сын мой сейчас дома, он в отпуску, но я побоялась рассказать ему — он у меня очень вспыльчивый и нежно любит сестру. Когда я заперла за ними дверь, у меня словно камень с души свалился. Но, увы, не прошло и часа, как раздался звонок и мне сказали, что мистер Дреббер вернулся. Он вел себя очень развязно — очевидно, успел порядком напиться. Он вломился в комнату, где сидели мы с дочерью, и буркнул мне что-то невразумительное насчет того, что он-де опоздал на поезд. Потом повернулся к Алисе и прямо при мне предложил ей бежать с ним. «Вы уже взрослая, — сказал он, — и по закону никто вам запретить не может. Денег у меня куча. Не обращайте внимания на эту старую ведьму, едем вместе сейчас же! Вы будете жить, как герцогиня!» Бедная Алиса перепугалась и бросилась прочь, но он схватил ее за руку и потащил к двери. Я закричала, и тут вошел мой сын, Артур. Что было потом, я не знаю. Я слышала только злобные проклятия и шумную возню. Я была так напугана, что не смела открыть глаза. Наконец я подняла голову и увидела, что Артур стоит на пороге с палкой в руках и смеется. «Думаю, что наш прекрасный жилец сюда больше не покажется, — сказал он. — Пойду на улицу, погляжу, что он там делает». Артур взял шляпу и вышел. А наутро мы узнали, что мистер Дреббер убит».

Рассказывая, миссис Шарпантье то вздыхала, то всхлипывала. Временами она даже не говорила, а шептала так тихо, что я еле разбирал слова. Но все, что она сказала, я записал стенографически, чтобы потом не было недоразумений.

— Очень любопытно, — сказал Холмс, зевая. — Ну, и что же дальше?

— Миссис Шарпантье замолчала, — продолжал сыщик, — и тут я понял, что все зависит от одного-единственного обстоятельства. Я посмотрел на нее пристальным взглядом— я не раз убеждался, как сильно он действует на женщин, — и спросил, когда ее сын вернулся домой.

«Не знаю», — ответила она.

«Не знаете?»

«Нет, у него есть ключ, он сам отпирает дверь».

«Но вы уже спали, когда он пришел?»

«Да».

«А когда вы легли спать?»

«Около одиннадцати».

«Значит, ваш сын отсутствовал часа два, не меньше?»

«Да».

«А может, четыре или пять часов?»

«Может быть».

«Что же он делал все это время?»

«Не знаю», — сказала она, так побледнев, что даже губы у нее побелели.

Конечно, после этого уже не о чем было говорить.

Я разузнал, где находится лейтенант Шарпантье, взял с собой двух полицейских и арестовал его. Когда я тронул его за плечо и велел спокойно идти с нами, он нагло спросил: «Вы, наверное, подозреваете, что я убил этого негодяя Дреббера?» А поскольку мы еще и словом не обмолвились об убийстве, то все это весьма подозрительно.

— Очень, — подтвердил Холмс.

— При нем была палка, с которой он, по словам матери, бросился вслед за Дреббером. Толстая, тяжелая дубинка, сэр.

— Как же, по-вашему, произошло убийство?

— А вот как. Он шел за Дреббером до самой Брикстон-роуд. Там снова завязалась драка. Шарпантье ударил этой палкой Дреббера, всего вероятнее, в живот, и тот сразу же умер, а на теле никаких следов не осталось. Лил дождь, кругом не было ни души, и Шарпантье оттащил свою жертву в пустой дом. А свеча, кровь на полу, надпись на стене и кольцо — это всего-навсего хитрости, чтобы запутать следствие.

— Молодец! — одобрительно воскликнул Холмс. — Право, Грегсон, вы делаете большие успехи. У вас большая будущность.

— Я тоже доволен собой, кажется, я недурно справился с делом, — горделиво ответил сыщик. — Молодой человек в своих показаниях утверждает, что он пошел за Дреббером, но тот вскоре заметил его и, подозвав кэб, уехал. Шарпантье утверждает, что, возвращаясь домой, он якобы встретил своего товарища по флоту, и они долго гуляли по улицам. Однако он не смог сказать, где живет этот его товарищ. Мне кажется, тут все сходится одно к одному необыкновенно точно. Но Лестрейд-то, Лестрейд! Как подумаю, что он сейчас рыщет по ложному следу, так меня разбирает смех! Смотрите-ка, да вот и он сам!

Да, действительно в дверях стоял Лестрейд — за разговором мы не услышали его шагов на лестнице. Но куда девалась его самоуверенность, его обычная щеголеватость? На лице его была написана растерянность и тревога, измятая одежда забрызгана грязью. Очевидно, он пришел о чем-то посоветоваться с Шерлоком Холмсом, потому что, увидев своего коллегу, был смущен и раздосадован. Он стоял посреди комнаты, нервно теребя шляпу, и, казалось, не знал, как поступить.

— Совершенно небывалый случай, — произнес он наконец, — непостижимо запутанное дело!

— Неужели, мистер Лестрейд! — торжествующе воскликнул Грегсон. — Я не сомневался, что вы придете к такому заключению. Удалось ли вам найти секретаря, мистера Джозефа Стэнджерсона?

— Мистер Джозеф Стэнджерсон, — серьезным тоном сказал Лестрейд, — был убит в гостинице «Холлидей» сегодня около шести часов утра.

Глава VII. ПРОБЛЕСК СВЕТА

Неожиданная и важная весть, которую принес нам Лестрейд, ошеломила нас. Грегсон вскочил с кресла, пролив на пол остатки виски с водой. Шерлок Холмс сдвинул брови и крепко сжал губы, а я молча уставился на него.

— И Стэнджерсон тоже… — пробормотал Холмс. — Дело осложняется.

— Оно и без того достаточно сложно, — проворчал Лестрейд, берясь за стул. — Но я, кажется, угодил на военный совет?

— А вы… вы точно знаете, что он убит? — запинаясь, спросил Грегсон.

— Я только что был в его комнате, — ответил Лестрейд. — Я первый обнаружил это убийство.

— А мы тут слушали Грегсона, который по-своему решил загадку, — заметил Холмс. — Будьте добры, расскажите нам, что вы видели и что сделали.

— Пожалуйста, — ответил Лестрейд, усаживаясь на стул. — Не скрою, я держался того мнения, что Стэнджерсон замешан в убийстве Дреббера. Сегодняшнее событие доказало, что я ошибался. Одержимый мыслью о его соучастии, я решил выяснить, где он и что с ним. Третьего числа вечером, примерно в половине девятого, их видели вместе на Юстонском вокзале. В два часа ночи труп Дреббера нашли на Брикстон-роуд. Следовательно, я должен был узнать, что делал Стэнджерсон между половиной девятого и тем часом, когда было совершено преступление, и куда он девался после этого. Я послал в Ливерпуль телеграмму, сообщил приметы Стэнджерсона и просил проследить за пароходами, отходящими в Америку. Затем я объехал все гостиницы и меблированные комнаты в районе Юстонского вокзала. Видите ли, я рассуждал так: если они с Дреббером расстались у вокзала, то скорее всего секретарь переночует где-нибудь поблизости, а утром опять явится на вокзал.

— Они, вероятно, заранее условились о месте встречи, — вставил Холмс.

— Так и оказалось. Вчерашний вечер я потратил на поиски Стэнджерсона, но безуспешно. Сегодня я начал искать его с раннего утра и к восьми часам добрался наконец до гостиницы «Холлидей» на Литл-

Джордж-стрит. На вопрос, не живет ли здесь мистер Стэнджерсон, мне сразу ответили утвердительно.

«Вы, наверное, тот джентльмен, которого он поджидает, — сказали мне. — Он ждет вас уже два дня».

«А где он сейчас?» — спросил я.

«У себя наверху, он еще спит. Он просил разбудить его в девять».

«Я сам его разбужу», — сказал я.

Я подумал, что мой внезапный приход застанет его врасплох и от неожиданности он может проговориться насчет убийства.

Коридорный вызвался проводить меня до его комнаты — она была на втором этаже и выходила в узенький коридорчик. Показав мне его дверь, коридорный пошел было вниз, как вдруг я увидел такое, от чего, несмотря на мой двадцатилетний опыт, мне едва не стало дурно. Из-под двери вилась тоненькая красная полоска крови, она пересекала пол коридорчика и образовала лужицу у противоположной стены. Я невольно вскрикнул; коридорный тотчас же вернулся назад. Увидев кровь, он чуть не хлопнулся без чувств. Дверь оказалась заперта изнутри, но мы высадили ее плечами и ворвались в комнату. кно было открыто, а возле него на полу, скорчившись, лежал человек в ночной рубашке. Он был мертв, и, очевидно, уже давно: труп успел окоченеть. Мы перевернули его на спину, и коридорный подтвердил, что это тот самый человек, который жил у них в гостинице под именем Джозефа Стэнджерсона. Смерть наступила от сильного удара ножом в левый бок; должно быть, нож задел сердце. И тут обнаружилось самое странное. Как вы думаете, что мы увидели над трупом?

Прежде чем Холмс успел ответить, я почувствовал, что сейчас услышу что-то страшное, и у меня по коже поползли мурашки.

— Слово Rache, написанное кровью, — сказал Холмс.

— Да, именно. — В голосе Лестрейда звучал суеверный страх.

Мы помолчали. В действиях неизвестного убийцы была какая-то зловещая методичность, и от этого его преступления казались еще ужаснее. Нервы мои, ни разу не сдававшие на полях сражений, сейчас затрепетали.

— Убийцу видели, — продолжал Лестрейд. — Мальчик, приносивший молоко, шел обратно в молочную через проулок, куда выходит конюшня, что на задах гостиницы. Он заметил, что лестница, всегда валявшаяся на земле, приставлена к окну второго этажа гостиницы, а окно распахнуто настежь. Отойдя немного, он оглянулся и увидел, что по лестнице спускается человек. И спускался так спокойно, не таясь, что мальчик принял его за плотника или столяра, работавшего в гостинице. Мальчик не обратил особого внимания на этого человека, хотя у него мелькнула мысль, что в такую рань обычно еще не работают. Он припоминает, что человек этот был высокого роста, с красноватым лицом и в длинном коричневом пальто. Он, должно быть, ушел из комнаты не сразу после убийства — он ополоснул руки в тазу с водой и тщательно вытер нож о простыню, на которой остались кровяные пятна.

Я взглянул на Холмса — описание убийцы в точности совпадало с его догадками. Однако лицо его не выражало ни радости, ни удовлетворения.

— Вы не нашли в комнате ничего такого, что могло бы навести на след убийцы? — спросил он.

— Ничего. У Стэнджерсона в кармане был кошелек Дреббера, но тут нет ничего удивительного: Стэнджерсон всегда за него расплачивался. В кошельке восемьдесят фунтов с мелочью, и, очевидно, оттуда ничего не взято. Не знаю, каковы мотивы этих странных преступлений, но только не ограбление. В карманах убитого не обнаружено никаких документов или записок, кроме телеграммы из Кливленда, полученной с месяц назад. Текст ее — «Дж. X. в Европе». Подписи в телеграмме нет.

— И больше ничего? — спросил Холмс.

— Ничего существенного. На кровати брошен роман, который Стэнджерсон читал на ночь вместо снотворного, а на стуле рядом лежит трубка убитого. На столе стоит стакан с водой, на подоконнике — аптекарская коробочка, и в ней две пилюли.

С радостным возгласом Шерлок Холмс вскочил со стула.

— Последнее звено! — воскликнул он. — Теперь все ясно!

Оба сыщика вытаращили на него глаза.

— Сейчас в моих руках все нити этого запутанного клубка, — уверенно заявил мой приятель. — Конечно, еще не хватает кое-каких деталей, но цепь событий, начиная с той минуты, как Дреббер расстался со Стэнджерсоном на вокзале, и вплоть до того, как вы нашли труп Стэнджерсона, мне ясна, как будто все происходило на моих глазах. И я вам это докажу. Не могли бы вы взять оттуда пилюли?

— Они у меня, — сказал Лестрейд, вытаскивая маленькую белую коробочку. — Я взял и пилюли, и кошелек, и телеграмму, чтобы сдать в полицейский участок. По правде говоря, пилюли я прихватил случайно: я не придал им никакого значения.

— Дайте сюда, — сказал Холмс и повернулся ко мне. — Доктор, как вы думаете, это обыкновенные пилюли?

Нет, пилюли, конечно, нельзя было назвать обыкновенными. Маленькие, круглые, жемчужно-серого цвета, они были почти прозрачными, если смотреть их на свет.

— Судя по легкости и прозрачности, я полагаю, что они растворяются в воде, — сказал я.

— Совершенно верно, — ответил Холмс. — Будьте добры, спуститесь вниз и принесите этого несчастного парализованного терьера, — хозяйка вчера просила усыпить его, чтобы он больше не мучился.

Я сошел вниз и принес собаку. Тяжелое дыхание и стекленеющие глаза говорили о том, что ей недолго осталось жить. Судя по побелевшему носу, она уже почти перешагнула предел собачьего существования. Я положил терьера на коврик у камина.

— Сейчас я разрежу одну пилюлю пополам, — сказал Холмс, вынимая перочинный нож. — Одну половинку мы положим обратно — она еще может пригодиться. Другую я кладу в этот бокал и наливаю чайную ложку воды. Видите, наш доктор прав — пилюля быстро растворяется.

— Да, весьма занятно, — обиженным тоном произнес Лестрейд, очевидно, заподозрив, что над ним насмехаются, — но я все-таки не понимаю, какое это имеет отношение к смерти Джозефа Стэнджерсона?

— Терпение, друг мой, терпение! Скоро вы убедитесь, что пилюли имеют к ней самое прямое отношение. Теперь я добавлю немного молока, чтобы было повкуснее и собака вылакала бы все сразу.

Вылив содержимое бокала в блюдце, он поставил его перед собакой. Та вылакала все до капли. Серьезность Холмса так подействовала на нас, что мы молча, как завороженные, следили за собакой, ожидая чего-то необычайного. Ничего, однако, не произошло. Терьер лежал на коврике, все так же тяжело дыша, но от пилюли ему не стало ни лучше, ни хуже.

Холмс вынул часы; прошла минута, другая, собака дышала по-прежнему, а Шерлок Холмс сидел с глубоко огорченным, разочарованным видом. Он прикусил губу, потом забарабанил пальцами по столу — словом, выказывал все признаки острого нетерпения. Он так волновался, что мне стало его искренне жаль, а оба сыщика иронически улыбались, явно радуясь его провалу.

— Неужели же это просто совпадение! — воскликнул он наконец; вскочив со стула, он яростно зашагал по комнате. — Нет, не может быть! Те самые пилюли, которые, как я предполагал, убили Дреббера, найдены возле мертвого Стэнджерсона. И вот они не действуют! Что же это значит? Не верю, чтобы весь ход моих рассуждений оказался неправильным. Это невозможно! И все-таки бедный пес жив… А! Теперь я знаю! Знаю!

С этим радостным возгласом он схватил коробочку, разрезал вторую пилюлю пополам, растворил в воде, долил молока и поставил перед терьером. Едва несчастный пес лизнул языком эту смесь, как по телу его пробежали судороги, он вытянулся и застыл, словно сраженный молнией.

Шерлок Холмс глубоко вздохнул и отер со лба пот.

— Надо больше доверять себе, — сказал он. — Пора бы мне знать, что если какой-нибудь факт идет вразрез с длинной цепью логических заключений, значит, его можно истолковать иначе. В коробке лежало две пилюли — в одной содержался смертельный яд, другая — совершенно безвредная. Как это я не догадался раньше, чем увидел коробку!

Последняя фраза показалась мне настолько странной, что я усомнился, в здравом ли он уме. Однако труп собаки служил доказательством правильности его доводов. Я почувствовал, что туман в моей голове постепенно рассеивается и я начинаю смутно различать правду.

— Вам всем это кажется сущей дичью, — продолжал Холмс, — потому что в самом начале расследования вы не обратили внимания на единственное обстоятельство, которое и было настоящим ключом к разгадке. Мне посчастливилось ухватиться за него, и все дальнейшее только подтверждало мою догадку и, в сущности, являлось ее логическим следствием. Поэтому все то, что ставило вас в тупик и, как вам казалось, еще больше запутывало дело, мне, наоборот, многое объясняло и только подтверждало мои заключения. Нельзя смешивать странное с таинственным. Часто самое банальное преступление оказывается самым загадочным, потому что ему не сопутствуют какие-нибудь особенные обстоятельства, которые могли бы послужить основой для умозаключений.

Это убийство было бы бесконечно труднее разгадать, если бы труп просто нашли на дороге, без всяких «outre»[1] и сенсационных подробностей, которые придали ему характер необыкновенности. Странные подробности вовсе не осложняют расследование, а, наоборот, облегчают его.

Грегсон, сгоравший от нетерпения во время этой речи, не выдержал.

— Послушайте, мистер Шерлок Холмс, — сказал он, — мы охотно признаем, что вы человек сообразительный и изобрели свой особый метод работы. Но сейчас нам ни к чему выслушивать лекцию по теории. Сейчас надо ловить убийцу. У меня было свое толкование дела, но, кажется, я ошибся. Молодой Шарпантье не может быть причастен ко второму убийству. Лестрейд подозревал Стэнджерсона и, очевидно, тоже дал маху. Вы все время сыплете намеками и делаете вид, будто знаете гораздо больше нас, но теперь мы вправе спросить напрямик: что вам известно о преступлении? Можете ли вы назвать убийцу?

— Не могу не согласиться с Грегсоном, сэр, — заметил Лестрейд. — Мы оба пытались найти разгадку, и оба ошиблись. С той минуты, как я пришел, вы уже несколько раз говорили, что у вас есть все необходимые улики. Надеюсь, теперь-то вы не станете их утаивать?

— Если медлить с арестом убийцы, — добавил я, — он может совершить еще какие-нибудь злодеяния.

Мы так наседали на Холмса, что он явно заколебался. Нахмурив брови и опустив голову, он шагал по комнате взад и вперед, как всегда, когда он что-то напряженно обдумывал.

— Убийств больше не будет, — сказал он, внезапно остановившись. — Об этом можете не беспокоиться. Вы спрашиваете, знаю ли я имя убийцы. Да, знаю. Но знать имя — это еще слишком мало, надо суметь поймать преступника. Я очень надеюсь, что принятые мною меры облегчат эту трудную задачу, но тут нужно действовать с величайшей осторожностью, ибо нам придется иметь дело с человеком хитрым и готовым на все, и к тому же, как я уже имел случай доказать, у него есть сообщник, не менее умный, чем он сам. Пока убийца не знает, что преступление разгадано, у нас еще есть возможность схватить его; но если у него мелькнет хоть малейшее подозрение, он тотчас же переменит имя и затеряется среди

---

[1] Явные признаки (франц.)

четырех миллионов жителей нашего огромного города. Не желая никого обидеть, я должен все же сказать, что такие преступники не по плечу сыскной полиции, поэтому-то я и не обращался к вашей помощи. Если я потерплю неудачу, вся вина за упущение падет на меня, и я готов понести ответственность. Пока же могу пообещать, что немедленно расскажу вам все, как только я буду уверен, что моим планам ничто не угрожает.

Грегсон и Лестрейд были явно недовольны и этим обещанием и обидным намеком на сыскную полицию. Грегсон вспыхнул до корней своих льняных волос, а похожие на бусинки глаза Лестрейда загорелись гневом и любопытством. Однако ни тот, ни другой не успели произнести ни слова: в дверь постучали, и на пороге появился своей собственной непрезентабельной персоной представитель уличных мальчишек.

— Сэр, — заявил он, прикладывая руку к вихрам надо лбом, — кеб ждет на улице.

— Молодчина! — одобрительно сказал Холмс. — Почему Скотленд-Ярд не пользуется этой новой моделью? — продолжал он, выдвинув ящик стола и доставая пару стальных наручников. — Смотрите, как прекрасно действует пружина — они захлопываются мгновенно.

— Мы обойдемся и старой моделью, — ответил Лестрейд, — было бы на кого им надеть.

— Отлично, отлично! — улыбнулся Холмс. — Пусть кэбмен пока что снесет вниз мои вещи. Позови его, Уиггинс.

Я удивился: Холмс, видимо, собрался уезжать, а мне не сказал ни слова! В комнате стоял небольшой чемодан; Холмс вытащил его на середину и, став на колени, начал возиться с ремнями.

— Помогите мне затянуть этот ремень, — не поворачивая головы, сказал он вошедшему кэбмену.

Кэбмен с вызывающе пренебрежительным видом шагнул вперед и протянул руки к ремню. Послышался резкий щелчок, металлическое звяканье, и Шерлок Холмс быстро поднялся на ноги. Глаза его блестели.

— Джентльмены, — воскликнул он, — позвольте представить вам мистера Джефферсона Хоупа, убийцу Еноха Дреббера и Джозефа Стэнджерсона!

Все произошло в одно мгновение, я даже не успел сообразить, в чем дело. Но в память мою навсегда врезалась эта минута — торжествующая улыбка Холмса и его звенящий голос и дикое, изумленное выражение на лице кебмена при виде блестящих наручников, словно по волшебству сковавших его руки.

Секунду-другую мы превратились в каменные изваяния. Вдруг пленник с яростным ревом вырвался из рук Холмса и кинулся к окну. Он вышиб раму и стекло, но выскочить не успел: Грегсон, Лестрейд и Холмс набросились на него, как ищейки, и оттащили от окна. Началась жестокая схватка. Рассвирепевший преступник обладал недюжинной силой: как мы ни старались навалиться на него, он то и дело раскидывал нас в разные стороны. Такая сверхъестественная сила бывает разве только у человека, бьющегося в эпилептическом припадке. Лицо его и руки были изрезаны осколками стекла, но, несмотря на потерю крови, он сопротивлялся с ничуть не ослабевавшей яростью. И только когда Лестрейд изловчился просунуть руку под его шарф, схватил его за горло и чуть не задушил, он понял, что бороться бесполезно; все же мы не чувствовали себя в безопасности, пока не связали ему ноги. Наконец, еле переводя дух, мы поднялись с пола.

— Внизу стоит кеб, — сказал Шерлок Холмс. — На нем мы и доставим его в Скотленд-Ярд. Ну что же, джентльмены, — приятно улыбнулся он, — нашей маленькой тайны уже не существует. Прошу вас, задавайте любые вопросы и не опасайтесь, что я откажусь отвечать.

Часть II

Страна святых

Глава I. В великой соляной пустыне

В центральной части огромного североамериканского материка лежит унылая, бесплодная пустыня, с давних времен служившая преградой на пути цивилизации. От Сьерра-Невады до Небраски, от реки Иеллоустон на севере до Колорадо на юге простирается страна безлюдья и мертвой тишины. Но природа и в этом унылом запустении показала свой прихотливый нрав. Здесь есть и высокие горы, увенчанные снежными шапками, и темные, мрачные долины. Здесь есть скалистые ущелья, где пробегают быстрые потоки, и огромные равнины, зимою белые от снега, а летом покрытые серой солончаковой пылью. Но всюду одинаково голо, неприютно и печально.

В этой стране безнадежности не живут люди. Иногда в поисках новых мест для охоты туда забредают индейцы из племени поуни или черноногих, но даже самые отчаянные храбрецы стремятся поскорее покинуть эти зловещие равнины и вернуться в родные прерии. Здесь по кустарникам рыщут койоты, порой в воздухе захлопает крыльями сарыч, и, грузно переваливаясь, пройдет по темной лощине серый медведь, стараясь найти пропитание среди голых скал. Вот, пожалуй, и все обитатели этой глухомани.

Наверное, нет в мире картины безрадостнее той, что открывается с северного склона Сьерра-Бланко. Кругом, насколько хватает глаз, простирается бесконечная плоская равнина, сплошь покрытая солончаковой пылью; лишь кое-где на ней темнеют карликовые кусты чаппараля. Далеко на горизонте высится длинная цепь гор с зубчатыми вершинами, на которых белеет снег. На всем этом огромном пространстве нет ни признаков жизни, ни следов, оставленных живыми существами. В голубовато-стальном небе не видно птиц, и ничто не шевельнется на тусклой серой земле — все обволакивает полная тишина. Сколько ни напрягать слух, в этой великой пустыне не услышишь ни малейшего звука, здесь царит безмолвие — нерушимое, гнетущее безмолвие.

Выше говорилось, что на равнине нет никаких следов живой жизни; пожалуй, это не совсем верно. С высоты Сьерра-Бланко видна извилистая дорога, которая тянется через пустыню и исчезает где-то вдали. Она изборождена колесами и истоптана ногами многих искателей счастья. Вдоль дороги, поблескивая под солнцем, ярко белеют на сером солончаке какие-то предметы. Подойдите ближе и приглядитесь! Это кости — одни крупные и массивные, другие помельче и потоньше. Крупные кости бычьи, другие же — человеческие. На полторы тысячи миль можно проследить страшный караванный путь по этим вехам — останкам тех, кто погиб в соляной пустыне.

Четвертого мая тысяча восемьсот сорок седьмого года все это увидел перед собой одинокий путник. По виду он мог бы сойти за духа или за демона тех мест. С первого взгляда трудно было определить, сколько ему лет — под сорок или под шестьдесят. Желтая пергаментная кожа туго обтягивала кости его худого, изможденного лица, в длинных темных волосах и бороде серебрилась сильная проседь, запавшие глаза горели неестественным блеском, а рука, сжимавшая ружье, напоминала кисть скелета. Чтобы устоять на ногах, ему приходилось опираться на ружье, хотя, судя по высокому росту и могучему сложению, он должен был обладать крепким, выносливым организмом; впрочем, его заострившееся лицо и одежда, мешком висевшая на его иссохшем теле, ясно говорили, почему он выглядит немощным стариком. Он умирал — умирал от голода и жажды.

Напрягая последние силы, он спустился в лощину, потом одолел подъем в тщетной надежде найти здесь, на равнине, хоть каплю влаги, но увидел перед собой лишь соляную пустыню и цепь неприступных гор вдали. И нигде ни дерева, ни кустика, ни признака воды! В этом необозримом пространстве для него не было ни проблеска надежды. Диким, растерянным взглядом он посмотрел на север, потом на восток и запад и понял, что его скитаниям пришел конец, — здесь, на голой скале, ему придется встретить свою смерть. «Не все ли равно, здесь или на пуховой постели лет через двадцать пять», — пробормотал он, собираясь сесть в тень возле большого валуна.

Но прежде чем усесться, он положил на землю ненужное теперь ружье и большой узел, завязанный серой шалью, который он нес, перекинув через правое плечо. Узел был, очевидно, слишком тяжел для него, — спустив с плеча, он не удержал его в руках и почти уронил на землю. Тотчас раздался жалобный крик и из серой шали высунулись сначала маленькое испуганное личико с блестящими карими глазами, потом два грязных пухлых кулачка.

— Ты меня ушиб! — сердито произнес детский голосок.

— Правда? — виновато отозвался путник. — Прости, я нечаянно.

Он развязал шаль; в ней оказалась хорошенькая девочка лет пяти, в изящных туфельках, нарядном розовом платьице и полотняном переднике; все это свидетельствовало о том, что ее одевала заботливая мать. Лицо девочки побледнело и осунулось, но, судя по крепким ножкам и ручкам, ей пришлось вытерпеть меньше лишений, чем ее спутнику.

— Тебе больно? — забеспокоился он, глядя, как девочка, запустив пальцы в спутанные золотистые кудряшки, потирает затылок.

— Поцелуй, и все пройдет, — важно сказала она, подставляя ему ушибленное место. — Так всегда делает мама. А где моя мама?

— Она ушла. Думаю, ты скоро ее увидишь.

— Ушла? — переспросила девочка. — Как же это она не сказала «до свиданья»? Она всегда прощалась, даже когда уходила к тете пить чай, а теперь ее нет целых три дня. Ужасно пить хочется, правда? Нет ли здесь воды или чего-нибудь поесть?

— Ничего тут нет, дорогая. Потерпи немножко, и все будет хорошо. Положи сюда голову, тебе станет лучше. Нелегко говорить, когда губы сухие, как бумага, но уж лучше я тебе скажу все, как есть. Что это у тебя?

— Смотри, какие красивые! Какие чудесные! — восторженно сказала девочка, подняв два блестящих кусочка слюды. — Когда вернемся домой, я подарю их братцу Бобу.

— Скоро ты увидишь много вещей куда красивее этих, — твердо ответил ее спутник… — Ты только немножко потерпи. Вот что я хотел тебе сказать: ты помнишь, как мы ушли с реки?

— Помню.

— Понимаешь, мы думали, что скоро придем к другой реке. Не знаю, что нас подвело — компас ли, карта или что другое, только мы сбились с дороги. Вода наша вся вышла, сберегли мы каплю для вас, детишек, и… и…

— И тебе нечем было умыться? — серьезным тоном перебила девочка, глядя в его грустное лицо.

— Да, и попить было нечего. Ну вот, сначала умер мистер Бендер, потом индеец Пит, а за ним миссис Мак-Грегор, Джонни Хоунс и, наконец, твоя мама.

— Мама тоже умерла! — воскликнула девочка и, уткнув лицо в передничек, горько заплакала.

— Да, малышка, все умерли, кроме нас с тобой. Тогда я решил поглядеть, нет ли воды в этой стороне, взвалил тебя на плечи, и мы двинулись дальше. А тут оказалось еще хуже. И нам теперь и вовсе не на что надеяться.

— Значит, мы тоже умрем? — спросила девочка, подняв залитое слезами лицо.

— Да, видно, дело к тому идет.

— Что же ты мне раньше не сказал? обрадовалась она. — Я так испугалась! Но когда мы умрем, мы же пойдем к маме!

— Ты-то, конечно, пойдешь, милая.

— И ты тоже. Я расскажу маме, какой ты добрый. Наверное, она встретит нас на небе в дверях с кувшином воды и с целой грудой гречишных лепешек, горяченьких и поджаристых, — мы с Бобом так их любили! А долго еще ждать, пока мы умрем?

— Не знаю, должно быть, недолго. — Он не отрываясь смотрел на север, где на самом краю голубого небосвода показались три темные точки. С каждой секундой они становились все больше и все ближе и вскоре превратились в трех крупных коричневых птиц, которые медленно покружили над головами путников и уселись на скале чуть выше них. Это были сарычи, хищники западных равнин, — их появление предвещало смерть.

— Курочки, курочки! — радостно воскликнула девочка, указывая на зловещих птиц, и захлопала в ладошки, чтобы они снова взлетели. — Послушай, а это место тоже создал бог?

Неожиданный вопрос вывел его из задумчивости.

— Конечно!

— Он создал Иллинойс, и Миссури тоже он создал, — продолжала девочка. — А это место, наверное, создал кто-то другой и забыл про деревья и воду. Тут не так хорошо, как там.

— Может, помолимся? — неуверенно предложил ее спутник.

— Но мы же еще не ложимся спать, — возразила девочка.

— Это ничего. Конечно, еще не время для молитвы, но бог не обидится, ручаюсь тебе. Прочти те молитвы, что ты всегда читала на ночь в повозке, когда мы ехали по долинам.

Девочка удивленно раскрыла глаза.

— А почему ты сам не хочешь?

— Я их позабыл, — сказал он. — Я не молился с тех пор, как был чуть побольше, чем ты. Молись, а я буду повторять за тобой.

— Тогда ты должен стать на колени, и я тоже стану, — сказала девочка, расстилая на земле шаль. — Сложи руки вот так, и тебе сразу станет хорошо.

Это было странное зрелище, которого, впрочем, не видел никто, кроме сарычей. На расстеленной шали бок о бок стояли на коленях двое путников: щебечущий ребенок и отчаянный, закаленный жизнью бродяга. Его изможденное, костлявое лицо и круглая мордашка девочки были запрокинуты вверх; глядя в безоблачное небо, оба горячо молились страшному божеству, с которым они остались один на один. Два голоса — тоненький, звонкий и низкий и хриплый — молили его о милости и прощении. Помолившись, они сели в тени возле валуна; девочка вскоре уснула, прикорнув на широкой груди своего покровителя. Он долго сторожил ее сон, но мало-помалу усталость взяла свое. Три дня и три ночи он не смыкал глаз и не давал себе отдыха. Его отяжелевшие веки постепенно опускались, а голова все ниже и ниже клонилась на грудь, пока его поседевшая борода не коснулась золотистых локонов девочки. Оба спали крепким, тяжелым сном без сновидений.

Если бы путнику удалось побороть сонливость, то через полчаса его глазам представилась бы странная картина. Далеко, на самом краю соляной равнины, показалось крошечное облачко пыли; поначалу еле заметное, сливающееся с дымкой на горизонте, оно постепенно разрасталось вверх и вширь, пока не превратилось в плотную тучу. Она увеличивалась все больше, и наконец стало ясно, что эта пыль поднята множеством движущихся живых существ. Будь эти места более плодородны, можно было бы подумать, что это бизоны, которые огромными стадами пасутся в прериях. Но здесь, в мертвой пустыне, вряд ли водились бизоны. Облако медленно приближалось к одинокой скале, где спали двое несчастных. Сквозь дымку пыли показались парусиновые крыши повозок и силуэты вооруженных всадников — загадочное явление оказалось двигавшимся с запада караваном. Но каким караваном! Когда головная его часть приблизилась к скале, на горизонте еще не было видно конца. Пересекая огромную равнину, тянулись нестройными вереницами телеги, крытые повозки, всадники, пешие, множество женщин, сгибавшихся под ношей; были здесь и дети, семенившие возле повозок или выглядывавшие из-под белых парусиновых крыш. Очевидно, это была не просто партия переселенцев, а целое кочевое племя, которое какие-то обстоятельства вынудили искать себе нового пристанища. В ясном воздухе над этим громадным скопищем людей плыл разноголосый гул, смешанный с топотом, ржанием лошадей и скрипом колес. Но как ни громок был этот шум, он не разбудил обессиленных путников, спавших на скале.

Во главе колонны ехало несколько всадников в темной домотканой одежде и с ружьями за спиной. Лица их были неподвижны и суровы. У подножия скалы они остановились и стали совещаться.

— Родники направо, братья, — сказал всадник с гладко выбритым лицом, жестким складом рта и сильной проседью в волосах.

— Направо от Сьерра-Бланко, — стало быть, мы выедем к Рио-Гранде, — отозвался другой.

— Не бойтесь остаться без воды! — воскликнул третий. — Тот, кто мог высечь воду из скал, не покинет свой избранный народ!

— Аминь! Аминь! — подхватили остальные.

Они собирались двинуться дальше, как вдруг самый молодой и зоркий из них удивленно вскрикнул, указывая на зубчатый утес над ними. Вверху, ярко выделяясь на сером камне, трепетал клочок розовой ткани. Всадники мгновенно сдержали лошадей и перекинули ружья на грудь. Отделившись от колонны, к ним на подмогу галопом поскакала еще группа всадников. У всех на устах было одно слово: «Краснокожие».

— Тут не может быть много индейцев, — сказал седоволосый человек, судя по всему, глава отряда. — Мы миновали племя поуни, а по эту сторону гор других племен нет.

— Брат Стэнджерсон, я пойду вперед и посмотрю, что там такое, — вызвался один из всадников.

— И я! И я! — раздались голоса.

— Оставьте лошадей здесь, мы будем ждать вас внизу, — распорядился старший.

Молодые люди мгновенно спрыгнули с лошадей и, привязав их, начали карабкаться по крутизне вверх, к розовому предмету, разжегшему их любопытство. Они взбирались быстро и бесшумно, с той ловкостью и уверенностью движений, какая бывает только у опытных лазутчиков. Стоявшие внизу следили, как они перепрыгивали с уступа на уступ, пока наконец не увидели их фигуры вверху, на фоне неба. Тот юноша, что первый поднял тревогу, опередил остальных. Люди, шедшие следом, вдруг увидели, как он удивленно вскинул руки, и, догнав его, тоже остановились, пораженные представшим перед ними зрелищем.

На маленькой площадке, венчавшей голую вершину, высился гигантский валун, а возле него лежал крупный, но невероятно исхудалый мужчина с длинной бородой. По безмятежному выражению его изможденного лица и по ровному дыханию было видно, что он крепко спит. Рядом, обхватив его темную жилистую шею круглыми беленькими ручками и положив голову ему на грудь, спала девочка. Ее золотистые волосы рассыпались по вытертому бархату его куртки, розовые губы чуть раздвинулись в счастливой улыбке, показывая ровный ряд белоснежных зубов. Ее пухлые белые ножки в белых носочках и аккуратных туфельках с блестящими пряжками представляли странный контраст с длинными высохшими ногами ее спутника. Над ними, на краю скалы, торжественно и мрачно восседали три сарыча; при появлении пришельцев они с хриплым, сердитым клекотом медленно взмыли вверх.

Крик этих мерзких птиц разбудил спящих; они подняли головы, растерянно озираясь вокруг. Мужчина, шатаясь, встал и поглядел вниз, на равнину, такую пустынную в тот час, когда его сморил сон, а теперь кишевшую множеством людей и животных. Не веря своим глазам, он провел рукой по лицу.

— Вот это, наверное, и есть предсмертный бред, — пробормотал он. Девочка стояла рядом, держась за полу его куртки, и молча глядела вокруг широко раскрытыми глазами.

Пришельцам быстро удалось убедить несчастных, что их появление не галлюцинация. Один из них поднял девочку и посадил себе на плечо, а двое других, поддерживая изможденного путника, помогли ему спуститься вниз и подойти к каравану.

— Меня зовут Джоном Ферье, — сказал он. — Нас было двадцать два человека, остались в живых только я да эта малютка. Остальные погибли от голода и жажды еще там, на юге.

— Это твоя дочь? — спросил кто-то.

— Теперь моя! — вызывающе сказал путник. — Моя, потому что я ее спас. Никому ее не отдам! С этого дня она— Люси Ферье. Но вы-то кто? — спросил он, с любопытством глядя на своих рослых загорелых спасителей. — Похоже, вас тут целая туча!

— Почти десять тысяч! — ответил один из молодых людей. — Мы божьи чада в изгнании, избранный народ ангела Мерона.

— В первый раз о таком слышу, — сказал путник. — Порядочно же у него избранников, как я погляжу!

— Не смей кощунствовать! — строго прикрикнул его собеседник. — Мы те, кто верит в святые заповеди, начертанные египетскими иероглифами на скрижалях кованого золота, которые были вручены святому Джозефу Смиту в Палмайре. Мы прибыли из Нову в штате Иллинойс, где мы построили свой храм. Мы скрываемся от жестокого тиранства и от безбожников и ищем убежище, пусть даже среди голой пустыни.

Название «Нову», видимо, что-то напомнило Джону Ферье.

— А, теперь знаю, — сказал он. — Вы мормоны[1].

— Да, мы мормоны, — в один голос подтвердили незнакомцы.

— Куда же вы направляетесь?

— Мы не знаем. Нас ведет рука господа в лице нашего Провидца. Сейчас ты предстанешь перед ним. Он скажет, что с тобой делать.

---

[1] Мормоны— религиозная секта, основанная Д. Смитом (1805-1844) в 1830 году. Учение мормонов — причудливая смесь христианских, мусульманских, буддистских и др. верований

К этому времени они уже спустились к подножию горы; их ждала целая толпа пилигримов — бледные, кроткие женщины, крепенькие, резвые дети и озабоченные мужчины с суровыми глазами. Увидев, как изможден путник и как мала шедшая с ним девочка, они разразились возгласами удивления и сочувствия. Но сопровождающие, не останавливаясь, вели их дальше, пока не очутились возле повозки, которая была гораздо больше остальных и украшена ярче и изящнее. Ее везла шестерка лошадей, другие же повозки были запряжены парой и лишь немногие — четверкой. Рядом с возницей сидел человек лет тридцати на вид; такая крупная голова и волевое лицо могли быть только у вождя. Он читал толстую книгу в коричневом переплете; когда подошла толпа, он отложил книгу и со вниманием выслушал рассказ о происшедшем. Затем он повернулся к путникам.

— Мы возьмем вас с собой, — торжественно произнес он, — лишь в том случае, если вы примете нашу веру. Мы не потерпим волков в нашем стаде. Если вы окажетесь червоточиной, постепенно разъедающей плод, то пусть лучше ваши кости истлеют в пустыне. Согласны вы идти с нами на этих условиях?

— Да, я пойду с вами на каких угодно условиях! — с такой пылкостью воскликнул Ферье, что суровые старейшины не могли удержаться от улыбки. И только строгое выразительное лицо вождя не изменило прежнего выражения.

— Возьми его к себе, брат Стэнджерсон, — сказал он, — накорми и напои его и ребенка. Поручаю тебе также научить их нашей святой вере. Но мы слишком долго задержались. Вперед, братья! В Сион!

— В Сион! В Сион! — воскликнули стоявшие поблизости мормоны. Этот клич, подхваченный остальными, понесся по длинному каравану и, перейдя в неясный гул, затих где-то в дальнем его конце. Защелкали кнуты, заскрипели колеса, повозки тронулись с места, и караван снова потянулся через пустыню. Старейшина, попечениям которого Провидец поручил двух путников, отвел их в свой фургон, где их накормили обедом.

— Вы будете жить здесь, — сказал он. — Пройдет несколько дней, и ты совсем окрепнешь. Но не забывай, что отныне и навсегда ты принадлежишь к нашей вере. Так сказал Бригем Янг[1], а его устами говорил Джозеф Смит, то есть глас божий.

---

[1] Бригем Янг (1801–1877) — вождь мормонов после смерти Д. Смита.

Глава II. ЦВЕТОК ЮТЫ

Здесь, пожалуй, не место вспоминать все бедствия и лишения, которые пришлось вынести беглым мормонам, пока они не нашли свою тихую пристань. С беспримерным в истории упорством они пробирались от берегов Миссисипи до западных отрогов Скалистых гор. Дикари, хищные звери, голод, жажда, изнеможение и болезни— словом, все препятствия, которые природа ставила на их пути, преодолевались с чисто англосаксонской стойкостью. И все же долгий путь и бесконечные беды расшатали волю даже самых отважных. Когда внизу перед ними открылась залитая солнцем широкая долина Юты, когда они услышали от своего вождя, что это и есть земля обетованная и что эта девственная земля отныне будет принадлежать им навеки, все, как один, упали на колени, в жарких молитвах благодаря бога.

Янг оказался не только смелым вожаком, но и толковым управителем. Вскоре появились карты местности и чертежи с планировкой будущего города. Вокруг него были разбиты участки для ферм, распределявшиеся соответственно положению каждого. Торговцам предоставили возможность заниматься торговлей, ремесленникам— своим ремеслом. Городские улицы и площади возникали словно по волшебству В долине осушали болота, ставили изгороди, расчищали поля, сажали, сеяли, и на следующее лето она золотилась зреющей пшеницей. В этом необычном поселении все росло, как на дрожжах. И быстрее всего вырастал огромный храм в центре города; с каждым днем он становился все выше и обширней. С ранней зари до наступления ночи возле этого монумента, воздвигаемого поселенцами тому, кто благополучно провел их через множество опасностей, стучали молотки и визжали пилы.

Два одиноких путника, Джон Ферье и маленькая девочка, делившая его судьбу в качестве приемной дочери, прошли с мормонами до конца их трудных странствий. Маленькая Люси удобно путешествовала в повозке Стэнджерсона, где вместе с нею помещались три жены мормона и его сын, бойкий, своевольный мальчик двенадцати лет. Детская душа обладает упругостью, и Люси быстро оправилась от удара, причиненного смертью матери; вскоре она стала любимицей женщин и привыкла к новой жизни на колесах под парусиновой крышей. А Ферье, окрепнув после невзгод, оказался полезным проводником и неутомимым охотником. Он быстро завоевал уважение мормонов, и, добравшись наконец до земли обетованной, они единодушно решили, что он заслуживает такого же большого и плодородного участка земли, как и все прочие поселенцы, разумеется, за исключением Янга и четырех главных старейшин— Стэнджерсона, Кемболла, Джонстона и Дреббера, которые были на особом положении.

На своем участке Ферье поставил добротный бревенчатый сруб, а в последующие годы делал к нему пристройки, и в конце концов его жилище превратилось в просторный загородный дом. Ферье обладал практической сметкой, любое дело спорилось в его ловких руках, а железное здоровье позволяло ему трудиться на своей земле от зари до зари, поэтому дела на ферме шли отлично. Через три года он стал зажиточнее всех своих соседей, через шесть лет был состоятельным человеком, через девять— богачом, а через двенадцать лет в Солт-Лейк-Сити не нашлось бы и десяти человек, которые могли бы сравняться с ним. От Солт-Лейк- Сити до далекого хребта Уосатч не было имени известнее, чем имя Джона Ферье.

И только одно-единственное обстоятельство огорчало и обижало его единоверцев. Никакие доводы и уговоры не могли заставить его взять себе, по примеру прочих, несколько жен. Он не объяснял причины отказа, но держался своего решения твердо и непреклонно. Одни обвиняли его в недостаточной приверженности к принятой им вере, другие считали, что он просто скупец и не желает лишних расходов. Некоторые утверждали, что всему причиной старая любовь и что где-то на берегах Атлантического океана по нему тоскует белокурая красавица. Но как бы то ни было, Ферье упорно оставался холостяком. В остальном же он строго следовал вере поселенцев и слыл человеком набожным и честным.

Люси Ферье росла в бревенчатом доме и помогала приемному отцу во всех его делах. Мать и нянек ей заменяли свежий горный воздух и целительный аромат сосен. Время шло, и с каждым годом она становилась все выше и сильнее, все ярче рдел ее румянец, и все более упругой делалась походка. И не в одном путнике, проезжавшем по дороге мимо фермы Ферье, оживали вдруг давно заглохшие чувства при виде стройной девичьей фигурки, мелькавшей на пшеничном поле или сидевшей верхом на отцовском мустанге, которым она правила с легкостью и изяществом настоящей дочери Запада. Бутон превратился в цветок, и в тот год, когда Джон Ферье оказался самым богатым из фермеров, его дочь считалась самой красивой девушкой во всей Юте.

Конечно, не отец был первым, кто заметил превращение ребенка в женщину. Отцы вообще замечают это редко. Перемена совершается так постепенно и неуловимо, что ее невозможно определить точной датой. Ее не сознает даже сама девушка, пока от звука чьего-то голоса или прикосновения чьей-то руки не затрепещет ее сердце и она вдруг с гордостью и страхом не почувствует, что в ней зреет что-то новое и большое. Редкая женщина не запомнит на всю жизнь тот пустяковый случай, который возвестил ей зарю новой жизни. Для Люси Ферье этот случай был отнюдь не пустяковым, не говоря уже о том, что он повлиял на ее судьбу и судьбы многих других.

Стояло жаркое июньское утро. Мормоны трудились, как пчелы, — недаром они избрали своей эмблемой пчелиный улей. Над полями, над улицами стоял деловитый гул. По пыльным дорогам тянулись длинные вереницы нагруженных тяжелой поклажей мулов — они шли на запад, ибо в Калифорнии вспыхнула золотая лихорадка, а путь по суше проходил через город Избранных. Туда же двигались гурты овец и волов с дальних пастбищ, тянулись караваны усталых переселенцев; нескончаемое путешествие одинаково изматывало и людей и животных.

Сквозь эту пеструю толчею с уверенностью искусного наездника скакала на своем мустанге Люси Ферье. Лицо ее раскраснелось, длинные каштановые волосы развевались за спиной. Отец послал ее в город с каким-то поручением, и, думая лишь о деле и о том, как она его выполнит, девушка с бесстрашием юности врезалась в самую гущу движущейся толпы. Охотники за золотом, обессиленные долгой дорогой, с восторженным изумлением глазели ей вслед. Даже бесстрастным индейцам, обвешанным звериными шкурами, изменила их привычная выдержка, и они восхищенно разглядывали эту бледнолицую красавицу.

У самой окраины города дорогу запрудило огромное стадо скота, с ним еле справлялись пять-шесть озверевших пастухов. Люси, горевшей нетерпением, показалось, что животные расступились, и она решила ехать напрямик сквозь стадо. Но едва она успела въехать в образовавшийся проезд, как ряды животных снова сомкнулись, и она очутилась в живом потоке, со всех сторон окруженная длиннорогими быками с налитыми кровью глазами. Девушка привыкла управляться со скотом и, ничуть не растерявшись, при каждой возможности подгоняла лошадь, надеясь пробиться вперед. К несчастью, один из быков случайно или намеренно боднул мустанга в бок, и тот мгновенно пришел в неистовство. Храпя от ярости, он взвился на дыбы, загарцевал, заметался так, что, будь Люси менее искусной наездницей, он непременно сбросил бы ее с седла. Положение становилось опасным. Каждый раз, опуская передние копыта, взбешенный мустанг снова натыкался на рога и снова вставал на дыбы, разъяряясь еще больше. Девушка изо всех сил старалась удержаться в седле, иначе ее ждала страшная смерть под копытами грузных, перепуганных быков. Она не знала, что делать; у нее закружилась голова, рука, сжимавшая поводья, ослабела. Задыхаясь от пыли, от запаха разгоряченных животных, она в отчаянии чуть было не выпустила из рук поводья, как вдруг рядом послышался ободряющий голос, и она поняла, что ей пришли на помощь. И тотчас же смуглая мускулистая рука схватила испуганного мустанга за уздечку, и незнакомый всадник, протискиваясь между быков, вскоре вывел его на окраинную улицу.

— Надеюсь, вы не пострадали, мисс? — почтительно обратился к Люси ее спаситель.

Взглянув в его энергичное смуглое лицо, она весело рассмеялась.

— Я ужасно струсила, — наивно сказала она, — вот уж не думала, что мой Пончо испугается стада быков!

— Слава богу, что вы удержались в седле, — серьезно произнес всадник, высокий молодой человек в грубой охотничьей куртке и с длинным ружьем за спиной. Лошадь под ним была крупная, чалой масти.

— Вы, должно быть, дочь Джона Ферье? — спросил он. — Я видел, как вы выезжали из ворот его фермы. Когда вы его увидите, спросите, помнит ли он Джефферсона Хоупа из Сент-Луиса. Если он тот самый Ферье, то они с моим отцом были очень дружны.

— Почему же вам не зайти и не спросить об этом самому? — спокойно спросила девушка.

Молодому человеку, очевидно, понравилось это предложение — у него даже заблестели глаза.

— Я бы с удовольствием, — сказал он, — но мы два месяца пробыли в горах, и я не знаю, удобно ли в таком виде делать визиты. Придется принять нас такими, как есть.

— Он примет вас с огромной благодарностью, и я тоже, — ответила Люси. — Он очень любит меня. Если бы меня растоптали эти быки, он горевал бы всю жизнь.

— Я тоже, — сказал молодой охотник.

— Вы? Но вам-то что до меня? Ведь мы с вами даже не друзья.

Смуглое лицо охотника так помрачнело, что Люси Ферье громко рассмеялась.

— О, не принимайте это всерьез, — сказала она. — Конечно, теперь вы наш друг. Приходите к нам непременно! А сейчас я должна торопиться, иначе отец ничего не станет мне поручать! До свиданья!

— До свиданья! — Он снял свое широкое сомбреро и наклонился к ее маленькой ручке. Люси круто повернула мустанга, стегнула его хлыстом и поскакала по широкой дороге, вздымая за собой облако пыли.

Джефферсон Хоуп-младший вернулся к своим спутникам. Он был угрюм и молчалив. Они искали в горах Невады серебро и возвратились в Солт-Лейк-Сити, надеясь собрать денег для разработки открытых ими залежей. Он был увлечен этим делом не меньше остальных, пока внезапное происшествие не отвлекло его мысли совсем в иную сторону.

Образ прелестной девушки, чистой и свежей, как ветерок Сьерры, до глубины всколыхнул его пылкую, необузданную душу. Когда она скрылась из виду, он понял, что отныне для него началась новая жизнь и что ни спекуляции с серебром, ни любые другие дела не могут быть для него важнее, чем это неожиданное и всепоглощающее чувство. Это была не юношеская мимолетная влюбленность, а бурная, неистовая страсть человека с сильной волей и властным характером. Он привык добиваться всего, чего хотел. Он поклялся себе, что добьется и теперь, если только удача зависит от напряжения всех сил и от всей настойчивости, на какую он способен.

В тот же вечер он пришел к Джону Ферье и потом навещал его так часто, что вскоре стал своим человеком в доме. Джон целых двенадцать лет не выезжал за пределы долины и к тому же был настолько поглощен своей фермой, что почти ничего не знал о том, что делается в мире. А

Джефферсон Хоуп мог рассказать немало, и рассказчик он был такой, что его заслушивались и отец и дочь. Он был пионером в Калифорнии и знал много диковинных историй о том, как в те безумные и счастливые дни создавались и гибли целые состояния. Он был разведчиком необжитых земель, искал в горах серебряную руду, промышлял охотой и работал на ранчо. Если что-либо сулило рискованные приключения, Джефферсон Хоуп всегда был тут как тут. Вскоре он стал любимцем старого фермера, который не скупился на похвалы его достоинствам. Люси при этом обычно помалкивала, но горячий румянец и радостно блестевшие глаза ясно говорили о том, что ее сердце ей уже не принадлежит. Простодушный фермер, быть может, и не видел этих красноречивых признаков, но они не ускользнули от внимания того, кто завоевал ее любовь.

Однажды летним вечером он подскакал верхом к ферме и спешился у ворот. Люси, стоявшая на пороге дома, пошла ему навстречу. Он привязал лошадь к забору и зашагал по дорожке.

— Я уезжаю, Люси, — сказал он, взяв ее руку в свои и нежно глядя ей в глаза. — Я не прошу вас ехать со мной сейчас, но согласны ли вы уехать со мной, когда я вернусь?

— А когда вы вернетесь? — засмеялась она, краснея.

— Самое большее месяца через два. Я приеду и увезу вас, дорогая моя. Никто не посмеет стать между нами.

— А что скажет отец?

— Он согласен, если дела на рудниках пойдут хорошо. А я в этом не сомневаюсь.

— Ну, если вы с отцом уже столковались, что же мне остается делать... — прошептала девушка, прижавшись щекой к его широкой груди.

— Благодарю тебя, господи! — хрипло произнес он и, нагнувшись, поцеловал девушку. — Значит, решено! Чем дольше я останусь с тобой, тем труднее будет уехать. Меня ждут в каньоне. До свиданья, радость моя, до свиданья. Увидимся через два месяца.

Он наконец оторвался от нее, вскочил на лошадь и бешеным галопом поскакал прочь — даже не оглянулся, словно боясь, что, если увидит ее хоть раз, у него не хватит силы уехать. Стоя у ворот, Люси глядела ему вслед, пока он не скрылся из виду. Тогда она вошла в дом, чувствуя, что счастливее ее нет никого во всей Юте.

Глава III. ДЖОН ФЕРЬЕ БЕСЕДУЕТ С ПРОВИДЦЕМ

С тех пор, как Джефферсон Хоуп и его товарищи уехали из Солт-Лейк-Сиги, прошло три недели. Сердце Джона Ферье сжималось от тоски при мысли о возвращении молодого человека и о неизбежной разлуке со своей приемной дочерью. Однако сияющее личико девушки действовало на него сильнее любых доводов, и он почти примирился с неизбежностью. В глубине своей мужественной души он твердо решил, что никакая сила не заставит его выдать дочь за мормона. Он считал, что мормонский брак — это стыд и позор. Как бы он ни относился к догмам мормонской веры, в вопросе о браке он был непоколебим. Разумеется, ему приходилось скрывать свои убеждения, ибо в стране святых в те времена было опасно высказывать еретические мысли.

Да, опасно, и настолько опасно, что даже самые благочестивые не осмеливались рассуждать о религии иначе, как шепотом, боясь, как бы их слова не были истолкованы превратно и не навлекли бы на них немедленную кару. Жертвы преследования сами стали преследователями и отличались при этом необычайной жестокостью. Ни севильская инквизиция, ни германский фемгерихт, ни тайные общества в Италии не могли создать более мощной организации, чем та, что темной тенью стлалась по всему штату Юта.

Организация эта была невидима, окутана таинственностью и поэтому казалась вдвое страшнее. Она была всеведущей и всемогущей, но действовала незримо и неслышно. Человек, высказавший хоть малейшее сомнение в непогрешимости мормонской церкви, внезапно исчезал, и никто не ведал, где он и что с ним сталось. Сколько ни ждали его жена и дети, им не суждено было увидеть его и узнать, что он испытал в руках его тайных судей. Неосторожное слово или необдуманный поступок неизбежно вели к уничтожению виновного, но никто не знал, что за страшная сила гнетет их. Не удивительно, что люди жили в непрерывном страхе, и даже посреди пустыни они не смели шептаться о своих тягостных сомнениях.

Поначалу эта страшная темная сила карала только непокорных — тех, кто, приняв веру мормонов, отступался от нее или нарушал ее догмы.

Вскоре, однако, ее стали чувствовать на себе все больше и больше людей. И вот поползли странные слухи — слухи об убийствах среди переселенцев, о разграблении их лагерей таких местах, где никогда не появлялись индейцы. А в гаремах старейшин появлялись новые женщины — тоскующие, плачущие, с выражением ужаса, застывшим на их лицах. Путники, проезжавшие в горах поздней ночью, рассказывали о шайках вооруженных людей в масках, которые бесшумно прокрадывались мимо них в темноте. Слухи и басни обрастали истинными фактами, подтверждались и подкреплялись новыми свидетельствами, и наконец эта темная сила обрела точное название. И до сих пор еще в отдаленных ранчо Запада слова «союз данитов» или «ангелы-мстители» вызывают чувство суеверного страха.

Но, узнав, что это за организация, люди стали бояться ее не меньше, а больше. Никто не знал, из кого состояла эта беспощадная секта. Имена тех, кто участвовал в кровавых злодеяниях, совершенных якобы во имя религии, сохранялись в глубокой тайне. Друг, которому вы поверяли свои сомнения относительно Провидца и его миссии, мог оказаться одним из тех, которые, жаждая мести, явятся к вам ночью с огнем и мечом. Поэтому каждый боялся своего соседа и никто не высказывал вслух своих сокровенных мыслей.

В одно прекрасное утро Джон Ферье собрался было ехать в поля, как вдруг услышал стук щеколды. Выглянув в окно, он увидел полного рыжеватого мужчину средних лет, который направлялся к дому. Ферье похолодел: это был не кто иной, как великий Бригем Янг.

Ферье, дрожа, бросился к двери встречать вождя мормонов — он знал, что это появление не сулит ничего хорошего. Янг сухо ответил на приветствия и, сурово сдвинув брови, прошел вслед за ним в гостиную.

— Брат Ферье, — сказал он, усевшись и сверля фермера взглядом из-под светлых ресниц, — мы, истинно верующие, были тебе добрыми друзьями. Мы подобрали тебя в пустыне, где ты умирал от голода, мы разделили с тобой кусок хлеба, мы привезли тебя в Обетованную долину, наделили тебя хорошей землей и, покровительствуя тебе, дали возможность разбогатеть. Разве не так?

— Так, — ответил Джон Ферье.

— И взамен мы потребовали только одного: чтобы ты приобщился к истинной вере и во всем следовал ее законам. Ты обещал, но если то, что говорят о тебе, правда, значит, ты нарушил обещание.

— Как же я его нарушил? — протестующе поднял руки Ферье. — Разве я не вношу свою долю в общий фонд? Разве я не хожу в храм? Разве я…

— Где твои жены? — перебил Янг, оглядываясь вокруг. — Позови их, я хочу с ними поздороваться.

— Это верно, я не женат. Но женщин мало, и многие среди нас нуждаются в них больше, чем я. Я все-таки не одинок — обо мне заботится моя дочь.

— Вот о дочери я и хочу поговорить с тобой, — сказал вождь мормонов. — Она уже взрослая и слывет цветком Юты; она пришлась по сердцу некоторым достойнейшим людям.

Джон Ферье насторожился.

— О ней болтают такое, чему я не склонен верить. Ходят слухи, что она обручена с каким-то язычником. Это, конечно, пустые сплетни. Что сказано в тринадцатой заповеди святого Джозефа Смита? «Каждая девица, исповедующая истинную веру, должна быть женой одного из избранных; если же она станет женой иноверца, то совершит тяжкий грех». Я не могу поверить, чтобы ты, истинно верующий, позволил своей дочери нарушить святую заповедь.

Джон Ферье молчал, нервно теребя свой хлыст.

— Вот это будет испытанием твоей веры — так решено на Священном Совете Четырех. Девушка молода, мы не хотим выдавать ее за седого старика и не станем лишать ее права выбора. У нас, старейшин, достаточно своих телок[1], но мы должны дать жен нашим сыновьям. У Стэнджерсона есть сын, у Дреббера тоже, и каждый из них с радостью примет в дом твою дочь. Пусть она выберет одного из двух. Оба молоды, богаты и исповедуют нашу святую веру. Что ты на это скажешь?

Ферье, сдвинув брови, молчал.

---

[1] Гебер Ч. Кембелл в одной из проповедей наградил этим нежным эпитетом сотню своих жен. (Прим. автора.)

— Дайте нам время подумать, — сказал он наконец. — Моя дочь еще очень молода, ей рано выходить замуж.

— Она должна сделать свой выбор за месяц, — ответил Янг, подымаясь с места. — Ровно через месяц она обязана дать ответ.

В дверях он обернулся; лицо его вдруг налилось кровью, глаза злобно сверкнули.

— Если ты, Джон Ферье, — почти закричал он, — вздумаешь о своими слабыми силенками противиться приказу Четырех, то ты пожалеешь, что твои и ее кости не истлели тогда на Сьерра-Бланко!

Погрозив ему кулаком, он вышел за дверь. Ферье молча слушал, как хрустит галька на дорожке под его тяжелыми сапогами.

Он сидел, упершись локтем в колено, и раздумывал, как сообщить обо всем этом дочери, но вдруг почувствовал ласковое прикосновение руки и, подняв голову, увидел, что Люси стоит рядом.

— Я не виновата, — сказала она, отвечая на его недоуменный взгляд. — Его голос гремел по всему дому. Ах, отец, отец, что нам теперь делать?

— Ты только не бойся! — Он притянул девушку к себе и ласково провел широкой грубой ладонью по ее каштановым волосам. — Все уладится. Как тебе кажется, ты еще не начала остывать к этому малому?

В ответ послышалось горькое всхлипывание, и ее рука стиснула руку отца.

— Значит, нет. Ну и слава богу — не хотел бы я услышать, что ты его разлюбила. Он славный мальчик и настоящий христианин к тому же, не то, что здешние святоши, несмотря на все их молитвы и проповеди. Завтра в Неваду едут старатели — я уж как-нибудь дам ему знать, что с нами приключилось. И насколько я понимаю, он примчится сюда быстрее, чем телеграфная депеша!

Это сравнение рассмешило Люси, и она улыбнулась сквозь слезы.

— Он приедет и посоветует, как нам быть, — сказала она. — Но мне страшно за тебя, дорогой. Говорят... говорят, что с теми, кто идет наперекор Провидцу, всегда случается что-то ужасное...

— Но мы еще не идем ему наперекор, — возразил отец. — А дальше видно будет, еще успеем поостеречься. У нас впереди целый месяц, а потом, мне думается, нам лучше всего бежать из Юты.

— Бросить Юту!

— Да, примерно так.

— А наша ферма?

— Постараемся продать, что можно, выручим немного денег, а остальное — что ж, пусть пропадает. По правде говоря, Люси, я уже не раз подумывал об этом. Ни перед кем я не могу пресмыкаться, как здешний народ пресмыкается перед этим чертовым Провидцем. Я свободный американец, и все это не по мне. А переделывать себя уже поздно. Если он вздумает шататься вокруг нашей фермы, то, чего доброго, навстречу ему вылетит хороший заряд дроби!

— Но они нас не выпустят!

— Погоди, пусть приедет Джефферсон, и мы все устроим. А пока ни о чем не беспокойся, девочка, и не плачь, а то у тебя опухнут глазки, и мне от него здорово попадет! Бояться нечего, и никакая опасность нам не грозит.

Джон Ферье успокаивал ее весьма уверенным тоном, но Люси не могла не заметить, что в этот вечер он с особой тщательностью запер все двери, а потом вычистил и зарядил старое, заржавленное охотничье ружье, которое висело у него над кроватью.

Глава IV. ПОБЕГ

На следующее утро после разговора с мормонским Провидцем Джон Ферье отправился в Солт-Лейк-Сити и, найдя знакомого, который уезжал в горы Невады, вручил ему письмо для Джефферсона Хоупа. Он написал, что им угрожает неминуемая опасность и что крайне необходимо, чтобы он приехал поскорее. Когда Ферье отдал письмо, на душе у него стало легче, и, возвращаясь домой, он даже повеселел.

Подойдя к ферме, он удивился, увидев, что к столбам ворот привязаны две лошади. Удивление его возросло, когда он вошел в дом: в гостиной весьма непринужденно расположились двое молодых людей. Один, длиннолицый и бледный, развалился в кресле-качалке, положив ноги на печь; второй, с бычьей шеей и грубым, одутловатым лицом, стоял у окна, заложив руки в карманы, и насвистывал церковный гимн. Оба кивнули вошедшему Ферье.

— Вы, вероятно, нас не знаете, — начал тот, что сидел в кресле-качалке. — Это сын старейшины Дреббера, а я Джозеф Стэнджерсон, который странствовал с вами в пустыне, когда господь простер свою руку и направил вас в лоно истинной церкви.

— Как направит он всех людей на свете, когда придет время, — гнусавым голосом подхватил второй. — У бога для праведных места много.

Джон Ферье холодно поклонился. Он догадался, кто они, эти гости.

— Мы пришли, — продолжал Стэнджерсон, — просить руки вашей дочери для того из нас, кто полюбится вам и ей. Правда, поскольку у меня всего четыре жены, а у брата Дреббера — семь, то у меня есть некоторое преимущество.

— Ничего подобного, брат Стэнджерсон! — воскликнул Дреббер. — Дело вовсе не в том, сколько у кого жен, — главное, кто сможет их содержать. Мне отец передал свои фабрики, стало быть, я теперь богаче тебя.

— Зато виды на будущее у меня лучше! — запальчиво возразил Стэнджерсон. — Когда господь призовет к себе моего отца, мне достанется его кожевенный завод и дубильня. Кроме того, я старше тебя и выше по положению!

— Пусть девушка выберет сама, — усмехнулся Дреббер, любуясь своим отражением в зеркале. — Мы предоставим решать ей.

Джон Ферье слушал этот разговор у двери, кипя от злости и еле сдерживая желание обломать свой хлыст о спины гостей.

— Ну, вот что, — сказал он, шагнув вперед. — Когда моя дочь вас позовет, тогда и придете, а до тех пор я не желаю видеть ваши физиономии!

Молодые мормоны остолбенело воззрились на хозяина. По их понятиям, спор из-за девушки был высочайшей честью и для нее и для ее отца.

— Из этой комнаты два выхода, — продолжал Ферье, — через дверь и через окно. Который вы предпочитаете?

Ярость, исказившая его лицо, и угрожающе поднятый кулак заставили гостей вскочить на ноги и поспешно обратиться в бегство. Старый фермер шел за ними до дверей.

— Когда договоритесь, кто из вас жених, дайте мне знать, — с издевкой сказал он.

— Ты за это поплатишься! — выкрикнул Стэнджерсон, побелев от злости. — Ты ослушался Провидца и Совет Четырех и будешь раскаиваться в этом до конца своих дней!

— Тяжело тебя покарает десница божья! — воскликнул Дреббер-младший. — Мы сотрем тебя с лица земли!

— Еще посмотрим, кто кого! — взревел Ферье и бросился было за ружьем, но Люси удержала его, схватив за руку.

А за воротами уже слышался стук копыт, и Ферье понял, что их теперь не догнать.

— Ах, подлые ханжи! — бранился фермер, отирая со лба пот. — Да лучше мне видеть тебя мертвой, чем женой кого-нибудь из них!

— Я тоже предпочла бы умереть, отец, — твердо сказала девушка. — Но ведь скоро приедет Джефферсон.

— Да. Теперь уже скоро. И чем скорее, тем лучше: от них всего можно ожидать.

И в самом деле, мужественный старый фермер и его приемная дочь сейчас отчаянно нуждались в совете и помощи. Среди мормонов еще не было случая, чтобы кто-нибудь оказывал открытое неповиновение старейшинам. Если даже мелкие проступки карались столь сурово, чего же мог ждать такой бунтарь, как Ферье? Он знал, что ни положение, ни богатство его не спасут. Люди не менее известные и состоятельные, чем он, внезапно исчезали навсегда, а все их имущество переходило к церкви. Ферье был далеко не труслив, и все же он трепетал, думая о нависшей над ним таинственной, неосязаемой угрозе. Любую явную опасность он встретил бы, не теряя присутствия духа, но его страшила неизвестность. Он скрывал этот страх от дочери и делал вид, будто все происшедшее — сущие пустяки, но любовь к отцу сделала ее прозорливой, и она подмечала все оттенки его настроения и ясно видела, что ему сильно не по себе.

Он ждал, что Янг возмутится его поведением и призовет его к ответу, и не ошибся, хотя это случилось совершенно неожиданным образом. На следующее же утро он, проснувшись, с изумлением обнаружил маленький квадратный листок бумаги, пришпиленный к одеялу прямо у него на груди. Крупным размашистым почерком на нем было написано:

«На искупление вины тебе дается двадцать девять дней, а потом—».

Тире было страшнее всяких угроз. Ферье тщетно ломал голову, стараясь догадаться, как могла эта бумажка попасть к нему в комнату. Слуги спали в отдельном флигеле, а все окна и двери дома были накрепко заперты. Он уничтожил бумажку и ничего не сказал дочери, но сердце его холодело от ужаса. Двадцать девять дней оставалось до конца месяца, то есть срока, назначенного Янгом. Какое же мужество, какие силы нужны для борьбы с врагом, обладающим такой таинственной властью? Рука, приколовшая к его одеялу записку, могла нанести ему удар в сердце, и он так и не узнал бы, кто его убийца.

На другое утро ему стало еще страшнее. Сидя с ним за завтраком, Люси вдруг удивленно вскрикнула и показала на потолок. Там, на самой середине, было выведено— очевидно, обугленной палкой— число «28». Для Люси это было загадкой, а Ферье не стал ей ничего объяснять. Всю эту ночь он просидел с ружьем в руках, не смыкая глаз и навострив слух. Он ничего не увидел и не услышал, но утром снаружи на двери появилось число «27».

Так проходил день за днем, и каждое утро он неизменно убеждался, что незримые враги ведут точный счет и где-нибудь на виду обязательно оставляют напоминание о том, сколько дней осталось до конца назначенного срока. Иногда роковые цифры появлялись на стенах, иногда— на полу, а то и на листках бумаги, приклеенных к садовой калитке или к доскам забора. При всей своей бдительности Джон Ферье так и не мог обнаружить, каким образом появлялись эти ежедневные предупреждения. Каждый раз при виде цифр его охватывал почти суеверный ужас. Он потерял покой, исхудал, и в глазах его стоял тоскливый страх, как у затравленного зверя. Его поддерживала лишь единственная надежда на то, что вот-вот из Невады примчится молодой охотник.

Число двадцать постепенно сократилось до пятнадцати, пятнадцать до десяти, а от Джефферсона Хоупа все не было никаких вестей. Количество оставшихся дней таяло, но Хоуп не появлялся. Услышав на улице стук конских копыт или окрик возчика, погонявшего лошадей, старый фермер бросался к воротам, надеясь, что наконец-то пришла помощь. Но когда цифра пять сменилась четверкой, а четверка — тройкой, он совсем пал духом и перестал надеяться на спасение. Он понимал, что один, да еще плохо зная окружающие горы, он будет совершенно беспомощен. Все проезжие дороги тщательно охранялись, и никто не мог выехать без пропуска, выданного Советом Четырех. Куда ни поверни, нигде не скрыться от нависшей над ним смертельной опасности. И все-таки ничто не могло поколебать его решения скорее расстаться с жизнью, чем обречь свою дочь на позор и бесчестие.

Однажды вечером он сидел один, уйдя в мысли о своей беде и тщетно стараясь найти какой-нибудь выход. Утром на стене дома появилась цифра «2»; завтра — последний день назначенного срока. И что будет потом? Воображение смутно рисовало ему всякие ужасы. А дочь — что будет с ней, когда его не станет? Неужели нет способа вырваться из этой паутины, плотно облепившей их обоих? Он уронил голову на стол и заплакал от сознания своего бессилия.

Но что это? До него донесся легкий скребущий звук, отчетливо слышный в ночной тишине. Звук этот шел от входной двери. Ферье прокрался в прихожую и напряженно прислушался. Несколько секунд полной тишины, затем снова тот же чуть слышный и словно бы вкрадчивый звук. Очевидно, кто-то тихонько постукивал пальцем по дверной филенке. Быть может, ночной убийца, явившийся привести в исполнение приговор тайного судилища? Или это напоминание о том, что наступил последний день отпущенного ему срока? Джон Ферье решил, что мгновенная смерть лучше мучительного ожидания, которое истерзало его сердце и заставляло трепетать каждый нерв. Бросившись вперед, он выдернул засов и распахнул дверь.

Снаружи было тихо и спокойно. Стояла ясная ночь, в небе ярко переливались звезды. Фермер оглядел маленький, огороженный решеткой садик перед домом — ни там, ни на улице не было ни души. Облегченно вздохнув, Ферье посмотрел направо и налево и вдруг, случайно опустив глаза, увидел прямо у своих ног ничком распростертого на земле человека.

Ферье в ужасе отпрянул к стене и схватился за горло, чтобы подавить крик. Первой его мыслью было, что человек на земле ранен или мертв; но тот вдруг быстро и бесшумно, как змея, пополз по земле прямо в дом. Очутившись в прихожей, человек вскочил на ноги и запер дверь. Затем обернулся — и изумленный фермер узнал жесткое и решительное лицо Джефферсона Хоупа.

— Господи! — задыхаясь, произнес Джон Ферье. — Как ты меня напугал! Почему ты явился ползком?

— Дайте мне поесть, — прохрипел Хоуп. — Двое суток у меня не было во рту ни крошки. — Он набросился на холодное мясо и хлеб, оставшиеся на столе после ужина, и жадно поглощал кусок за куском.

— Как Люси? — спросил он, утолив голод.

— Ничего. Она не знает, в какой мы опасности, — ответил Ферье.

— Это хорошо. За домом следят со всех сторон. Вот почему мне пришлось ползти. Но как они ни хитры, а охотника из Уошоу им не поймать!

Почувствовав, что теперь у него есть преданный союзник, Джон Ферье словно переродился. Он схватил загрубевшую руку Хоупа и крепко стиснул.

— Таким, как ты, можно гордиться, — сказал он. — Не многие бы рискнули разделить с нами такую беду!

— Что верно, то верно, — ответил молодой охотник. — Я очень вас уважаю, но, по чести сказать, будь вы один, я бы еще дважды подумал, прежде чем совать голову в это осиное гнездо. Я приехал из-за Люси, и пока Джефферсон Хоуп ходит по земле, с ней ничего не случится!

— Что же мы будем делать?

— Завтра — последний день, и если сегодня не скрыться, вы погибли. В Орлином ущелье нас ждут две лошади и мул. Сколько у вас денег?

— Две тысячи долларов золотом и пять тысяч банкнотами.

— Достаточно. У меня примерно столько же. Надо пробраться через горы в Карсон-Сити. Разбудите Люси. Хорошо, что слуги спят не в доме.

Пока Ферье помогал дочери собираться в путешествие, Джефферсон Хоуп собрал в узелок все съестное, что нашлось в доме, и наполнил глиняный кувшин водой — он знал по опыту, что в горах источников мало, к тому же они находятся далеко один от другого. Едва он закончил сборы, как явился фермер с дочерью, уже одетой и готовой отправиться в путь. Влюбленные поздоровались пылко, но торопливо: сейчас нельзя было терять ни минуты, а дел предстояло еще много.

— Мы должны выйти немедленно, — сказал Джефферсон Хоуп тихо и твердо, как человек, сознающий, насколько велика опасность, но решивший не сдаваться. — За передним и черным ходом следят, но мы можем осторожно вылезти в боковое окно и пойти полями. Выйдем к дороге, а оттуда всего две мили до Орлиного ущелья, где нас ждут лошади. К рассвету мы проедем половину пути через горы.

— А что, если нас задержат? — спросил Ферье.

Джефферсон похлопал по рукоятке револьвера, торчащей из-под его куртки.

— Если их будет слишком много, то двух-трех мы возьмем с собой, — мрачно усмехнулся он.

В доме потушили свет, и Ферье из темного окна поглядел на свои поля, которые он покидал навсегда. Он давно уже приучал себя к мысли о том, что эта жертва неизбежна: честь и счастье дочери были для него дороже утраченного состояния. Вокруг стояла безмятежная тишь, чуть слышно шелестели деревья, широкие поля дышали покоем, и было трудно представить себе, что где-то там притаилась смерть. Однако, судя по бледности и суровому выражению лица молодого охотника, пробираясь к дому, он видел достаточно и был осторожным не зря.

Ферье взял мешок с деньгами, Джефферсон Хоуп — скудный запас еды и воду, а Люси — маленький сверток с несколькими дорогими ее сердцу вещицами. Очень медленно и осторожно открыв окно, они подождали, пока черная туча не наползла на небо, закрыв собою звезды, и тогда один за другим спустились в маленький садик. Пригнувшись и затаив дыхание, они прокрались к забору и бесшумно двинулись вдоль него к пролому, выходившему в пшеничное поле. Внезапно молодой человек толкнул своих спутников в тень, и все трое, дрожа, приникли к земле.

Жизнь в прериях развила у Джефферсона Хоупа острый, рысий слух. Едва он и его друзья успели растянуться на земле, как в нескольких шагах раздался заунывный крик горной совы; в ответ послышался такой же крик где-то неподалеку. И тотчас же в проломе, куда стремились беглецы, возникла неясная темная фигура; опять тот же жалобный условный крик — и из темноты выступил второй человек.

— Завтра в полночь, — произнес первый, по-видимому, начальник. — Когда трижды прокричит козодой.

— Хорошо, — ответил второй. — Сказать брату Дребберу?

— Скажи ему, а он пусть передаст другим. Девять к семи!

— Семь к пяти! — сказал второй, и они разошлись в разные стороны.

Последние слова, очевидно, были паролем и отзывом. Когда шаги их затихли вдали, Джефферсон вскочил на ноги, помог своим спутникам пройти через пролом и побежал по полю, поддерживая девушку и почти неся ее на руках, когда она выбивалась из сил.

— Скорей, скорей! — то и дело шептал он, задыхаясь. — Мы прошли линию часовых. Теперь все зависит от быстроты. Скорей!

Попав наконец на дорогу, где идти было легче, беглецы зашагали быстрее. Лишь однажды им кто-то попался навстречу, но им удалось вовремя броситься в поле, и они остались незамеченными. Не доходя до города, охотник свернул на узкую каменистую тропу, ведущую в горы. В темноте над ними маячили две черные зубчатые вершины, разделенные узким ущельем, — это и было Орлиное ущелье, где беглецов ждали лошади. С безошибочным чутьем Джефферсон Хоуп провел своих спутников между огромных валунов и затем по высохшему руслу потока к укромному месту среди скал, где были привязаны верные животные. Девушку усадили на мула, старый Ферье со своим мешком сел на одну из лошадей, другую же Джефферсон Хоуп, взяв под уздцы, повел по крутой, обрывистой тропе.

Это был трудный путь для тех, кто не привык к природе в самом первобытном ее состоянии. С одной стороны на тысячу футов вверх вздымалась огромная скала, черная, суровая и грозная, с длинными базальтовыми столбами вдоль отвесной стены, похожими на ребра окаменевшего чудовища. С другой стороны — обрыв и дикий хаос внизу, нагромождение каменных глыб и обломков, по которым ни пройти, ни проехать. А посредине беспорядочно петляла тропа, местами такая узкая, что ехать по ней можно было лишь гуськом, и такая скалистая, что одолеть ее мог только опытный наездник. И все же, несмотря на трудности и опасности, беглецы воспряли духом, ибо с каждым шагом увеличивалось расстояние между ними и той страшной деспотической силой, от которой они пытались спастись.

Однако вскоре им пришлось убедиться, что они еще не совсем ушли из-под власти святых. Они доехали до самого глухого места на всем пути, как вдруг девушка испуганно вскрикнула и указала наверх. Там, над самой тропинкой, на темной скале четко выделялся на фоне неба силуэт одинокого часового. И в ту же минуту часовой заметил их, и над безмолвным ущельем прогремел окрик:

— Кто идет?

— Путники в Неваду, — отозвался Джефферсон Хоуп, хватаясь за ружье, лежавшее поперек седла.

Часовой, взведя курок, вглядывался в них сверху, видимо, не удовлетворенный ответом Хоупа.

— Кто дал разрешение? — спросил он.

— Священный Совет Четырех, — сказал Ферье. Живя среди мормонов, он знал, что Совет Четырех представляет собою высшую власть.

— Девять к семи! — крикнул часовой.

— Семь к пяти, — быстро ответил Джефферсон Хоуп, вспомнив подслушанный в саду пароль.

— Проезжайте с богом, — сказал голос сверху.

За сторожевым постом дорога стала шире, и лошади перешли на рысь. Оглянувшись, путники увидели одинокого человека, который стоял, опершись на ружье, и поняли, что благополучно миновали границу страны избранного народа. Впереди их ждала свобода!

Глава V. АНГЕЛЫ-МСТИТЕЛИ

Всю ночь они ехали по извилистым ущельям, по петляющим каменистым тропам. Не раз они сбивались с пути, но Хоуп, отлично знавший горы, снова выводил их на правильную дорогу. Когда рассвело, перед ними открылось зрелище удивительной, хотя и дикой красоты. Со всех сторон их обступали огромные снежные вершины — каждая словно выглядывала из-за плеча другой, чтобы увидеть дальние горизонты. Их скалистые склоны были так круты, что сосны и лиственницы как бы висели над головами проезжих и, казалось, первый же порыв ветра сбросит их вниз. И, наверное, эти опасения были не напрасны: голая долина была сплошь усеяна деревьями и валунами, рухнувшими сверху. Когда беглецы проезжали долиной, где-то неподалеку сорвался огромный камень и с сиплым грохотом покатился вниз, будя эхо в гулких ущельях и перепугав усталых лошадей, которые вдруг понеслись вскачь.

Над горизонтом медленно вставало солнце, и снежные вершины загорались одна за другой, как фонарики на празднестве, пока все сразу не запылали красным пламенем. Путники невольно залюбовались этим великолепным зрелищем — они даже ощутили прилив новых сил. Сделав привал у ручья, вытекавшего из какого-то ущелья, они наскоро перекусили и напоили лошадей. Люси и ее отец охотно остались бы здесь подольше, но Джефферсон Хоуп был неумолим.

— Они уже пустились в погоню за нами, — сказал он. — Теперь все зависит от быстроты. Доберемся до Карсона — и можем отдыхать хоть всю жизнь.

Весь день они пробирались по ущельям и к вечеру, по их расчетам, были больше чем за тридцать миль от своих врагов. Они нашли себе приют на ночь под выступом скалы, где кое-как можно было укрыться от холодного ветра, и там, прижавшись друг к другу, чтобы согреться, проспали несколько часов, но еще до рассвета снова пустились в путь. Они не замечали никаких признаков погони, и Джефферсон Хоуп начал уже думать, что им удалось ускользнуть от страшной организации, гнев которой они навлекли на себя. Он не знал, как далеко простирается ее железная рука и как скоро она сожмет их в кулак и раздавит.

В середине второго дня их странствий скудные запасы еды почти истощились. Впрочем, это мало беспокоило охотника: в горах водилась дичь, а ему и прежде часто приходилось добывать себе пищу с помощью ружья. Найдя укромный уголок, он собрал кучу валежника и разжег яркий костер, чтобы Люси и старый Ферье могли погреться. Они находились на высоте около пяти тысяч футов над уровнем моря, и воздух резко похолодал. Привязав лошадей и кивнув на прощание Люси, он перебросил ружье через плечо и отправился на поиски какой-нибудь дичи. Пройдя немного, он оглянулся: старик и девушка сидели у костра, а за ними неподвижно стояли привязанные лошади. Затем их заслонили собою скалы.

Он прошел мили две, блуждая по ущельям, но ничего не нашел, хотя по ободранной кое-где коре деревьев и по другим приметам он заключил, что где-то поблизости обитает множество медведей. Потратив на тщетные поиски часа два-три, он вконец отчаялся и хотел было повернуть обратно, как вдруг, подняв глаза, увидел нечто такое, от чего радостно забилось его сердце. На выступе высокой скалы, футах в трехстах-четырехстах над ним стояло животное, с виду похожее на овцу, но с гигантскими рогами. Снежный баран — так называлось это животное — вероятно, сторожил стадо, которого Хоуп не мог увидеть снизу. К счастью, баран смотрел в другую сторону и не заметил охотника. Джефферсон Хоуп бросился на землю, положил дуло ружья на камень и долго прицеливался, прежде чем спустить курок. Наконец он выстрелил; животное подпрыгнуло, чуть-чуть задержалось на краю выступа и рухнуло вниз в долину.

Снежный баран оказался таким тяжеловесным, что охотник не стал тащить его на себе и отрезал лишь заднюю ногу и часть бока. Взвалив свои трофеи на плечо, он поспешил в обратный путь, так как начинало уже смеркаться. Но не успел он пройти и нескольких шагов, как понял, что, увлекшись поисками, он забрел в незнакомые места и теперь будет не так-то легко отыскать дорогу обратно. Долину окружали ущелья, ничем не отличавшиеся одно от другого. По какому-то из них он прошел около мили и наткнулся на горный поток, который, как он точно помнил, не встречался ему по пути в долину. Убедившись, что он заблудился, охотник попробовал было пойти по другому ущелью — и опять ему пришлось повернуть обратно. Быстро надвигалась ночь и почти уже стемнело, когда он наконец нашел ущелье, которое показалось ему знакомым. Но и тут ему стоило большого труда не сбиться с пути: луна еще не взошла, и среди высоких скал царила полная тьма. Сгибаясь под тяжелой ношей, измученный бесконечными блужданиями, Джефферсон Хоуп брел вперед, подбадривая себя мыслью, что с каждым шагом он все ближе к Люси и что мяса, которое он несет, хватит им до конца путешествия.

Наконец, он подошел ко входу в то самое ущелье, где оставил Люси и ее отца. Даже в темноте Хоуп узнал очертания скал, окружавших долину. Должно быть, подумал он, о нем уже беспокоятся — ведь он ушел почти пять часов назад. У него стало радостно на душе; он приставил руки ко рту, и гулкое эхо далеко разнесло веселый клич, которым он оповещал о своем возвращении. Он прислушался, ожидая ответа. Ни звука, кроме его собственного голоса, прогремевшего в мрачных безмолвных ущельях и снова и снова повторяемого эхом. Он крикнул еще раз, погромче прежнего, и опять не услышал никакого отклика от друзей, с которыми так недавно расстался. В сердце его закралась неясная, беспричинная тревога; он в смятении ринулся вперед, сбросив с плеч свою ношу.

Обогнув скалу, он увидел площадку, где был разведен костер. Там еще дымилась куча золы, но, очевидно, никто не поддерживал огонь после его ухода. Вокруг царила все та же мертвая тишина. Его смутные опасения превратились в уверенность; он подбежал ближе. Возле тлеющих остатков костра не было ни одного живого существа: девушка, старик, лошади — все исчезли. Было ясно, что в его отсутствие сюда нагрянула страшная беда — беда, которая настигла их всех, не оставив никаких следов.

У Джефферсона Хоупа, потрясенного тяжким ударом, вдруг все поплыло перед глазами, и ему пришлось опереться на ружье, чтобы не упасть. Однако он был человеком действия и быстро преодолел свою слабость. Выхватив из золы тлеющую головешку, он дул, пока она не запылала, и, светя себе этим факелом, принялся осматривать маленький лагерь. Земля была истоптана конскими копытами, значит, на беглецов напал большой отряд всадников, а по направлению следов было видно, что отсюда они повернули обратно, к Солт-Лейк-Сити. Очевидно, они увезли с собой и старика и девушку. Джефферсон Хоуп почти убедил себя, что это так, но вдруг сердце его дрогнуло и нервы напряглись до предела. Чуть поодаль он увидел нечто такое, чего здесь не было прежде, — небольшую кучку красноватой земли. Сомнений быть не могло — это недавно засыпанная могила. Молодой охотник подошел ближе: из земли торчала палка, в ее расщепленный конец был засунут листок бумаги. Джефферсон Хоуп прочел краткую, но исчерпывающую надпись:

ДЖОН ФЕРЬЕ
из Солт-Лейк-Сити
умер 4 августа 1860.

Значит, мужественного старого фермера, с которым он расстался так недавно, уже нет в живых и вот это — все, что написали на его могиле! Джефферсон Хоуп дико огляделся вокруг, ища вторую могилу. Второй не оказалось. Люси увезли с собой эти чудовища. Поняв, что судьба ее решена и что он бессилен помешать мормонам, молодой человек горько пожалел, что не лежит вместе со стариком в этой тихой могиле.

Но деятельная натура снова преодолела апатию, которую порождает отчаяние. Если он не в силах помочь девушке, то по крайней мере может посвятить свою жизнь отмщению. Наряду с безграничным терпением и настойчивостью в характере Джефферсона Хоупа была и мстительность — это, вероятно, передалось ему от индейцев, среди которых он вырос. Стоя у потухшего костра, он чувствовал, что облегчить его горе может только полное возмездие врагам, совершенное его собственной рукой. Отныне его сильная воля и неутомимая энергия будут посвящены только этой единственной цели. Бледный и угрюмый, Джеффесон Хоуп пошел туда, где он бросил мясо убитого барана, потом развел огонь и приготовил себе еду на несколько дней. Он сложил мясо в мешок и, несмотря на усталость, отправился в путь через горы, по следам ангелов-мстителей.

Пять дней, чуть не падая от изнеможения, сбивая до крови ноги, брел он по тем же ущельям, где недавно проезжал верхом. Ночью он забывался на несколько часов где-нибудь на земле среди скал, но еще до рассвета поднимался и снова шагал дальше. На шестой день он дошел до Орлиного ущелья, откуда начался их неудачный побег. Перед ним открылся вид на гнездо мормонов. Джефферсон Хоуп, обессилевший, изможденный, оперся на ружье и яростно погрозил кулаком широко раскинувшемуся внизу безмолвному городу. Он увидел флаги на главных улицах: очевидно, там происходило какое-то торжество. Раздумывая, что бы это могло значить, он услышал топот копыт — к нему приближался какой-то всадник. Хоуп узнал в нем мормона по имени Каупер, которому он не раз оказывал услуги. Он подошел к нему, надеясь выведать что-нибудь о судьбе Люси.

— Я Джефферсон Хоуп, — сказал он. — Вы меня помните?

Мормон уставился на него с нескрываемым изумлением. И в самом деле, трудно было узнать прежнего молодого щеголеватого охотника в этом грязном оборванце с мертвенно-бледным лицом и горящими глазами. Но когда он в конце концов убедился, что перед ним Джефферсон Хоуп, изумление на его лице сменилось ужасом.

— Вы с ума сошли! Зачем вы сюда явились? — воскликнул он. — Если кто увидит, что я с вами разговариваю, мне несдобровать! Священный Совет Четырех приговорил вас к смерти за то, что вы помогли сбежать Ферье и его дочери!

— Не боюсь я ни вашего Совета, ни его приказов, — твердо сказал Хоуп. — Вы, должно быть, что-нибудь о них знаете. Заклинаю вас всем, что для вас дорого, ответьте мне на несколько вопросов. Мы же были друзьями. Ради бога, не отказывайте мне в этой просьбе!

— Ну, что вам нужно? — беспокойно озираясь, спросил мормон. — Скорее только. У скал есть уши, а у деревьев — глаза.

— Что с Люси Ферье?

— Ее вчера обвенчали с младшим Дреббером. Эй-эй, да что с вами такое? Вы просто помертвели!

— Пустяки, — побелевшими губами еле выговорил Хоуп и опустился на камень. — Вы говорите, обвенчали?

— Да, вчера. Потому и флаги возле храма вывесили. Младший Дреббер и младший Стэнджерсон все спорили, кому из них она достанется. Оба были в отряде, который помчался в погоню, и Стэнджерсон застрелил ее отца, что вроде бы давало ему преимущество, но на Совете у Дреббера была сильная поддержка, и Провидец отдал девушку ему. Только, думается мне, ненадолго: вчера по лицу ее было видно, что не жить ей на этом свете. Не женщина стояла под венцом, а привидение. Вы что, уходите?

— Ухожу, — сказал Джефферсон Хоуп, поднимаясь.

Его застывшее, суровое лицо, казалось, было высечено из мрамора, и только глаза горели недобрым огнем.

— Куда же вы идете?

— Это неважно, — ответил он и, вскинув ружье на плечо, побрел в ущелье, а оттуда — в самое сердце гор, к логовам хищных зверей. Среди них не было более опасного и свирепого зверя, чем он сам.

Предсказание мормона сбылось. Подействовала на нее ужасная смерть отца или ненавистный насильственный брак, но бедняжка Люси, ни разу не поднявшая глаз, стала чахнуть и через месяц умерла. Вечно пьяный Дреббер, который женился на Люси главным образом из-за состояния Джона Ферье, не слишком скорбел о своей утрате. Ее оплакивали остальные его жены, по обычаю мормонов просидевшие у ее гроба всю ночь накануне погребения. А когда забрезжил рассвет, дверь вдруг распахнулась, и перепуганные, изумленные женщины увидели перед собой косматого одичалого человека в лохмотьях. Не обращая внимания на сбившихся в кучу женщин, он подошел к бездыханному телу, в котором еще так недавно обитала чистая душа Люси Ферье. Нагнувшись, он благоговейно прижался губами к ее холодному лбу, потом поднял ее руку и снял с пальца обручальное кольцо.

— Она не ляжет в могилу с этим кольцом! — гневно прорычал он и, прежде чем женщины успели поднять тревогу, бросился на лестницу и исчез. Все это было так диковинно и произошло так быстро, что женщины не поверили бы себе и не убедили других, если бы не один неоспоримый факт: маленький золотой ободок, символ брака, исчез с ее пальца.

Несколько месяцев Джефферсон Хоуп бродил по горам, вел странную полузвериную жизнь и лелеял в своем сердце свирепую жажду мести. В городе ходили слухи о таинственном существе, которое обитало в глухих горных ущельях и не раз прокрадывалось к окраинам города. Однажды в окно Стэнджерсона влетела пуля и расплющилась о стену в каком-нибудь футе от его головы. Другой раз возле проходившего под скалой Дреббера свалился огромный камень, и он избежал ужасной смерти лишь потому, что мгновенно бросился ничком на землю. Оба молодых мормона скоро догадались, кто покушался на их жизнь, и неоднократно устраивали набеги в горы, надеясь поймать или убить своего врага, но все их попытки кончались безуспешно. Тогда они решили из предосторожности не выходить из дома в одиночку, тем более вечером, а возле своих домов поставили караульных. Но постепенно они перестали соблюдать осторожность, ибо враг больше не давал о себе знать, и они надеялись, что время остудило его мстительный пыл.

Это было далеко не так, оно скорее усилило его. Охотник, упрямый и неподатливый по натуре, был так одержим навязчивой мыслью о мести, что не мог уже думать больше ни о чем другом.

Однако он обладал прежде всего практическим умом. Он вскоре понял, что даже его железный организм не выдержит постоянных испытаний, которым он себя подвергал. Жизнь под открытым небом и отсутствие здоровой пищи подорвали его силы. Но если он умрет в горах, как собака, кто же отомстит негодяям? А его, конечно, ждет именно такая смерть, если он будет жить по-прежнему. Он знал, что это сыграет на руку его врагам, и поэтому заставил себя вернуться в Неваду, к своим рудникам, чтобы восстановить здоровье и накопить денег, а потом снова добиваться своей цели.

Он намеревался прожить в Неваде не больше года, но всякие непредвиденные обстоятельства задержали его на пять лет. Несмотря на долгий срок, он так же остро чувствовал свое горе и так же жаждал мести, как в ту памятную ночь, когда он стоял у могилы Джона Ферье. Он вернулся в Солт-Лейк-Сити, изменив свой облик и назвавшись другим именем. Его ничуть не заботила собственная участь — лишь бы удалось свершить справедливое возмездие. В городе его ждали плохие вести. Несколько месяцев назад среди избранного народа произошел раскол: младшие члены церкви взбунтовались против власти старейшин. В результате некоторая часть недовольных отказалась от мормонской веры и покинула Юту. Среди них были Дреббер и Стэнджерсон; куда они уехали, никто не знал. Говорили, будто Дребберу удалось выручить за свое имущество много денег и он уехал богачом, а его товарищ Стэнджерсон был сравнительно беден. Однако никто не мог подсказать, где их следует разыскивать.

Многие даже самые мстительные люди, столкнувшись с таким препятствием, перестали бы и думать о возмездии, но Джефферсон Хоуп не колебался ни минуты. Денег у него было немного, но он, хватаясь за любую возможность подработать и кое-как сводя концы с концами, ездил из города в город, разыскивая своих врагов. Год проходил за годом, черные волосы Хоупа засеребрились сединой, а он, как ищейка, все рыскал по городам, сосредоточившись на той единственной цели, которой посвятил свою жизнь. И наконец его упорство было вознаграждено. Проходя по улице, он бросил всего лишь один взгляд на мелькнувшее в окне лицо, но этого было достаточно: теперь он знал, что люди, за которыми он гонится столько лет, находятся здесь, в Кливленде, штат Огайо. Он вернулся в свое жалкое жилище с готовым планом мести. Случилось, однако, так, что Дреббер, выглянувший в окно, заметил бродягу на улице и прочел в его глазах свой смертный приговор. Вместе со Станджерсоном, который стал его личным секретарем, он кинулся к мировое судье и заявил, что их из ревности преследует старый соперник и им угрожает опасность. В тот же вечер Джефферсон Хоуп был арестован, и так как не нашлось никого, кто бы взял его на поруки, то он просидел в тюрьме несколько недель. Выйдя на свободу, Хоуп обнаружил, что дом Дреббера пуст: он со своим секретарем уехал в Европу.

Мститель снова потерял их следы, и снова ненависть заставила его продолжать погоню. Но для этого необходимы были деньги, и он опять стал работать, стараясь сберечь каждый доллар для предстоящей поездки. Наконец, скопив достаточно, чтобы не умереть с голода, он уехал в Европу и опять начал скитаться по городам, не гнушаясь никакой работой и выслеживая своих врагов. Догнать их, однако, не удавалось. Когда он добрался до Петербурга, Дреббер и Станджерсон уже уехали в Париж; он поспешил туда и узнал, что они только что отбыли в Копенгаген. В столицу Дании он тоже опоздал— они отправились в Лондон, где он наконец-то их настиг.

О том, что там произошло, лучше всего узнать из показаний старого охотника, записанных в дневнике доктора Уотсона, которому мы и так уже многим обязаны.

Глава VI. ПРОДОЛЖЕНИЕ ЗАПИСОК ДОКТОРА ДЖОНА УОТСОНА

По-видимому, яростное сопротивление нашего пленника вовсе не означало, что он пылает ненавистью к нам, ибо, поняв бесполезность борьбы, он неожиданно улыбнулся и выразил надежду, что никого не зашиб во время этой свалки.

— Вы, наверное, повезете меня в участок, — обратился он к Шерлоку Холмсу. — Мой кэб стоит внизу. Если вы развяжете мне ноги, я сойду сам. А то нести меня будет не так-то легко: я потяжелел с прежних времен.

Грегсон и Лестрейд переглянулись, очевидно, считая, что это довольно рискованно, но Шерлок Холмс, поверив пленнику на слово, тотчас же развязал полотенце, которым были скручены его щиколотки. Тот встал и прошелся по комнате, чтобы размять ноги. Помню, глядя на него, я подумал, что мне редко приходилось видеть человека столь могучего сложения, а выражение решимости и энергии на его смуглом, опаленном солнцем лице придавало его облику еще большую внушительность.

— Если случайно место начальника полиции сейчас не занято, то лучше вас никого не найти, — сказал он, глядя на моего сожителя с нескрываемым восхищением. — Как вы меня выследили — просто уму непостижимо!

— Вам тоже следовало бы поехать со мной, — сказал Холмс, повернувшись к сыщикам.

— Я могу быть за кучера, — предложил Лестрейд.

— Отлично, а Грегсон сядет с нами в кэб. И вы тоже, доктор. Вы ведь интересуетесь этим делом, так давайте поедем все вместе.

Я охотно согласился, и мы спустились вниз. Наш пленник не делал никаких попыток к бегству; он спокойно сел в принадлежавший ему кэб, а мы последовали за ним. Взобравшись на козлы, Лестрейд стегнул лошадь и очень быстро доставил нас в участок. Нас ввели в небольшую комнатку, где полицейский инспектор, бледный и вялый, выполнявший свои обязанности механически, со скучающим видом записал имя арестованного и его жертв.

— Арестованный будет допрошен судьями в течение недели, — сказал инспектор. — Джефферсон Хоуп, хотите ли вы что-либо заявить до суда? Предупреждаю: все, что вы скажете, может быть обращено против вас.

— Я многое могу сказать, — медленно произнес наш пленник. — Мне хотелось бы рассказать этим джентльменам все.

— Может, расскажете на суде? — спросил инспектор.

— А до суда я, наверное, и не доживу. Не бойтесь, я не собираюсь кончать самоубийством. Вы ведь доктор? — спросил он, устремив на меня свои горячие черные глаза.

— Да, — подтвердил я.

— Ну, так положите сюда вашу руку, — усмехнулся Хоуп, указывая скованными руками на свою грудь.

Я так и сделал и тотчас же ощутил под рукой сильные, неровные толчки. Грудная клетка его вздрагивала и тряслась, как хрупкое здание, в котором работает огромная машина. В наступившей тишине я расслышал в его груди глухие хрипы.

— Да ведь у вас аневризма аорты! — воскликнул я.

— Так точно, — безмятежно отозвался Хоуп. — На прошлой неделе я был у доктора — он сказал, что через несколько дней она лопнет. Дело к тому идет уже много лет. Это у меня оттого, что в горах Соленого озера я долго жил под открытым небом и питался как попало. Я сделал что хотел, и мне теперь безразлично, когда я умру, только прежде мне нужно рассказать, как это все случилось. Не хочу, чтобы меня считали обыкновенным головорезом.

Инспектор и оба сыщика торопливо посовещались, не нарушат ли они правила, позволив ему говорить.

— Как вы считаете, доктор, положение его действительно опасно? — обратился ко мне инспектор.

— Да, безусловно, — ответил я.

— В таком случае наш долг — в интересах правосудия снять с него показания, — решил инспектор. — Можете говорить, Джефферсон Хоуп, но еще раз предупреждаю, ваши показания будут занесены в протокол.

— С вашего позволения, я сяду, — сказал арестованный, опускаясь на стул. — От этой аневризмы я быстро устаю, да к тому же полчаса назад мы здорово отколошматили друг друга. Я стою на краю могилы и лгать вам не собираюсь. Все, что я вам скажу, — чистая правда, а как вы к ней отнесетесь — меня уже не интересует.

Джефферсон Хоуп откинулся на спинку стула и начал свою удивительную историю. Рассказывал он подробно, очень спокойным тоном, будто речь шла о чем-то самом обыденном. За точность приведенного ниже рассказа я ручаюсь, так как мне удалось раздобыть записную книжку Лестрейда, а он записывал все слово в слово.

— Вам не так уж важно знать, почему я ненавидел этих людей, — начал Джефферсон Хоуп, — достаточно сказать, что они были причиной смерти двух человеческих существ — отца и дочери — и поплатились за это жизнью. С тех пор, как они совершили это преступление, прошло столько времени, что мне уже не удалось бы привлечь их к суду. Но я знал, что они — убийцы, и решил, что сам буду их судьей, присяжными и палачом. На моем месте вы поступили бы точно так же, если только вы настоящие мужчины.

Девушка, которую они сгубили, двадцать лет назад должна была стать моей женой. Ее силком выдали замуж за этого Дреббера, и она умерла от горя. Я снял обручальное кольцо с пальца покойницы и поклялся, что в предсмертную минуту он будет видеть перед собой это кольцо и, умирая, думать лишь о преступлении, за которое он понес кару. Я не расставался с этим кольцом и преследовал Дреббера и его сообщника на двух континентах, пока не настиг обоих. Они надеялись взять меня измором, но не тут-то было. Если я умру завтра, что очень вероятно, то умру я с сознанием, что дело мое сделано и сделано как следует. Я отправил их на тот свет собственной рукой. Мне больше нечего желать и не на что надеяться.

Они были богачами, а я нищим, и мне было нелегко гоняться за ними по свету. Когда я добрался до Лондона, у меня не осталось почти ни гроша; пришлось искать хоть какую-нибудь работу. Править лошадьми и ездить верхом для меня так же привычно, как ходить по земле пешком; я обратился в контору наемных кебов и вскоре пристроился на работу. Я должен был каждую неделю давать хозяину определенную сумму, а все, что я зарабатывал сверх того, шло в мой карман. Мне перепадало немного, но кое-что удавалось наскрести на жизнь. Самое трудное для меня было разбираться в улицах — уж такой путаницы, как в Лондоне, наверное, нигде на свете нет! Я обзавелся планом города, запомнил главные гостиницы и вокзалы, и тогда дело пошло на лад.

Не сразу я разузнал, где живут эти мои господа; я справлялся везде и всюду и наконец выследил их. Они остановились в меблированных комнатах в Камберуэлле, на той стороне Темзы. Раз я их нашел, значит, можно было считать, что они в моих руках. Я отрастил бороду — узнать меня было невозможно. Оставалось только не упускать их из виду. Я решил следовать за ними по пятам, чтобы им не удалось улизнуть.

А улизнуть они могли в любую минуту. Мне приходилось следить за ними, куда бы они ни отправлялись. Иногда я ехал в своем кэбе, иногда шел пешком, но ехать было удобнее — так им трудно было бы скрыться от меня. Теперь я мог зарабатывать только рано по утрам или ночью и, конечно, задолжал хозяину. Но меня это не заботило; самое главное — они были у меня в руках!

Они, впрочем, оказались очень хитры. Должно быть, они опасались слежки, поэтому никогда не выходили поодиночке, а в позднее время и вовсе не показывались на улице. Я колесил за ними две недели подряд и ни разу не видел одного без другого. Дреббер часто напивался, но Стэнджерсон всегда была настороже. Я следил за ними днем и ночью, а удобного для меня случая все не выпадало; но я не отчаивался — что-то подсказывало мне, что скоро наступит мой час. Я боялся только, что эта штука у меня в груди лопнет и я не успею сделать свое дело.

Наконец, как-то под вечер я ездил взад-вперед по Торки-Террас — так называется улица, где они жили, — и увидел, что к их двери подъехал кеб. Вскоре вынесли багаж, потом появились Стэнджерсон и Дреббер, сели в кеб и уехали. У меня екнуло сердце — чего доброго, они уедут из Лондона! Я хлестнул лошадь и пустился за ними. Они вышли у Юстонского вокзала, я попросил мальчишку присмотреть за лошадью и пошел за ними на платформу. Они спросили, когда отходит поезд на Ливерпуль; дежурный ответил, что поезд только что ушел, а следующий отправится через несколько часов. Стэнджерсон, как видно, был недоволен, а Дреббер вроде даже обрадовался. В вокзальной сутолоке я ухитрился незаметно пробраться поближе к ним и слышал каждое слово. Дреббер сказал, что у него есть маленькое дело; пусть Стэнджерсон подождет его здесь, он скоро вернется. Стэнджерсон запротестовал, напомнив ему, что они решили всюду ходит вместе. Дреббер ответил, что дело его щекотливого свойства и он должен идти один. Я не расслышал слов Стэнджерсона, но Дреббер разразился бранью и заявил, что Стэнджерсон, мол, всего лишь наемный слуга и не смеет ему указывать. Стэнджерсон, видимо, решил не спорить и договорился с Дреббером, что, если тот опоздает к последнему поезду, он будет ждать его в гостинице «Холлидей». Дреббер ответил, что вернется еще до одиннадцати, и ушел.

Наконец-то настала минута, которой я ждал так долго. Враги были в моих руках. Держась вместе, они охраняли друг друга, но порознь стали беззащитны против меня. Я, конечно, действовал не наобум. У меня заранее был составлен план. Месть не сладка, если обидчик не поймет, от чьей руки он умирает и за что несет кару. По моему плану тот, кто причинил мне зло, должен был узнать, что расплачивается за старый грех. Случилось так, что за несколько дней до того я возил одного джентльмена, он осматривал пустые дома на Брикстон-роуд и обронил ключ от одного из них в моем кебе. В тот же вечер он хватился пропажи, и ключ я вернул, но днем успел снять с него слепок и заказать такой же. Теперь у меня имелось хоть одно место в этом огромном городе, где можно было не бояться, что мне помешают. Самое трудное было залучить туда Дреббера, и вот сейчас я должен был что-то придумать.

Дреббер пошел по улице, заглянул в одну распивочную, потом в другую— во второй он пробыл больше получаса. Оттуда он вышел пошатываясь— видно, здорово накачался. Впереди меня стоял кеб: он сел в него, а я поехал следом, да так близко, что морда моей лошади была почти впритык к задку его кеба. Мы проехали мост Ватерлоо, потом колесили по улицам, пока, к удивлению моему, не оказались у того дома, откуда он выехал. Зачем он туда вернулся, бог его знает; на всякий случай я остановился ярдах в ста. Он отпустил кэб и вошел… Дайте мне, пожалуйста, воды. У меня во рту пересохло.

Я подал ему стакан; он осушил его залпом.

— Теперь легче, — сказал он. — Так вот, я прождал примерно с четверть часа, и вдруг из дома донесся шум, будто там шла драка. Потом дверь распахнулась, выбежали двое— Дреббер и какой-то молодой человек, — его я видел впервые. Он тащил Дреббера за шиворот и на верхней ступеньке дал ему такого пинка, что тот кувырком полетел на тротуар. «Мерзавец! — крикнул молодой человек, грозя ему палкой. — Я тебе покажу, как оскорблять честную девушку!» Он был до того взбешен, что я даже испугался, как бы он не пристукнул Дреббера своей дубинкой, но подлый трус пустился бежать со всех ног. Добежав до угла, он вскочил в мой кеб. «В гестницу «Холлидей»!» — крикнул он.

Он сидит в моем кебе! Сердце у меня так заколотилось от радости, что я начал бояться, как бы моя аневризма не прикончила меня тут же. Я поехал медленно, обдумывая, что делать дальше. Можно было завезти его куда-нибудь за город и расправиться с ним на безлюдной дороге. Я было решил, что другого выхода нет, но он сам пришел мне на выручку. Его опять, видно, потянуло на выпивку— он велел мне остановиться возле питейного заведения и ждать его. Там он просидел до самого закрытия и так надрался, что, когда он вышел, я понял: теперь все будет по-моему.

Не думайте, что я намеревался просто взять да убить его. Конечно, это было бы только справедливо, но к такому убийству у меня не лежала душа. Я давно уже решил дать ему возможность поиграть со смертью, если он того захочет. Во время моих скитаний по Америке я брался за любую работу, и среди всего прочего мне пришлось быть служителем при лаборатории Нью-Йоркского университета. Там однажды профессор читал лекцию о ядах и показал студентам алкалоид— так он это назвал, — добытый им из яда, которым в Южной Америке отравляют стрелы. Этот алкалоид такой сильный, говорил он, что одна крупица его убивает мгновенно. Я приметил склянку, в которой содержался препарат, и, когда все разошлись, взял немножко себе. Я неплохо знал аптекарское дело и сумел приготовить две маленькие растворимые пилюли с этим алкалоидом и каждую положил в коробочку рядом с такой же по виду, но совсем безвредной. Я решил, что, когда придет время, я заставлю обоих моих молодчиков выбрать себе одну из двух пилюль в коробочке, а я проглочу ту, что останется. Алкалоид убьет наверняка, а шуму будет меньше, чем от выстрела сквозь платок. С того дня я всегда носил при себе две коробочки с пилюлями, и наконец-то настало время пустить их в ход.

Миновала полночь, время близилось к часу. Ночь была темная, ненастная, выл ветер, и дождь лил как из ведра. Но, несмотря на холод и мрак, меня распирала радость— такая радость, что я готов был заорать от восторга. Если кто-либо из вас, джентльмены, когда-нибудь имел желанную цель, целых двадцать лет только о ней одной и думал и вдруг увидел бы, что она совсем близка, вы бы поняли, что со мной творилось. Я закурил сигару, чтобы немного успокоиться, но руки у меня дрожали, а в висках стучало. Я ехал по улицам, и в темноте мне улыбались старый Джон Ферье и милая моя Люси— я видел их так же ясно, как сейчас вижу вас, джентльмены. Всю дорогу они были передо мной, справа и слева от лошади, пока я не остановился у дома на Брикстон-роуд.

Кругом не было ни души, не слышно было ни единого звука, кроме шума дождя. Заглянув внутрь кеба, я увидел, что Дреббер храпит, развалясь на сиденье. Я потряс его за плечо.

— Пора выходить, — сказал я.

— Ладно, сейчас, — пробормотал он.

Должно быть, он думал, что мы подъехали к его гостинице, — он молча вылез и потащился через палисадник. Мне пришлось идти рядом и поддерживать его— хмель у него еще не выветрился. Я отпер дверь и ввел его в переднюю. Даю вам слово, что отец и дочь все это время шли впереди нас.

— Что за адская, тьма, — проворчал он, топчась на месте.

— Сейчас зажжем свет, — ответил я и, чиркнув спичкой, зажег принесенную с собой восковую свечу. — Ну, Енох Дреббер, — продолжал я, повернувшись к нему и держа свечку перед собой, — кто я такой?

Он уставился на меня бессмысленным пьяным взглядом. Вдруг лицо его исказилось, в глазах замелькал ужас — он меня узнал! Побледнев, как смерть, он отпрянул назад, зубы его застучали, на лбу выступил пот. А я, увидев все это, прислонился спиной к двери и громко захохотал. Я всегда знал, что месть будет сладка, но не думал, что почувствую такое блаженство.

— Собака! — сказал я. — Я гонялся за тобой от Солт-Лейк-Сити до Петербурга, и ты всегда удирал от меня. Теперь уж странствиям твоим пришел конец — кто-то из нас не увидит завтрашнего утра!

Он все отступал назад; по лицу его я понял, что он принял меня за сумасшедшего. Да, пожалуй, так оно и было. В висках у меня били кузнечные молоты; наверное, мне стало бы дурно, если бы вдруг из носа не хлынула кровь — от этого мне полегчало.

— Ну что, вспомнил Люси Ферье? — крикнул я, заперев дверь и вертя ключом перед его носом. — Долго ты ждал возмездия, и наконец-то пришел твой час!

Я видел, как трусливо затрясся его подбородок. Он, конечно, стал бы просить пощады, но понимал, что это бесполезно.

— Ты пойдешь на убийство? — пролепетал он.

— При чем тут убийство? — ответил я. — Разве уничтожить бешеную собаку — значит совершить убийство? А ты жалел мою дорогую бедняжку, когда оторвал ее от убитого вами отца и запер в свой гнусный гарем?

— Это не я убил ее отца! — завопил он.

— Но ты разбил ее невинное сердце! — крикнул я и сунул ему коробочку. — Пусть нас рассудит всевышний. Выбери пилюлю и проглоти. В одной — смерть, в другой — жизнь. Я проглочу ту, что останется. Посмотрим, есть ли на земле справедливость или нами правит случай.

Скорчившись от страха, он дико закричал и стал умолять о пощаде, но я выхватил нож, приставил к его горлу, и в конце концов он повиновался. Затем я проглотил оставшуюся пилюлю, с минуту мы молча стояли друг против друга, ожидая, кто из нас умрет. Никогда не забуду его лица, когда, почувствовав первые боли, он понял, что проглотил яд! Я захохотал и поднес к его глазам кольцо Люси. Все это длилось несколько секунд — алкалоид действует быстро. Лицо его исказилось, он выбросил вперед руки, зашатался и с хриплым воплем тяжело рухнул на пол. Я ногой перевернул его на спину и положил руку ему на грудь. Сердце не билось. Он был мертв!

Из носа у меня текла кровь, но я не обращал на это внимания. Не знаю, почему мне пришло в голову сделать кровью надпись на стене. Может, из чистого озорства мне захотелось сбить с толку полицию, — очень уж весело и легко у меня было тогда на душе! Я вспомнил, что в Нью-Йорке нашли как-то труп, а под ним было написано слово «RACHE»; газеты писали тогда, что это, должно быть, сделало какое-то тайное общество. Что поставило в тупик Нью-Йорк, то и Лондон поставит в тупик, решил я и, обмакнув палец в свою кровь, вывел на видном месте это слово. Потом я пошел к кебу — на улице было пустынно, а дождь лил по-прежнему. Я отъехал от дома, и вдруг, сунув руку в карман, где у меня всегда лежало кольцо Люси, обнаружил, что его нет. Я был как громом поражен — ведь это была единственная память о ней! Подумав, что я обронил его, когда наклонялся к телу Дреббера, я оставил кеб в переулке и побежал к дому — я готов был на любой риск, лишь бы найти кольцо. Но возле дома я чуть было не попал в руки выходящего оттуда полисмена и отвел от себя подозрение только потому, что прикинулся в стельку пьяным.

Вот, значит, как Енох Дреббер нашел свою смерть. Теперь мне оставалось проделать то же самое со Стэнджерсоном и расквитаться с ним за Джона Ферье. Я знал, что он остановился в гостинице «Холлидей», и слонялся возле нее целый день, но он так и не вышел на улицу. Думается мне, он что-то заподозрил, когда Дреббер не явился на вокзал. Он был хитер, этот Стэнджерсон, и всегда держался начеку. Но напрасно он воображал, будто убережется от меня, если будет отсиживаться в гостинице! Вскоре я уже знал окно его комнаты, и на следующий день, едва стало светать, я взял лестницу, что валялась в проулке за гостиницей, и забрался к нему. Разбудив его, я сказал, что настал час расплатиться за жизнь, которую он отнял двадцать лет назад. Я рассказал ему о смерти Дреббера и дал на выбор две пилюли. Вместо того, чтобы ухватиться за единственный шанс спасти свою жизнь, он вскочил с постели и стал меня душить. Защищаясь, я ударил его ножом в сердце. Все равно ему суждено было умереть — провидение не допустило бы, чтобы рука убийцы выбрала пилюлю без яда.

Мне уже немногое осталось рассказать, и слава богу, а то я совсем выбился из сил. Еще день-два я возил седоков, надеясь немного подработать и вернуться в Америку. И вот сегодня я стоял на хозяйском дворе, когда какой-то мальчишка-оборванец спросил, нет ли здесь кучера по имени Джефферсон Хоуп. Его, мол, просят подать кеб на Бейкер-стрит, номер 221-б. Ничего не подозревая, я поехал, и тут вдруг этот молодой человек защелкнул на мне наручники, да так ловко, что я и оглянуться не успел. Вот и все, джентльмены. Можете считать меня убийцей, но я утверждаю, что я такой же служитель правосудия, как и вы...

История эта была столь захватывающей, а рассказывал он так выразительно, что мы слушали, не шелохнувшись и не проронив ни слова. Даже профессиональные сыщики, blases[1] всеми видами преступлений, казалось, следили за его рассказом с острым интересом. Когда он кончил, в комнате стояла полная тишина, нарушаемая только скрипом карандаша, — это Лестрейд доканчивал свою стенографическую запись.

— Мне хотелось бы выяснить еще одно обстоятельство, — произнес наконец Шерлок Холмс. — Кто ваш сообщник — тот, который приходил за кольцом?

Джефферсон Хоуп шутливо подмигнул моему приятелю.

— Свои тайны я могу уже не скрывать, — сказал он, — но другим не стану причинять неприятности. Я прочел объявление и подумал, что либо это ловушка, либо мое кольцо и в самом деле найдено на улице. Мой друг вызвался пойти и проверить. Вы, наверное, не станете отрицать, что он вас ловко провел.

— Что верно, то верно, — искренне согласился Холмс.

— Джентльмены, — важно произнес инспектор, — надо все же подчиняться установленным порядкам. В четверг арестованный предстанет перед судом, и вас пригласят тоже. А до тех пор ответственность за него лежит на мне.

Он позвонил. Джефферсона Хоупа увели два тюремных стражника, а мы с Шерлоком Холмсом, выйдя из участка, подозвали кэб и поехали на Бейкер-стрит.

---

[1] Пресыщенные (франц.)

Глава VII. ЗАКЛЮЧЕНИЕ

Всех нас предупредили, что в четверг мы будем вызваны в суд; но когда наступил четверг, оказалось, что наши показания уже не понадобятся — Джефферсона Хоупа призвал к себе высший судия, чтобы вынести ему свой строгий и справедливый приговор. Ночью после ареста его аневризма лопнула, и наутро его нашли на полу тюремной камеры с блаженной улыбкой на лице, словно, умирая, он думал о том, что прожил жизнь не зря и хорошо сделал свое дело.

— Грегсон и Лестрейд, наверное, рвут на себе волосы, — сказал Холмс вечером, когда мы обсуждали это событие. — Он умер, и пропали все их надежды на шумную рекламу.

— По-моему, они мало что сделали для поимки преступника, — заметил я.

— В этом мире неважно, сколько вы сделали, — с горечью произнес Холмс. — Самое главное — суметь убедить людей, что вы сделали много. Но все равно, — после паузы продолжал он уже веселее, — я ни за что не отказался бы от этого расследования. Я не помню более интересного дела. И как оно ни просто, все же в нем было немало поучительного.

— Просто?! — воскликнул я.

Холмса рассмешило мое изумление.

— Разумеется, его никак нельзя назвать сложным, — сказал он. — И вот вам доказательство — за три дня я без всякой помощи и только посредством самых обыкновенных умозаключений сумел установить личность преступника.

— Это верно!

— Я уже как-то говорил вам, что необычное — скорее помощь, чем помеха в нашем деле. При решении подобных задач очень важно уметь рассуждать ретроспективно. Это чрезвычайно ценная способность, и ее нетрудно развить, но теперь почему-то мало этим занимаются. В повседневной жизни гораздо полезнее думать наперед, поэтому рассуждения обратным ходом сейчас не в почете. Из пятидесяти человек лишь один умеет рассуждать аналитически, остальные же мыслят только синтетически.

— Должен признаться, я вас не совсем понимаю.

— Я так и думал. Попробую объяснить это понятнее. Большинство людей, если вы перечислите им все факты один за другим, предскажут вам результат. Они могут мысленно сопоставить факты и сделать вывод, что должно произойти то-то. Но лишь немногие, узнав результат, способны проделать умственную работу, которая дает возможность проследить, какие же причины привели к этому результату. Вот эту способность я называю ретроспективными, или аналитическими, рассуждениями.

— Понимаю,— сказал я.

— Этот случай был именно таким— мы знали результат и должны были сами найти все, что к нему привело. Я попытаюсь показать вам различные стадии моих рассуждений. Начнем с самого начала. Вам известно, что я подошел к дому пешком, не внушая себе заранее никаких идей. Естественно, я прежде всего исследовал мостовую и, как я уже говорил вам, обнаружил отчетливые следы колес, а из расспросов выяснилось, что кеб мог подъехать сюда только ночью. По небольшому расстоянию между колесами я убедился, что это был наемный кеб, а не частный экипаж— обыкновенный лондонский кеб гораздо уже господской коляски.

Это было, так сказать, первое звено. Затем я медленно пошел через палисадник по дорожке; она была глинистая, то есть такая, на которой особенно заметно отпечатываются следы. Вам, конечно, эта дорожка представлялась просто полоской истоптанной грязи, но для моего натренированного глаза имела значение каждая отметина на ее поверхности. В сыскном деле нет ничего важнее, чем искусство читать следы, хотя именно ему у нас почти не уделяют внимания. К счастью, я много занимался этим, и благодаря долгой практике умение распознавать следы стало моей второй натурой. Я увидел глубоко вдавленные следы констеблей, но разглядел и следы двух человек, проходивших по садику до того, как явилась полиция. Определить, что эти двое проходили раньше, было нетрудно: кое-где их следы были совершенно затоптаны констеблями. Так появилось второе звено. Я уже знал, что ночью сюда приехали двое— один, судя по ширине его шага, очень высокого роста, а второй был щегольски одет— об этом свидетельствовали изящные очертания его узких подошв.

Когда я вошел в дом, мои выводы подтвердились. Передо мной лежал человек в щегольских ботинках. Значит, если это было убийством, то убийца должен быть высокого роста. На мертвом не оказалось ран, но по ужасу, застывшему на его лице, я убедился, что он предвидел свою участь. У людей, внезапно умерших от разрыва сердца или от других болезней, не бывает ужаса на лице. Понюхав губы мертвого, я почувствовал чуть кисловатый запах и понял, что его заставили принять яд. Это подтверждалось еще и выражением ненависти и страха на его лице. Я убедился в этом с помощью метода исключения— известные мне факты не укладывались ни в какую другую гипотезу. Не воображайте, что тут произошло нечто неслыханное. Насильственное отравление ядом вовсе не новость в уголовной хронике. Каждый токсиколог тотчас вспомнил бы дело Дольского в Одессе или Летюрье в Монпелье.

Теперь передо мной встал главный вопрос: каковы мотивы преступления? Явно не грабеж— все, что имел убитый, осталось при нем. Быть может, это политическое убийство или тут замешана женщина? Я склонялся скорее ко второму предположению. Политические убийцы, сделав свое дело, стремятся как можно скорее скрыться. Это убийство, наоборот, было совершено без спешки, следы преступника видны по всей комнате, значит, он пробыл там довольно долго. Причины, по-видимому, были частного, а не политического характера и требовали обдуманной жестокой мести. Когда на стене была обнаружена надпись, я еще больше утвердился в своем мнении. Надпись была сделана для отвода глаз. Когда же нашли кольцо, вопрос для меня был окончательно решен. Ясно, что убийца хотел напомнить своей жертве о какой-то умершей или находящейся где-то далеко женщине. Тут-то я испросил Грегсона, не поинтересовался ли он, посылая телеграмму в Кливленд, каким-либо особым обстоятельством в жизни Дреббера. Как вы помните, он ответил отрицательно.

Затем я принялся тщательно исследовать комнату, нашел подтверждение моих догадок о росте убийцы, а заодно узнал о трихинопольской сигаре и о длине его ногтей. Так как следов борьбы не оказалось, я заключил, что у убийцы от волнения хлынула из носа кровь. Кровяные пятна на полу совпадали с его шагами. Редко бывает, чтобы у человека шла носом кровь от сильных эмоций — разве только он очень полнокровен, поэтому я рискнул сказать, что преступник, вероятно, дюжий и краснолицый. События доказали, что я рассуждал правильно.

Выйдя из дома, я прежде всего исправил промах Грегсона. Я отправил телеграмму начальнику кливлендской полиции, ограничившись просьбой сообщить факты, относящиеся к браку Еноха Дреббера. Ответ был исчерпывающим. Я узнал, что Дреббер уже просил у закона защиты от своего старого соперника, некоего Джефферсона Хоупа, и что этот Хоуп сейчас находится в Европе. Теперь ключ к тайне был в моих руках— оставалось только поймать убийцу.

Я уже решил про себя, что человек, вошедший в дом вместе с Дреббером, был не кто иной, как кебмен. Следы говорили о том, что лошадь бродила по мостовой, чего не могло быть, если бы за ней кто-то присматривал. Где же, спрашивается, был кебмен, если не в доме? К тому же нелепо предполагать, будто человек в здравом уме станет совершать задуманное преступление на глазах третьего лица, которое наверняка его выдало бы. И, наконец, представим себе, что человек хочет выследить кого-то в Лондон— можно ли придумать что-либо лучше, чем сделаться кебменом? Все эта соображения привели меня к выводу, что Джефферсона Хоупа надо искать среди столичных кебменов.

Но если он кебмен, вряд ли он бросил бы сейчас это занятие, рассуждал я. Наоборот, с его точки зрения, внезапная перемена ремесла привлекла бы к нему внимание. Вернее всего, он какое-то время еще будет заниматься своим делом. И вряд ли он живет под другим именем. Зачем ему менять свое имя в стране, где его никто не знает? Поэтому я составил из уличных мальчишек отряд сыскной полиции и гонял их по всем конторам наемных кебов, пока они не разыскали нужного мне человека. Как они его доставили и как быстро я этим воспользовался, вы знаете. Убийство Стэнджерсона было для меня полной неожиданностью, но, во всяком случае, я не смог бы его предотвратить. В результате, как вам известно, я получил пилюли, в существовании которых не сомневался. Вот видите, все расследование представляет собою цепь непрерывных и безошибочных логических заключений.

— Просто чудеса! — воскликнул я. — Ваши заслуги должны быть признаны публично. Вам нужно написать статью об этом деле. Если вы не напишите, это сделаю я!

— Делайте что хотите, доктор, — ответил Холмс. — Но сначала прочтите-ка вот это.

Он протянул мне свежую газету «Эхо». Статейка, на которую он указал, была посвящена делу Джефферсона Хоупа.

«Публика лишилась возможности испытать острые ощущения, — говорилось в ней, — из-за скоропостижной смерти некоего Хоупа, обвинявшегося в убийстве мистера Еноха Дреббера и мистера Джозефа Стэнджерсона. Теперь, наверное, нам никогда не удастся узнать все подробности этого дела, хотя мы располагаем сведениями из авторитетных источников, что преступление совершено на почве старинной романтической вражды, в которой немалую роль сыграли любовь и мормонизм. Говорят, будто обе жертвы в молодые годы принадлежали к секте «Святых последних дней», а скончавшийся в тюрьме Хоуп тоже жил в Солт-Лейк-Сити. Если этому делу и не суждено иметь другого воздействия, то, во всяком случае, оно является блистательным доказательством энергии нашей сыскной полиции, а также послужит уроком для всех иностранцев: пусть они сводят свои счеты у себя на родине, а не на британской земле. Уже ни для кого не секрет, что честь остроумного захвата убийцы всецело принадлежит известным сыщикам из Скотленд — Ярда, мистеру Грегсону и мистеру Лестрейду. Преступник был схвачен в квартире некоего мистера Шерлока Холмса, сыщика-любителя, который обнаружил некоторые способности в сыскном деле; будем надеяться, что, имея таких учителей, он со временем приобретет навыки в искусстве раскрытия преступлений. Говорят, что оба сыщика в качестве признания их заслуг получат достойную награду».

— Ну, что я вам говорил с самого начала? — смеясь, воскликнул Шерлок Холмс. — Вот для чего мы с вами создали этот Этюд в багровых тонах, — чтобы обеспечить им достойную награду!

— Ничего, — ответил я, — все факты записаны у меня в дневнике, и публика о них узнает. А пока довольствуйтесь сознанием, что вы победили, и скажите, как римский скряга:

«Populus me sibilat,at mihi plaudoIpse domi sirnul ac nummos contemplar in arca».[1]

---

[1] *«Пусть их освищут меня, говорит, но зато я в ладоши*

РАССКАЗЫ

Морской договор

Июль того года, когда я женился, памятен мне по трем интересным делам. Я имел честь присутствовать при их расследовании. В моих дневниках они называются: «Второе пятно», «Морской договор» и «Усталый капитан». Первое из этих дел связано с интересами высокопоставленных лиц, в нем замешаны самые знатные семейства королевства, так что долгие годы было невозможно предать его гласности. Но именно оно наиболее ясно иллюстрирует аналитический метод Холмса, который произвел глубочайшее впечатление на всех, кто принимал участие в расследовании. У меня до сих пор хранится почти дословная запись беседы, во время которой Холмс рассказал все, что доподлинно произошло, месье Дюбюку из парижской полиции и Фрицу фон Вальдбауму, известному специалисту из Данцига, которые потратили немало энергии, распутывая нити, оказавшиеся второстепенными. Но только когда наступит новый век, рассказать этот случай можно будет безо всякого ущерба для кого бы то ни было. А сейчас мне хотелось бы рассказать историю с морским договором. Это дело в свое время тоже имело государственное значение, и в нем есть несколько моментов, придающих ему совершенно уникальный характер.

Хлопаю дома себе как хочу, на сундук свой любуясь».
Гораций, Сатиры, I, строки 66-67

Еще в школьные годы я сдружился с Перси Фелпсом, который был почти что моим ровесником, но опередил меня на два класса. У него были блестящие способности — он получал почти все школьные премии и за выдающиеся успехи был удостоен стипендии, которая позволила ему добиться триумфа и в Кембридже. Помнится, у него были большие родственные связи. Еще в школе мы знали, что брат его матери лорд Холдхэрст— крупный деятель консервативной партии. Но тогда это знатное родство приносило ему мало пользы; напротив, было очень забавно вывалять его в пыли на спортивной площадке или ударить ракеткой ниже спины. Другое дело, когда он ступил на путь самостоятельной жизни. Краем уха я слышал, что благодаря своим способностям и влиянию дяди он получил хорошее место в министерстве иностранных дел. Но затем я совершенно забыл о нем, пока не получил следующего письма:

Брайарбрэ, Уокинг.

Дорогой Уотсон, я не сомневаюсь, что вы помните «Головастика» Фелпса, который учился в пятом классе, когда вы были в третьем. Возможно даже вы слышали, что благодаря влиянию моего дяди я получил хорошую должность в министерстве иностранных дел и был в доверии и чести, пока на меня не обрушилось ужасное несчастье, погубившее мою карьеру.

Нет надобности писать обо всех подробностях этого кошмарного происшествия. Если вы снизойдете до моей просьбы, мне все равно придется вам рассказать все от начала до конца.

Я только что оправился от нервной горячки, которая длилась два месяца, и я все еще слаб. Не могли бы вы навестить меня вместе с вашим другом, мистером Холмсом? Мне бы хотелось услышать его мнение об этом деле, хотя авторитетные лица утверждают, что ничего больше поделать нельзя. Пожалуйста, приезжайте с ним как можно скорее. Пока я живу в этом ужасном неведении, мне каждая минута кажется часом.

Объясните ему, что если я не обратится к нему прежде, то не потому, что я не ценил его таланта, а потому, что, с тех пор лак на меня обрушился этот удар, я все время находился в беспамятстве. Теперь сознание вернулось ко мне, хотя я и. не слишком уверенно чувствую себя, так как боюсь рецидива. Я еще так слаб, что могу, как вы видите, только диктовать. Прошу вас, приходите вместе с вашим другом.

Ваш школьный товарищ Перси Фелпс.

Что-то в его письме тронуло меня, было что-то жалостное в его повторяющихся просьбах привезти Холмса. Попроси он что-нибудь неисполнимое, я и тогда постарался бы все для него сделать, но я знал, как Холмс любит свое искусство, знал, что он всегда готов прийти на помощь тому, кто в нем нуждается. Моя жена согласилась со мной, что нельзя терять ни минуты, и вот я тотчас после завтрака оказался еще раз в моей старой квартире на Бейкер-стрит.

Холмс сидел в халате за приставным столом и усердно занимался какими-то химическими исследованиями. Над голубоватым пламенем бунзеновской горелки в большой изогнутой реторте неистово кипела какая-то жидкость, дистиллированные капли которой падали в двухлитровую мензурку. Когда я вошел, мой друг даже не поднял головы, и я, видя, что он занят важным делом, сел в кресло и принялся ждать.

Он окунал стеклянную пипетку то в одну бутылку, то в другую, набирая по нескольку капель жидкости из каждой, и наконец перенес пробирку со смесью на письменный стол. В правой руке он держал полоску лакмусовой бумаги.

— Вы пришли в самый ответственный момент, Уотсон, — сказал Холмс. — Если эта бумага останется синей, все хорошо. Если она станет красной, то это будет стоить человеку жизни.

Он окунул полоску в пробирку, и она мгновенно окрасилась в ровный грязновато-алый цвет.

— Гм, я так и думал! — воскликнул он. — Уотсон, я буду к вашим услугам через минуту. Табак вы найдете в персидской туфле.

Он повернулся к столу и написал несколько телеграмм, которые тут же вручил мальчику-слуге. Затем сел на стул, стоявший против моего кресла, поднял колени и, сцепив длинные пальцы, обхватил руками худые, длинные ноги.

— Самое обыкновенное убийство, — сказал он. — Догадываюсь, что вы принесли кое-что получше. Вы вестник преступлений, Уотсон. Что у вас?

Я дал ему письмо, которое он прочел самым внимательным образом.

— В нем сообщается не слишком много, верно? — заметил он, отдавая письмо.

— Почти ничего.

— И все же почерк интересный.

— Но это не его почерк.

— Верно. Писала женщина!

— Да нет, это мужской почерк!

— Нет, писала женщина, и притом обладающая редким характером. Видите ли, знать в начале расследования, что ваш клиент, к счастью или на свою беду, тесно общается с незаурядной личностью, — это уже много. Если вы готовы, то мы тотчас отправимся в Уокинг и встретимся с этим попавшим в беду дипломатом и с дамой, которой он диктует свои письма.

На Ватерлоо мы удачно сели на ранний поезд и меньше чем через час оказались среди хвойных лесов и вересковых зарослей Уокинга. Усадьба Брайарбрэ находилась в нескольких минутах ходу от станции. Мы послали свои визитные карточки, и нас провели в гостиную, обставленную элегантной мебелью, куда через несколько минут вошел довольно полный человек, принявший нас очень радушно. Ему было уже лет за тридцать пять, но из-за очень румяных щек и веселых глаз он производил впечатление пухлого, озорного мальчугана.

— Я рад, что вы приехали, — сказал он, экспансивно пожимая наши руки. — Перси все утро спрашивает о вас. Бедняга, он цепляется за любую соломинку. Его отец с матерью просили меня встретить вас, потому что им больно даже упоминание об этом деле.

— Мы пока еще ничего не знаем, — заметил Холмс. — Как я догадываюсь, вы не член этой семьи.

Наш новый знакомый удивился, но, посмотрев вниз, рассмеялся.

— Вы, разумеется, увидели монограмму «Дж. Г.» у меня на брелоке, — сказал он. — А я уже было поразился вашей проницательности. Я Джозеф Гаррисон, и так как Перси собирается жениться на моей сестре Энни, то буду его родственником по крайней мере со стороны жены. Сестру мою вы увидите в его комнате — последние два месяца она нянчит его, как ребенка. Пожалуй, нам лучше пройти к нему тотчас: он ждет вас с нетерпением.

Комната, в которую нас провели, была на том же этаже, что и гостиная. Это была полугостиная-полуспальня, в ней было много цветов. Теплый летний воздух, напоенный садовыми ароматами, вливался в раскрытое окно, у которого на кушетке лежал очень бледный и изможденный молодой человек.

Когда мы вошли, сидевшая рядом с ним женщина встала.

— Я пойду, Перси? — спросила она.

Он схватил ее за руку, чтобы удержать.

— Здравствуйте, Уотсон, — сказал он сердечно. — Вы отпустили усы — я бы ни за что не узнал вас, да и меня узнать мудрено. А это, наверно, ваш знаменитый друг — мистер Шерлок Холмс?

Я коротко представил Холмса, и мы оба сели. Толстый молодой человек вышел, но его сестра осталась с больным, который не выпускал ее руки. Это была женщина примечательной внешности — с красивым смугловатым цветом лица, большими черными миндалевидными глазами и копной иссиня-черных волос, но для своего небольшого роста она была, пожалуй, несколько полновата. По контрасту с ее яркими красками бледное лицо ее жениха казалось еще более осунувшимся, изможденным.

— Я не хочу, чтобы вы теряли время, — сказал он, приподнявшись на кушетке, — и сразу перейду к делу. Я был счастливым и преуспевающим человеком, мистер Холмс. Уже готовилась моя свадьба, как вдруг ужасная беда разрушила все мои жизненные планы.

Уотсон, наверно, говорил вам, что я служил в министерстве иностранных дел и благодаря влиянию моего дяди, лорда Холдхэрста, быстро получил ответственную должность. Когда дядюшка стал министром иностранных дел в нынешнем правительстве, он стал давать мне ответственные поручения, и, так как я выполнял их с неизменным успехом, он в конце концов совершенно уверился в моих способностях н дипломатическом такте.

Примерно десять недель назад, а точнее, двадцать третьего мая, он вызвал меня к себе в кабинет и, похвалив за старание, сказал, что хочет поручить мне новое ответственное дело.

«Вот это, — сказал он, беря серый свиток бумаги со стола, — оригинал тайного договора между Англией и Италией, сведения о котором уже просочились, к сожалению, в печать. Чрезвычайно важно, чтобы в дальнейшем никакой утечки информации не было. Французское или русское посольства заплатили бы огромные деньги, чтобы узнать содержание этого документа. Я бы предпочел не вынимать его из ящика моего письменного стола, если бы не было настоятельной необходимостью снять с него копию. В вашем кабинете есть сейф?»

«Да, сэр».

«Тогда возьмите договор и заприте его в сейфе. Я дам указание, чтобы вам разрешили остаться, когда все уйдут, и вы сможете снять копию, не спеша и не боясь, что за вами будут подглядывать. Когда вы все кончите, заприте и оригинал и копию в сейф и завтра утром вручите их мне лично».

Я взял документ и…

— Простите, — перебил его Холмс, — вы были один во время разговора?

— Совершенно один.

— В большой комнате?

— Футов тридцать на тридцать.

— Посередине ее?

— Да, примерно.

— И говорили тихо?

— Дядя всегда говорит очень тихо. А я почти ничего не говорил.

— Спасибо, — сказал Холмс, закрывая глаза. — Пожалуйста, продолжайте.

— Я сделал точно так, как он мне велел, и подождал, пока уйдут клерки. Один из клерков, работавших со мной в одной комнате, Чарльз Горо, не управился вовремя со (всей работой, и поэтому я решил сходить пообедать. Когда я вернулся, он уже ушел. Мне не терпелось поскорее закончить работу: я знал, что Джозеф — мистер Гаррисон, которого вы только что видели, — в городе и что он поедет в Уокинг одиннадцатичасовым поездом. И я тоже хотел поспеть на этот поезд.

С первого же взгляда я понял, что дядя нисколько не преувеличил значения договора. Не вдаваясь в подробности, могу сказать, что им определялась позиция Великобритании по отношению к Тройственному союзу и предопределялась будущая политика нашей страны на тот случай, если французский флот по своей боевой мощи превзойдет в Средиземном море итальянский флот. В договоре трактовались вопросы, имеющие отношение только к военно-морским делам. В конце стояли подписи высоких договаривающихся сторон. Я пробежал глазами договор и стал переписывать его.

Это был пространный документ, написанный на французском языке и насчитывающий двадцать шесть статей. Я писал очень быстро, но к девяти часам одолел всего лишь девять статей и уже потерял надежду попасть на поезд. Я хотел спать и плохо соображал, потому что плотно пообедал, да и сказывался целый день работы. Чашка кофе взбодрила бы меня. Швейцар у нас дежурит всю ночь в маленькой комнате возле лестницы и обычно варит на спиртовке кофе для тех сотрудников, которые остаются работать в неурочное время. И я звонком вызвал его.

К моему удивлению, на звонок пришла высокая, плотная, пожилая женщина в фартуке. Это была жена швейцара, работающая у нас уборщицей, и я попросил ее сварить кофе.

Переписав еще две статьи, я почувствовал, что совсем засыпаю, встал и прошелся по комнате, чтобы размять ноги. Кофе мне еще не принесли, и я решил узнать, в чем там дело. Открыв дверь, я вышел в коридор. Из комнаты, где я работал, можно пройти к выходу только плохо освещенным коридором. Он кончается изогнутой лестницей, спускающейся в вестибюль, где находится к комнатка швейцара. Посередине лестницы есть площадка, от которой под прямым углом отходит еще один коридор. По нему, минуя небольшую лестницу, можно пройти к боковому входу, которым пользуются слуги и клерки, когда они идут со стороны Чарльз-стрит и хотят сократить путь. Вот примерный план помещения:

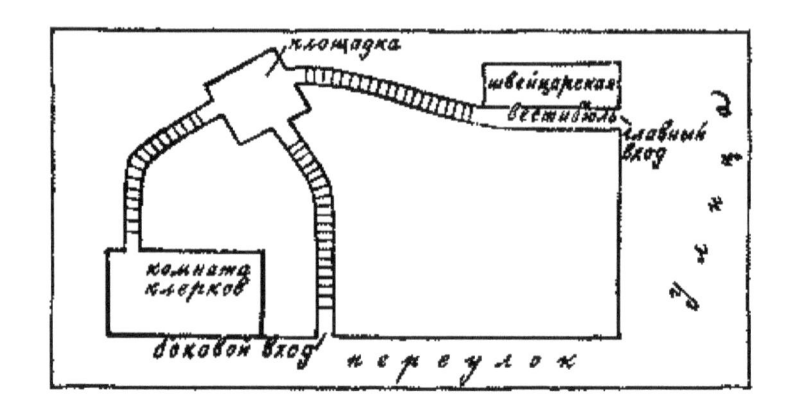

— Спасибо. Я внимательно слушаю вас, — сказал Шерлок Холмс.

— Вот что очень важно. Я спустился по лестнице в вестибюль, где нашел швейцара, который крепко спал. На спиртовке, брызгая водой на пол, бешено кипел чайник. Я протянул было руку, чтобы разбудить швейцара, который все еще крепко спал, как вдруг над его головой громко зазвонил звонок. Швейцар, вздрогнув, проснулся.

«Это вы, мистер Фелпс!» — сказал он, смущенно глядя на меня.

«Я сошел вниз, чтобы узнать, готов ли кофе».

«Я варил кофе и уснул, сэр, — сказал он, взглянул на меня и уставился на все еще раскачивающийся звонок. Лицо его выражало крайнее изумление. — Сэр, если вы здесь, то кто же тогда звонил?» — спросил он.

«Звонил? — переспросил я. — Что вы имели в виду? Что это значит?»

«Этот звонок из той комнаты, где вы работаете».

Мое сердце словно сжала ледяная рука. Значит, сейчас кто-то есть в комнате, где лежит на столе мой драгоценный договор. Что было духу я понесся вверх по лестнице, по коридору. В коридоре не было никого, мистер Холмс. Не было никого и в комнате. Все лежало на своих местах, кроме доверенного мне документа, — он исчез со стола. Копия была на столе, а оригинал пропал.

Холмс откинулся на спинку стула и потер руки. Я видел, что дело это захватило его.

— Скажите, пожалуйста, а что вы сделали потом? — спросил он.

— Я мигом сообразил, что похититель, по-видимому, поднялся наверх, войдя в дом с переулка. Я бы, наверно, встретился с ним, если бы он шел другим путем.

— А вы убеждены, что он не прятался все это время в комнате или в коридоре, который, по вашим словам, был плохо освещен?

— Это совершенно исключено. В комнате или коридоре не спрячется и мышь. Там просто негде прятаться.

— Благодарю вас. Пожалуйста, продолжайте.

— Швейцар, увидев по моему побледневшему лицу, что случилась какая-то беда, тоже поднялся наверх. Мы оба бросились вон из комнаты, побежали по коридору, а затем по крутой лесенке, которая вела на Чарльз-стрит. Дверь внизу была закрыта, но не заперта. Мы распахнули ее и выбежали на улицу. Я отчетливо помню, что со стороны соседней церкви донеслось три удара колоколов. Было без четверти десять.

— Это очень важно, — сказал Холмс, записав что-то на манжете сорочки.

— Вечер был очень темный, шел мелкий теплый дождик. На Чарльз-стрит не было никого, на Уайтхолл, как всегда, движение продолжалось самое бойкое. В чем были, без головных уборов, мы побежали по тротуару и нашли на углу полицейского.

«Совершена кража, — задыхаясь, сказал я. — Из министерства иностранных дел украден чрезвычайно важный документ. Здесь кто-нибудь проходил?»

«Я стою здесь уже четверть часа, сэр, — ответил полицейский, — за все это время прошел только один человек — высокая пожилая женщина, закутанная в шаль».

«А, это моя жена, — сказал швейцар. — А кто-нибудь еще не проходил?»

«Никто».

«Значит, вор, наверно, пошел в другую сторону», — сказал швейцар и потянул меня за рукав.

Но его попытка увести меня отсюда только усилила возникшее у меня подозрение.

«Куда пошла женщина?» — спросил я.

«Не знаю, сэр. Я только заметил, как она прошла мимо, но причин следить за ней у меня не было. Кажется, она торопилась».

«Как давно это было?»

«Несколько минут назад».

«Сколько? Пять?»

«Ну, не больше пяти».

«Мы напрасно тратим время, сэр, а сейчас дорога каждая минута, — уговаривал меня швейцар. — Поверьте мне, моя старуха никакого отношения к этому не имеет. Пойдемте скорее в другую сторону от входной двери. И если вы не пойдете, то я пойду один».

С этими словами он бросился в противоположную сторону. Но я догнал его и схватил за рукав.

«Где вы живете?» — спросил я.

«В Брикстоне. Айви-лейн, 16, — ответил он, — но вы на ложном следу, мистер Фелпс. Пойдем лучше в ту сторону улицы и посмотрим, нет ли там чего!»

Терять было нечего. Вместе с полицейским мы поспешили в противоположную сторону и вышли на улицу, где было большое движение и масса прохожих. Но все они в этот сырой вечер только и мечтали поскорее добраться до крова. Не нашлось ни одного праздношатающегося, который бы мог сказать нам, кто здесь проходил. Потом мы вернулись в здание, поискали на лестнице и в коридоре, но ничего не нашли. Пол в коридоре покрыт кремовым линолеумом, на котором заметен всякий след. Мы тщательно осмотрели его, но не обнаружили никаких следов.

— Дождь шел весь вечер?

— Примерно с семи.

— Как же в таком случае женщина, заходившая в комнату около девяти, не наследила своими грязными башмаками?

— Я рад, что вы обратили внимание на это обстоятельство. То же самое пришло в голову и мне. Но оказалось, что уборщицы обычно снимают башмаки в швейцарской и надевают матерчатые туфли.

— Понятно. Значит, хотя на улице в тот вечер шел дождь, никаких следов не оказалось? Дело принимает чрезвычайно интересный оборот. Что вы сделали затем?

— Мы осмотрели и комнату. Потайной двери там быть не могло, а от окон до земли добрых футов тридцать. Оба окна защелкнуты изнутри. На полу ковер, так что люк исключается, а потолок обыкновенный, беленый. Кладу голову на отсечение, что украсть документ могли, только войдя в дверь.

— А через камин?

— Камина нет. Только печка. Шнур от звонка висит справа от моего стола. Значит, тот, кто звонил, стоял по правую руку. Но зачем понадобилось преступнику звонить? Это неразрешимая загадка.

— Происшествие, разумеется, необычайное. Но что вы делали дальше? Вы осмотрели комнату, я полагаю, чтобы убедиться, не оставил ли незваный гость каких-нибудь следов своего пребывания — окурков, например, потерянной перчатки, шпильки или другого пустяка?

— Ничего не было.

— А как насчет запахов?

— Об этом мы не подумали.

— Запах табака оказал бы нам величайшую услугу при расследовании.

— Я сам не курю и поэтому заметил бы табачный запах. Нет. Зацепиться там было совершенно не за что. Одно только существенно — жена швейцара миссис Танджи спешно покинула здание. Сам швейцар объяснил, что его жена всегда в это время уходит домой. Мы с полицейским решили, что лучше всего было бы немедленно арестовать женщину, чтобы она не успела избавиться от документа, если, конечно, похитила его она.

Мы тут же дали знать в Скотленд-Ярд, и оттуда тотчас прибыл сыщик мистер Форбс, энергично взявшийся за дело. Наняв кеб, мы через полчаса уже стучались в дверь дома, где жил швейцар. Нам отворила девушка, оказавшаяся старшей дочерью миссис Танджи. Ее мать еще не вернулась, и нас провели в комнату.

Минут десять спустя раздался стук. И тут мы совершили серьезный промах, в котором я виню только себя. Вместо того чтобы открыть дверь самим, мы позволили сделать это девушке. Мы услышали, как она сказала: «Мама, тебя ждут двое мужчин», — и тотчас услышали в коридоре быстрый топот. Форбс распахнул дверь, и мы оба бросились за женщиной в заднюю комнату или кухню. Она вбежала туда первая и вызывающе взглянула на нас, но потом вдруг, узнав меня, от изумления даже переменилась в лице.

«Да это же мистер Фелпс из министерства!» — воскликнула она.

«А вы за кого нас приняли? Почему бросились бежать от нас?» — спросил мой спутник.

«Я думала, пришли описывать имущество, — сказала она. — Мы задолжали лавочнику».

«Придумано не так уж ловко, — парировал Форбс. — У нас есть причины подозревать вас в краже важного документа из министерства иностранных дел. И я думаю, что вы бросились в кухню, чтобы спрятать его. Вы должны поехать с нами в Скотленд-Ярд, где вас обыщут».

Напрасно она протестовала и сопротивлялась. Подъехал кеб, и мы все трое сели в него. Но перед тем мы все-таки осмотрели кухню и особенно очаг, предположив, что она успела сжечь бумаги за то короткое время, пока была в кухне одна. Однако ни пепла, ни обрывков мы не нашли. Приехав в Скотленд-Ярд, мы сразу передали ее в руки одной из сотрудниц. Я ждал ее доклада, сгорая от нетерпения. Но никакого документа не нашли.

Тут только я понял весь ужас моего положения. До сих пор я действовал и, действуя, забывался. Я был совершенно уверен, что договор найдется немедленно, и не смел даже думать о том, какие последствия меня ожидают, если этого не случится. Но теперь, когда розыски окончились, я мог подумать о своем положении. Оно было поистине ужасно! Уотсон вам скажет, что в школе я был нервным, чувствительным ребенком. Я подумал о дяде и его коллегах по кабинету министров, о позоре, который я навлек на него, на себя, на всех, кто был связан со мной. А что, если я стал жертвой какого-то невероятного случая? Никакая случайность не допустима, когда на карту становятся дипломатические интересы. Я потерпел крах, постыдный, безнадежный крах. Не помню, что я потом делал. Наверно, со мной была истерика. Смутно припоминаю столпившихся вокруг и старающихся утешить меня служащих Скотланд-Ярда. Один из них поехал со мной до Ватерлоо и посадил меня в поезд на Уокинг. Наверно, он проводил бы меня до самого дома, если бы не подвернулся доктор Ферьер, живущий по соседству от нас и ехавший тем же поездом. Доктор любезно взял на себя заботу обо мне, и как раз вовремя, потому что на станции у меня начался припадок, и мы еще не добрались до дому, как я превратился в буйнопомешанного.

Можете представить себе, что здесь было, когда после звонка доктора все поднялись с постелей и увидели меня в таком состоянии. Бедняжка Энни, сидящая здесь, и моя мать были в отчаянии. Доктор Ферьер рассказал родным то, что ему сообщил на вокзале сыщик, и только подлил масла в огонь. Всем было ясно, что я заболел надолго, а посему Джозефа выпроводили из этой веселой комнаты и обратили ее в больничную палату. Здесь я и провалялся более девяти недель в полном беспамятстве и бреду. Если бы не мисс Гаррисон и не заботы доктора, я бы еще и сейчас не был способен здраво рассуждать. Энни ходила за мной днем, а ночью дежурила сиделка, так как в приступе безумия я мог сделать что угодно. Постепенно сознание мое прояснилось, но память ко мне вернулась только три дня назад. Порой мне хочется вовсе лишиться ее. В первую очередь я попросил телеграфировать мистеру Форбсу, который расследует дело. Он приехал и заверил меня, что делается все возможное, хотя на след преступника еще не напали. Швейцара и его жену проверили самым тщательным образом и ничего не обнаружили. Тогда полиция стала подозревать Горо, который, как вы помните, оставался в тот вечер работать дольше других. Подозрение могла вызвать только его французская фамилия и тот факт, что он тогда задержался в министерстве; но я приступил к работе лишь после его ухода, а он сам и его семья — предки Горо были гугенотами — по своим симпатиям и образу жизни такие же англичане, как вы и я. Как бы там ни было, инкриминировать ему ничего не могли, и пришлось отказаться и от этой версии. Вы, мистер Холмс, — моя последняя надежда. Если вы не спасете меня, моя честь и мое положение — все погибло безвозвратно.

Устав от длинного рассказа, больной опустился на подушки, а его сиделка налила ему в стакан какую-то успокаивающую микстуру. Холмс сидел, запрокинув голову и закрыв глаза, и молчал. Стороннему человеку показалось бы, что им овладело безразличие, но я-то знал, что эта его поза означает напряженнейшую работу мысли.

— Ваш рассказ был настолько исчерпывающим, — сказал он наконец, — что мне почти нечего спрашивать. Но один вопрос, имеющий первостепенное значение, я вам все-таки задам. Говорили вы кому-нибудь о том, что получили специальное задание?

— Никому.

— Хотя бы вот… мисс Гаррисон?

— Нет. Я не был в Уокинге после того, как мне дали это задание.

— И ни с кем из ваших вы тогда случайно не виделись?

— Ни с кем.

— Кто-нибудь из них знает, где расположена ваша комната в министерстве?

— О да, у меня там бывали все.

— Конечно, этот последний вопрос излишен, если вы никому ничего не говорили.

— Никому ничего.

— Что вы знаете о швейцаре?

— Ничего, кроме того, что он отставной солдат.

— Какого полка?

— Я слышал, как будто… Коулдстрим-Гардз.

— Спасибо. Я не сомневаюсь, что узнаю подробности у Форбса. Следователи Скотланд-Ярда отлично умеют собирать факты, но не всегда умеют объяснить их. Ах, какая прелестная роза!

Холмс прошел мимо кушетки к открытому окну, приподнял опустившийся стебель розы и полюбовался тончайшими оттенками розового и зеленого. Эта сторона его характера мне еще не была знакома — я до сих пор ни разу не видел, чтобы он проявлял интерес к живой природе.

— Нигде так не нужна дедукция, как в религии, — сказал он, прислонившись к ставням. — Логик может поднять ее до уровня точной науки. Мне кажется, что своей верой в божественное провидение мы обязаны цветам. Все остальное — наши способности, наши желания, наша пища — необходимо нам в первую очередь для существования. Но роза дана нам сверх всего. Запах и цвет розы украшают жизнь, а не являются условием ее существования. Только божественное провидение может быть источником прекрасного. Вот почему я и говорю: пока есть цветы, человек может надеяться.

Перси Фелпс и его невеста с удивлением слушали разглагольствования Холмса, и на их лицах появилось разочарование. Держа розу в пальцах, он замечтался. Это продолжалось несколько минут, пока голос молодой женщины не заставил его очнуться.

— Вы уже видите, как можно решить эту загадку? — резковато сказала она.

— О, загадку! — откликнулся он, опускаясь с небес на землю. — Было бы нелепо отрицать, что дело это весьма трудное и запутанное, но я обещаю заняться им серьезно и держать вас в курсе дела.

— У вас уже есть какая-нибудь версия?

— У меня их есть уже семь, но я, разумеется, должен все проверить, прежде чем высказать их вслух.

— Вы кого-нибудь подозреваете?

— Я подозреваю себя...

— Что?

— В том, что делаю слишком поспешные выводы.

— В таком случае поезжайте в Лондон и проверьте их.

— Вы дали прекрасный совет, мисс Гаррисон, — вставая, сказал Холмс. — Думаю, Уотсон, это лучшее, что мы можем предпринять. Не позволяйте себе тешиться слишком радужными надеждами, мистер Фелпс. Дело очень запутанное.

— Я места себе не найду, пока снова не увижу вас, — взмолился дипломат.

— Хорошо, я приеду завтра тем же поездом, хотя более чем вероятно, что не сообщу вам ничего нового.

— Благослови вас бог за ваше обещание приехать, — сказал наш клиент. — Я знаю теперь, что дело в надежных руках, и это придает мне силы. Кстати, я получил письмо от лорда Холдхэрста.

— Так. Что он пишет?

— Он холоден, но не резок. Думаю, что он щадит меня только из-за моего состояния. Он пишет, что дело чрезвычайно серьезное, но что в отношении моего будущего ничего не будет предприниматься — он, конечно, имеет в виду увольнение, — пока я не встану на ноги и не получу возможности исправить положение.

— Ну, это все очень разумно и деликатно, — сказал Холмс. — Пойдемте, Уотсон, у нас в городе работы на целый день.

Мистер Джозеф Гаррисон отвез нас на станцию, и вскоре мы уже мчались в портсмутском поезде. Холмс глубоко задумался и не проронил ни слова, пока мы не проехали узловой станции Клэпем.

— Очень интересно подъезжать к Лондону по высокому месту и смотреть на дома внизу.

Я подумал, что он шутит, потому что вид был совсем непривлекательный, но он тут же пояснил:

— Посмотрите вон на те большие дома, громоздящиеся над шиферными крышами, как кирпичные острова в свинцово-сером море.

— Это казенные школы.

— Маяки, друг мой! Бакены будущего! Коробочки с сотнями светлых маленьких семян в каждой. Из них вырастет просвещенная Англия будущего. Кажется, этот Фелпс не пьет?

— Думаю, что нет.

— И я так тоже думаю. Но мы обязаны предусмотреть все. Бедняга увяз по уши, а вытащим ли мы его из этой трясины — еще вопрос. Что вы думаете о мисс Гаррисон?

— Девушка с сильным характером.

— И к тому же неплохой человек, если я не ошибаюсь. Они с братом — единственные дети фабриканта железных изделий, живущего где-то на севере, в Нортумберленде. Фелпс обручился с ней этой зимой, во время своего путешествия, и она в сопровождении брата приехала познакомиться с родными жениха. Затем произошла катастрофа, и она осталась, чтобы ухаживать за возлюбленным. Ее брат Джозеф, найдя, что тут довольно неплохо, остался тоже. Я уже, как видите, навел кое-какие справки. И сегодня нам придется заниматься этим весь день.

— Мои пациенты… — начал было я.

— О, если вы находите, что ваши дела интереснее моих... — сердито перебил меня Холмс.

— Я хотел сказать, что мои пациенты проживут без меня денек-другой, тем более что в это время года болеют мало.

— Превосходно, — сказал он, снова приходя в хорошее настроение. — В таком случае займемся этой историей вдвоем. Думается мне, что в первую очередь нам надо повидать Форбса. Вероятно, он может рассказать нам много интересного. Тогда нам будет легче решить, с какой стороны браться за дело.

— Вы сказали, что у вас уже есть версия.

— Даже несколько, но только дальнейшее расследование может показать, что они стоят. Труднее всего раскрыть преступление, совершенное без всякой цели. Это преступление не бесцельное. Кому оно выгодно? Либо французскому послу, либо русскому послу, либо тому, кто может продать документ одному из этих послов, либо, наконец, лорду Холдхэрсту.

— Лорду Холдхэрсту?!

— Можно же представить себе государственного деятеля в таком положении, когда он не пожалеет, если некий документ будет случайно уничтожен.

— Но только не лорд Холдхэрст. У этого государственного деятеля безупречная репутация.

— А все-таки мы не можем позволить себе пренебречь и такой версией. Сегодня мы навестим благородного лорда и послушаем, что он нам скажет. Между прочим, расследование уже идет полным ходом.

— Уже?

— Да, я послал до станции Уокинг телеграммы в вечерние лондонские газеты. Это объявление появится сразу во всех газетах.

Он дал мне листок, вырванный из записной книжки. Там было написано карандашом:

«10 фунтов стерлингов вознаграждения всякому, кто сообщит номер кеба, с которого седок сошел на Чарльз-стрит возле подъезда министерства иностранных дел без четверти десять вечера 23 мая. Обращаться по адресу: Бейкер-стрит, 221-б».

— Вы уверены, что похититель приехал в кебе?

— Если и не в кебе, то вреда никакого не будет. Но если верить мистеру Фелпсу, что ни в комнате, ни в коридоре спрятаться нельзя, значит, человек должен был прийти с улицы. Если он пришел с улицы в такой дождливый вечер и не оставил мокрых следов на линолеуме, который тут же тщательно осмотрели, более чем вероятно, что он приехал в кебе. Да, я думаю, можно смело предположить, что он приехал в кебе.

— Это выглядит правдоподобно.

— Такова одна из версий, о которых я говорил. Возможно, она приведет к чему-нибудь. Потом, разумеется, надо выяснить, почему зазвенел звонок, — это самая приметная деталь. Что это: бравада похитителя? Или кто-то хотел помешать преступнику? Или просто случайность?

Холмс замолчал и снова стал напряженно думать, и мне, знакомому со всеми его настроениями, показалось, что мысли его вдруг устремились по новому руслу.

Мы были на городском вокзале в двадцать минут четвертого и, наскоро закусив в буфете, сразу отправились в Скотленд-Ярд. Холмс уже телеграфировал Форбсу, н он нас ждал. Это был коротышка с решительным, но отнюдь не дружелюбным выражением лисьей физиономии. Он принял нас очень холодно, особенно когда узнал, по какому делу мы пришли.

— Я уже слышал о ваших методах, мистер Холмс, — сказал он с кислым видом. — Вы пользуетесь всей информацией, какую может предоставить в ваше распоряжение полиция, легко находите преступника и лишаете наших сыщиков заслуженных Лавров.

— Напротив, — возразил Холмс, — из последних пятидесяти трех преступлений, мною раскрытых, только о четырех стало известно, что это сделал я, а остальные же сорок девять на счету полиции. Я не виню вас за то, что вы не знаете этого: вы еще молоды и неопытны, но если вы хотите преуспеть в своей новой должности, вы станете работать со мной, а не против меня.

— Я был бы рад, если бы вы мне дали несколько советов по этому делу, — сказал сыщик, сменив гнев на милость. — Мне пока еще нечем похвастаться.

— Что вы предприняли?

— Мы следили за Танджи, швейцаром. Он ушел в отставку из гвардии с хорошей характеристикой, никаких компрометирующих данных у нас о нем нет, но у жены его дурная слава. Думается мне, она знает больше, чем это кажется.

— За ней вы следили?

— Мы подставили к ней одну из наших сотрудниц. Миссис Танджи пьет, наша сотрудница провела с ней два вечера, но ничего не могла вытянуть из нее.

— Кажется, к ним наведывались судебные исполнители?

— Да, но им заплатили.

— А откуда взялись деньги?

— Здесь все в порядке. Швейцар как раз получил пенсию. Нет никаких признаков, что у них стали водиться деньги.

— Как она объяснила, что в тот вечер на звонок мистера Фелпса поднялась она?

— Она сказала, что муж очень устал и она хотела помочь ему.

— Что ж, это согласуется с тем, что немного позже его нашли спящим на стуле. Значит, против них нет никаких улик, разве что у женщины плохая репутация. Вы спросили, почему она так спешила в тот вечер? Ее поспешность привлекла внимание постового полицейского.

— Она задержалась против обычного и хотела поскорее добраться домой.

— Вы указали ей на то, что вы с мистером Фелпсом, выйдя из министерства по крайней мере минут на двадцать позже нее, добрались до ее дома раньше?

— Она объясняет это разницей в скорости омнибуса и кеба.

— А сказала она, почему, придя домой, она бегом бросилась в кухню?

— У нее там были приготовлены деньги для судебных исполнителей.

— У нее, я вижу, есть ответ на любой вопрос. А спросили вы ее, не встретила ли она кого-нибудь на Чарльз-стрит, когда выходила из министерства?

— Она не видела никого, кроме постового.

— Допросили вы ее тщательно. А что еще вы сделали?

— Следили все эти десять недель за клерком Горо, но безрезультатно. Против него нет никаких улик...

— Что еще?

— Вот и все... и ни следов, ни улик.

— Вы думали над тем, почему звонил звонок?

— Должен признаться, что я в полном недоумении. Кто бы он ни был, но у этого человека железные нервы... Взять и самому поднять тревогу!

— Да, очень странный поступок. Большое спасибо за сведения. Если я найду преступника, я дам вам знать. Пойдем, Уотсон!

— Куда теперь? — спросил я, когда мы вышли из кабинета.

— Теперь мы пойдем и побеседуем с лордом Холдхэрстом, членом кабинета министров и будущим премьером Англии.

К счастью, лорд Холдхэрст был еще в своем служебном кабинете. Холмс послал свою визитную карточку, и нас тотчас привели к нему. Государственный деятель принял нас со старомодной учтивостью, которой он отличался, и усадил в роскошные удобные кресла, стоящие по обе стороны камина. Он стоял перед нами на ковре, высокий, худощавый, с резкими чертами одухотворенного лица, с вьющимися, рано тронутыми сединой волосами. Живое воплощение так редко встречающегося истинного благородства.

— Ваше имя мне очень хорошо знакомо, мистер Холмс, — улыбаясь, сказал он. — И, разумеется, я не буду притворяться, что не знаю о цели вашего визита. Только одно происшествие, случившееся в этом учреждении, могло привлечь ваше внимание. Могу ли я спросить, чьи интересы вы представляете?

— Мистера Перси Фелпса, — ответил Холмс.

— О, моего несчастного племянника! Вы понимаете, что из-за нашего родства мне гораздо труднее защищать его. Боюсь, что это происшествие скажется губительно на его карьере.

— А если документ будет найден?

— Тогда, разумеется, все будет иначе.

— Позвольте задать вам несколько вопросов, лорд Холдхэрст.

— Я буду рад дать вам любые сведения, которыми я располагаю.

— В этом кабинете вы дали указание переписать документ?

— Да.

— Следовательно, вас вряд ли могли подслушать?

— Это исключается.

— Говорили вы кому-нибудь, что хотите отдать договор для переписки?

— Не говорил.

— Вы уверены в этом?

— Совершенно уверен.

— Но если ни вы, ни мистер Фелпс никому ничего не говорили, то, значит, похититель оказался в комнате клерков совершенно случайно. Он увидел документ и решил воспользоваться счастливым случаем.

Государственный деятель улыбнулся.

— Это уже вне моей компетенции, — сказал он.

Холмс минуту помолчал.

— Есть еще одно важное обстоятельство, которое я хотел бы обсудить с вами, — сказал Холмс. — Насколько я понимаю, вы опасаетесь очень серьезных последствий, если станет известно содержание договора.

По выразительному лицу министра пробежала тень.

— Да, очень серьезных.

— Сейчас уже заметно что-нибудь?

— Пока нет.

— Если бы договор попал в руки, скажем, французского или русского министерства иностранных дел, вы бы узнали об этом?

— Мне следовало бы знать, — поморщившись, сказал лорд Холдхэрст.

— Но прошло уже десять недель, а ничего еще не произошло. Значит, есть основания полагать, что по какой-то причине договор еще не попал к тому, кто в нем заинтересован.

Лорд Холдхэрст пожал плечами.

— Вряд ли можно полагать, мистер Холмс, что похититель унес договор, чтобы вставить его в рамку и повесить на стену,

— Может быть, он ждет, чтобы ему предложили побольше.

— Еще немного — и он вообще ничего не получит. Через несколько месяцев договор уже ни для кого не будет секретом.

— Это очень важно, — сказал Холмс. — Разумеется, можно еще предположить, что похититель внезапно заболел...

— Нервной горячкой, например? — спросил министр, бросив на Холмса быстрый взгляд.

— Я этого не говорил, — невозмутимо сказал Холмс. — А теперь, лорд Холдхэрст, позвольте откланяться, мы и так отняли у вас столько драгоценного времени.

— Желаю успеха в вашем расследовании, кто бы ни оказался преступником, — сказан учтиво министр, и мы, откланявшись, вышли.

— Прекрасный человек, — сказал Холмс, когда мы оказались на Уайтхолл. — Но и ему знакома жизненная борьба. Он далеко не богат, а у него много расходов. Вы, разумеется, заметили, что его ботинки побывали в починке? Но я больше не стану, Уотсон, отвлекать вас от ваших прямых обязанностей. Сегодня мне больше нечего делать, разве что пойти и узнать, кто откликнулся на мое объявление о кебе. Но я был бы вам весьма признателен, если бы вы завтра поехали со мной в Уокинг тем же поездом, что и сегодня.

Мы встретились на следующее утро, как договорились, и поехали в Уокинг. Холмс сказал, что на объявление никто не откликнулся и ничего нового по делу нет. При этом лицо у него стало совершенно бесстрастным, как у краснокожего, и я никак не мог определить по его виду, доволен ли он ходом расследования или нет. Помнится, он завел разговор о бертильоновской [1] системе измерений и бурно восхищался этим французским ученым.

Наш клиент все еще находился под надзором своей заботливой сиделки, но вид у него был уже лучше. Когда мы вошли, он без труда встал с кушетки и приветствовал нас.

— Какие новости? — нетерпеливо спросил он.

___

[1] Бертильон, Альфонс(1853-1914) — французский антрополог и криминалист, предложивший систему судебной идентификации личности. Способ Бертильона включал одиннадцать измерений (черепа, среднего пальца, мизинца, носа), словесный портрет, фотографию, обозначение цвета радужной оболочки глаза, цвета и формы волос и описании особых примет.

— Как я и думал, пока никаких, — сказал Холмс. — Я встретился с Форбсом, потом с вашим дядей и начал расследование сразу по нескольким каналам, которые, возможно, и приведут к чему-нибудь.

— Значит, ваш интерес к делу еще не остыл?

— Конечно, нет!

— Благослови вас бог за эти слова! — воскликнула мисс Гаррисон. — Если мы будем мужественны и терпеливы, правда непременно откроется.

— А у нас новостей побольше, чем у вас, — сказал Фелпс, снова садясь на кушетку.

— Я ожидал этого.

— Да, ночью у нас было происшествие, и, кажется, весьма серьезное. — Он нахмурился, и в его глазах мелькнул страх. — Знаете, я уже начинаю подозревать, что стал нечаянной жертвой чудовищного заговора и что заговорщики посягают не только на мою честь, но и на мою жизнь!

— Ого! — воскликнул Холмс.

— Это кажется невероятным, потому что, как я раньше считал, у меня нет в целом мире ни одного врага. Но прошлой ночью я убедился в обратном.

— Продолжайте, пожалуйста.

— К вашему сведению, я прошлую ночь впервые провел без сиделки. Мне стало гораздо лучше, и я думал, что смогу обойтись без нее. В комнате горел ночник. Часа в два ночи я забылся тревожным сном, как вдруг меня разбудил негромкий шорох, похожий на то, как скребется мышь. Некоторое время я лежал прислушиваясь. Мышь, решил я, но тут шум усилился, и вдруг со стороны окна донесся резкий металлический скрежет. Я сразу догадался, в чем дело. Слабый шум производился инструментом, который кто-то старался просунуть в щель между оконными створками, а скрежет — отодвигаемым шпингалетом.

Потом наступила примерно десятиминутная пауза — словно человек хотел убедиться, не проснулся ли я от шума. Затем я услышал легкое поскрипывание, и окно стало медленно раскрываться. Я не выдержал — нервы у меня теперь не те. Соскочил с постели и распахнул ставни. Под окном на корточках сидел какой-то человек. На нем было что-то вроде плаща, скрывавшего и нижнюю часть лица. В одном только я уверен: рука его сжимала какое-то оружие. Мне показалось, что это длинный нож. Я отчетливо видел, как блеснул металл, когда человек бросился бежать.

— Очень интересно, — сказал Холмс. — И что же вы сделали?

— Если бы я не был так слаб, я бы выскочил в раскрытое окно и побежал за ним. Но я мог только позвонить и поднял на ноги весь дом. Сделать это удалось не сразу: звонок звенит на кухне, а все слуги снят наверху. На мой крик сверху прибежал Джозеф, он и разбудил остальных. На клумбе под окном Джозеф с конюхом нашли следы, но земля была настолько сухая, что дальше, в траве, следы затерялись. Но на деревянном заборе отделяющем сад от дороги, осталась отметина— ее нашли Джозеф с конюхом, — кто-то перелезал через забор и надломил доску. Я еще ничего не говорил местным полицейским, потому что хотел сперва выслушать ваше мнение.

Рассказ нашего клиента произвел на Шерлока Холмса сильное впечатление. Он вскочил со стула и, не скрывая волнения, стал быстро ходить по комнате.

— Беда никогда не приходит одна, — сказал Фелпс, улыбаясь, хотя было видно, что происшествие его потрясло.

— К вам— во всяком случае, — сказал Холмс. — Не могли бы вы обойти со мной вокруг дома?

— Погреться немного на солнышке мне бы не повредило. Джозеф тоже пойдет.

— И я, — сказала мисс Гаррисон.

— Боюсь, что вам лучше остаться здесь, — покачал головой Холмс. — Сидите в этой комнате и никуда не отлучайтесь.

Девушка с недовольным видом села. Ее брат, однако, пошел с нами. Мы все четверо обогнули газон и приблизились к окну комнаты молодого дипломата. На клумбе, как он и говорил, были следы, но безнадежно затоптанные. Холмс склонился над ними, тут же выпрямился и пожал плечами.

— Ну, здесь немногое можно увидеть, — сказал он. — Давайте вернемся к дому и поглядим, почему взломщик выбрал именно эту комнату. Мне кажется, большие окна гостином и столовой должны были показаться ему более привлекательными.

— Их лучше видно с дороги, — предположил мистер Джозеф Гаррисон.

— Да, разумеется. А эта дверь куда ведет? Он мог бы ее попытаться взломать.

— Это вход для лавочников. На ночь она запирается.

— А раньше когда-нибудь случалось подобное?

— Никогда, — ответил наш клиент.

— У вас есть столовое серебро или еще что-нибудь, что может привлечь грабителя?

— В доме нет ничего ценного.

Засунув руки в карманы, Холмс с необычным для него беспечным видом завернул за угол.

— Кстати, — обратился он к Джозефу Гаррисону, — вы, помнится, обнаружили место, где вор сломал забор. Пойдемте туда, посмотрим.

Молодой человек привел нас к забору, — у одной тесины верхушка была надломлена, и кусок ее торчал. Холмс совсем отломал ее и с сомнением осмотрел.

— Думаете, это сделано вчера вечером? Судя по излому, здесь лезли уже давно.

— Может быть.

— И по другую сторону забора нет никаких следов, не видно, чтобы кто-то прыгал. Нет, нам здесь делать нечего. Пойдемте-ка обратно в спальню и поговорим.

Перси Фелпс шел очень медленно, опираясь на руку своего будущего шурина. Холмс быстро пересек газон, и мы оказались у открытого окна гораздо раньше, чем они.

— Мисс Гаррисон, — очень серьезно сказал Холмс, — вы должны оставаться на этом месте в течение всего дня. Ни в коем случае не уходите отсюда. Это необычайно важно.

— Я, разумеется, сделаю так, как вы хотите, мистер Холмс, — сказала удивленно девушка.

— Когда пойдете спать, заприте дверь этой комнаты снаружи и возьмите ключ с собой. Обещаете?

— А как же Перси?

— Он поедет с нами в Лондон.

— А я должна остаться здесь?

— Ради его блага. Этим вы окажете ему большую услугу! Обещайте мне! Хорошо?

Едва девушка успела кивнуть, как вошли ее жених с братом.

— Что ты загрустила, Энни? — спросил ее брат. — Ступай на солнышко.

— Нет, Джозеф, не хочу. У меня немного болит голова, а в этой комнате так прохладно и тихо.

— Что вы теперь намереваетесь делать, мистер Холмс? — спросил наш клиент.

— Видите ли, расследуя это небольшое дело, мы не должны упускать из виду главную цель. И вы бы мне очень помогли, если бы поехали со мной в Лондон.

— Мы едем сейчас же?

— И как можно скорей. Скажем, через час.

— Я чувствую себя довольно хорошо, но будет ли от меня какой-нибудь толк?

— Самый большой.

— Наверно, вы захотите, чтобы я остался ночевать в Лондоне?

— Именно это я и хотел предложить вам.

— Значит, если мой ночной приятель вздумает посетить меня еще раз, он обнаружит, что клетка пуста. Все мы в полном вашем распоряжении, мистер Холмс. Вы только должны дать нам точные инструкции, что делать. Вероятно, вы хотите, чтобы Джозеф поехал с нами и приглядывал за мной?

— Это необязательно. Мой друг Уотсон, как вы знаете, — врач, и он позаботится о вас. С вашего позволения, мы поедим и втроем отправимся в город.

Мы так и сделали, а мисс Гаррисон, согласно уговору с Холмсом, под каким-то предлогом осталась в спальне. Я не представлял себе, какова цель этих маневров моего друга, разве что он хотел разлучить зачем-то девушку с Фелпсом, который, оживившись от прилива сил и возможности действовать, завтракал вместе с нами в столовой. Однако у Холмса в запасе был еще более поразительный сюрприз: дойдя с нами до станции и проводив нас до вагона, он спокойно объявил, что не собирается уезжать из Уокинга.

— Мне еще тут надо кое-что выяснить, я приеду позже, — сказал он. — Ваше отсутствие, мистер Фелпс, будет мне своеобразной подмогой. Уотсон, вы меня очень обяжете, если по приезде в Лондон тотчас отправитесь с нашим другом на Бейкер-стрит и будете ждать меня там. К счастью, вы старые школьные товарищи — вам будет о чем поговорить. Мистер Фелпс пусть расположится на ночь в моей спальне. Я буду к завтраку — поезд приходит на вокзал Ватерлоо в восемь.

— А как же с нашим расследованием в Лондоне? — уныло спросил Фелпс.

— Мы займемся этим завтра. Мне кажется, что мое присутствие необходимо сейчас именно здесь.

— Скажите в Брайарбрэ, что я надеюсь вернуться завтра к вечеру! — крикнул Фелпс, когда поезд тронулся.

— Я вряд ли вернусь в Брайарбрэ, — ответил Холмс и весело помахал вслед поезду, уносившему нас в Лондон.

По пути мы с Фелпсом долго обсуждали этот неожиданный маневр Холмса, но так и не могли ничего понять.

— Наверно, он хочет выяснить кое-что в связи с сегодняшним ночным происшествием. Был ли это действительно взломщик? Лично я не верю, что это был обыкновенный вор.

— А кто же это, по-вашему?

— Можете считать, что это следствие нервной горячки, но у меня такое чувство, будто вокруг меня плетется какая-то сложная политическая интрига, заговорщики покушаются на мою жизнь. Хотя зачем это им, я, хоть убейте, не понимаю. Можно подумать, что у меня мания величия, так нелепо мое предположение. Но скажите: зачем было вору взламывать окно спальни, где совершенно нечем поживиться, и зачем ему такой длинный нож?

— А может, это простая отмычка?

— О нет! Это был нож. Я отчетливо видел, как блестело лезвие.

— Но скажите ради бога, кто может питать к вам такую вражду?

— Если бы я знал!

— Если то же думает Холмс, то тогда понятно, почему он остался. Предположим, что ваша догадка правильная. Тогда Холмс сегодня ночью выследит покушавшегося на вас человека, а это значительно облегчит поиски морского договора. Ведь нелепо предполагать, что у вас есть сразу два врага — один ворует у вас документ, а другой покушается на вашу жизнь.

— Но мистер Холмс сказал, что он не собирается возвращаться в Брайарбрэ.

— Я знаю его не первый день, — сказал я. — Холмс никогда ничего не делает, не имея веских оснований.

И мы заговорили о другом.

Но день для меня выдался утомительный. Фелпс еще не совсем оправился после своей болезни, обрушившееся на него несчастье сделало его нервным и раздражительным. Тщетно я старался развлечь его рассказами об Афганистане, Индии, занимал его разговорами о последних политических новостях, делал все, чтобы развеять его хандру.

Он то и дело возвращался к своему пропавшему договору, высказывал предположения, что бы такое мог делать сейчас Холмс, какие шаги предпринимает лорд Холдхэрст, гадал, что нового мы узнаем завтра утром. Словом, к концу дня на него было жалко смотреть, так он себя измучил.

— Вы очень верите в Холмса? то и дело спрашивал он.

— Он на моих глазах распутал не одно сложное дело.

— Но такого сложного у него еще не бывало?

— Бывали и посложнее.

— Но тогда не ставились на карту государственные интересы?

— Этого я не знаю. Но мне достоверно известно, что услугами Шерлока Холмса для расследования очень важных дел пользовались три королевских дома Европы.

— Вы-то знаете его хорошо, Уотсон. Но для меня он совершенно непостижимый человек, и я ума не приложу, как ему удастся найти разгадку этого дела. Вы считаете, что на него можно надеяться? Вы думаете, что он уверен в успешном разрешении этого дела?

— Он мне ничего не сказал.

— Это плохой признак.

— Напротив. Я давно заметил, что, потеряв след, Холмс обычно говорит об этом. А вот когда он вышел на след, но еще не совсем уверен, что след ведет его правильно, он становится особенно сдержанным. Ну, полноте, дорогой мой, не терзайте себя, этим делу не поможешь. Идите лучше спать — утро вечера мудренее.

Наконец мне удалось уговорить Фелпса, и он лег, но я не думаю, чтобы он спал в ту ночь, — в таком он был возбуждении. Его настроение передалось и мне, и я ворочался в постели до глубокой ночи, вдумываясь в это странное дело, сочиняя сотни версий, одну невероятнее другой. Почему Холмс остался в Уокинге? Почему он попросил мисс Гаррисон не уходить из «больничной палаты» весь день? Почему он так старался скрыть от обитателей Брайарбрэ, что не едет в Лондон, а остается поблизости? Я ломал себе голову, стараясь найти всем этим фактам объяснение, пока наконец не уснул.

Проснулся я в семь часов и тотчас пошел к Фелпсу. Бедняга очень осунулся после бессонной ночи и выглядел усталым. Первым делом он спросил меня, не приехал ли Холмс.

— Он будет, когда обещал, — ответил я. — Ни минутой раньше, ни минутой позже.

И я не ошибся: едва пробило восемь, как к подъезду подкатил кеб, и из него вышел наш друг. Мы стояли у окна и видели, что его левая рука перевязана бинтами, а лицо очень мрачное и бледное. Он вошел в дом, но наверх поднялся не сразу.

— У него вид человека, потерпевшего поражение, — уныло сказал Фелпс.

Мне пришлось признать, что он прав.

— Но, может быть, — сказал я, — ключ к делу следует искать здесь, в городе.

Фелпс застонал.

— Я не знаю, с чем он приехал, — сказал он, — но я так надеялся на его возвращение! А что у него с рукой? Ведь вчера она не была завязана?

— Вы не ранены, Холмс? — спросил я, когда мой друг вошел в комнату.

— А, пустяки! Из-за собственной неосторожности получил царапину, — ответил он, поклонившись. — Должен сказать, мистер Фелпс, более сложного дела у меня еще не было.

— Я боялся, что вы найдете его неразрешимым.

— Да, с таким я еще не сталкивался.

— Судя по забинтованной руке, вы попали в переделку, — сказал я. — Вы не расскажете, что случилось?

— После завтрака, дорогой Уотсон, после завтрака! Не забывайте, что я проделал немалый путь, добрых тридцать миль, и нагулял на свежем воздухе аппетит. Наверно, по моему объявлению о кебе никто не являлся? Ну да ладно, подряд несколько удач не бывает.

Стол был накрыт, и только я собирался позвонить, как миссис Хадсон вошла с чаем и кофе. Еще через несколько минут она принесла приборы, и мы все сели за стол: проголодавшийся Холмс, совершенно подавленный Фелпс и я, преисполненный любопытства.

— Миссис Хадсон на высоте положения, — сказал Холмс, снимая крышку с курицы, приправленной кэрри. — Она не слишком разнообразит стол, но для шотландки завтрак задуман недурно. Что у вас там, Уотсон?

— Яичница с ветчиной, — ответил я.

— Превосходно! Что вам предложить, мистер Фелпс: курицу с приправой, яичницу?

— Благодарю вас, я ничего не могу есть, — сказал Фелпс.

— Полноте! Вот попробуйте это блюдо.

— Спасибо, но я и в самом деле не хочу.

— Что ж, — сказал Холмс, озорно подмигнув, — надеюсь, вы не откажете в любезности и поухаживаете за мной.

Фелпс поднял крышку и вскрикнул. Он побелел, как тарелка, на которую он уставился. На ней лежал свиток синевато-серой бумаги. Фелпс схватил его, жадно пробежал глазами и пустился в пляс по комнате, прижимая свиток к груди и вопя от восторга. Обессиленный таким бурным проявлением чувств, он вдруг упал в кресло, и мы, опасаясь, как бы он не потерял сознание, заставили его выпить бренди.

— Ну, будет вам! Будет! — успокаивал его Холмс, похлопывая по плечу. — С моей стороны, конечно, нехорошо так внезапно обрушивать на человека радость, но Уотсон скажет вам: я не могу удержаться от театральных жестов.

Фелпс схватил его руку и поцеловал ее.

— Да благословит вас бог! — вскричал он. — Вы спасли мне честь!

— Ну, положим, моя честь тоже была поставлена на карту, — сказал Холмс. — Уверяю вас, мне так же неприятно не раскрыть преступления, как вам не справиться с дипломатическим поручением.

Фелпс положил драгоценный документ во внутренний карман сюртука.

— Я не осмеливаюсь больше отвлекать вас от завтрака, но умираю от любопытства: как вам удалось добыть этот документ и где он был?

Шерлок Холмс выпил чашку кофе, затем отдал должное яичнице с ветчиной. Потом он встал, закурил трубку и уселся поудобнее в кресло.

— Я буду рассказывать вам все по порядку, — начал Холмс. — Проводив вас на станцию, я совершил прелестную прогулку по восхитительному уголку Суррея к красивой деревеньке, под названием Рипли, где выпил в гостинице чаю и на всякий случай наполнил свою флягу и положил в карман сверток с бутербродами. Там я оставался до вечера, а потом направился в сторону Уокинга и после захода солнца оказался на дороге, ведущей в Брайарбрэ. Дойдя до усадьбы и подождав, пока дорога не опустеет — по-моему, там вообще прохожих бывает не слишком много, — я перелез через забор в сад.

— Но ведь калитка была не заперта! — воскликнул Фелпс.

— Да. Но в таких случаях я люблю быть оригинальным. Я выбрал место, где стоят три елки, и под этим прикрытием перелез через забор незаметно для обитателей дома. В саду, прячась за кустами, я пополз — чему свидетельство печальное состояние моих брюк — к зарослям рододендронов, откуда очень удобно наблюдать за окнами спальни. Здесь я присел на корточки и стал ждать, как будут развиваться события.

Портьера в комнате не была опущена, и я видел, как мисс Гаррисон сидела за столом и читала. В четверть одиннадцатого она закрыла книгу, заперла ставни и удалилась. Я слышал, как она захлопнула дверь, а потом повернула ключ в замке.

— Ключ? — удивился Фелпс.

— Да, я посоветовал мисс Гаррисон, когда она пойдет спать, запереть дверь снаружи и взять ключ с собой. Она точно выполнила мои указания, и, разумеется, без ее содействия документ не лежал бы сейчас в кармане вашего сюртука. Потом она ушла, огни погасли, а я продолжал сидеть на корточках под рододендроновым кустом.

Ночь была прекрасна, но тем не менее сидеть в засаде было очень утомительно. Конечно, в этом было что-то от ощущений охотника, который лежит у источника, поджидая крупную дичь. Впрочем, ждать мне пришлось очень долго… почти столько же, Уотсон, сколько мы с вами ждали в той комнате смерти, когда расследовали историю с «пестрой лентой». Часы на церкви в Уокинге били каждую четверть часа, и мне не раз казалось, что они остановились. Но вот наконец часа в два ночи я вдруг услышал, как кто-то тихо-тихо отодвинул засов и повернул в замке ключ. Через секунду дверь для прислуги отворилась, и на пороге, освещенный лунным светом, показался мистер Джозеф Гаррнсон.

— Джозеф! — воскликнул Фелпс.

— Он был без шляпы, но запахнут в черный плащ, которым мог при малейшей тревоге мгновенно прикрыть лицо. Он пошел на цыпочках в тени стены, а дойдя до окна, просунул нож с длинным лезвием в щель и поднял шпингалет. Затем он распахнул окно, сунул нож в щель между ставнями, сбросил крючок и открыл их.

Со своего места я прекрасно видел, что делается внутри комнаты, каждое его движение. Он зажег две свечи, которые стояли на камине, подошел к двери и завернул угол ковра. Потом наклонился и поднял квадратную планку, которой прикрывается доступ к стыку газовых труб, — здесь от магистрали ответвляется труба, снабжающая газом кухню, которая находится в нижнем этаже. Сунув руку в тайник, Джозеф достал оттуда небольшой бумажный сверток, вставил планку на место, отвернул ковер, задул свечи и, спрыгнув с подоконника, попал прямо в мои объятия, так как я уже ждал его у окна.

Я не представлял себе, что господин Джозеф может оказаться таким злобным. Он бросился на меня с ножом, и мне пришлось дважды сбить его с ног и порезаться о его нож, прежде чем я взял верх. Хоть он и смотрел на меня «убийственным» взглядом единственного глаза, который еще мог открыть после того, как кончилась потасовка, но уговорам моим все-таки внял и документ отдал. Овладев документом, я отпустил Гаррисона, но сегодня же утром телеграфировал Форбсу все подробности этой ночи. Если он окажется расторопным и схватит эту птицу, честь ему и хвала! Но если он явится к опустевшему уже гнезду — а я подозреваю, что так оно и случится, — то правительство от этого еще и выиграет. Я полагаю, что ни лорду Холдхэрсту, ни мистеру Перси Фелпсу совсем не хотелось бы, чтобы это дело разбиралось в полицейском суде.

— Господи! — задыхаясь, проговорил наш клиент. — Скажите мне, неужели украденный документ в течение всех этих долгих десяти недель, когда я находился между жизнью и смертью, был все время со мной в одной комнате?

— Именно так и было.

— А Джозеф! Подумать только— Джозеф оказался негодяем и вором!

— Гм! Боюсь, что Джозеф— человек гораздо более сложный и опасный, чем об этом можно судить по его внешности. Из его слов, сказанных мне ночью, я понял, что он по неопытности сильно запутался в игре на бирже и готов был пойти на все, чтобы поправить дела. Как только представился случай, он, будучи эгоистом до мозга костей, не пощадил ни счастья своей сестры, ни вашей репутации.

Перси Фелпс поник в своем кресле.

— Голова идет кругом! — сказал он. — От ваших слов мне становится дурно.

— Раскрыть это дело было трудно главным образом потому, — заметил своим менторским тоном Холмс, — что скопилось слишком много улик. Важные улики были погребены под кучей второстепенных. Из всех имеющихся фактов надо было отобрать те, которые имели отношение к преступлению, и составить из них картину подлинных событий. Я начал подозревать Джозефа еще тогда, когда вы сказали, что он в тот вечер собирался ехать домой вместе с вами и, следовательно, мог, зная хорошо расположение комнат в здании министерства иностранных дел, зайти за вами по пути. Когда я услышал, что кто-то горит желанием забраться в вашу спальню, в которой спрятать что-нибудь мог только Джозеф (вы в самом начале рассказывали, как Джозефа выдворили из нее, когда вернулись домой с доктором), мое подозрение перешло в уверенность. Особенно когда я узнал о попытке забраться в спальню в первую же ночь, которую вы провели без сиделки. Это означало, что непрошеный гость хорошо знаком с расположением дома.

— Как я был слеп!

— Я подумал и решил, что дело обстояло так: этот Джозеф Гаррисон вошел в министерство со стороны Чарльз-стрит и, зная дорогу, прошел прямо в вашу комнату тотчас после того, как вы из нее вышли. Не застав никого, он быстро позвонил, и в то же мгновение на глаза ему попался документ, лежавший на столе. Достаточно было одного взгляда, чтобы понять, что случай дает ему в руки документ огромной государственной важности. В мгновение ока он сунул документ в карман и вышел. Как вы помните, прежде чем сонный швейцар обратил ваше внимание на звонок, прошло несколько минут, и этого было достаточно, чтобы вор успел скрыться.

Он уехал в Уокинг первым же поездом и, приглядевшись к своей добыче и уверившись, что она в самом деле чрезвычайно ценна, спрятал ее, как ему показалось, в очень надежное место. Дня через два он намеревался взять ее оттуда и отвести во французское посольство пли с другое место, где, по его мнению, ему дали бы большие деньги. Но дело получило неожиданный оборот. Его без предупреждения выпроводили из собственной комнаты, и с тех пор в ней всегда находились по крайней мере два человека, что мешало ему забрать свое сокровище. Это, по-видимому, страшно бесило его. И вот наконец удобный случай представился. Он попытался забраться в комнату, но ваша бессонница расстроила его планы. Наверно, вы помните, что в тот вечер вы не выпили своего успокоительного лекарства.

— Помню.

— Я полагаю, что Джозеф принял меры, чтобы лекарство стало особенно эффективным, и вполне полагался на ваш глубокий сон. Я, разумеется, понял, что он повторит попытку, как только будет возможность сделать это без риска. И тут вы покинули комнату. Чтобы он не упредил нас, я целый день продержал в ней мисс Гаррисон. Затем, внушив ему мысль, что путь свободен, я занял свой пост. Я уже знал, что документ скорее всего находится в комнате, но не имел никакого желания срывать в поисках его всю обшивку и плинтусы. Я позволил ему взять документ из тайника и таким образом избавил себя от неимоверных хлопот. Есть еще какие-нибудь неясности?

— Почему в первый раз он полез в окно, — спросил я, — когда мог проникнуть через дверь?

— До двери ему надо было идти мимо семи спален. Легче было пройти по газону. Что еще?

— Но не думаете же вы, — спросил Фелпс, — что он намеревался убить меня? Нож ему нужен был только как инструмент.

— Возможно, — пожав плечами, ответил Холмс. — Одно могу сказать определенно: мистер Гаррисон — такой джентльмен, на милосердие которого я не стал бы рассчитывать ни в коем случае.

Чертежи Брюса-Партингтона

В предпоследнюю неделю ноября 1895 года на Лондон спустился такой густой желтый туман, что с понедельника до четверга из окон нашей квартиры на Бейкер-стрит невозможно было различить силуэты зданий на противоположной стороне. В первый день Холмс приводил в порядок свой толстенный справочник, снабжая его перекрестными ссылками и указателем. Второй и третий день были им посвящены музыке средневековья— предмету, в недавнее время ставшему его коньком. Но когда на четвертый день мы после завтрака, отодвинув стулья, встали из-за стола и увидели, что за окном плывет все та же непроглядная, бурая мгла, маслянистыми каплями оседающая на стеклах, нетерпеливая и деятельная натура моего друга решительно отказалась влачить дольше столь унылое существование. Досадуя на бездействие, с трудом подавляя свою энергию, он расхаживал по комнате, кусал ногти и постукивал пальцами по мебели, попадавшейся на пути.

— Есть в газетах что-либо достойное внимания? — спросил он меня.

Я знал, что под «достойным внимания» Холмс имеет в виду происшествия в мире преступлений. В газетах были сообщения о революции, о возможности войны, о предстоящей смене правительства, но все это находилось вне сферы интересов моего компаньона. Никаких сенсаций уголовного характера я не обнаружил — ничего, кроме обычных, незначительных нарушений законности. Холмс издал стон и возобновил свои беспокойные блуждания.

— Лондонский преступник— бездарный тупица, — сказал он ворчливо, словно охотник, упустивший добычу. — Гляньте-ка в окно, Уотсон. Видите, как вдруг возникают и снова тонут в клубах тумана смутные фигуры? В такой день вор или убийца может невидимкой рыскать по городу, как тигр в джунглях, готовясь к прыжку. И только тогда… И даже тогда его увидит лишь сама жертва.

— Зарегистрировано множество мелких краж, — заметил я.

Холмс презрительно фыркнул.

— На такой величественной, мрачной сцене надлежит разыгрываться более глубоким драмам,— сказал он.— Счастье для лондонцев, что я не преступник.

— Еще бы! — сказал я с чувством.

— Вообразите, что я— любой из полусотни тех, что имеют достаточно оснований покушаться на мою жизнь. Как вы думаете, долго бы я оставался в живых, ускользая от собственного преследования? Неожиданный звонок, приглашение встретиться— и все кончено. Хорошо, что не бывает туманных дней в южных странах, где убивают, не задумываясь... Ого! Наконец-то нечто такое, что, быть может, нарушит нестерпимое однообразие нашей жизни.

Это вошла горничная с телеграммой. Холмс вскрыл телеграфный бланк и расхохотался.

— Нет, вы только послушайте. К нам жалует Майкрофт, мой брат!

— И что же тут особенного?

— Что особенного? Это все равно, как если бы трамвай вдруг свернул с рельсов и покатил по проселочной дороге. Майкрофт движется по замкнутому кругу: квартира на Пэл-Мэл, клуб «Диоген», Уайтхолл— вот его неизменный маршрут. Сюда он заходил всей один раз. Какая катастрофа заставила его сойти с рельсов?

— Он не дает объяснений?

Холмс протянул мне телеграмму. Я прочел:

Необходимо повидаться поводу Кадогена Уэста. Прибуду немедленно.
  Майкрофт.

— Кадоген Уэст? Я где-то слышал это имя.

— Мне оно ничего не говорит. Но чтобы Майкрофт вдруг выкинул такой номер... Непостижимо! Легче планете покинуть свою орбиту. Между прочим, вам известно, кто такой Майкрофт?

Мне смутно помнилось, что Холмс рассказывал что-то о своем брате в ту пору, когда мы расследовали «Случай с переводчиком».

— Вы, кажется, говорили, что он занимает какой-то небольшой правительственный пост.

Холмс коротко рассмеялся.

— В то время я знал вас недостаточно близко. Приходится держать язык за зубами, когда речь заходит о делах государственного масштаба. Да, верно. Он состоит на службе у британского правительства. И так же верно то, что подчас он и есть само британское правительство.

— Но, Холмс, помилуйте...

— Я ожидал, что вы удивитесь. Майкрофт получает четыреста пятьдесят фунтов в год, занимает подчиненное положение, не обладает ни малейшим честолюбием, отказывается от титулов и званий, и, однако, это самый незаменимый человек во всей Англии.

— Но каким образом?

— Видите ли, у него совершенно особое амплуа, и создал его себе он сам. Никогда доселе не было и никогда не будет подобной должности. У него великолепный, как нельзя более четко работающий мозг, наделенный величайшей, неслыханной способностью хранить в себе несметное количество фактов. Ту колоссальную энергию, какую я направил на раскрытие преступлений, он поставил на службу государству. Ему вручают заключения всех департаментов, он тот центр, та расчетная палата, где подводится общий баланс. Остальные являются специалистами в той или иной области, его специальность — знать все. Предположим, какому-то министру требуются некоторые сведения касательно военного флота Индии, Канады и проблемы биметаллизма. Запрашивая поочередно соответствующие департаменты, он может получить все необходимые факты, но только Майкрофт способен тут же дать им правильное освещение и установить их взаимосвязь. Сперва его расценивали как определенного рода удобство, кратчайший путь к цели. Постепенно он сделал себя центральной фигурой. В его мощном мозгу все разложено по полочкам и может быть предъявлено в любой момент. Не раз одно его слово решало вопрос государственной политики — он живет в ней, все его мысли тем только и поглощены. И лишь когда я иной раз обращаюсь к нему за советом, он снисходит до того, чтобы помочь мне разобраться в какой-либо из моих проблем, почитая это для себя гимнастикой ума. Но что заставило сегодня Юпитера спуститься с Олимпа? Кто такой Кадоген Уэст, и какое отношение имеет он к Майкрофту?

— Вспомнил! — воскликнул я и принялся рыться в ворохе газет, валявшихся на диване. — Ну да, конечно, вот он! Кадоген Уэст — это тот молодой человек, которого во вторник утром нашли мертвым на линии метрополитена.

Холмс выпрямился в кресле, весь обратившись в слух: рука его, державшая трубку, так и застыла в воздухе, не добравшись до рта.

— Тут, должно быть, произошло что-то очень серьезное, Уотсон. Смерть человека, заставившая моего брата изменить своим привычкам, не может быть заурядной. Но какое отношение имеет к ней Майкрофт, черт возьми? Случай, насколько мне помнится, совершенно банальный. Молодой человек, очевидно, выпал из вагона и разбился насмерть. Ни признаков ограбления, ни особых оснований подозревать насилие — так ведь, кажется?

— Дознание обнаружило много новых фактов, — ответил я. — Случай, если присмотреться к нему ближе, напротив, чрезвычайно странный.

— Судя по действию, какое он оказал на моего брата, это, вероятно, и в самом деле что-то из ряда вон выходящее. — Он поудобнее уселся в кресле. — Ну-ка, Уотсон, выкладывайте факты.

— Полное имя молодого человека — Артур Кадоген Уэст. Двадцати семи лет от роду, холост, младший клерк в конторе Арсенала в Вулидже.

— На государственной службе? Вот и звено, связывающее его с Майкрофтом!

— В понедельник вечером он неожиданно уехал из Вулиджа. Последней его видела мисс Вайолет Уэстбери, его невеста: в тот вечер в половине восьмого он внезапно оставил ее прямо на улице, в тумане. Ссоры между ними не было, и девушка ничем не может объяснить его поведение. Следующее известие о нем принес дорожный рабочий Мэйсон, обнаруживший его труп неподалеку от станций метрополитена Олдгет.

— Когда?

— Во вторник в шесть часов утра. Тело лежало почти у самой остановки, как раз там, где рельсы выходят из тоннеля, слева от них, если смотреть с запада на восток, и несколько в стороне. Череп оказался расколотым, вероятно, во время падения из вагона. Собственно, ничего другого и нельзя предположить, ведь труп мог попасть в тоннель только таким образом. Его не могли притащить с какой-либо из соседних улиц:

было бы совершенно невозможно пронести его мимо контролеров. Следовательно, эта сторона дела не вызывает сомнений.

— Превосходно. Да, случай отменно прост. Человек, живой или мертвый, упал или был сброшен с поезда. Пока все ясно. Продолжайте.

— На линии, где нашли Кадогена Уэста, идет движение с запада на восток. Здесь ходят и поезда метро и загородные поезда, выходящие из Уилсдена и других пунктов. Можно с уверенностью утверждать, что молодой человек ехал ночным поездом, но где именно он сел, выяснить не удалось.

— Разве нельзя было узнать по его билету?

— Билета у него не нашли.

— Вот как! Позвольте, но это очень странно! Я по собственному опыту знаю, что пройти на платформу метро, не предъявив билета, невозможно. Значит, надо предположить, что билет у молодого человека имелся, но кто-то его взял, быть может, для того, чтобы скрыть место посадки. А не обронил ли он билет в вагоне? Тоже вполне вероятно. Но самый факт отсутствия билета чрезвычайно любопытен. Убийство с целью ограбления исключается?

— По-видимому. В газетах дана опись всего, что обнаружили в карманах Кадогена Уэста. В кошельке у него было два фунта и пятнадцать шиллингов. А также чековая книжка Вулиджского отделения одного крупного банка— по ней и установили личность погибшего. Еще при нем нашли два билета в бенуар театра в Вулидже на тот самый понедельник. И небольшую пачку каких-то документов технического характера.

Холмс воскликнул удовлетворенно:

— Ну, наконец-то! Теперь все понятно. Британское правительство— Вулидж — технические документы— брат Майкрофт. Все звенья цепи налицо. Но вот, если не ошибаюсь, и сам Майкрофт, он нам пояснит остальное.

Через минуту мы увидели рослую, представительную фигуру Майкрофта Холмса. Дородный, даже грузный, он казался воплощением огромной потенциальной физической силы, но над этим массивным телом возвышалась голова с таким великолепным лбом мыслителя, с такими проницательными, глубоко посаженными глазами цвета стали, с таким твердо очерченным ртом и такой тонкой игрой выражения лица, что вы тут же забывали о неуклюжем теле и отчетливо ощущали только доминирующий над ним мощный интеллект.

Следом за Майкрофтом Холмсом показалась сухопарая, аскетическая фигура нашего старого приятеля Лестрейда, сыщика из Скотленд-Ярда. Озабоченное выражение их лиц ясно говорило, что разговор предстоит серьезный. Сыщик молча пожал нам руки. Майкрофт Холмс стянул с себя пальто и опустился в кресло.

— Очень неприятная история, Шерлок, — сказал он. — Терпеть не могу ломать свои привычки, но те, кто стоит у власти, и слышать не пожелали о моем отказе. Из-за событий в Сиаме, мое отсутствие в министерстве крайне нежелательно. Но положение напряженное, прямо-таки критическое. Никогда еще не видел премьер-министра до такой степени расстроенным. А в адмиралтействе все гудит, как в опрокинутом улье. Ты ознакомился с делом?

— Именно этим мы сейчас и занимались. Какие у Кадогена Уэста нашли документы?

— А, в них-то все и дело. По счастью, главное не вышло наружу, не то пресса подняла бы шум на весь мир. Бумаги, которые этот несчастный молодой человек держал у себя в кармане, — чертежи подводной лодки конструкции Брюса- Партингтона.

Произнесено это было столь торжественно, что мы сразу поняли, какое значение придавал Майкрофт случившемуся. Мы с моим другом ждали, что он скажет дальше.

— Вы, конечно, знаете о лодке Брюса-Партингтона? Я думал, всем о ней известно.

— Только понаслышке.

— Трудно переоценить ее военное значение. Из всех государственных тайн эта охранялась особенно ревностно. Можете поверить мне на слово: в радиусе действия лодки Брюса-Партингтона невозможно никакое нападение с моря. За право монополии на это изобретение два года тому назад была выплачена громадная сумма. Делалось все, чтобы сохранить его в тайне. Чертежи чрезвычайно сложны, включают в себя около тридцати отдельных патентов, из которых каждый является существенно необходимым для конструкции в целом. Хранятся они в надежном сейфе секретного отдела— в помещении, смежном с Арсеналом. На дверях и окнах запоры, гарантирующие от грабителей. Выносить документы не разрешалось ни под каким видом. Пожелай главный конструктор флота свериться по ним, даже ему пришлось бы самому ехать в Вулидж. И вдруг мы находим их в кармане мертвого мелкого чиновника, в центре города! С политической точки зрения это просто ужасно.

— Но ведь вы получили чертежи обратно!

— Да нет же! В том-то и дело, что нет. Из сейфа похищены все десять чертежей, а в кармане у Кадогена Уэста их оказалось только семь. Три остальных, самые важные, исчезли— украдены, пропали. Шерлок, брось все, забудь на время свои пустяковые полицейские ребусы. Ты должен разрешить проблему, имеющую колоссальное международное значение. С какой целью Уэст взял документы? При каких обстоятельствах он умер? Как попал труп туда, где он был найден? Где три недостающих чертежа? Как исправить содеянное зло? Найди ответы на эти вопросы, и ты окажешь родине немаловажную услугу.

— Почему бы тебе самому не заняться расследованием? Твои способности к анализу не хуже моих.

— Возможно, Шерлок, но ведь тут понадобится выяснять множество подробностей. Дай мне эти подробности, и я, не вставая с кресла, вручу тебе точное заключение эксперта. Но бегать туда и сюда, допрашивать железнодорожных служащих, лежать на животе, глядя в лупу, — нет, уволь, это не по мне. Ты и только ты в состоянии раскрыть это преступление. И если у тебя есть желание увидеть свое имя в очередном списке награжденных…

Мой друг улыбнулся и покачал головой.

— Я веду игру ради удовольствия, — сказал он. — Но дело действительно не лишено интереса, я не прочь за него взяться. Дай мне, пожалуйста, еще факты.

— Я записал вкратце все основное. И добавил несколько адресов — могут тебе пригодиться. Официально ответственным за документы является известный правительственный эксперт сэр Джеймс Уолтер, его награды, титулы и звания занимают в справочном словаре две строки. Он поседел на государственной службе, это настоящий английский дворянин, почетный гость в самых высокопоставленных домах, и, главное, патриотизм его не вызывает сомнений. Он один из двоих, имеющих ключ от сейфа. Могу еще сообщить, что в понедельник в течение всего служебного дня документы, безусловно, были на месте, и сэр Джеймс Уолтер уехал в Лондон около трех часов, взяв ключ от сейфа с собой. Весь тот вечер он провел в доме адмирала Синклера на Баркли-сквер.

— Это проверено?

— Да. Его брат, полковник Валентайн Уолтер, показал, что сэр Джеймс действительно уехал из Вулиджа, и адмирал Синклер подтвердил, что вечер понедельника он пробыл у него. Таким образом, сэр Джеймс Уолтер в случившемся непосредственной роли не играет.

— У кого хранится второй ключ?

— У старшего клерка конторы техника Сиднея Джонсона. Ему сорок лет, женат, пятеро детей. Человек молчаливый, суровый. Отзывы по службе отличные. Коллеги не слишком его жалуют, но работник он превосходный. Согласно показаниям Джонсона, засвидетельствованным только его женой, в понедельник после службы он весь вечер был дома, и ключ все время оставался у него на обычном месте, на цепочке от часов.

— Расскажи нам о Кадогене Уэсте.

— Служил у нас десять лет, работал безупречно. У него репутация горячей головы, человека несдержанного, но прямого и честного. Ничего плохого мы о нем сказать не можем. Он числился младшим клерком, был под началом у Сиднея Джонсона. По долгу службы он ежедневно имел дело с этими чертежами. Кроме него, никто не имел права брать их в руки.

— Кто в последний раз запирал сейф?

— Сидней Джонсон.

— Ну, а кто взял документы, известно. Они найдены в кармане у младшего клерка Кадогена Уэста. Относительно этого и раздумывать больше нечего, все ясно.

— Только на первый взгляд, Шерлок. На самом деле многое остается непонятным. Прежде всего зачем он их взял?

— Я полагаю, они представляют собой немалую ценность?

— Он мог легко получить за них несколько тысяч.

— Ты можешь предположить иной мотив, кроме намерения продать эти бумаги?

— Нет.

— В таком случае примем это в качестве рабочей гипотезы. Итак, чертежи взял молодой Кадоген Уэст. Проделать это он мог только с помощью поддельного ключа.

— Нескольких поддельных ключей. Ведь ему надо было сперва войти в здание, затем в комнату.

— Следовательно, у него имелось несколько поддельных ключей. Он повез документы в Лондон, чтобы продать военную тайну, и, несомненно, рассчитывал вернуть оригиналы до того, как их хватятся. Приехав в Лондон с этой целью, изменник нашел там свой конец.

— Но как это случилось?

— На обратном пути в Вулидж был убит и выброшен из вагона.

— Олдгет, где было найдено тело, намного дальше станции Лондонский мост, где он должен был бы сойти, если бы действительно ехал в Вулидж.

— Можно представить себе сколько угодно обстоятельств, заставивших его проехать мимо своей станции. Ну, например, он вел с кем-то разговор, закончившийся бурной ссорой и убийством изменника. Может быть, и так: Кадоген Уэст хотел выйти из вагона, упал на рельсы и разбился, а тот, другой, закрыл за ним дверь. В таком густом тумане никто ничего не мог увидеть.

— За неимением лучших будем пока довольствоваться этими гипотезами. Но, обрати внимание, Шерлок, сколько остается неясного. Допустим, Кадоген Уэст задумал переправить бумаги в Лондон. Естественно далее предположить, что у него там была назначена встреча с иностранным агентом, а для этого ему было бы необходимо высвободить себе вечер. Вместо этого он берет два билета в театр, отправляется туда с невестой и на полдороге внезапно исчезает.

— Для отвода глаз, — сказал Лестрейд, уже давно выказывавший признаки нетерпения.

— Прием весьма оригинальный. Это возражение первое. Теперь второе возражение. Предположим, Уэст прибыл в Лондон и встретился с агентом. До наступления утра ему надо было во что бы то ни стало успеть положить документы на место. Взял он десять чертежей. При нем нашли только семь. Что случилось с остальными тремя? Вряд ли он расстался бы с ними добровольно. И, далее, где деньги, полученные за раскрытие военной тайны? Логично было бы ожидать, что в кармане у него найдут крупную сумму.

— По-моему, тут все абсолютно ясно, — сказал Лестрейд. — Я отлично понимаю, как все произошло. Уэст выкрал чертежи, чтобы продать их. Встретился в Лондоне с агентом. Не сошлись в цене. Уэст отправляется домой, агент за ним. В вагоне агент его приканчивает, забирает самые ценные из документов, выталкивает труп из вагона. Все сходится, как, по-вашему?

— Почему при нем не оказалось билета?

— По билету можно было бы догадаться, какая из станций ближе всего к местонахождению агента. Поэтому он и вытащил билет из кармана убитого.

— Браво, Лестрейд, браво, — сказал Холмс. — В ваших рассуждениях есть логика. Но если так, розыски можно прекратить. С одной стороны, изменник мертв, с другой стороны, чертежи подводной лодки Брюса-Партингтона, вероятно, уже на континенте. Что же нам остается?

— Действовать, Шерлок, действовать! — воскликнул Майкрофт, вскакивая с кресла. — Интуиция подсказывает мне, что тут кроется нечто другое. Напряги свои мыслительные способности, Шерлок. Посети место преступления, повидай людей, замешанных в деле, — все переверни вверх дном! Еще никогда не выпадало тебе случая оказать родине столь большую услугу.

— Ну что же, — сказал Холмс, пожав плечами. — Пойдемте, Уотсон. И вы, Лестрейд, не откажите в любезности на часок-другой разделить наше общество. Мы начнем со станции Олдгет. Всего хорошего, Майкрофт. Думаю, к вечеру ты уже получишь от нас сообщение о ходе дела, но, предупреждаю заранее, многого не жди.

Час спустя мы втроем — Холмс, Лестрейд и я — стояли с метро как раз там, где поезд, приближаясь к остановке, выходит из тоннеля. Сопровождавший нас краснолицый и весьма услужливый старый джентльмен представлял в своем лице железнодорожную компанию.

— Тело молодого человека лежало вот здесь, — сказал он нам, указывая на место футах в трех от рельсов. — Сверху он ниоткуда упасть не мог — видите, всюду глухие стены. Значит, свалился с поезда, и, по всем данным, именно с того, который проходил здесь в понедельник около полуночи.

— В вагонах не обнаружено никаких следов борьбы; насилия?

— Никаких. И билета тоже не нашли.

— И никто не заметил ни в одном из вагонов открытой двери?

— Нет.

— Сегодня утром мы получили кое-какие новые данные, — сказал Лестрейд. — Пассажир поезда метро, проезжавший мимо станции Олдгет в понедельник ночью, приблизительно в одиннадцать сорок, показал, что перед самой остановкой ему почудилось, будто на пути упало что-то тяжелое. Но из-за густого тумана он ничего не разглядел. Тогда он об этом не заявил. Но что это с мистером Холмсом?

Глаза моего друга были прикованы к тому месту, где рельсы, изгибаясь, выползают из тоннеля. Станция Олдгет — узловая, и потому здесь много стрелок. На них-то и был устремлен острый, ищущий взгляд

Холмса, и на его вдумчивом, подвижном лице я заметил так хорошо знакомое мне выражение: плотно сжатые губы, трепещущие ноздри, сведенные в одну линию тяжелые густые брови.

— Стрелки… — бормотал он. — Стрелки…

— Стрелки? Что вы хотите сказать?

— На этой дороге стрелок, я полагаю, не так уж много?

— Совсем мало.

— Стрелки и поворот… Нет, клянусь… Если бы это действительно было так…

— Да что такое, мистер Холмс? Вам пришла в голову какая-то идея?

— Пока только догадки, намеки, не более. Но дело, безусловно, приобретает все больший интерес. Поразительно, поразительно… А впрочем, почему бы и нет?.. Я нигде не заметил следов крови.

— Их почти и не было.

— Но ведь, кажется, рана на голове была очень большая?

— Череп раскроен, но внешние повреждения незначительны.

— Все-таки странно — не могло же вовсе обойтись без кровотечения! Скажите, нельзя ли мне обследовать поезд, в котором ехал пассажир, слышавший падение чего-то тяжелого?

— Боюсь, что нет, мистер Холмс. Тот поезд давно расформирован, вагоны попали в новые составы.

— Могу заверить вас, мистер Холмс, что все до единого вагоны были тщательно осмотрены, — вставил Лестрейд. — Я проследил за этим самолично.

К явным недостаткам моего друга следует отнести его нетерпимость в отношении людей, не обладающих интеллектом столь же подвижным и гибким, как его собственный.

— Надо полагать, — сказал он и отвернулся. — Но я, между прочим, собирался осматривать не вагоны. Уотсон, дольше нам здесь оставаться незачем, все, что было нужно, уже сделано. Мы не будем вас более задерживать, мистер Лестрейд. Теперь наш путь лежит в Вулидж.

На станции Лондонский мост Холмс составил телеграмму и, прежде чем отправить, показал ее мне. Текст гласил:

В темноте забрезжил свет, но он может померкнуть. Прошу к нашему возвращению прислать с нарочным на Бейкер-стрит полный список иностранных шпионов и международных агентов, в настоящее время находящихся в Англии, с подробными их адресами.

Шерлок.

— Это может нам пригодиться, — заметил Холмс, когда мы сели в поезд, направляющийся в Вулидж. — Мы должны быть признательны Майкрофту — он привлек нас к расследованию дела, которое обещает быть на редкость интересным.

Его живое, умное лицо все еще хранило выражение сосредоточенного внимания и напряженной энергии, и я понял, что какой-то новый красноречивый факт заставил его мозг работать особенно интенсивно. Представьте себе гончую, когда она лежит на псарне, развалясь, опустив уши и хвост, и затем ее же, бегущую по горячему следу, — точно такая перемена произошла с Холмсом. Теперь я видел перед собой совсем другого человека. Как не похож он был на ту вялую, развинченную фигуру в халате мышиного цвета, всего несколько часов назад бесцельно шагавшую по комнате, в плену у тумана!

— Увлекательный материал, широкое поле действия, — сказал он. — Я проявил тупость, не сообразив сразу, какие тут открываются возможности.

— А мне и теперь еще ничего не ясно.

— Конец не ясен и мне, но у меня есть одна догадка, она может продвинуть нас далеко вперед. Я уверен, что Кадоген Уэст был убит где-то в другом месте, и тело его находилось не внутри, а на крыше вагона.

— На крыше?!

— Невероятно, правда? Но давайте проанализируем факты. Можно ли считать простой случайностью то обстоятельство, что труп найден именно там, где поезд подбрасывает и раскачивает, когда он проходит через стрелку? Не тут ли должен упасть предмет, лежащий на крыше вагона? На предметы, находящиеся внутри вагона, стрелка никакого действия не окажет. Либо тело действительно упало сверху, либо это какое-то необыкновенное совпадение. Теперь обратите внимание на отсутствие следов крови. Конечно, их и не могло оказаться на путях, если убийство совершено в ином месте. Каждый из этих фактов подтверждает мою догадку, а взятые вместе, они уже являются совокупностью улик.

— А еще билет-то! — воскликнул я.

— Совершенно верно. Мы не могли это объяснить. Моя гипотеза дает объяснение. Все сходится.

— Допустим, так. И все же мы по-прежнему далеки от раскрытия таинственных обстоятельств смерти Уэста. Я бы сказал, дело не стало проще, оно еще более запутывается.

— Возможно, — проговорил Холмс задумчиво, — возможно…

Он умолк и сидел, погруженный в свои мысли, до момента, когда поезд подполз наконец к станции «Вулидж». Мы сели в кеб, и Холмс извлек из кармана оставленный ему Майкрофтом листок.

— Нам предстоит нанести ряд визитов, — сказал он. — Первым нашего внимания требует, я полагаю, сэр Джеймс Уолтер.

Дом этого известного государственного деятеля оказался роскошной виллой — зеленые газоны перед ним тянулись до самой Темзы. Туман начал рассеиваться, сквозь него пробивался слабый, жидкий свет. На наш звонок вышел дворецкий.

— Сэр Джеймс? — переспросил он, и лицо его приняло строго торжественное выражение. — Сэр Джеймс скончался сегодня утром, сэр.

— Боже ты мой! — воскликнул Холмс в изумлении. — Как, отчего он умер?

— Быть может, сэр, вы соблаговолите войти в дом и повидаете его брата, полковника Валентайна?

— Да, вы правы, так мы и сделаем.

Нас провели в слабо освещенную гостиную, и минуту спустя туда вошел очень высокий, красивый мужчина лет пятидесяти, с белокурой бородой — младший брат покойного сэра Джеймса. Смятение в глазах, щеки, мокрые от слез, волосы в беспорядке — все говорило о том, какой удар обрушился на семью. Рассказывая, как это случилось, полковник с трудом выговаривал слова.

— Все из-за этого ужасного скандала, — сказал он. — Мой брат был человеком высокой чести, он не мог пережить такого позора. Это его потрясло. Он всегда гордился безупречным порядком в своем департаменте, и вдруг такой удар...

— Мы надеялись получить от него некоторые пояснения, которые могли бы содействовать раскрытию дела.

— Уверяю вас, то, что произошло, для него было так же непостижимо, как для вас и для всех прочих. Он уже заявил полиции обо всем, что было ему известно. Разумеется, он не сомневался в виновности Кадогена Уэста. Но все остальное — полная тайна.

— А лично вы не могли бы еще что-либо добавить?

— Я знаю только то, что слышал от других и прочел в газетах. Я бы не хотел показаться нелюбезным, мистер Холмс, но вы должны понять, мы сейчас в большом горе, и я вынужден просить вас поскорее закончить разговор.

— Вот действительно неожиданный поворот событий, — сказал мой друг, когда мы снова сели в кеб. — Бедный старик. Как же он умер — естественной смертью или покончил с собой? Если это самоубийство, не вызвано ли оно терзаниями совести за невыполненный перед родиной долг? Но этот вопрос мы отложим на будущее. А теперь займемся Кадогеном Уэстом.

Осиротелая мать жила на окраине в маленьком доме, где царил образцовый порядок. Старушка была совершенно убита горем и не могла ничем нам помочь, но рядом с ней оказалась молодая девушка с очень бледным лицом — она представилась нам как мисс Вайолет Уэстбери, невеста покойного и последняя, кто видел его в тот роковой вечер.

— Я ничего не понимаю, мистер Холмс, — сказала она. — С тех пор, как стало известно о несчастье, я не сомкнула глаз, день и ночь я думаю, думаю, доискиваюсь правды. Артур был человеком благородным, прямодушным, преданным своему делу, истинным патриотом. Он скорее отрубил бы себе правую руку, чем продал доверенную ему государственную тайну. Для всех, кто его знал, сама эта мысль недопустима, нелепа.

— Но, факты, мисс Уэстбери...

— Да, да. Я не могу их объяснить, признаюсь.

— Не было ли у него денежных затруднений?

— Нет. Потребности у него были очень скромные, а жалованье он получал большое. У него имелись сбережения, несколько сотен фунтов, и на Новый год мы собирались обвенчаться.

— Вы не замечали, чтоб он был взволнован, нервничал? Прошу вас, мисс Уэстбери, будьте с нами абсолютно откровенны.

Быстрый глаз моего друга уловил какую-то перемену в девушке — она колебалась, покраснела.

— Да, мне казалось, его что-то тревожит.

— И давно это началось?

— С неделю назад. Он иногда задумывался, вид у него становился озабоченным. Однажды я стала допытываться, спросила, не случилось ли чего. Он признался, что обеспокоен и что это касается служебных дел. «Создалось такое положение, что даже тебе не могу о том рассказать», — ответил он мне. Больше я ничего не могла добиться.

Лицо Холмса приняло очень серьезное выражение.

— Продолжайте, мисс Уэстбери. Даже если на первый взгляд ваши показания не в его пользу, говорите только правду, — никогда не знаешь наперед, куда это может привести.

— Поверьте, мне больше нечего сказать. Раза два я думала, что он уже готов поделиться ею мной своими заботами. Как-то вечером разговор зашел о том, какое необычайно важное значение имеют хранящиеся в сейфе документы, и, помню, он добавил, что, конечно, иностранные шпионы дорого дали бы за эту военную тайну.

Выражение лица Холмса стало еще серьезнее.

— И больше он ничего не сказал?

— Заметил только, что мы несколько небрежны с хранением военных документов, что изменнику не составило бы труда до них добраться.

— Он начал заговаривать на такие темы только недавно?

— Да, лишь в последние дни.

— Расскажите, что произошло в тот вечер.

— Мы собрались идти в театр. Стоял такой густой туман, что нанимать кеб было бессмысленно. Мы пошли пешком. Дорога наша проходила недалеко от Арсенала. Вдруг Артур бросился от меня в сторону и скрылся в тумане.

— Не сказав ни слова?

— Только крикнул что-то, и все. Я стояла, ждала, но он не появился. Тогда я вернулась домой. На следующее утро из департамента пришли сюда справляться о нем. Около двенадцати часов до нас дошли ужасные вести. Мистер Холмс, заклинаю вас: если это в ваших силах, спасите его честное имя. Он им так дорожил!

Холмс печально покачал головой.

— Ну, Уотсон, нам пора двигаться дальше, — сказал он. — Теперь отправимся к месту, откуда были похищены документы.

— С самого начала против молодого человека было много улик. После допросов их стало еще больше, — заметил он, когда кеб тронулся. — Предстоящая женитьба — достаточный мотив для преступления. Кадогену Уэсту, естественно, требовались деньги. Мысль о похищении чертежей в голову ему приходила, раз он заводил о том разговор с невестой. И чуть не сделал ее сообщницей, уже хотел было поделиться с ней своим планом. Скверная история.

— Но послушайте, Холмс, неужели репутация человека вовсе не идет в счет? И потом, зачем было оставлять невесту одну на улице и сломя голову кидаться воровать документы?

— Вы рассуждаете здраво, Уотсон. Возражение весьма существенное. Но опровергнуть обвинение будет очень трудно.

Мистер Сидней Джонсон встретил нас с тем почтением, какое у всех неизменно вызывала визитная карточка моего компаньона. Старший клерк оказался худощавым, хмурым мужчиной среднего возраста, в очках; от пережитого потрясения он осунулся, руки у него дрожали.

— Неприятная история, мистер Холмс, очень неприятная. Вы слышали о смерти шефа?

— Мы только что из его дома.

— У нас тут такая неразбериха. Глава департамента умер, Кадоген Уэст умер, бумаги похищены. А ведь в понедельник вечером, когда мы запирали помещение, все было в порядке — департамент как департамент. Боже мой, боже мой!.. Подумать страшно. Чтобы именно Уэст совершил такой поступок!

— Вы, значит, убеждены в его виновности?

— Больше подозревать некого. А я доверял ему, как самому себе!

— В котором часу в понедельник заперли помещение?

— В пять часов.

— Где хранились документы?

— Вон в том сейфе. Я их сам туда положил.

— Сторожа при здании не имеется?

— Сторож есть, но он охраняет не только наш отдел. Это старый солдат, человек абсолютно надежный. Он ничего не видел. В тот вечер, правда, был ужасный туман, невероятно густой.

— Предположим, Кадоген Уэст вздумал бы пройти в помещение не в служебное время; ему понадобилось бы три ключа, чтобы добраться до бумаг, не так ли?

— Именно так. Ключ от входной двери, ключ от конторы и ключ от сейфа.

— Ключи имелись только у вас и у сэра Джеймса Уолтера?

— От помещений у меня ключей нет, только от сейфа.

— Сэр Джеймс отличался аккуратностью?

— Полагаю, что да. Знаю только, что все три ключа он носил на одном кольце. Я их часто у него видел.

— И это кольцо с ключами он брал с собой, когда уезжал в Лондон?

— Он говорил, что они всегда при нем.

— И вы тоже никогда не расстаетесь со своим ключом?

— Никогда.

— Значит, Уэст, если преступник действительно он, сделал вторые ключи. Но у него никаких ключей не обнаружили. Еще один вопрос: если бы кто из сотрудников, работающих в этом помещении, задумал продать военную тайну, не проще ли было бы для него скопировать чертежи, чем похищать оригиналы, как это было проделано?

— Чтобы скопировать их как следует, нужны большие технические познания.

— Они, очевидно, имелись и у сэра Джеймса и у Кадогена Уэста. Они есть и у вас.

— Разумеется, но я прошу не впутывать меня в эту историю, мистер Холмс. И что попусту гадать, как оно могло быть, когда известно, что чертежи нашлись в кармане Уэста?

— Но, право, все же очень странно, что он пошел на такой риск и захватил с собой оригиналы, когда мог преспокойно их скопировать и продать копии.

— Конечно, странно, однако взяты именно оригиналы.

— Чем больше ищешь, тем больше вскрывается в этом деле загадочного. Недостающие три документа все еще не найдены. Насколько я понимаю, они-то и являются основными?

— Да.

— Значит ли это, что тот, к кому эти три чертежа попали, получил возможность построить подводную лодку Брюса-Партингтона, обойдясь без остальных семи чертежей?

— Я как раз об этом и докладывал в адмиралтействе. Но сегодня я опять просмотрел чертежи и усомнился. На одном из вернувшихся документов имеются чертежи клапанов и автоматических затворов. Пока они там, за границей, сами их не изобретут, они не смогут построить лодку Брюса-Партингтона. Впрочем, обойти такое препятствие не составит особого труда.

— Итак, три отсутствующие чертежа — самые главные?

— Несомненно.

— Если не возражаете, я произведу небольшой осмотр помещения. Больше у меня вопросов к вам нет.

Холмс обследовал замок сейфа, обошел всю комнату и, наконец, проверил железные ставни на окнах. Только когда мы уже очутились на газоне перед домом, интерес его снова ожил. Под окном росло лавровое дерево, — некоторые из его веток оказались согнуты, другие сломаны. Холмс тщательно исследовал их с помощью лупы, осмотрел также еле приметные следы на земле. И, наконец, попросив старшего клерка закрыть железные ставни, обратил мое внимание на то, что створки посредине чуть-чуть не сходятся и с улицы можно разглядеть, что делается внутри.

— Следы, конечно, почти исчезли, утратили свою ценность из-за трех дней промедления. Они могут что-то означать, могут и не иметь никакого значения. Ну, Уотсон, я думаю, с Вулиджем пока все. Улов наш здесь невелик. Посмотрим, не добьемся ли мы большего в Лондоне.

И, однако, мы поймали еще кое-что в наши сети, прежде чем покинули Вулидж. Кассир на станции, не колеблясь, заявил, что в понедельник вечером видел Кадогена Уэста, которого хорошо знал в лицо. Молодой человек взял билет третьего класса на поезд 8.15 до станции Лондонский мост. Уэст был один, и кассира поразило его крайне нервное, встревоженное состояние. Он был до такой степени взволнован, что никак не мог собрать сдачу, кассиру пришлось ему помочь. Справившись по расписанию, мы убедились, что поезд, отходивший в 8.15, был фактически первым поездом, каким Уэст мог уехать в Лондон, после того как в половине восьмого оставил невесту на улице.

— Попробуем восстановить события, — сказал мне Холмс, помолчав минут тридцать. — Нет, честное слово, мы с вами еще не сталкивались с делом до такой степени трудным. С каждым шагом натыкаешься на новый подводный камень. И все же мы заметно продвинулись вперед.

Результаты допроса в Вулидже в основном говорят против Уэста, но кое-что, замеченное нами под окном конторы, позволяет строить более благоприятную для него гипотезу. Допустим, что к нему обратился иностранный агент. Он мог связать Уэста такими клятвами, что тот был вынужден молчать. Но эта мысль его занимала, на что указывают те отрывочные замечания и намеки, о которых рассказала нам его невеста. Отлично. Предположим далее, что в то время, как они шли в театр, он различил в тумане этого самого агента, направляющегося к зданию Арсенала. Уэст был импульсивным молодым человеком, действовал не задумываясь. Когда дело касалось его гражданского долга, все остальное для него уже теряло значение. Он пошел за агентом, встал под окном, видел, как вор похищает документы, и бросился за ним в погоню. Таким образом, снимается вопрос, почему взяты оригиналы, а не сняты копии, для постороннего лица сделать это было невозможно. Видите, как будто логично.

— Ну, а дальше?

— Тут сразу возникает затруднение. Казалось бы, первое, что следовало сделать молодому человеку, это схватить негодяя и поднять тревогу. Почему он поступил иначе? Быть может, похититель— лицо выше его стоящее, его начальник? Тогда поведение Уэста понятно. Или же так: вору удалось ускользнуть в тумане, и Уэст тут же кинулся к нему домой, в Лондон, чтобы как-то помешать, если предположить, что адрес Уэсту был известен. Во всяком случае, только что-то чрезвычайно важное, требующее безотлагательного решения, могло заставить его бросить девушку одну на улице. И не дать потом знать о себе. Дальше след теряется, и до момента, когда тело Уэста с семью чертежами в кармане оказалось на крыше вагона, получается провал, неизвестность. Начнем теперь поиски с другого конца. Если Майкрофт уже прислал список имен и адресов, быть может, среди них найдется тот, кто нам нужен, и мы пустимся сразу по двум следам.

На Бейкер-стрит нас и в самом деле ожидал список, доставленный специальным курьером. Холмс пробежал его глазами, перекинул мне. Я стал читать:

Известно множество мелких мошенников, но мало таких, кто рискнул бы пойти на столь крупную авантюру. Достойны внимания трое: Адольф Мейер — Грейт-Джордж-стрит, 13, Вестминстер; Луи ла Ротьер — Кэмден-Мэншенз, Ноттинг Хилл; Гуго Оберштейн — Колфилд-Гарденс, 13, Кенсингтон. Относительно последнего известно, что в понедельник он был в Лондоне, по новому донесению — выбыл. Рад слышать, что «в темноте забрезжил свет». Кабинет министров с величайшим волнением ожидает твоего заключительного доклада. Получены указания из самых высоких сфер. Если понадобится, вся полиция Англии к твоим услугам.
Майкрофт.

— Боюсь, что «вся королевская конница и вся королевская рать»[1] не смогут помочь мне — в этом деле, — сказал Холмс, улыбаясь. Он раскрыл свой большой план Лондона и склонился над ним с живейшим интересом. — Ого! — немного спустя воскликнул он удовлетворенно. — Кажется, нам начинает сопутствовать удача. Знаете, Уотсон, я уже думаю, что в конце концов мы с вами это дело осилим. — В неожиданном порыве веселья он хлопнул меня по плечу. — Сейчас я отправляюсь всего-навсего в разведку, ничего серьезного я предпринимать не стану, пока рядом со мной нет моего верного компаньона и биографа. Вы оставайтесь здесь, и, весьма вероятно, через час-другой мы увидимся снова. Если соскучитесь, вот вам стопа бумаги и перо: принимайтесь писать о том, как мы выручили государство.

---

[1] Строка из английской детской песенки. *Перевод С. Маршака.*

Меня в какой-то степени заразило его приподнятое настроение, я знал, что без достаточных на то оснований Холмс не скинет с себя маски сдержанности. Весь долгий ноябрьский вечер я провел в нетерпеливом ожидании моего друга. Наконец в самом начале десятого посыльный принес мне от него такую записку:

Обедаю в ресторане Гольдини на Глостер-роуд, Кенсингтон. Прошу вас немедленно прийти туда. Захватите с собой ломик, закрытый фонарь, стамеску и револьвер.
Ш. Х.

Нечего сказать, подходящее снаряжение предлагалось почтенному гражданину таскать с собой по темным, окутанным туманом улицам! Все указанные предметы я старательно рассовал по карманам пальто и направился поданному Холмсом адресу. Мой друг сидел в этом крикливо нарядном итальянском ресторане за круглым столиком неподалеку от входа.

— Хотите перекусить? Нет? Тогда выпейте за компанию со мной кофе с кюрасо. И попробуйте сигару. Они не так гнусны, как можно было ожидать. Все с собой захватили?

— Все. Спрятано у меня в пальто.

— Отлично. Давайте в двух словах изложу вам, что я за это время проделал и что нам предстоит делать дальше. Я думаю, Уотсон, для вас совершенно очевидно, что труп молодого человека был положен на крышу. Мне это стало ясно, едва я убедился, что он упал не из вагона.

— А не могли его бросить на крышу с какого-нибудь моста?

— По-моему, это невозможно. Крыши вагонов покаты, и никаких поручней или перил нет, — он бы не удержался. Значит, можно с уверенностью сказать, что его туда положили.

— Но каким образом?

— Это вопрос, на который нам надлежит ответить. Есть только одна правдоподобная версия. Вам известно, что поезда метро в некоторых пунктах Вест-Энда выходят из тоннеля наружу. Мне смутно помнится, что, проезжая там, я иногда видел окна домов как раз у себя над головой.

Теперь представьте себе, что поезд остановился под одним из таких окон. Разве так уж трудно положить из окна труп на крышу вагона?

— По-моему, это совершенно неправдоподобно.

— Следует вспомнить старую аксиому: когда исключаются все возможности, кроме одной, эта последняя, сколь ни кажется она невероятной, и есть неоспоримый факт. Все другие возможности нами исключены. Когда я выяснил, что крупный международный шпион, только что выбывший из Лондона, проживал в одном из домов, выходящих прямо на линию метро, я до того обрадовался, что даже удивил вас некоторой фамильярностью поведения.

— А, так вот, оказывается, в чем дело!

— Ну да! Гуго Оберштейн, занимавший квартиру на Колфилд-Гарденс в доме тринадцать, стал моей мишенью. Я начал со станции Глостер-роуд. Там очень любезный железнодорожный служащий прошелся со мной по путям, и я не только удостоверился, что на черном ходу окна лестниц в домах по Колфилд-Гарденс выходят прямо на линию, но и узнал еще кое-что поважнее: именно там пути пересекаются с другой, более крупной железнодорожной веткой, и поезда метро часто по нескольку минут стоят как раз на этом самом месте.

— Браво, Холмс! Вы все-таки докопались до сути!

— Не совсем, Уотсон, не совсем. Мы продвигаемся вперед, но цель еще далека. Итак, проверив заднюю стену дома номер тринадцать на Колфилд-Гарденс, я обследовал затем его фасад и убедился в том, что птичка действительно упорхнула. Дом большой, на верхнем этаже отдельные квартиры. Оберштейн проживал именно там, и с ним всего лишь один лакей, очевидно, его сообщник, которому он полностью доверял. Итак, Оберштейн отправился на континент, чтобы сбыть с рук добычу, но это отнюдь не бегство, — у него не было причин бояться ареста. А то, что ему могут нанести частный визит, этому джентльмену и в голову не приходило. Но мы с вами как раз это и проделаем.

— А нельзя ли получить официальный ордер на обыск, чтобы все было по закону?

— На основании имеющихся у нас данных — едва ли.

— Но что может дать нам обыск?

— Например, какую-нибудь корреспонденцию.

— Холмс, мне это не нравится.

— Дорогой мой, вам надо будет постоять на улице, посторожить, только и всего. Всю противозаконную деятельность беру на себя. Сейчас не время отступать из-за пустяков. Вспомните, что писал Майкрофт, вспомните встревоженное адмиралтейство и кабинет министров, высокую особу, ожидающую от нас новостей. Мы обязаны это сделать.

Вместо ответа я встал из-за стола.

— Вы правы, Холмс. Это наш долг.

Он тоже вскочил и пожал мне руку.

— Я знал, что вы не подведете в последнюю минуту, — сказал Холмс, и в глазах его я прочел что-то очень похожее на нежность. В следующее мгновение он был снова самим собой — уверенный, трезвый, властный. — Туда с полмили, но спешить нам незачем, пойдемте пешком, — продолжал он. — Не растеряйте ваше снаряжение, прошу вас. Если вас арестуют как подозрительную личность, это весьма осложнит дело.

Колфилд-Гарденс — это ряд домов с ровными фасадами, с колоннами и портиками, весьма типичный продукт середины викторианской эпохи в лондонском Вест-Энде. В соседней квартире звенели веселые молодые голоса и бренчало в ночной тишине пианино, по-видимому, там был в разгаре детский праздник. Туман еще держался и укрывал нас своей завесой. Холмс зажег фонарик и направил его луч на массивную входную дверь.

— Да, солидно, — сказал он. — Тут, видимо, не только замок, но и засовы. Попробуем черный ход — через дверь в подвал. В случае, если появится какой-нибудь слишком рьяный блюститель порядка, вон там внизу к нашим услугам великолепный темный уголок. Дайте мне руку, Уотсон, придется лезть через ограду, а потом я помогу вам.

Через минуту мы были внизу у входа в подвал. Едва мы укрылись в спасительной тени, как где-то над нами в тумане послышались шаги полицейского. Когда их негромкий, размеренный стук затих вдали, Холмс принялся за работу. Я видел, как он нагнулся, поднатужился, и дверь с треском распахнулась. Мы проскользнули в темный коридор, прикрыв за собой дверь. Холмс шел впереди по голым ступеням изогнутой лестницы. Желтый веерок света от его фонарика упал на низкое лестничное окно.

— Вот оно. Должно быть, то самое.

Холмс распахнул раму, и в ту же минуту послышался негромкий, тягучий гул, все нараставший и, наконец, перешедший в рев, — мимо дома в темноте промчался поезд. Холмс провел лучом фонарика по подоконнику — он был покрыт густым слоем сажи, выпавшей из паровозных труб. В некоторых местах она оказалась слегка смазана.

— Потому что здесь лежало тело. Эге! Смотрите-ка, Уотсон, что это? Ну, конечно, следы крови. — Он указал на темные, мутные пятна по низу рамы. — Я их заметил и на ступенях лестницы. Картина ясна. Подождем, пока тут остановится поезд.

Ждать пришлось недолго. Следующий состав, с таким же ревом вынырнувший из тоннеля, постепенно замедлил ход и, скрежеща тормозами, стал под самым окном. От подоконника до крыши вагона было не больше четырех футов. Холмс тихо притворил раму.

— Пока все подтверждается, — проговорил он. — Ну, что скажете, Уотсон?

— Гениально! Вы превзошли самого себя.

— Тут я с вами не согласен. Требовалось только сообразить что тело находилось на крыше вагона, и это было не бог весть какой гениальной догадкой, а все остальное неизбежно вытекало из того факта. Если бы на карту не были поставлены серьезные государственные интересы, вся эта история, насколько она нам пока известна, ничего особенно значительного собой не представляла бы. Трудности у нас, Уотсон, все еще впереди. Но, как знать, быть может, здесь мы найдем какие-нибудь новые указания.

Мы поднялись по черной лестнице и очутились в квартире второго этажа. Скупо обставленная столовая не заключала в себе ничего для нас интересного. В спальне мы тоже ничего не обнаружили. Третья комната сулила больше, и мой друг принялся за систематический обыск. Комната, очевидно, служила кабинетом — повсюду валялись книги и бумаги. Быстро и ловко Холмс выворачивал одно за другим содержимое ящиков письменного стола, полок шкафа, но его суровое лицо не озарилось радостью успеха. Прошел час, и все никакого результата.

— Хитрая лисица, замел все следы, — сказал Холмс. — Никаких улик. Компрометирующая переписка либо увезена, либо уничтожена. Вот наш последний шанс.

Он взял стоявшую на письменном столе небольшую металлическую шкатулку и вскрыл ее с помощью стамески. В ней лежало несколько свернутых в трубку бумажных листков, покрытых цифрами и расчетами, но угадать их смысл и значение было невозможно. Лишь повторяющиеся слова «давление воды» и «давление на квадратный дюйм» позволяли предполагать, что все это имеет какое-то отношение к подводной лодке. Холмс нетерпеливо отшвырнул листки в сторону. Оставался еще конверт с какими-то газетными вырезками. Холмс разложил их на столе, и по его загоревшимся глазам я понял, что появилась надежда.

— Что это такое, Уотсон, а? Газетные объявления и, судя по шрифту и бумаге, из «Дейли телеграф» — из верхнего угла правой полосы. Даты не указаны, но вот это, по-видимому, первое:

Надеялся услышать раньше. Условия приняты. Пишите подробно по адресу, указанному на карточке.
Пьерро.

А вот второе:

Слишком сложно для описания. Должен иметь полный отчет. Оплата по вручении товара.
Пьерро.

И третье:

Поторопитесь. Предложение снимается, если не будут выполнены условия договора. В письме укажите дату встречи. Подтвердим через объявление.
Пьерро.

И, наконец, последнее:

В понедельник вечером после девяти. Стучать два раза. Будем одни. Оставьте подозрительность. Оплата наличными по вручении товара.
Пьерро.

Собрано все — вполне исчерпывающий отчет о ходе переговоров! Теперь добраться бы до того, кому это адресовано.

Холмс сидел, крепко задумавшись, постукивая пальцем по столу. И вдруг вскочил на ноги.

— А, пожалуй, это не так уж трудно. Здесь, Уотсон, нам делать больше нечего. Отправимся в редакцию «Дейли телеграф» и тем завершим наш плодотворный день.

Майкрофт Холмс и Лестрейд, как то было условленно, явились на следующий день после завтрака, и Холмс поведал им о наших похождениях накануне вечером. Полицейский сыщик покачал головой, услышав исповедь о краже со взломом.

— У нас в Скотленд-Ярде такие вещи делать не полагается, мистер Холмс, — сказал он. — Не удивительно, что вы достигаете того, что нам не под силу. Но в один прекрасный день вы с вашим приятелем хватите через край, и тогда вам не миновать неприятностей.

— Погибнем «за Англию, за дом родной и за красу»[1]. А, Уотсон? Мученики, сложившие головы на алтарь отечества. Но что скажешь ты, Майкрофт?

— Превосходно, Шерлок! Великолепно! Но что это нам дает?

Холмс взял лежавший на столе свежий номер «Дейли телеграф».

— Ты видел сегодняшнее сообщение «Пьерро»?

— Как? Еще?

— Да. Вот оно:

Сегодня вечером. То же место, тот же час. Стучать два раза. Дело чрезвычайно важное. На карте ваша собственная безопасность.
Пьерро.

---

[1] Вошедший в поговорку отрывок из песни «Смерть Нельсона», сочиненной и исполнявшейся знаменитым английским тенором Джоном Брамом (1774-1836)

— Ах, шут возьми! — воскликнул Лестрейд. — Ведь если он откликнется, мы его схватим!

— С этой целью я и поместил это послание. Если вас обоих не затруднит часов в восемь отправиться с нами на Колфилд-Гарденс, мы приблизимся к разрешению нашей проблемы.

Одной из замечательных черт Шерлока Холмса была его способность давать отдых голове и переключаться на более легковесные темы, когда он полагал, что не может продолжать работу с пользой для дела. И весь тот памятный день он целиком посвятил задуманной им монографии «Полифонические мотеты Лассуса». Я не обладал этой счастливой способностью отрешаться, и день тянулся для меня бесконечно. Огромное государственное значение итогов нашего расследования, напряженное ожидание в высших правительственных сферах, предстоящий опасный эксперимент — все способствовало моей нервозности. Поэтому я почувствовал облегчение, когда после легкого обеда мы, наконец, отправились на Колфилд- Гарденс. Лестрейд и Майкрофт, как мы договорились, встретили нас возле станции Глостер-роуд. Подвальная дверь дома, где жил Оберштейн оставалась открытой с прошлой ночи, но так как Майкрофт Холмс наотрез отказался лезть через ограду, мне пришлось пройти вперед и открыть парадную дверь. К девяти часам мы все четверо уже сидели в кабинете, терпеливо дожидаясь нужного нам лица.

Прошел час, другой. Когда пробило одиннадцать, бой часов на церковной башне прозвучал для нас как погребальный звон но нашим надеждам. Лестрейд и Майкрофт ерзали на стульях и поминутно смотрели на часы. Шерлок Холмс сидел спокойно, полузакрыв веки, но внутренне настороженный. Вдруг он вскинул голову.

— Идет, — проговорил он.

Кто-то осторожно прошел мимо двери. Шаги удалились и снова приблизились. Послышалось шарканье ног, и дважды стукнул дверной молоток. Холмс встал, сделав нам знак оставаться на месте. Газовый рожок в холле почти не давал света. Холмс открыл входную дверь и, когда темная фигура скользнула мимо, запер дверь на ключ.

— Прошу сюда, — услышали мы его голос, и в следующее мгновение тот, кого мы поджидали, стоял перед нами.

Холмс шел за ним по пятам, и, когда вошедший с возгласом удивления и тревоги отпрянул было назад, мой друг схватил его за шиворот и втолкнул обратно в комнату. Пока наш пленник вновь обрел равновесие, дверь в комнату была уже заперта, и Холмс стоял к ней спиной. Пойманный испуганно обвел глазами комнату, пошатнулся и упал замертво. При падении широкополая шляпа свалилась у него с головы, шарф, закрывавший лицо, сполз, и мы увидели длинную белокурую бороду и мягкие, изящные черты лица полковника Валентайна Уолтера.

Холмс от удивления свистнул.

— Уотсон, — сказал он, — на этот раз можете написать в своем рассказе, что я полный осел. Попалась совсем не та птица, для которой я расставлял силки.

— Кто это? — спросил Майкрофт с живостью.

— Младший брат покойного сэра Джеймса Уолтера, главы департамента субмарин. Да-да, теперь я вижу, как легли карты. Полковник приходит в себя. Допрос этого джентльмена прошу предоставить мне.

Мы положили неподвижное тело на диван. Но вот наш пленник привстал, огляделся — лицо его выразило ужас. Он провел рукой по лбу, словно не веря своим глазам.

— Что это значит? — проговорил он. — Я пришел к мистеру Оберштейну.

— Все раскрыто, полковник Уолтер, — сказал Холмс. — Как мог английский дворянин поступить подобным образом, это решительно не укладывается в моем сознании. Но нам известно все о вашей переписке и отношениях с Оберштейном. А также и об обстоятельствах, связанных с убийством Кадогена Уэста. Однако некоторые подробности мы сможем узнать только от вас. Советую вам чистосердечным признанием хоть немного облегчить свою вину.

Полковник со стоном уронил голову на грудь и закрыл лицо руками. Мы ждали, но он молчал.

— Могу вас уверить, что основные факты для нас ясны, — сказал Холмс. — Мы знаем, что у вас были серьезные денежные затруднения, что вы изготовили слепки с ключей, находившихся у вашего брата, и вступили в переписку с Оберштейном, который отвечал на ваши письма в разделе объявлений в «Дейли телеграф». Мы знаем также, что в тот туманный вечер в понедельник вы проникли в помещение, где стоял сейф, и Кадоген Уэст вас выследил, — очевидно, у него уже были основания подозревать вас. Он был свидетелем похищения чертежей, но не решился поднять тревогу, быть может, предполагая, что вы достаете документы по поручению брата. Забыв про личные дела, Кадоген Уэст, как истинный патриот, преследовал вас, скрытый туманом, до самого этого дома. Тут он к вам подошел, и вы, полковник Уолтер, к государственной измене прибавили еще одно, более ужасное преступление — убийство.

— Нет! Нет! Клянусь богом, я не убивал! — закричал несчастный пленник.

— В таком случае, объясните, каким образом он погиб, что произошло до того, как вы положили его труп на крышу вагона.

— Я расскажу. Клянусь, я вам все расскажу. Все остальное действительно было именно так, как вы сказали. Я признаюсь. На мне висел долг — я запутался, играя на бирже. Деньги нужны были позарез. Оберштейн предложил мне пять тысяч. Я хотел спастись от разорения. Но я не убивал, в этом я не повинен.

— Что же в таком случае произошло?

— Уэст меня подозревал и выследил — все так, как вы сказали. Я обнаружил его только у входа в дом. Туман был такой, что в трех шагах ничего не было видно. Я постучал дважды, и Оберштейн открыл мне дверь. Молодой человек ворвался в квартиру, бросился к нам, стал требовать, чтобы мы ему объяснили, зачем нам понадобились чертежи. Оберштейн всегда носит с собой свинцовый кистень — он ударил им Кадогена Уэста по голове. Удар оказался смертельным, Уэст умер через пять минут. Он лежал на полу в холле, и мы совершенно растерялись, не знали, что делать. И тут Оберштейну пришла в голову мысль относительно поездов, которые останавливаются под окном на черном ходу. Но сперва он просмотрел чертежи, отобрал три самых важных и сказал, что возьмет их.

«Я не могу отдать чертежи, — сказал я, — если к утру их не окажется на месте, в Вулидже поднимется страшный переполох».

«Нет, я должен их забрать, — настаивал Оберштейн, — они настолько сложны, что я не успею до утра снять с них копии». «В таком случае, я немедленно увезу чертежи обратно», — сказал я. Он немного подумал, потом ответил: «Три я оставлю у себя, остальные семь засунем в карман этому молодому человеку. Когда его обнаружат, похищение, конечно, припишут ему». Я не видел другого выхода и согласился. С полчаса мы ждали, пока под окном не остановился поезд. Туман скрывал нас, и мы без труда опустили тело Уэста на крышу вагона. И это все, что произошло и что мне известно.

— А ваш брат?

— Он не говорил ни слова, но однажды застал меня с ключами, и я думаю, он меня стал подозревать. Я читал это в его взгляде. Он не мог больше смотреть людям в глаза и...

Воцарилось молчание. Его нарушил Майкрофт Холмс.

— Хотите в какой-то мере искупить свою вину? Чтобы облегчать совесть и, возможно, кару.

— Чем могу я ее искупить?..

— Где сейчас Оберштейн, куда он повез похищенные чертежи?

— Не знаю.

— Он не оставил адреса?

— Сказал лишь, что письма, отправленные на его имя в Париж, отель «Лувр», в конце концов дойдут до него.

— Значит, для вас есть еще возможность исправить содеянное, — сказал Шерлок Холмс.

— Я готов сделать все, что вы сочтете нужным. Мне этого субъекта щадить нечего. Он причина моего падения и гибели.

— Вот перо и бумага. Садитесь за стол — будете писать под мою диктовку. На конверте поставьте данный вам парижский адрес. Так. Теперь пишите:

Дорогой сэр!

Пишу вам по поводу нашей сделки.

Вы, несомненно, заметили, что недостает одной существенной детали. Я добыл необходимую копию. Это потребовало много лишних хлопот и усилий, и я рассчитываю на дополнительное вознаграждение в пятьсот фунтов. Почте доверять опасно. И я не приму ничего, кроме золота или ассигнаций. Я мог бы приехать к вам за границу, но боюсь навлечь на себя подозрение, если именно теперь выеду из Англии. Поэтому надеюсь встретиться с вами в курительной комнате отеля «Чаринг-Кросс» в субботу в двенадцать часов дня. Повторяю, я согласен только на английские ассигнации или золото.

— Вот и отлично, — сказал Холмс. — Буду очень удивлен, если он не отзовется на такое письмо.

И он отозвался! Но все дальнейшее относится уже к области истории, к тем тайным ее анналам, которые часто оказываются значительно интереснее официальной хроники. Оберштейн, жаждавший завершить так блестяще начатую и самую крупную свою аферу, попался в ловушку и был на пятнадцать лет надежно упрятан за решетку английской тюрьмы. В его чемодане были найдены бесценные чертежи Брюса-Партингтона, которые он уже предлагал продать с аукциона во всех военно-морских центрах Европы.

Полковник Уолтер умер в тюрьме к концу второго года заключения. А что касается Холмса, он со свежими силами принялся за свою монографию «Полифонические мотеты Лассуса»; впоследствии она была напечатана для узкого круга читателей, и специалисты расценили ее как последнее слово науки по данному вопросу. Несколько недель спустя после описанных событий я случайно узнал, что мой друг провел день в Виндзорском дворце и вернулся оттуда с великолепной изумрудной булавкой для галстука. Когда я спросил, где он ее купил, Холмс ответил, что это подарок одной очень любезной высокопоставленной особы, которой ему посчастливилось оказать небольшую услугу. Он ничего к этому не добавил, но, мне кажется, я угадал августейшее имя и почти не сомневаюсь в том, что изумрудная булавка всегда будет напоминать моему другу историю с похищенными чертежами подводной лодки Брюса-Партингтона.

Три студента

В 1895 году ряд обстоятельств — я не буду здесь на них останавливаться — привел мистера Шерлока Холмса и меня в один из наших знаменитых университетских городов; мы пробыли там несколько недель и за это время столкнулись с одним происшествием, о котором я собираюсь рассказать, не слишком запутанным, но весьма поучительным. Разумеется, любые подробности, позволяющие читателю определить, в каком колледже происходило дело или кто был преступник, неуместны и даже оскорбительны. Столь позорную историю можно было бы предать забвению безо всякого ущерба. Однако с должным тактом ее стоит изложить, ибо в ней проявились удивительные способности моего друга. В своем рассказе я постараюсь избегать всего, что позволит угадать, где именно это случилось или о ком идет речь.

Мы остановились тогда в меблированных комнатах неподалеку от библиотеки, где Шерлок Холмс изучал древние английские хартии, — его труды привели к результатам столь поразительным, что они смогут послужить предметом одного из моих будущих рассказов. И как-то вечером нас посетил один знакомый, мистер Хилтон Сомс, — преподаватель колледжа Святого Луки. Мистер Сомс был высок и худощав и всегда производил впечатление человека нервного и вспыльчивого. Но на сей раз он просто не владел собой, и по всему было видно, что произошло нечто из ряда вон выходящее.

— Мистер Холмс, не сможете ли вы уделить мне несколько часов вашего драгоценного времени? У нас в колледже случилась пренеприятная история, и, поверьте, если бы не счастливое обстоятельство, что вы сейчас в нашем городе, я бы и не знал, как мне поступить.

— Я очень занят, и мне не хотелось бы отвлекаться от своих занятий, — отвечал мой друг. — Советую вам обратиться в полицию.

— Нет, нет, уважаемый сэр, это невозможно. Если делу дать законный ход, его уже не остановишь, а это как раз такой случай, когда следует любым путем избежать огласки, чтобы не бросить тень на колледж. Вы известны своим тактом не менее, чем талантом расследовать самые сложные дела, и я бы ни к кому не обратился, кроме вас. Умоляю вас, мистер Холмс, помогите мне.

Вдали от милой его сердцу Бейкер-стрит нрав моего друга отнюдь не становился мягче. Без своего альбома газетных вырезок, без химических препаратов и привычного беспорядка Холмс чувствовал себя неуютно. Он раздраженно пожал плечами в знак согласия, и наш визитер, волнуясь и размахивая руками, стал торопливо излагать суть дела.

— Видите ли, мистер Холмс, завтра первый экзамен на соискание стипендии Фортескью, и я один из экзаменаторов. Я преподаю греческий язык, и первый экзамен как раз по греческому. Кандидату на стипендию дается для перевода большой отрывок незнакомого текста. Этот отрывок печатается в типографии, и, конечно, если бы кандидат мог приготовить его заранее, у него было бы огромное преимущество перед другими экзаменующимися. Вот почему необходимо, чтобы экзаменационный материал оставался в тайне.

Сегодня около трех часов гранки текста прибыли из типографии. Задание — полглавы из Фукидида. Я обязан тщательно его выверить — в тексте не должно быть ни единой ошибки. К половине пятого работа еще не была закончена, а я обещал приятелю быть у него к чаю. Уходя, я оставил гранки на столе. Отсутствовал я более часа.

Вы, наверное, знаете, мистер Холмс, какие двери у нас в колледже — массивные, дубовые, изнутри обиты зеленым сукном. По возвращении я с удивлением заметил в двери ключ. Я было подумал, что это я сам забыл его в замке, но, пошарив в карманах, нашел его там. Второй, насколько мне известно, у моего слуги, Бэннистера, он служит у меня вот уже десять лет, и честность его вне подозрений. Как выяснилось, это действительно был его ключ — он заходил узнать, не пора ли подавать чай, и, уходя, по оплошности забыл ключ в дверях. Бэннистер, видимо, заходил через несколько минут после моего ухода. В другой раз я не обратил бы внимания на его забывчивость, но в тот день она обернулась весьма для меня плачевно.

Едва я взглянул на письменный стол, как понял, что кто-то рылся в моих бумагах. Гранки были на трех длинных полосах. Когда я уходил, они лежали на столе. А теперь я нашел одну на полу, другую — на столике у окна, третью — там, где оставил...

Холмс в первый раз перебил собеседника:

— На полу лежала первая страница, возле окна— вторая, а третья — там, где вы ее оставили?

— Совершенно верно, мистер Холмс. Удивительно! Как вы могли догадаться?

— Продолжайте ваш рассказ, все это очень интересно.

— На минуту мне пришло в голову, что Бэннистер разрешил себе недопустимую вольность— заглянул в мои бумаги. Но он это категорически отрицает, и я ему верю. Возможно и другое— кто-то проходил мимо, заметил в дверях ключ и, зная, что меня нет, решил взглянуть на экзаменационный текст. Речь идет о большой сумме денег — стипендия очень высокая, и человек, неразборчивый в средствах, охотно пойдет на риск, чтобы обеспечить себе преимущество.

Бэннистер был очень расстроен. Он чуть не потерял сознание, когда стало ясно, что гранки побывали в чужих руках. Я дал ему глотнуть бренди, и он сидел в кресле в изнеможении, пока я осматривал комнату. Помимо разбросанных бумаг, я скоро заметил и другие следы незваного гостя. На столике у окна лежали карандашные стружки. Там же я нашел кончик грифеля. Очевидно, этот негодяй списывал текст в величайшей спешке, сломал карандаш и вынужден был его очинить.

— Прекрасно, — откликнулся Холмс. Рассказ занимал его все больше, и к нему явно возвращалось хорошее настроение. — Вам повезло.

— Это не все. Письменный стол у меня новый, он покрыт отличной красной кожей. И мы с Бэннистером готовы поклясться— кожа на нем была гладкая, без единого пятнышка. А теперь на поверхности стола я увидел порез длиной около трех дюймов— не царапину, а именно порез. И не только это: я нашел на столе комок темной замазки или глины, в нем видны какие-то мелкие крошки, похожие на опилки. Я убежден: эти следы оставил человек, рывшийся в бумагах. Следов на полу или каких-нибудь других улик, указывающих на злоумышленника, не осталось. Я бы совсем потерял голову, не вспомни я, по счастью, что вы сейчас у нас в городе. И я решил обратиться к вам. Умоляю вас, мистер Холмс, помогите мне! Надо во что бы то ни стало найти этого человека, иначе придется отложить экзамен, пока не будет подготовлен новый материал, но это потребует объяснений, и тогда не миновать скандала, который бросит тень не только на колледж, но и на весь университет. У меня одно желание— не допустить огласки.

— Буду рад заняться этим делом и помочь вам, — сказал Холмс, поднимаясь и надевая пальто. — Случай любопытный. Кто-нибудь заходил к вам после того, как вы получили гранки?

— Даулат Рас, студент-индус; он живет на этой же лестнице и приходил справиться о чем-то, связанном с экзаменами.

— Он тоже будет экзаменоваться?

— Да.

— Гранки лежали на столе?

— Насколько я помню, они были свернуты трубочкой.

— Но видно было, что это гранки?

— Пожалуй.

— Больше у вас в комнате никто не был?

— Никто.

— Кто-нибудь знал, что гранки пришлют вам?

— Только наборщик.

— А ваш слуга, Бэннистер?

— Конечно, нет. Никто не знал.

— Где сейчас Бэннистер?

— Он так и остался в кресле у меня в кабинете. Я очень спешил к вам. А ему было так плохо, что он не мог двинуться с места.

— Вы не закрыли дверь на замок?

— Я запер бумаги в ящик.

— Значит, мистер Сомс, если допустить, что индус не догадался, то человек, у которого гранки побывали в руках, нашел их случайно, не зная заранее, что они у вас?

— По-моему, да.

Холмс загадочно улыбнулся.

— Ну — сказал он, — идемте. Случай не в вашем вкусе, Уотсон, — тут нужно не действовать, а думать. Ладно, идемте, если хотите. Мистер Сомс, я к вашим услугам.

Низкое окно гостиной нашего друга, длинное, с частым свинцовым переплетом, выходило в пороший лишайником старинный дворик колледжа. За готической дверью начиналась каменная лестница с истертыми ступенями. На первом этаже помещались комнаты преподавателя. На верхних этажах жили три студента; их комнаты находились одна над другой. Когда мы подошли, уже смеркалось. Холмс остановился и внимательно посмотрел на окно. Затем приблизился к нему вплотную, встал на цыпочки и, вытянув шею, заглянул в комнату.

— Очевидно, он вошел в дверь Окно не открывается, только маленькая форточка, — сообщил наш ученый гид.

— Вот как! — отозвался Холмс и, непонятно улыбнувшись, взглянул на нашего спутника. — Что же, если здесь ничего не узнаешь, пойдемте в дом.

Хозяин отпер дверь и провел нас в комнату. Мы остановились на пороге, а Холмс принялся внимательно осматривать ковер.

— К сожалению, никаких следов, — сказал он. — Да в сухую погоду их и не может быть. Слуга ваш, наверно, уже пришел в себя. Вы думаете, он так и остался в кресле, когда вы уходили? А в каком именно?

— Вон там, у окна.

— Понятно. Возле того столика. Теперь входите и вы. Я окончил осматривать ковер. Примемся теперь за столик. Нетрудно догадаться, что здесь произошло. Кто-то вошел в комнату и стал лист за листом переносить гранки с письменного стола на маленький столик к окну — оттуда он мог следить за двором, на случай, если вы появитесь, и таким образом в нужную минуту скрыться.

— Меня он увидеть не мог, — вставил Сомс, — я пришел через калитку.

— Ага, превосходно! Но как бы то ни было, он устроился с гранками возле окна с этой целью. Покажите мне все три полосы. Отпечатков пальцев нет, ни одного! Так, сначала он перенес сюда первую и переписал ее. Сколько на это нужно времени, если сокращать слова? Четверть часа, не меньше. Потом он бросил эту полосу и схватил следующую. Дошел до середины, но тут вернулись вы, и ему пришлось немедленно убираться прочь; он так торопился, что не успел даже положить на место бумаги и уничтожить следы. Когда вы входили с лестницы, вы, случайно, не слышали поспешно удаляющихся шагов?

— Как будто нет.

— Итак, неизвестный лихорадочно переписывал у окна гранки, сломал карандаш и вынужден был, как видите, чинить его заново. Это весьма интересно, Уотсон. Карандаш был не совсем обычный. Очень толстый, с мягким грифелем, темно-синего цвета снаружи, фамилия фабриканта вытиснена на нем серебряными буквами, и оставшаяся часть не длиннее полутора дюймов. Найдите такой точно карандаш, мистер Сомс, и преступник в ваших руках. Если я добавлю, что у него большой и тупой перочинный нож, то у вас появится еще одна улика.

Мистера Сомса несколько ошеломил этот поток сведений.

— Я понимаю ход ваших мыслей, — сказал он, — но как вы догадались о длине карандаша?..

Холмс протянул ему маленький кусочек дерева с буквами «НН», над которыми облупилась краска.

— Теперь ясно?

— Нет, боюсь, и теперь не совсем...

— Вижу, что я всегда был несправедлив к вам, Уотсон. Оказывается, вы не единственный в своем роде. Что означают эти буквы «НН»? Как известно, чаще всего встречаются карандаши Иоганна Фабера. Значит, «НН» — это окончание имени фабриканта.

Он наклонил столик так, чтобы на него падал электрический свет.

— Если писать на тонкой бумаге, на полированном дереве останутся следы. Нет, ничего не видно. Теперь письменный стол. Этот комок, очевидно, и есть та темная глина, о которой вы говорили. Формой напоминает полую пирамидку; в глине, как вы и сказали, заметны опилки. Так, так, очень интересно! Теперь порез на столе — кожа, попросту говоря, вспорота. Ясно. Начинается с тонкой царапины и кончается дырой с рваными краями. Весьма вам признателен за этот интересный случай, мистер Сомс. Куда ведет эта дверь?

— Ко мне в спальню.

— Вы заходили туда после того, как обнаружили посягательство на экзаменационный текст?

— Нет, я сразу бросился к вам.

— Позвольте мне заглянуть в спальню…Какая милая старомодная комната. Будьте любезны, подождите немного: я осмотрю пол. Нет, ничего интересного. А что это за портьера? Так, за ней висит одежда. Случись кому-нибудь прятаться в этой комнате, он забрался бы сюда: кровать слишком низкая, а гардероб — узкий. Здесь, конечно, никого нет?

Холмс взялся за портьеру, и по его слегка напряженной и даже настороженной позе было видно, что он готов к любой неожиданности. Он отдернул портьеру, но там мы не увидели ничего, кроме нескольких костюмов. Холмс обернулся и внезапно наклонился над полом.

— Ну-ка, а это что? — воскликнул он. На полу лежала точно такая же пирамидка из темной вязкой массы, как и на письменном столе. Холмс на ладони поднес ее к лампе.

— Ваш гость, как видите, оставил следы не только в гостиной, но и в спальне, мистер Сомс.

— Что ему было здесь нужно?

— По-моему, это вполне очевидно. Вы пришли не с той стороны, откуда он вас ждал, и он услыхал ваши шаги, когда вы уже были у самой двери. Что ему оставалось? Он схватил свои вещи и бросился к вам в спальню.

— Господи боже мой, мистер Холмс, значит, все время, пока я разговаривал с Бэннистером, негодяй сидел в спальне, как в ловушке, а мы об этом и не подозревали?

— Похоже, что так.

— Но, возможно, все было иначе, мистер Холмс. Не знаю, обратили ли вы внимание на окно в спальне.

— Мелкие стекла, свинцовый переплет, три рамы, одна на петлях и достаточно велика, чтобы пропустить человека.

— Совершенно верно. И выходит это окно в угол двора, так что со двора одна его часть не видна совсем. Преступник мог залезть в спальню, оставить за шторой следы, пройти оттуда в гостиную и, наконец обнаружив, что дверь не заперта, бежать через нее.

Холмс нетерпеливо покачал головой.

— Давайте рассуждать здраво, — сказал он. — Как я понял из ваших слов, этой лестницей пользуются три студента, и они обычно проходят мимо вашей двери.

— Да, их трое.

— И все они будут держать этот экзамен?

— Да.

— У вас есть причины подозревать кого-то одного больше других?

Сомс ответил не сразу.

— Вопрос весьма щекотливый, — проговорил он. — Не хочется высказывать подозрения, когда нет доказательств.

— И все-таки у вас есть подозрения. Расскажите их нам, а о доказательствах позабочусь я.

— Тогда я расскажу вам в нескольких словах о всех троих. Сразу надо мной живет Гилкрист, способный студент, отличный спортсмен, играет за колледж в регби и крикет и завоевал первые места в барьерном беге и прыжках в длину. Вполне достойный молодой человек. Его отец — печальной известности сэр Джейбс Гилкрист — разорился на скачках. Сыну не осталось ни гроша, но это трудолюбивый и прилежный юноша. Он многого добьется.

На третьем этаже живет Даулат Рас, индус. Спокойный, замкнутый, как большинство индусов. Он успешно занимается, хотя греческий — его слабое место. Работает упорно и методично.

На самом верху комната Майлса Макларена. Когда он возьмется за дело, то добивается исключительных успехов. Это один из самых одаренных наших студентов, но он своенравен, беспутен и лишен всяких принципов. На первом курсе его чуть не исключили за какую-то темную историю с картами. Весь семестр он бездельничал и, должно быть, очень боится этого экзамена.

— Значит, вы подозреваете его?

— Не берусь утверждать. Но из всех троих за него, пожалуй, я поручусь меньше всего.

— Понимаю. А теперь, мистер Сомс, познакомьте нас с Бэннистером.

Слуга был невысокий человек лет пятидесяти, с сильной проседью, бледный, гладко выбритый. Он не совсем еще оправился от неожиданного потрясения, нарушившего мирный ход его жизни. Пухлое лицо его подергивала нервная судорога, руки дрожали.

— Мы пытаемся разобраться в этой неприятной истории, Бэннистер, — обратился к нему хозяин.

— Понимаю, сэр.

— Если не ошибаюсь, вы оставили в двери ключ? — сказал Холмс.

— Да, сэр.

— Как странно, что его случилось с вами в тот самый день, когда в комнате были столь важные бумаги.

— Да, сэр, очень неприятно. Но я забывал ключ и раньше.

— Когда вы вошли в комнату?

— Около половины пятого. В это время я обычно подаю мистеру Сомсу чай.

— Сколько вы здесь пробыли?

— Я увидел, что его нет, и сейчас же вышел.

— Вы заглядывали в бумаги на столе?

— Нет, сэр, как, можно!

— Почему вы оставили ключ в двери?

— У меня в руках был поднос. Я хотел потом вернуться за ключом. И забыл.

— В двери есть пружинный замок?

— Нет, сэр.

— Значит, она стояла открытой все время?

— Да, сэр.

— И выйти из комнаты было просто?

— Да, сэр.

— Вы очень разволновались, когда мистер Сомс вернулся и позвал вас?

— Да, сэр. Такого не случалось ни разу за все годы моей службы. Я чуть сознания не лишился, сэр.

— Это легко понять. А где вы были, когда вам стало плохо?

— Где, сэр? Да вот тут, около дверей.

— Странно, ведь вы сели на кресло там, в углу. Почему вы выбрали дальнее кресло?

— Не знаю, сэр, мне было все равно, куда сесть.

— По-моему, он не совсем ясно помнит, что происходило, мистер Холмс. Вид у него бил ужасный — побледнел как смерть.

— Сколько, вы здесь пробыли по уходе хозяина?

— С минуту, не больше. Потом я запер дверь и пошел к себе.

— Кого вы подозреваете?

— Сэр, я не берусь сказать. Не думаю, что во всем университете найдется хоть один джентльмен, способный ради выгоды на такой поступок. Нет, сэр, в это я поверить не могу.

— Благодарю вас, это все, — заключил Холмс. — Да, еще один вопрос. Кому-нибудь из трех джентльменов, у которых вы служите, вы упоминали об этой неприятности?

— Нет, сэр, никому.

— А видели кого-нибудь из них?

— Нет, сэр, никого.

— Прекрасно. Теперь, мистер Сомс, с вашего позволения осмотрим двор.

Три желтых квадрата светились над нами в сгущавшихся сумерках.

— Все три пташки у себя в гнездышках, — сказал Холмс, взглянув наверх. — Эге, а это что такое? Один из них, кажется, не находит себе места.

Он говорил об индусе, чей темный силуэт вдруг появился на фоне спущенной шторы. Студент быстро шагал взад и вперед во комнате.

— Мне бы хотелось на них взглянуть, — сказал Холмс. — Это можно устроить?

— Нет ничего проще, — ответил Сомс. — Наши комнаты — самые старинные в колледже, и неудивительно, что здесь бывает много посетителей, желающих на них посмотреть. Пойдемте, я сам вас проведу.

— Пожалуйста, не называйте ничьих фамилий! — попросил Холмс, когда мы стучались к Гилкристу.

Нам открыл высокий и стройный светловолосый юноша и, услышав о цели нашего посещения, пригласил войти.

Комната действительно представляла собой любопытный образец средневекового интерьера. Холмса так пленила одна деталь, что он решил тут же зарисовать ее в блокнот, сломал карандаш и был вынужден попросить другой у хозяина, а кончил тем, что попросил у него еще и перочинный нож. Такая же любопытная история приключилась и в комнатах у индуса — молчаливого, низкорослого человека с крючковатым носом. Он поглядывал на нас с подозрением и явно обрадовался, когда архитектурные исследования Холмса пришли к концу. Незаметно было, чтобы во время этих визитов Холмс нашел улику, которую искал. У третьего студента нас ждала неудача. Когда мы постучали, он не пожелал нам открыть и вдобавок разразился потоком брани.

— А мне плевать, кто вы! Убирайтесь ко всем чертям! — донесся из-за двери сердитый голос. — Завтра экзамен, и я не позволю, чтоб меня отрывали от дела.

Наш гид покраснел от негодования.

— Грубиян! — возмущался он, когда мы спускались по лестнице. — Конечно, он не мог знать, что это стучу я. Но все-таки его поведение в высшей степени невежливо, а в данных обстоятельствах и подозрительно.

Реакция Холмса была довольно необычной.

— Вы не можете мне точно сказать, какого он роста? — спросил Холмс.

— По правде говоря, мистер Холмс, не берусь. Он выше индуса, но не такой высокий, как Гилкрист. Что-нибудь около пяти футов и шести дюймов.

— Это очень важно, — сказал Холмс. — А теперь, мистер Сомс, разрешите пожелать вам спокойной ночи.

Наш гид вскричал в смятении и испуге:

— Боже праведный, мистер Холмс, неужели вы оставите меня в такую минуту! Вы, кажется, не совсем понимаете, как обстоит дело. Завтра экзамен. Я обязан принять самые решительные меры сегодня же вечером. Я не могу допустить, чтобы экзамен состоялся, если кому-то известен материал. Надо выходить из этого положения.

— Оставьте все, как есть. Я загляну завтра поутру, и мы все обсудим. Кто знает, быть может, к тому времени у меня появятся какие-то дельные предложения. А пока ничего не предпринимайте, решительно ничего.

— Хорошо, мистер Холмс.

— И будьте совершенно спокойны. Мы непременно что-нибудь придумаем. Я возьму с собой этот комок черной глины, а также карандашные стружки. До свидания.

Когда мы вышли в темноту двора, то снова взглянули на окна. Индус все шагал по комнате. Других не было видно.

— Ну, Уотсон, что вы об этом думаете? — спросил Холмс на улице. — Совсем как игра, которой развлекаются на досуге, — вроде фокуса с тремя картами, правда? Вот вам трое. Нужен один из них. Выбирайте. Кто по-вашему?

— Сквернослов с последнего этажа. И репутация у него самая дурная. Но индус тоже весьма подозрителен. Что это он все время расхаживает взад и вперед?

— Ну, это ни о чем не говорит. Многие ходят взад и вперед, когда учат что- нибудь наизусть.

— Он очень неприязненно поглядывал на нас.

— Вы бы поглядывали точно так же, если бы накануне трудного экзамена к вам ворвалась толпа ищущих развлечения бездельников. В этом как раз нет ничего особенного. И карандаши, и ножи у всех тоже в порядке. Нет, мои мысли занимает совсем другой человек.

— Кто?

— Бэннистер, слуга. Он каким-то образом причастен к этой истории.

— Мне он показался безукоризненно честным человеком.

— И мне. Это как раз и удивительно. Зачем безукоризненно честному человеку... Ага, вот и большой писчебумажный магазин. Начнем поиски отсюда.

В городе было всего четыре мало-мальски приличных писчебумажных магазина, и в каждом Холмс показывал карандашные стружки и спрашивал, есть ли в магазине такие карандаши. Всюду отвечали, что такой карандаш можно выписать, но размер он необычного и в продаже бывает редко. Моего друга, по-видимому, не особенно огорчила неудача; он только пожал плечами с шутливой покорностью.

— Не вышло, мой дорогой Уотсон. Самая надежная и решающая улика не привела ни к чему. Но, по правде говоря, я уверен, что мы и без нее сумеем во всем разобраться. Господи! Ведь уже около девяти, мой друг, а хозяйка, помнится мне, говорила что-то насчет зеленого горошка в половине восьмого. Смотрите, Уотсон, как бы вам из-за вашего пристрастия к табаку и дурной привычки вечно опаздывать к обеду не отказали от квартиры, а заодно, чего доброго, и мне. Это, право, было бы неприятно, во всяком случае сейчас, пока мы не решили странную историю с нервным преподавателем, рассеянным слугой и тремя усердными студентами.

Холмс больше не возвращался в тот день к этому делу, хотя после нашего запоздалого обеда он долго сидел в глубокой задумчивости. В восемь утра, когда я только что закончил свой туалет, он пришел ко мне в комнату.

— Ну, Уотсон, — сказал он, — пора отправляться в колледж святого Луки. Вы можете один разобойтись без завтрака?

— Конечно.

— Сомс до нашего прихода будет как на иголках.

— А у вас есть для него добрые вести?

— Кажется, есть.

— Вы решили эту задачу?

— Да, мой дорогой Уотсон, решил.

— Неужели вам удалось найти какие-то новые улики?

— Представьте себе, да! Я сегодня поднялся чуть свет, в шесть утра был уже на ногах, и не зря. Два часа рыскал по окрестности, отмерил, наверно, не менее пяти миль — и вот, смотрите!

Он протянул мне руку. На ладони лежали три пирамидки вязкой темной глины.

— Послушайте, Холмс, но вчера у вас было только две.

— Третья прибавилась сегодня утром. Понятно, что первая и вторая пирамидки того же происхождения, что и третья. Не так ли, Уотсон? Ну, пошли, надо положить конец страданиям нашего друга Сомса.

И, действительно, мы застали несчастного преподавателя в самом плачевном состоянии. Через несколько часов начинался экзамен, а он все еще не знал, как ему поступить — предать ли свершившееся гласности или позволить виновному участвовать в экзамене на столь высокую стипендию. Он места себе не находил от волнения и с протянутыми руками бросился к Холмсу.

— Какое счастье, что вы пришли! А я боялся, вдруг вы отчаялись и решили отказаться от этого дела. Ну, как мне быть? Начинать экзамен?

— Непременно.

— А негодяй...

— Он не будет участвовать.

— Так вы знаете, кто он?

— Кажется, знаю. А чтобы история эта не вышла наружу, устроим своими силами нечто вроде небольшого полевого суда. Сядьте, пожалуйста, вон там, Сомс! Уотсон, вы здесь! А я займу кресло посредине. Я думаю, у нас сейчас достаточно внушительный вид, и мы заставим трепетать преступника. Позвоните, пожалуйста, слуге.

Вошел Бэннистер и, увидев грозное судилище, отпрянул в изумлении и страхе.

— Закройте дверь, Бэннистер, — сказал Холмс. — А теперь расскажите всю правду о вчерашнем.

Слуга переменился в лице.

— Я все рассказал вам, сэр.

— Вам нечего добавить?

— Нечего, сэр.

— Что ж, тогда я должен буду высказать кое-какие свои предположения. Садясь вчера в это кресло, вы хотели скрыть какой-то предмет, который мог бы разоблачить незваного гостя?

Бэннистер побледнел как полотно.

— Нет, нет, сэр, ничего подобного.

— Это всего лишь только предположение, — вкрадчиво проговорил Холмс. — Признаюсь откровенно, я не сумею этого доказать. Но предположение это вполне вероятно: ведь стоило мистеру Сомсу скрыться за дверью, как вы тут же выпустили человека, который прятался в спальне.

Бэннистер облизал пересохшие губы.

— Там никого не было, сэр.

— Мне прискорбно это слышать, Бэннистер. До сих пор вы еще, пожалуй, говорили правду, но сейчас, безусловно, солгали.

Лицо слуги приняло выражение мрачного упрямства.

— Там никого не было, сэр.

— Так ли это, Бэннистер?

— Да, сэр, никого.

— Значит, вы не можете сообщить нам ничего нового. Не выходите, пожалуйста, из комнаты. Станьте вон там, у дверей спальни. А теперь, Сомс, я хочу просить вас об одном одолжении. Будьте любезны, поднимитесь к Гилкристу и попросите его сюда.

Спустя минуту преподаватель вернулся вместе со своим студентом. Это был великолепно сложенный молодой человек, высокий, гибкий и подвижный, с пружинистой походкой и приятным открытым лицом. Тревожный взгляд его голубых глаз скользнул по каждому из нас и наконец остановился с выражением неприкрытого страха на Бэннистере, сидевшем в углу.

— Закройте дверь, — сказал Холмс. — Так вот, мистер Гилкрист, нас пятеро, никого больше нет, и никто никогда не услышит о том, что сейчас здесь будет сказано. Мы можем быть предельно откровенными друг с другом. Объясните, мистер Гилкрист, как вы, будучи человеком честным, могли совершить вчерашний поступок?

Злосчастный юноша отшатнулся и с укором взглянул на Бэннистера.

— О нет, мистер Гилкрист, я никому не сказал ни слова, ни единого слова! — вскричал слуга.

— Да, это верно, — заметил Холмс. — Но ваше последнее восклицание равносильно признанию вины, и теперь, сэр, — прибавил Шерлок Холмс, глядя на Гилкриста, — вам остается одно: чистосердечно все рассказать.

Лицо Гилкриста исказила судорога, он попытался было совладать с собой, но уже в следующее мгновение бросился на колени возле стола и, закрыв лицо руками, разразился бурными рыданиями.

— Успокойтесь, успокойтесь, — мягко проговорил Холмс, — человеку свойственно ошибаться, и, уж конечно, никому не придет в голову назвать вас закоренелым преступником. Вам, наверное, будет легче, если я сам расскажу мистеру Сомсу, что произошло, а вы сможете поправить меня там, где я ошибусь. Договорились? Ну, ну, не отвечайте, если вам это трудно. Слушайте и следите, чтобы я не допустил по отношению к вам ни малейшей несправедливости.

Дело начало для меня проясняться с той минуты, мистер Сомс, как вы объяснили мне, что никто, даже Бэннистер, не мог знать, что гранки находятся в вашей комнате. Наборщик, безусловно, отпадал, — он мог списать текст еще в типографии. Индуса я тоже исключил: ведь гранки были скатаны трубкой и он, конечно, не мог догадаться, что это такое. С другой стороны, в чужую комнату случайно попадает какой-то человек, и это происходит в тот самый день, когда на столе лежит экзаменационный текст. Такое совпадение, на мой взгляд, невероятно. И я сделал вывод: вошедший знал о лежащем на столе тексте. Откуда он это знал?

Когда я подошел к вашему дому, я внимательно осмотрел окно. Меня позабавило ваше предположение, будто я обдумываю возможность проникнуть в комнату через окно — при свете дня, на глазах у всех, кто живет напротив. Мысль, разумеется, нелепая. Я прикидывал в уме, какого роста должен быть человек, чтобы, проходя мимо, увидеть через окно бумаги, лежавшие на столе. Во мне шесть футов, и я, только поднявшись на цыпочки, увидел стол. Никому ниже шести футов это бы не удалось. Тогда у меня возникло такое соображение: если один из трех студентов очень высокого роста, то в первую очередь следует заняться им.

Когда мы вошли и я осмотрел комнату, столик у окна дал мне еще одну нить. Письменный стол представлял загадку, пока вы не упомянули, что Гилкрист занимается прыжками в длину. Тут мне стало ясно все, не хватало нескольких доказательств, и я их поспешил раздобыть.

Теперь послушайте, как все произошло. Этот молодой человек провел день на спортивной площадке, тренируясь в прыжках. Когда он возвращался домой, у него были с собой спортивные туфли, у которых, как вы знаете, на подошвах острые шипы. Проходя мимо вашего окна, он, благодаря высокому росту, видел на столе свернутые трубкой бумаги и сообразил, что это может быть. Никакой беды не случилось бы, если б он не заметил ключа, случайно забытого слугой. Его охватило непреодолимое желание войти и проверить, действительно ли это гранки. Опасности в этом не было: ведь он всегда мог притвориться, что заглянул к вам по делу. Увидев, что это действительно гранки, он не мог побороть искушения. Туфли он положил на письменный стол. А что вы положили на кресло у окна?

— Перчатки, — тихо ответил молодой человек.

— Значит, на кресле были перчатки. — Холмс торжествующе взглянул на Бэннистера. — А потом он взял первый лист и стал переписывать на маленьком столике. Окончив первый, принялся за второй. Он думал, что вы вернетесь через ворота, которые видны в окно. А вы вернулись, мистер Сомс, через боковую калитку. Внезапно прямо за порогом послышались ваши шаги. Забыв про перчатки, студент схватил туфли и метнулся в спальню. Видите, царапина на столе отсюда малозаметна, а со стороны спальни она резко бросается в глаза. Это убедительно свидетельствует, что туфлю дернули в этом направлении и что виновный спрятался в спальне. Земля, налипшая вокруг одного из шипов, осталась на столе, комок с другого шипа упал на пол в спальне. Прибавлю к этому, что нынче утром я ходил на спортивную площадку, где тренируются в прыжках; участок этот покрыт темной глиной. Я захватил с собой комок глины и немного тонких рыжеватых опилок — ими посыпают землю, чтобы спортсмен, прыгая, не поскользнулся. Так все было, как я рассказываю, мистер Гилкрист?

Студент теперь сидел выпрямившись.

— Да, сэр, именно так, — сказал он.

— Боже мой, неужели вам нечего добавить? — воскликнул Сомс.

— Есть, сэр, но я просто не могу опомниться, так тяжело мне это позорное разоблачение. Я не спал сегодня всю ночь и под утро, мистер

Сомс, написал вам письмо. Раньше, чем узнал, что все открылось. Вот это письмо, сэр: «Я решил не сдавать экзамена. Мне предлагали не так давно поступить офицером в родезийскую армию, и на днях я уезжаю в Южную Африку».

— Я очень рад, что вы не захотели воспользоваться плодами столь бесчестного поступка, — сказал Сомс. — Но что заставило вас принять такое решение?

Гилкрист указал на Бэннистера.

— Это он наставил меня на путь истинный.

— Послушайте, Бэннистер, — сказал Холмс, — из всего мной рассказанного ясно, что только вы могли выпустить из комнаты этого молодого человека: ведь мистер Сомс оставил вас одного, а уходя, вы должны были запереть дверь. Бежать через окно, как видите, невозможно. Так не согласитесь ли вы поведать нам последнюю неразгаданную страничку этой истории и объяснить мотивы вашего поведения?

— Все очень просто, сэр, если, конечно, знать подоплеку. Но догадаться о ней невозможно, даже с вашим умом. В свое время, сэр, я служил дворецким у сэра Джейбса Гилкриста, отца этого юного джентльмена. Когда сэр Гилкрист разорился, я поступил сюда, в колледж, но старого хозяина не забывал, а ему туго тогда приходилось. В память о прошлых днях я чем мог служил его сыну. Так вот, сэр, когда мистер Сомс поднял вчера тревогу, зашел я в кабинет и вижу на кресле желтые перчатки мистера Гилкриста. Я их сразу узнал и все понял. Только бы их не увидел мистер Сомс — тогда дело плохо. Ни жив ни мертв упал я в кресло и не двигался до тех пор, пока мистер Сомс не пошел за вами. В это время из спальни выходит мой молодой хозяин и во всем признается… А ведь я его младенцем на коленях качал, — ну как мне было не помочь ему! Я сказал ему все, что сказал бы ему покойный отец, объяснил, что добра от такого поступка не будет, и выпустил его. Можно меня винить за это, сэр?

— Нет, конечно, — от всего сердца согласился Холмс, поднимаясь с кресла. — Ну вот, Сомс, тайна раскрыта, а нас дома ждет завтрак. Пойдемте, Уотсон. Я надеюсь, сэр, что в Родезии вас ждет блестящая карьера. Однажды вы оступились. Но впредь пусть вами руководят во всем лишь самые высокие устремления.

"Глория Скотт"

— У меня здесь кое-какие бумаги, — сказал мой друг Шерлок Холмс, когда мы зимним вечером сидели у огня. — Вам не мешало бы их просмотреть, Уотсон. Это документы, касающиеся одного необыкновенного дела- дела «Глории Скотт». Когда мировой судья Тревор прочитал вот эту записку, с ним случился удар, и он, не приходя в себя, умер.

Шерлок Холмс достал из ящика письменного стола потемневшую от времени коробочку, вынул оттуда и протянул мне записку, нацарапанную на клочке серой бумаги. Записка заключала в себе следующее:

«С дичью дело, мы полагаем, закончено. Глава предприятия Хадсон, по сведениям, рассказал о мухобойках все. Фазаньих курочек берегитесь».

Когда я оторвался от этого загадочного письма, то увидел, что Холмс удовлетворен выражением моего лица.

— Вид у вас довольно-таки озадаченный, сказал он.

— Я не понимаю, как подобная записка может внушить кому-нибудь ужас. Мне она представляется нелепой.

— Возможно. И все-таки факт остается фактом, что вполне еще крепкий пожилой человек, прочитав ее, упал, как от пистолетного выстрела.

— Вы возбуждаете мое любопытство, — сказал я. — Но почему вы утверждаете, что мне необходимо ознакомиться с этим делом?

— Потому что это- мое первое дело.

Я часто пытался выяснить у своего приятеля, что толкнуло его в область расследования уголовных дел, но до сих пор он ни разу не пускался со мной в откровенности. Сейчас он сел в кресло и разложил бумаги на коленях. Потом закурил трубку, некоторое время попыхивал ею и переворачивал страницы.

— Вы никогда не слышали от меня о Викторе Треворе? — спросил Шерлок Холмс. — Он был моим единственным другом в течение двух лет, которые я провел в колледже. Я не был общителен, Уотсон, я часами оставался один в своей комнате, размышляя надо всем, что замечал и слышал вокруг, — тогда как раз я и начал создавать свой метод. Потому-то я и не сходился в колледже с моими сверстниками. Не такой уж я любитель спорта, если не считать бокса и фехтования, словом, занимался я вовсе не тем, чем мои сверстники, так что точек соприкосновения у нас было маловато. Тревор был единственным моим другом, да и подружились-то мы случайно, по милости его терьера, который однажды утром вцепился мне в лодыжку, когда я шел в церковь. Начало дружбы прозаическое, но эффективное. Я пролежал десять дней, и Тревор ежедневно приходил справляться о моем здоровье. На первых порах наша беседа длилась не более минуты, потом Тревор стал засиживаться, и к концу семестра мы с ним были уже близкими друзьями. Сердечный и мужественный, жизнерадостный и энергичный, Тревор представлял собой полную противоположность мне, и все же у нас было много общего. Когда же я узнал, что у него, как и у меня, нет друзей, мы сошлись с ним еще короче.

В конце концов он предложил мне провести каникулы в имении его отца в Донифорпе, в Норфолке, и я решил на этот месяц воспользоваться его гостеприимством…

У старика Тревора, человека, по-видимому, состоятельного и почтенного, было имение. Донифорп- это деревушка к северу от Лагмера, недалеко от Бродз. Кирпичный дом Тревора, большой, старомодный, стоял на дубовых сваях. В тех местах можно было отлично поохотиться на уток, половить рыбу. У Треворов была небольшая, но хорошо подобранная библиотека. Как я понял, ее купили у бывшего владельца вместе с домом. Кроме того, старик Тревор держал сносного повара, так что только уж очень привередливый человек не провел бы здесь приятно время.

Тревор давно овдовел. Кроме моего друга, детей у него не было. Я слышал, что у него была еще дочь, но она умерла от дифтерита в Бирмингеме, куда ездила погостить. Старик, мировой судья, заинтересовал меня. Человек он был малообразованный, но с недюжинным умом и очень сильный физически. Едва ли он читал книги, зато много путешествовал, много видел и все запоминал. С виду это был коренастый, плотный человек с копной седых волос, с загорелым, обветренным лицом и голубыми глазами. Взгляд этих глаз казался колючим, почти свирепым, и все-таки в округе он пользовался репутацией человека доброго и щедрого, был хорошо известен как снисходительный судья.

Как-то вскоре после моего приезда, мы сидели после обеда за стаканом портвейна. Молодой Тревор заговорил о моей наблюдательности и моем методе дедукции, который мне уже удалось привести в систему, хотя тогда я еще не представлял себе точно, какое он найдет применение в дальнейшем. Старик, по- видимому, считал, что его сын преувеличивает мое искусство.

— Попробуйте ваш метод на мне, мистер Холмс, — со смехом сказал он: в тот день он был в отличном расположении духа, — я прекрасный объект для выводов и заключений.

— Боюсь, что о вас я немногое могу рассказать, — заметил я. — Я лишь могу предположить, что весь последний год вы кого-то опасались.

Смех замер на устах старика, и он уставился на меня в полном недоумении.

— Да, это правда, — подтвердил он и обратился к сыну:- Знаешь, Виктор, когда мы разогнали шайку браконьеров, они поклялись, что зарежут нас. И они в самом деле напали на сэра Эдварда Хоби. С тех пор я все время настороже, хотя, как ты знаешь, я не из пугливых.

— У вас очень красивая палка, — продолжал я. — По надписи я определил, что она у вас не больше года. Но вам пришлось просверлить отверстие в набалдашнике и налить туда расплавленный свинец, чтобы превратить палку в грозное оружие. Если б вам нечего было бояться, вы бы не прибегали к таким предосторожностям.

— Что еще? — улыбаясь, спросил старик Тревор.

— В юности вы часто дрались.

— Тоже верно. А это как вы узнали? По носу, который у меня глядит в сторону?

— Нет, — ответил я, — по форме ушей, они у вас прижаты к голове. Такие уши бывают у людей, занимающихся боксом.

— А еще что?

— Вы часто копали землю- об этом свидетельствуют мозоли.

— Все, что у меня есть, я заработал на золотых приисках.

— Вы были в Новой Зеландии.

— Опять угадали.

— Вы были в Японии.

— Совершенно верно.

— Вы были связаны с человеком, инициалы которого Д. А., а потом вы постарались забыть его.

Мистер Тревор медленно поднялся, устремил на меня непреклонный, странный, дикий взгляд больших голубых глаз и вдруг упал в обморок прямо на скатерть, на которой была разбросана ореховая скорлупа. Можете себе представить, Уотсон, как мы оба, его сын и я, были потрясены. Обморок длился недолго. Мы расстегнули мистеру Тревору воротник и сбрызнули ему лицо водой. Мистер Тревор вздохнул и поднял голову.

— Ах, мальчики! — силясь улыбнуться, сказал он. — Надеюсь, я не испугал вас? На вид я человек сильный, а сердце у меня слабое, и оно меня иногда подводит. Не знаю, как вам это удается, мистер Холмс, но, по-моему, все сыщики по сравнению с вами младенцы. Это- ваше призвание, можете поверить человеку, который кое-что повидал в жизни.

И, знаете, Уотсон, именно преувеличенная оценка моих способностей навела меня на мысль, что это могло бы быть моей профессией, а до того дня это было увлечение, не больше. Впрочем, тогда я не мог думать ни о чем, кроме как о внезапном обмороке моего хозяина.

— Надеюсь, я ничего не сказал такого, что причинило вам боль? — спросил я.

— Вы дотронулись до больного места. Позвольте задать вам вопрос: как вы все узнаете, и что вам известно?

Задал он этот вопрос полушутливым тоном, но в глубине его глаз по-прежнему таился страх.

— Все очень просто объясняется, — ответил я. — Когда вы засучили рукав, чтобы втащить рыбу в лодку, я увидел у вас на сгибе локтя буквы Д.А. Буквы были все еще видны, но размазаны, вокруг них на коже расплылось пятно- очевидно, их пытались уничтожить. Еще мне стало совершенно ясно, что эти инициалы были вам когда-то дороги, но впоследствии вы пожелали забыть их.

— Какая наблюдательность! — со вздохом облегчения воскликнул мистер Тревор. — Все так, как вы говорите. Ну, довольно об этом. Худшие из всех призраков — это призраки наших былых привязанностей. Пойдемте покурим в бильярдной.

С этого дня к радушию, которое неизменно оказывал мне мистер Тревор, примешалась подозрительность. Даже его сын обратил на это внимание.

— Задали вы моему отцу задачу, — сказал мой друг. — Он все еще не в состоянии понять, что вам известно, а что неизвестно.

Мистер Тревор не подавал вида, но это, должно быть, засело у него в голове, и он часто поглядывал на меня украдкой.

Наконец я убедился, что нервирую его и что мне лучше уехать.

Накануне моего отъезда произошел случай, доказавший всю важность моих наблюдений.

Мы, все трое, разлеглись на шезлонгах, расставленных перед домом на лужайке, грелись на солнышке и восхищались видом на Бродз, как вдруг появилась служанка и сказала, что какой-то мужчина хочет видеть мистера Тревора.

— Кто он такой? — спросил мистер Тревор.

— Он не назвал себя.

— Что ему нужно?

— Он уверяет, что вы его знаете и что ему нужно с вами поговорить.

— Проведите его сюда.

Немного погодя мы увидели сморщенного человечка с заискивающим видом и косолапой походкой. Рукав его распахнутой куртки был выпачкан в смоле. На незнакомце была рубашка в красную и черную клетку, брюки из грубой бумажной ткани и стоптанные тяжелые башмаки. Лицо у него было худое, загорелое, глазки хитренькие. Он все время улыбался; улыбка обнажала желтые кривые зубы. Его морщинистые руки словно хотели что-то зажать в горсти- привычка, характерная для моряка. Когда он своей развинченной походкой шел по лужайке, у мистера Тревора вырвался какой-то сдавленный звук; он вскочил и побежал к дому. Вернулся он очень скоро, и когда проходил мимо меня, я почувствовал сильный запах бренди.

— Ну, мой друг, чем я могу быть вам полезен? — осведомился он.

Моряк смотрел на него, прищурившись и нагло улыбаясь.

— Узнаёте? — спросил он.

— Как же, как же, дорогой мой! Вне всякого сомнения, вы- Хадсон? — не очень уверенно спросил Тревор.

— Да, я- Хадсон, — ответил моряк. — Тридцать с лишним лет прошло с тех пор, как мы виделись в последний раз. И вот у вас собственный дом, а я все еще питаюсь солониной из бочек.

— Сейчас ты убедишься, что я старых друзей не забываю! — воскликнул мистер Тревор и, подойдя к моряку, что-то сказал ему на ухо. Поди на кухню, — продолжал он уже громко, — там тебе дадут и выпить и закусить. И работа для тебя найдется.

— Спасибо, — теребя прядь волос, сказал моряк. — Я долго бродяжничал, пора и отдохнуть. Я надеялся, что найду пристанище у мистера Бедоза или у вас.

— А разве ты знаешь, где живет мистер Бедоз? — с удивлением спросил мистер Тревор.

— Будьте спокойны, сэр: я знаю, где живут все мои старые друзья, — со зловещей улыбкой ответил моряк и вразвалку пошел за служанкой в кухню.

Мистер Тревор пробормотал, что он сдружился с этим человеком на корабле, когда они ехали на прииски, а затем пошел к дому. Когда мы через час вошли в столовую, то увидели, что он, мертвецки пьяный, валяется на диване.

Этот случай произвел на меня неприятное впечатление, и на другой день я уже не жалел о том, что уезжаю из Донифорпа, я чувствовал, что мое присутствие стесняет моего друга.

Все эти события произошли в первый месяц наших каникул. Я вернулся в Лондон и там около двух месяцев делал опыты по органической химии.

Осень уже вступила в свои права, и каникулы подходили к концу, когда я неожиданно получил телеграмму от моего друга- он вызывал меня в Донифорп, так как нуждался, по его словам, в моей помощи и совете. Разумеется, я все бросил и поехал на север.

Мой друг встретил меня в экипаже на станции, и я с первого взгляда понял, что последние два месяца были для него очень тяжелыми. Он похудел, у него был измученный вид, и он уже не так громко и оживленно разговаривал.

— Отец умирает. — Это было первое, что я от него услышал.

— Не может быть! — воскликнул я. — Что с ним?

— Удар. Нервное потрясение. Он на волоске от смерти. Не знаю, застанем ли мы его в живых.

Можете себе представить, Уотсон, как я был ошеломлен этой новостью.

— Что случилось? — спросил я.

— В том-то все и дело… Садитесь, дорогой поговорим…Помните того субъекта, который явился к нам накануне вашего отъезда?

— Отлично помню.

— Знаете, кого мы впустили в дом?

— Понятия не имею.

— Это был сущий дьявол, Холмс! — воскликнул мой друг.

Я с удивлением посмотрел на него.

— Да, это был сам дьявол. С тех пор у нас не было ни одного спокойного часа — ни одного! С того вечера отец не поднимал головы, жизнь его была разбита, в конце концов сердце не выдержало- и все из-за этого проклятого Хадсона!

— Как же Хадсон этого добился?

— Ах, я бы много дал, чтобы это выяснить! Мой отец- добрый, сердечный, отзывчивый старик! Как он мог попасть в лапы к этому головорезу? Я так рад, что вы приехали, Холмс! Я верю в вашу рассудительность и осторожность, я знаю, что вы мне дадите самый разумный совет.

Мы мчались по гладкой, белой деревенской дороге. Перед нами открывался вид на Бродэ, освещенный красными лучами заходящего солнца. Дом стоял на открытом месте; слева от рощи еще издали можно было разглядеть высокие трубы и флагшток.

— Отец взял к себе этого человека в качестве садовника, — продолжал мой друг, — но Хадсону этого было мало, и отец присвоил ему чин дворецкого. Можно было подумать, что это его собственный дом, — он слонялся по всем комнатам и делал, что хотел. Служанки пожаловались на его грубые выходки и мерзкий язык. Отец, чтобы вознаградить их, увеличил им жалованье. Этот тип брал лучшее ружье отца, брал лодку и уезжал на охоту. С лица его не сходила насмешливая, злобная и наглая улыбка, так что, будь мы с ним однолетки, я бы уже раз двадцать сшиб его с ног. Скажу, положа руку на сердце. Холмс: все это время я должен был держать себя в руках, а теперь я говорю себе: я дурак, дурак, зачем только я сдерживался?..Ну,а дела шли все хуже и хуже. Эта скотина Хадсон становился все нахальнее, и наконец за один его наглый ответ отцу я схватил его за плечи и выпроводил из комнаты. Он удалился медленно, с мертвенно-бледным лицом; его злые глаза выражали угрозу явственнее, чем ее мог бы выразить его язык. Я не знаю, что произошло между моим бедным отцом и этим человеком, но на следующий день отец пришел ко мне и попросил меня извиниться перед Хадсоном. Вы, конечно, догадываетесь, что я отказался и спросил отца, как он мог дать этому негодяю такую волю, как смеет Хадсон всеми командовать в доме.

— Ах, мой мальчик! — воскликнул отец. — Тебе хорошо говорить, ты не знаешь, в каком я положении. Но ты узнаешь все. Я чувствую, что ты узнаешь, а там будь что будет! Ты не поверишь, если тебе скажут дурное о твоем бедном старом отце, ведь правда, мой мальчик?..

Отец был очень расстроен. На целый день он заперся у себя в кабинете. В окно мне было видно, что он писал. Вечер, казалось, принес нам большое облегчение, так как Хадсон сказал, что намерен покинуть нас. Он вошел в столовую, где мы с отцом сидели после обеда, и объявил о своем решении тем развязным тоном, каким говорят в подпитии.

— Хватит с меня Норфолка, — сказал он, — я отправляюсь к мистеру Бедозу в Хампшир. Наверно, он будет так же рад меня видеть, как и вы.

— Надеюсь, вы не будете поминать нас лихом? — сказал мой отец с кротостью, от которой у меня кровь закипела в жилах.

— Со мной здесь дурно обошлись, — сказал он и мрачно поглядел в мою сторону.

— Виктор! Ты не считаешь, что обошелся с этим достойным человеком довольно грубо? — обернувшись ко мне, спросил отец.

— Напротив! Я полагаю, что по отношению к нему мы оба выказали необыкновенное терпение, — ответил я.

— Ах, вот как вы думаете? — зарычал Хадсон. — Ладно, дружище, мы еще посмотрим!..

Сгорбившись, он вышел из комнаты, а через полчаса уехал, оставив моего отца в самом плачевном состоянии. По ночам я слышал шаги у него в комнате. Я был уверен, что катастрофа вот-вот разразиться.

— И как же она разразилась? — с нетерпением в голосе спросил я.

— Чрезвычайно просто. На письме, которое мой отец получил вчера вечером, был штамп Фордингбриджа. Отец прочитав его, схватился за голову и начал бегать по комнате, как сумасшедший. Когда я наконец уложил его на диван, его рот и глаза были перекошены- с ним случился удар.

По первому зову пришел доктор Фордем. Мы перенесли отца на кровать. Потом его всего парализовало, сознание к нему уже не возвращается, и я боюсь, что мы не застанем его в живых.

— Какой ужас! — воскликнул я. — Что же могло быть в этом роковом письме?

— Ничего особенного. Все это необъяснимо. Письмо нелепое, бессмысленное... Ах, боже мой, этого-то я и боялся!

Как раз в это время мы обогнули аллею. При меркнущем солнечном свете было видно, что все шторы в доме спущены. Когда мы подъехали к дому, лицо моего друга исказилось от душевной боли. Из дома вышел господин в черном.

— Когда это произошло, доктор? — спросил Тревор.

— Почти тотчас после вашего отъезда.

— Он приходил в сознание?

— На одну минуту, перед самым концом.

— Что-нибудь просил мне передать?

— Только одно: бумаги находятся в потайном отделении японского шкафчика.

Мой друг вместе с доктором прошел в комнату умершего, а я остался в кабинете. Я перебирал в памяти все события. Кажется, никогда в жизни я не был так подавлен, как сейчас... Кем был прежде Тревор? Боксером, искателем приключений, золотоискателем? И как он очутился в лапах у этого моряка с недобрым лицом? Почему он упал в обморок при одном упоминании о полустертых инициалах на руке и почему это письмо из Фордингбриджа послужило причиной его смерти?

Потом я вспомнил, что Фординтбридж находится в Хампшире и что мистер Бедоз, к которому моряк поехал прямо от Тревора и которого он, по-видимому, тоже шантажировал, жил в Хампшире. Письмо, следовательно, могло быть или от Хадсона, угрожавшего тем, что он выдаст некую тайну, или от Бедоза, предупреждающего своего бывшего сообщника, что над ним нависла угроза разоблачения. Казалось бы, все ясно. Но могло ли письмо быть таким тривиальным и бессмысленным, как охарактеризовал его сын? Возможно, он неправильно истолковал его. Если так, то, по всей вероятности, это искусный шифр: вы пишете об одном, а имеется в виду совсем другое. Я решил ознакомиться с этим письмом. Я был уверен, что если в нем есть скрытый смысл, то мне удастся его разгадать.

Я долго думал. Наконец заплаканная служанка принесла лампу, а следом за ней вошел мой друг, бледный, но спокойный, держа в руках те самые документы, которые сейчас лежат у меня на коленях.

Он сел напротив меня, подвинул лампу к краю стола и протянул мне короткую записку- как видите, написанную второпях на клочке серой бумаги.

«С дичью дело, мы полагаем, закончено. Глава предприятия Хадсон, по сведениям, рассказал о мухобойках все. Фазаньих курочек берегитесь».

Должен заметить, что, когда я впервые прочел это письмо, на моем лице выразилось такое же замешательство, как сейчас на вашем. Потом я внимательно перечитал его.

Как я и предвидел, смысл письма был скрыт в загадочном наборе слов. Быть может, он кроется именно в «мухобойках» или в «фазаньих курочках»? Но такое толкование произвольно и вряд ли к чему-нибудь привело бы. И все же я склонялся к мысли, что все дело в расстановке слов. Фамилия Хадсон как будто указывала на то, что, как я и предполагал, он является действующим лицом этого письма, а письмо скорее всего от Бедоза. Я попытался прочитать его с конца, но сочетание слов «берегитесь курочек фазаньих» меня не вдохновило. Тогда я решил переставить слова, но ни «дичь», ни «с» тоже света не пролили. Внезапно ключ к загадке оказался у меня в руках.

Я обнаружил, что если взять каждое третье слово, то вместе они составят то самое письмо, которое довело старика Тревора до такого отчаяния.

Письмо оказалось коротким, выразительным, и теперь, когда я прочел его моему другу, в нем явственно прозвучала угроза:

«Дело закончено. Хадсон рассказал все. Берегитесь».

Виктор Тревор дрожащими руками закрыл лицо.

— Наверное, вы правы, — заметил он. — Но это еще хуже смерти — это бесчестье! А при чем же тут «глава предприятия» и «фазаньи курочки»?

— К содержанию записки они ничего не прибавляют, но если у нас с вами не окажется иных средств, чтобы раскрыть отправителя, они могут иметь большое значение. Смотрите, что он пишет: «Дело… закончено…», — и так далее. После того как он расположил шифр, ему нужно было заполнить пустые места любыми двумя словами. Естественно, он брал первое попавшееся. Можете быть уверены, что он охотник или занимается разведением домашней птицы. Вы что-нибудь знаете об этом Бедозе?

— Когда вы заговорили о нем, я вспомнил, что мой несчастный отец каждую осень получал от него приглашение поохотиться в его заповедниках, — ответил мой друг.

— В таком случае не подлежит сомнению, что записка от Бедоза, — сказал я. — Остается выяснить, как моряку Хадсону удавалось держать в страхе состоятельных и почтенных людей.

— Увы, Холмс! Боюсь, что их всех связывало преступление и позор! — воскликнул мой друг. — Но от вас у меня секретов нет. Вот исповедь, написанная моим отцом, когда он узнал, что над ним нависла опасность. Как мне доктор и говорил, я нашел ее в японском шкафчике. Прочтите вы — у меня для этого недостанет ни душевных сил, ни смелости.

Вот эта исповедь, Уотсон. Сейчас я вам ее прочитаю, так же как в ту ночь, в старом кабинете, прочел ему. Видите? Она написана на обороте документа, озаглавленного: «Некоторые подробности рейса «Глории Скотт», отплывшей из Фалмута 8 октября 1855 года и разбившейся 6 ноября под 15°20′ северной широты и 25°14′ западной долготы». Написана исповедь в форме письма и заключает в себе следующее:

«Мой дорогой, любимый сын! Угроза бесчестья омрачила последние годы моей жизни. Со всей откровенностью могу сказать, что не страх перед законом, не утрата положения, которое я здесь себе создал, не мое падение в глазах всех, кто знал меня, надрывает мне душу. Мне не дает покоя мысль, что ты меня так любишь, а тебе придется краснеть за меня. Между тем до сих пор я мог льстить себя надеждой, что тебе не за что презирать меня. Но если удар, которого я ждал каждую минуту, все-таки разразится, то я хочу, чтобы ты все узнал непосредственно от меня и мог судить, насколько я виноват. Если же все будет хорошо, если милосердный господь этому не попустит, я заклинаю тебя всем святым, памятью твоей дорогой матери и нашей взаимной привязанностью: когда это письмо попадет к тебе в руки, брось его в огонь и никогда не вспоминай о нем. Если же ты когда-нибудь прочтешь эти строки, то это будет значить, что я разоблачен и меня уже нет в этом доме или, вернее всего (ты же знаешь: сердце у меня плохое), что я мертв. И в том и в другом случае запрет снимается. Все, о чем я здесь пишу, я пишу тебе с полной откровенностью, так как надеюсь на твою снисходительность.

Моя фамилия, милый мальчик, не Тревор. Раньше меня звали Джеймс Армитедж. Теперь ты понимаешь, как меня потрясло открытие, сделанное твоим другом, — мне показалось, что он разгадал мою тайну. Под фамилией Армитедж я поступил в лондонский банк и под той же фамилией я был осужден за нарушение законов страны и приговорен к ссылке. Не думай обо мне дурно, мой мальчик. Это был так называемый долг чести: чтобы уплатить его, я воспользовался чужими деньгами, будучи уверен, что верну, прежде чем их хватятся. Но злой рок преследовал меня.

Деньги, на которые я рассчитывал, я не получил, а внезапная ревизия обнаружила у меня недостачу. На это могли бы посмотреть сквозь пальцы, но тридцать лет тому назад законы соблюдались строже, чем теперь. И вот, когда мне было всего двадцать три года, я, в кандалах, как уголовный преступник, вместе с тридцатью семью другими осужденными, очутился на палубе «Глории Скотт», отправляющейся в Австралию.

Это со мной случилось в пятьдесят пятом году, когда Крымская война была в разгаре и суда, предназначенные для переправки осужденных, в большинстве случаев играли роль транспортных судов в Черном море. Вот почему правительство было вынуждено воспользоваться для отправки в ссылку заключенных маленькими и не очень подходящими для этой цели судами. «Глория Скотт» возила чай из Китая. Это было старомодное, неповоротливое судно, новые клипера легко обгоняли ее. Водоизмещение ее равнялось пятистам тоннам. Кроме тридцати восьми заключенных, на борту ее находилось двадцать шесть человек, составлявших судовую команду, восемнадцать солдат, капитан, три помощника капитана, доктор, священник и четверо караульных. Словом, когда мы отошли от Фалмута, на борту «Глории Скотт» находилось около ста человек. Перегородки между камерами были не из дуба, как полагалось на кораблях для заключенных, — они были тонкими и непрочными. Еще когда нас привели на набережную, один человек обратил на себя мое внимание, и теперь он оказался рядом со мной на корме «Глории». Это был молодой человек с гладким, лишенным растительности лицом, с длинным, тонким носом и тяжелыми челюстями. Держался он независимо, походка у него была важная, благодаря огромному росту он возвышался над всеми. Я не видел, чтобы кто-нибудь доставал ему до плеча. Я убежден, что росту он был не менее шести с половиной футов. Среди печальных и усталых лиц энергичное лицо этого человека, выражавшее непреклонную решимость, выделялось особенно резко. Для меня это был как бы маячный огонь во время шторма. Я обрадовался, узнав, что он мой сосед; когда же глубокой ночью я услышал чей-то шепот, а затем обнаружил, что он ухитрился проделать отверстие в разделявшей нас перегородке, то это меня еще больше обрадовало.

— Эй, приятель! — прошептал он. — Как тебя зовут и за что ты здесь?

Я ответил ему и, в свою очередь, поинтересовался, с кем я разговариваю.

— Я Джек Прендергаст, — ответил он. — Клянусь богом, ты слышал обо мне еще до нашего знакомства!

Тут я вспомнил его нашумевшее дело, — я узнал о нем незадолго до моего ареста. Это был человек из хорошей семьи, очень способный, но с неискоренимыми пороками. Благодаря сложной системе обмана он сумел выудить у лондонских купцов огромную сумму денег.

— Ах, так вы помните мое дело? — с гордостью спросил он.

— Отлично помню.

— В таком случае вам, быть может, запомнилась и одна особенность этого дела?

— Какая именно?

— У меня было почти четверть миллиона, верно?

— Говорят.

— И этих денег так и не нашли, правильно?

— Не нашли.

— Ну, а как вы думаете, где они? — спросил он.

— Не знаю, — ответил я.

— Деньги у меня, — громким шепотом проговорил он. — Клянусь богом, у меня больше фунтов стерлингов, чем у тебя волос на голове. А если у тебя есть деньги, сын мой, и ты знаешь, как с ними надо обращаться, то с их помощью ты сумеешь кое-чего добиться! Уж не думаешь ли ты, что такой человек, как я, до того запуган, что намерен просиживать штаны в этом вонючем трюме, в этом ветхом, прогнившем гробу, на этом утлом суденышке? Нет, милостивый государь, такой человек прежде всего позаботится о себе и о своих товарищах. Можешь положиться на этого человека. Держись за него и возблагодари судьбу, что он берет тебя на буксир.

Такова была его манера выражаться. Поначалу я не придал его словам никакого значения, но немного погодя, после того как он подверг меня испытанию и заставил принести торжественную клятву, он дал мне понять, что на «Глории» существует заговор: решено подкупить команду и переманить ее на нашу сторону. Человек десять заключенных вступило в заговор еще до того, как нас погрузили на корабль. Прендергаст стоял во главе этого заговора, а его деньги служили движущей силой.

— У меня есть друг, — сказал он, — превосходный, честнейший человек, он-то и должен подкупить команду. Деньги у него. А как ты думаешь, где он сейчас? Он священник на «Глории»- ни больше, ни меньше! Он явился на корабль в черном костюме, с поддельными документами и с такой крупной суммой, на которую здесь все что угодно можно купить. Команда за него в огонь и в воду. Он купил их всех оптом за наличный расчет, когда они только нанимались. Еще он подкупил двух караульных, Мерсера, второго помощника капитана, а если понадобится, подкупит и самого капитана.

— Что же мы должны делать? — спросил я,

— Как что делать? Мы сделаем то, что красные мундиры солдат станут еще красней.

— Но они вооружены! — возразил я.

— У нас тоже будет оружие, мой мальчик. На каждого маменькиного сынка придется по паре пистолетов. И вот, если при таких условиях мы не сумеем захватить это суденышко вместе со всей командой, то нам ничего иного не останется, как поступить в институт для благородных девиц. Поговори со своим товарищем слева и реши, можно ли ему доверять.

Я выяснил, что мой сосед слева- молодой человек, который, как и я, совершил подлог. Фамилия его был Иванс, но впоследствии, как и я, он переменил ее. Теперь это богатый и преуспевающий человек; живет он на юге Англии. Он выразил готовность примкнуть к заговору, — он видел в этом единственное средство спасения. Мы еще не успели проехать залив, а уже заговор охватил всех заключенных- только двое не участвовали в нем. Один из них был слабоумный, и мы ему не доверяли, другой страдал желтухой, и от него не было никакого толка. Вначале ничто не препятствовало нам овладеть кораблем. Команда представляла собой шайку головорезов, как будто нарочно подобранную для такого дела.

Мнимый священник посещал наши камеры, дабы наставить нас на путь истинный. Приходил он к нам с черным портфелем, в котором якобы лежали брошюры духовно- нравственного содержания. Посещения эти были столь часты, что на третий день у каждого из нас оказались под кроватью напильник, пара пистолетов, фунт пороха и двадцать пуль. Двое караульных были прямыми агентами Прендергаста, а второй помощник капитана- его правой рукой. Противную сторону составляли капитан, два его помощника, двое караульных, лейтенант Мартин, восемнадцать солдат и доктор. Так как мы не навлекли на себя ни малейших подозрений, то решено было, не принимая никаких мер предосторожности, совершить внезапное нападение ночью. Однако все произошло гораздо скорее, чем мы предполагали.

Мы находились в плавании уже более двух недель. И вот однажды вечером доктор спустился в трюм осмотреть заболевшего заключенного и, положив руку на койку, наткнулся на пистолеты. Если бы он не показал виду, то дело наше было бы проиграно, но доктор был человек нервный. Он вскрикнул от удивления и помертвел. Больной понял, что доктор обо всем догадался, и бросился на него. Тревогу тот поднять не успел- заключенный заткнул ему рот и привязал к кровати. Спускаясь к нам, он отворил дверь, ведшую на палубу, и мы все ринулись туда. Застрелили двоих караульных, а также капрала, который выбежал посмотреть, в чем дело. У дверей кают-компании стояли два солдата, но их мушкеты, видимо, не были заряжены, потому что они в нас ни разу не выстрелили, а пока они собирались броситься в штыки, мы их прикончили. Затем мы подбежали к каюте капитана, но когда отворили дверь, в каюте раздался выстрел. Капитан сидел за столом, уронив голову на карту Атлантического океана, а рядом стоял священник с дымящимся пистолетом в руке. Двух помощников капитана схватила команда. Казалось, все было кончено.

Мы все собрались в кают-компании, находившейся рядом с каютой капитана, расселись на диванах и заговорили все сразу- хмель свободы ударил нам в голову. В каюте стояли ящики, и мнимый священник Уилсон достал из одного ящика дюжину бутылок темного хереса. Мы отбили у бутылок горлышки, разлили вино по бокалам и только успели поставить бокалы на стол, как раздался треск ружейных выстрелов и кают-компания наполнилась таким густым дымом, что не видно было стола. Когда же дым рассеялся, то глазам нашим открылось побоище. Уилсон и еще восемь человек валялись на полу друг на друге, а на столе кровь смешалась с хересом. Воспоминание об этом до сих пор приводит меня в ужас. Мы были так напуганы, что, наверное, не смогли бы оказать сопротивление, если бы не Прендергаст. Наклонив голову, как бык, он бросился к двери вместе со всеми, кто остался в живых. Выбежав, мы увидели лейтенанта и десять солдат. В кают-компании над столом был приоткрыт люк, и они стреляли в нас через эту щель.

Однако, прежде чем они успели перезарядить ружья, мы на них набросились. Они героически сопротивлялись, но у нас было численное превосходство, и через пять минут все было кончено. Боже мой! Происходило ли еще такое побоище на другом каком-нибудь корабле? Прендергаст, словно рассвирепевший дьявол, поднимал солдат, как малых детей, и- живых и мертвых- швырял за борт. Один тяжело раненый сержант долго держался на воде, пока кто-то из сострадания не выстрелил ему в голову. Когда схватка кончилась, из наших врагов остались в живых только караульные, помощники капитана и доктор.

Схватка кончилась, но затем вспыхнула ссора. Все мы были рады отвоеванной свободе, но кое-кому не хотелось брать на душу грех. Одно дело — сражение с вооруженными людьми, и совсем другое — убийство безоружных. Восемь человек- пятеро заключенных и три моряка- заявили, что они против убийства. Но на Прендергаста и его сторонников это не произвело впечатления. Он сказал, что мы должны на это решиться, что это единственный выход- свидетелей оставлять нельзя. Все это едва не привело к тому, что и мы разделили бы участь арестованных, но потом Прендергаст все-таки предложил желающим сесть в лодку. Мы согласились- нам претила его кровожадность, а кроме того, мы опасались, что дело может обернуться совсем худо для нас. Каждому из нас выдали по робе и на всех- бочонок воды, бочонок с солониной, бочонок с сухарями и компас. Прендергаст бросил в лодку карту и крикнул на прощание, что мы- потерпевшие кораблекрушение, что наш корабль затонул под $15°$ северной широты и $25°$ западной долготы. И перерубил фалинь.

Теперь, мой милый сын, я подхожу к самой удивительной части моего рассказа. Во время свалки «Глория Скотт» стояла носом к ветру. Как только мы сели в лодку, судно изменило курс и начало медленно удаляться. С северо-востока дул легкий ветер, наша лодка то поднималась, то опускалась на волнах. Иванс и я, как наиболее грамотные, сидели над картой, пытаясь определить, где мы находимся, и выбрать, к какому берегу лучше пристать. Задача оказалась не из легких: на севере, в пятистах милях от нас, находились острова Зеленого мыса, а на востоке, примерно милях в семистах, — берег Африки. В конце концов, так как ветер дул с юга, мы выбрали Сьерра-Леоне и поплыли по направлению к ней. «Глория» была уже сейчас так далеко, что по правому борту видны были только ее мачты. Внезапно над «Глорией» взвилось густое черное облако дыма, похожее на какое-то чудовищное дерево. Несколько минут спустя раздался взрыв, а когда дым рассеялся, «Глория Скотт» исчезла. Мы немедленно направили лодку туда, где над водой все еще поднимался легкий туман, как бы указывая место катастрофы.

Плыли мы томительно долго, и сперва нам показалось, что уже поздно, что никого не удастся спасти. Разбитая лодка, масса плетеных корзин и обломки, колыхавшиеся на волнах, указывали место, где судно пошло ко дну, но людей не было видно, и мы, потеряв надежду, хотели было повернуть обратно, как вдруг послышался крик: «На помощь!»- и мы увидели вдали доску, а на ней человека. Это был молодой матрос Хадсон. Когда мы втащили его в лодку, он был до того измучен и весь покрыт ожогами, что мы ничего не могли у него узнать.

Наутро он рассказал нам, что, как только мы отплыли, Прендергаст и его шайка приступили к совершению казни над пятерыми уцелевшими после свалки: двух караульных они расстреляли и бросили за борт, не избег этой участи и третий помощник капитана. Прендергаст своими руками перерезал горло несчастному доктору. Только первый помощник капитана, мужественный и храбрый человек, не дал себя прикончить. Когда он увидел, что арестант с окровавленным ножом в руке направляется к нему, он сбросил оковы, которые как-то ухитрился ослабить, и побежал на корму.

Человек десять арестантов, вооруженных пистолетами, бросились за ним и увидели, что он стоит около открытой пороховой бочки, а в руке у него коробка спичек. На корабле находилось сто человек, и он поклялся, что если только до него пальцем дотронутся, все до одного взлетят на воздух. И в эту секунду произошел взрыв. Хадсон полагал, что взрыв вернее всего вызвала шальная пуля, выпущенная кем-либо из арестантов, а не спичка помощника капитана. Какова бы ни была причина, «Глории Скотт» и захватившему ее сброду пришел конец.

Вот, мой дорогой, краткая история этого страшного преступления, в которое я был вовлечен. На другой день нас подобрал бриг «Хотспур», шедший в Австралию. Капитана нетрудно было убедить в том, что мы спаслись с затонувшего пассажирского корабля. В Адмиралтействе транспортное судно «Глория Скотт» сочли пропавшим; его истинная судьба так и осталась неизвестной. «Хотспур» благополучно доставил нас в Сидней. Мы с Ивансом переменили фамилии и отправились на прииски. На приисках нам обоим легко было затеряться в той многонациональной среде, которая нас окружала.

Остальное нет нужды досказывать. Мы разбогатели, много путешествовали, а когда вернулись в Англию как богатые колонисты, то приобрели имения. Более двадцати лет мы вели мирный и плодотворный образ жизни и все надеялись, что наше прошлое забыто навеки. Можешь себе представить мое состояние, когда в моряке, который пришел к нам, я узнал человека, подобранного в море! Каким-то образом он разыскал меня и Бедоза и решил шантажировать нас. Теперь ты догадываешься, почему я старался сохранить с ним мирные отношения, и отчасти поймешь мой ужас, который еще усилился после того, как он, угрожая мне, отправился к другой жертве».

Под этим неразборчиво, дрожащей рукой было написано:

«Бедоз написал мне шифром, что Хадсон рассказал все. Боже милосердный, спаси нас!»

Вот что я прочитал в ту ночь Тревору-сыну. На мои взгляд Уотсон, эта история полна драматизма. Мой друг был убит горем. Он отправился на чайные плантации в Терай и там, как я слышал, преуспел. Что касается моряка и мистера Бедоза, то со дня получения предостерегающего письма ни о том, ни о другом не было ни слуху ни духу. Оба исчезли бесследно. В полицию никаких донесений не поступало, следовательно, Бедоз ошибся, полагая, что угроза будет приведена в исполнение. Кто-то как будто видел Хадсона мельком. Полиция решила на этом основании, что он прикончил Бедоза и скрылся. Я же думаю, что все вышло как раз наоборот: Бедоз, доведенный до отчаяния, полагая, что все раскрыто, рассчитался наконец с Хадсоном и скрылся, не забыв захватить с собой изрядную сумму денег. Таковы факты, доктор, и если они когда-нибудь понадобятся вам для пополнения вашей коллекции, то я с радостью предоставлю их в ваше распоряжение.

Рейгетские сквайры

В то время мой друг Шерлок Холмс еще не оправился после нервного переутомления, полученного в результате крайне напряженной работы весной тысяча восемьсот восемьдесят седьмого года. Нашумевшая история с Нидерландско-Суматрской компанией и грандиозным мошенничеством барона Мопэртуиса слишком свежа в памяти публики и слишком тесно связана с политикой и финансами, чтобы о ней можно было рассказать в этих записках. Однако косвенным путем она явилась причиной одного редкостного и головоломного дела, которое дало возможность моему другу продемонстрировать еще одно оружие среди множества других, служивших ему в его нескончаемой войне с преступлениями.

Четырнадцатого апреля, как помечено в моих записях, я получил телеграмму из Лиона с известием о том, что Холмс лежит больной в отеле Люлонж. Не прошло и суток, как я уже был у него в номере и с облегчением убедился, что ничего страшного ему не грозит. Однако тянувшееся больше двух месяцев расследование, в течение которого он работал по пятнадцати часов в день, а случалось и несколько суток подряд, подорвало железный организм Холмса. Блистательная победа, увенчавшая его труды, не спасла его от упадка сил после такого предельного нервного напряжения, и в то время как его имя гремело по всей Европе, а комната была буквально по колено завалена поздравительными телеграммами, я нашел его здесь во власти жесточайшей хандры. Даже сознание, что он одержал успех там, где не справилась полиция трех стран, и обвел вокруг пальца самого искушенного мошенника в Европе, не могло победить овладевшего им безразличия.

Три дня спустя мы вернулись вместе на Бейкер-стрит, но мой друг явно нуждался в перемене обстановки, да и меня соблазняла мысль выбраться в эту весеннюю пору на недельку в деревню. Мой старинный приятель, полковник Хэйтер, который был моим пациентом в Афганистане, а теперь снял дом поблизости от городка Рейгет в графстве Суррей, часто приглашал меня к себе погостить. В последний раз он сказал, что был бы рад оказать гостеприимство и моему другу. Я повел речь издали, но, когда Холмс узнал, что нас приглашают в дом с холостяцкими порядками и что ему будет предоставлена полная свобода, он согласился с моим планом, и через неделю после нашего возвращения из Лиона полковник уже принимал нас у себя. Хэйтер был человек очень приятный и бывалый, объездивший чуть ли не весь свет, и скоро обнаружилось — как я и ожидал, — что у них с Холмсом много общего.

В день нашего приезда, вечером, мы, отобедав, сидели в оружейной полковника; Холмс растянулся на диване, а мы с Хэйтером рассматривали небольшую коллекцию огнестрельного оружия.

— Да, кстати, — вдруг сказал наш хозяин, — я возьму с собой наверх один из этих пистолетов на случай тревоги.

— Тревоги? — воскликнул я.

— Тут у нас недавно случилось происшествие, перепугавшее всю округу. В прошлый понедельник ограбили дом старого Эктона, одного из самых богатых здешних сквайров. Убыток причинен небольшой, но воры до сих пор на свободе.

— И никаких следов? — спросил Холмс, насторожив слух.

— Пока никаких. Но это — мелкое дело. Обычное местное преступление, слишком незначительное, чтобы заинтересовать вас, мистер Холмс, после того громкого международного дела.

Холмс ответил на комплимент небрежным жестом, но по его улыбке было заметно, что он польщен.

— Ничего примечательного?

— По-моему, ничего. Воры обыскали библиотеку, и, право же, добыча не стоила затраченных ими трудов. Все в комнате было перевернуто вверх дном, ящики столов взломаны, книжные шкафы перерыты, а вся-то пропажа — томик переводов Гомера, два золоченых подсвечника, пресс-папье из слоновой кости, маленький дубовый барометр да клубок бечевки.

— Что за удивительный набор! — воскликнул я.

— О, воры, видимо, схватили все, что им попалось под руку.

Холмс хмыкнул со своего дивана.

— Полиция графства должна бы кое-что извлечь из этого, — сказал он. — Ведь совершенно очевидно, что...

Но я предостерегающе поднял палец.

— Вы приехали сюда отдыхать, друг мой. Ради бога, не принимайтесь за новую задачу, пока не окрепли нервы.

Холмс посмотрел на полковника с комическим смирением и пожал плечами, после чего беседа повернула в более спокойное русло.

Однако судьбе было угодно, чтобы все мои старания оберечь друга пропали даром, ибо на следующее утро это дело вторглось в нашу жизнь таким образом, что было невозможно остаться в стороне, и наше пребывание в деревне приняло неожиданный для всех нас оборот. Мы сидели за завтраком, когда к нам ворвался дворецкий, забыв о всякой пристойности, и выпалил, задыхаясь:

— Вы слышали новость, сэр? У Каннингемов, сэр?

— Опять ограбление? — вскричал полковник, и его рука с чашкой кофе застыла в воздухе.

— Убийство!

Полковник присвистнул.

— Бог мой! — промолвил он. — Кто убит? Мировой судья или его сын?

— Ни тот, ни другой, сэр. Убит Уильям, кучер. Пуля угодила прямо в сердце.

— Кто в него стрелял?

— Вор, сэр. Убил кучера наповал и был таков. Он успел добраться только до окна кладовой. Тут Уильям и бросился на него и нашел свою смерть, спасая добро хозяина.

— Когда это случилось?

— Вчера, сэр, около полуночи.

— А-а, в таком случае мы заглянем туда попозже, — сказал полковник, невозмутимо принимаясь за прерванный завтрак.

— Скверное дело, — добавил он, когда дворецкий ушел. — Старый Каннингем — самый влиятельный сквайр в наших местах и очень почтенный человек. Это его сразит. Уильям служил ему много лет и был хороший работник. Очевидно, это те же негодяи, что побывали у Эктона.

— И похитили ту чрезвычайно любопытную коллекцию?

— Именно.

— Гм! Возможно, окажется, что дело не стоит выеденного яйца. И тем не менее на первый взгляд это немного странно, не так ли? Следовало бы ожидать, что шайка грабителей, действующая в провинции, будет менять места своих налетов, а не совершать две кражи со взломом в соседних усадьбах в течение нескольких дней. Когда вчера вечером вы говорили о мерах предосторожности, помнится, мне пришло в голову, что вор или воры выбрали бы эту округу самой последней во всей Англии, из чего следует, что мне надо еще многому учиться.

— Я думаю, это был кто-то из местных. Понятно, что его привлекли именно эти усадьбы. В здешних краях они самые крупные.

— И самые богатые?

— Должны были быть. Но Эктон и Каннингемы уже несколько лет ведут тяжбу, которая высосала кровь из обоих, мне думается. Старый Эктон возбудил иск на половину имения Каннингемов, и адвокаты изрядно нажились на этом деле.

— Если это местный вор, изловить его не составит большого труда, — сказал Холмс, зевнув. — Не волнуйтесь, Уотсон, я не собираюсь вмешиваться.

— Инспектор Форрестер, сэр, — возвестил дворецкий, распахивая двери.

В комнату вошел полицейский сыщик, быстрый молодой человек с живым, энергичным лицом.

— Доброе утро, полковник, — сказал он. — Надеюсь, я не помешал, но нам стало известно, что мистер Холмс с Бейкер-стрит находится у вас.

Полковник жестом руки показал на моего друга, и инспектор поклонился.

— Мы думали, что, возможно, вы пожелаете принять участие, мистер Холмс.

— Судьба против вас, Уотсон, — сказал Холмс, смеясь. — Мы как раз беседовали об этом деле, инспектор, когда вы пришли. Может быть, вы познакомите нас с некоторыми подробностями?

Когда он откинулся на стуле в знакомой мне позе, я понял, что все мои надежды рухнули.

— Нам не за что было ухватиться в деле с ограблением Эктона. Но здесь достаточно материала, чтобы начать расследование, и мы не сомневаемся, что в обоих случаях действовало одно и то же лицо. Взломщика видели.

— А-а!

— Да, сэр. Но он умчался быстрей оленя, как только прогремел выстрел, убивший несчастного Уильяма Кервана. Мистер Каннигем видел его из окна своей спальни, а мистер Алек Каннингем видел его с черной лестницы. Тревога поднялась без четверти двенадцать. Мистер Каннингем только что лег спать, а мистер Алек в халате курил трубку. Они оба слышали, как Уильям, кучер, звал на помощь, и мистер Алек бросился вниз посмотреть, что случилось. Входная дверь была раскрыта, и когда он сбежал по черной лестнице, то увидел перед домом двух мужчин, схватившихся друг с другом. Один из них выстрелил, другой упал, и убийца кинулся прочь прямо по саду, пролез через живую изгородь и исчез. Мистер Каннингем из окна своей спальни видел, как он выскочил на дорогу, но тут же потерял его из виду. Мистер Алек задержался посмотреть, нельзя ли помочь умирающему, и, таким образом, злодей успел скрыться. Нам известно только, что это был человек среднего роста, в чем-то темном. Другими приметами мы не располагаем, но мы ведем усиленные розыски, и если преступник— человек нездешний, он скоро будет найден.

— А что там делал этот Уильям? Он что-нибудь сказал перед смертью?

— Ни слова. Уильям жил в сторожке со своей матерью. Он был преданный слуга, и мы предполагаем, что он подошел к дому с намерением проверить, все ли благополучно. Это и понятно: кража у Эктона заставила всех быть начеку. Грабитель, видимо, только что открыл дверь— замок был взломан, — как Уильям набросился на него.

— А Уильям ничего не сказал своей матери перед уходом?

— Она очень стара и глуха, и ничего не удалось узнать от нее. Горе почти лишило ее рассудка, но я подозреваю, что она всегда была туповата. Однако есть одна очень важная улика. Взгляните!

Он вынул из своего блокнота клочок бумаги и расправил его на колене.

— Это было найдено у мертвого Уильяма в руке. Зажат между большим и указательным пальцами. По-видимому, это краешек какой-то записки. Обратите внимание, что указанное здесь время в точности совпадает со временем, когда бедняга встретил свою судьбу. Не то убийца вырывал у него записку, не то он у убийцы. Написанное наводит на мысль, что кого-то приглашали на свидание.

Холмс взял обрывок бумаги, факсимиле которого я здесь привожу[1]:

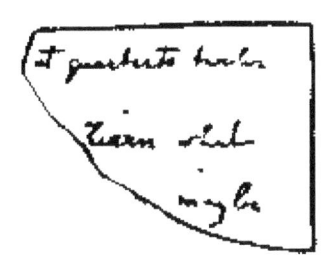

— Если это действительно так, — продолжал инспектор, — то напрашивается весьма вероятное предположение, что этот Уильям Керван, несмотря на свою репутацию честного человека, мог быть заодно с вором. Они могли встретиться в условленном месте, вдвоем взломать дверь, после чего между ними вспыхнула ссора.

— Этот документ представляет чрезвычайный интерес, — сказал Холмс, изучая обрывок с самым сосредоточенным вниманием, — дело куда тоньше, чем я думал.

Он обхватил руками голову, а инспектор с улыбкой наблюдал, какое действие произвел его рассказ на прославленного лондонского специалиста.

— Ваше последнее замечание, — сказал Холмс немного погодя, — о том, что взломщик, возможно, был в сговоре со слугой и что это была записка одного к другому, в которой назначалась встреча, остроумно и не лишено правдоподобия. Однако этот документ раскрывает...

Он опять обхватил голову руками и несколько минут просидел молча, весь уйдя в свои мысли. Когда он поднял лицо, я с удивлением увидел, что щеки его порозовели, а глаза блестят как до болезни. Он вскочил на ноги с прежней энергией.

---

[1] «...без четверти двенадцать узнаете то, что может...»

— Вот что, — заявил он, — я хотел бы бегло осмотреть место, где было совершено убийство. С вашего разрешения, полковник, я покину моего друга Уотсона и вас и прогуляюсь вместе с инспектором, чтобы проверить правильность моих догадок. Я буду обратно через полчаса.

Прошло полтора часа, инспектор вернулся один.

— Мистер Холмс ходит взад и вперед по полю, — сказал он. — Он хочет, чтобы мы вчетвером отправились в усадьбу.

— К мистеру Каннингему?

— Да, сэр.

— Зачем?

Инспектор пожал плечами.

— Это мне не совсем ясно, сэр. Между нами говоря, мне кажется, что мистер Холмс еще не совсем выздоровел после болезни. Он ведет себя очень странно. Я бы сказал, он немного не в себе.

— Думаю, что не стоит беспокоиться, — заметил я. — Я не раз убеждался, что в его безумии есть метод.

— Скорее в его методе есть безумие, — пробормотал инспектор. — Но он горит нетерпением, и если вы готовы, полковник, то лучше пойдемте.

Холмс расхаживал взад и вперед по полю, низко опустив голову и засунув руки в карманы.

— Дело становится все интересней, — сказал он. — Уотсон, наша поездка в деревню определенно удалась. Я провел восхитительное утро.

— Вы были на месте преступления, как я догадываюсь? — спросил полковник.

— Да, мы с инспектором сделали небольшую разведку.

— И с успехом?

— Да, мы видели интересные вещи. По дороге я обо всем вам расскажу. Прежде всего мы осмотрели тело бедняги. Он действительно умер от револьверной раны, как сообщалось.

— А вы в этом сомневались?

— Все надо проверить. Мы не зря совершили свой обход. Потом мы беседовали с мистером Каннингемом и его сыном, и они смогли точно указать место, где преступник, убегая, пролез сквозь изгородь. Это было в высшей степени любопытно.

— Несомненно.

— Потом мы заглянули к матери несчастного Уильяма. От нее, однако, мы не могли добиться толку: она очень стара и слаба.

— И к какому результату привело вас ваше обследование?

— К убеждению в том, что это — весьма необычное преступление. Может быть, наш теперешний визит прольет на него немного света. Я полагаю, инспектор, мы с вами единодушны в том, что этот клочок бумаги в руке убитого, на котором записано точное время его смерти, имеет огромнейшее значение.

— Он должен дать ключ, мистер Холмс.

— Он дает ключ. Кто бы ни писал записку, это был человек, поднявший Уильяма Кервана с постели в этот час. Но где же она?

— Я тщательно обыскал землю и не нашел, — сказал инспектор.

— Записку из руки Уильяма вырвали. Почему она была так нужна кому-то? Потому что она его уличала. И что он должен был с ней сделать? Сунуть в карман, по всей вероятности, не заметив, что уголок остался зажатым в пальцах у трупа. Если бы мы нашли недостающую часть, мы бы очень легко распутали дело.

— Да, но как нам залезть в карман к преступнику, если мы не поймали самого преступника?

— Н-да, над этим стоит поломать голову. Затем вот еще что. Эту записку кто-то принес Уильяму. Конечно, не тот, кто ее писал: ему проще было бы тогда все передать на словах. Кто же принес записку? Или она пришла по почте?

— Я навел справки, — сказал инспектор. — Вчера вечерней почтой Уильям получил письмо. Конверт он уничтожил.

— Отлично! — воскликнул Холмс, похлопывая инспектора по плечу. — Вы уже повидали почтальона. Работать с вами одно удовольствие. Однако вот и сторожка, и, если вы последуете за нами, полковник, я покажу вам место преступления.

Мы прошли мимо хорошенького домика, где жил убитый кучер, и вступили в дубовую аллею, которая привела нас к прекрасному старому зданию времен королевы Анны, с датой битвы при Мальплак[1], высеченной над дверями. Следуя за Холмсом и инспектором, мы обогнули дом и подошли к боковому входу, отделенному цветником от живой изгороди, окаймлявшей дорогу. У двери на кухню дежурил полицейский.

— Распахните дверь, сержант, — приказал Холмс. — Вон на той лестнице стоял молодой Каннингем, и оттуда он видел двух мужчин, дерущихся как раз здесь, где мы стоим. Старый Каннингем смотрел из того окна — второго налево. Он говорит, что убийца побежал вон туда. За тот куст. То же самое видел и сын. Оба показывают одно направление. Затем мистер Алек выбежал из дома и склонился над раненым. Земля очень твердая, как видите, и не осталось никаких следов, которые могли бы помочь нам.

Пока он говорил, из-за угла дома показались двое мужчин; они шли к нам по садовой дорожке. Один был джентльмен почтенной наружности, с волевым лицом, изрезанным глубокими морщинами, и удрученным взглядом; другой — щеголеватый молодой человек, чья нарядная одежда и веселый, беззаботный вид никак не вязались с делом, которое привело нас сюда.

— Ну как, все на том же месте? — спросил он Холмса. — Я думал, вы, столичные специалисты, шутя решаете любую головоломку. Вы не так уж проворны, как я погляжу.

— О, дайте нам немного времени, — сказал Холмс добродушно.

— Оно вам понадобится, — ответил молодой Алек Каннингем. — У вас пока еще нет в руках ни одной нити.

— Одна есть, — вмешался инспектор, — Мы думаем, что если бы нам только удалось найти… Боже! Мистер Холмс, что с вами?

Мой бедный друг ужасно изменился в лице. Глаза закатились, все черты свело судорогой, и, глухо застонав, он упал ничком на землю. Потрясенные внезапностью и силой припадка, мы перенесли несчастного в кухню, и там, полулежа на большом стуле, он несколько минут тяжело дышал. Наконец он поднялся, сконфуженно извиняясь за свою слабость.

---

[1] В битве при Мальплаке (11 сентября 1709 года), во время войны за испанское наследство, англичане и их союзники одержали победу над французами.

— Уотсон вам объяснит, что я только что поправился после тяжелой болезни. Но я до сих пор подвержен этим внезапным нервным приступам.

— Хотите, я отправлю вас домой в своей двуколке? — спросил старый Каннингем.

— Ну, раз уж я здесь, я хотел бы уточнить один не совсем ясный мне пункт. Нам будет очень легко это сделать.

— Какой именно?

— Мне кажется вполне вероятным, что бедняга Уильям пришел после того, как взломщик побывал в доме. Вы, видимо, считаете само собой разумеющимся, что грабитель не входил в помещение, хотя дверь и была взломана.

— По-моему, это вполне очевидно, — сказал мистер Каннингем внушительно. — Мой сын Алек тогда еще не лег спать, и он, конечно, услышал бы, что кто-то ходит по дому.

— Где он сидел?

— Я сидел в моей туалетной и курил.

— Какое это окно?

— Последнее налево, рядом с окном отца.

— И у вас и у него, конечно, горели лампы?

— Разумеется.

— Как странно, — улыбнулся Холмс. — Не удивительно ли, что взломщик — при этом взломщик, который недавно совершил одну кражу, — умышленно вторгается в дом в такое время, когда он видит по освещенным окнам, что два члена семьи еще бодрствуют?

— Должно быть, это был дерзкий вор.

— Не будь это дело таким необычным, мы, конечно, не обратились бы к вам за разгадкой, — сказал мистер Алек. — Но ваше предположение, что вор успел ограбить дом, по-моему, величайшая нелепость. Мы наверняка заметили бы беспорядок в доме и хватились бы похищенных вещей.

— Это зависит от того, какие были украдены вещи, — сказал Холмс. — Не забывайте, что наш взломщик — большой причудник, и у него своя собственная линия в работе. Чего стоит, например, тот любопытнейший набор, который он унес из дома Эктонов. Позвольте, что там было?.. Клубок бечевки, пресс-папье и бог знает какая еще чепуха!

— Мы в ваших руках, мистер Холмс, — сказал старый Каннингем. — Все, что предложите вы или инспектор, будет выполнено беспрекословно.

— Прежде всего, — сказал Холмс, — я хотел бы, чтобы вы назначили награду за обнаружение преступника от своего имени, потому что пока в полиции договорятся о сумме, пройдет время, а в таких делах чем скорее, тем лучше. Я набросал текст, подпишите, если вы не возражаете. Пятидесяти фунтов, по-моему, вполне достаточно.

— Я бы с радостью дал пятьсот, — сказал мировой судья, беря из рук Холмса бумагу и карандаш. — Только здесь не совсем правильно написано, — добавил он, пробегая глазами документ.

— Я немного торопился, когда писал.

— Смотрите, вот тут, в начале: «Поскольку во вторник, без четверти час ночи, была совершена попытка...» и т. д. В действительности это случилось без четверти двенадцать.

Меня огорчила эта ошибка, потому что я знал, как болезненно должен переживать Холмс любой подобный промах. Точность во всем, что касалось фактов, была его коньком, но недавняя болезнь подорвала его силы, и один этот маленький случай убедительно показал мне, что мой друг еще далеко не в форме. В первую минуту Холмс заметно смутился, инспектор же поднял брови, а Алек Каннингем расхохотался. Старый джентльмен, однако, исправил ошибку и вручил бумагу Холмсу.

— Отдайте это в газету как можно скорее, — сказал он, — прекрасная мысль, я нахожу.

Холмс бережно вложил листок в свою записную книжку.

— А теперь, — сказал он, — было бы неплохо пройтись всем вместе по дому и посмотреть, не унес ли чего с собой этот оригинальный грабитель.

До того как войти в дом, Холмс осмотрел взломанную дверь. Очевидно, ее открыли с помощью прочного ножа или стамески, с силой отведя назад язычок замка. В том месте, куда просовывали острие, на дереве остались следы.

— А вы не запираетесь изнутри на засов? — спросил он.

— Мы никогда не видели в этом необходимости.

— Вы держите собаку?

— Да, но она сидит на цепи с другой стороны дома.

— Когда слуги ложатся спать?

— Часов в десять.

— Как я понимаю, Уильям тоже в это время обычно был в постели?

— Да.

— Странно, что именно в эту ночь ему вздумалось не спать. Теперь, мистер Каннингем, я буду вам очень признателен, если вы согласитесь провести нас по дому.

Из выложенной каменными плитами передней, от которой в обе стороны отходили кухни, прямо на второй этаж вела деревянная лестница. Она выходила на площадку напротив другой, парадной лестницы, ведущей наверх из холла. От этой площадки тянулся коридор с дверями в гостиную и в спальни, в том числе в спальни мистера Каннингема и его сына. Холмс шел медленно, внимательно изучая планировку дома. Весь его вид говорил о том, что он идет по горячему следу, хотя я не мог представить себе даже отдаленно, чей это след.

— Любезный мистер Холмс, — сказал старший Каннингем с ноткой нетерпения в голосе. — Уверяю вас, это совершенно лишнее. Вон моя комната, первая от лестницы, а за ней комната сына. Судите сами: возможно ли, чтобы вор поднялся наверх, не потревожив нас?

— Вам бы походить вокруг дома да поискать там свежих следов, — сказал сын с недоброй улыбкой.

— И все же разрешите мне еще немного злоупотребить вашим терпением. Я хотел бы, например, посмотреть, как далеко обозревается из окон спален пространство перед домом. Это, насколько я понимаю, комната вашего сына, — он толкнул дверь, — а там, вероятно, туалетная, в которой он сидел и курил, когда поднялась тревога. Куда выходит ее окно?

Холмс прошел через спальню, раскрыл дверь в туалетную и обвел комнату взглядом.

— Надеюсь, теперь вы удовлетворены? — спросил мистер Каннингем раздраженно.

— Благодарю вас. Кажется, я видел все, что хотел.

— Ну, если это действительно необходимо, мы можем пройти и в мою комнату.

— Если это вас не слишком затруднит.

Мировой судья пожал плечами и повел нас в свою спальню, ничем не примечательную комнату с простой мебелью. Когда мы направились к окну, Холмс отстал, и мы с ним оказались позади всех. В ногах кровати стоял квадратный столик с блюдом апельсинов и графином с водой. Проходя мимо, Холмс, к моему несказанному удивлению, вдруг наклонился и прямо перед моим носом нарочно опрокинул все это на пол. Стекло разбилось вдребезги, а фрукты раскатились по всем углам.

— Ну и натворили вы дел, Уотсон, — сказал он, нимало не смутившись, — во что вы превратили ковер!

Я в растерянности наклонился и стал собирать фрукты, догадываясь, что по какой-то причине мой друг пожелал, чтобы я взял вину на себя. Остальные присоединились ко мне, и столик снова поставили на ножки.

— Вот те на! — вскричал инспектор. — Куда же он делся?

Холмс исчез.

— Подождите здесь одну минутку, — сказал Алек Каннингем, — по-моему, ваш приятель свихнулся. Пойдемте со мной, отец, посмотрим, куда он в самом деле делся!

Они ринулись вон из комнаты, а мы остались втроем с полковником и инспектором, в недоумении глядя друга на друга.

— Честное слово, я склонен согласиться с мистером Алеком, — сказал сыщик. — Возможно, это — следствие болезни, но мне кажется…

Внезапные громкие вопли: «На помощь! На помощь! Убивают!» — не дали ему договорить. Я с содроганием узнал голос своего друга. Не помня себя, я кинулся из комнаты на площадку. Вопли перешли в хриплые, сдавленные стоны, которые неслись из той комнаты, куда мы заходили сначала. Я ворвался в нее, а оттуда в туалетную. Два Каннингема склонились над распростертым телом Шерлока Холмса; молодой обеими руками душил его за горло, а старый выкручивал ему кисть. В следующее мгновение мы втроем оторвали от него обоих, и Холмс, шатаясь, встал, очень бледный и, видимо, крайне обессиленный.

— Арестуйте этих людей, инспектор, — сказал он, задыхаясь.

— На каком основании?

— По обвинению в убийстве их кучера, Уильяма Кервана.

Инспектор уставился на Холмса широко раскрытыми глазами.

— О, помилуйте, мистер Холмс, — промолвил он наконец, — я уверен, что вы, конечно, не думаете в самом деле...

— Довольно, посмотрите на их лица! — приказал Холмс сердито.

Ручаюсь, что никогда мне не приходилось видеть на человеческих физиономиях такого явного признания вины. Старший был ошеломлен и раздавлен. Его суровые, резкие черты выражали угрюмую безнадежность. А сын сбросил с себя развязность и нарочитую беспечность, злобное бешенство опасного зверя вспыхнуло в его черных глазах и исказило красивые черты. Инспектор ничего не сказал, но пошел к двери и дал свисток. Немедленно явились два полицейских.

— У меня нет выбора, мистер Каннингем, — сказал он. — Надеюсь, все это окажется нелепой ошибкой, но вы же сами видите, что... А-а, вот вы как? Бросьте сейчас же!

Он ударил по руке молодого Каннингема, и револьвер со взведенным курком упал на пол.

— Спрячьте его, — сказал Холмс, проворно наступив на револьвер ногой, — он вам пригодится на суде. Но вот что действительно нам необходимо... — Он показал маленький скомканный листок бумаги.

— Записка! — вскричал инспектор.

— Вы угадали.

— Где она была?

— Там, где она должна была быть, по моим соображениям. Я все объясню вам позже. Я думаю, полковник, что вы с Уотсоном можете вернуться, я же приду самое большее через час. Нам с инспектором надо поговорить с арестованными, но я непременно буду ко второму завтраку.

Шерлок Холмс сдержал свое слово — около часу дня он присоединился к нам в курительной полковника. Его сопровождал невысокий пожилой джентльмен. Холмс представил его мне. Это был мистер Эктон, дом которого первым подвергся нападению.

— Я хотел, чтобы мистер Эктон присутствовал, когда я буду рассказывать вам о своем расследовании этого пустячного дела, — сказал Холмс, — понятно, что ему будут очень интересны подробности. Боюсь, полковник, что вы жалеете о той минуте, когда приняли под свой кров такого буревестника, как я.

— Напротив, — ответил полковник горячо, — я считаю великой честью познакомиться с вашим методом. Признаюсь, что он далеко превзошел мои ожидания и что я просто не в состоянии постичь, как вам удалось разрешить эту загадку. Я до сих пор ничего не понимаю.

— Боюсь, что мое объяснение вас разочарует, но я никогда ничего не скрываю от моего друга Уотсона, ни от любого другого человека, всерьез интересующегося моим методом. Но прежде всего, полковник, я позволю себе выпить глоток вашего бренди: эта схватка в туалетной у Каннингемов меня порядком обессилила.

— Надеюсь, больше у вас не было этих нервных приступов?

Шерлок Холмс рассмеялся от всей души.

— Об этом в свою очередь. Я расскажу вам все по порядку, задерживаясь на разных пунктах, оторые вели меня к решению. Пожалуйста, остановите меня, если какой-нибудь вывод покажется вам не совсем ясным.

В искусстве раскрытия преступлений первостепенное значение имеет способность выделить из огромного количества фактов существенные и отбросить случайные. Иначе ваша энергия и внимание непременно распылятся вместо того, чтобы сосредоточиться на главном. Ну, а в этом деле у меня с самого начала не было ни малейшего сомнения в том, что ключ следует искать в клочке бумаги, найденном в руке убитого.

Прежде чем заняться им, я хотел бы обратить ваше внимание на тот факт, что если рассказ Алека Каннингема верен и если убийца, застрелив Уильяма Кервана, бросился бежать мгновенно, то он, очевидно, не мог вырвать листок из руки мертвеца. Но если это сделал не он, тогда это сделал не кто иной, как Алек Каннингем, так как к тому времени, когда отец спустился вниз, на место происшествия уже сбежались слуги. Соображение очень простое, но инспектору оно не пришло в голову. Он и в мыслях не допускал, что эти почтенные сквайры имеют какое-то отношение к убийству. Ну, а в моих правилах — не иметь предвзятых мнений, а послушно идти за фактами, и поэтому еще на самой первой стадии расследования мистер Алек Каннингем был у меня на подозрении.

Итак, я очень внимательно исследовал тот оторванный уголок листка, который предъявил нам инспектор. Мне сразу стало ясно, что он представляет собой часть интереснейшего документа. Вот он, перед вами. Вы не замечаете в нем ничего подозрительного?

— Слова написаны как-то неровно и беспорядочно, — сказал инспектор.

— Милейший полковник! — вскричал Холмс. — Не может быть ни малейшего сомнения в том, что этот документ писали два человека, по очереди, через слово. Если я обращу ваше внимание на энергичное «t» в словах «at» и «to» и попрошу вас сравнить его с вялым «t» в словах «guarter» и «twelve», вы тотчас же признаете этот факт. Самый простой анализ этих четырех слов даст вам возможность сказать с полнейшей уверенностью, что «learn» и «maybe» написаны более сильной рукой, а «what» — более слабой.

— Боже правый! Да это ясно как день! — воскликнул полковник. — Но с какой стати два человека будут писать письмо подобным образом?

— Очевидно, дело было скверное, и один из них, не доверявший другому, решил, что каждый должен принять равное участие. Далее, ясно, что один из двух — тот, кто писал «at» и «to», — был главарем.

— А это откуда вы взяли?

— Мы можем вывести это из простого сравнения одной руки с другой по их характеру. Но у нас есть более веские основания для такого предположения. Если вы внимательно изучите этот клочок, вы придете к выводу, что обладатель более твердой руки писал все свои слова первым, оставляя пропуски, которые должен был заполнить второй. Эти пропуски не всегда было достаточно большими, и вы можете видеть, что второму было трудно уместить свое «guarter» между «at» и «to», из чего следует, что эти слова были уже написаны. Человек, который написал все свои слова первым, был, безусловно, тем человеком, который планировал это преступление.

— Блестяще! — воскликнул мистер Эктон.

— Но все это очевидные вещи, — сказал Холмс. — Теперь, однако, мы подходим к одному важному пункту. Возможно, вам неизвестно, что эксперты относительно точно определяют возраст человека по его почерку. В нормальных случаях они ошибаются не больше чем на три-четыре года. Я говорю, в нормальных случаях, потому что болезнь или физическая слабость порождают признаки старости даже у юноши. В данном случае, глядя на четкое, энергичное письмо одного и на нетвердое, но все еще вполне разборчивое письмо второго, однако уже теряющее поперечные черточки, мы можем сказать, что один из них — молодой человек, а другой — уже в годах, хотя еще не дряхлый.

— Блестяще! — еще раз воскликнул мистер Эктон.

— И есть еще один момент, не такой явный и более интересный. Оба почерка имеют в себе нечто общее. Они принадлежат людям, состоящим в кровном родстве. Для нас это наиболее очевидно проявляется в том, что «e» они пишут как греческое «Σ», но я вижу много более мелких признаков, говорящих о том же. Для меня нет никакого сомнения в том, что в обоих образцах письма прослеживается фамильное сходство. Разумеется, вам я сообщаю только основные результаты исследования этого документа. Я сделал еще двадцать три заключения, которые интереснее экспертам, чем вам. И все они усиливали мое впечатление, что это письмо написали Каннингемы — отец и сын.

Когда я дошел до этого вывода, моим следующим шагом было изучить подробности преступления и посмотреть, не могут ли они нам помочь. Я отправился в усадьбу Каннингемов с инспектором и увидел все, что требовалось. Рана на теле убитого, как я мог установить с абсолютной уверенностью, была получена в результате револьверного выстрела, сделанного с расстояния примерно около четырех ярдов. На одежде не было никаких следов пороха. Поэтому Алек Каннингем явно солгал, сказав, что двое мужчин боролись друг с другом, когда прогремел выстрел. Далее, отец и сын одинаково показали место, где преступник выскочил на дорогу. Но в этом месте как раз проходит довольно широкая сырая канава. Поскольку в канаве не оказалось никаких следов, я твердо убедился не только в том, что Каннингемы опять солгали, но и в том, что на месте происшествия вообще не было никакого неизвестного человека.

Теперь мне надо было выяснить мотив этого редкостного преступления. Чтобы добраться до него, я решил прежде всего попробовать узнать, с какой целью была совершена первая кража со взломом у мистера Эктона. Как я понял со слов полковника, между вами, мистер Эктон, и Каннингемами велась тяжба. Разумеется, мне сразу же пришло на ум, что они проникли в вашу библиотеку, чтобы заполучить какой-то документ, который играет важную роль в деле.

— Совершенно верно, — сказал мистер Эктон, — насчет их намерений не может быть никаких сомнений. У меня есть неоспоримое право на половину их имения, и если бы только им удалось выкрасть одну важную бумагу — которая, к счастью, хранится в надежном сейфе моих поверенных, — они, несомненно, выиграли бы тяжбу.

— Вот то-то и оно! — сказал Холмс, улыбаясь. — Это была отчаянная, безрассудная попытка, в которой чувствуется влияние молодого Алека. Ничего не найдя, они попытались отвести подозрение, инсценировав обычную кражу со взломом, и с этой целью унесли что попалось под руку. Все это достаточно ясно, но многое оставалось для меня по-прежнему темным. Больше всего мне хотелось найти недостающую часть записки. Я был уверен, что Алек вырвал ее из рук мертвого, и почти уверен, что он сунул ее в карман своего халата. Куда еще он мог ее деть? Вопрос заключался в том, была ли она все еще там. Стоило приложить усилия, чтобы это выяснить, и ради этого мы все пошли в усадьбу.

Каннингемы присоединились к нам, как вы, несомненно, помните, в саду, около двери, ведущей на кухню. Конечно, было чрезвычайно важно не напомнить им о существовании этого документа, иначе они уничтожили бы его немедля. Инспектор был уже готов посвятить их в то, почему мы придавали такое значение этой бумажке, как благодаря счастливейшему случаю со мной сделалось нечто вроде припадка, и я грохнулся на землю, изменив таким образом тему разговора.

— Боже правый! — воскликнул полковник, смеясь. — Вы хотите сказать, что ваш припадок был ловкий трюк и мы зря вам сочувствовали?

— С профессиональной точки зрения это проделано великолепно! — воскликнул я, с изумлением глядя на Холмса, который не переставал поражать меня все новыми проявлениями своего изобретательного ума.

— Это — искусство, которое часто может оказаться полезным, — сказал он. — Когда я пришел в себя, мне удалось с помощью не такого уж хитрого приема заставить старого Каннингема написать слово «twelve», чтобы я мог сравнить его с тем же словом, написанным на нашем клочке.

— Каким же идиотом я был! — воскликнул я.

— Я видел, какое сочувствие вызвала у вас моя слабость, — сказал Холмс, смеясь. — И мне было очень жаль огорчать вас, — ведь я знаю, как вы беспокоитесь обо мне. Затем мы все вместе отправились на второй этаж, и после того, как мы зашли в комнату младшего Каннингема и я приметил халат, висевший за дверью, я сумел отвлечь их внимание на минуту, перевернул стол и проскользнул обратно, чтобы обыскать карманы.

Но только я успел достать бумажку, которая, как я ожидал, была в одном из них, как оба Каннингема накинулись на меня и убили бы меня на месте, если бы не ваша быстрая и дружная помощь. По правде говоря, я и сейчас чувствую железную хватку этого молодого человека у себя на горле, а отец чуть не вывернул мне кисть, стараясь вырвать у меня бумажку. Они поняли, что я знаю все, и внезапный переход от абсолютной безопасности к полному отчаянию сделал их невменяемыми.

Потом у меня был небольшой разговор со старым Каннингемом по поводу мотива этого преступления. Старик вел себя смирно, зато сын — сущий дьявол, и если бы он только мог добраться до своего револьвера, он пустил бы пулю в лоб себе или кому-нибудь еще. Когда Каннингем понял, что против него имеются такие тяжкие улики, он совсем пал духом и чистосердечно во всем признался. Оказывается, Уильям тайно следовал за своими хозяевами в ту ночь, когда они совершили свой налет на дом Эктона и, приобретя таким образом над ними власть, стал вымогать у них деньги под угрозой выдать их полиции.

Однако мистер Алек был слишком опасной личностью, чтобы с ним можно было вести такую игру. В панике, охватившей всю округу после кражи со взломом, он поистине гениально усмотрел возможность отделаться от человека, которого он боялся. Итак, Уильям был завлечен в ловушку и убит, и если бы только они не оставили этого клочка бумаги и внимательнее отнеслись к подробностям своей инсценировки, возможно, на них никогда бы не пало подозрение.

— А записка? — спросил я.

Шерлок Холмс развернул перед нами записку, приложив к ней оторванный уголок[1]:

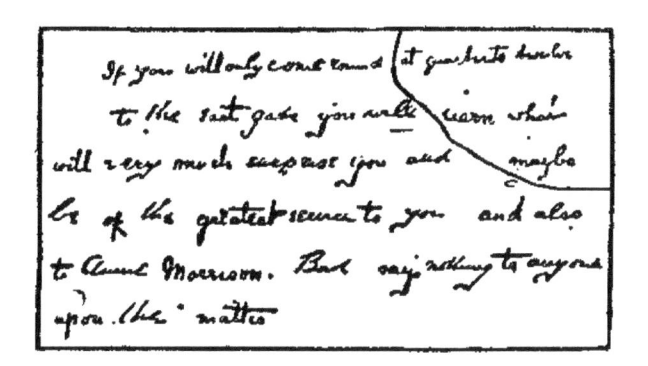

— Нечто вроде этого я и ожидал найти. Конечно, мы еще не знаем, в каких отношениях были Алек Каннингем, Уильям Керван и Анни Моррисон. Результат показывает, что ловушка была подстроена искусно. Я уверен, что

---

[1] «Если вы придете без четверти двенадцать к восточному входу, то вы узнаете то, что может вас очень удивить и сослужит большую службу как вам, так и Анни Моррисон. Только об этом никто не должен знать».

вам доставит удовольствие проследить родственные черты в буквах «d» и в хвостиках у буквы «g». Отсутствие точек в написании буквы «i» у Каннингема-отца тоже очень характерно. Уотсон, наш спокойный отдых в деревне, по-моему, удался как нельзя лучше, и я, несомненно, вернусь завтра на Бейкер-стрит со свежими силами.

Серебряный

Боюсь, Уотсон, что мне придется ехать, — сказал как-то за завтраком Холмс.

— Ехать? Куда?

— В Дартмур, в Кингс-Пайленд.

Я не удивился. Меня куда больше удивляло, что Холмс до сих пор не принимает участия в расследовании этого из ряда вон выходящего дела, о котором говорили вся Англия. Весь вчерашний день мой приятель ходил по комнате из угла в угол, сдвинув брови и низко опустив голову, то и дело набивая трубку крепчайшим черным табаком и оставаясь абсолютно глухим ко всем моим вопросам и замечаниям. Свежие номера газет, присылаемые нашим почтовым агентом, Холмс бегло просматривал и бросал в угол. И все-таки, несмотря на его молчание, я знал, что занимает его. В настоящее время в центре внимания публики было только одно, что могло бы дать достаточно пищи его аналитическому уму, — таинственное исчезновение фаворита, который должен был участвовать в скачках на кубок Уэссекса, и трагическое убийство его тренера. И когда Холмс вдруг объявил мне о своем намерении ехать в Кингс-Пайленд, то есть туда, где разыгралась трагедия, то я ничуть не удивился — я ждал этого.

— Я был бы счастлив поехать с вами, если, конечно, не буду помехой, — сказал я.

— Мой дорогой Уотсон, вы сослужите мне большую службу, если поедете. И я уверен, что вы не даром потратите время, ибо случай этот, судя по тому, что уже известно, обещает быть исключительно интересным. Едем сейчас в Паддингтон, мы еще успеем на ближайший поезд. По дороге я расскажу вам подробности. Да, захватите, пожалуйста, ваш превосходный полевой бинокль, он может пригодиться.

Вот так и случилось, что спустя час после нашего разговора мы уже сидели в купе первого класса, и поезд мчал нас в направлении Эксетера. Худое сосредоточенное лицо моего друга в надвинутом на лоб дорожном картузе склонилось над пачкой свежих газет, которыми он запасся в киоске на Паддингтонском вокзале. Наконец — Рединг к тому времени остался уже далеко позади — он сунул последнюю газету под сиденье и протянул мне портсигар.

— А мы хорошо едем, — заметил он, взглядывая то на часы, то в окно. — Делаем пятьдесят три с половиной мили в час.

— Я не заметил ни одного дистанционного столбика.

— И я тоже. Но расстояние между телеграфными столбами по этой дороге шестьдесят ярдов, так что высчитать скорость ничего не стоит. Вам, конечно, известны подробности об убийстве Джона Стрэкера и исчезновении Серебряного?

— Только те, о которых сообщалось в «Телеграф» и в «Кроникл».

— Это один из случаев, когда искусство логически мыслить должно быть использовано для тщательного анализа и отбора уже известных фактов, а не для поисков новых. Трагедия, с которой мы столкнулись, так загадочна и необычна и связана с судьбами стольких людей, что полиция буквально погибает от обилия версий, догадок и предположений. Трудность в том, чтобы выделить из массы измышлений и домыслов досужих толкователей и репортеров несомненные, непреложные факты. Установив исходные факты, мы начнем строить, основываясь на них, нашу теорию и попытаемся определить, какие моменты в данном деле можно считать узловыми. Во вторник вечером я получил две телеграммы — от хозяина Серебряного полковника Росса и от инспектора Грегори, которому поручено дело. Оба просят моей помощи.

— Во вторник вечером! — воскликнул я. — А сейчас уже четверг. Почему вы не поехали туда вчера?

— Я допустил ошибку, милый Уотсон. Боюсь, со мной это случается гораздо чаще, чем думают люди, знающие меня только по вашим запискам. Я просто не мог поверить, что лучшего скакуна Англии можно скрывать так долго, да еще в таком пустынном краю, как Северный Дартмур. Вчера я с часу на час ждал сообщения, что лошадь нашли и что ее похититель — убийца Джона Стрэкера. Но прошел день, прошла ночь, и единственное, что прибавилось к делу, — это арест молодого Фицроя Симпсона. Я понял, что пора действовать. И все-таки у меня такое ощущение, что вчерашний день не прошел зря.

— У вас уже есть версия?

— Нет, но я выделил самые существенные факты. Сейчас я вам изложу их. Ведь лучший способ добраться до сути дела — рассказать все его обстоятельства кому-то другому. К тому же вы вряд ли сможете мне помочь, если не будете знать, чем мы сейчас располагаем.

Я откинулся на подушки, дымя сигарой, а Холмс, подавшись вперед и чертя для наглядности по ладони тонким длинным пальцем, стал излагать мне события, заставившие нас предпринять это путешествие.

— Серебряный, — начал он, — сын Самоцвета и Отрады и ничем не уступает своему знаменитому отцу. Сейчас ему пять лет. Вот уже три года, как его счастливому обладателю, полковнику Россу, достаются на скачках все призы. Когда произошло несчастье. Серебряный считался первым фаворитом скачек на кубок Уэссекса; ставки на него заключались три к одному. Он был любимец публики и еще ни разу не подводил своих почитателей. Даже если с ним бежали лучшие лошади Англии, на него всегда ставили огромные суммы. Понятно поэтому, что есть много людей, в интересах которых не допустить появления Серебряного у флага и в будущий вторник. Это, конечно, прекрасно понимали в Кингс-Пайленде, где находится тренировочная конюшня полковника Росса. Фаворита строжайше охраняли. Его тренером был Джон Стрэкер, прослуживший у полковника двенадцать лет, из которых пять лет он был жокеем, пока не стал слишком тяжел для положенного веса. Обязанности свои он всегда выполнял образцово и был преданным слугой. У него было трое помощников, потому что конюшня маленькая — всего четыре лошади. Ночью один конюх дежурил в конюшне, а другие спали на сеновале. Все трое — абсолютно надежные парни. Джон Стрэкер жил с женой в небольшом коттедже, ярдах в двухстах от конюшни. Платил ему полковник хорошо, детей у них нет, убирает в доме и стирает служанка. Местность вокруг Кингс-Пайленда пустынная, только к северу на расстоянии полумили каким-то подрядчиком из Тавистока выстроено несколько вилл для больных и вообще желающих подышать целебным дартмурским воздухом. Сам Тависток находится на западе, до него две мили, а по другую сторону равнины, тоже на расстоянии двух миль, расположен Кейплтон — усадьба лорда Бэкуотера, где также имеется конюшня. Лошадей там больше, чем в Кингс-Пайленде; управляющим служит Сайлес Браун. Вокруг на много миль тянутся поросшие кустарником пустоши, совершенно необитаемые, если не считать цыган, которые время от времени забредают сюда. Вот обстановка, в которой в ночь с понедельника на вторник разыгралась драма.

Накануне вечером, как обычно, лошадей тренировали и купали, а в девять часов конюшню заперли. Двое конюхов пошли в домик тренера, где их в кухне накормили ужином, а третий — Нэд Хантер — остался дежурить в конюшне. В начале десятого служанка — ее зовут Эдит Бакстер — понесла ему ужин — баранину с чесночным соусом. Никакого питья она не взяла, потому что в конюшне имеется кран, а пить что-нибудь, кроме воды, ночному сторожу не разрешается. Девушка зажгла фонарь, — уже совсем стемнело, а тропинка к конюшне шла сквозь заросли дрока. Ярдах в тридцати от конюшни перед Эдит Бакстер возник из темноты человек и крикнул, чтобы она подождала. В желтом свете фонаря она увидела мужчину — по виду явно джентльмена — в сером твидовом костюме и фуражке, в гетрах и с тяжелой тростью в руках. Он был очень бледен и сильно нервничал. Лет ему, она решила, тридцать — тридцать пять.

— Вы не скажете мне, где я нахожусь? — спросил он девушку. — Я уж решил, что придется ночевать в поле, и вдруг увидел свет вашего фонаря.

— Вы в Кингс-Пайленде, возле конюшни полковника Росса, — отвечала ему девушка.

— Неужели? Какая удача! — воскликнул он. — Один из конюхов, кажется, всегда ночует в конюшне, да? А вы, наверное, несете ему ужин? Вы ведь не такая гордая, правда, и не откажетесь от нового платья?

Он вынул из кармана сложенный листок бумаги.

— Передайте это сейчас конюху, и у вас будет самое нарядное платье, какое только можно купить за деньги.

Волнение незнакомца испугало девушку, она бросилась к оконцу, через которое всегда подавала конюху ужин. Оно было уже открыто, Хантер сидел возле за столиком. Только служанка открыла рот, чтобы рассказать ему о случившемся, как незнакомец снова оказался рядом.

— Добрый вечер, — проговорил он, заглядывая в окошко. — У меня к вам дело.

Девушка клянется, что, произнося эти слова, он сжимал в руке какую-то бумажку.

— Какое у вас ко мне может быть дело? — сердито спросил конюх.

— Дело, от которого и вам может кое-что перепасть. Две ваши лошади. Серебряный и Баярд, участвуют в скачках на кубок Уэссекса. Ответьте мне на несколько вопросов, и я не останусь в долгу. Правда, что вес, который несет Баярд, позволяет ему обойти Серебряного на сто ярдов в забеге на пять ферлонгов и что вы сами ставите на него?

— Ах, вот вы кто! — закричал конюх. — Сейчас я покажу вам, как мы встречаем шпионов!

Он побежал спустить собаку. Служанка бросилась к дому, но на бегу оглянулась и увидела, что незнакомец просунул голову в окошко. Когда через минуту Хантер выскочил из конюшни с собакой, то его уже не было, и хотя они обежали все здания и пристройки, никаких следов не обнаружили.

— Стойте! — перебил я Холмса. — Когда конюх выбежал с собакой во двор, он оставил дверь конюшни открытой?

— Прекрасно, Уотсон, прекрасно! — улыбнулся мой друг. — Это обстоятельство показалось мне столь существенным, что я вчера даже запросил об этом Дартмур телеграммой. Так вот, дверь конюх запер. А окошко, оказывается, очень узкое, человек сквозь него не пролезет. Когда другие конюхи вернулись после ужина, Хантер послал одного рассказать обо всем тренеру. Стрэкер встревожился, но большого значения случившемуся как будто не придал. Впрочем, смутная тревога все-таки не оставляла его, потому что, проснувшись в час ночи, миссис Стрэкер увидела, что муж одевается. Он объяснил ей, что беспокоится за лошадей и хочет посмотреть, все ли в порядке. Она умоляла его не ходить, потому что начался дождь, — она слышала, как он стучит в окно, — но Стрэкер накинул плащ и ушел. Миссис Стрэкер проснулась снова в семь утра. Муж еще не возвращался. Она поспешно оделась, кликнула служанку и пошла в конюшню. Дверь была отворена, Хантер сидел, уронив голову на стол, в состоянии полного беспамятства, денник фаворита был пуст, нигде никаких следов тренера. Немедленно разбудили ночевавших на сеновале конюхов. Ребята они молодые, спят крепко, ночью никто ничего не слыхал. Хантер был, по всей видимости, под действием какого-то очень сильного наркотика. Так как толку от него добиться было нельзя, обе женщины оставили его отсыпаться, а сами побежали искать пропавших. Они все еще надеялись, что тренер из каких-то соображений вывел жеребца на раннюю прогулку. Поднявшись на бугор за коттеджем, откуда было хорошо видно кругом, они не заметили никаких следов фаворита, зато в глаза им бросилась одна вещь, от которой у них сжалось сердце в предчувствии беды.

Примерно в четверти мили от конюшни на куст дрока был брошен плащ Стрэкера, и ветерок трепал его полы. Подбежав к кусту, женщины увидели за ним небольшой овражек и на дне его труп несчастного тренера. Голова была размозжена каким-то тяжелым предметом, на бедре рана — длинный тонкий порез, нанесенный, без сомнения, чем-то чрезвычайно острым. Все говорило о том, что Стрэкер отчаянно защищался, потому что его правая рука сжимала маленький нож, по самую рукоятку в крови, а левая — красный с черным шелковый галстук, тот самый галстук, который, по словам служанки, был на незнакомце, появившемся накануне вечером у конюшни. Очнувшись, Хантер подтвердил, что это галстук незнакомца. Он также не сомневался, что незнакомец подсыпал ему что-то в баранину, когда стоял у окна, и в результате конюшня осталась без сторожа. Что касается пропавшего Серебряного, то многочисленные следы в грязи, покрывавшей дно роковой впадины, указывали на то, что он был тут во время борьбы. Но затем он исчез. И хотя за сведения о нем полковник Росс предлагает огромное вознаграждение и все кочующие по Дартмуру цыгане допрошены, до сих пор о Серебряном нет ни слуху ни духу. И наконец вот еще что: анализ остатков ужина Хантера показал, что в еду была подсыпана большая доза опиума, между тем все остальные обитатели Кингс-Пайленда ели в тот вечер то же самое блюдо, и ничего дурного с ними не произошло. Вот основные факты, очищенные от наслоения домыслов и догадок, которыми обросло дело. Теперь я расскажу вам, какие шаги предприняла полиция. Инспектор Грегори, которому поручено дело, — человек энергичный. Одари его природа еще и воображением, он мог бы достичь вершин сыскного искусства. Прибыв на место происшествия, он очень быстро нашел и арестовал человека, на которого, естественно, падало подозрение. Найти его не составило большого труда, потому что он был хорошо известен в округе. Имя его — Фицрой Симпсон. Он хорошего рода, получил прекрасное образование, но все свое состояние проиграл на скачках. Последнее время жил тем, что мирно занимался букмекерством в спортивных лондонских клубах. В его записной книжке обнаружили несколько пари до пяти тысяч фунтов против фаворита. Когда его арестовали, он признался, что приехал в Дартмур в надежде раздобыть сведения о лошадях Кингс-Пайленда и о втором фаворите, жеребце Беспечном, находящемся на попечении Сайлеса Брауна в кейплтонской конюшне. Он и не пытался отрицать, что в понедельник вечером был в Кингс-Пайленде, однако уверяет, что ничего дурного не замышлял, хотел только получить сведения из первых рук. Когда ему показали галстук, он сильно побледнел и совершенно не мог объяснить, как галстук оказался в руке убитого. Мокрая одежда Симпсона доказывала, что ночью он попал под дождь, а его суковатая трость со свинцовым набалдашником вполне могла быть тем самым оружием, которым тренеру были нанесены эти ужасные раны. С другой стороны, на нем самом нет ни царапины, а ведь окровавленный нож Стрэкера — неопровержимое доказательство, что по крайней мере один из нападавших на него бандитов пострадал. Вот, собственно, и все, и если вы сможете мне помочь, Уотсон, я буду вам очень признателен.

Я с огромным интересом слушал Холмса, изложившего мне обстоятельства этого дела со свойственной ему ясностью и последовательностью. Хотя все факты были мне уже известны, я не мог установить между ними ни связи, ни зависимости.

— А не может ли быть, — предположил я, — что Стрэкер сам нанес себе рану во время конвульсий, которыми сопровождается повреждение лобных долей головного мозга.

— Вполне возможно, — сказал Холмс. — Если так, то обвиняемый лишается одной из главных улик, свидетельствующих в его пользу.

— И все-таки, — продолжал я, — я никак не могу понять гипотезу полиции.

— Боюсь, в этом случае против любой гипотезы можно найти очень веские возражения. Насколько я понимаю, полиция считает, что Фицрой Симпсон подсыпал опиум в ужин Хантера, отпер конюшню ключом, который он где-то раздобыл, и увел жеребца, намереваясь, по всей видимости, похитить его. Уздечки в конюшне не нашли — Симпсон, вероятно, надел ее на лошадь. Оставив дверь незапертой, он повел ее по тропинке через пустошь, и тут его встретил или догнал тренер. Началась драка, Симпсон проломил тренеру череп тростью, сам же не получил и царапины от ножичка Стрэкера, которым тот пытался защищаться. Потом вор увел лошадь и где-то спрятал ее, или, может быть, лошадь убежала, пока они дрались, и теперь бродит где-то по пустоши. Вот как представляет происшедшее полиция, и, как ни маловероятна эта версия, все остальные кажутся мне еще менее вероятными. Как только мы прибудем в Дартмур, я проверю ее, — иного способа сдвинуться с мертвой точки я не вижу.

Начинало вечереть, когда мы подъехали к Тавистоку — маленькому городку, торчащему, как яблоко на щите, в самом центре обширного Дартмурского плоскогорья. На платформе нас встретили высокий блондин с львиной гривой, пышной бородой и острым взглядом голубых глаз и невысокий элегантно одетый джентльмен, энергичный, с небольшими холеными баками и моноклем. Это были инспектор Грегори, чье имя приобретало все бо́льшую известность в Англии, и знаменитый спортсмен и охотник полковник Росс.

— Я очень рад, что вы приехали, мистер Холмс, — сказал полковник, здороваясь. — Инспектор сделал все возможное, но, чтобы отомстить за гибель несчастного Стрэкера и найти Серебряного, я хочу сделать и невозможное.

— Есть какие-нибудь новости? — спросил Холмс.

— Увы, результаты расследования пока оставляют желать лучшего, — сказал инспектор. — Вы, конечно, хотите поскорее увидеть место происшествия. Поэтому едем, пока не стемнело, поговорим по дороге. Коляска нас ждет.

Через минуту удобное, изящное ландо катило нас по улицам старинного живописного городка. Инспектор Грегори с увлечением делился с Холмсом своими мыслями и соображениями; Холмс молчал, время от времени задавая ему вопросы. Полковник Росс в разговоре участия не принимал, он сидел, откинувшись на спинку сиденья, скрестив руки на груди и надвинув шляпу на лоб. Я с интересом прислушивался к разговору двух детективов: версию, которую излагал сейчас Грегори, я уже слышал от Холмса в поезде.

— Петля вот-вот затянется вокруг шеи Фицроя Симпсона, — заключил Грегори. — Я лично считаю, что преступник он. С другой стороны, нельзя не признать, что все улики против него косвенные и что новые факты могут опровергнуть наши выводы.

— А нож Стрэкера?

— Мы склонились к выводу, что Стрэкер сам себя ранил, падая.

— Мой друг Уотсон высказал такое же предположение по пути сюда. Если так, это обстоятельство оборачивается против Симпсона.

— Разумеется. У него не нашли ни ножа, ни хотя бы самой пустяковой царапины на теле. Но улики против него, конечно, очень сильные. Он был в высшей степени заинтересован в исчезновении фаворита; никто, кроме него, не мог отравить конюха, ночью он попал где-то под сильный дождь, он был вооружен тяжелой тростью, и, наконец, его галстук был зажат в руке покойного. Улик, по-моему, достаточно, чтобы начать процесс.

Холмс покачал головой.

— Неглупый защитник не оставит от доводов обвинения камня на камне, — заметил он. — Зачем Симпсону нужно было выводить лошадь из конюшни? Если он хотел что-то с ней сделать, почему не сделал этого там? А ключ — разве у него нашли ключ? В какой аптеке продали ему порошок опиума? И наконец, где Симпсон, человек, впервые попавший в Дартмур, мог спрятать лошадь, да еще такую, как Серебряный? Кстати, что он говорит о бумажке, которую просил служанку передать конюху?

— Говорит, это была банкнота в десять фунтов. В его кошельке действительно такую банкноту нашли. Что касается всех остальных ваших вопросов, ответить на них вовсе не так сложно, как вам кажется. Симпсон в этих краях не впервые, — летом он дважды приезжал в Тависток. Опиум он скорее всего привез из Лондона. Ключ, отперев конюшню, выкинул. А лошадь, возможно, лежит мертвая в одной из заброшенных шахт.

— Что он сказал о галстуке?

— Признался, что галстук его, но твердит, что потерял его где-то в тот вечер. Но тут выяснилось еще одно обстоятельство, которое как раз и может объяснить, почему он увел лошадь из конюшни.

Холмс насторожился.

— Мы установили, что примерно в миле от места убийства ночевал в ночь с понедельника на вторник табор цыган. Утром они снялись и ушли. Так вот, если предположить, что у Симпсона с цыганами был сговор, то напрашивается вывод, что именно к ним он и вел коня, когда его повстречал тренер, и что сейчас Серебряный у них, не так ли?

— Вполне вероятно.

— Плоскогорье сейчас прочесывается в поисках этих цыган. Кроме того, я осмотрел все конюшни и сараи в радиусе десяти миль от Тавистока.

— Тут ведь поблизости есть еще одна конюшня, где содержат скаковых лошадей?

— Совершенно верно, и это обстоятельство ни в коем случае не следует упускать из виду. Поскольку их жеребец Беспечный — второй претендент на кубок Уэссекса, исчезновение фаворита было его владельцу тоже очень выгодно. Известно, что, во-первых, кейплтонский тренер Сайлес Браун заключил несколько крупных пари на этот забег и что, во-вторых, дружбы с беднягой Стрэкером он никогда не водил. Мы, конечно, осмотрели его конюшню, но не обнаружили ничего, указывающего на причастность кейплтонского тренера к преступлению.

— И ничего, указывающего на связь Симпсона с кейплтонской конюшней?

— Абсолютно ничего.

Холмс уселся поглубже, и разговор прервался. Через несколько минут экипаж наш остановился возле стоящего у дороги хорошенького домика из красного кирпича, с широким выступающим карнизом. За ним, по ту сторону загона, виднелось строение под серой черепичной крышей. Вокруг до самого горизонта тянулась волнистая равнина, буро-золотая от желтеющего папоротника, только далеко на юге подымались островерхие крыши Тавистока да к западу от нас стояло рядом несколько домиков кейплтонской конюшни. Мы все выпрыгнули из коляски, а Холмс так и остался сидеть, глядя прямо перед собой, поглощенный какими-то своими мыслями. Только когда я тронул его за локоть, он вздрогнул и стал вылезать.

— Простите меня, — обратился он к полковнику Россу, который глядел на моего друга с недоумением, — простите меня, я задумался.

По блеску его глаз и волнению, которое он старался скрыть, я догадался, что он близок к разгадке, хотя и не представлял себе хода его мыслей.

— Вы, наверное, хотите первым делом осмотреть место происшествия, мистер Холмс? — предположил Грегори.

— Мне хочется побыть сначала здесь и уточнить несколько деталей. Стрэкера потом принесли сюда, не так ли?

— Да, он лежит сейчас наверху.

— Он служил у вас несколько лет, полковник?

— Я всегда был им очень доволен.

— Карманы убитого, вероятно, осмотрели, инспектор?

— Все вещи в гостиной. Если хотите, можете взглянуть.

— Да, благодарю вас.

В гостиной мы сели вокруг стоящего посреди комнаты стола. Инспектор отпер сейф и разложил перед нами его содержимое: коробка восковых спичек, огарок свечи длиной в два дюйма, трубка из корня вереска, кожаный кисет и в нем полунции плиточного табаку, серебряные часы на золотой цепочке, пять золотых соверенов, алюминиевый наконечник для карандаша, какие-то бумаги, нож с ручкой из слоновой кости и очень тонким негнущимся лезвием, на котором стояла марка «Вайс и К^о, Лондон».

— Очень интересный нож, — сказал Холмс, внимательно разглядывая его. — Судя по засохшей крови, это и есть тот самый нож, который нашли в руке убитого. Что вы о нем скажете, Уотсон? Такие ножи по вашей части.

— Это хирургический инструмент, так называемый катарактальный нож.

— Так я и думал. Тончайшее лезвие, предназначенное для тончайших операций. Не странно ли, что человек, отправляющийся защищаться от воров, захватил его с собой, — особенно если учесть, что нож не складывается?

— На кончик был надет кусочек пробки, мы его нашли возле трупа, — объяснил инспектор. — Жена Стрэкера говорит, нож лежал у них несколько дней на комоде, и, уходя ночью, Стрэкер взял его с собой. Оружие не ахти какое, но, вероятно, ничего другого у него под рукой в тот момент не было.

— Вполне возможно. Что это за бумаги?

— Три оплаченных счета за сено. Письмо полковника Росса с распоряжениями. А это счет на тридцать семь фунтов пятнадцать шиллингов от портнихи, мадам Лезерье с Бондстрит, на имя Уильяма Дербишира. Миссис Стрэкер говорит, что Дербишир — приятель ее мужа и что время от времени письма для него приходили на их адрес.

— У миссис Дербишир весьма дорогие вкусы, — заметил Холмс, просматривая счет. — Двадцать две гинеи за один туалет многовато. Ну что ж, тут как будто все, теперь отправимся на место преступления.

Мы вышли из гостиной, и в этот момент стоящая в коридоре женщина шагнула вперед и тронула инспектора за рукав. На ее бледном, худом лице лежал отпечаток пережитого ужаса.

— Нашли вы их? Поймали? — Голос ее сорвался.

— Пока нет, миссис Стрэкер. Но вот только что из Лондона приехал мистер Холмс, и мы надеемся с его помощью найти преступников.

— По-моему, мы с вами не так давно встречались, миссис Стрэкер, — помните, в Плимуте, на банкете? — спросил Холмс.

— Нет, сэр, вы ошибаетесь.

— В самом деле? А мне показалось, это были вы. На вас было стального цвета шелковое платье, отделанное страусовыми перьями.

— У меня никогда не было такого платья, сэр!

— А-а, значит, я обознался. — И, извинившись, Холмс последовал за инспектором во двор.

Несколько минут ходьбы по тропинке среди кустов привели нас к оврагу, в котором нашли труп. У края его рос куст дрока, на котором в то утро миссис Стрэкер и служанка заметили плащ убитого.

— Ветра в понедельник ночью не было, — сказал Холмс.

— Ветра — нет, но шел сильный дождь.

— В таком случае плащ не был заброшен ветром на куст, его кто-то положил туда.

— Да, он был аккуратно сложен.

— А знаете, это очень интересно! На земле много следов. Я вижу, в понедельник здесь побывало немало народу.

— Мы вставали только на рогожу. Она лежала вот здесь, сбоку.

— Превосходно.

— В этой сумке ботинок, который был в ту ночь на Стрэкере, ботинок Фицроя Симпсона и подкова Серебряного.

— Дорогой мой инспектор, вы превзошли самого себя!

Холмс взял сумку, спустился в яму и подвинул рогожу ближе к середине. Потом улегся на нее и, подперев руками подбородок, принялся внимательно изучать истоптанную глину.

— Ага? — вдруг воскликнул он. — Это что?

Холмс держал в руках восковую спичку, покрытую таким слоем грязи, что с первого взгляда ее можно было принять за сучок.

— Не представляю, как я проглядел ее, — с досадой сказал инспектор.

— Ничего удивительного! Спичка была втоптана в землю. Я заметил ее только потому, что искал.

— Как! Вы знали, что найдете здесь спичку?

— Я не исключал такой возможности.

Холмс вытащил ботинки из сумки и стал сравнивать подошвы со следами на земле. Потом он выбрался из ямы и пополз, раздвигая кусты.

— Боюсь, больше никаких следов нет, — сказал инспектор. — Я все здесь осмотрел самым тщательным образом. В радиусе ста ярдов.

— Ну что ж, — сказал Холмс, — я не хочу быть невежливым и не стану еще раз все осматривать. Но мне бы хотелось, пока не стемнело, побродить немного по долине, чтобы лучше ориентироваться здесь завтра. Подкову я возьму себе в карман на счастье.

Полковник Росс, с некоторым нетерпением следивший за спокойными и методичными действиями Холмса, взглянул на часы.

— А вы, инспектор, пожалуйста, пойдемте со мной. Я хочу с вами посоветоваться. Меня сейчас волнует, как быть со списками участников забега. По-моему, наш долг перед публикой — вычеркнуть оттуда имя Серебряного.

— Ни в коем случае! — решительно возразил Холмс. — Пусть остается.

Полковник поклонился.

— Я чрезвычайно благодарен вам за совет, сэр. Когда закончите свою прогулку, найдете нас в домике несчастного Стрэкера, и мы вместе вернемся в Тависток.

Они направились к дому, а мы с Холмсом медленно пошли вперед. Солнце стояло над самыми крышами кейплтонской конюшни; перед нами полого спускалась к западу равнина, то золотистая, то красновато-бурая от осенней ежевики и папоротника. Но Холмс, погруженный в глубокую задумчивость, не замечал прелести пейзажа.

— Вот что, Уотсон, — промолвил он наконец, — мы пока оставим вопрос, кто убил Стрэкера, и будем думать, что произошло с лошадью. Предположим, Серебряный в момент преступления или немного позже ускакал. Но куда? Лошадь очень привязана к человеку. Предоставленный самому себе, Серебряный мог вернуться в Кингс-Пайленд или убежать в Кейплтон. Что ему делать одному в поле? И уж, конечно, кто-нибудь да увидел бы его там. Теперь цыгане, — зачем им было красть его? Они чуть что прослышат— спешат улизнуть: полиции они боятся хуже чумы. Надежды продать такую лошадь, как Серебряный, у них нет. Украсть ее — большой риск, а выгоды— никакой. Это вне всякого сомнения.

— Где же тогда Серебряный?

— Я уже сказал, что он или вернулся в Кингс-Пайленд, или поскакал в Кейплтон. В Кингс-Пайленде его нет. Значит, он в Кейплтоне. Примем это за рабочую гипотезу и посмотрим, куда она нас приведет. Земля здесь, как заметил инспектор, высохла и стала тверже камня, но местность слегка понижается к Кейплтону, и в той лощине ночью в понедельник, наверное, было очень сыро. Если наше предположение правильно. Серебряный скакал в этом направлении, и нам нужно искать его следы.

Беседуя, мы быстро» шли вперед и через несколько минут спустились в лощину. Холмс попросил меня обойти ее справа, а сам взял левее, но не успел я сделать и пятидесяти шагов, как он закричал мне и замахал рукой. На мягкой глине у его ног виднелся отчетливый конский след. Холмс вынул из кармана подкову, которая как раз пришлась к отпечатку.

— Вот что значит воображение, — улыбнулся Холмс. — Единственное качество, которого недостает Грегори. Мы представили себе, что могло бы произойти, стали проверять предположение, и оно подтвердилось. Идем дальше.

Мы перешли хлюпающее под ногами дно лощинки и с четверть мили шагали по сухому жесткому дерну. Снова начался небольшой уклон, и снова мы увидели следы, потом они исчезли и появились только через полмили, совсем близко от Кейплтона. Увидел их первым Холмс— он остановился и с торжеством указал на них рукой. Рядом с отпечатками копыт на земле виднелись следы человека.

— Сначала лошадь была одна! — вырвалось у меня.

— Совершенно верно, сначала лошадь была одна. Стойте! А это что?

Двойные следы человека и лошади резко повернули в сторону Кингс-Пайленда. Холмс свистнул. Мы пошли по следам. Он не поднимал глаз от земли, но я повернул голову вправо и с изумлением увидел, что эти же следы шли в обратном направлении.

— Один-ноль в вашу пользу, Уотсон, — сказал Холмс, когда я указал ему на них, — теперь нам не придется делать крюк, который привел бы нас туда, где мы стоим. Пойдемте по обратному следу.

Нам не пришлось идти долго. Следы кончились у асфальтовой дорожки, ведущей к воротам Кейплтона. Когда мы подошли к ним, нам навстречу выбежал конюх.

— Идите отсюда! — закричал он. — Нечего вам тут делать.

— Позвольте только задать вам один вопрос, — сказал Холмс, засовывая указательный и большой пальцы в карман жилета. — Если я приду завтра в пять часов утра повидать вашего хозяина мистера Сайлеса Брауна, это будет не слишком рано?

— Скажете тоже «рано», сэр. Мой хозяин подымается ни свет ни заря. Да вот и он сам, поговорите с ним. Нет-нет, сэр, он прогонит меня, если увидит, что я беру у вас деньги. Лучше потом.

Только Шерлок Холмс опустил в карман полкроны, как из калитки выскочил немолодой мужчина свирепого вида с хлыстом в руке и закричал:

— Это что такое, Даусон? Сплетничаете, да? У вас дела, что ли нет? А вы какого черта здесь шляетесь?

— Чтобы побеседовать с вами, дорогой мой сэр. Всего десять минут, — наинежнейшим голосом проговорил Холмс.

— Некогда мне беседовать со всякими проходимцами! Здесь не место посторонним! Убирайтесь, а то я сейчас спущу на вас собаку.

Холмс нагнулся к его уху и что-то прошептал. Мистер Браун вздрогнул и покраснел до корней волос.

— Ложь! — закричал он. — Гнусная, наглая ложь!

— Отлично! Ну что же, будем обсуждать это прямо здесь, при всех, или вы предпочитаете пройти в дом?

— Ладно, идемте, если хотите.

Холмс улыбнулся.

— Я вернусь через пять минут, Уотсон. К вашим услугам, мистер Браун.

Вернулся он, положим, через двадцать пять минут, и, пока я его ждал, теплые краски вечера погасли. Тренер тоже вышел с Холмсом, и меня поразила происшедшая с ним перемена: лицо у него стало пепельно-серым, лоб покрылся каплями пота, хлыст прыгал в трясущихся руках. Куда девалась наглая самоуверенность этого человека! Он семенил за Холмсом, как побитая собака.

— Я все сделаю, как вы сказали, сэр. Все ваши указания будут выполнены, — повторял он.

— Вы знаете, чем грозит ослушание. — Холмс повернул к нему голову, и тот съежился под его взглядом.

— Что вы, что вы, сэр! Доставлю к сроку. Сделать все, как было раньше?

Холмс на минуту задумался, потом рассмеялся:

— Не надо, оставьте, как есть. Я вам напишу. И смотрите, без плутовства, иначе…

— О, верьте мне, сэр, верьте!

— Берегите как зеницу ока.

— Да, сэр, можете на меня положиться, сэр.

— Думаю, что могу. Завтра получите от меня указания.

И Холмс отвернулся, не замечая протянутой ему дрожащей руки. Мы зашагали к Кингс-Пайденду.

— Такой великолепной смеси наглости, трусости и подлости, как у мистера Сайлеса Брауна, я давно не встречал, — сказал Холмс, устало шагая рядом со мной по склону.

— Значит, лошадь у него?

— Он сначала на дыбы взвился, отрицая все. Но я так подробно описал ему утро вторника, шаг за шагом, что он поверил, будто я все видел собственными глазами. Вы, конечно, обратили внимание на необычные, как будто обрубленные носки у следов и на то, что на нем были именно такие ботинки. Кроме того, для простого слуги это был бы слишком дерзкий поступок… Я рассказал ему, как он, встав по обыкновению первым и войдя в загон, увидел в подее незнакомую лошадь, как он подошел к ней и, не веря собственным глазам, увидел у нее на лбу белую отметину, из-за которой она и получила свою кличку— Серебряный, и как сообразил, что судьба отдает в его руки единственного соперника той лошади, на которую он поставил большую сумму. Потом я рассказал ему, что первым его побуждением было отвести Серебряного в Кингс-Пайленд, но тут дьявол стал нашептывать ему, что так легко увести лошадь и спрятать, пока не кончатся скачки, и тогда он повернул к Кейплтону и укрыл ее там. Когда он все это услышал, он стал думать только о том, как спасти собственную шкуру.

— Да ведь конюшню осматривали!

— Ну, этот старый барышник обведет вокруг пальца кого угодно.

— А вы не боитесь оставлять лошадь в его руках? Он же с ней может что- нибудь сделать, ведь это в его интересах.

— Нет, мой друг, он в самом деле будет беречь ее как зеницу ока. В его интересах вернуть ее целой и невредимой. Это единственное, чем он может заслужить прощение.

— Полковник Росс не произвел на меня впечатления человека, склонного прощать врагам!

— Дело не в полковнике Россе. У меня свои методы, и я рассказываю ровно столько, сколько считаю нужным, — в этом преимущество моего неофициального положения. Не знаю, заметили ли вы или нет, Уотсон, но полковник держался со мной немного свысока, и мне хочется слегка позабавиться. Не говорите ему ничего о Серебряном.

— Конечно, не скажу, раз вы не хотите.

— Но все это пустяки по сравнению с вопросом, кто убил Джона Стрэкера.

— Вы сейчас им займетесь?

— Напротив, мой друг, мы с вами вернемся сегодня ночным поездом в Лондон.

Слова Холмса удивили меня. Мы пробыли в Дартмуре всего несколько часов, он так успешно начал распутывать клубок и вдруг хочет все бросить. Я ничего не понимал. До самого дома тренера мне не удалось вытянуть из Холмса ни слова. Полковник с инспектором дожидались нас в гостиной.

— Мой друг и я возвращаемся ночным поездом в Лондон, — заявил Холмс.

— Приятно было подышать прекрасным воздухом Дартмура.

Инспектор широко раскрыл глаза, а полковник скривил губы в презрительной усмешке

— Значит, вы сложили оружие. Считаете, что убийцу несчастного Стрэкера арестовать невозможно, — сказал он.

— Боюсь, что это сопряжено с очень большими трудностями. — Холмс пожал плечами. — Но я совершенно убежден, что во вторник ваша лошадь будет бежать, и прошу вас предупредить жокея, чтобы он был готов. Могу я взглянуть на фотографию мистера Джона Стрэкера?

Инспектор извлек из кармана конверт и вынул оттуда фотографию.

— Дорогой Грегори, вы предупреждаете все мои желания! Если позволите, господа, я оставлю вас на минуту, мне нужно задать вопрос служанке Стрэкеров.

— Должен признаться, ваш лондонский советчик меня разочаровал, — с прямолинейной резкостью сказал полковник Росс, как только Холмс вышел из комнаты. — Не вижу, чтобы с его приезда дело подвинулось хоть на шаг.

— По крайней мере вам дали слово, что ваша лошадь будет бежать, — вмешался я.

— Слово-то мне дали, — пожал плечами полковник. — Я предпочел бы лошадь, а не слово.

Я открыл было рот, чтобы защитить своего друга, но в эту минуту он вернулся.

— Ну вот, господа, — заявил он. — Я готов ехать.

Один из конюхов отворил дверцу коляски. Холмс сел рядом со мной, но вдруг перегнулся через борт и тронул конюха за рукав.

— У вас есть овцы, я вижу, — сказал он. — Кто за ними ходит?

— Я, сэр.

— Вы не замечали, с ними в последнее время ничего не случилось?

— Да нет, сэр, как будто ничего, только вот три начали хромать, сэр.

Холмс засмеялся, потирая руки, чем-то очень довольный.

— Неплохо придумано, Уотсон, очень неплохо! — Он незаметно подтолкнул меня локтем. — Грегори, позвольте рекомендовать вашему вниманию странную эпидемию, поразившую овец. Поехали.

Лицо полковника Росса по-прежнему выражало, какое невысокое мнение составил он о талантах моего друга, зато инспектор так и встрепенулся.

— Вы считаете это обстоятельство важным? — спросил он.

— Чрезвычайно важным.

— Есть еще какие-то моменты, на которые вы посоветовали бы мне обратить внимание?

— На странное поведение собаки в ночь преступления.

— Собаки? Но она никак себя не вела!

— Это-то и странно, — сказал Холмс.

Четыре дня спустя мы с Холмсом снова сидели в поезде, мчащемся в Винчестер, где должен был разыгрываться кубок Уэссекса. Полковник Росс ждал нас, как и было условленно, в своем экипаже четверкой у вокзала на площади. Мы поехали за город, где был беговой круг. Полковник был мрачен, держался в высшей степени холодно.

— Никаких известий о моей лошади до сих пор нет, — заявил он.

— Надеюсь, вы ее узнаете, когда увидите?

Полковник вспылил:

— Я могу вам описать одну за другой всех лошадей, участвовавших в скачках за последние двадцать лет. Моего фаворита, с его отметиной на лбу и белым пятном на правой передней бабке, узнает каждый ребенок!

— А как ставки?

— Происходит что-то непонятное. Вчера ставили пятнадцать к одному, утром разрыв начал быстро сокращаться, не знаю, удержатся ли сейчас на трех к одному.

— Хм, — сказал Холмс, — сомнений нет, кто-то что-то пронюхал.

Коляска подъехала к ограде, окружающей главную трибуну. Я взял афишу и стал читать:

ПРИЗ УЭССЕКСА

ЖЕРЕБЦЫ ЧЕТЫРЕХ И ПЯТИ ЛЕТ. ДИСТАНЦИЯ 1 МИЛЯ 5 ФЕРЛОНГОВ.50 ФУНТОВ ПОДПИСНЫХ. ПЕРВЫЙ ПРИЗ — 1000 ФУНТОВ. ВТОРОЙ ПРИЗ — 300 ФУНТОВ.ТРЕТИЙ ПРИЗ — 200 ФУНТОВ.

1. НЕГР— ВЛАДЕЛЕЦ ХИТ НЬЮТОН; НАЕЗДНИК— КРАСНЫЙ ШЛЕМ, ПЕСОЧНЫЙ КАМЗОЛ.

2. БОКСЕР— ВЛАДЕЛЕЦ ПОЛКОВНИК УОРДЛОУ; НАЕЗДНИК— ОРАНЖЕВЫЙ ШЛЕМ, КАМЗОЛ ВАСИЛЬКОВЫЙ, РУКАВА ЧЕРНЫЕ.

3. БЕСПЕЧНЫЙ— ВЛАДЕЛЕЦ ЛОРД БЭКУОТЕР; НАЕЗДНИК— ШЛЕМ И РУКАВА КАМЗОЛА ЖЕЛТЫЕ.

4. СЕРЕБРЯНЫЙ— ВЛАДЕЛЕЦ ПОЛКОВНИК РОСС; НАЕЗДНИК— ШЛЕМ ЧЕРНЫЙ, КАМЗОЛ КРАСНЫЙ.

5. ХРУСТАЛЬ— ВЛАДЕЛЕЦ ГЕРЦОГ БАЛМОРАЛ; НАЕЗДНИК— ШЛЕМ ЖЕЛТЫЙ, КАМЗОЛ ЧЕРНЫЙ С ЖЕЛТЫМИ ПОЛОСАМИ.

6. ОЗОРНИК— ВЛАДЕЛЕЦ ЛОРД СИНГЛФОРД; НАЕЗДНИК— ШЛЕМ ФИОЛЕТОВЫЙ, РУКАВА КАМЗОЛА ЧЕРНЫЕ.

— Мы вычеркнули Баярда, нашу вторую лошадь, которая должна была бежать, полагаясь на ваш совет, — сказал полковник. — Но что что? Фаворит сегодня Серебряный?

— Серебряный— пять к четырем! — неслось с трибун. — Беспечный— пятнадцать к пяти! Все остальные— пять к четырем!

— Лошади на старте! — закричал я. — Смотрите, все шесть!

— Все шесть! Значит, Серебряный бежит! — воскликнул полковник в сильнейшем волнении. — Но я не вижу его. Моих цветов пока нет.

— Вышло только пятеро. Вот, наверное, он, — сказал я, и в эту минуту из падока крупной рысью выбежал великолепный гнедой жеребец и пронесся мимо нас. На наезднике были цвета полковника, известные всей Англии.

— Это не моя лошадь! — закричал полковник Росс. — На ней нет ни единого белого пятнышка! Объясните, что происходит, мистер Холмс!

— Посмотрим, как он возьмет, — невозмутимо сказал Холмс. Несколько минут он не отводил бинокля от глаз… — Прекрасно! Превосходный старт! — вдруг воскликнул он. — Вот они, смотрите, поворачивают!

Из коляски нам было хорошо видно, как лошади вышли на прямой участок круга. Они шли так кучно, что всех их, казалось, можно накрыть одной попоной, но вот на половине прямой желтый цвет лорда Бэкуотера вырвался вперед. Однако ярдах в тридцати от того места, где стояли мы, жеребец полковника обошел Беспечного и оказался у финиша на целых шесть корпусов впереди. Хрусталь герцога Балморала с большим отрывом пришел третьим.

— Как бы там ни было, кубок мой, — прошептал полковник, проводя ладонью по глазам. — Убейте меня, если я хоть что-нибудь понимаю. Вам не кажется, мистер Холмс, что вы уже достаточно долго мистифицируете меня?

— Вы правы, полковник. Сейчас вы все узнаете. Пойдемте поглядим на лошадь все вместе. Вот он, — продолжал Холмс, входя в падок, куда впускали только владельцев лошадей и их друзей. — Стоит лишь потереть ему лоб и бабку спиртом, и вы узнаете Серебряного.

— Что!

— Ваша лошадь попала в руки мошенника, я нашел ее и взял на себя смелость выпустить на поле в том виде, как ее сюда доставили.

— Дорогой сэр, вы совершили чудо! Лошадь в великолепной форме. Никогда в жизни она не шла так хорошо, как сегодня. Приношу вам тысячу извинений за то, что усомнился в вас. Вы оказали мне величайшую услугу, вернув жеребца. Еще большую услугу вы мне окажете, если найдете убийцу Джона Стрэкера.

— Я его нашел, — спокойно сказал Холмс.

Полковник и я в изумлении раскрыли глаза.

— Нашли убийцу! Так где же он?

— Он здесь.

— Здесь! Где же?!

— В настоящую минуту я имею честь находиться в его обществе.

Полковник вспыхнул.

— Я понимаю, мистер Холмс, что многим обязан вам, но эти слова я могу воспринять только как чрезвычайно неудачную шутку или как оскорбление.

Холмс расхохотался.

— Ну что вы, полковник, у меня и в мыслях не было, что вы причастны к преступлению! Убийца собственной персоной стоит у вас за спиной.

Он шагнул вперед и положил руку на лоснящуюся холку скакуна.

— Убийца — лошадь! — в один голос вырвалось у нас с полковником.

— Да, лошадь. Но вину Серебряного смягчает то, что он совершил убийство из самозащиты и что Джон Стрэкер был совершенно недостоин вашего доверия… Но я слышу звонок. Отложим подробный рассказ до более подходящего момента. В следующем забеге я надеюсь немного выиграть.

Возвращаясь вечером того дня домой в купе пульмановского вагона, мы не заметили, как поезд привез нас в Лондон, — с таким интересом слушали мы с полковником рассказ о том, что произошло в дартмурских конюшнях в понедельник ночью и как Холмс разгадал тайну.

— Должен признаться, — говорил Холмс, — что все версии, которые я составил на основании газетных сообщений, оказались ошибочными. А ведь можно было даже исходя из них нащупать вехи, если бы не ворох подробностей, которые газеты спешили обрушить на головы читателей. Я приехал в Девоншир с уверенностью, что преступник — Фицрой Симпсон, хоть и понимал, что улики против него очень неубедительны. Только когда мы подъехали к домику Стрэкера, я осознал важность того обстоятельства, что на ужин в тот вечер была баранина под чесночным соусом. Вы, вероятно, помните мою рассеянность — все вышли из коляски, а я продолжал сидеть, ничего не замечая. Так я был поражен, что чуть было не прошел мимо столь очевидной улики.

— Признаться, — прервал его полковник, — я и сейчас не понимаю, при чем здесь эта баранина.

— Она была первым звеном в цепочке моих рассуждений. Порошок опиума вовсе не безвкусен, а запах его не то чтобы неприятен, но достаточно силен. Если его подсыпать в пищу, человек сразу почувствует и скорее всего есть не станет. Чесночный соус — именно то, что может заглушить запах опиума. Вряд ли можно найти какую-нибудь зависимость между появлением Фицроя Симпсона в тех краях именно в тот вечер с бараниной под чесночным соусом на ужин в семействе Стрэкеров. Остается предположить, что он случайно захватил с собой в тот вечер порошок опиума. Но такая случайность относится уже к области чудес. Так что этот вариант исключен. Значит, Симпсон оказывается вне подозрений, но зато в центр внимания попадают Стрэкер и его жена — единственные люди, кто мог выбрать на ужин баранину с чесноком. Опиум подсыпали конюху прямо в тарелку, потому что все остальные обитатели Кингс-Пайленда ели то же самое блюдо без всяких последствий. Кто-то всыпал опиум, пока служанка не видела. Кто же? Тогда я вспомнил, что собака молчала в ту ночь. Как вы догадываетесь, эти два обстоятельства теснейшим образом связаны. Из рассказа о появлении Фицроя Симпсона в Кингс-Пайленде явствовало, что в конюшне есть собака, но она почему-то не залаяла и не разбудила спящих на сеновале конюхов, когда в конюшню кто-то вошел и увел лошадь. Несомненно, собака хорошо знала ночного гостя. Я уже был уверен — или, если хотите, почти уверен, — что ночью в конюшню вошел и увел Серебряного Джон Стрэкер. Но какая у него была цель? Явно бесчестная, иначе зачем ему было усыплять собственного помощника? Однако что он задумал? Этого я еще не понимал. Известно немало случаев, когда тренеры ставят большие суммы против своих же лошадей через подставных лиц и с помощью какого-нибудь мошенничества не дают им выиграть. Иногда они подкупают жокея, и тот придерживает лошадь, иногда прибегают к более хитрым и верным приемам. Что хотел сделать Стрэкер? Я надеялся, что содержимое его карманов поможет в этом разобраться. Так и случилось. Вы помните, конечно, тот странный нож, который нашли в руке убитого, нож, которым человек, находясь в здравом уме, никогда бы не воспользовался в качестве оружия, будь то для защиты или для нападения. Это был, как подтвердил наш доктор Уотсон, хирургический инструмент для очень тонких операций. Вы, разумеется, полковник, знаете, — ведь вы опытный лошадник, — что можно проколоть сухожилие на ноге лошади так искусно, что на коже не останется никаких следов. Лошадь после такой операции будет слегка хромать, а все припишут хромоту ревматизму или чрезмерным тренировкам, но никому и в голову не придет заподозрить здесь чей-то злой умысел.

— Негодяй! Мерзавец! — вскричал полковник.

— Почувствовав укол ножа, такой горячий жеребец, как Серебряный, взвился бы и разбудил своим криком и мертвого. Нужно было проделать операцию подальше от людей, вот почему Джон Стрэкер и увел Серебряного в поле.

— Я был слеп, как крот! — горячился полковник. — Ну, конечно, для того-то ему и понадобилась свеча, для того-то он и зажигал спичку.

— Несомненно. А осмотр его вещей помог мне установить не только способ, который он намеревался совершить преступление, но и причины, толкнувшие его на это. Вы, полковник, как человек, хорошо знающий жизнь, согласитесь со мной, что довольно странно носить у себя в бумажнике чужие счета. У всех нас хватает собственных забот. Из этого я заключил, что Стрэкер вел двойную жизнь. Счет показал, что в деле замешена женщина, вкусы которой требуют денег. Как ни щедро вы платите своим слугам, полковник, трудно представить, чтобы они могли платить по двадцать гиней за туалет своей любовницы. Я незаметно расспросил миссис Стрэкер об этом платье и, удостоверившись, что она его в глаза не видела, записал адрес портнихи. Я был уверен, что, когда покажу ей фотографию Стрэкера, таинственный Дербишир развеется, как дым. Теперь уже клубок стал разматываться легко. Стрэкер завел лошадь в овраг, чтобы огня свечи не было видно. Симпсон, убегая, потерял галстук, Стрэкер увидел его и для чего-то подобрал, может быть, хотел завязать лошади ногу. Спустившись в овраг, он чиркнул спичкой за крупом лошади, но, испуганное внезапной вспышкой, животное, почувствовавшее к тому же опасность, рванулось прочь и случайно ударило Стрэкера копытом в лоб. Стрэкер, несмотря на дождь, уже успел снять плащ — операция ведь предстояла тонкая. Падая от удара, он поранил себе бедро. Мой рассказ убедителен?

— Невероятно! — воскликнул полковник. — Просто невероятно! Вы как будто все видели собственными глазами!

— И последнее, чтобы поставить все точки над i. Мне пришло в голову, что такой осторожный человек, как Стрэкер, не взялся бы за столь сложную операцию, как прокол слухожилия, не попрактиковавшись предварительно. На ком он мог практиковаться в Кингс-Пайленде? Я увидел овец в загоне, спросил конюха, не случалось ли с ними чего в последнее время. Его ответ в точности подтвердил мое предположение. Я даже сам удивился.

— Теперь я понял все до конца, мистер Холмс?

— В Лондоне я зашел к портнихе и показал ей фотографию Стрэкера. Она сразу же узнала его, сказала, что это один из ее постоянных клиентов и зовут его мистер Дербишир. Жена у него большая модница и обожает дорогие туалеты. Не сомневаюсь, что он влез по уши в долги и решился на преступление именно из-за этой женщины.

— Вы не объяснили только одного, — сказал полковник, — где была лошадь?

— Ах, лошадь… Она убежала, и ее приютил один из ваших соседей. Думаю, мы должны проявить к нему снисхождение. Мы сейчас проезжаем Клэпем, не так ли? Значит, до вокзала Виктории минут десять. Если вы зайдете к нам выкурить сигару, полковник, я с удовольствием дополню свой рассказ интересующими вас подробностями.

ЛЬВИНАЯ ГРИВА

Удивительно, что одна из самых сложных и необычайных задач, с которыми я когда-либо встречался в течение моей долгой жизни сыщика, встала передо мной, когда я уже удалился от дел; все разыгралось чуть ли не на моих глазах. Случилось это после того, как я поселился в своей маленькой Суссекской вилле и целиком погрузился в мир и тишину природы, о которых так мечтал в течение долгих лет, проведенных в туманном, мрачном Лондоне. В описываемый период добряк Уотсон почти совершенно исчез с моего горизонта. Он лишь изредка навещал меня по воскресеньям, так что на этот раз мне приходится быть собственным историографом. Не то как бы он расписал столь редкостное происшествие и все трудности, из которых я вышел победителем! Увы, мне придется попросту и без затей, своими словами рассказать о каждом моем шаге на сложном пути раскрытия тайны Львиной гривы.

Моя вилла расположена на южном склоне возвышенности Даунз, с которой открывается широкий вид на Ла-Манш. В этом месте берег представляет собой стену из меловых утесов; спуститься к воде можно по единственной длинной извилистой тропке, крутой и скользкой. Внизу тропка обрывается у пляжа шириной примерно в сто ярдов, покрытого галькой и голышом и не заливаемого водой даже в часы прилива. Однако в нескольких местах имеются заливчики и выемки, представляющие великолепные бассейны для плавания и с каждым приливом заполняющиеся свежей водой. Этот чудесный берег тянется на несколько миль в обе стороны и прерывается только в одном месте небольшой бухтой, по берегу которой расположена деревня Фулворт.

Дом мой стоит на отшибе, и в моем маленьком владении хозяйничаем только я с моей экономкой да пчелы. В полумиле отсюда находится знаменитая школа Гарольда Стэкхерста, занимающая довольно обширный дом, в котором размещены человек двадцать учеников, готовящихся к различным специальностям, и небольшой штат педагогов. Сам Стэкхерст, в свое время знаменитый чемпион по гребле, — широко эрудированный ученый. С того времени, как я поселился на побережье, нас с ним связывали самые дружеские отношения, настолько близкие, что мы по вечерам заходили друг к другу, не нуждаясь в особом приглашении.

В конце июля 1907 года был сильный шторм, ветер дул с юго-запада, и прибой докатывался до самого подножия меловых утесов, а когда начинался отлив, на берегу оставались большие лагуны. В то утро, с которого я начну свой рассказ, ветер стих, и все в природе дышало чистотой и свежестью. Работать в такой чудесный день не было никаких сил, и я вышел перед завтраком побродить и подышать изумительным воздухом. Я шел по дорожке, ведущей к крутому спуску на пляж. Вдруг меня кто-то окликнул, и, обернувшись, я увидел Гарольда Стэкхерста, весело машущего мне рукой.

— Что за утро, мистер Холмс! Так я и знал, что встречу вас.

— Я вижу, вы собрались купаться.

— Опять взялись за старые фокусы, — засмеялся он, похлопывая по своему набитому карману. — Макферсон уже вышел спозаранку, я, наверное, встречу его здесь.

Фицрой Макферсон — видный, рослый молодой человек — преподавал в школе естественные науки. Он страдал пороком сердца вследствие перенесенного ревматизма; но, будучи природным атлетом, отличался в любой спортивной игре, если только она не требовала от него чрезмерных физических усилий. Купался он и зимой и летом, а так как я и сам завзятый купальщик, то мы часто встречались с ним на берегу.

В описываемую минуту мы увидели самого Макферсона. Его голова показалась из-за края обрыва, у которого кончалась тропка. Через мгновение он появился во весь рост, пошатываясь, как пьяный. Затем вскинул руки и со страшным воплем упал ничком на землю. Мы со Стэкхерстом бросились к нему — он был от нас ярдах в пятидесяти — и перевернем его на спину. Наш друг был по всем признакам при последнем издыхании. Ничего иного не могли означать остекленевшие, ввалившиеся глаза и посиневшее лицо. На одну секунду в его глазах мелькнуло сознание, он исступленно силился предостеречь нас. Он что-то невнятно, судорожно прокричал, но я расслышал в его вопле всего два слова: «львиная грива». Эти слова ничего мне не говорили, но ослышаться я не мог. В то же мгновение Макферсон приподнялся, вскинул руки и упал на бок. Он был мертв.

Мой спутник остолбенел от неожиданного страшного зрелища; у меня же, разумеется, все чувства мгновенно обострились, и не зря: я сразу понял, что мы оказались свидетелями какого-то совершенно необычайного происшествия. Макферсон был в одних брюках и в накинутом на голое тело макинтоше, а на ногах у него были незашнурованные парусиновые туфли. Когда он упал, пальто соскользнуло, обнажив торс. Мы онемели от удивления. Его спина была располосована темно-багровыми рубцами, словно его исхлестали плетью из тонкой проволоки. Макферсон был, видимо, замучен и убит каким-то необычайно гибким инструментом, потому что длинные, резкие рубцы закруглялись со спины и захватывали плечи и ребра. По подбородку текла кровь из прикушенной от невыносимой боли нижней губы.

Я опустился на колени, а Стэкхерст, стоя, склонился над трупом, когда на нас упала чья-то тень, и, оглянувшись, мы увидели, что к нам подошел Ян Мэрдок. Мэрдок преподавал в школе математику; это был высокий, худощавый брюнет, настолько нелюдимый и замкнутый, что не было человека, который мог бы назвать себя его другом. Казалось, он витал в отвлеченных сферах иррациональных чисел и конических сечений, мало чем интересуясь в повседневной жизни. Он слыл среди учеников чудаком и мог бы легко оказаться посмешищем, не будь в его жилах примеси какой-то чужеземной крови, проявлявшейся не только в черных, как уголь, глазах и смуглой коже, но и во вспышках ярости, которые нельзя было назвать иначе, как дикими. Однажды на него набросилась собачонка Макферсона; Мэрдок схватил ее и вышвырнул в окно, разбив зеркальное стекло; за такое поведение Стэкхерст, конечно, не преминул бы его уволить, не дорожи он им как отличным преподавателем. Такова характеристика странного, сложного человека, подошедшего к нам в эту минуту. Казалось, он был вполне искренне потрясен видом мертвого тела, хотя случай с собачонкой вряд ли мог свидетельствовать о большой симпатии между ним и покойником.

— Бедняга! Бедняга! Не могу ли я что-нибудь сделать? Чем мне помочь вам?

— Вы были с ним? Не расскажете ли вы, что здесь произошло?

— Нет, нет, я поздно встал сегодня. И еще не купался. Я только иду из школы. Чем я могу быть вам полезен?

— Бегите скорее в Фулворт и немедленно известите полицию.

Не сказав ни слова, Мэрдок поспешно направился в Фулворт, а я тотчас же принялся изучать место происшествия, в то время как потрясенный Стэкхерст остался у тела. Первым моим делом было, конечно, убедиться, нет ли еще кого-нибудь на пляже. С обрыва, откуда спускалась тропка, берег, видимый на всем протяжении, казался совершенно безлюдным, если не считать двух-трех темных фигур, шагавших вдалеке по направлению к Фулворту. Закончив осмотр берега, я начал медленно спускаться по тропке. Почва здесь была с примесью глины и мягкого мергеля, и то тут, то там мне попадались следы одного и того же человека, идущие и под гору и в гору. Никто больше по тропке в это утро не спускался. В одном месте я заметил отпечаток ладони с расположенными вверх по тропе пальцами. Это могло значить только, что несчастный Макферсон упал, поднимаясь в гору. Я заметил также круглые впадины, позволявшие предположить, что он несколько раз падал на колени. Внизу, где тропка обрывалась, была довольно большая лагуна, образованная отступившим приливом. На берегу этой лагуны Макферсон разделся: тут же, на камне, лежало его полотенце.

Оно было аккуратно сложено и оказалось сухим, так что, судя по всему, Макферсон не успел окунуться. Кружа во всех направлениях по твердой гальке, я обнаружил на пляже несколько песчаных проплешин со следами парусиновых туфель и голых ступней Макферсона. Последнее наблюдение показывало, что он должен был вот-вот броситься в воду, а сухое полотенце говорило, что он этого сделать не успел.

Тут-то и коренилась загадка всего происшествия — самого необычайного из всех, с которыми я когда-либо сталкивался. Человек пробыл на пляже самое большее четверть часа. В этом не могло быть сомнения, потому что Стэкхерст шел вслед за ним от самой школы. Человек собрался купаться и уже разделся, о чем свидетельствовали следы голых ступней. Затем внезапно он снова натянул на себя макинтош, не успев окунуться или, во всяком случае, не вытеревшись. Он не смог выполнить свое намерение и выкупаться потому, что был каким-то необъяснимым и нечеловеческим способом исхлестан и истерзан так, что до крови прикусил от невыносимой боли губу и у него еле достало сил, чтобы отползти от воды и умереть. Кто был виновником этого зверского убийства? Правда, у подножия утесов были небольшие гроты и пещеры, но они были хорошо освещены низко стоявшим утренним солнцем и не могли служить убежищем. Кроме того, как я уже сказал, вдалеке на берегу виднелось несколько темных фигур. Они были слишком далеко, чтобы можно было заподозрить их и к тому же их отделяла от Макферсона широкая, подходившая к самому подножию обрыва лагуна, в которой он собирался купаться. Недалеко в море виднелись две-три рыбачьи лодки. Я мог хорошо разглядеть сидевших в них людей. Итак, мне открывалось несколько путей расследования дела, но ни один из них не сулил успеха.

Когда я в конце концов вернулся к трупу, я увидел, что вокруг него собралась группа случайных прохожих. Тут же находился, конечно, и Стэкхерст и только что подоспевший Ян Мэрдок в сопровождении сельского констебля Андерсона — толстяка с рыжими усами, низкорослой суссекской породы, наделенной под неповоротливой, угрюмой внешностью незаурядным здравым смыслом. Он выслушал нас, записал наши показания, потом отозвал меня в сторону.

— Я был бы признателен вам за совет, мистер Холмс. Одному мне с этим сложным делом не справиться, а если я что напутаю, мне влетит от Льюиса.

Я посоветовал ему, во-первых, послать за своим непосредственным начальником, во-вторых, до прибытия начальства не переносит ни тела, ни вещей и, по возможности, не топтаться зря у трупа, чтобы не путать следов. Сам я тем временем обыскал карманы покойного. Я нашел в них носовой платок, большой перочинный нож и маленький бумажник. Из бумажника выскользнул листок бумаги, который я раздернул и вручил констеблю. На листке небрежным женским почерком было написано: *«Не беспокойся, жди меня. Моди».* Судя по всему, это была любовная записка, но в ней не указывалось ни время, ни место свидания. Констебль вложил записку обратно в бумажник и вместе с прочими вещами водворил в карман макинтоша. Затем, поскольку никаких новых улик не обнаруживалось, я пошел домой завтракать, предварительно распорядившись о тщательном обследовании подножия утесов.

Часа через два ко мне зашел Стэкхерст и сказал, что тело перенесено в школу, где будет производиться дознание. Он сообщил мне несколько весьма важных и знаменательных фактов. Как я и ожидал, в пещерках под обрывом ничего не нашли, но Стэкхерст просмотрел бумаги в столе Макферсона и среди них обнаружил несколько писем, свидетельствующих о взаимной склонности между покойным и некой мисс Мод Беллами из Фулворта. Таким образом стало известно, кто писал записку, найденную в кармане Макферсона.

— Письма у полиции, — пояснил Стэкхерст, — я не смог принести их. Они, несомненно, свидетельствуют о серьезном романе. Но я не вижу оснований связывать эти отношения со страшным происшествием, если не считать того, что дама назначила ему свидание.

— Вряд ли, однако, свидание было назначено на берегу, где все вы обычно купаетесь, — заметил я.

— Да, это чистая случайность, что Макферсона не сопровождали несколько учеников.

— Такая ли уж случайность?

— Их задержал Ян Мэрдок, — сказал Стэкхерст. — Он настоял на проведении перед завтраком занятий по алгебре. Бедный малый, он страшно подавлен случившимся!

— Хотя, сколько мне известно, они не были особенно дружны.

— Да, первое время, но вот уже год или больше того, как Мэрдок сошелся с Макферсоном, насколько он вообще только способен с кем-нибудь сойтись. Он не очень-то общителен по природе.

— Так я и думал. Я припоминаю ваш рассказ о том, как он расправился с собачонкой покойного.

— Ну, это — дело прошлое.

— Но такой поступок мог, пожалуй, вызвать мстительные чувства.

— Нет, нет, я уверен в их искренней дружбе.

— Ну что ж, тогда перейдем к сердечным делам. Знакомы ли вы с дамой?

— Ее знают все. Она славится своей красотой по всей нашей округе, она писаная красавица, Холмс, кого ни спроси. Я знал, что она нравится Макферсону, но не предполагал, что дело зашло так далеко, как это явствует из писем.

— Кто же она?

— Дочь старого Тома Беллами, владельца всех прогулочных лодок и купален в Фулворте. Начал он с простого рыбака, а теперь он человек с положением. В деле ему помогает его сын Уильям.

— Не сходить ли нам в Фулворт повидать их?

— Под каким предлогом?

— О, предлог легко найти. Не мог же в конце концов наш несчастный друг покончить с собой, прибегнув к такому страшному способу самоубийства! Ведь плеть, которой он иссечен, должна была находиться в чьей-то руке, если допустить, что убийство совершено с помощью плети. Круг знакомых Макферсона в этом малолюдном месте, конечно, невелик. Давайте займемся всеми его знакомыми, и, досконально изучив их, мы наверное, нащупаем мотив преступления, а это, в свою очередь, поможет нам найти преступника.

Что могло бы быть для нас приятнее прогулки по холмам, заросшим душистым чебрецом, не будь мы так потрясены страшной трагедией, разыгравшейся на наших глазах! Деревня Фулворт расположена в небольшой впадине, полукругом опоясывающей бухту. За рядом старых домишек, вверх по склону, построено несколько современных домов. К одному из таких домов и повел меня Стэкхерст.

— Вот и «Гавань», как называет свой участок Беллами. Вон тот дом, с угловой башенкой и с черепичной крышей. Неплохо для человека, начавшего с ничего… Посмотрите-ка! Это еще что такое?

Садовая калитка «Гавани» открылась, и из нее вышел человек. Трудно было бы не признать в его высокой, угловатой фигуре математика Яна Мэрдока. Через минуту мы столкнулись с ним на дороге.

— Хэлло! — окликнул его Стэкхерст.

Мэрдок кивнул, искоса глянул на нас проницательными темными глазами и хотел было пройти мимо, но директор школы задержал его.

— Что вы здесь делали? — спросил он.

Мэрдок вспыхнул.

— Сэр, я подчинен вам в вашей школе. Но мне кажется, я не обязан давать вам отчет в своих личных делах.

После всего пережитого нервы Стэкхерста были натянуты, как струна. При других обстоятельствах он бы сдержался. Теперь же он вышел из себя.

— Ваш ответ, мистер Мэрдок, в настоящих условиях — чистейшая дерзость.

— Не меньшей дерзостью кажется мне ваш вопрос.

— Мне уже не в первый раз приходится терпеть ваши грубости. Сегодняшняя ваша выходка будет последней. Я попрошу вас подыскать себе другое место, и как можно скорее.

— Это вполне соответствует моим желаниям. Сегодня я потерял единственного человека, который как-то скрашивал мне существование у вас в школе.

И Мэрдок решительно зашагал по дороге, а Стэкхерст яростно глядел ему вслед.

— Какой трудный, какой невыносимый человек! — воскликнул он.

Меня больше всего поразило, что мистер Ян Мэрдок воспользовался первым же подвернувшимся предлогом, чтобы сбежать с места преступления. Зародившиеся во мне догадки, до сих пор смутные и неопределенные, становились отчетливее. «Может быть, знакомство с семейством Беллами прольет свет на это дело?» — подумал я. Стэкхерст успокоился, и мы направились к дому.

Мистер Беллами оказался мужчиной средних лет, с огненно-рыжей бородой. Вид у него был очень взволнованный, лицо пылало не меньше бороды.

— Увольте, сэр, я не желаю знать никаких подробностей. И мой сын, — он указал на богатырского сложения молодого человека, с тяжелым, угрюмым лицом, — совершенно согласен со мной, что поведение мистера Макферсона компрометировало Мод. Да, сэр, он ни разу не произнес слова «брак», хотя была переписка, были свидания и много всякого другого, чего никто из нас не одобрял. У Мод нет матери, и мы ее единственные защитники. Мы решили…

Это словоизвержение было внезапно прервано появлением самой девушки. Никто не стал бы отрицать, что она могла, послужить украшением любого общества. И кто бы подумал, что столь редкостной красоты цветок вырастет на такой почве и в подобной атмосфере! Я мало увлекался женщинами, ибо сердце мое всегда было в подчинении у головы, но, глядя на прекрасные тонкие черты, на нежный, свежий цвет лица, типичный для этих краев, я понимал, что ни один молодой человек, увидев ее, не мог бы остаться равнодушным. Такова была девушка, которая теперь стояла перед Гарольдом Стэкхерстом, открыто и решительно глядя ему в глаза.

— Я уже знаю, что Фицрой скончался, — сказала она. — Не бойтесь, я в состоянии выслушать любые подробности.

— Тот ваш джентльмен уже все рассказал нам, — пояснил отец.

— У вас нет никаких оснований замешивать в эту историю мою сестру, — пробурчал молодой человек.

— Это — мое дело, Уильям, — сказала сестра, метнув на него горячий, уничтожающий взгляд. — Будь добр, позволь мне вести себя, как я сочту нужным. Ясно, что совершено страшное преступление. Если я смогу помочь раскрыть убийцу, я хотя бы исполню этим свой долг перед умершим.

Она выслушала краткое сообщение моего спутника сдержанно, с сосредоточенным вниманием, тем доказав, что наряду с красотой она обладала сильным характером. Мод Беллами навсегда запомнится мне как одна из самых красивых и самых достойных женщин. Она, по-видимому, уже знала меня в лицо, потому что сразу же обратилась ко мне.

— Привлеките их к ответу, мистер Холмс, — сказала она. — Кто бы ни был убийца, все мои симпатии и моя помощь на вашей стороне.

Мне показалось, что при этих словах она с вызовом посмотрела на отца и брата.

— Благодарю вас, — сказал я. — Я очень ценю в таких делах женскую интуицию. Но вы сказали «их». Вы думаете, что в этом деле повинен не один человек?

— Я достаточно хорошо знала мистера Макферсона, чтобы утверждать, что он был человеком мужественным и сильным. Один на один с ним никто бы не справился.

— Не могу ли я сказать вам несколько слов с глазу на глаз?

— Говорю тебе, Мод, не вмешивайся ты в эти дела! — раздраженно крикнул отец.

Она беспомощно взглянула на меня.

— Как же мне быть?

— Теперь дело все равно получит огласку, — сказал я, — так что никакой беды не будет, если мы поговорим с вами при всех. Я предпочел бы, конечно, разговор наедине, но раз вашему отцу это неугодно, он может принять участие в нашей беседе.

И я рассказал ей о записке, найденной в кармане покойника.

— Она, конечно, будет фигурировать на дознании. Могу я попросить вас дать объяснения по поводу этой записки?

— У меня нет причин чо-либо скрывать, — ответила девушка. — Мы были женихом и невестой и собирались пожениться, но мы не оглашали нашей помолвки из-за дяди Фицроя: он старый, по слухам, смертельно болен, и он мог бы лишить Фицроя наследства, женись он против его воли. Никаких других причин скрываться у нас не было.

— Ты могла бы сказать нам об этом раньше, — проворчал Беллами.

— Я бы так и сделала, отец, если бы видела с вашей стороны доброжелательное отношение.

— Я не хочу, чтобы моя дочь связывалась с людьми другого круга!

— Из-за этого вашего предубеждения против Фицроя и я не могла ничего вам рассказать. Что же касается моей записки, то она была ответом вот на это... — И она, пошарив в кармане платья, протянула мне смятую бумажку следующего содержания:.

«Любимая!
Я буду на обычном месте на берегу тотчас после захода солнца, во вторник. Это — единственное время, когда я смогу выбраться.
Ф. М.

— Сегодня вторник, и я предполагала встретиться с ним сегодня вечером.

Я рассматривал письмо.

— Послано не по почте. Каким образом вы его получили?

— Я предпочла бы не отвечать на этот вопрос. Каким образом я получила письмо, право же, не имеет никакого отношения к делу. А про все, что связано с вашим расследованием, я вам охотно расскажу.

И она сдержала слово, но ее показания не смогли натолкнуть нас на чей-либо след. Она не допускала мысли, что у ее жениха были тайные враги, однако признала, что пламенных поклонников у нее было несколько.

— Не принадлежит ли к их числу мистер Ян Мэрдок?

Она покраснела и как будто смутилась.

— Так мне казалось одно время. Но когда он узнал о наших отношениях с Фицроем, его чувства изменились.

Мои подозрения относительно этого человека принимали все более определенный характер. Надо было ознакомиться с его прошлым, надо было негласно обыскать его комнату. Стэкхерст будет мне в этом содействовать, потому что у него зародились те же подозрения. Мы вернулись от Беллами в надежде, что держим в руках хотя бы один конец этого запутанного клубка.

Прошла неделя. Дознание не привело ни к чему и было приостановлено впредь до нахождения новых улик. Стэкхерст навел негласные справки о своем подчиненном, в комнате Мэрдока был произведен поверхностный обыск, не давший никакого результата. Я лично еще раз шаг за шагом — на деле и в уме — проследил все этапы трагического события, но ни к какому выводу не пришел. Во всей моей практике читатель не запомнит случая, когда я так остро ощущал бы свое бессилие. Даже воображение не могло подсказать мне разгадку тайны. Но тут вскоре произошел случай с собакой.

Первая услышала об этом моя старая экономка благодаря своеобразному беспроволочному телеграфу, с помощью которого эти люди получают информацию о всех происшествиях в округе.

— Что за грустная история сэр, с этой собакой мистера Макферсона! — сказала как-то вечером моя экономка.

Я не люблю поощрять подобную болтовню, но на этот раз ее слова пробудили мой интерес.

— Что же такое случилось с собакой мистера Макферсона?

— Подохла, сэр. Подохла с тоски по хозяину.

— Откуда вы это знаете?

— Как же не знать, когда все только об этом и говорят. Собака страшно тосковала, целую неделю ничего в рот не брала. А сегодня два молодых джентльмена из школы нашли ее мертвой внизу, на берегу, на том самом месте, где случилось несчастье с ее хозяином.

«На том самом месте»! Эти слова словно врезались в мой мозг. Во мне родилось какое-то смутное предчувствие, что гибель собаки поможет распутать дело. То, что собака подохла, следовало, конечно, объяснить преданностью и верностью, свойственными всем собакам. Но «на том самом месте»? Почему этот пустынный берег играет такую зловещую роль? Возможно ли, чтобы и собака пала жертвой какой-то кровной мести? Возможно ли?..Догадка была смутной, но она начинала принимать все более определенные формы. Через несколько минут я шел по дороге к школе. Я застал Стэкхерста в его кабинете. По моей просьбе он послал за Сэдбери и Блаунтом— двумя учениками, нашедшими собаку.

— Да, она лежала на самом краю лагуны, — подтвердил один из них. — Она, по- видимому, пошла по следам своего умершего хозяина.

Я осмотрел труп маленького преданного создания из породы эрдельтерьеров, лежавший на подстилке в холле. Он одеревенел, застыл, глаза были выпучены, конечности скрючены. Все его очертания выдавали страшную муку.

Из школы я прошел вниз к лагуне. Солнце зашло, и на воде, тускло мерцавшей, как свинцовый лист, лежала черная тень большого утеса. Место было безлюдно; кругом не было ни признака жизни, если не считать двух чаек, с резкими криками круживших надо мной. В меркнущем свете дня я смутно различал маленькие следы собачьих лап на песке вокруг того самого камня, на котором лежало тогда полотенце ее хозяина. Я долго стоял в глубокой задумчивости, в то время как вокруг становилось все темнее и темнее. В голове моей вихрем проносились мысли. Так бывает в кошмарном сне, когда вы ищете какую-то страшно нужную вещь и вы знаете, что она где-то здесь рядом, а она все-таки остается неуловимой и недоступной. Именно такое чувство охватило меня, когда я в тот вечер стоял в одиночестве на роковом берегу. Потом я наконец повернулся и медленно пошел домой.

Я как раз успел подняться по тропке на самый верх обрыва, когда меня вдруг, как молния, пронзило воспоминание о том, что я так страстно и тщетно искал. Если только Уотсон писал не понапрасну, вам должно быть известно, читатель, что я располагаю большим запасом современных научных познаний, приобретенных вполне бессистемно и вместе с тем служащих мне большим подспорьем в работе. Память моя похожа на кладовку, битком набитую таким количеством всяческих свертков и вещей, что я и сам с трудом представляю себе ее содержимое. Я чувствовал, что там должно быть что-то, касающееся этого дела. Сначала это чувство было смутно, но в конце концов я начал догадываться, чем оно подсказано. Это было невероятно, чудовищно, и все-таки это открывало какие-то перспективы. И я должен был окончательно проверить свои догадки.

В моем домике есть огромный чердак, заваленный книгами. В этой-то завали я и барахтался и плавал целый час, пока не вынырнул с небольшим томиком шоколадного цвета с серебряным обрезом. Я быстро разыскал главу, содержание которой мне смутно запомнилось. Да, что говорить, моя догадка была неправдоподобной, фантастичной, но я уже не мог успокоиться, пока не выясню, насколько она основательна. Было уже поздно, когда я лег спать, с нетерпением предвкушая завтрашнюю работу.

Но работа эта наткнулась на досадное препятствие. Только я проглотил утреннюю чашку чая и хотел отправиться на берег, как ко мне пожаловал инспектор Бардл из Суссекского полицейского управления — коренастый мужчина с задумчивыми, как у вола, глазами, которые сейчас смотрели на меня с самым недоуменным выражением.

— Мне известен ваш огромный опыт, сэр, — начал он. — Я, конечно, пришел совершенно неофициально, и о моем визите никто знать не обязан.

Но я что-то запутался в деле с Макферсоном. Просто не знаю, арестовать мне его или нет.

— Вы имеете в виду мистера Яна Мэрдока?

— Да, сэр. Ведь больше и подумать не на кого. Здешнее безлюдье — огромное преимущество. Мы имеем возможность ограничить наши поиски. Если это сделал не он, то кто же еще?

— Что вы имеете против него?

Бардл, как выяснилось, шел по моим стопам. Тут был и характер Мэрдока, и тайна, которая, казалось, окружала этого человека. И его несдержанность, проявившаяся в случае с собачонкой. И ссоры его с Макферсоном в прошлом, и вполне основательные догадки об их соперничестве в отношении к мисс Беллами. Он перебрал все мои аргументы, но ничего нового не сказал, кроме того, что Мэрдок как будто готовится к отъезду.

— Каково будет мое положение, если я дам ему улизнуть при наличии всех этих улик? — Флегматичный толстяк был глубоко встревожен.

— Подумайте-ка, инспектор, в чем основной промах ваших рассуждений, — сказал ему я. — Он, конечно, сможет без труда доказать свое алиби в утро убийства. Он был со своими учениками вплоть до последней минуты и подошел к нам почти тотчас после появления Макферсона. Потом имейте в виду, что он один, своими руками, не мог бы так расправиться с человеком, не менее сильным, чем он сам. И, наконец, вопрос упирается в орудие, которым было совершено убийство.

— Что же это могло быть, как не плеть или какой-то гибкий кнут?

— Вы видели раны?

— Да, видел. И доктор тоже.

— А я рассматривал их очень тщательно в лупу. И обнаружил некоторые особенности.

— Какие же, мистер Холмс?

Я подошел к своему письменному столу и достал увеличенный снимок.

— Вот мой метод в таких случаях, — пояснил я.

— Что говорить, мистер Холмс, вы вникаете в каждую мелочь.

— Я не был бы Холмсом, если бы работал иначе. А теперь давайте посмотрим вот этот рубец, который опоясывает правое плечо. Вам ничего не бросается в глаза?

— Да нет.

— А вместе с тем совершенно очевидно, что рубец неровный. Вот тут — более глубокое кровоизлияние, здесь вот — вторая такая же точка. Такие же места видны и на втором рубце, ниже. Что это значит?

— Понятия не имею. А вы догадываетесь?

— Может быть, догадываюсь. А может быть, и нет. Скоро я смогу подробнее высказаться по этому поводу. Разгадка причины этих кровоизлияний должна кратчайшим путем подвести нас к раскрытию виновника убийства.

— Мои слова, конечно, могут показаться нелепыми, — сказал полицейский, — но если бы на спину Макферсона была брошена докрасна раскаленная проволочная сетка, то эти более глубоко пораженные точки появились бы в местах пересечения проволок.

— Сравнение необычайно меткое. Можно также предположить применение жесткой плетки-девятихвостки с небольшими узлами на каждом ремне.

— Честное слово, мистер Холмс, мне кажется, вы близки к истине.

— А может быть, мистер Бардл, раны были нанесены еще каким-нибудь способом. Как бы то ни было, сех ваших догадок недостаточно для ареста. Кроме того, мы должны помнить о последних словах покойника — «львиная грива».

— Я подумал, не хотел ли он назвать имя...

— И я думал о том же. Если бы второе слово звучало хоть сколько-нибудь похоже на «Мэрдок» — но нет. Я уверен, что он выкрикнул слово «грива».

— Нет ли у вас других предположений, мистер Холмс?

— Может, и есть. Но я не хочу их обсуждать, пока у меня не будет более веских доказательств.

— А когда они у вас будут?

— Через час, возможно, и раньше.

Инспектор почесал подбородок, недоверчиво поглядев на меня.

— Хотел бы я разгадать ваши мысли, мистер Холмс. Может быть, ваши догадки связаны с теми рыбачьими лодками?

— О нет, они были слишком далеко.

— Ну, тогда это, может быть, Беллами и его дылда-сын? Они здорово недолюбливали Макферсона. Не могли они убить его?

— Да нет же: вы ничего у меня не выпытаете, пока я не готов, — сказал я, улыбаясь. — А теперь, инспектор, нам обоим пора вернуться к нашим обязанностям. Не могли бы вы зайти ко мне часов в двенадцать?..

Но тут нас прервали, и это было началом конца дела об убийстве Макферсона.

Наружная дверь распахнулась, в передней послышались спотыкающиеся шаги, и в комнату ввалился Ян Мэрдок. Он был бледен, растрепан, костюм его был в страшнейшем беспорядке; он целился костлявыми пальцами за стулья, чтобы только удержаться на ногах!

— Виски! Виски! — прохрипел он и со стоном рухнул на диван.

Он был не один. Вслед за ним вбежал Стэкхерст, без шляпы, тяжело дыша, почти в таком же состоянии невменяемости, как и его спутник.

— Скорее, скорее виски! — кричал он. — Мэрдок чуть жив. Я еле дотащил его сюда. По пути он дважды терял сознание.

Полкружки спиртного оказали поразительное действие. Мэрдок приподнялся на локте и сбросил с плеч пиджак.

— Ради бога, — прокричал он, — масла, опиума, морфия! Чего угодно, лишь бы прекратить эту адскую боль!

Мы с инспектором невольно вскрикнули от изумления. Плечо Мэрдока было располосовано такими же красными, воспаленными, перекрещивающимися рубцами, как и тело Фицроя Макферсона.

Невыносимые боли пронизывали, по-видимому, всю грудную клетку несчастного; дыхание его то и дело прерывалось, лицо чернело, и он судорожно хватался рукой за сердце, а со лба скатывались крупные капли пота. Он мог в любую минуту умереть. Но мы вливали ему в рот виски, и с каждым глотком он оживал. Тампоны из ваты, смоченной в прованском масле, казалось, смягчали боль от страшных ран. В конце концов его голова тяжело упала на подушку. Измученное тело припало к последнему источнику жизненных сил. Был ли то сон или беспамятство, но, во всяком случае, он избавился от боли.

Расспрашивать его было немыслимо, но как только мы убедились в том, что жизнь его вне опасности, Стэкхерст повернулся ко мне.

— Господи боже мой, Холмс, — воскликнул он, — что же это такое? Что это такое?

— Где вы его подобрали?

— Внизу, на берегу. В точности в том же самом месте, где пострадал несчастный Макферсон. Будь у Мэрдока такое же слабое сердце, ему бы тоже не выжить. Пока я вел его к вам, мне несколько раз казалось, что он отходит. До школы было слишком далеко, поэтому я и приволок его сюда.

— Вы видели его на берегу?

— Я шел по краю обрыва, когда услышал его крик. Он стоял у самой воды, шатаясь, как пьяный. Я сбежал вниз, набросил на него какую-то одежду и втащил наверх. Холмс, умоляю вас, сделайте все, что в ваших силах, не пощадите трудов, чтобы избавить от проклятия наши места, иначе жить здесь будет невозможно. Неужели вы, со всей вашей мировой славой, не можете нам помочь?

— Кажется, могу, Стэкхерст. Пойдемте-ка со мной! И вы, инспектор, тоже! Посмотрим, не удастся ли нам предать убийцу в руки правосудия.

Предоставив погруженного в беспамятство Мэрдока заботам моей экономки, мы втроем направились к роковой лагуне. На гравии лежал ворох одежды, брошенной пострадавшим. Я медленно шел у самой воды, а мои спутники следовали гуськом за мной. Лагуна была совсем мелкая, и только под обрывом, где залив сильнее врезался в сушу, глубина воды достигала четырех-пяти футов. Именно сюда, к этому великолепному, прозрачному и чистому, как кристалл, зеленому водоему, конечно, и собирались пловцы. У самого подножия обрыва вдоль лагуны тянулся ряд камней; я пробирался по этим камням, внимательно всматриваясь в воду. Когда я подошел к самому глубокому месту, мне удалось наконец обнаружить то, что я искал.

— Цианея! — вскричал я с торжеством. — Цианея! Вот она, львиная грива!

Странное существо, на которое я указывал, и в самом деле напоминало спутанный клубок, выдранный из гривы льва. На каменном выступе под водой на глубине каких-нибудь трех футов лежало странное волосатое чудовище, колышущееся и трепещущее; в его желтых космах блестели серебряные пряди. Все оно пульсировало, медленно и тяжело растягиваясь и сокращаясь.

— Достаточно она натворила бед! — вскричал я. — Настал ее последний час. Стэкхерст, помогите мне! Пора прикончить убийцу!

Над выступом, где притаилось чудовище, лежал огромный валун: мы со Стэкхерстом навалились на него и столкнули в воду, подняв целый фонтан брызг. Когда волнение на воде улеглось, мы увидели, что валун лег куда следовало. Выглядывавшая из-под него и судорожно трепещущая желтая перепонка свидетельствовала о том, что мы попали в цель. Густая маслянистая пена сочилась из-под камня, мутя воду и медленно поднимаясь на поверхность.

— Потрясающе! — воскликнул инспектор. — Но что же это было, мистер Холмс? Я родился и вырос в этих краях и никогда не видывал ничего подобного. Такого в Суссексе не водится.

— К счастью для Суссекса, — заметил я. — Ее, по-видимому, занесло сюда юго-западным шквалом. Приглашаю вас обоих ко мне, и я покажу вам, как описал встречу с этим чудовищем человек, однажды столкнувшийся с ним в открытом море и надолго запомнивший этот случай.

Когда мы вернулись в мой кабинет, мы нашли Мэрдока настолько оправившимся, что он был в состоянии сесть. Он все еще не мог прийти в себя от пережитого потрясения и то и дело содрогался от приступов боли. В несвязных словах он рассказал нам, что понятия не имеет о том, что с ним произошло, что он помнит только, как почувствовал нестерпимую боль и как у него еле хватило сил выползти на берег.

— Вот книжка, — сказал я, показывая шоколадного цвета томик, заронивший во мне догадку о виновнике происшествия, которое иначе могло бы остаться для нас окутанным вечной тайной. Заглавие книжки— «Встречи на суше и на море», ее автор— исследователь Дж. Дж. Вуд. Он сам чуть не погиб от соприкосновения с этой морской тварью, так что ему можно верить. Полное латинское название ее Cyanea capillata. Она столь же смертоносна, как кобра, а раны, нанесенные ею, болезненнее укусов этой змеи. Разрешите мне вкратце прочесть вам ее описание:

«Если купальщик заметит рыхлую круглую массу из рыжих перепонок и волокон, напоминающих львиную гриву с пропущенными полосками серебряной бумаги, мы рекомендуем ему быть начеку, ибо перед ним одно из самых опасных морских чудовищ— Cyanea capillata». Можно ли точнее описать нашу роковую находку?

Дальше автор рассказывает о собственной встрече с одним из этих чудищ, когда он купался у Кентского побережья. Он установил, что эта тварь распускает тонкие, почти невидимые нити на расстояние в пятьдесят футов, и всякий, кто попадает в пределы досягаемости этих ядовитых нитей, подвергается смертельной опасности. Даже на таком расстоянии встреча с этим животным чуть не стоила Вуду жизни. «Ее бесчисленные тончайшие щупальца оставляют на коже огненно-багровые полосы, которые при ближайшем рассмотрении состоят из мельчайших точек или крапинок, словно от укола раскаленной иглой, проникающей до самого нерва». Как пишет автор, местные болевые ощущения далеко не исчерпывают этой страшной пытки. «Я свалился с ног от боли в груди, пронизавшей меня, словно пуля. У меня почти исчез пульс, а вместе с тем я ощутил шесть-семь сердечных спазм, как будто вся кровь моя стремилась пробиться вон из груди».

Вуд был поражен почти насмерть, хотя он столкнулся с чудовищем в морских волнах, а не в узенькой спокойной лагуне. Он пишет, что еле узнал сам себя, настолько лицо его было бескровно, искажено и изборождено морщинами. Он выпил залпом целую бутылку виски, и только это, по-видимому, его и спасло. Вручаю эту книжку вам, инспектор, и можете не сомневаться в том, что здесь дано точное описание всей трагедии, пережитой несчастным Макферсоном.

— И чуть было не обесчестившей меня, — заметил Мэрдок с кривой усмешкой. — Я не обвиняю вас, инспектор ни вас, мистер Холмс, — ваши подозрения были естественны. Я чувствовал, что меня вот-вот должны арестовать, и своим оправданием я обязан только тому, что разделил судьбу моего бедного друга.

— Нет, нет, мистер Мэрдок. Я уже догадывался, в чем дело, и если бы меня не задержали сегодня утром дома, мне, возможно, удалось бы избавить вас от страшного переживания.

— Но как же вы могли догадаться, мистер Холмс?

— Я всеядный читатель и обладаю необычайной памятью на всякие мелочи. Слова «львиная грива» не давали мне покоя. Я знал, что где-то уже встречал их в совершенно неожиданном для меня контексте. Вы могли убедиться, что они в точности характеризуют внешний вид этой твари. Я не сомневаюсь, что она всплыла на поверхность и Макферсон ее ясно увидел, потому что никакими другими словами он не мог предостеречь нас от животного, оказавшегося виновником его гибели.

— Итак, я, во всяком случае, обелен, — сказал Мэрдок, с трудом вставая с дивана. — Я тоже должен в нескольких словах объяснить вам кое-что, ибо мне известно, какие справки вы наводили. Я действительно любил Мод Беллами, но с той минуты, как она избрала Макферсона, моим единственным желанием стало содействовать их счастью. Я сошел с их пути и удовлетворялся ролью посредника. Они часто доверяли мне передачу писем; и я же поторопился сообщить Мод о смерти нашего друга именно потому, что любил ее и мне не хотелось, чтобы она была извещена человеком чужим и бездушным. Она не хотела говорить вам, сэр, о наших отношениях, боясь, что вы их истолкуете неправильно и не в мою пользу.

А теперь я прошу вас отпустить меня в школу, мне хочется скорее добраться до постели.

Стэкхерст протянул ему руку.

— У всех нас нервы расшатаны, — сказал он. — Простите, Мэрдок. Впредь мы будем относиться друг к другу с большим доверием и пониманием.

Они ушли под руку, как добрые друзья. Инспектор остался и молча вперил в меня свои воловьи глаза.

— Здорово сработано! вскричал он. — Что говорить, я читал про вас, но никогда не верил. Это же чудо!

Я покачал головой. Принять такие дифирамбы значило бы унизить собственное достоинство.

— Вначале я проявил медлительность, непростительную медлительность, — сказал я. — Будь тело обнаружено в воде, я догадался бы скорее. Меня подвело полотенце. Бедному малому не пришлось вытереться, а я из-за этого решил, что он не успел и окунуться. Поэтому мне, конечно, не пришло в голову, что он подвергся нападению в воде. В этом пункте я и дал маху. Ну что ж, инспектор, мне часто приходилось подтрунивать над вашим братом — полицией, зато теперь Cyanea capillata отомстила мне за Скотленд-Ярд.

Подрядчик из Норвуда

С тех пор, как погиб профессор Мориарти, — сказал как-то за завтраком Шерлок Холмс, — Лондон для криминалистов потерял всякий интерес.

— Боюсь, мало кто из добропорядочных лондонцев согласится с вами, — засмеялся я.

— Да, конечно, нельзя думать только о себе, — улыбнулся мой друг, вставая из-за стола. — Общество довольно, всем хорошо, страдает лишь один Шерлок Холмс, который остался не у дел. Когда этот человек был жив, утренние газеты были источником неистощимых возможностей. Едва уловимый намек, случайная фраза — и мне было ясно: гений зла опять замышляет что-то; так, увидев дрогнувший край паутины, мгновенно представляешь себе хищного паука в ее центре. Мелкие кражи, необъяснимые убийства, кажущиеся бессмысленными нарушения закона — но, зная Мориарти, я видел за всем этим единый преступный замысел. В те дни для того, кто занимается изучением уголовного мира, ни одна столица Европы не представляла такого широкого поля деятельности, как Лондон. А сейчас... — И Холмс с шутливым негодованием пожал плечами, возмущаясь результатом своих собственных усилий.

Эпизод, который я хочу рассказать, произошел через несколько месяцев после возвращения Холмса. По его просьбе я продал свою практику в Кенсингтоне и поселился с ним на нашей старой квартире на Бейкер-стрит. Мою скромную практику купил молодой врач по имени Вернер. Он, не колеблясь, согласился на самую высокую цену, какую у меня хватило духу запросить, — объяснилось это обстоятельство через несколько лет, когда я узнал, что Вернер — дальний родственник Холмса и деньги ему дал не кто иной, как мой друг.

Те месяцы, что мы прожили вместе, вовсе не были так бедны событиями, как это представил сейчас Холмс. Пробегая свои дневники того времени, я нахожу там знаменитое дело о похищенных документах бывшего президента Мурильо и трагедию на борту голландского лайнера «Фрисланд», которая едва не стоила нам с Холмсом жизни. Но гордой, замкнутой душе моего друга претили восторги толпы, и он взял с меня клятву никогда больше не писать ни о нем самом, ни о его методе, ни о его успехах. Запрещение это, как я уже говорил, было снято с меня совсем недавно.

Высказав свой необычный протест, Шерлок Холмс удобно уселся в кресло, взял газету и только что принялся неспешно ее разворачивать, как вдруг раздался резкий звонок и сильные глухие удары, как будто в дверь барабанили кулаком. Потом кто-то шумно ворвался в прихожую, взбежал по лестнице, и в нашей гостиной очутился бледный, взлохмаченный, задыхающийся молодой человек с лихорадочно горящими глазами.

— Простите меня, мистер Холмс, — с трудом выговорил он. — Ради бога не сердитесь... Я совсем потерял голову. Мистер Холмс, я— несчастный Джон Гектор Макфарлейн.

Он почему-то был уверен, что это имя объяснит нам и цель его визита и его странный вид, но по вопросительному выражению на лице моего друга я понял, что для него оно значит ничуть не больше, чем для меня.

— Возьмите сигарету, мистер Макфарлейн, — сказал Холмс, подвигая ему свой портсигар. — Мой друг доктор Уотсон, видя ваше состояние, прописал бы вам что- нибудь успокаивающее. Какая жара стоит все это время! Ну вот, а теперь, если вы немножко пришли в себя, садитесь, пожалуйста, на этот стул и рассказывайте спокойно и не торопясь, кто вы и что привело вас сюда. Вы назвали свое имя так, будто я должен его знать, но, уверяю вас, кроме тех очевидных фактов, что вы масон, адвокат, холосты и что у вас астма, мне больше ничего не известно.

Я был знаком с методами моего друга и потому, взглянув повнимательнее на молодого человека, отметил и небрежность одежды, и пачку деловых бумаг, и брелок на цепочке от часов, и затрудненное дыхание— словом, все, что помогло Холмсу сделать свои выводы. Но наш посетитель был поражен.

— Да, мистер Холмс, вы совершенно правы, к этому можно только добавить, что нет сейчас в Лондоне человека несчастнее меня. Ради всего святого, мистер Холмс, помогите мне! Если они придут за мной, а я не кончу рассказывать, попросите их подождать. Я хочу, чтобы вы узнали все от меня. Я пойду в тюрьму со спокойной душой, если вы согласитесь помогать мне.

— Вы пойдете в тюрьму! — воскликнул Холмс. — Да это просто замеча... просто ужасно. Какое обвинение вам предъявляют?

— Убийство мистера Джонаса Олдейкра из Лоуэр-Норвуда.

На лице моего друга отразилось сочувствие, смешанное, как мне показалось, с удовольствием.

— Подумать только! — заговорил он. — Ведь всего несколько минут назад я жаловался доктору Уотсону, что сенсационные происшествия исчезли со страниц наших газет.

Наш гость протянул дрожащую руку к «Дейли телеграф», так и оставшейся лежать на коленях Холмса.

— Если бы вы успели развернуть газету, сэр, вам не пришлось бы спрашивать, зачем я к вам пришел. Мне кажется, что сейчас все только и говорят обо мне и о моем несчастье. — Он показал нам первую страницу. — Вот. С вашего позволения, мистер Холмс, я прочту. Слушайте: «Загадочное происшествие в Лоуэр-Норвуде. Исчез местный подрядчик. Подозревается убийство и поджог. Преступник оставил следы». Они уже идут по этим следам, мистер Холмс, и я знаю, они скоро будут здесь! За мной следили с самого вокзала. Они, конечно, ждут только ордера на арест. Мама не переживет этого, не переживет! — Он в отчаянии ломал руки, раскачиваясь на стуле.

Я с интересом разглядывал человека, которого обвиняли в таком страшном преступлении: лет ему было около двадцати семи, светло-русые волосы, славное лицо с мягкими, будто смазанными чертами, ни усов, ни бороды, испуганные голубые глаза, слабый детский рот; судя по костюму и манерам — джентльмен, из кармана летнего пальто торчит пачка документов, подсказавших Холмсу его профессию...

— Воспользуемся оставшимся у нас временем, — сказал Холмс. — Уотсон, прочтите, пожалуйста, статью.

Под броским заголовком, который прочитал нам Макфарлейн, было напечатано следующее интригующее сообщение:

Сегодня ночью, точнее, рано утром, в Лоуэр-Норвуде случилось происшествие, которое наводит на мысль о преступлении. Мистер Джонас Олдейкр хорошо известен в округе, где он в течение многих лет брал подряды на строительство. Мистер Джонас Олдейкр — холостяк, пятидесяти двух лет, его усадьба Дип-Дин-хаус в районе Сайденхема, неподалеку от Сайденхем-роуд. По словам соседей, он человек со странностями, скрытный и необщительный. Несколько лет назад он оставил дело, на котором нажил немалое состояние. Однако небольшой склад стройматериалов у него остался. И вот вчера вечером, около двенадцати часов, в пожарную охрану сообщили, что за его домом во дворе загорелся один из штабелей с досками. Пожарные немедленно выехали, но пламя с такой яростью пожирало сухое дерево, что погасить огонь было невозможно, и штабель сгорел дотла. С первого взгляда могло показаться, что происшествие это ничем не примечательно, но скоро выяснились обстоятельства, указывающие на преступление. Всех поразило отсутствие на месте происшествия владельца склада, — его стали искать, но нигде не нашли. Когда вошли к нему в комнату, то увидели, что постель не смята, сейф раскрыт, по полу разбросаны какие-то документы, всюду следы борьбы, слабые пятна крови и наконец в углу дубовая трость, рукоятка которой тоже испачкана кровью. Известно, что вечером у мистера Джонаса Олдейкра был гость, которого он принимал в спальне. Есть доказательства, что найденная трость принадлежит этому гостю, которым является Джон Гектор Макфарлейн-младший, компаньон лондонской юридической конторы «Грэм и Макфарлейн»,426. Грешембилдингз, Восточно-центральный район. По мнению полиции, данные, которыми она располагает, не оставляют сомнений в мотивах, толкнувших его на преступление. Мы уверены, что в самом скором времени сможем сообщить нашим читателям новые подробности.

Более позднее сообщение.

Ходят слухи, что мистер Джон Гектор Макфарлейн уже арестован по обвинению в убийстве мистера Джонаса Олдейкра. Достоверно известно, что приказ об его аресте подписан. Следствие получило новые улики, подтверждающие самые худшие предположения. Кроме следов борьбы, в спальне несчастного обнаружено, что, во-первых, выходящая во двор стеклянная дверь спальни оказалась открытой, во-вторых, через двор к штабелю тянется след от протащенного волоком тяжелого предмета и, наконец, в-третьих, в золе были обнаружены обуглившиеся кости. Полиция пришла к заключению, что мы имеем дело с чудовищным преступлением: убийца нанес жертве смертельный удар в спальне, вынул из сейфа бумаги, оттащил труп к штабелю и, чтобы скрыть следы, поджег его. Следствие поручено опытному специалисту Скотленд-Ярда инспектору Лестрейду, который взялся за расследование со свойственной ему энергией и проницательностью».

Шерлок Холмс слушал отчет об этих необычайных событиях, закрыв глаза и соединив кончики пальцев.

— Случай, несомненно, интересный, — наконец задумчиво проговорил он. — Но позвольте спросить вас, мистер Макфарлейн, почему вы до сих пор разгуливаете на свободе, хотя оснований для вашего ареста как будто вполне достаточно?

— Я с родителями живу в Торрингтон-лодж, это в Блэкхите, мистер Холмс, но вчера мы кончили дела с мистером Олдейкром очень поздно. Я остался ночевать в Норвуде, в гостинице, и на работу поехал оттуда. О случившемся я узнал только в поезде, когда прочел заметку, которую вы сейчас услышали. Я сразу понял, какая ужасная опасность мне грозит, и поспешил к вам рассказать обо всем. Я нисколько не сомневаюсь, что, приди я вместо этого в свою контору в Сити или возвратись вчера домой, меня бы уже давно арестовали. От вокзала Лондон-бридж за мной шел какой-то человек, и я уверен… Господи, что это?

Раздался требовательный звонок, вслед за которым на лестнице послышались тяжелые шаги, дверь гостиной открылась, и на пороге появился наш старый друг Лейтрейд в сопровождении полицейских.

— Мистер Джон Гектор Макфарлейн! — сказал инспектор Лестрейд.

Наш несчастный посетитель встал. Лицо его побелело до синевы.

— Вы арестованы за преднамеренное убийство мистера Джонаса Олдейкра.

Макфарлейн в отчаянии обернулся к нам и снова опустился на стул, как будто ноги отказывались держать его.

— Подождите, Лестрейд, — сказал Холмс, — позвольте этому джентльмену досказать нам то, что ему известно об этом в высшей степени любопытном происшествии. Полчаса дела не меняют. Мне кажется, это поможет нам распутать дело.

— Ну, распутать его будет нетрудно, — отрезал Лестрейд.

— И все-таки, если вы не возражаете, мне было бы очень интересно выслушать мистера Макфарлейна.

— Что ж, мистер Холмс, мне трудно вам отказать. Вы оказали полиции две-три услуги, и Скотленд-Ярд перед вами в долгу. Но я останусь с моим подопечным и предупреждаю, что все его показания будут использованы обвинением.

— Именно этого я и хочу, — отозвался наш гость. — Выслушайте правду и вникните в нее, — больше мне ничего не нужно.

Лестрейд взглянул на часы.

— Даю вам тридцать минут.

— Прежде всего я хочу сказать, — начал Макфарлейн, — что до вчерашнего дня я не был знаком с мистером Джонасом Олдейкром. Однако имя его я слыхал— его знали мои родители, но уже много лет не виделись с ним. Поэтому я очень удивился, когда вчера часа в три дня он появился в моей конторе в Сити. А услышав о цели его визита, я удивился еще больше. Он принес несколько вырванных из блокнота страничек с кое-как наброшенными пометками и положил их мне на стол. Вот они. «Это мое завещание, — сказал он, — прошу вас, мистер Макфарлейн, оформить его как положено. Я посижу здесь и подожду». Я сел переписывать завещание и вдруг увидел— представьте себе мое изумление, — что почти все свое состояние он оставляет мне! Я поднял на него глаза, — этот странный, похожий на хорька человечек с белыми ресницами наблюдал за мной с усмешкой. Не веря собственным глазам, я дочитал завещание, и тогда он рассказал мне, что семьи у него нет, родных никого не осталось, что в юности он был дружен с моими родителями, а обо мне всегда слышал самые похвальные отзывы и уверен, что его деньги достанутся достойному человеку. Я, конечно, стал его смущенно благодарить. Завещание было составлено и подписано в присутствии моего клерка. Вот оно, на голубой бумаге, а эти бумажки, как я уже говорил, — черновики. После этого мистер Олдейкр сказал, что у него дома есть еще бумаги — подряды, документы на установление права собственности, закладные, акции, и он хочет, чтобы я их посмотрел. Он сказал, что не успокоится до тех пор, пока все не будет улажено, и попросил меня приехать к нему домой в Норвуд вечером, захватив завещание, чтобы скорее покончить с формальностями. «Помните, мой мальчик: ни слова вашим родителям, пока дело не кончено. Пусть это будет для них нашим маленьким сюрпризом», — настойчиво твердил он и даже взял с меня клятву молчать. Вы понимаете, мистер Холмс, я не мог ему ни в чем отказать. Этот человек был мой благодетель, и я, естественно, хотел самым добросовестным образом выполнить все его просьбы. Я послал домой телеграмму, что у меня важное дело и когда я вернусь, неизвестно. Мистер Олдейкр сказал, что угостит меня ужином, и просил прийти к девяти часам, потому что раньше он не успеет вернуться домой. Я долго искал его, и, когда позвонил у двери, было уже почти половина десятого. Мистер Олдейкр…

— Подождите! — прервал его Холмс. — Кто открыл дверь?

— Пожилая женщина, наверное, его экономка.

— И она, я полагаю, спросила, кто вы, и вы ответили ей?

— Да.

— Продолжайте, пожалуйста.

Макфарлейн вытер влажный лоб и стал рассказывать дальше:

— Эта женщина провела меня в столовую; ужин — весьма скромный — был уже подан. После кофе мистер Джонас Олдейкр повел меня в спальню, где стоял тяжелый сейф. Он отпер его и извлек массу документов, которые мы стали разбирать. Кончили мы уже в двенадцатом часу. Он сказал, что не хочет будить экономку, и выпустил меня через дверь спальни, которая вела во двор и все время была открыта.

— Портьера была опущена? — спросил Холмс.

— Я не уверен, но, по-моему, только до половины. Да, вспомнил, он поднял ее, чтобы выпустить меня. Я не мог найти трости, но он сказал: «Не беда, мой мальчик, мы теперь, надеюсь, будем часто видеться с вами, хочется верить, это не обременительная для вас обязанность. Придете в следующий раз и заберете свою трость». Так я и ушел — сейф раскрыт, пачки документов на столе. Было уже поздно возвращаться в Блэкхит, поэтому я переночевал в гостинице «Анерли Армз». Вот, собственно, и все. А об этом страшном событии я узнал только в поезде.

— У вас есть еще вопросы, мистер Холмс? — осведомился Лестрейд. Слушая Макфарлейна, он раза два скептически поднял брови.

— Пока я не побывал в Блэкхите, нет.

— В Норвуде, хотели вы сказать, — поправил Лестрейд.

— Ну да, именно это я и хотел сказать, — улыбнулся своей загадочной улыбкой Холмс.

Хотя Лестрейд и не любил вспоминать это, но он не один и не два раза убедился на собственном опыте, что Холмс со своим острым, как лезвие бритвы, умом видит гораздо глубже, чем он, Лестрейд. И он подозрительно посмотрел на моего друга.

— Мне бы хотелось поговорить с вами, мистер Холмс, — сказал он. — Что ж, мистер Макфарлейн, вот мои констебли, кеб ждет внизу.

Несчастный молодой человек встал и, умоляюще посмотрев на нас, пошел из комнаты. Полицейские последовали за ним; Лестрейд остался.

Холмс взял со стола странички черновых набросков завещания и принялся с живейшим любопытством их изучать.

— Любопытный документ, Лестрейд, не правда ли? — Он протянул их инспектору.

Представитель власти озадаченно повертел их в руках и сказал:

— Я разобрал только первые строки, потом в середине второй страницы еще несколько и две строчки в конце. В этих местах почерк почти каллиграфический, все остальное написано скверно, а три слова вообще невозможно прочесть.

— И что вы по этому поводу думаете? — спросил Холмс.

— А вы что думаете?

— Думаю, что завещание было написано в поезде. Каллиграфические строки написаны на остановках, неразборчивые во время хода поезда, а совсем непонятные — когда вагон подскакивал на стрелках. Эксперт сразу определил бы, что завещание составлено в пригородном поезде, потому что только при подходе к большому городу стрелки следуют одна за другой так часто. Если считать, что он писал всю дорогу, можно заключить, что это был экспресс и что между Норвудом и вокзалом Лондон-бридж он останавливался всего один раз.

Лестрейд захохотал.

— Ну, мистер Холмс, для меня ваши теории чересчур мудрены. Какое все это имеет отношение к происшедшему?

— Самое прямое: подтверждает рассказ Макфарлейна, в частности, то, что Джонас Олдейкр составил свое завещание наспех. Вероятно, он занимался этим по дороге в Лондон. Не правда ли, любопытно — человек пишет столь важный документ в столь мало подходящей обстановке. Напрашивается вывод, что он не придавал ему большого значения. Именно так поступил бы человек, наперед знающий, что завещание никогда не вступит в силу.

— Как бы там ни было, он написал свой смертный приговор, — возразил Лестрейд.

— Вы так думаете?

— А вы разве нет?

— Может быть. Мне в этом деле еще не все ясно.

— Не ясно? Но ведь яснее и быть не может. Молодой человек неожиданно узнает, что в случае смерти некоего пожилого джентльмена он наследует состояние. И что он делает? Не говоря никому ни слова, он под каким-то предлогом отправляется в тот же вечер к своему клиенту, дожидается, пока экономка — единственный, кроме хозяина, обитатель дома — заснет, и, оставшись со своим благодетелем вдвоем, убивает его, сжигает труп в штабеле досок, а сам отправляется в местную гостиницу. Следы крови на полу и на рукоятке его трости почти не заметны. Возможно, он считает, что убил Олдейкра без кровопролития, и решает уничтожить труп, чтобы замести следы, которые, вероятно, с неизбежностью указывали на него. Это очевидно.

— В том-то и дело, милый Лестрейд, что уж слишком очевидно. Среди ваших замечательных качеств нет одного — воображения, но все-таки попробуйте на одну минуту представить себя на месте этого молодого человека и скажите: совершили бы вы убийство вечером того дня, когда узнали о завещании? Неужели вам не пришло бы в голову, что соседство этих двух событий опасно, что еще опаснее слуги, которые знают о вашем присутствии в доме. Ведь дверь-то ему открывала экономка! И наконец затратить столько усилий, чтобы уничтожить труп, и оставить в комнате трость, чтобы все знали, кто преступник! Согласитесь, Лестрейд, это маловероятно.

— Что касается трости, мистер Холмс, вам известно не хуже, чем мне: преступники часто волнуются и делают то, чего бы никогда не сделали в нормальном состоянии. Скорее всего он просто побоялся вернуться за тростью в спальню. Попробуйте придумать версию, которая объясняла бы факты лучше, чем моя.

— Можно придумать сколько угодно, — пожал плечами Холмс. — Пожалуйста, вот вполне правдоподобный вариант. Дарю его как рабочую гипотезу. Какой-то бродяга идет мимо дома и видит благодаря поднятой портьере в спальне двоих. Поверенный уходит. Входит бродяга, замечает трость, хватает ее, убивает Олдейкра. И, устроив пожар с сожжением, исчезает.

— Зачем бродяге сжигать труп?

— А зачем Макфарлейну?

— Чтобы уничтожить улики.

— А бродяга хотел сделать вид, что вообще никакого убийства не было.

— Почему же бродяга ничего не взял?

— Потому что увидел, что бумаги не представляют никакой ценности.

Лестрейд покачал головой, хотя мне показалось, что вид у него стал чуть менее самоуверенный.

— Если вам угодно, мистер Холмс, ищите своего бродягу, а мы уж займемся Макфарлейном. Кто прав, покажет будущее. Но советую вам, мистер Холмс, обратить внимание на следующее обстоятельство: как удалось установить, не пропала ни одна бумага, а Макфарлейн — единственный человек на свете, кому не надо было ничего брать. Будучи законным наследником, он и так должен был все получить.

Этот довод как будто произвел на моего друга впечатление.

— Не могу отрицать, — сказал он, — что некоторые обстоятельства явно свидетельствуют в пользу вашей версии. Я только высказал мысль, что возможны и другие. Впрочем, как вы справедливо заметили, будущее покажет. До свидания. Если вы не возражаете, я сегодня буду в Норвуде, посмотрю, как подвигается дело.

Как только за инспектором закрылась дверь, мой друг вскочил с кресла и стал энергично собираться, как человек, которому предстоит любимая работа.

— Прежде всего, Уотсон, — говорил он, быстро надевая сюртук, — я, как и сказал, поеду в Блэкхит.

— Почему не в Норвуд?

— Потому что перед нами два в высшей степени странных эпизода, следующих немедленно один за другим. Полиция делает ошибку, сконцентрировав все внимание на втором эпизоде, по той причине, что он имеет вид преступления. Но логика требует иного подхода, это несомненно.

Сначала нужно попытаться выяснить все, связанное с первым эпизодом, то есть с этим странным завещанием, которое было составлено так поспешно и на имя человека, который меньше всего этого ожидал. Может быть, оно даст ключ к пониманию второго эпизода. Нет, мой друг, вы мне вряд ли сможете сегодня помочь. Опасности ни малейшей, иначе я непременно попросил бы вас составить мне компанию. Надеюсь, вечером я смогу объявить вам, что мне удалось сделать что-то для этого несчастного молодого человека, который доверил мне свою судьбу.

Вернулся мой друг поздно вечером, и его потемневшее, расстроенное лицо яснее всяких слов сказало мне, что от утренних его надежд не осталось следа. С час он играл на скрипке, стараясь успокоиться. Наконец он отложил инструмент и принялся подробно излагать мне свои неудачи.

— Плохи дела, Уотсон, хуже не придумаешь. Перед Лестрейдом я старался не показать виду, но, честно говоря, я боюсь, что на этот раз он идет по верному пути, а не мы. Чутье тянет меня в одну сторону, факты — в другую. А английские судьи — у меня есть все основания полагать — не достигли того интеллектуального уровня, чтобы предпочесть мои теории фактам Лестрейда.

— Вы ездили в Блэкхит?

— Да, Уотсон, ездил и узнал там, что покойный Олдейкр был негодяй, каких поискать. Отец Макфарлейна поехал разыскивать сына, дома была мать — маленькая седенькая старушка с голубыми глазками, вся трепещущая от страха и негодования. Она, конечно, не могла и на секунду допустить, что сын ее виноват. А вот по поводу судьбы Олдейкра она не выразила ни удивления, ни сожаления. Мало того, она говорила о нем в таких выражениях, что позиция Лестрейда стала еще крепче. Ведь если Макфарлейн знал ее отношение к Олдейкру, ничего удивительного, что он возненавидел его и решился на убийство. «Это не человек, это злобная, хитрая обезьяна, — твердила она, — и он был всю жизнь такой, даже в юности». «Вы были знакомы с ним раньше?» — спросил я. «Да, я его хорошо знала! Он когда-то ухаживал за мной. Какое счастье, что я отказала ему и вышла замуж за человека честного и доброго, хотя и не такого состоятельного! Мы, мистер Холмс, были с Олдейкром помолвлены, и вдруг я однажды узнаю, что он — какой ужас! — открыл птичник и пустил туда кота. Его жестокость так поразила меня, что я немедленно отказала ему». Она порылась в ящике бюро и протянула мне фотографию молодой женщины. Лицо было изрезано ножом. «Это я, — сказала она. — Вот в каком виде прислал он мне мою фотографию вместе со своим проклятием в день моей свадьбы». «Но теперь, — возразил я, — он, как видно, простил вас: ведь все свое состояние он оставил вашему сыну». «Ни мне, ни моему сыну ничего не нужно от Джонаса Олдейкра, ни от живого, ни от мертвого! — вспыхнула она. — Есть бог на небесах, мистер Холмс. Он покарал дурного человека. И он докажет, когда будет на то его святая воля, что сын мой неповинен ни в чьей смерти!» Как я ни старался, ничего не мог найти в пользу нашей гипотезы. В конце концов я махнул рукой и поехал в Норвуд. Усадьба Дип-Дин-хаус — большое здание современного вида, из красного кирпича. Дом стоит в саду, перед крыльцом — обсаженный лавровыми кустами газон. Справа от дома и на значительном удалении от дороги — склад, где был пожар. Я набросал в записной книжке план, вот он. Эта застекленная дверь слева ведет в спальню Олдейкра, так что с улицы все видно, что в ней делается. Это, пожалуй, самое утешительное из всего, что мне сегодня удалось узнать. Лестрейда не было, всем заправлял его помощник сержант. Его люди как раз перед моим появлением сделали драгоценную находку: роясь в золе на месте сгоревшего штабеля, они нашли, кроме обуглившихся костей, несколько почерневших металлических дисков. Внимательно изучив их, я убедился, что это — пуговицы от брюк. На одной мне даже удалось разобрать слово «Хаймс» — это имя портного, у которого шил Олдейкр. Затем я приступил к газону, — нет ли там следов, но сушь стоит такая, что земля тверже камня. Кроме того, что сквозь живую изгородь из бирючины как раз против сгоревшего штабеля был протащен волоком человек или чем-то нагруженный мешок, ничего установить не удалось. Все это, конечно, подтверждает версию полиции. Я целый час ползал по дворику под палящим солнцем и все без толку. Потерпев фиаско во дворе, я пошел в спальню. Пятна крови оказались очень бледные, едва различимые, но свежие. Трости я не видел, ее уже увезли, но следы на ней тоже были слабые. Трость, безусловно, принадлежит нашему подопечному, он сам признает это. На ковре отпечатки подошв подрядчика и Макфарлейна, но никаких следов третьего лица, и это тоже оборачивается против нас. Словом, чаша весов склоняется все ниже в их пользу. И все-таки у меня возникла надежда, хоть и очень слабая. Я просмотрел содержимое сейфа, которое почти целиком было выложено на стол. Бумаги были в запечатанных конвертах, полиция вскрыла один или два. Так вот, насколько я могу судить, ценность их весьма невелика, да и банковская книжка Олдейкра не подтвердила, что ее владелец особенно преуспевал. Мне показалось, что некоторых бумаг нет Несколько раз попадались упоминания о каких-то операциях, связанных, как можно предположить, со значительными суммами. Но документов, оформляющих эти сделки, нет. Если бы я смог это доказать, аргументы Лестрейда неизбежно обратились бы против него. Ну, скажите, зачем человеку красть то, что и так должно ему достаться? В конце концов, заглянув в каждую щель и не добившись никаких результатов, я решил поговорить с экономкой. Миссис Лексингтон — хмурая, молчаливая старуха, с подозрительным взглядом исподлобья. Она что-то знает, но выпытать я у нее ничего не мог. Да, она впустила мистера Макфарлейна в половине десятого. Зачем у нее рука не отсохла в тот миг, когда она подошла к двери! Она легла спать в половине одиннадцатого. Ее комната находится в другом конце дома, никакого шума она не слышала. Шляпу и, насколько она помнит, трость мистер Макфарлейн оставил в прихожей. Она проснулась от криков «Пожар! Пожар!». Конечно, ее дорогого хозяина убили. Были ли у него враги? У кого их нет, но мистер Олдейкр жил очень замкнуто и встречался с людьми только, когда того требовали дела. Пуговицы она видела и с уверенностью заявляет, что они от того костюма, который был на нем накануне. Доски в штабеле были очень сухие, потому что целый месяц не было дождей. Они вспыхнули, как порох, и когда она добежала до склада, все было объято пламенем. И она и пожарники слышали запах горелого мяса. Ни о бумагах, ни о личных делах мистера Олдейкра ей ничего не известно. Вот, дорогой Уотсон, отчет о моих сегодняшних неудачах. И все-таки, все-таки... — Его нервные руки сжались в кулаки, и он продолжал со страстной убежденностью — Я знаю, игра нечистая. Я чувствую это нутром. Экономке что-то известно. Но что — я все еще не могу сообразить. Она смотрела угрюмо и вызывающе, как человек с нечистой совестью. Но что об этом говорить, Уотсон. Боюсь, однако, если нам не поможет случай, «Норвудское дело» не займет своего места в хронике наших успехов, которая, как я предвижу, рано или поздно обрушится на голову безропотного читателя.

— Но ведь для суда важно, какое впечатление производит человек, правда? — спросил я.

— На впечатление, милый Уотсон, полагаться опасно. Помните Берта Стивенса, этого кровавого убийцу, который рассчитывал, что мы спасем его? А ведь на вид был безобиден, как ученик воскресной школы.

— Да, правда.

— Так что если мы не представим обоснованной версии, Макфарлейн обречен. Улики против него неопровержимы, и сегодня я убедился, что дальнейшее расследование только усугубит дело. Между прочим, просмотрев бумаги, я обнаружил одну любопытную деталь, которая может послужить исходной точкой нашего расследования. Оказывается, в течение этого года Олдейкр выплатил некоему мистеру Корнелиусу довольно крупную сумму денег, поэтому сейчас он, попросту говоря, беден. Интересно, что это за мистер Корнелиус, с которым удалившийся от дел подрядчик заключал такие солидные сделки. Не имеет ли он какого-нибудь отношения к случившемуся? Может быть, этот Корнелиус — маклер? Однако я не обнаружил ни одной расписки в получении столь значительных сумм. Придется мне за сведениями об этом джентльмене обратиться в банк. Но боюсь, мой друг, нас ждет бесславный конец, — Лестрейд повесит нашего подопечного. И Скотленд-Ярд будет торжествовать!

Не знаю, спал ли Шерлок Холмс в ту ночь, только, когда я сошел утром к завтраку, он сидел в столовой бледный, измученный, с темными тенями вокруг горящих глаз. На ковре возле кресла окурки и ворох газет, на столе распечатанная телеграмма.

— Что вы скажете об этом, Уотсон? — спросил он, пододвигая ее ко мне.

Телеграмма была из Норвуда; в ней говорилось: «Найдены новые важные улики. Вина Макфарлейна доказана бесспорно. Советую отказаться от расследования. Лестрейд».

— Звучит серьезно, — сказал я.

— Наш Лестрейд упивается победой, — устало улыбнулся Холмс. — И все-таки поиски оставлять рано. Любая улика может обернуться другой стороной и дать расследованию направление, противоположное тому, в котором движется Лестрейд. Завтракайте, Уотсон, а потом поедем вместе и посмотрим, что можно сделать. Кажется, мне сегодня не обойтись без вашей помощи.

Холмс завтракать не стал, — этот удивительный человек в минуты душевного напряжения не мог думать о еде. Уповая на свою исключительную выносливость, он не ел и не спал, пока не падал с ног от полного истощения. «Я не могу сейчас тратить энергию на пищеварение», — отмахивался он от меня, когда я, пользуясь правом врача, заставлял его есть. Поэтому я не удивился, что Холмс и в то утро не притронулся к завтраку.

Любители острых ощущений все еще толпились вокруг Дип-Дин-хауса, который оказался точно такой загородной усадьбой, как я себе представлял. В воротах нас с видом победителя встретил Лестрейд; на лице его было написано торжество.

— Ну что, мистер Холмс, доказали, что мы ошибаемся? Нашли своего бродягу, а? — засмеялся он.

— Я еще не пришел ни к какому заключению, — отвечал мой друг.

— Но зато мы уже пришли к заключению. И сегодня оно блестяще подтвердилось. Придется вам признать, мистер Холмс, что на этот раз мы вас обошли.

— Судя по вашему виду, произошло что-то из ряда вон выходящее.

Лестрейд расхохотался.

— Вы, как и все, не любите проигрывать, мистер Холмс! Но что делать, человек не может быть всегда прав, верно, доктор Уотсон? Пожалуйста, пройдите сюда, господа, надеюсь, я смогу представить вам неоспоримое доказательство вины Макфарлейна. — Он повел нас по коридору в темную переднюю. — Совершив преступление, молодой Макфарлейн пришел сюда за своей шляпой. А теперь смотрите! — Он театральным жестом зажег спичку, и мы увидели на белой стене темное пятно крови. Лестрейд поднес спичку поближе — это оказалось не просто пятно, а ясный отпечаток большого пальца. — Посмотрите на него в лупу, мистер Холмс!

— Смотрю.

— Вам известно, что во всем мире не найдется двух одинаковых отпечатков пальцев?

— Кое-что слышал об этом.

— Тогда не будете ли вы так любезны сличить этот отпечаток с отпечатком большого пальца правой руки Макфарлейна, который сняли сегодня утром по моему приказанию?

Он протянул нам кусочек воска. И без лупы было ясно, что оба отпечатка одного пальца. Я понял, что наш клиент обречен.

— Все ясно, — заявил Лестрейд.

— Да, все, — невольно вырвалось у меня.

— Ясно как день, — проговорил и Холмс.

Услыхав неожиданные нотки в его голосе, я поднял голову. Лицо Холмса меня поразило. Оно дрожало от еле сдерживаемого смеха, глаза сверкали. Я вдруг увидел, что он едва сдерживается, чтобы не расхохотаться.

— Подумать только, — наконец сказал он. — Кто бы мог подумать? Как, однако, обманчива внешность! акой славный молодой человек! Урок нам, чтобы впредь не слишком полагались на собственные впечатления, правда, Лестрейд?

— Вот именно, мистер Холмс. Излишняя самоуверенность только вредит, — отвечал ему Лестрейд.

Наглость этого человека перешла границы, но возразить ему было нечего.

— Как заботливо провидение! Надо было, чтобы, снимая шляпу с крючка, этот юноша прижал к стене большой палец правой руки! Какое естественное движение, только представьте себе! — По виду Холмс был вполне спокоен, но все его тело напряглось, как пружина, от сдерживаемого волнения. — Кстати, Лестрейд, кому принадлежит честь этого замечательного открытия?

— Экономке. Она указала на пятно дежурившему ночью констеблю.

— Где был констебль?

— На своем посту в спальне, где совершилось убийство. Следил, чтобы никто ничего не тронул.

— Почему полиция не заметила отпечатка вчера?

— У нас не было особых причин осматривать прихожую так тщательно. Да в таком месте сразу и не заметишь, сами видите.

— Да, да, разумеется. У вас, конечно, нет сомнений, что отпечаток был здесь и вчера?

Лестрейд поглядел на Холмса, как на сумасшедшего. Признаться, веселый вид моего друга и его нелепый вопрос озадачили и меня.

— Вы что же, считаете, что Макфарлейн вышел среди ночи из тюрьмы специально для того, чтобы оставить еще одну улику против себя? — спросил Лестрейд. — На всем земном шаре не найдется криминалиста, который стал бы отрицать, что это отпечаток большого пальца правой руки Макфарлейна и никого другого.

— В этом нет никаких сомнений.

— Так чего же вам еще? Я смотрю на вещи здраво, мистер Холмс, мне важны факты. Есть у меня факты — я делаю выводы. Если я вам еще понадоблюсь, найдете меня в гостиной, я иду писать отчет.

К Холмсу уже вернулась его обычная невозмутимость, хотя мне казалось, что в глазах у него все еще вспыхивают веселые искорки.

— Неопровержимая улика, не правда ли, Уотсон? — обратился он ко мне. — А между тем ей-то и будет обязан Макфарлейн своим спасением.

— Какое счастье! — радостно воскликнул я. — А я уж боялся, что все кончено.

— Кончено? Такой вывод был бы несколько преждевременен, милый Уотсон. Видите ли, у этой улики, которой наш друг Лестрейд придает такое большое значение, имеется один действительно серьезный изъян.

— В самом деле, Холмс! Какой же?

— Вчера, когда я осматривал прихожую, отпечатка здесь не было. А теперь, Уотсон, давайте погуляем немножко по солнышку.

В полном недоумении, но уже начиная надеяться, спустился я за своим другом в сад. Холмс обошел вокруг дома, внимательно изучая его. Потом мы вернулись и осмотрели все комнаты от подвала до чердака. Половина комнат стояла без мебели, но он внимательно исследовал и их. В коридоре второго этажа, куда выходили двери трех пустующих спален, на него опять напало веселье.

— Случай поистине необыкновенный, Уотсон, — сказал он. — Пожалуй, пора просветить нашего приятеля Лестрейда. Он немного позабавился на наш счет. Теперь настала наша очередь, если я правильно решил загадку. Кажется, я придумал, как нужно сделать… Да, именно так!

Когда мы вошли в гостиную, инспектор Скотленд-Ярда все еще сидел там и писал.

— Вы пишете отчет? — спросил его Холмс.

— Совершенно верно.

— Боюсь, что это преждевременно. Расследование еще не кончено.

Лестрейд слишком хорошо знал моего друга, чтобы пропустить его слова мимо ушей. Он положил ручку и с любопытством поднял глаза на Холмса.

— Что вы хотите сказать, мистер Холмс?

— А то, что есть важный свидетель, которого вы еще не видели.

— Вы можете представить его нам?

— Думаю, что могу.

— Давайте его сюда.

— Сейчас. Сколько у вас констеблей?

— В доме и во дворе трое.

— Превосходно. А скажите, они все парни высокие, сильные, и голос у них громкий?

— Ну, разумеется, только при чем здесь их голос?

— Я помогу вам в этом разобраться и не только в этом, — пообещал Холмс. — Будьте любезны, позовите ваших людей, мы сейчас начнем.

Через пять минут трое полицейских стояли в прихожей.

— В сарае есть солома, — обратился к ним Холмс. — Пожалуйста, принесите две охапки. Это поможет нам раздобыть свидетеля, о котором я говорил. Так, благодарю вас. Надеюсь, у вас есть спички, Уотсон. А теперь, мистер Лестрейд, я попрошу всех следовать за мной.

Как я уже сказал, на втором этаже был широкий коридор, куда выходили двери трех пустых спален. Мы прошли в конец коридора, и Холмс расставил всех по местам. Полицейские ухмылялись, Лестрейд во все глаза глядел на моего друга. Изумление на его лице сменилось ожиданием, ожидание — возмущением. Холмс стоял перед нами с видом фокусника, который сейчас начнет показывать чудеса.

— Будьте любезны, Лестрейд, пошлите одного из ваших людей, пусть принесет два ведра воды. Разложите солому на полу, вот здесь, подальше от стен. Ну вот, теперь все готово.

Лицо Лестрейда начало наливаться кровью.

— Вы что же, издеваетесь над нами, мистер Шерлок Холмс? — не выдержал он. — Если вам что-то известно, скажите по-человечески, нечего устраивать цирк!

— Уверяю вас, Лестрейд, для всего, что я делаю, имеются веские основания. Вы, вероятно, помните, что немного посмеялись надо мной сегодня утром, когда удача улыбалась вам, так что не сердитесь за это небольшое театральное представление. Прошу вас, Уотсон, откройте это окно и поднесите спичку к соломе. Вот сюда.

Я так и сделал. Ветер ворвался в окно, сухая солома вспыхнула и затрещала, коридор наполнился серым дымом.

— Теперь, Лестрейд, будем ждать свидетеля. А вы, друзья, кричите «Пожар!» Ну, раз, два, три…

— Пожар! — закричали мы что было сил.

— Благодарю вас. Еще раз, пожалуйста.

— Пожар!! Горим!

— Еще раз, джентльмены, все вместе.

— Пожар!!!

Крик наш был слышен, наверное, во всем Норвуде. И тут произошло то, чего никто не ожидал. В дальнем конце коридора, где, как мы все думали, была глухая стена, вдруг распахнулась дверь, и из нее выскочил, как заяц из норы, маленький тщедушный человечек.

— Превосходно, — сказал Холмс хладнокровно. — Уотсон, ведро воды на солому. Достаточно. Лестрейд, позвольте представить вам нашего главного свидетеля, мистера Джонаса Олдейкра.

Лестрейд в немом изумлении глядел на тщедушного человечка, а тот щурился от яркого света и дыма, глядя то на нас, то на тлеющую солому. У него было очень неприятное лицо — хитрое, злое, хищное, с бегающими серыми глазками и белесыми ресницами.

— Это что значит? — наконец рявкнул Лестрейд. — Вы что там все это время делали, а?

Олдейкр смущенно хихикнул и съежился под грозным взглядом пылавшего яростью детектива.

— Ничего плохого!

— Ничего плохого?! Вы сделали все, чтобы невинного человека вздернули на виселицу! Если бы не этот джентльмен, вам бы это удалось!

Человечек захныкал:

— Что вы, сэр, что вы, я просто хотел пошутить!

— Ах, пошутить! Зато мы с вами шутить не будем. Отведите его в гостиную и держите там до моего прихода. Мистер Холмс, — продолжал он, когда полицейские ушли, — я не мог говорить при подчиненных, но сейчас скажу, и пусть доктор Уотсон тоже слышит, — вы совершили чудо! Хотя я и не понимаю, как вам это удалось. Вы спасли жизнь невинного человека и предотвратили ужасный скандал, который погубил бы мою карьеру.

Холмс с улыбкой похлопал Лестрейда по плечу.

— Вместо погибшей карьеры — такой блестящий успех! Вас ждет не позор, а слава. Подправьте слегка отчет, и все увидят, как трудно провести инспектора Лестрейда.

— Вы не хотите, чтобы упоминалось ваше имя?

— Ни в коем случае. Наградой для меня — сама работа. Может быть, и мне когда-нибудь воздадут должное, если я разрешу моему усердному биографу взяться за перо. Как, Уотсон? Но давайте посмотрим нору, где пряталась крыса.

Оштукатуренная фанерная перегородка с искусно скрытой в ней дверью отгораживала от торцовой стены клетушку длиной в шесть футов, куда дневной свет проникал сквозь щели между балками под крышей. Внутри стоял стол, стул и кровать, был запас воды, еда, несколько книг, какие-то бумаги.

— Вот что значит всю жизнь строить дома, — заметил Холмс, выходя в коридор. — Никто не знал об этом убежище, кроме, конечно, его экономки. Кстати, Лестрейд, я бы посоветовал вам, не теряя времени, присоединить и ее к своей добыче.

— Сейчас же сделаю это, мистер Холмс. Расскажите только, как вы узнали о тайнике?

— Я предположил, что «убитый» прячется где-то в доме. Промерив шагами коридор второго этажа, я увидел, что он на шесть футов короче нижнего. Ясно, что тайник мог быть только там. Я был уверен, что он не выдержит, услыхав крики: «Пожар! Горим!» Конечно, можно было просто войти туда и арестовать его, но мне хотелось немного позабавиться. Пусть он сам выйдет на свет божий. Кроме того, мне хотелось немного помистифицировать вас за ваши утренние насмешки.

— Вам это блестяще удалось, мистер Холмс. Но как вы вообще догадались, что он в доме?

— По отпечатку пальца, Лестрейд. Помните, вы сказали: «Все ясно!»? Все было действительно ясно. Накануне отпечатка не было, это я знал. Как вы могли заметить, детали имеют для меня большое значение. Я накануне тщательно осмотрел всю переднюю и знал совершенно точно, что стена была чистая. Значит, отпечаток появился ночью.

— Но как?

— Очень просто. Когда Олдейкр с Макфарлейном разбирали бумаги, Джонас Олдейкр мог подсунуть юноше конверт, а тот, запечатывая его, нажал на мягкий сургуч большим пальцем. Он мог сделать это непроизвольно и тут же забыть об этом. А может быть, Олдейкр и не подсовывал, а все получилось само собой и он сам не ожидал, что отпечаток сослужит ему такую службу. Но потом, сидя у себя в норе и размышляя, он сообразил, что с помощью отпечатка можно состряпать неопровержимую улику против Макфарлейна. А уж снять восковой слепок с сургуча, уколоть палец иглой, выдавить на воск несколько капель крови и приложить к стене в прихожей— собственной ли рукой, или рукой экономки — особого труда не составило. Держу пари, среди бумаг, которые захватил с собой в убежище наш затворник, вы найдете конверт с отпечатком большого пальца на сургуче.

— Изумительно! — воскликнул Лестрейд. — Потрясающе! Вот теперь все действительно ясно как день. Но для чего ему понадобилась вся эта инсценировка, мистер Холмс?

Я забавлялся, глядя на детектива: сейчас перед нами был не заносчивый победитель, а робкий почтительный ученик.

— Это не так сложно. У джентльмена, дожидающегося нас внизу, характер злобный, жестокий и мстительный. Вы знаете, что он когда-то делал предложение матери Макфарлейна и получил отказ? Не знаете, конечно! Я же говорил, что сначала нужно было ехать в Блэкхит, а в Норвуд потом… Он не простил оскорбления, — именно так он воспринял ее отказ, — и всю жизнь его хитрый, коварный ум вынашивал план мщения. Последние год-два дела его пошатнулись, вероятно, из-за тайных спекуляций. И в один прекрасный день он понял, что не выкрутится. Тогда он решил обмануть своих кредиторов и выписал несколько крупных чеков на имя некоего мистера Корнелиуса, который, мне думается, и есть сам Олдейкр. Я еще не успел установить судьбу чеков, но не сомневаюсь, что они переведены на имя этого самого Корнелиуса в какой-нибудь провинциальный городок, куда ведущий двойную жизнь Олдейкр время от времени наезжал. Замысел его в общих чертах, по-моему, таков: исчезнуть, объявиться где-нибудь под другим именем, получить деньги и начать новую жизнь. Он решил одновременно улизнуть от кредиторов и отомстить. Отличная, непревзойденная по жестокости месть! Его, несчастного старика, убивает из корыстных мотивов единственный сын его бывшей возлюбленной. Придумано и исполнено мастерски. Мотив убийства — завещание, тайный ночной визит, о котором неизвестно даже родителям, «забытая» трость, пятна крови, обгорелые останки какого-то животного, пуговицы в золе — все безупречно. Этот паук сплел сеть, которая должна была погубить Макфарлейна. Я, во всяком случае, еще два часа назад не знал, как его спасти. Но Олдейкру не хватило чувства меры— качества, необходимого истинному художнику. Ему захотелось улучшить уже совершенное произведение. Потуже затянуть веревку на шее несчастной жертвы. Этим он все испортил. Пойдемте, Лестрейд, вниз. Я хочу кое о чем спросить его.

Олдейкр сидел в своей гостиной, по обе стороны от его стула стояли полицейские.

— Дорогой сэр, это была всего лишь шутка, — скулил он умоляюще, не переставая. — Уверяю вас, сэр, я спрятался только затем, чтобы посмотреть, как мои друзья будут реагировать на мое исчезновение. Вы же прекрасно понимаете, я бы никогда не допустил, чтобы с бедным дорогим Макфарлейном что-нибудь случилось.

— Это будет решать суд, — сказал Лестрейд. — А пока вы арестованы по обвинению в заговоре и в попытке преднамеренного убийства.

— Что касается ваших кредиторов, они, вероятно, потребуют конфискации банковского счета мистера Корнелиуса, — добавил Холмс.

Человечек вздрогнул и впился злобным взглядом в Холмса.

— Я вижу, что многим обязан вам, — прошипел он. — Когда-нибудь я с вами еще рассчитаюсь.

Холмс улыбнулся.

— Боюсь, в ближайшие годы вы будете очень заняты. Кстати, что вы такое положили в штабель вместе со старыми брюками? Дохлого пса, кроликов или еще что — нибудь? Не хотите говорить? Как нелюбезно с вашей стороны. Думаю, что пары кроликов хватило. Будете писать о Норвудском деле, Уотсон, смело пишите о кроликах. Истина где-то недалеко.

Приключение клерка

Вскоре после женитьбы я купил в Паддингтоне практику у доктора Фаркера. Старый доктор некогда имел множество пациентов, но потом вследствие болезни — он страдал чем-то вроде пляски святого Витта, — а также преклонных лет их число заметно поуменьшилось. Ведь люди, и это понятно, предпочитают лечиться у того, кто сам здоров, и мало доверяют медицинским познаниям человека, который не может исцелить даже самого себя. И чем хуже становилось здоровье моего предшественника, тем в больший упадок приходила его практика, и к тому моменту, когда я купил ее, она приносила вместо прежних тысячи двухсот немногим больше трехсот фунтов в год. Но я положился на свою молодость и энергию и не сомневался, что через год-другой от пациентов не будет отбою.

Первые три месяца, как я поселился в Паддингтоне, я был очень занят и совсем не виделся со своим другом Шерлоком Холмсом. Зайти к нему на Бейкер-стрит у меня не было времени, а сам он если и выходил куда, то только по делу. Поэтому я очень обрадовался, когда однажды июньским утром, читая после завтрака «Британский медицинский вестник», услыхал в передней звонок и вслед за тем резкий голос моего старого друга.

— А, мой дорогой Уотсон, — сказал он, войдя в комнату, — рад вас видеть! Надеюсь, миссис Уотсон уже оправилась после тех потрясений, что пришлось нам пережить в деле со «Знаком четырех».

— Благодарю вас, она чувствует себя превосходно, — ответил я, горячо пожимая ему руку.

— Надеюсь также, — продолжал Шерлок Холмс, усаживаясь в качалку, — занятия медициной еще не совсем отбили у вас интерес к нашим маленьким загадкам?

— Напротив! — воскликнул я. — Не далее, как вчера вечером, я разбирал свои старые заметки, а некоторые даже перечитал.

— Надеюсь, вы не считаете свою коллекцию завершенной?

— Разумеется, нет! Я бы очень хотел еще пополнить ее.

— Скажем, сегодня?

— Пусть даже сегодня.

— Даже если придется ехать в Бирмингем?

— Куда хотите.

— А практика?

— Что практика? Попрошу соседа, он примет моих пациентов. Я ведь подменяю его, когда он уезжает.

— Ну и прекрасно, — сказал Шерлок Холмс, откидываясь в качалке и бросая на меня проницательный взгляд из-под полуопущенных век. — Эге, да вы, я вижу, были больны. Простуда летом — вещь довольно противная.

— Вы правы. На той неделе я сильно простудился и целых три дня сидел дома. Но мне казалось, от болезни теперь уже не осталось и следа.

— Это верно, вид у вас вполне здоровый.

— Как же вы догадались, что я болел?

— Мой дорогой Уотсон, вы же знаете мой метод.

— Метод логических умозаключений?

— Разумеется.

— С чего же вы начали?

— С ваших домашних туфель.

Я взглянул на новые кожаные туфли, которые были на моих ногах.

— Но что по этим туфлям... — начал было я, но Холмс ответил на вопрос прежде, чем я успел его закончить.

— Туфли ваши новые, — разъяснил он. — Вы их носите не больше двух недель, а подошвы, которые вы сейчас выставили напоказ, уже подгорели. Вначале я подумал, что вы их промочили, а затем, когда сушили, сожгли. Но потом я заметил у самых каблуков бумажные ярлычки с клеймом магазина. От воды они наверняка бы отсырели. Значит, вы сидели у камина, вытянув ноги к самому огню, что вряд ли кто, будь он здоров, стал бы делать даже в такое сырое и холодное лето, какое выдалось в этом году.

Как всегда, после объяснений Шерлока Холмса, все оказалось очень просто. Холмс, прочтя эту мысль на моем лице, грустно улыбнулся.

— Боюсь, что мои объяснения приносят мне только вред, — заметил он. — Одни следствия без причины действуют на воображении гораздо сильнее... Ну, вы готовы со мной в Бирмингем?

— Конечно. А что там за дело?

— Все узнаете по дороге. Внизу нас ждет экипаж и клиент. Едемте.

— Одну минуту.

Я черкнул записку своему соседу, забежал наверх к жене, чтобы предупредить ее об отъезде, и догнал Холмса на крыльце.

— Ваш сосед тоже врач? — спросил он, кивнув на медную дощечку на соседней двери.

— Да, он купил практику одновременно со мной.

— И давно она существует?

— Столько же, сколько моя. С тех пор, как построили эти дома.

— Вы купили лучшую.

— Да. Но как вы об этом узнали?

— По ступенькам, мой дорогой Уотсон. Ваши ступеньки сильно стерты подошвами, так, что каждая на три дюйма ниже, чем у соседа. А вот и наш клиент. Мистер Холл Пикрофт, позвольте мне представить вам моего друга, доктора Уотсона, — сказал Холмс. — Эй, кебмен, — добавил он, — подстегните-ка лошадей, мы опаздываем на поезд.

Я уселся напротив Пикрофта.

Это был высокий, хорошо сложенный молодой человек с открытым, добродушным лицом и светлыми закрученными усиками. На нем был блестящий цилиндр и аккуратный черный костюм, придавший ему вид щеголеватого клерка из Сити, как оно и было на самом деле. Он принадлежал к тому сорту людей, которых у нас называют «кокни»[1], но которые дают нам столько прекрасных солдат-волонтеров, а также отличных спортсменов, как ни одно сословие английского королевства. Его круглое румяное лицо было от природы веселым, но сейчас уголки его губ опустились, и это придало ему слегка комический вид. Какая беда привела его к Шерлоку Холмсу, я узнал, только когда мы уселись в вагон первого класса и поезд тронулся.

— Итак, — сказал Холмс, — у нас впереди больше часа свободного времени. Мистер Пикрофт, расскажите, пожалуйста, моему другу о своем

---

[1] Кокни (англ.) — пренебрежительно насмешливое прозвище лондонского обывателя.

приключении, как вы его рассказывали мне, а если можно, то и подробнее. Мне тоже будет полезно проследить еще раз ход событий. Дело, Уотсон, может оказаться пустяковым, но в нем есть некоторые довольно интересные обстоятельства, которые вы, как и я, так любите. Итак, мистер Пикрофт, начинайте. Я не буду прерывать вас больше.

Наш спутник взглянул на меня, и глаза его загорелись.

— Самое неприятное в этой истории то, — начал он, — что я в ней выгляжу полнейшим дураком. Правда, может, все еще обойдется. Да, признаться, я и не мог поступить иначе. Но если я и этого места лишусь, не получив ничего взамен, то и выйдет, что нет на свете другого такого дурака, как я. Хотя я и не мастер рассказывать, но послушайте, что произошло.

Служил я в маклерской фирме «Коксон и Вудхаус» в Дрейпер-Гарденсе, но весной этого года лопнул венесуэльский заем, — вы, конечно, об этом слышали, — и фирма обанкротилась. Всех служащих, двадцать семь человек, разумеется, уволили. Работал я у них пять лет, и, когда разразилась гроза, старик Коксон дал мне блестящую характеристику. Я начал искать новое место, сунулся туда, сюда, но таких горемык, как я, везде было полно.

Положение было отчаянное. У Коксона я получал в неделю три фунта стерлингов и за пять лет накопил семьдесят фунтов, но эти деньги, как и все на свете, подошли к концу. И вот я дошел до того, что не осталось денег даже на марки и конверты, чтобы писать по объявлениям. Я истрепал всю обувь, обивая пороги различных фирм, но найти работы не мог.

Когда я уже совсем потерял надежду, то услышал о вакантной должности в большом банкирском доме «Мейсон и Уильямсы» на Ломбард-стрит. Смею предположить, что вы мало знакомы с деловой частью Лондона, но можете мне поверить, что это один из самых богатых и солидных банков. Обращаться с предложением своих услуг следовало только почтой. Я послал им заявление вместе с характеристикой безо всякой надежды на успех. И вдруг обратной почтой получаю ответ, что в ближайший понедельник могу приступить к исполнению своих новых обязанностей. Как это случилось, никто не мог объяснить. Говорят, что в таких случаях управляющий просто сует руку в кучу заявлений и вытаскивает наугад первое попавшееся, вот и все. Но, так или иначе, мне повезло, и я никогда так не радовался, как на сей раз. Жалованье у них в неделю было даже больше на один фунт, а обязанности мало чем отличались от тех, что я исполнял у Коксона.

Теперь я подхожу к самой удивительной части моей истории. Надо вам сказать, что я снимаю квартиру за Хемпстедом: Потерс-стрит, 17. В тот самый вечер, когда пришло это приятное письмо, я сидел дома и курил трубку. Вдруг входит квартирная хозяйка и подает визитную карточку, на которой напечатано: «Артур Пиннер, финансовый агент». Я никогда прежде о таком не слыхал и не представлял, зачем я ему понадобился, однако попросил хозяйку пригласить его наверх. Вошел среднего роста темноглазый брюнет, с черной бородой и лоснящимся носом. Походка у него была быстрая, речь отрывистая, как у человека, привыкшего дорожить временем.

— Мистер Пикрофт, если не ошибаюсь? — спросил он.

— Да, сэр, — ответил я, предлагая стул.

— Раньше служили у Коксона?

— Да, сэр.

— А сейчас поступили в банкирский дом Мейсонов?

— Совершенно верно.

— Так-с, — произнес он. — Видите ли, я слыхал, что вы обладаете незаурядными деловыми способностями. Вас очень хвалил мне Паркер, бывший управляющий у Коксона.

Я, разумеется, был весьма польщен, услышав столь лестный о себе отзыв. Я всегда хорошо справлялся со своими обязанностями у Коксона, но мне и в голову не приходило, что в Сити идут обо мне такие разговоры.

— У вас хорошая память? — спросил затем Пиннер.

— Неплохая, — ответил я скромно.

— Вы следили за курсом бумаг последнее время?

— Безусловно! Я каждой утро просматриваю «Биржевые ведомости».

— Удивительное прилежание! — воскликнул он. — Вот где источник всякого успеха! Если не возражаете, я вас немного поэкзаменую. Скажите, каков курс Эйширских акций?

— От ста пяти до ста пяти с четвертью.

— А Объединенных новозеландских?

— Сто четыре.

— Хорошо, а Брокенхиллских английских?

— От ста семи до ста семи с половиной.

— Великолепно! — вскричал он. — Просто замечательно. Таким я вас и представлял себе. Мальчик мой, вы созданы для большего, чем быть простым клерком у Мейсонов!

Его восторг, как вы понимаете, меня, конечно, несколько смутил.

— Так-то оно так, мистер Пиннер, — сказал я, — но не все обо мне такого высокого мнения. Я не один день побегал, пока нашел эту вакансию. И я очень рад ей.

— Ах, господи, что это вы говорите! Разве ваше место там? Вот послушайте, что я вам скажу. Правда, я не могу предложить вам уже сейчас место, которое вы заслуживаете, но в сравнении с Мейсонами это небо и земля. Когда вы начинаете работать у Мейсонов?

— В понедельник.

— Хм-м, готов биться об заклад, что вы туда не пойдете.

— Что, не пойду к Мейсонам?!

— Вот именно, мой дорогой. К этому времени вы уже будете работать коммерческим директором Франко-Мидланской компании скобяных изделий, имеющей сто тридцать четыре отделения в различных городах и селах Франции, не считая Брюсселя и Сан-Ремо.

У меня даже дыхание перехватило.

— Но я никогда не слышал об этой компании, — пробормотал я.

— Очень может быть. Мы не кричим о себе на каждом углу, капитал фирмы целиком составляют частные вклады, а дела идут так хорошо, что реклама просто ни к чему. Генеральный директор фирмы — мой брат Гарри Пиннер, он же и основал ее. Зная, что я еду в Лондон, он попросил меня подыскать ему расторопного помощника — молодого человека, способного и делового, с хорошими рекомендациями. Паркер рассказал мне о вас, и вот я здесь. Для начала мы можем предложить вам всего каких-то пятьсот фунтов в год, но в дальнейшем...

— Пятьсот фунтов?! — вскричал я, пораженный.

— Это для начала. Кроме того, вы будете получать один процент комиссионных с каждого нового контракта, и, можете поверить мне, ваше жалованье удвоится.

— Но я ничего не смыслю в скобяных изделиях.

— Зато вы смыслите в бухгалтерии.

Голова моя закружилась, и я едва усидел на месте. Но вдруг в душу мою закралось сомнение.

— Я буду откровенен с вами, сэр, — сказал я. — Мейсоны положили мне двести фунтов в год, но фирма «Мейсон и Уильямсы» — дело верное. А о вас я ровно ничего…

— Вы просто прелесть! — вскричал мой гость в восторге. — Именно такой человек нам и нужен. Вас не проведешь. И это очень хорошо. Вот вам сто фунтов, и если считаете, что дело сделано, смело кладите их в свой карман в качестве аванса.

— Это очень большая сумма, — сказал я. — Когда я должен приступить к работе?

— Поезжайте завтра утром в Бирмингем, — ответил он. — И в час приходите во временную контору фирмы на Корпорейшн-стрит, дом 126. Я дам вам письмо моему брату. Нужно его согласие. Но, между нами говоря, я считаю ваше назначение решенным.

— Не знаю, как и благодарить вас, мистер Пиннер, — сказал я.

— Пустое, мой мальчик. Вы должны благодарить только самого себя. А теперь еще один-два пункта, — так, чистая формальность, но это необходимо уладить. Есть у вас бумага? Будьте добры, напишите на ней: «Согласен поступить на должность коммерческого директора во Франко-Мидландскую компанию скобяных изделий с годовым жалованьем 500 фунтов».

Я написал то, что мистер Пиннер продиктовал мне, и он положил бумагу в карман.

— И еще один вопрос, — сказал он. — Как вы думаете поступить с Мейсонами?

На радостях я совсем было о них забыл.

— Напишу им о своем отказе от места, — ответил я.

— По-моему, этого делать не надо. Я был у Мейсона и поссорился из-за вас с его управляющим. Я зашел к нему навести о вас справки, а он стал кричать, что я сманиваю его людей и тому подобное. Ну я и не выдержал. «Если вы хотите держать хороших работников, платите им как следует», — сказал я в сердцах. А он мне ответил, что вы предпочитаете служить у них на маленьком жалованье, чем у нас на большом.

«Ставлю пять фунтов, — сказал я, — что, когда я предложу ему место коммерческого директора у нас, он даже не напишет вам о своем отказе». «Идет! — воскликнул он. — Мы его, можно сказать, из петли вытащили, и он от нас не откажется!» Это точные его слова.

— Каков нахал! — возмутился я. — Я его и в глаза не видел, а он смеет говорить обо мне такие вещи… Да я теперь ни за что не напишу им, хоть умоляйте меня!

— Ну и прекрасно. Так, значит, по рукам, — сказал он, поднимаясь со стула. — Я рад, что нашел брату хорошего помощника. Вот вам сто фунтов, а вот и письмо. Запомните адрес: Корпорейшн-стрит, 126; не забудьте: завтра в час. Спокойной ночи, и пусть счастье всегда сопутствует вам, как вы того заслужили.

Вот, насколько я помню, какой у нас произошел разговор. Можете себе представить, доктор Уотсон, как я обрадовался этому предложению. Я не спал до полуночи, взволнованный блестящей перспективой, и на следующий день выехал в Бирмингем самым ранним поездом. По приезде я оставил вещи в гостинице на Нью-стрит, а сам отправился пешком по данному адресу.

До назначенного срока оставалось около четверти часа, но я подумал, что ничего не случится, если я приду раньше. Дом 126 оказался большим пассажем, в конце которого по обе стороны располагались два больших магазина, за одним виднелась лестница, наподобие винтовой, куда выходили двери различных контор и отделений местных фирм.

Внизу, в начале лестницы, висел на стене большой указатель с названием фирм, но как я ни искал, а «Франко-Мидландской» там не оказалось. Сердце мое упало, и я несколько минут стоял возле указателя, тупо разглядывая его и спрашивая себя, кто и зачем вздумал разыграть меня таким нелепым образом, как вдруг ко мне подошел незнакомец—

точная копия моего вчерашнего посетителя, только этот был чисто выбрит, и волосы у него были чуть посветлее.

— Мистер Пикрофт? — спросил он меня.

— Да, — ответил я.

— Я ждал вас, но вы пришли немного раньше. Сегодня утром мне передали письмо от моего брата. Он очень вас хвалит.

— Я искал на указателе мою будущую фирму, когда вы подошли.

— У нас пока еще нет вывески, мы только на прошлой неделе сняли это помещение. Ну что же, идемте наверх, там и переговорим.

Мы поднялись по лестнице чуть не под самую крышу и очутились в пустой и грязной комнатке, ободранной и обшарпанной, из которой вела дверь в другую, такую же. Надеясь увидеть большую контору с рядами сверкающих столов и кучей клерков, я оторопело оглядел голое окно без штор или занавесок, две сосновые табуретки и маленький стол, которые вместе со счетами и корзиной для бумаг составляли всю обстановку.

— Мистер Пикрофт, пусть вас не смущает наше скромное помещение, — подбодрил меня мой новый начальник, заметив мое вытянувшееся лицо, — Рим не сразу строился. Наша фирма достаточно богата, но мы не швыряем деньги на ветер. Прошу вас, садитесь и давайте ваше письмо.

Я протянул ему письмо, которое он внимательно прочел.

— О, да вы произвели сильное впечатление на моего брата Артура, — заметил он. — А брат мой — человек проницательный. Правда, он меряет людей по лондонской мерке, а я — по своей, бирмингемской. Но на этот раз я последую его совету. Считайте себя с сегодняшнего дня принятым на службу в нашу контору.

— Каковы будут мои обязанности? — спросил я.

— Вы будете скоро заведовать большим филиалом нашей компании в Париже, который имеет во Франции сто тридцать четыре отделения и будет распространять английскую керамику по всей стране. Оформление торговых заказов заканчивается в ближайшие дни. А пока вы останетесь в Бирмингеме и будете делать свое дело здесь.

— Что именно? — спросил я.

Вместо ответа он достал из ящика стола большую книгу в красном переплете.

— Это справочник города Парижа, — сказал он, — с указанием рода занятий его жителей. Возьмите его домой и выпишите всех торговцев железоскобяными изделиями с их адресами. Это нам крайне необходимо.

— Но ведь, наверное, есть специальные справочники по профессиям, — заметил я.

— Они очень неудобны. Французская система отличается от нашей. Словом, берите этот справочник и в следующий понедельник к двенадцати часам принесите мне готовый список. До свидания, мистер Пикрофт. Я уверен, что вам понравится у нас, если, конечно, вы и впредь будете усердны и сообразительны.

С книгой в руках я вернулся в отель; душу мою обуревали самые противоречивые чувства. С одной стороны, меня окончательно приняли на работу, и в моем кармане лежало сто фунтов. С другой — жалкий вид конторы, отсутствие вывески на стене и другие мелочи, сразу бросающиеся в глаза человеку, опытному в банковских делах, заставляли меня призадуматься о финансовом положении моих новых хозяев. Но будь что будет — аванс я получил, надо приниматься за работу. Все воскресенье я усердно трудился, и тем не менее к понедельнику я дошел только до буквы «Н». Я отправился к своему новому шефу и застал его все в той же ободранной комнате; он велел мне продолжать списывать парижских жестянщиков и прийти с готовой работой в среду. Но и в среду работа все еще не была окончена. Я корпел над списком вплоть до пятницы, то есть до вчерашнего дня. Вчера я наконец принес Пиннеру готовый список.

— Благодарю вас, — сказал он. — Боюсь, что я недооценил трудностей задачи. Этот список мне будет очень полезен.

— Да, над этим пришлось изрядно попотеть, — заметил я.

— А теперь, — заявил он, — я попрошу вас составить список мебельных магазинов, они также занимаются продажей керамики.

— Хорошо.

— Приходите в контору завтра к семи часам вечера, чтобы я знал, как идут дела. Но не переутомляйтесь. Пойдите вечером в мюзик-холл. Я думаю, это не повредит ни вам, ни вашей работе.

Сказав это, он рассмеялся, и я, к своему ужасу, вдруг заметил на его нижнем втором слева зубе золотую пломбу...

Шерлок Холмс даже руки потер от удовольствия, я же слушал нашего клиента, недоумевая.

— Ваше недоумение понятно, доктор Уотсон, — сказал Пикрофт. — Вы просто не знаете всех обстоятельств дела. Помните, в Лондоне я разговаривал с братом моего хозяина? Так вот, у него во рту была точно такая же золотая пломба. Я обратил на нее внимание, когда он рассмеялся, рассказывая мне о своем разговоре с управляющим Мейсонов.

Тогда я сравнил мысленно обоих братьев и увидел, что голос и фигура у них абсолютно одинаковы и что отличаются они только тем, что можно легко изменить с помощью бритвы или же парика. Сомнений не было: передо мной был тот же самый человек, который приходил ко мне в Лондоне. Конечно, бывает, что два брата похожи друг на друга, как две капли воды, но чтобы у них был одинаково запломбирован один и тот же зуб — этого быть не могло.

Шеф мой с поклоном проводил меня до двери, и я очутился на улице, едва соображая, где я и что со мной происходит.

Кое-как я добрался до гостиницы, сунул голову в таз с холодной водой, чтобы прийти в себя, и стал думать, зачем он послал меня из Лондона в Бирмингем к самому себе, зачем написал это идиотское письмо? Как ни ломал я голову, ответа на эти вопросы не находил. И тут меня осенило: поеду к Шерлоку Холмсу; только он может понять, в чем тут дело. В тот же день вечерним поездом я выехал в Лондон, чтобы еще утром увидеться с Шерлоком Холмсом и привезти его в Бирмингем.

Клерк закончил рассказ о своем удивительном приключении. Наступило молчание. Шерлок Холмс многозначительно взглянул на меня и откинулся на подушки. Выражение его лица было довольное и вместе с тем критическое, как у знатока, только что отведавшего глоток превосходного вина.

— Ну что, Уотсон, ловко придумано, а? — заметил он. — В этом есть что-то заманчивое для меня. Надеюсь, вы согласитесь, что интервью с Гарри-Артуром Пиннером во временной конторе Франко-Мидландской компании скобяных изделий было бы для нас небезынтересно.

— Да, но как это сделать? — спросил я.

— Очень просто, — вмешался в разговор Холл Пикрофт. — Вы оба — мои друзья, ищете работу, и я, естественно, решил рекомендовать вас моему хозяину.

— Отлично, так и сделаем! — воскликнул Холмс. — Я хочу повидать этого господина и, если удастся, выяснить, какую игру он затеял. Что особенного он нашел в вас? Почему дал такой большой аванс? Быть может…

Он принялся грызть ногти, уставившись отсутствующим взглядом в окно, и до самого Нью-стрита нам больше не удалось вытянуть из него ни слова.

В тот же день в семь часов вечера мы втроем шагали по Корпорейшн-стрит, направляясь в контору Франко-Мидландской компании.

— Приходить раньше нет надобности, — заметил клерк. — Он там бывает, по-видимому, только за тем, чтобы повидаться со мной. Так что до назначенного часа в конторе все равно никого не будет.

— Это интересно, — сказал Холмс.

— Ну, что я вам говорил, — воскликнул Пикрофт. — Вон он идет впереди нас.

Он указал на невысокого, белокурого, хорошо одетого мужчину, спешившего по другой стороне улицы. Пока мы его разглядывали, Пиннер, заметив напротив газетчика, размахивающего свежими номерами вечерней газеты, кинулся к нему через улицу, огибая пролетки и омнибусы, и купил одну. Затем с газетой в руках он скрылся в дверях пассажа.

— Он уже в конторе! — воскликнул Пикрофт. — Идемте со мной, я сейчас вас представлю.

Вслед за нашим спутником мы взобрались на пятый этаж и очутились перед незапертой дверью. Пикрофт постучал. Из-за двери послышалось: «Войдите». Мы зашли в пустую, почти не меблированную комнату, вид которой полностью совпадал с описанием Пикрофта. За единственным столом с развернутой газетой в руках сидел человек, только что виденный нами на улице. Он поднял голову, и я увидел лицо, искаженное таким страданием, вернее, даже не страданием, а безысходным отчаянием, как бывает, когда с человеком стряслось непоправимая беда. Лоб его блестел от испарины, щеки приняли мертвенно-бледный оттенок, напоминавший брюхо вспоротой рыбы, остекленевший взгляд был взглядом сумасшедшего. Он уставился на своего клерка, точно видел его впервые, и по лицу Пикрофта я понял, что таким он видит хозяина в первый раз.

— Мистер Пиннер, что с вами, вы больны? — воскликнул он.

— Да, я что-то неважно себя чувствую, — выдавил из себя мистер Пиннер. — Что это за джентльмены, которые пришли с вами? — добавил он, облизывая пересохшие губы.

— Это мистер Гаррис из Бэрмендси, а это мистер Прайс — он здешний житель, — словоохотливо ответил наш клерк. — Мои друзья. Они хорошо знают конторское дело. Но оба сейчас без работы. И я подумал, может, у вас найдется для них местечко.

— Конечно, почему бы нет! — вскричал Пиннер, через силу улыбаясь. — Я даже уверен, что найдется. Вы по какой части, мистер Гаррис?

— Я бухгалтер, — ответил Холмс.

— Так-так, бухгалтеры нам нужны. А ваша специальность, мистер Прайс?

— Я клерк, — ответил я.

— Полагаю, что и для вас дело найдется. Как только мы примем решение, я тотчас дам вам знать. А сейчас я попрошу вас уйти. Ради бога, оставьте меня одного!

Последние слова вырвались у него помимо воли. Точно у него больше не было сил сдерживаться. Мы с Холмсом переглянулись, а Пикрофт шагнул к столу.

— Мистер Пиннер, вы, наверное, забыли, что я пришел сюда за дальнейшими инструкциями, — сказал он.

— Да-да, конечно, мистер Пикрофт, — ответил хозяин конторы неожиданно бесстрастным тоном. — Подождите меня здесь минутку. Да и ваши друзья пусть подождут. Я буду к вашим услугам через пять минут, если позволите мне злоупотребить вашим терпением в такой степени.

Он встал, учтиво поклонился, вышел в соседнюю комнату и затворил за собой дверь.

— Что там такое? — зашептал Холмс. — Он не ускользнет от нас?

— Нет! — уверенно ответил Пикрофт. — Эта дверь ведет только во вторую комнату.

— А из нее нет другого выхода?

— Нет.

— Там тоже пусто?

— Вчера по крайней мере там ничего не было.

— Зачем он туда пошел? Мне здесь не все ясно. Такое впечатление, что Пиннер внезапно повредился в уме. Что-то испугало его до потери сознанья. Но что?

— Возможно, он решил, что мы из полиции, — предположил я.

— Возможно, — согласился Пикрофт.

Холмс покачал головой.

— Нет, он уже был бледен, как смерть, когда мы вошли, — возразил он. — Разве только...

Его слова были прерваны резким стуком, раздавшимся из соседней комнаты.

— Какого черта он стучится в собственную дверь! — вскричал Пикрофт.

Стук не прекращался. Мы все в ожидании уставились на закрытую дверь. Лицо у Холмса стало жестким. Он в сильном возбуждении наклонился вперед.

Потом из соседней комнаты вдруг донесся тихий булькающий звук, словно кто-то полоскал горло, и чем-то часто забарабанили по деревянной перегородке. Холмс, как бешеный, прыгнул через всю комнату к двери и толкнул ее. Дверь оказалась на запоре. Мы с Пикрофтом тоже бросились к двери, и все втроем навалились на нее. Сорвалась одна петля, потом вторая, и дверь с треском рухнула на пол, Мы ворвались внутрь. Комната была пуста.

Наша растерянность длилась не больше минуты. В ближайшем углу комнаты виднелась еще одна дверь. Холмс подскочил к ней и отворил ее рывком. За дверью на полу лежали пиджак и жилетка, а на крюке на собственных подтяжках, затянутых вокруг шеи, висел управляющий Франко-Мидландской компании скобяных изделий. Колени его подогнулись, голова неестественно свесилась на грудь, пятки, ударяя по двери, издавали тот самый непонятный стук, который заставил нас насторожиться. В мгновение ока я обхватил и приподнял его бесчувственное тело, а Холмс и Пикрофт стали развязывать резиновую петлю, которая почти исчезла под багрово-синими складками кожи. Затем мы перенесли Пиннера в другую комнату и положили на пол. Лицо у него стало свинцово-серым, но он был жив, и его фиолетово-синие губы с каждым вдохом и выдохом выпячивались и опадали. Это было жалкое подобие того здорового, цветущего человека, которого мы видели на улице всего полчаса назад.

— Как его состояние, Уотсон? — спросил меня Холмс.

Я наклонился над распростертым телом и начал осмотр. Пульс по-прежнему оставался слабым, но дыхание постепенно выравнивалось, веки слегка дрожали, приоткрыв тонкую белую полоску глазных яблок.

— Чуть было не отправился к праотцам, — заметил я, — но, кажется, все обошлось. Откройте-ка окно и дайте сюда графин с водой.

Я расстегнул ему рубашку на груди, смочил холодной водой лицо и принялся поднимать и опускать его руки, делая искусственное дыхание, пока он не вздохнул наконец всей грудью.

— Теперь все остальное — только вопрос времени, — заметил я, отходя от него.

Холмс стоял у стола, засунув руки в карманы брюк и опустив голову на грудь.

— Ну что же, — сказал он, — пора вызывать полицию. Должен признаться, что мне будет приятно посвятить их в подробности этого дела.

— Я все-таки ничего не понимаю, — признался Пикрофт, почесав затылок. — Черт возьми! Для чего, спрашивается, я был им здесь нужен?

— Все очень просто, — махнул рукой Холмс, — мне непонятна только заключительная сцена. — Холмс указал на подтяжки.

— А все остальное понятно?

— Думаю, что да. А вы, Уотсон, что скажете?

Я пожал плечами.

— Ровным счетом ничего не понимаю.

— А ведь если внимательно проследить ход событий, то вывод напрашивается сам собой.

— Какой же?

— Одну минутку. Вначале вернемся к двум исходным точкам: первое — заявление Пикрофта с просьбой принять его на работу в эту нелепую компанию. Надеюсь, вы догадываетесь, зачем его заставили написать это заявление?

— Боюсь, что нет.

— И все-таки оно зачем-то понадобилось! Ведь, как правило, чтобы принять человека на службу, достаточно устного соглашения, и на сей раз не было никаких причин, чтобы делать исключение. Отсюда вывод: им дозарезу нужен был образец вашего почерка.

— Но зачем?

— В самом деле, зачем? Ответив на этот вопрос, мы с вами решим и всю задачу. Так, значит, зачем же им стал нужен ваш почерк? А затем, что кому-то понадобилось написать что-то, подделываясь под вашу руку. Теперь второй момент. Как вы сейчас увидите, одно дополняет другое. Помните, как у мистера Пикрофта было взято обещание не посылать Мейсонам письменного отказа от места, а отсюда следует, что управляющий названного банка и по сей день пребывает в уверенности, что в понедельник к нему на службу явился не кто иной, как мистер Пикрофт.

— Боже мой! — вскричал бедняга Пикрофт. — Каким же я оказался идиотом!

— Сейчас вы окончательно поймете, зачем им понадобился ваш почерк. Вообразите себе, что человек, проникший под вашим именем к Мейсонам, не знает вашего почерка. Ясно, его тут же поймают, и он проиграет игру, еще не начав ее. Но если мошенник знаком с вашей рукой, то бояться ему нечего. Ибо, насколько я понял, у Мейсона вас никто никогда в глаза не видел.

— В том-то и дело, что никто! — простонал Пикрофт.

— Прекрасно. Далее, мошенникам было крайне важно, чтобы вы не передумали или случайно не узнали, что у Мейсонов работает ваш двойник. Поэтому вам дали солидный аванс и увезли в Бирмингем, где поручили вам такую работу, которая удержала бы вас вдали от Лондона хотя бы с неделю. Все очень просто, как видите.

— Да, но зачем ему понадобилось выдавать себя за собственного брата?

— И это понятно. Их, очевидно, двое. Один должен был заменить вас у Мейсонов, второй — отправить вас в Бирмингем. Приглашать третьего, на роль управляющего фирмой, им не хотелось. Поэтому второй изменил, сколько мог, свою внешность и выдал себя за собственного брата, так что даже разительное сходство не могло бы вызвать подозрений. И если бы не золотая пломба, вам бы и в голову никогда не пришло, что ваш лондонский посетитель и управляющий бирмингемской конторы — одно и то же лицо.

Холл Пикрофт затряс сжатыми кулаками.

— Боже мой! — вскричал он. — И чем же занимался мой двойник в конторе Мейсонов, пока я тут позволил водить себя за нос? Что же теперь нам делать, мистер Холмс? Что?

— Во-первых, без промедления телеграфировать Мейсонам.

— Сегодня суббота, банк закрывается в двенадцать.

— Это неважно, там наверняка есть сторож или швейцар...

— Да, они держат специального сторожа. Об этом как-то говорили в Сити. У них в банке хранятся большие ценности.

— Прекрасно. Мы сейчас позвоним и узнаем у него, все ли там в порядке и работает ли клерк с вашей фамилией. В общем, дело ясное. Не ясно одно, почему, увидев нас, один из мошенников тотчас ушел в другую комнату и повесился.

— Газета!. — послышался хриплый голос позади нас.

Самоубийца сидел на полу бледный и страшный, в глазах его появились проблески сознания, руки нервно растирали широкую красную полосу, оставленную петлей на шее.

— Газета! Ну конечно! — вскричал Холмс возбужденно. — Какой же я идиот! Я все хотел связать самоубийство с нашим визитом и совсем забыл про газету. Разгадка, безусловно, в ней. — Он развернул газету на столе, и крик торжества сорвался с его уст. — Посмотрите, Уотсон! — вскричал он. — Это лондонская «Ивнинг стандард». Какие заголовки! «Ограбление в Сити! Убийство в банке Мейсонов! Грандиозная попытка ограбления! Преступник пойман!» Вот здесь, Уотсон. Читайте. Я просто сгораю от нетерпения.

Это неудавшееся ограбление, судя по тому, сколько места отвела ему газета, было главным происшествием дня. Вот что я прочитал:

— «Сегодня днем в Сити была совершена дерзкая попытка ограбления банка. Убит один человек. Преступник пойман.

Несколько дней назад известный банкирский дом «Мейсон и Уильямсы» получил на хранение ценные бумаги на сумму, значительно превышающую миллион фунтов стерлингов. Управляющий банком, сознавая ответственность, легшую на его плечи, и понимая всю опасность хранения такой огромной суммы, установил в банке круглосуточное дежурство вооруженного сторожа. Полученные ценности были помещены в сейфы самой последней конструкции. В это время в банк на службу был принят новый клерк, по имени Холл Пикрофт, оказавшийся не кем иным, как знаменитым взломщиком и грабителем Беддингтоном, который со своим братом вышел на днях на свободу, отсидев пять лет в каторжной тюрьме. Каким-то образом, каким, еще не установлено, этому Беддингтону удалось устроиться в банк клерком. Проработав несколько дней, он изучил расположение кладовой и сейфов, а также снял слепки с нужных ему ключей.

Обычно в субботу служащие Мейсонов покидают банк ровно в двенадцать часов дня. Вот почему Тьюсон, сержант полиции, дежуривший в Сити, был слегка удивлен, когда увидел какого-то господина с саквояжем в руках, выходящего из банка в двенадцать минут второго. Заподозрив неладное, он последовал за неизвестным и после отчаянного сопротивления задержал его с помощью подоспевшего констебля Поллока. Сразу стало ясно, что совершено дерзкое и грандиозное ограбление. Саквояж оказался битком набит ценными бумагами, американскими железнодорожными акциями и акциями других компаний. Стоимость бумаг превышала сто тысяч фунтов стерлингов.

При осмотре здания обнаружили труп несчастного сторожа, засунутый в один из самых больших сейфов, где он пролежал бы до понедельника, если бы не расторопность и находчивость сержанта Тьюсона. Череп бедняги был размозжен ударом кочерги, нанесенным сзади. Очевидно, Беддингтон вернулся назад в контору, сделав вид, что забыл там что-то. Убив сторожа и быстро очистив самый большой сейф, он попытался скрыться со своей добычей. Его брат, обычно работающий вместе с ним, на этот раз, как пока известно, в деле не участвовал. Однако полиция принимает энергичные меры, чтобы установить его местопребывание».

— Мы можем, пожалуй, избавить полицию от лишних хлопот, — сказал Холмс, бросив взгляд на поникшую фигуру, скорчившуюся у окна. — Человеческая натура — странная вещь, Уотсон. Этот человек так любит своего брата, убийцу и злодея, что готов был руки на себя наложить, узнав, что тому грозит виселица. Но делать нечего, мы с доктором побудем здесь, а вы, мистер Пикрофт, будьте добры, сходите за полицией.

Берилловая диадема

— Посмотрите-ка, Холмс, — сказал я. — Какой-то сумасшедший бежит. Не понимаю, как родные отпускают такого без присмотра.

Я стоял у сводчатого окна нашей комнаты и глядел вниз, на Бейкер-стрит.

Холмс лениво поднялся с кресла, встал у меня за спиной и, засунув руки в карманы халата, взглянул в окно.

Было ясное февральское утро. Выпавший вчера снег лежал плотным слоем, сверкая в лучах зимнего солнца. На середине улицы снег превратился в бурую грязную массу, но по обочинам он оставался белым, как будто только что выпал. Хотя тротуары уже очистили, было все же очень скользко, и пешеходов на улице было меньше, чем обычно. Сейчас на улице на всем протяжении от станции подземки до нашего дома находился только один человек. Его эксцентричное поведение и привлекло мое внимание.

Это был мужчина лет пятидесяти, высокий, солидный, с широким энергичным лицом и представительной фигурой. Одет он был богато, но не броско: блестящий цилиндр, темный сюртук из дорогого материала, хорошо сшитые светло-серые брюки и коричневые гетры. Однако все его поведение решительно не соответствовало его внешности и одежде. Он бежал, то и дело подскакивая, как человек, не привыкший к физическим упражнениям, размахивал руками, вертел головой, лицо его искажалось гримасами.

— Что с ним? — недоумевал я. — Он, кажется, ищет какой-то дом.

— Я думаю, что он спешит сюда, — сказал Холмс, потирая руки.

— Сюда?

— Да. Полагаю, ему нужно посоветоваться со мной. Все признаки налицо. Ну, прав я был или нет?

В это время незнакомец, тяжело дыша, кинулся к нашей двери и принялся судорожно дергать колокольчик, огласив звоном весь дом.

Через минуту он вбежал в комнату, едва переводя дух и жестикулируя. В глазах у него затаилось такое горе и отчаяние, что наши улыбки погасли и насмешка уступила место глубокому сочувствию и жалости. Сначала он не мог вымолвить ни слова, только раскачивался взад и вперед и хватал себя за голову, как человек, доведенный до грани сумасшествия. Вдруг он бросился к стене и ударился о нее головой. Мы кинулись к нашему посетителю и оттащили его на середину комнаты. Холмс усадил несчастного в кресло, сам сел напротив и, похлопав его по руке, заговорил так мягко и успокаивающе, как никто, кроме него, не умел.

— Вы пришли ко мне, чтобы рассказать, что с вами случилось? — сказал он. — Вы утомились от быстрой ходьбы. Успокойтесь, придите в себя, и я с радостью выслушаю вас, что вы имеете сказать.

Незнакомцу потребовалась минута или больше того, чтобы отдышаться и побороть волнение. Наконец он провел платком по лбу, решительно сжал губы и повернулся к нам.

— Вы, конечно, сочли меня за сумасшедшего? — спросил он.

— Нет, но я вижу, что с вами стряслась беда, — ответил Холмс.

— Да, видит бог! Беда такая неожиданная и страшная, что можно сойти с ума. Я вынес бы бесчестье, хотя на моей совести нет ни единого пятнышка. Личное несчастье — это случается с каждым. Но одновременно и то и другое, да еще в такой ужасной форме! Кроме того, это касается не только меня. Если не будет немедленно найден выход из моего бедственного положения, может пострадать одна из знатнейших персон нашей страны.

— Успокойтесь, сэр, прошу вас, — сказал Холмс. — Расскажите, кто вы и что с вами случилось.

— Мое имя, возможно, известно вам, — проговорил посетитель. — Я Александр Холдер из банкирского дома «Холдер и Стивенсон» на Тренидл-стрит.

Действительно, имя было хорошо знакомо нам; оно принадлежало старшему компаньону второй по значению банкирской фирмы в Лондоне. Что же привело в такое жалкое состояние одного из виднейших граждан столицы? Мы с нетерпением ждали ответа на этот вопрос. Огромным усилием воли Холдер взял себя в руки и приступил к рассказу.

— Я понимаю, что нельзя терять ни минуты. Как только полицейский инспектор порекомендовал мне обратиться к вам, я немедленно поспешил сюда. Я добрался до Бейкер-стрит подземкой и всю дорогу от станции бежал: по такому снегу кебы движутся очень медленно. Я вообще мало двигаюсь и потому так запыхался. Но сейчас мне стало лучше, и я постараюсь изложить все факты как можно короче и яснее.

Вам, конечно, известно, что в банковском деле очень многое зависит от умения удачно вкладывать средства и в то же время расширять клиентуру. Один из наиболее выгодных способов инвестирования средств — выдача ссуд под солидное обеспечение. За последние годы мы немало успели в этом отношении. Мы ссужаем крупными суммами знатные семейства под обеспечение картинами, фамильными библиотеками, сервизами.

Вчера утром я сидел в своем кабинете в банке, и кто-то из клерков принес мне визитную карточку. Я вздрогнул, прочитав имя, потому что это был не кто иной, как... Впрочем, пожалуй, даже вам я не решусь его назвать. Это имя известно всему миру; имя одной из самых высокопоставленных и знатных особ Англии. Я был ошеломлен оказанной мне честью, и когда он вошел, хотел было выразить свои чувства высокому посетителю. Но он прервал меня: ему, видно, хотелось как можно быстрее уладить неприятное для него дело.

— Мистер Холдер, я слышал, что вы предоставляете ссуды.

— Да. Фирма дает ссуды под надежные гарантии, — отвечал я.

— Мне совершенно необходимы пятьдесят тысяч фунтов стерлингов, и притом немедленно, — заявил он. — Конечно, такую небольшую сумму я мог бы одолжить у своих друзей, но я предпочитаю сделать этот заем в деловом порядке. И я вынужден сам заниматься этим. Вы, конечно, понимаете, что человеку моего положения неудобно вмешивать в это дело посторонних.

— Позвольте узнать, на какой срок вам нужны деньги? — осведомился я.

— В будущий понедельник мне вернут крупную сумму денег, и я погашу вашу ссуду с уплатой любого процента. Но мне крайне важно получить деньги сразу.

— Я был бы счастлив безоговорочно дать вам деньги из своих личных средств, но это довольно крупная сумма, так что придется сделать это от имени фирмы. Элементарная справедливость по отношению к моему компаньону требует, чтобы я принял меры деловой предосторожности.

— Иначе и быть не может, — сказал он и взял в руки квадратный футляр черного сафьяна, который перед тем положил на стол возле себя. — Вы, конечно, слышали о знаменитой берилловой диадеме?

— Разумеется. Это— национальное достояние.

— Совершенно верно. — Он открыл футляр— на мягком розовом бархате красовалось великолепнейшее произведение ювелирного искусства.

— В диадеме тридцать девять крупных бериллов, — сказал он. — Ценность золотой оправы не поддается исчислению. Самая минимальная ее стоимость вдвое выше нужной мне суммы. Я готов оставить диадему у вас.

Я взял в руки футляр с драгоценной диадемой и с некоторым колебанием поднял глаза на своего именитого посетителя.

— Вы сомневаетесь в ценности диадемы? — улыбнулся он.

— О, что вы, я сомневаюсь лишь…

— …удобно ли мне оставить эту диадему вам? Можете не беспокоиться. Мне эта мысль и в голову не пришла, не будь я абсолютно убежден, что через четыре дня получу диадему обратно. Пустая формальность! Ну, а само обеспечение вы считаете удовлетворительным?

— Вполне.

— Вы, разумеется, понимаете, мистер Холдер, что мой поступок — свидетельство глубочайшего доверия, которое я питаю к вам. Это доверие основано на том, что я знаю о вас. Я рассчитываю на вашу скромность, на то, что вы воздержитесь от каких-либо разговоров о диадеме. Прошу вас также беречь ее особенно тщательно, так как любое повреждение вызовет скандал. Оно повлечет почти такие же катастрофические последствия, как и пропажа диадемы. В мире больше нет таких бериллов, и, если потеряется хоть один, возместить его будет нечем. Но я доверяю вам и со спокойной душой оставляю у вас диадему. Я вернусь за нею лично в понедельник утром.

Видя, что мой клиент спешит, я без дальнейших разговоров вызвал кассира и распорядился выдать пятьдесят банковских билетов по тысяче фунтов стерлингов.

Оставшись один и разглядывая драгоценность, лежащую на моем письменном столе, я подумал об огромной ответственности, которую принял на себя. В случае пропажи диадемы, несомненно, разразится невероятный скандал: ведь она достояние нации! Я даже начал сожалеть, что впутался в это дело. Но сейчас уже ничего нельзя было изменить. Я запер диадему в свой личный сейф и вернулся к работе.

Когда настал вечер, я подумал, что было бы опрометчиво оставлять в банке такую драгоценность. Кому не известны случаи взлома сейфов? А вдруг взломают и мой? В каком ужасном положении я окажусь, случись такая беда! И я решил держать диадему при себе. Затем я вызвал кеб и поехал домой в Стритем с футляром в кармане. Я не мог успокоиться, пока не поднялся к себе наверх и не запер диадему в бюро в комнате, смежной с моей спальней.

А теперь два слова о людях, живущих в моем доме. Я хочу, чтобы вы, мистер Холмс, полностью ознакомились с положением дел. Мой конюх и мальчик-слуга — приходящие работники, поэтому о них можно не говорить. У меня три горничные, работающие уже много лет, и их абсолютная честность не вызывает ни малейшего сомнения. Четвертая — Люси Парр, официантка, живет у нас только несколько месяцев. Она поступила с прекрасной рекомендацией и вполне справляется со своей работой. Люси — хорошенькая девушка, у нее есть поклонники, которые слоняются возле дома. Это — единственное, что мне не нравится. Впрочем, я считаю ее вполне порядочной девушкой во всех отношениях.

Вот и все, что касается слуг. Моя собственная семья так немногочисленна, что мне не придется много о ней говорить. Я вдовец и имею единственного сына Артура. К великому моему огорчению, он обманул мои надежды. Нет ни малейшего сомнения, что виноват я сам. Говорят, я избаловал его. Очень может быть. Когда скончалась жена, я понял, что теперь сын — моя единственная привязанность. Я не мог ему отказать ни в чем, я совершенно не мог выносить даже малейшего его неудовольствия. Может быть, для нас обоих было бы лучше, будь я с ним хоть чуточку построже. Но в то время я думал иначе.

Естественно, я мечтал, что Артур когда-нибудь сменит меня в моем деле. Однако у него не оказалось никакой склонности к этому. Он стал необузданным, своенравным, и, говоря по совести, я не мог доверить ему большие деньги. Юношей он вступил в аристократический клуб, а позже благодаря обаятельным манерам стал своим человеком в кругу самых богатых и расточительных людей. Он пристрастился к крупной игре в карты, проматывал деньги на скачках и поэтому все чаще и чаще обращался ко мне с просьбой дать ему денег — в счет будущих карманных расходов. Деньги нужны были для того, чтобы расплатиться с карточными долгами. Правда, Артур неоднократно пытался отойти от этой компании, но каждый раз влияние его друга сэра Джорджа Бэрнвелла возвращало его на прежний путь.

Собственно говоря, меня не очень удивляет, что сэр Джордж Бэрнвелл оказывал такое влияние на моего сына. Артур нередко приглашал его к нам, и должен сказать, что даже я подпадал под обаяние сэра Джорджа. Он старше Артура, светский человек до мозга костей, интереснейший собеседник, много поездивший и повидавший на своем веку, к тому же человек исключительно привлекательной внешности. Но все же, думая о нем спокойно, отвлекаясь от его личного обаяния и вспоминая его циничные высказывания и взгляды, я сознавал, что сэру Джорджу нельзя доверять.

Так думал не только я — того же взгляда придерживалась и Мэри, обладающая тонкой женской интуицией.

Теперь остается рассказать лишь о Мэри, моей племяннице. Когда лет пять тому назад умер брат и она осталась одна на всем свете, я взял ее к себе. С тех пор она для меня словно родная дочь. Мэри — солнечный луч в моем доме — такая ласковая, чуткая, милая, какой только может быть женщина, и к тому же превосходная хозяйка. Мэри — моя правая рука, я не могу себе представить, что я делал бы без нее. И только в одном она шла против моей воли. Мой сын Артур любит ее и дважды просил ее руки, но она каждый раз отказывала ему. Я глубоко убежден, что если хоть кто-нибудь способен направить моего сына на путь истинный, так это только она. Брак с ней мог бы изменить всю его жизнь… но сейчас, увы, слишком поздно. Все погибло!

Ну вот, мистер Холмс, теперь вы знаете людей, которые живут под моей крышей, и я продолжу свою печальную повесть.

Когда в тот вечер после обеда мы пили кофе в гостиной, я рассказал Артуру и Мэри, какое сокровище находится у нас в доме. Я, конечно, не назвал имени клиента. Люси Парр, подававшая нам кофе, к тому времени уже вышла из комнаты. Я твердо уверен в этом, хотя не берусь утверждать, что дверь за ней была плотно закрыта. Мэри и Артур, заинтригованные моим рассказом, хотели посмотреть знаменитую диадему, но я почел за благо не прикасаться к ней.

— Куда же ты ее положил? — спросил Артур.

— В бюро.

— Будем надеяться, что сегодня ночью к нам не вломятся грабители, — сказал он.

— Бюро заперто на ключ, — возразил я.

— Пустяки! К нему подойдет любой ключ. В детстве я сам открывал его ключом от буфета.

Он часто нес всякий вздор, и я не придал значения его словам. После кофе Артур с мрачным видом последовал в мою комнату.

— Послушай, папа, — сказал он, опустив глаза. — Не мог бы ты одолжить мне двести фунтов?

— Ни в коем случае, — ответил я резко. — Я и так слишком распустил тебя в денежных делах.

— Да, ты всегда щедр, — сказал он. — Но сейчас мне крайне нужна эта сумма, иначе я не смогу показаться в клубе.

— Тем лучше! — воскликнул я.

— Но меня же могут посчитать за нечестного человека! Я не вынесу такого позора. Так или иначе я должен достать деньги. Если ты не дашь мне двести фунтов, я буду вынужден раздобыть их иным способом.

Я возмутился: за последний месяц он третий раз обращался ко мне с подобной просьбой.

— Ты не получишь ни фартинга! — закричал я.

Он поклонился и вышел из комнаты, не сказав ни слова. После ухода Артура я заглянул в бюро, убедился, что драгоценность на месте, и снова запер его на ключ.

Затем я решил обойти комнаты и посмотреть, все ли в порядке. Обычно эту обязанность берет на себя Мэри, но сегодня я решил, что лучше сделать это самому. Спускаясь с лестницы, я увидел свою племянницу — она закрывала окно в гостиной.

— Скажите, папа, вы разрешили Люси отлучиться?

Мне показалось, что Мэри немножко встревожена.

— Об этом и речи не было.

— Она только что вошла через черный ход. Думаю, что она выходила к калитке повидаться с кем-нибудь. Мне кажется, это ни к чему, и пора это прекратить.

— Непременно поговори с ней завтра, или, если хочешь, я сам это сделаю. Ты проверила, все хорошо заперто?

— Да, папа.

— Тогда спокойной ночи, дитя мое. — Я поцеловал ее, отправился к себе в спальню и вскоре уснул.

— Я подробно говорю обо всем, что может иметь хоть какое-нибудь отношение к делу, мистер Холмс. Но, если что-либо покажется вам неясным, спрашивайте, не стесняйтесь.

— Нет, нет, вы рассказываете вполне ясно, — ответил Холмс.

— Сейчас я перехожу к той части рассказа, которую хотел бы изложить особенно детально. Обычно я сплю не очень крепко, а беспокойство в тот раз отнюдь не способствовало крепкому сну. Около двух часов ночи я проснулся от какого-то слабого шума. Шум прекратился прежде, чем я сообразил, в чем дело, но у меня создалось впечатление, что где-то осторожно закрыли окно. Я весь обратился в слух. Вдруг до меня донеслись легкие шаги в комнате рядом с моей спальней. Я выскользнул из постели и, дрожа от страха, выглянул за дверь.

— Артур! — закричал я. — Негодяй! Вор! Как ты посмел притронуться к диадеме!

Газ был притушен, и при его свете я увидел своего несчастного сына — на нем была только рубашка и брюки. Он стоял около газовой горелки и держал в руках диадему. Мне показалось, что он старался согнуть ее или сломать. Услышав меня, Артур выронил диадему и повернулся ко мне, бледный как смерть. Я схватил сокровище: не хватало золотого зубца с тремя бериллами.

— Подлец! — закричал я вне себя от ярости. — Сломать такую вещь! Ты обесчестил меня, понимаешь? Куда ты дел камни, которые украл?

— Украл? — попятился он.

— Да, украл! Ты вор! — кричал я, тряся его за плечи.

— Нет, не может быть, ничего не могло пропасть! — бормотал он.

— Тут недостает трех камней. Где они? Ты, оказывается, не только вор, но и лжец! Я же видел, как ты пытался отломить еще кусок.

— Хватит! Я больше не намерен терпеть оскорбления, — холодно сказал Артур. — Ты не услышишь от меня ни слова. Утром я ухожу из дому и буду сам устраиваться в жизни.

— Ты уйдешь из моего дома только в сопровождении полиции! — кричал я, обезумев от горя и гнева. — Я хочу знать все, абсолютно все!

— Я не скажу ни слова! — неожиданно взорвался он. — Если ты считаешь нужным вызвать полицию — пожалуйста, пусть ищут!

Я кричал так, что поднял на ноги весь дом. Мэри первой вбежала в комнату. Увидев диадему и растерянного Артура, она все поняла и, вскрикнув, упала без чувств. Я послал горничную за полицией. Когда прибыли полицейский инспектор и констебль, Артур, мрачно стоявший со скрещенными руками, спросил меня, неужели я действительно собираюсь предъявить ему обвинение в воровстве. Я ответил, что это дело отнюдь не частное, что диадема — собственность нации и что я твердо решил дать делу законный ход.

— Но ты по крайней мере не дашь им арестовать меня сейчас же, — сказал он. — Во имя наших общих интересов разреши мне отлучиться из дому хотя бы на пять минут.

— Для того, чтобы ты скрылся или получше припрятал краденое? — воскликнул я.

Я понимал весь ужас своего положения и заклинал его подумать о том, что на карту поставлено не только мое имя, но и честь гораздо более высокого лица, что исчезновение бериллов вызовет огромный скандал, который потрясет всю нацию. Всего можно избежать, если только он скажет, что он сделал с тремя камнями.

— Пойми, — говорил я. — Ты задержан на месте преступления. Признание не усугубит твою вину. Напротив, если ты вернешь бериллы, то поможешь исправить создавшееся положение и тебя простят.

— Приберегите свое прощение для тех, кто в нем нуждается, — сказал он высокомерно и отвернулся.

Я видел, что он крайне ожесточен, и понял, что дальнейшие уговоры бесполезны. Оставался один выход. Я пригласил инспектора, и тот взял Артура под стражу.

Полицейские немедленно обыскали Артура и его комнату, обшарили каждый закоулок в доме, но обнаружить драгоценные камни не удалось, а негодный мальчишка не раскрывал рта, несмотря на наши увещевания и угрозы. Сегодня утром его отправили в тюрьму. А я, закончив формальности, поспешил к вам. Умоляю вас применить все свое искусство, чтобы раскрыть это дело. В полиции мне откровенно сказали, что в настоящее время вряд ли смогут чем-нибудь помочь мне. Я не остановлюсь ни перед какими расходами. Я уже предложил вознаграждение в тысячу фунтов… Боже! Что же мне делать? Я потерял честь, состояние и сына в одну ночь… О, что мне делать?!

Он схватился за голову и, раскачиваясь из стороны в сторону, бормотал, как ребенок, который не в состоянии выразить свое горе.

Несколько минут Холмс сидел молча, нахмурив брови и устремив взгляд на огонь в камине.

— У вас часто бывают гости? — спросил он.

— Нет, у нас никого не бывает, иногда разве придет компаньон с женой да изредка кто-либо из друзей Артура. Недавно к нам несколько раз заглядывал сэр Джордж Бэрнвелл. Больше никого.

— А вы сами часто бываете в обществе?

— Артур — часто. А мы с Мэри всегда дома. Мы оба домоседы.

— Это необычно для молодой девушки.

— Она не очень общительная и к тому же не такая уж юная. Ей двадцать четыре года.

— Вы говорите, что случившееся явилось для нее ударом?

— О да! Она потрясена больше меня.

— А у вас не появлялось сомнения в виновности Артура?

— Какие же могут быть сомнения, когда я собственными глазами видел диадему в руках у Артура?

— Я не считаю это решающим доказательством вины. Скажите, кроме отломанного зубца, были какие-нибудь еще повреждения на диадеме?

— Она была погнута.

— А вам не приходила мысль, что ваш сын просто пытался распрямить ее?

— Что вы! Я понимаю, вы хотите оправдать его в моих глазах. Но это невозможно. Что он делал в моей комнате? Если он не имел преступных намерений, отчего он молчит?

— Все это верно. Но, с другой стороны, если он виновен, то почему бы ему не попытаться придумать какую-нибудь версию в свое оправдание? То обстоятельство, что он не хочет говорить, по-моему, исключает оба предположения. И вообще тут есть несколько неясных деталей. Что думает полиция о шуме, который вас разбудил?

— Они считают, что Артур, выходя из спальни, неосторожно стукнул дверью.

— Очень похоже! Человек, идущий на преступление, хлопает дверью, чтобы разбудить весь дом! А что они думают по поводу исчезнувших камней?

— Они и сейчас еще простукивают стены и обследуют мебель.

— А они не пытались искать вне дома?

— Они проявили исключительную энергию. Они прочесали весь сад.

— Ну, дорогой мистер Холдер, — сказал Холмс, — разве не очевидно, что все гораздо сложнее, чем предполагаете вы и полиция? Вы считаете дело ясным, а с моей точки зрения это очень запутанная история. Судите сами, по-вашему, ход событий таков: Артур поднимается с постели, пробирается с большим риском в ту комнату, открывает бюро и достает диадему, отламывает с большим трудом зубец, выходит и где-то прячет три берилла из тридцати девяти, причем с такой ловкостью, что никто не может их разыскать, затем вновь возвращается в вашу комнату, подвергая себя огромному риску: ведь его могут застать там. Неужели такая версия в самом деле кажется вам правдоподобной?

— Но тогда я ума не приложу, что могло случиться! — воскликнул банкир в отчаянии. — Если он не имел дурных намерений, почему он молчит?

— А вот это уже наше дело — разгадать загадку, — ответил Холмс. — Теперь, мистер Холдер, мы отправимся вместе с вами в Стритем и потратим часок-другой, чтобы на месте познакомиться с кое-какими обстоятельствами.

Мой друг настоял, чтобы я сопровождал его. И я охотно согласился: эта странная история вызвала у меня предельное любопытство и глубокую симпатию к несчастному мистеру Холдеру. Говоря откровенно, виновность Артура казалась мне, как и нашему клиенту, совершенно бесспорной, и все же я верил в чутье Холмса: если мой друг не удовлетворился объяснениями Холдера, значит, есть какая-то надежда.

Пока мы ехали к южной окраине Лондона, Холмс не проронил ни слова. Погруженный в глубокое раздумье, он сидел, опустив голову на грудь и надвинув шляпу на самые глаза. Наш клиент, напротив, казалось, воспрянул духом от слабого проблеска надежды и даже пытался завести со мной разговор о своих банковских делах. В пути мы были недолго: непродолжительная поездка по железной дороге, краткая прогулка пешком — и вот мы уже в Фэрбенке, скромной резиденции богатого финансиста.

Фэрбенк — большой квадратный дом из белого камня, расположенный недалеко от шоссе, с которым его соединяет только дорога для экипажей. Сейчас эта дорога, упирающаяся в массивные железные ворота, была занесена снегом. Направо от нее — густые заросли кустарника, за ними — узка тропинка, по обе стороны которой живая изгородь; тропинка ведет к кухне, и ею пользуются главным образом поставщики продуктов. Налево — дорожка к конюшне. Она, собственно говоря, не входит во владения Фэрбенка и является общественной собственностью. Впрочем, там очень редко можно встретить посторонних.

Холмс не вошел в дом вместе с нами; он медленно двинулся вдоль фасада, по дорожке, ведущей на кухню и дальше через сад, в сторону конюшни. Мистер Холдер и я так и не дождались Холмса; войдя в дом, мы молча расположились в столовой около камина. Внезапно дверь отворилась, и в комнату тихо вошла молодая девушка. Она была немного выше среднего роста, стройная, с темными волосами и глазами. Эти глаза казались еще темнее оттого, что в лице ее не было ни кровинки. Мне никогда еще не приходилось видеть такой мертвенной бледности. Губы тоже были совсем белые, глаза заплаканы. Казалось, что она сильнее потрясена горем, чем даже мистер Холдер. В то же время черты ее лица говорили о сильной воле и огромном самообладании.

Не обращая на меня внимания, она подошла к дяде и нежно провела рукой по его волосам.

— Вы распорядились, чтобы Артура освободили, папа? — спросила она.

— Нет, моя девочка, дело надо расследовать до конца.

— Я глубоко убеждена, что он не виновен. Мне сердце подсказывает это. Он не мог сделать ничего дурного. Вы потом сами пожалеете, что обошлись с ним так сурово.

— Но почему же он молчит, если не виновен?

— Возможно, он обиделся, что вы подозреваете его в краже.

— Как же не подозревать, если я застал его с диадемой в руках?

— Он взял диадему в руки, чтобы посмотреть. Поверьте, папа, он не виновен. Пожалуйста, прекратите это дело. Как ужасно, что наш дорогой Артур в тюрьме!

— Я не прекращу дела, пока не будут найдены бериллы. Ты настолько привязана к Артуру, что забываешь об ужасных последствиях. Нет, Мэри, я не отступлюсь, напротив, я пригласил джентльмена из Лондона для самого тщательного расследования.

— Это вы? — Мэри повернулась ко мне.

— Нет, это его друг. Тот джентльмен попросил, чтобы мы оставили его одного. Он хотел пройти по дорожке, которая ведет к конюшне.

— К конюшне? — Ее темные брови удивленно поднялись. — Что он думает там найти? А вот, очевидно, и он сам. Я надеюсь, сэр, что вам удастся доказать непричастность моего кузена к этому преступлению. Я убеждена в этом.

— Я полностью разделяю ваше мнение, — сказал Холмс, стряхивая у половика снег с ботинок. — Полагаю, я имею честь говорить с мисс Холдер? Вы позволите задать вам несколько вопросов?

— Ради бога, сэр! Если б только мои ответы помогли распутать это ужасное дело!

— Вы ничего не слышали сегодня ночью?

— Ничего, пока до меня не донесся громкий голос дяди, и тогда я спустилась вниз.

— Накануне вечером вы закрывали окна и двери. Хорошо ли вы их заперли?

— Да.

— И они были заперты сегодня утром?

— Да.

— У вашей горничной есть поклонник. Вчера вечером вы говорили дяде, что она выходила к нему?

— Да, она подавала нам вчера кофе. Она могла слышать, как дядя рассказывал о диадеме.

— Понимаю. Отсюда вы делаете вывод, что она могла что-то сообщить своему поклоннику и они вместе замыслили кражу.

— Ну какой прок от всех этих туманных предположений? — нетерпеливо воскликнул мистер Холдер. — Ведь я же сказал, что застал Артура с диадемой в руках.

— Не надо спешить, мистер Холдер. К этому мы еще вернемся. Теперь относительно вашей прислуги. Мисс Холдер, она вошла в дом через кухню?

— Да. Я спустилась посмотреть, заперта ли дверь, и увидела Люси у порога. Заметила в темноте и ее поклонника.

— Вы знаете его?

— Да, он зеленщик, приносит нам овощи. Его зовут Фрэнсис Проспер.

— И он стоял немного в стороне, не у самой двери?

— Да.

— И у него деревянная нога?

Что-то вроде испуга промелькнуло в выразительных черных глазах девушки.

— Вы волшебник, — сказала она. — Как вы это узнали? — Она улыбнулась, но на худощавом энергичном лице Холмса не появилось ответной улыбки.

— Я хотел бы подняться наверх, — сказал он. — Впрочем, сначала я посмотрю окна.

Он быстро обошел первый этаж, переходя от одного окна к другому, затем остановился у большого окна, которое выходило на дорожку, ведущую к конюшне. Он открыл окно и тщательно, с помощью сильной лупы осмотрел подоконник.

— Что ж, теперь пойдемте наверх, — сказал он наконец.

Комната, расположенная рядом со спальней банкира, выглядела очень скромно: серый ковер, большое бюро и высокое зеркало. Холмс первым делом подошел к бюро и тщательно осмотрел замочную скважину.

— Каким ключом отперли его? — спросил он.

— Тем самым, о котором говорил мой сын, — от буфета в чулане.

— Где ключ?

— Вон он, на туалетном столике.

Холмс взял ключ и открыл бюро.

— Замок бесшумный, — сказал он. — Не удивительно, что вы не проснулись. В этом футляре, я полагаю, и находится диадема? Посмотрим… — Он открыл футляр, извлек диадему и положил на стол. Это было чудесное произведение ювелирного искусства. Таких изумительных камней мне никогда не приходилось видеть. Один зубец диадемы был отломан.

— Вот этот зубец соответствует отломанному, — сказал Холмс. — Будьте любезны, мистер Холдер, попробуйте отломить его.

— Боже меня сохрани! — воскликнул банкир, в ужасе отшатнувшись от Холмса.

— Ну, так попробую я. — Холмс напряг все силы, но попытка оказалась безуспешной. — Немного поддается, но мне, пожалуй, пришлось бы долго повозиться, чтоб отломить зубец, хотя руки у меня очень сильные. Человеку с обычным физическим развитием это вообще не под силу. Но допустим, что я все же сломал диадему. Раздался бы треск, как выстрел из пистолета. Неужели вы полагаете, мистер Холдер, что это произошло чуть ли не над вашим ухом и вы ничего не услышали?

— Уж не знаю, что и думать. Мне все это совершенно непонятно.

— Как знать, может быть, все разъяснится. А что вы думаете, мисс Холдер?

— Признаюсь, я разделяю недоумение моего дяди.

— Скажите, мистер Холдер, были ли в тот момент на ногах вашего сына ботинки или туфли?

— Нет, он был босой, на нем были только брюки и рубашка.

— Благодарю вас. Ну что ж, нам просто везет, и если мы не раскроем тайну, то только по нашей собственной вине. С вашего разрешения, мистер Холдер, я еще раз обойду вокруг дома.

Холмс вышел один: лишние следы, по его словам, только затрудняют работу.

Он пропадал около часу, а когда вернулся, ноги у него были все в снегу, а лицо непроницаемо, как обычно.

— Мне кажется, я осмотрел все, что нужно, — сказал он,

— и могу отправиться домой.

— Ну, а как же камни, мистер Холмс, где они? — воскликнул банкир.

— Этого я сказать не могу.

Банкир в отчаянии заломил руки.

— Неужели они безвозвратно пропали? — простонал он. — А как же Артур? Дайте хоть самую маленькую надежду!

— Мое мнение о вашем сыне не изменилось.

— Ради всего святого, что же произошло в моем доме?

— Если вы посетите меня на Бейкер-стрит завтра утром между девятью и десятью, я думаю, что смогу дать более подробные объяснения. Надеюсь, вы предоставите мне свободу действий при условии, разумеется, что камни будут возвращены, и не постоите за расходами?

— Я отдал бы все свое состояние!

— Прекрасно. Я подумаю над этой историей. До свидания. Возможно, я еще загляну сегодня сюда.

Было совершенно ясно, что Холмс уже что-то надумал, но я даже приблизительно не мог представить себе, к каким выводам он пришел. По дороге в Лондон я несколько раз пытался навести беседу на эту тему, но Холмс всякий раз уходил от ответа. Наконец, отчаявшись, я прекратил свои попытки. Не было еще и трех часов, когда мы возвратились домой. Холмс поспешно ушел в свою комнату и через несколько минут снова появился. Он успел переодеться. Потрепанное пальто с поднятым воротником, небрежно повязанный красный шарф и стоптанные башмаки придавали ему вид типичного бродяги.

— Ну, так, я думаю, сойдет, — сказал он, взглянув в зеркало над камином. — Хотелось бы взять с собою и вас, Уотсон, но это невозможно. На верном пути я или нет, скоро узнаем. Думаю, что вернусь через несколько часов. — Он открыл буфет, отрезал кусок говядины, положил его между двумя кусками хлеба и, засунув сверток в карман, ушел.

Я только что закончил пить чай, когда Холмс возвратился в прекрасном настроении, размахивая каким-то старым ботинком. Он швырнул его в угол и налил себе чашку.

— Я заглянул на минутку, сейчас отправлюсь дальше.

— Куда же?

— На другой конец Вест-Энда. Вернусь, возможно, не скоро. Не ждите меня, если я запоздаю.

— Как успехи?

— Ничего, пожаловаться не могу. Я был в Стритеме, но в дом не заходил. Интересное дельце, не хотелось бы упустить его. Хватит, однако, болтать, надо сбросить это тряпье и снова стать приличным человеком.

По поведению моего друга я видел, что он доволен результатами. Глаза у него блестели, на бледных щеках даже появился слабый румянец.

Он поднялся к себе в комнату, и через несколько минут я услышал, как стукнула входная дверь. Холмс снова отправился на «охоту».

Я ждал до полуночи, но, видя, что его все нет и нет, отправился спать. Холмс имел обыкновение исчезать на долгое время, когда нападал на след, так что меня ничуть не удивило его опоздание. Не знаю, в котором часу он вернулся, но, когда на следующее утро я вышел к завтраку, Холмс сидел за столом с чашкой кофе в одной руке и газетой в другой. Как всегда, он был бодр и подтянут.

— Простите, Уотсон, что я начал завтрак без вас, — сказал он. — Но вот-вот явится наш клиент.

— Да, уже десятый час, — ответил я. — Кажется, звонят? Наверное, это он.

И в самом деле это был мистер Холдер. Меня поразила перемена, происшедшая в нем. Обычно массивное и энергичное лицо его осунулось и как-то сморщилось, волосы, казалось, побелели еще больше. Он вошел усталой походкой, вялый, измученный, что представляло еще более тягостное зрелище, чем его бурное отчаяние вчерашним утром. Тяжело опустившись в придвинутое мною кресло, он проговорил:

— Не знаю, за что такая кара! Два дня назад я был счастливым, процветающим человеком, а сейчас опозорен и обречен на одинокую старость. Беда не приходит одна. Исчезла Мэри.

— Исчезла?

— Да. Постель ее не тронута, комната пуста, а на столе вот эта записка. Вчера я сказал ей, что, выйди она замуж за Артура, с ним ничего не случилось бы. Я говорил без тени гнева, просто был убит горем. Вероятно, так не нужно было говорить. В записке она намекает на эти слова.

Дорогой дядя!

Я знаю, что причинила вам много горя и что поступи я иначе, не произошло бы это ужасное несчастье. С этой мыслью я не смогу быть счастливой под вашей крышей и покидаю вас навсегда Не беспокойтесь о моем будущем и, самое главное, не ищите меня, потому что это бесцельно и может только повредить мне. Всю жизнь до самой смерти любящая вас Мэри.

— Что означает эта записка, мистер Холмс? Уж не хочет ли она покончить самоубийством?

— О нет, ничего подобного. Может быть, это наилучшим образом решает все проблемы. Я уверен, мистер Холдер, что ваши испытания близятся к концу.

— Да, вы так думаете? Вы узнали что-нибудь новое, мистер Холмс? Узнали, где бериллы?

— Тысячу фунтов за каждый камень вы не сочтете чересчур высокой платой?

— Я заплатил бы все десять!

— В этом нет необходимости. Трех тысяч вполне достаточно, если не считать некоторого вознаграждения мне. Чековая книжка при вас? Вот перо. Выпишите чек на четыре тысячи фунтов.

Банкир в изумлении подписал чек. Холмс подошел к письменному столу, достал маленький треугольный кусок золота с тремя бериллами и положил на стол. Мистер Холдер с радостным криком схватил свое сокровище.

— Я спасен, спасен! — повторял он, задыхаясь. — Вы нашли их!

Радость его была столь же бурной, как и вчерашнее отчаяние. Он крепко прижимал к груди найденное сокровище.

— За вами еще один долг, мистер Холдер, — сказал Холмс сурово.

— Долг? — Банкир схватил перо. — Назовите сумму, и я выплачу вам ее немедленно.

— Нет, не мне. Вы должны попросить прощения у вашего сына. Он держал себя мужественно и благородно. Имей я такого сына, я гордился бы им.

— Значит, не Артур взял камни?

— Да, не он. Я говорил это вчера и повторяю сегодня.

— В таком случае поспешим к нему и сообщим, что правда восторжествовала.

— Он все знает. Я беседовал с ним, когда распутал дело. Поняв, что он не хочет говорить, я сам изложил ему всю историю, и он признал, что я прав, и, в свою очередь, рассказал о некоторых подробностях, которые были неясны мне. Новость, которую вы нам только что сообщили, возможно, заставит его быть вполне откровенным.

— Так раскройте же, ради бога, эту невероятную тайну!

— Сейчас я расскажу, каким путем мне удалось добраться до истины. Но сначала разрешите сообщить вам тяжелую весть: ваша племянница Мэри была в сговоре с сэром Джорджем Бэрнвеллом. Сейчас они оба скрылись.

— Мэри? Это невозможно!

— К сожалению, это факт! Принимая в своем доме сэра Джорджа Бэрнвелла, ни вы, ни ваш сын не знали его как следует. А между тем он один из опаснейших субъектов, игрок, отъявленный негодяй, человек без сердца и совести. Ваша племянница и понятия не имела, что бывают такие люди. Слушая его признания и клятвы, она думала, что завоевала его любовь. А он говорил то же самое многим до нее. Одному дьяволу известно, как он сумел поработить волю Мэри, но так или иначе она сделалась послушным орудием в его руках. Они виделись почти каждый вечер.

— Я не верю, не могу этому верить! — вскричал банкир. Его лицо стало пепельно — серым.

— А теперь я расскажу, что произошло в вашем доме вчера ночью. Когда ваша племянница убедилась, что вы ушли к себе, она спустилась вниз и, приоткрыв окно над дорожкой, которая ведет в конюшню, сообщила своему возлюбленному о диадеме. Следы сэра Джорджа ясно отпечатались на снегу под окном. Жажда наживы охватила сэра Джорджа, он буквально подчинил Мэри своей воле. Я не сомневаюсь, что Мэри любит вас, но есть категория женщин, у которых любовь к мужчине преодолевает все другие чувства. Мэри из их числа. Едва она успела договориться с ним о похищении драгоценности, как услышала, что вы спускаетесь по лестнице. Тогда, быстро закрыв окно, она сказала вам, что к горничной приходил ее зеленщик. И он в самом деле приходил…

В ту ночь Артуру не спалось: его тревожили клубные долги. Вдруг он услышал, как мимо его комнаты прошуршали осторожные шаги. Он встал, выглянул за дверь и с изумлением увидел двоюродную сестру — та крадучись пробиралась по коридору и исчезла в вашей комнате. Ошеломленный Артур наскоро оделся и стал ждать, что произойдет дальше. Скоро Мэри вышла; при свете лампы в коридоре ваш сын заметил у нее в руках драгоценную диадему. Мэри спустилась вниз по лестнице. Трепеща от ужаса, Артур проскользнул за портьеру около вашей двери: оттуда видно все, что происходит в гостиной. Мэри потихоньку открыла окно, передала кому-то в темноте диадему, а затем, закрыв окно, поспешила в свою комнату, пройдя совсем близко от Артура, застывшего за портьерой.

Боясь разоблачить любимую девушку, Артур ничего не мог предпринять, хотя понимал, каким ударом будет для вас пропажа диадемы и как важно вернуть драгоценность. Но едва Мэри скрылась за дверью своей комнаты, он бросился вниз полуодетый и босой, распахнул окно, выскочил в сад и помчался по дорожке; там, вдали, виднелся при свете луны чей-то темный силуэт.

Сэр Джордж Бэрнвелл попытался бежать, но Артур догнал его. Между ними завязалась борьба. Ваш сын тянул диадему за один конец, его противник — за другой. Ваш сын ударил сэра Джорджа и повредил ему бровь. Затем что-то неожиданно хрустнуло, и Артур почувствовал, что диадема у него в руках; он кинулся назад, закрыл окно и поднялся в вашу комнату. Только тут он заметил, что диадема погнута, и попытался распрямить ее. В это время вошли вы.

— Боже мой! Боже мой! — задыхаясь, повторял банкир.

— Артур был потрясен вашим несправедливым обвинением. Ведь, напротив, вы должны были бы благодарить его. Он не мог рассказать вам правду, не предав Мэри, хотя она и не заслуживала снисхождения. Он вел себя как рыцарь и сохранил тайну.

— Так вот почему она упала в обморок, когда увидела диадему! — воскликнул мистер Холдер. — Бог мой, какой же я безумец! Ведь Артур просил отпустить его хотя бы на пять минут! Бедный мальчик думал отыскать отломанный кусок диадемы на месте схватки. Как я ошибался!

— Приехав к вам, — продолжал Холмс, — я в первую очередь внимательно осмотрел участок возле дома, надеясь что-нибудь обнаружить. Снега со вчерашнего вечера не выпадало, а сильный мороз должен был хорошо сохранить следы на снегу. Я прошел по дорожке, которой подвозят продукты, но она была утоптана. Но неподалеку от двери в кухню я заметил следы женских ботинок; рядом с женщиной стоял мужчина. Круглые отпечатки показывали, что одна нога у него деревянная. По-видимому, кто-то помешал их разговору, так как женщина побежала к двери: носки женских ботинок отпечатались глубже, чем каблуки. Человек с деревянной ногой подождал немного, а затем ушел. Я тут же подумал, что это должно быть, горничная и ее поклонник, о которых вы говорили. Так оно, и оказалось. Я обошел сад, но больше ничего не заметил, кроме беспорядочных следов, разбегавшихся во всех направлениях. Это ходили полицейские. Но когда я дошел до дорожки, которая вела к конюшне, вся сложная история этой ночи открылась мне, будто написанная на снегу.

Я увидел две линии следов: одна из них принадлежала человеку в ботинках, другая, как я с удовлетворением заметил, — человеку, бежавшему босиком. Я был уверен, что эта вторая линия — следы вашего сына. Впоследствии ваши слова подтвердили правильность моего предположения.

Первый человек спокойно шагал туда и обратно, второй бежал. Следы бежавшего отпечатались там же, где шел человек в ботинках. Из этого можно было сделать вывод, что второй человек преследовал первого. Я пошел по следам человека в ботинках. Они привели меня к окну вашей гостиной; здесь снег был весь истоптан, очевидно, этот человек кого-то долго поджидал. Тогда я направился по его следам в противоположную сторону. Они тянулись по дорожке примерно на сотню ярдов. Потом человек в ботинках обернулся — в этом месте снег был сильно истоптан, словно шла борьба. Капли крови на снегу свидетельствовали о том, что это так и было. Затем человек в ботинках бросился бежать. На некотором расстоянии я снова заметил кровь; значит, ранен был именно он. Я пошел по тропинке до самой дороги; там снег был счищен и следы обрывались.

Вы помните, что, войдя в дом, я осмотрел через лупу подоконник и раму окна гостиной и обнаружил, что кто-то вылезал из окна. Я заметил также очертание следа мокрой ноги, то есть человек залезал и обратно. После этого я уже был в состоянии представить себе все, что произошло. Кто-то стоял под окном, и кто-то подал ему диадему. Ваш сын видел это, бросился преследовать неизвестного, вступил с ним в борьбу. Каждый из них тянул сокровище к себе. Тогда-то и был отломан кусок диадемы. Артур поспешил с диадемой домой, не заметив, что у противника остался обломок. Пока все понятно. Но возникал вопрос: кто этот человек, боровшийся с вашим сыном, и кто подал ему диадему?

Мой старый принцип расследования состоит в том, чтобы исключить все явно невозможные предположения. Тогда то, что остается, является истиной, какой бы неправдоподобной она ни казалась.

Рассуждал я примерно так: естественно, не вы отдали диадему. Значит, оставались только ваша племянница или горничные. Но если в похищении замешаны горничные, то ради чего ваш сын согласился принять вину на себя? Для такого предположения нет оснований. Вы говорили, что Артур любит свою двоюродную сестру. И мне стала понятна причина его молчания: он не хотел выдавать Мэри. Тогда я вспомнил, что вы застали ее у окна и что она упала в обморок, увидав диадему в руках Артура. Мои предположения превратились в уверенность.

Но кто ее сообщник? Разумеется, это мог быть только ее возлюбленный. Лишь под его влиянием она могла так легко забыть, чем обязана вам. Я знал, что вы редко бываете в обществе и круг ваших знакомых ограничен. Но в их числе сэр Джордж Бэрнвелл. Я и прежде слышал о нем как о человеке крайне легкомысленном по отношению к женщинам. Очевидно, это он стоял под окном и только у него должны находиться пропавшие бериллы. Артур узнал его, и все же сэр Джордж считал себя в безопасности, ибо был уверен, что ваш сын не скажет ни слова, чтобы не скомпрометировать свою собственную семью.

Ну, а теперь элементарная логика подскажет вам, что я предпринял. Переодевшись бродягой, я отправился к сэру Джорджу. Мне удалось познакомиться с его лакеем, который сообщил, что его хозяин накануне где-то расшиб до крови голову. Мне удалось раздобыть у него за шесть шиллингов старые ботинки сэра Джорджа, с которыми я отправился в Стритем и убедился, что ботинки точно соответствуют следам на снегу.

— Вчера вечером я видел какого-то бродягу на тропинке, — сказал мистер Холдер.

— Совершенно верно, это был я. Я понял, что сэр Джордж в моих руках. Нужен был большой такт, чтобы успешно завершить дело и избежать огласки. Этот хитрый негодяй понимал, как связаны у нас руки.

Вернувшись домой, я переоделся и отправился к сэру Джорджу. Вначале он, разумеется, все отрицал, но когда я рассказал в подробностях, что произошло той ночью, он стал угрожать мне и даже схватил висевшую на стене трость. Я знал, с кем имею дело, и мигом приставил револьвер к его виску. Тогда он образумился. Я объявил ему, что мы согласны выкупить камни по тысяче фунтов за каждый. Тогда-то он впервые обнаружил признаки огорчения.

— Черт побери! Я уже отдал все три камня за шестьсот фунтов! — воскликнул он.

Пообещав сэру Джорджу, что против него не будет возбуждено судебное расследование, я узнал адрес скупщика, поехал туда и после долгого торга выкупил у него камни по тысяче фунтов каждый. Затем я отправился к вашему сыну, объяснил ему, что все в порядке, и к двум часам ночи после тяжкого трудового дня добрался домой.

— Благодаря вам в Англии не разразился огромный скандал, — сказал банкир, поднимаясь с кресла. — Сэр, у меня нет слов, чтобы выразить свою признательность. Но вы убедитесь, что я не забуду того, что вы сделали для меня. Ваше искусство превосходит всякую фантазию. А сейчас я поспешу к моему дорогому мальчику и буду просить у него прощения за то, что так с ним обошелся. Что же касается бедняжки Мэри, то ее поступок глубоко поразил меня. Боюсь, что даже вы с вашим богатым опытом не сможете разыскать ее.

— Можно с уверенностью сказать, — возразил Холмс, — что она сейчас там же, где сэр Джордж Бэрнвелл. Несомненно также и то, что, как бы ни расценивать поступок вашей племянницы, она будет скоро наказана.

"Медные буки"

Человек, который любит искусство ради искусства, — заговорил Шерлок Холмс, отбрасывая в сторону страницу с объявлениями из «Дейли телеграф», самое большое удовольствие зачастую черпает из наименее значительных и ярких его проявлений. Отрадно заметить, что вы, Уотсон, хорошо усвоили эту истину при изложении наших скромных подвигов, которые по доброте своей вы решились увековечить и, вынужден констатировать, порой пытаетесь приукрашивать, уделяете внимание не столько громким делам и сенсационным процессам, в коих я имел честь принимать участие, сколько случаям самим по себе незначительным, но зато предоставляющим большие возможности для дедуктивных методов мышления и логического синтеза, что особенно меня интересует.

— Тем не менее, — улыбнулся я, — не смею утверждать, что в моих записках вовсе отсутствует стремление к сенсационности.

— Возможно, вы и ошибаетесь, — продолжал он, подхватив щипцами тлеющий уголек и раскуривая длинную трубку вишневого дерева, которая заменяла глиняную в те дни, когда он был настроен скорее спорить, нежели размышлять, — возможно, вы и ошибаетесь, стараясь приукрасить и оживить ваши записки вместо того, чтобы ограничиться сухим анализом причин и следствий, который единственно может вызывать интерес в том или ином деле.

— Мне кажется, в своих записках я отдаю вам должное, — несколько холодно возразил я, ибо меня раздражало самомнение моего друга, которое, как я неоднократно убеждался, было весьма приметной чертой в его своеобразном характере.

— Нет, это не эгоизм и не тщеславие, — сказал он, отвечая по привычке скорее моим мыслям, чем моим словам. — Если я прошу отдать должное моему искусству, то это не имеет никакого отношения ко мне лично, оно- вне меня. Преступление — вещь повседневная. Логика- редкая. Именно на логике, а не преступлении вам и следовало бы сосредоточиться.

А у вас курс серьезных лекций превратился в сборник занимательных рассказов.

Было холодное утро начала весны; покончив с завтраком, мы сидели возле ярко пылавшего камина в нашей квартире на Бейкер-стрит. Густой туман повис между рядами сумрачных домов, и лишь окна напротив тусклыми, расплывшимися пятнами маячили в темно-желтой мгле. У нас горел свет, и блики его играли на белой скатерти и на посуде- со стола еще не убирали. Все утро Шерлок Холмс молчал, сосредоточенно просматривая газетные объявления, пока наконец, по- видимому, отказавшись от поисков и пребывая не в лучшем из настроений, не принялся читать мне нравоучения по поводу моих литературных занятий.

— В то же время, — после паузы продолжал он, попыхивая своей длинной трубкой и задумчиво глядя в огонь, — вас вряд ли можно обвинить в стремлении к сенсационности, ибо большинство тех случаев, к которым вы столь любезно проявили интерес, вовсе не представляет собой преступления. Незначительное происшествие с королем Богемии, когда я пытался оказать ему помощь, странный случай с Мэри Сазерлэнд, история человека с рассеченной губой и случай со знатными холостяком- все это не может стать предметом судебного разбирательства. Боюсь, однако, что, избегая сенсационности, вы оказались в плену тривиальности.

— Может, в конце концов так и случилось, — ответил я, — но методы, о которых я рассказываю, своеобразны и не лишены новизны.

— Мой дорогой, какое дело публике, великой, но лишенной наблюдательности публике, едва ли способной по зубам узнать ткача или по большому пальцу левой руки- наборщика, до тончайших оттенков анализа и дедукции? И тем не менее, даже если вы банальны, я вас не виню, ибо дни великих дел сочтены. Человек, или по крайней мере преступник, утратил предприимчивость и самобытность. Что же касается моей скромной практики, то я, похоже, превращаюсь в агента по розыску утерянных карандашей и наставника молодых леди из пансиона для благородных девиц. Наконец-то я разобрался, на что гожусь. А полученное мною утром письмо означает, что мне пора приступить к новой деятельности. Прочтите его. — И он протянул мне помятый листок.

Письмо было отправлено из Монтегю-плейс накануне вечером.

Дорогой мистер Холмс!

Мне очень хочется посоветоваться с вами по поводу предложения занять место гувернантки. Если разрешите, я зайду к вам завтра в половине одиннадцатого.

С уважением Вайолет Хантер.

— Вы знаете эту молодую леди? — спросил я.

— Нет.

— Сейчас половина одиннадцатого.

— Да, а вот, не сомневаюсь, она звонит.

— Это дело может оказаться более интересным, нежели вы предполагаете. Вспомните случай с голубым карбункулом, который сначала вы сочли просто недоразумением, а потом он потребовал серьезного расследования. Так может получиться и на этот раз.

— Что ж, будем надеяться! Наши сомнения очень скоро рассеются, ибо вот и особа, о которой идет речь.

Дверь отворилась, и в комнату вошла молодая женщина. Она была просто, но аккуратно одета, лицо у нее было смышленое, живое, все в веснушках, как яичко ржанки, а энергичность, которая чувствовалась в ее движениях, свидетельствовала о том, что ей самой приходится пробивать себе дорогу в жизни.

— Ради бога извините за беспокойство, — сказала она, когда мой друг поднялся ей навстречу, — но со мной произошло нечто настолько необычное, что я решила просить у вас совета. У меня нет ни родителей, ни родственников, к которым я могла бы обратиться.

— Прошу садиться, мисс Хантер. Буду счастлив помочь вам, чем могу.

Я понял, что речь и манеры клиентки произвели на Холмса благоприятное впечатление: Он испытующе оглядел ее с ног до головы, а затем, прикрыв глаза и сложив вместе кончики пальцев, приготовился слушать.

— В течение пяти лет я была гувернанткой в семье полковника Спенса Манроу, но два месяца назад полковник получил назначение в Канаду и забрал с собой в Галифакс и детей. Я осталась без работы. Я давала объявления, сама ходила по объявлениям, но все безуспешно. Наконец та небольшая сумма денег, что мне удалось скопить, начала иссякать, и я просто ума не приложу, что делать.

В Вест-Энде есть агентство по найму «Вестэуэй»- его все знают, — и я взяла за правило заходить туда раз в неделю в поисках чего-либо подходящего. Вестэуэй — фамилия владельца этого агентства, в действительности же все дела вершит некая мисс Стопер. Она сидит у себя в кабинете, женщины, которые ищут работу, ожидают в приемной; их поочередно вызывают в кабинет, и она, заглядывая в свой гроссбух, предлагает им те или иные вакансии.

По обыкновению и меня пригласили в кабинет, когда я зашла туда на прошлой неделе, но на этот раз мисс Стопер была не одна. Рядом с ней сидел толстый- претолстый человек с улыбчивым лицом и большим подбородком, тяжелыми складками спускавшимся на грудь, и сквозь очки внимательно разглядывал просительниц. Стоило лишь мне войти, как он подскочил на месте и обернулся к мисс Стопер.

— Подходит! — воскликнул он. — Лучшего и желать нельзя. Грандиозно! Грандиозно!

Он,по-видимому, был в восторге и от удовольствия потирал руки. На него приятно было смотреть: таким добродушным он казался.

— Ищете место, мисс? — спросил он.

— Да, сэр.

— Гувернантки?

— Да, сэр.

— А сколько вы хотите получать?

— Полковник Спенс Манроу, у которого я служила, платил мне четыре фунта в месяц.

— Вот это да! амая что ни на есть настоящая эксплуатация! — вскричал он, яростно размахивая пухлыми кулаками. — Разве можно предлагать столь ничтожную сумму леди, наделенной такой внешностью и такими достоинствами?

— Мои достоинства, сэр, могут оказаться менее привлекательными, нежели вы полагаете, — сказала я. — Немного французский, немного немецкий, музыка и рисование...

— Вот это да! — снова вскричал он. — Значит, и говорить не о чем. Кратко, в двух словах, вопрос вот в чем: обладаете ли вы манерами настоящей леди? Если нет, то вы нам не подходите, ибо речь идет о воспитании ребенка, который в один прекрасный день может сыграть значительную роль в истории Англии. Если да, то разве имеет джентльмен право предложить вам сумму, выраженную менее чем трехзначной цифрой? У меня, сударыня, вы будете получать для начала сто фунтов в год.

Вы, конечно, представляете, мистер Холмс, что подобное предложение показалось мне просто невероятным- я ведь осталась совсем без средств. Однако джентльмен, прочитав недоверие на моем лице, вынул бумажник и достал оттуда деньги.

— В моих обычаях также ссужать юным леди половину жалованья вперед, — сказал он, улыбаясь на самый приятный манер, так что глаза его превратились в две сияющие щелочки среди белых складок лица, — дабы они могли оплатить мелкие расходы во время путешествия и приобрести нужный гардероб.

«Никогда еще я не встречала более очаровательного и внимательного человека», — подумалось мне. Ведь у меня уже появились кое-какие долги, аванс был очень кстати, и все-таки было что-то странное в этом деле, и, прежде чем дать согласие, я попыталась разузнать об этом человеке побольше.

— А где вы живете, сэр? — спросила я.

— В Хемпшире. Чудная сельская местность. «Медные буки», в пяти милях от Уинчестера. Место прекрасное, моя дорогая юная леди, и дом восхитительный- старинный загородный дом.

— А мои обязанности, сэр? Хотелось бы знать, в чем они состоят.

— Один ребенок, очаровательный маленький проказник, ему только что исполнилось шесть лет. Если бы вы видели, как он бьет комнатной туфлей тараканов! Шлеп! Шлеп! Шлеп! Не успеешь и глазом моргнуть, а трех как не бывало.

Расхохотавшись, он откинулся на спинку стула, и глаза его снова превратились в щелочки.

Меня несколько удивил характер детских забав, но отец смеялся — я решила, что он шутит.

— Значит, мои обязанности- присматривать за ребенком? — спросила я.

— Нет-нет, не только присматривать, не только, моя дорогая юная леди! — вскричал он. — Вам придется также- я уверен, вы и протестовать не будете, — выполнять кое-какие поручения моей жены при условии, разумеется, если эти поручения не будут унижать вашего достоинства. Немного, не правда ли?

— Буду рада оказаться вам полезной.

— Вот именно. Ну, например, речь пойдет о платье. Мы, знаете ли, люди чудаковатые, но сердце у нас доброе. Если мы попросим вас надеть платье, которое мы дадим, вы ведь не будете возражать против нашей маленькой прихоти, а?

— Нет, — ответила я в крайнем удивлении.

— Или сесть там, где нам захочется? Это ведь не покажется вам обидным?

— Да нет...

— Или остричь волосы перед приездом к нам?

Я едва поверила своим ушам. Вы видите, мистер Холмс, у меня густые волосы с особым каштановым отливом. Их считают красивыми. Зачем мне ни с того ни с сего жертвовать ими?

— Нет, это невозможно, — ответила я.

Он жадно глядел на меня своими глазками, и я заметила, что лицо у него помрачнело.

— Но это- обязательное условие, — сказал он. — Маленькая прихоть моей жены, а дамским капризам, как вам известно, сударыня, следует потакать. Значит, вам не угодно остричь волосы?

— Нет, сэр, не могу, — твердо ответила я.

— Что ж...Значит, вопрос решен. Жаль, жаль, во всех остальных отношениях вы нам вполне подходите. Мисс Стопер, в таком случае мне придется познакомиться с другими юными леди.

Заведующая агентством все это время сидела, просматривая свои бумаги и не проронив ни слова, но теперь она глянула на меня с таким раздражением, что я поняла: из-за меня она потеряла немалое комиссионное вознаграждение.

— Вы хотите остаться в наши списках? — спросила она.

— Если можно, мисс Стопер.

— Мне это представляется бесполезным, поскольку вы отказались от очень интересного предложения, — резко заметила она. — Не будем же мы из кожи лезть вон, чтобы подобрать для вас такое место. Всего хорошего, мисс Хантер.

Она позвонила в колокольчик, и мальчик проводил меня обратно в приемную.

Вернувшись домой- в буфете у меня было пусто, а на столе- лишь новые счета, — я спросила себя, не поступила ли я неосмотрительно. Что из того, что у этих людей есть какие-то причуды и они хотят, чтобы исполнялись самые неожиданные их капризы? Они ведь готовы платить за это. Много ли в Англии гувернанток, получающих сотню в год? Кроме того, какой прок от моих волос? Некоторым даже идет короткая стрижка, может, пойдет и мне? На следующий день я подумала, что совершила ошибку, а еще через день перестала в этом сомневаться. Я уже собиралась, подавив чувство гордости, пойти снова в агентство, чтобы узнать, не занято ли еще это место, как вдруг получаю письмо от этого самого джентльмена. Вот оно, мистер Холмс, я прочту его.

«Медные буки», близ Винчестера.

Дорогая мисс Хантер!

Мисс Стопер любезно согласилась дать мне ваш адрес, и я пишу вам из дома, желая осведомиться, не переменили ли вы свое решение. Моя жена очень хочет, чтобы вы приехали к нам, — я описал ей вас, и вы ей страшно понравились. Мы готовы платить вам десять фунтов в месяц, то есть сто двадцать в год в качестве компенсации за те неудобства, которые могут причинить наши требования. Да они не так уж и суровы. Моя жена очень любит цвет электрик, и ей хотелось бы, чтобы вы надевали платье такого цвета по утрам. Вам совершенно незачем тратиться на подобную вещь, поскольку у нас есть платье моей дорогой дочери Алисы (ныне пребывающей в Филадельфии), думаю, оно будет вам впору. Полагаю, что и просьбу занять определенное место в комнате или выполнить какое-либо иное поручение вы не сочтете чересчур обременительной. Что же касается ваших волос, то их действительно очень жаль: даже во время нашей краткой беседы я успел заметить, как они хороши, но тем не менее я вынужден настаивать на этом условии. Надеюсь, что прибавка к жалованью вознаградит вас за эту жертву. Обязанности в отношении ребенка весьма несложны. Пожалуйста, приезжайте, я встречу вас в Винчестере. Сообщите, каким поездом вы прибудете.

Искренне ваш
Джефро Рукасл.

Вот какое письмо я получила, мистер Холмс, и твердо решила принять предложение. Однако, прежде чем сделать окончательный шаг, мне хотелось бы услышать ваше мнение.

— Что ж, мисс Хантер, коли вы решились, значит, дело сделано, — улыбнулся Холмс.

— А вы не советуете?

— Признаюсь, место это не из тех, что я пожелал бы для своей сестры.

— А что все-таки под этим кроется, мистер Холмс?

— Не знаю. Может, у вас есть какие-либо соображения?

— Я думаю, что мистер Рукасл- добрый, мягкосердечный человек. А его жена, наверное, немного сумасшедшая. Вот он и старается держать это в тайне, опасаясь, как бы ее не забрали в дом для умалишенных, и потворствует ее причудам, чтобы с ней не случился припадок.

— Может быть, может быть. На сегодняшний день это самое вероятное предположение. Тем не менее место это вовсе не для молодой леди.

— Но деньги, мистер Холмс, деньги!

— Да, конечно, жалованье хорошее, даже слишком хорошее. Вот это меня и тревожит. Почему они дают сто двадцать фунтов, когда легко найти человека и за сорок? Значит, есть какая-то веская причина.

— Вот я и подумала, что, если расскажу вам все обстоятельства дела, вы позволите мне в случае необходимости обратиться к вам за помощью. Я буду чувствовать себя гораздо спокойнее, зная, что у меня есть заступник.

— Можете вполне на меня рассчитывать. Уверяю вас, ваша маленькая проблема обещает оказаться наиболее интересной за последние месяцы. В деталях определенно есть нечто оригинальное. Если у вас появятся какие-либо подозрения или возникнет опасность...

— Опасность? Какая опасность?

— Если бы опасность можно было предвидеть, то ее не нужно было бы страшиться, — с самым серьезным видом пояснил Холмс. — Во всяком случае, в любое время дня и ночи шлите телеграмму, и я приду вам на помощь.

— Тогда все в порядке. — Выражение озабоченности исчезло с ее лица, она проворно поднялась. — Сейчас же напишу мистеру Рукаслу, вечером остригу мои бедные волосы и завтра отправлюсь в Винчестер.

Скупо поблагодарив Холмса и попрощавшись, она поспешно ушла.

— Во всяком случае, — сказал я, прислушиваясь к ее быстрым, твердым шагам на лестнице, — она производит впечатление человека, умеющего за себя постоять.

— Ей придется это сделать, — мрачно заметил Холмс. — Не сомневаюсь, через несколько дней мы получим от нее известие.

Предсказание моего друга, как всегда, сбылось. Прошла неделя, в течение которой я неоднократно возвращался мыслями к нашей посетительнице, задумываясь над тем, в какие дебри человеческих отношений может завести жизнь эту одинокую женщину. Большое жалованье, странные условия, легкие обязанности — во всем этом было что-то неестественное, хотя я абсолютно был не в состоянии решить, причуда это или какой-то замысел, филантроп этот человек или негодяй. Что касается Холмса, то он подолгу сидел, нахмурив лоб и рассеянно глядя вдаль, но когда я принимался его расспрашивать, он лишь махал в ответ рукой.

— Ничего не знаю, ничего! — раздраженно восклицал он. — Когда под рукой нет глины, из чего лепить кирпичи?

Телеграмма, которую мы получили, прибыла поздно вечером, когда я уже собирался лечь спать, а Холмс приступил к опытам, за которыми частенько проводил ночи напролет. Когда я уходил к себе, он стоял, наклонившись над ретортой и пробирками; утром, спустившись к завтраку, я застал его в том же положении. Он открыл желтый конверт и, пробежав взглядом листок, передал его мне.

— Посмотрите расписание поездов, — сказал он и повернулся к своим колбам.

Текст телеграммы был кратким и настойчивым:

«Прошу быть гостинице «Черный лебедь» Винчестере завтра полдень. Приезжайте! Не знаю, что делать. Хантер».

— Поедете со мной? — спросил Холмс, на секунду отрываясь от своих колб.

— С удовольствием.

— Тогда посмотрите расписание.

— Есть поезд в половине десятого, — сказал я, изучая справочник. — Он прибывает в Винчестер в одиннадцать тридцать.

— Прекрасно. Тогда, пожалуй, я отложу анализ ацетона, завтра утром нам может понадобиться максимум энергии.

В одиннадцать утра на следующий день мы уже были на пути к древней столице Англии. Холмс всю дорогу не отрывался от газет, но после того как мы переехали границу Хампшира, он отбросил их и принялся смотреть в окно. Стоял прекрасный весенний день, бледно-голубое небо было испещрено маленькими кудрявыми облаками, которые плыли с запада на восток. Солнце светило ярко, и в воздухе царило веселье и бодрость. На протяжении всего пути, вплоть до холмов Олдершота, среди яркой весенней листвы проглядывали красные и серые крыши ферм.

— До чего приятно на них смотреть! — воскликнул я с энтузиазмом человека, вырвавшегося из туманов Бейкер-стрит.

Но Холмс мрачно покачал головой.

— Знаете, Уотсон, — сказал он, — беда такого мышления, как у меня, в том, что я воспринимаю окружающее очень субъективно. Вот вы смотрите на эти рассеянные вдоль дороги дома и восхищаетесь их красотой. А я, когда вижу их, думаю только о том, как они уединенны и как безнаказанно здесь можно совершить преступление.

— О господи! — воскликнул я. — Кому бы в голову пришло связывать эти милые сердцу старые домики с преступлением?

— Они внушают мне страх. Я уверен, Уотсон, — и уверенность эта проистекает из опыта, — что в самых отвратительных трущобах Лондона не свершается столько страшных грехов, сколько в этой восхитительной и веселой сельской местности.

— Вас прямо страшно слушать.

— И причина этому совершенно очевидна. То, чего не в состоянии совершить закон, в городе делает общественное мнение. В самой жалкой трущобе крик ребенка, которого бьют, или драка, которую затеял пьяница, тотчас же вызовет участие или гнев соседей, и правосудие близко, так что единое слово жалобы приводит его механизм в движение. Значит, от преступления до скамьи подсудимых — всего один шаг. А теперь взгляните на эти уединенные дома- каждый из них отстоит от соседнего на добрую милю, они населены в большинстве своем невежественным бедняками, которые мало что смыслят в законодательстве. Представьте, какие дьявольски жестокие помыслы и безнравственность тайком процветают здесь из года в год. Если бы эта дама, что обратилась к нам за помощью, поселилась в Винчестере, я не боялся бы за нее. Расстояние в пять миль от города- вот где опасность! И все-таки ясно, что опасность угрожает не ей лично.

— Понятно. Если она может приехать в Винчестер встретить нас, значит, она в состоянии вообще уехать.

— Совершенно справедливо. Ее свобода передвижения не ограничена.

— В чем же тогда дело? Вы нашли какое-нибудь объяснение?

— Я придумал семь разных версий, и каждая из них опирается на известные нам факты. Но какая из них правильная, покажут новые сведения, которые, не сомневаюсь, нас ждут. А вот и купол собора, скоро мы узнаем, что же хочет сообщить нам мисс Хантер.

«Черный лебедь» оказался уважаемой в городе гостиницей на Хайд-стрит, совсем близко от станции, там мы и нашли молодую женщину. Она сидела в гостиной, на столе нас ждал завтрак.

— Я рада, что вы приехали, — серьезно сказала она. — Большое спасибо. Я в самом деле не знаю, что делать. Мне страшно нужен ваш совет.

— Расскажите же, что случилось.

— Сейчас расскажу, я должна спешить, потому что обещала мистеру Рукаслу вернуться к трем. Он разрешил мне съездить в город нынче утром, хотя ему, конечно, неведомо зачем.

— Изложите все по порядку. — Холмс вытянул свои длинные ноги в сторону камина и приготовился слушать.

— Прежде всего должна сказать, что, в общем, мистер и миссис Рукасл встретили меня довольно приветливо. Ради справедливости об этом следует упомянуть. Но понять их я не могу, и это не дает мне покоя.

— Что именно?

— Их поведение. Однако все по порядку. Когда я приехала, мистер Рукасл встретил меня на станции и повез в своем экипаже в «Медные буки». Поместье, как он и говорил, чудесно расположено, но вовсе не отличается красотой: большой квадратный дом, побеленный известкой, весь в пятнах и подтеках от дождя и сырости. С трех сторон его окружает лес, а с фасада- луг, который опускается к дороге на Саутгемптон, что проходит примерно ярдах в ста от парадного крыльца. Участок перед домом принадлежит мистеру Рукаслу, а леса вокруг — собственность лорда Саутертона. Прямо перед домом растет несколько медных буков, отсюда и название усадьбы.

Мой хозяин, сама любезность, встретил меня на станции и в тот же вечер познакомил со своей женой и сыном. Наша с вами догадка, мистер Холмс, оказалась неверной: миссис Рукасл не сумасшедшая. Молчаливая бледная женщина, она намного моложе своего мужа, на вид ей не больше тридцати, в то время как ему дашь все сорок пять. Из разговоров я поняла, что они женаты лет семь, что он остался вдовцом и что от первой жены у него одна дочь- та самая, которая в Филадельфии. Мистер Рукасл по секрету сообщил мне, что уехала она из-за того, что испытывала какую-то непонятную антипатию к мачехе. Поскольку дочери никак не менее двадцати лет, то я вполне представляю, как неловко она чувствовала себя рядом с молодой женой отца.

Миссис Рукасл показалась мне внутренне столь же бесцветным существом, сколь и внешне. Она не произвела на меня никакого впечатления. Пустое место. И сразу заметна ее страстная преданность мужу и сыну. Светло-серые глаза постоянно блуждают от одного к другому, подмечая их малейшее желание и по возможности предупреждая его. Мистер Рукасл тоже в присущей ему грубовато- добродушной манере неплохо к ней относится, и в целом они производят впечатление благополучной пары. Но у женщины есть какая-то тайна. Она часто погружается в глубокую задумчивость, и лицо ее становится печальным. Не раз я заставала ее в слезах. Порой мне кажется, что причиной этому- ребенок, ибо мне еще ни разу не доводилось видеть такое испорченное и злобное маленькое существо. Для своего возраста он мал, зато у него несоразмерно большая голова. Он то подвержен припадкам дикой ярости, то пребывает в состоянии мрачной угрюмости. Причинять боль любому слабому созданию- вот единственное его развлечение, и он выказывает недюжинный талант в ловле мышей, птиц и насекомых. Но о нем незачем распространяться, мистер Холмс, он не имеет отношения к нашей истории.

— Мне нужны все подробности, — сказал Холмс, — представляются они вам относящимися к делу или нет.

— Постараюсь ничего не пропустить. Что мне сразу не понравилось в этом доме, так это внешность и поведение слуг. Их всего двое, муж и жена. Толлер, так зовут слугу, — грубый, неотесанный человек с серой гривой и седыми бакенбардами, от него постоянно несет спиртным. Я дважды видела его совершенно пьяным, но мистер Рукасл, по-моему, не обращает на это внимания. Жена Толлера — высокая сильная женщина с сердитым лицом, она так же молчалива, как миссис Рукасл, но гораздо менее любезна. Удивительно неприятная пара! К счастью, большую часть времени я провожу в детской и в моей собственной комнате, они расположены рядом.

В первые дни после моего приезда в «Медные буки» все шло спокойно. На третий день сразу после завтрака миссис Рукасл что-то шепнула своему мужу.

— Мы очень обязаны вам, мисс Хантер, — поворачиваясь ко мне, сказал он, — за снисходительность к нашим капризам, вы ведь даже остригли волосы. Право же, это ничуть не испортило вашу внешность. А теперь посмотрим, как вам идет цвет электрик. У себя на кровати вы найдете платье, и мы будем очень благодарны, если вы согласитесь его надеть.

Платье, которое лежало у меня в комнате, весьма своеобразного оттенка синего цвета, сшито было из хорошей шерсти, но, сразу заметно, уже ношенное. Сидело оно безукоризненно, как будто его шили специально для меня. Когда я вошла, мистер и миссис Рукасл выразили восхищение, но мне их восторг показался несколько наигранным. Мы находились в гостиной, которая тянется по всему фасаду дома, с тремя огромными окнами, доходящими до самого пола. Возле среднего окна спинкой к нему стоял стул. Меня усадили на этот стул, а мистер Рукасл принялся ходить взад и вперед по комнате и рассказывать смешные истории. Вы представить себе не можете, как комично он рассказывал, и я хохотала до изнеможения. Миссис Рукасл чувство юмора, очевидно, чуждо, она сидела, сложив на коленях руки, с грустным и озабоченным выражением на лице, так ни разу и не улыбнувшись. Примерно через час мистер Рукасл вдруг объявил, что пора приступать к повседневным обязанностям и что я могу переодеться и пойти в детскую к маленькому Эдуарду.

Два дня спустя при совершенно таких же обстоятельствах вся эта сцена повторилась. Снова я должна была переодеться, сесть у окна и хохотать над теми забавными историями, неисчислимым запасом которых обладал мой хозяин. И рассказчиком он был неподражаемым. Затем он дал мне какой-то роман в желтой обложке и, подвинув мой стул так, чтобы моя тень не падала на страницу, попросил почитать ему вслух. Я читала минут десять, начав где-то в середине главы, а потом он вдруг перебил меня, не дав закончить фразы, и велел пойти переодеться.

Вы, конечно, понимаете, мистер Холмс, как меня удивил этот спектакль. Я заметила, что они настойчиво усаживали меня, чтобы я оказалась спиной к окну, поэтому я решила во что бы то ни стало узнать, что происходит на улице. Сначала это не представлялось возможным, но потом мне пришла в голову счастливая мысль: у меня был осколок ручного зеркальца, и я спрятала его в носовой платок. В следующий раз, в самый разгар веселья, я приложила носовой платок к глазам и, чуть-чуть приспособившись, сумела рассмотреть все, что находилось позади. Признаться, я была разочарована. Там не было ничего.

По крайней мере так было на первый взгляд. Но, присмотревшись, я заметила на Саутгемптонской дороге невысокого бородатого человека в сером костюме. Он смотрел в нашу сторону. Дорога эта очень оживленная, на ней всегда полно народу. Но этот человек стоял, опершись на ограду, и пристально вглядывался в дом. Я опустила платок и увидела, что миссис Рукасл испытующе смотрит на меня. Она ничего не сказала, но, я уверена, поняла, что у меня зеркало и я видела, кто стоит перед домом. Она тотчас же поднялась.

— Джефро, — сказал она, — на дороге стоит какой-то мужчина и самым непозволительным образом разглядывает мисс Хантер.

— Может быть, ваш знакомый, мисс Хантер? — спросил он.

— Нет. Я никого здесь не знаю.

— Подумайте, какая наглость! Пожалуйста, повернитесь и помашите ему, чтобы он ушел.

— А не лучше ли просто не обращать внимания?

— Нет, нет, не то он все время будет здесь слоняться. Пожалуйста, повернитесь и помашите ему.

Я сделала, как меня просили, и в ту же секунду миссис Рукасл опустила занавеску. Это произошло неделю назад, с тех пор я не сидела у окна, не надевала синего платья и человека на дороге тоже не видела...

— Прошу вас, продолжайте, — сказал Холмс. — Все это очень интересно.

— Боюсь, мой рассказ довольно бессвязен. Не знаю, много ли общего между всеми этими событиями. Так вот, в первый же день моего приезда в «Медные буки» мистер Рукасл подвел меня к маленькому флигелю позади дома. Когда мы приблизились, я услышала звяканье цепи: внутри находилось какое-то большое животное.

— Загляните-ка сюда, — сказал мистер Рукасл, указывая на щель между досками. — Ну, разве это не красавец?

Я заглянула и увидела два горящих во тьме глаза и смутное очертание какого — то животного. Я вздрогнула.

— Не бойтесь, — засмеялся мой хозяин. — Это мой дог Карло. Я называю его моим, но в действительности только старик Толлер осмеливается подойти к нему, чтобы опустить с цепи на ночь, и да поможет бог тому, в кого он вонзит свои клыки. Ни под каким видом не переступайте порога дома ночью, ибо тогда вам суждено распроститься с жизнью.

Предупредил он меня не зря. На третью ночь я случайно выглянула из окна спальни примерно часа в два. Стояла прекрасная лунная ночь, и лужайка перед домом вся сверкала серебром. Я стояла, захваченная мирной красотой пейзажа, как вдруг заметила, что в тени буков кто-то движется. Таинственное существо вышло на лужайку, и я увидела огромного, величиной с теленка, дога рыжевато- коричневой масти, с отвислым подгрудком, черной мордой и могучими мослами. Он медленно пересек лужайку и исчез в темноте на противоположной стороне. При виде этого страшного немого стража сердце у меня замерло так, как никогда не случалось при появлении грабителя.

А вот еще одно происшествие, о котором мне тоже хочется вам рассказать. Вы знаете, что я остригла волосы еще до отъезда из Лондона и отрезанную косу спрятала на дно чемодана. Однажды вечером, уложив мальчика спать, я принялась раскладывать свои вещи. В комнате стоит старый комод, два верхних ящика его открыты, и там ничего не было, но нижний заперт. Я положила свое белье в верхние ящики, места не хватило, и я, естественно, была недовольна тем, что нижний ящик заперт. Я решила, что его заперли по недоразумению, поэтому, достав ключи, я попыталась его открыть. Подошел первый же ключ, ящик открылся. Там лежала только одна вещь. И как вы думаете, что именно? Моя коса!

Я взяла ее и как следует рассмотрела. Такой же особый цвет, как у меня, такие же густые волосы. Но затем я сообразила, что это не мои волосы. Как они могли очутиться в запертом ящике комода? Дрожащими руками я раскрыла свой чемодан, выбросила из него вещи и на дне его увидела свою косу. Я положила две косы рядом, уверяю вас, они были совершенно одинаковыми. Ну, разве это не удивительно? Я была в полнейшем недоумении. Я положила чужую косу обратно в ящик и ничего не сказала об этом Рукаслам: я поступила дурно, чувствовала я, открыв запертый ящик.

Вы, мистер Холмс, наверное, заметили, что я наблюдательна, поэтому мне не составило труда освоиться с расположением комнат и коридоров в доме. Одно крыло его, по-видимому, было нежилым. Дверь, которая вела туда, находилась напротив комнат Толлеров, но была заперта. Однажды, поднимаясь по лестнице, я увидела, как оттуда с ключами в руках выходил мистер Рукасл. Лицо его в этот момент было совсем не таким, как всегда. Щеки его горели, лоб морщинился от гнева, а на висках набухли вены. Не взглянув на меня и не сказав ни слова, он запер дверь и поспешил вниз.

Это событие пробудило мое любопытство. Отправившись на прогулку с ребенком, я пошла туда, откуда хорошо видны окна той части дома. Окон было четыре, все они выходили на одну сторону, три просто грязные, а четвертое еще и загорожено ставнями. Там, по-видимому, никто не жил. Пока я ходила взад и вперед по саду, ко мне вышел снова веселый и жизнерадостный мистер Рукасл.

— Не сочтите за грубость, моя дорогая юная леди, — обратился ко мне он, — что я прошел мимо вас, не сказав ни слова привета. Я был очень озабочен своими делами.

Я уверила его, что ничуть не обиделась.

— Между прочим, — сказала я, — у вас наверху, по-видимому, никто не живет, потому что одно окно даже загорожено ставнями.

— Я увлекаюсь фотографией, — ответил он, — и устроил там темную комнату. Но до чего вы наблюдательны, моя дорогая юная леди! Кто бы мог подумать!

Так вот, мистер Холмс, как только я поняла, что от меня что-то скрывают, я загорелась желанием проникнуть в эти комнаты. Это было не просто любопытство, хоть и оно мне не чуждо. Это было чувство долга и уверенности, что если я туда проникну, я совершу добрый поступок. Говорят, что у женщин есть какое-то особое чутье. Быть может, именно оно поддерживало эту уверенность. Во всяком случае, я настойчиво искала возможность проникнуть за запретную дверь.

Возможность эта представилась только вчера. Должна сказать вам, что кроме мистера Рукасла в пустые комнаты зачем-то входили Толлер и его жена, а один раз я даже видела, как Толлер вынес оттуда большой черный мешок. Последние дни он много пьет и вчера вечером был совсем пьян. Поднявшись наверх, я заметила, что ключ от двери торчит в замке. Мистер и миссис Рукасл находились внизу, ребенок был с ними, поэтому я решила воспользоваться предоставившейся мне возможностью. Тихо повернув ключ, я отворила дверь и проскользнула внутрь.

Передо мной был небольшой коридор с голыми стенами и пол, не застланный ковром. В конце коридор сворачивал налево. За углом шли подряд три двери, первая и третья отворены и вели в пустые комнаты, запыленные и мрачные. В первой комнате было два окна, а во второй одно, такое грязное, что сквозь него еле-еле проникал вечерний свет. Средняя дверь была закрыта и заложена снаружи широкой перекладиной от железной кровати; один конец перекладины был продет во вделанное в стену кольцо, а другой привязан толстой веревкой. Ключа в двери не оказалось. Эта забаррикадированная дверь вполне соответствовала закрытому ставнями окну, но по свету, что пробивался из-под нее, я поняла, что в комнате не совсем темно. По-видимому, свет проникал туда из люка, ведущего на чердак. Я стояла в коридоре, глядя на страшную дверь и раздумывая, что может таиться за нею, как вдруг услышала внутри шаги и увидела, как на узкую полоску тусклого света, проникающего из-под двери, то надвигалась какая-то тень, то удалялась от нее. Безумный страх охватил меня, мистер Холмс. Напряженные нервы не выдержали, я повернулась и бросилась бежать — так, будто сзади меня хватала какая-то страшная рука. Я промчалась по коридору, выбежала на площадку и очутилась прямо в объятиях мистера Рукасла.

— Значит, — улыбаясь, сказал он, — это были вы. Я так и подумал, когда увидел, что дверь открыта.

— Ох, как я перепугалась! — пролепетала я.

— Моя дорогая юная леди! Что же так напугало вас, моя дорогая юная леди?

Вы и представить себе не можете, как ласково и успокаивающе он это говорил.

Но голос его был чересчур добрым. Он переигрывал. Я снова была начеку.

— По глупости я забрела в нежилое крыло, — объяснила я. — Но там так пусто и такой мрак, что я испугалась и убежала. Ох, как там страшно!

— И это все? — спросил он, зорко вглядываясь в меня.

— Что же еще? — воскликнула я.

— Как вы думаете, почему я запер эту дверь?

— Откуда же мне знать?

— Чтобы посторонние не совали туда свой нос. Понятно?

Он продолжал улыбаться самой любезной улыбкой.

— Уверяю вас, если бы я знала…

— Что ж, теперь знайте. И если вы хоть раз снова переступите этот порог… — при этих словах улыбка его превратилась в гневную гримасу, словно дьявол глянул на меня своим свирепым оком, — я отдам вас на растерзание моему псу.

Я была так напугана, что не помню, как поступила в ту минуту. Наверное, я метнулась мимо него в свою комнату. Очнулась я, дрожа всем телом, уже у себя на постели. И тогда я подумала про вас, мистер Холмс. Я больше не могла там находиться, мне нужно было посоветоваться с вами. Этот дом, этот человек, его жена, его слуги, даже ребенок- все внушало мне страх. Если бы только вызвать вас сюда, тогда все было бы в порядке. Конечно, я могла бы бежать оттуда, но меня терзало любопытство, не менее сильное, чем страх. И я решила послать вам телеграмму. Я надела пальто и шляпу, сходила на почту, что в полумиле от нас, и затем, испытывая некоторое облегчение, пошла назад. У самого дома мне пришла в голову мысль, не спустили ли они собаку, но тут же я вспомнила, что Толлер напился до бесчувствия, а без него никто не сумеет спустить с цепи эту злобную тварь. Я благополучно проскользнула внутрь и полночи не спала, радуясь, что увижу вас. Сегодня утром я без труда получила разрешение съездить в Винчестер. Правда, мне нужно вернуться к трем часам, так как мистер и миссис Рукасл едут к кому-то в гости, поэтому я весь вечер должна быть с ребенком. Теперь вам известны, мистер Холмс, все мои приключения, и я была бы очень рада, если бы вы объяснили мне, что все это значит, и прежде всего научили, как я должна поступить.

Холмс и я, затаив дыхание, слушали этот удивительный рассказ. Мой друг встал и, засунув руки в карманы, принялся ходить взад и вперед по комнате. Лицо его было чрезвычайно серьезным.

— Толлер все еще пьян? — спросил он.

— Да. Его жена утром говорила миссис Рукасл, что ничего не может с ним сделать.

— Хорошо. Так вы говорите, что Рукаслов нынче весь вечер не будет дома?

— Да.

— В доме есть какой-нибудь погреб, который закрывается на хороший, крепкий замок?

— Да, винный погреб.

— Мисс Хантер, вы вели себя очень отважно и разумно. Сумеете ли вы совершить еще один смелый поступок? Я бы не обратился с подобной просьбой, если бы не считал вас женщиной незаурядной.

— Попробую. А что я должна сделать?

— Мы, мой друг и я, приедем в «Медные буки» в семь часов. К этому времени Рукаслы уедут, а Толлер, надеюсь, не проспится. Остается мисс Толлер. Если вы сумеете под каким-нибудь предлогом послать ее в погреб, а потом запереть там, вы облегчите нашу задачу.

— Я это сделаю.

— Прекрасно! Тогда нам удастся поподробнее расследовать эту историю, у которой только одно объяснение. Вас пригласили туда сыграть роль некоей молодой особы, которую они заточили в комнате наверху. Тут нет никаких сомнений. Кто она? Я уверен, что дочь мистера Рукасла, Алиса, которая, если я не запамятовал, уехала в Америку. Выбор пал на вас, вы похожи на нее ростом, фигурой и цветом волос. Во время болезни ей, наверное, остригли волосы, поэтому пришлось принести в жертву и ваши. Вы случайно нашли ее косу. Человек на дороге- это ее друг или жених, а так как вы похожи на нее- на вас было ее платье, — то видя, что вы смеетесь и даже машете, чтобы он ушел, он решил, что мисс Рукасл счастлива и более в нем не нуждается. Собаку спускали по ночам для того, чтобы помешать его попыткам увидеться с Алисой. Все это совершенно ясно. Самое существенное в этом деле- это ребенок.

— Он-то какое отношение имеет ко всей этой истории? — воскликнул я.

— Мой дорогой Уотсон, вы врач и должны знать, что поступки ребенка можно понять, изучив нрав его родителей. И наоборот. Я часто определял характер родителей, изучив нрав их детей. Этот ребенок аномален в своей жестокости, он наслаждается ею, и унаследовал ли он ее от своего улыбчивого отца или от матери, эта черта одинаково опасна для той девушки, что находится в их власти.

— Вы совершенно правы, мистер Холмс! — вскричала наша клиентка. — Мне приходят на память тысячи мелочей, которые свидетельствуют о том, как вы правы. О, давайте не будем терять ни минуты, поможем этой бедняжке.

— Надо быть осторожными, потому что мы имеем дело с очень хитрым человеком. До вечера мы ничего не можем предпринять. В семь мы будем у вас и сумеем разгадать эту тайну.

Мы сдержали слово и ровно в семь, оставив нашу двуколку у придорожного трактира, явились в «Медные буки». Даже если бы мисс Хантер с улыбкой на лице и не ждала нас на пороге, мы все равно узнали бы дом, увидев деревья с темными листьями, сверкающими, как начищенная медь, в лучах заходящего солнца.

— Удалось? — только и спросил Холмс.

Откуда-то снизу доносился глухой стук.

— Это миссис Толлер в погребе, — объяснила мисс Хантер. — А ее муж храпит в кухне на полу. Вот ключи, кажется такие же, как у мистера Рукасла.

— Умница! — восхищенно вскричал Холмс. — А теперь ведите нас, через несколько минут преступление будет раскрыто.

Мы поднялись по лестнице, отперли дверь, прошли по коридору и очутились перед дверью, о которой рассказывала нам мисс Хантер. Холмс перерезал веревку и снял перекладину. Затем он хотел отпереть дверь, но ни один ключ не подходил к замку. Изнутри не доносилось ни звука, и Холмс нахмурился.

— Надеюсь, мы не опоздали, — сказал он. — Мне кажется, мисс Хантер, нам лучше войти туда без вас. Ну-ка, Уотсон, нажмите на дверь плечом, не удастся ли нам открыть ее силой.

Старая, обшарпанная дверь тотчас же уступила нашим объединенным усилиям, и мы ворвались в комнату. Она была пуста. В ней не было ничего, кроме маленькой жесткой постели, стола и корзины с бельем. Люк на чердак был распахнут, пленница бежала.

— Здесь что-то произошло, — сказал Холмс. — Этот красавчик, очевидно, догадался о намерениях мисс Хантер и уволок свою жертву.

— Но каким образом?

— Через люк. Сейчас посмотрим, как он это сделал. — Он влез на стол. — Правильно, вот и обрывок веревочной лестницы, привязанной к карнизу. Вот как он это сделал.

— Но это невозможно, — возразила мисс Хантер. — Когда Рукаслы уезжали, никакой лестницы не было.

— Он вернулся и проделал все, что надо. Говорю вам, это умный и опасный человек. Я не удивлюсь, если услышу на лестнице его шаги. Уотсон, вам лучше приготовить свой пистолет.

Едва он произнес эти слова, как на пороге появился очень полный, крупный мужчина с толстой палкой в руках. Мисс Хантер вскрикнула и прижалась к стене, но Шерлок Холмс решительно встал между ними.

— Негодяй! — сказал он. — Куда вы дели свою дочь?

Толстяк обежал глазами комнату и затем бросил взгляд на люк.

— Это я у вас должен спросить! — закричал он. — Воры! Шпионы и воры! Я поймал вас! Вы в моей власти! Я вам покажу! — Он повернулся и бросился вниз по лестнице.

— Он пошел за собакой! — воскликнула мисс Хантер.

— У меня есть пистолет, — сказал я.

— Надо закрыть парадную дверь, — распорядился Холмс, и мы втроем побежали вниз.

Едва мы спустились, как раздался собачий лай, а затем ужасный вопль, сопровождаемый жутким рычанием. Из соседней двери, спотыкаясь, выскочил пожилой мужчина с красным лицом и дрожащими руками.

— Боже мой! — вскричал он. — Кто-то спустил собаку. Ее не кормили целых два дня. Быстрее, не то будет поздно!

Мы с Холмсом выбежали из дома и вслед за Толлером завернули за угол. Огромный зверь с черной мордой терзал за горло Рукасла, а тот корчился на земле и кричал. Подбежав к собаке, я выстрелив; она упала, но белые ее клыки так и остались в жирных складках шеи. С большим трудом мы оторвали собаку от Рукасла и понесли его, еще живого, но жестоко искалеченного, в дом. Мы положили его на диван в гостиной, послали протрезвевшего Толлера за его женой, а я попытался по мере сил и возможностей облегчить положение раненого. Мы все стояли вокруг него, когда дверь отворилась и в комнату вошла высокая худая женщина.

— Миссис Толлер! — воскликнула мисс Хантер.

— Да, мисс, это я. Мистер Рукасл отпер погреб, когда вернулся, а потом уж пошел наверх к вам. Как жаль, мисс, что вы не рассказали мне о своих намерениях. Я бы убедила вас, что вы стараетесь напрасно.

— Так! — воскликнул Холмс, пристально глядя на нее. — Значит, мисс Толлер известно об этом деле больше, чем кому-либо другому.

— Да, сэр, и я готова рассказать, что знаю.

— Тогда, пожалуйста, садитесь, и мы послушаем, некоторые детали, признаюсь, я еще не совсем уяснил.

— Постараюсь прояснить их, — сказала она. — Я бы сделала это и раньше, если бы сумела выбраться из погреба. Коли вмешается полиция, прошу вас помнить, что я была на вашей стороне и помогла мисс Алисе.

У мисс Алисы не было счастья с тех пор, как ее отец женился вторично. На нее не обращали внимания, с ней не считались. Но совсем плохо стало, когда у своей подруги она познакомилась с молодым мистером Фаулером. Насколько мне известно, у мисс Алисы по завещанию были собственные деньги, но уж такой робкой и терпеливой она была, что и словом не заикнулась про них, а просто передала все в руки мистера Рукасла. Он знал, что в отношении денег ему беспокоиться не о чем. Однако перспектива замужества, когда супруг может потребовать все, что принадлежит ему по закону, заставила его призадуматься и решить, что пора действовать. Он хотел, чтобы она подписала бумагу о том, что он имеет право распоряжаться деньгами, независимо от того, выйдет она замуж или нет. Она отказалась это сделать, но он не отставал до тех пор, пока у нее не сделалось воспаление мозга, и шесть недель она находилась между жизнью и смертью. Потом она поправилась, но стала как тень, а ее прекрасные волосы пришлось остричь. Правда, молодого человека это ничуть не смутило- он по-прежнему оставался ей предан, как и полагается порядочному человеку.

— Ваш рассказ значительно прояснил дело, — заметил Холмс. — Остальное я, пожалуй, в состоянии домыслить сам. Значит, мистер Рукасл применил систему насильственной изоляции?

— Да, сэр.

— И привез миссис Хантер из Лондона, чтобы избавиться от настойчивости мистера Фаулера?

— Именно так, сэр.

— Но мистер Фаулер, будучи человеком упрямым, как и подобает настоящему моряку, осадил дом, а встретившись с вами, сумел звоном монет и другими способами убедить вас, что у вас с ним общие интересы.

— Мистер Фаулер умеет уговаривать, человек он щедрый, — безмятежно отозвалась миссис Толлер.

— Ему удалось сделать так, что ваш почтенный супруг не испытывал недостатка в спиртном и чтобы на тот случай, когда ваш хозяин уедет из дома, лестница была наготове.

— Именно так, сэр, все и произошло.

— Премного вам обязан, миссис Толлер, за то, что вы разъяснили нам кое-какие непонятные вещи, — сказал Холмс. — А вот и здешний доктор и с ним миссис Рукасл! Мне думается, Уотсон, нам пора взять мисс Хантер с собой в Винчестер, так как наш locus standi[1] представляется сейчас довольно сомнительным.

Так была раскрыта тайна страшного дома с медными буками у парадного крыльца. Мистер Рукасл остался жив, но превратился в полного инвалида, и существование его теперь целиком зависит от забот преданной жены. Они по-прежнему живут вместе со старыми слугами, которым, наверное, так много известно из прошлой жизни мистера Рукасла, что у него нет сил с ними расстаться. Мистер Фаулер и мисс Рукасл обвенчались в Саутгемптоне на следующий же день после побега, и сейчас он правительственный чиновник на острове святого Маврикия. Что же касается мисс Вайолет Хантер, то мой друг Холмс, к крайнему моему неудовольствию, больше не проявлял к ней никакого интереса, поскольку она перестала быть центром занимающей его проблемы, и сейчас она трудится на посту директора частной школы в Уолсоле, делая это, не сомневаюсь, весьма успешно.

---

[1] Положение (лат.).

Убийство в Эбби-Грейндж

В холодное, морозное утро зимы 1897 года я проснулся оттого, что кто-то тряс меня за плечо. Это был Холмс. Свеча в его руке озаряла взволнованное лицо моего друга, и я сразу же понял: случилось что-то неладное.

— Вставайте, Уотсон, вставайте! — говорил он. — Игра началась. Ни слова. Одевайтесь, и едем!

Через десять минут мы оба сидели в кебе и мчались с грохотом по тихим улицам к вокзалу Черинг-кросс. Едва забрезжил робкий зимний рассвет, и в молочном лондонском тумане смутно виднелись редкие фигуры спешивших на работу мастеровых. Холмс, укутавшись в свое теплое пальто, молчал, и я последовал его примеру, потому что было очень холодно, а мы оба выехали натощак. И только выпив на вокзале горячего чаю и усевшись в кентский поезд, мы настолько оттаяли, что он мог говорить, а я слушать. Холмс вынул из кармана записку и прочитал ее вслух:

Эбби-Грейндж, Маршем, Кент, 3.30 утра.

Мой дорогой м-р Холмс! Буду очень рад, если Вы немедленно окажете мне содействие в деле, которое обещает быть весьма замечательным. Это нечто в вашем вкусе. Леди придется выпустить, все остальное постараюсь сохранить в первоначальном виде. Но, прошу вас, не теряйте ни минуты, потому что трудно будет оставить здесь сэра Юстеса.

Преданный вам Стэнли Хопкинс.

— Хопкинс вызывал меня семь раз, и во всех случаях его приглашение оправдывалось, — сказал Холмс. — Если не ошибаюсь, все эти дела вошли в вашу коллекцию, а я должен признать, Уотсон, что у вас есть умение отбирать самое интересное. Это в значительной степени искупает то, что мне так не нравится в ваших сочинениях. Ваша несчастная привычка подходить ко всему с точки зрения писателя, а не ученого, погубила многое, что могло стать классическим образцом научного расследования. Вы только слегка касаетесь самой тонкой и деликатной части моей работы, останавливаясь на сенсационных деталях, которые могут увлечь читателя, но ничему не научат.

— А почему бы вам самому не писать эти рассказы? — сказал я с некоторой запальчивостью.

— И буду писать, мой дорогой Уотсон, непременно буду. Сейчас, как видите, я очень занят, а на склоне лет я собираюсь написать руководство, в котором сосредоточится все искусство раскрытия преступлений. Хопкинс, по-моему, нас вызвал сегодня по поводу убийства.

— Вы думаете, стало быть, что этот сэр Юстес мертв?

— Да. По записке видно, что Хопкинс сильно взволнован, а он не тот человек, которого легко взволновать. Да, я думаю, что это убийство и тело оставлено, чтобы мы могли его осмотреть. Из-за обыкновенного самоубийства Хопкинс не послал бы за мной. Слова «леди придется выпустить» означают, вероятно, что, пока разыгрывалась трагедия, она была где-то заперта. Мы переносимся в высший свет, Уотсон. Дорогая, хрустящая бумага, монограмма «Ю. Б.», герб, пышный титул Полагаю, что наш друг Хопкинс оправдает свою репутацию и сегодня утром мы не будем скучать. Преступление было совершено до полуночи.

— Из чего вы это могли заключить?

— Из расписания поездов и из подсчета времени. Надо было вызвать местную полицию, она снеслась со Скотленд-Ярдом. Хопкинс должен был туда приехать и, в свою очередь, послать за мной. Этого хватает как раз на целую ночь. Впрочем, вот уже и Чизилхерст, и скоро все наши сомнения разъяснятся.

Проехав несколько миль по узким деревенским дорогам, мы добрались до ворот парка, которые распахнул перед нами старый привратник; его мрачное лицо говорило о недавно пережитом большом потрясении. Через великолепный парк между двумя рядами старых вязов шла аллея, заканчиваясь у невысокого, вытянутого в длину дома с колоннами в стиле Палладио по фасаду. Центральная часть здания была, несомненно, очень древней постройки и вся увита плющом; но большие широкие окна говорили о том, что ее коснулись современные усовершенствования, а одно крыло было по всем признакам совсем новое. У входа в открытых дверях мы увидели стройную молодую фигуру инспектора Стэнли Хопкинса и его возбужденное, встревоженное лицо.

— Я очень рад, что вы приехали, мистер Холмс. И вы тоже, доктор Уотсон. Но, право, если бы я мог начать все сначала, я бы не стал беспокоить вас. Как только леди пришла в себя, она дала такие ясные показания, что теперь уже дело за немногим. Помните луишемскую банду взломщиков?

— Троих Рэндаллов?

— Именно. Отец и два сына. Это их работа. У меня нет сомнений на этот счет. Две недели назад они поработали в Сайденхэме, их там видели, и у нас теперь есть описание их наружности. Какая дерзость! Двух недель не прошло — и вот вам новое преступление. И в одном районе. Но это они, никакого сомнения, они. На этот раз от виселицы им не уйти.

— Сэр Юстес, значит, мертв?

— Да. Они проломили ему голову кочергой от его же собственного камина.

— Сэр Юстес Брэкенстолл, как сообщил нам кучер?

— Да, он. Один из самых богатых людей в Кенте. Леди Брэкенстолл сейчас в гостиной. Бедная, что ей пришлось пережить! Она была почти мертва, когда я впервые увидел ее. Вам лучше всего, я думаю, пойти к ней и послушать рассказ обо всем этом из ее собственных уст. Потом мы вместе осмотрим столовую.

Леди Брэкенстолл оказалась женщиной необыкновенной. Редко приходилось мне видеть такую изящную фигуру, такие женственные манеры и такое прекрасное лицо. Она была блондинка с золотистыми волосами, голубыми глазами и, должно быть, восхитительным цветом лица, которое от недавних переживаний было сейчас очень бледным и измученным. На ее долю выпали не только моральные страдания, но и физические: над одним глазом у нее набух большой багровый кровоподтек, который ее горничная — высокая строгая женщина — усердно смачивала водой с уксусом. Леди лежала на кушетке в полном изнеможении, но ее быстрый, внимательный взгляд и настороженное выражение прекрасного лица показали, что страшное испытание не повлияло ни на ее разум, ни на ее самообладание. На ней был свободный, голубой с серебром халат, но здесь же, на кушетке, позади нее, лежало черное, отделанное блестками нарядное платье.

— Я уже рассказала вам все, что произошло, мистер Хопкинс, — сказала она устало. — Не могли бы вы повторить мой рассказ? Впрочем, если вы считаете, что это необходимо, я расскажу сама. Они уже были в столовой?

— Я считал, что сначала им надо выслушать ваш рассказ.

— Я вздохну свободно только тогда, когда с этим ужасом будет покончено. Мне страшно подумать, что он все еще лежит там.

Она вздрогнула и на секунду закрыла лицо руками. Широкие рукава ее халата упали, обнажив руки до локтя.

— У вас есть еще ушибы, мадам? Что это? — воскликнул Холмс.

Два ярко-красных пятна проступали на белой гладкой коже руки. Она поспешила прикрыть их.

— Это ничего. Это не имеет отношения к страшным событиям минувшей ночи. Если вы и ваш друг присядете, я расскажу вам все, что знаю. Я жена сэра Юстеса Брэкенстолла. Мы поженились около года тому назад. Думаю, ни к чему скрывать, что наш брак был не из счастливых. Так скажут вам, надо думать, вей соседи, даже если бы я и попыталась это отрицать. Возможно, что вина отчасти моя. Я выросла в более свободной, не скованной такими условностями обстановке Южной Австралии, и эта английская жизнь с ее строгими приличиями и чопорностью мне не по душе. Но главное в том — и это знают все, — что сэр Юстес сильно пил. Нелегко было даже час провести с таким человеком. Вообразите, что значит для чуткой и пылкой молодой женщины быть с ним вместе и днем и ночью! Это святотатство, это преступление, это подлость — считать, что такой брак нерушим. Я убеждена, что эти ваши чудовищные законы навлекут проклятие на вашу страну. Небо не позволит, чтобы несправедливость торжествовала вечно.

Она на минуту привстала, щеки у нее вспыхнули, глаза заблестели. Багровый кровоподтек показался мне еще страшнее. Сильная и нежная рука ее суровой горничной опустила ее голову на подушку, и неистовая вспышка гнева разрешилась бурными рыданиями.

Наконец она заговорила опять:

— Я расскажу вам теперь о минувшей ночи. Вы уже, возможно, заметили, что все наши слуги спят в новом крыле. В центральной части дома жилые комнаты, за ними кухня и наши спальни наверху. Горничная моя Тереза спит над моей комнатой. Больше здесь нет никого, и ни один звук не доносится до тех, кто живет в пристройке. Судя по тому, как вели себя грабители, это им было известно.

Сэр Юстес удалился к себе около половины одиннадцатого. Слуги уже легли спать. Не легла только моя горничная, она ждала у себя наверху, когда я позову ее. Я сидела в этой комнате и читала. В двенадцатом часу, перед тем как подняться наверх, я пошла посмотреть, все ли в порядке. Это моя обязанность, как я уже объяснила вам, на сэра Юстеса не всегда можно было положиться. Я зашла в кухню, в буфетную к дворецкому, в оружейную, в бильярдную, в гостиную и, наконец, в столовую. Когда я подошла к дверям, задернутым плотными портьерами, я вдруг почувствовала сквозняк и поняла, что дверь открыта настежь. Я отдернула портьеру и оказалась лицом к лицу с пожилым широкоплечим мужчиной, который только что вошел в комнату. Дверь, большая, стеклянная, так называемое французское окно, выходит на лужайку перед домом. У меня в руке была зажженная свеча, и я увидела за этим мужчиной еще двоих, которые как раз входили в дом. Я отступила, но мужчина набросился на меня, схватил сперва за руку, потом за горло. Я хотела крикнуть, но он кулаком нанес мне страшный удар по голове и свалил наземь. Вероятно, я потеряла сознание, потому что, когда через несколько минут я пришла в себя, оказалось, что они оторвали от звонка веревку и крепко привязали меня к дубовому креслу, которое стоит во главе обеденного стола. Я не могла ни крикнуть, ни шевельнуться — так крепко я была привязана, и рот у меня был завязан платком. В эту минуту в комнату вошел мой несчастный супруг. Он, должно быть, услышал какой-то подозрительный шум и ожидал увидеть нечто подобное тому, что представилось его глазам. Он был в ночной сорочке и брюках, но в руке держал свою любимую дубинку. Он бросился к одному из грабителей, но тот, которого я увидела первым, схватил из-за каминной решетки кочергу и ударил его со страшной силой по голове. Мой муж упал, даже не вскрикнув. Он был мертв. Сознание опять покинуло меня, но через несколько минут я очнулась. Открыв глаза, я увидела, что воры взяли из буфета все серебро и достали оттуда же бутылку с вином. У каждого в руке был бокал. Я уже говорила вам, что один из них был постарше, с бородой, два других — молодые парни. Возможно, это были отец и сыновья. Поговорив шепотом о чем-то, они ко мне подошли, чтобы проверить, крепко ли я привязана. Потом они ушли, затворив за собой дверь. Мне удалось освободить рот только через четверть часа. Я закричала, крики услыхала горничная и сбежала вниз. Проснулись и другие слуги, и мы послали за полицией. Полиция немедленно связалась с Лондоном. Вот все, что я могу сказать вам, джентльмены, и надеюсь, что мне не придется еще раз повторять эту столь горестную для меня историю.

— Вы хотели бы что-то спросить, мистер Холмс? — сказал Хопкинс.

— Нет, я не хочу больше испытывать терпение леди Брэкенстолл и злоупотреблять ее временем, — сказал Холмс. — Но прежде чем пойти осматривать столовую, я был бы рад послушать ваш рассказ, — обратился он к горничной.

— Я видела этих людей еще до того, как они вошли в дом, — сказала она. — Я сидела у окна своей комнаты и вдруг увидела у сторожки привратника трех мужчин. Ночь-то была лунная. Но ничего плохого я тогда не подумала. А через час я услышала стоны моей хозяйки, бросилась вниз и нашла ее, голубушку, привязанной в этом кресле, точь-в-точь как она вам рассказывала. Хозяин лежал на полу, а комната была забрызгана мозгами и кровью. И даже у нее на платье была кровь. От этого кто угодно в обморок упадет. Но она всегда была мужественной, мисс Мэри Фрейзер из Аделаиды. И она ни капельки не изменилась, став леди Брэкенстолл из Эбби-Грейндж. Вы очень долго расспрашивали ее, джентльмены. Видите, как она устала. Старая верная Тереза отведет ее в спальню. Ей надо отдохнуть.

Эта худая, суровая женщина с материнской нежностью обняла за талию свою хозяйку и увела ее из комнаты.

— Она прожила с ней всю жизнь, — сказал Хопкинс. — Нянчила ее, когда та была маленькой. Полтора года назад они покинули Австралию и вместе приехали в Англию. Ее зовут Тереза Райт, и таких слуг вы теперь не найдете. Вот так, мистер Холмс!

Выразительное лицо Холмса стало безучастным. Я знал, для него вместе с тайной исчезает и вся привлекательность дела. Правда, оставалось еще найти и арестовать преступников. Но дело было такое заурядное, что Холмсу не стоило тратить время. Он чувствовал примерно то же, что чувствует крупный специалист, светило в медицинском мире, когда его приглашают к постели ребенка лечить корь. Но, войдя в столовую и воочию увидев картину преступления, Холмс оживился и снова почувствовал интерес к этому делу.

Столовая была большой высокой комнатой с потолком из резного дуба, с дубовыми панелями и отличным собранием оленьих рогов и старого оружия на стенах. Напротив входа в дальнем конце комнаты находилась та самая стеклянная дверь, о которой говорила леди Брэкенстолл. Справа три окна, наполнявшие комнату холодным светом зимнего солнца. По левую сторону зияла пасть большого, глубокого камина под массивной дубовой полкой. У камина стояло тяжелое дубовое кресло с подлокотниками и резьбой внизу спинки. Сквозь отверстия резьбы был продет красный шнур, концы которого были привязаны к нижней перекладине. Когда леди освободили от пут, шнур соскочил, но узлы так и остались не развязаны.

Эти детали мы заметили позже, потому что теперь все наше внимание было приковано к телу, распростертому на тигровой шкуре перед камином.

Это был высокий, хорошо сложенный мужчина лет сорока. Он лежал на спине, с запрокинутым лицом и торчащей вверх короткой черной бородкой, скаля в усмешке белые зубы. Над головой были занесены стиснутые кулаки, а поверх рук лежала накрест его тяжелая дубинка. Его красивое, смуглое, орлиное лицо исказила гримаса мстительной ненависти и неистовой злобы. Он, видимо, был уже в постели, когда поднялась тревога, потому что на нем была щегольская, вышитая ночная сорочка, а из брюк торчали босые ноги. Голова была размозжена, и все в комнате говорило о дикой жестокости, с которой был нанесен удар. Рядом с ним валялась тяжелая кочерга, согнувшаяся от удара в дугу. Холмс внимательно осмотрел кочергу и нанесенную ею рану на голове.

— Видимо, этот старший Рэндалл — могучий мужчина, — заметил он.

— Да, — сказал Хопкинс. — У меня есть о нем кое-какие данные. Опасный преступник.

— Вам будет нетрудно его взять.

— Конечно. Мы давно за ним следим. Ходили слухи, что он подался в Америку. А он, оказывается, здесь. Ну, теперь ему от нас не уйти. Мы уже сообщили его приметы во все морские порты, и еще до вечера будет объявлена денежная премия за поимку. Я одного не могу понять: как они решились на такое отчаянное дело, зная, что леди опишет их нам, а мы по описанию непременно их опознаем.

— В самом деле, почему им было не прикончить и леди Брэкенстолл?

— Наверное, думали, — высказал я предположение, — что она не скоро придет в себя.

— Возможно. Они видели, что она без сознания, вот и пощадили ее. А что вы можете рассказать, Хопкинс, об этом несчастном? Я как будто слышал о нем что-то не очень лестное.

— Трезвым он был неплохой человек. Но когда напивался, становился настоящим чудовищем. Точно сам дьявол вселялся в него. В такие минуты он бывал способен на все. Несмотря на титул и на богатство, он уже дважды чуть не попал к нам. Как-то облил керосином собаку и поджег ее, а собака принадлежала самой леди. Скандал едва замяли. В другой раз он бросил в горничную графин. В эту самую Терезу Райт. И с этим делом сколько было хлопот! Вообще говоря, только это между нами, без него в доме станет легче дышать... Что вы делаете. Холмс?

Холмс опустился на колени и с величайшим вниманием рассматривал узлы на красном шнуре, которым леди привязали к креслу. Затем он так же тщательно осмотрел оборванный конец шнура, который был сильно обтрепан.

— Когда за этот шнур дернули, то в кухне, надо думать, громко зазвонил звонок, — заметил он.

— Да, но услышать его никто не мог. Кухня— направо, в противоположной стороне здания.

— Откуда грабитель мог знать, что звонка не услышат? Как он решился столь неосмотрительно дернуть шнур?

— Верно, мистер Холмс, верно. Вы задаете тот же вопрос, который и я много раз задавал себе. Нет сомнения, что грабители должны были хорошо знать и самый дом и его порядки. Прежде всего они должны были знать, что все слуги в этот сравнительно ранний час уже в постели и что ни один из них не услышит звонка. Стало быть, кто-то из слуг был их союзником. Но в доме восемь слуг, и у всех отличные рекомендации.

— При прочих равных условиях, — сказал Холмс, — можно было бы заподозрить служанку, в которую хозяин бросил графин. Но это означало бы предательство по отношению к хозяйке, а Тереза Райт безгранично предана ей. Но это — второстепенное обстоятельство. Арестовав Рэндалла, вы без особого труда установите и его сообщников. Рассказ леди полностью подтверждается — если требуются подтверждения — всем тем, что мы здесь видим.

Он подошел к стеклянной двери и отворил ее.

— Никаких следов, да их и не может быть: земля твердая, как железо. Между прочим, свечи на камине горели ночью!

— Да. Именно эти свечи и свеча в спальне леди послужили грабителям ориентиром.

— Что грабители унесли?

— Совсем немного. Только полдюжины серебряных приборов из буфета. Леди Брэкенстолл думает, что, убив сэра Юстеса, они испугались и не стали дочиста грабить дом, как это было наверняка задумано.

— Пожалуй, что так. Странно только, что у них хватило духу задержаться и выпить вина.

— Нервы, видно, хотели успокоить.

— Пожалуй. К этим бокалам никто не притрагивался сегодня?

— Никто, и бутылка как стояла, так и стоит на буфете.

— Сейчас посмотрим. А это что такое?

Три бокала стояли в ряд, все со следами вина. В одном на дне темнел осадок, какой дает старое, выдержанное вино. Тут же стояла бутылка, наполненная на две трети, а рядом лежала длинная, вся пропитанная вином пробка. Эта пробка и пыль на бутылке говорили о том, что убийцы лакомились не простым вином.

Холмс вдруг на глазах переменился. Куда девалась его апатия! Взгляд стал живым и внимательным. Он взял в руки пробку и стал ее рассматривать.

— Как они вытащили ее? — спросил он.

Хопкинс кивнул на выдвинутый наполовину ящик буфета. В нем лежало несколько столовых скатертей и большой пробочник.

— Леди Брэкенстолл упоминала этот пробочник?

— Нет. Но ведь она была без сознания, когда они открывали бутылку.

— Да, действительно. Между прочим, бутылку открывали штопором из складного ножа с набором инструментов. Он был длиной не более полутора дюймов. Если присмотреться к головке пробки, то видно, что штопор ввинчивался трижды, прежде чем пробка была извлечена. И штопор ни разу не прошел насквозь. Этот длинный пробочник насквозь бы пробуравил пробку и вытащил ее с первого раза. Когда вы поймаете субъекта, непременно поищите у него складной перочинный нож с многочисленными инструментами.

— Великолепно! — воскликнул Хопкинс.

— Но эти бокалы, признаюсь, ставят меня в тупик. Леди Брэкенстолл в самом деле видела, как все трое пили вино?

— Да, видела.

— Ну, тогда не о чем говорить! А все-таки вы должны признать, Хопкинс, что эти бокалы весьма примечательны. Что? Вы ничего не замечаете? Ну хорошо, пусть. Возможно, что, когда человек развил в себе некоторые способности, вроде моих, и углубленно занимался наукой дедукции, он склонен искать сложные объяснения там, где обычно напрашиваются более простые. Эти бокалы, вероятно, ничего не значат. Всего хорошего, Хопкинс. Не вижу, чем я могу быть полезен вам. Дело как будто ясное. Сообщите мне, когда Рэндалл будет арестован, и вообще о всех дальнейших событиях. Надеюсь, что скоро смогу поздравить вас с успешным завершением дела. Идемте, Уотсон. Думаю, что дома мы с большей пользой проведем время.

На обратном пути я по лицу Холмса видел, что ему не дает покоя какая-то мысль. Усилием воли он старался избавиться от ощущения какой-то несообразности и старался вести разговор так, будто все для него ясно. Но сомнения снова и снова одолевали его. Нахмуренные брови, невидящие глаза говорили о том, что его мысли опять устремились к той большой столовой в Эбби-Грейндж, где разыгралась эта полночная трагедия. И в конце концов на какой-то пригородной станции, когда поезд уже тронулся, Холмс, побежденный сомнениями, выскочил на платформу и потянул меня за собой.

— Извините меня, дорогой друг, — сказал он, когда задние вагоны нашего поезда скрылись за поворотом, — мне совестно делать вас жертвой своей прихоти, как это может показаться. Но, клянусь жизнью, я просто не могу оставить дело в таком положении. Мой опыт, моя интуиция восстают против этого. Все неправильно, готов поклясться, что все неправильно. А между тем рассказ леди точен и ясен, в показаниях горничной нет никаких противоречий, все подробности сходятся. Что я могу противопоставить этому? Три пустых бокала, вот и все. Но если бы я подошел к делу без предвзятого мнения, если бы стал расследовать его с той тщательностью, которой требует дело de novo, если бы не было готовой версии, которая сразу увела нас в сторону, — неужели я не нашел бы ничего более определенного, чем эти бокалы? Конечно, нашел бы. Садитесь на эту скамью, Уотсон, подождем чизилхерстский поезд. А пока послушайте мои рассуждения. Только прошу вас — это очень важно, — пусть показания хозяйки и горничной не будут для вас непреложной истиной. Личное обаяние леди Брэкенстолл не должно мешать нашим выводам.

В ее рассказе, если к нему отнестись беспристрастно, несомненно, есть подозрительные детали. Эти взломщики совершили дерзкий налет в Сайденхэме всего две недели назад. В газетах сообщались о них кое-какие сведения, давались их приметы. И если бы кто-нибудь решил сочинить версию об ограблении, он мог бы воспользоваться этим. Подумайте, разве взломщики, только что совершившие удачный налет, пойдут на новое опасное дело, вместо того чтобы мирно радоваться удаче где-нибудь в недосягаемом месте? Далее, разве принято у грабителей действовать в столь ранний час или бить женщину, чтобы она молчала, хотя это самый верный способ заставить ее закричать? Не будут они и убивать человека, если их достаточно, чтобы справиться с ним без кровопролития. Не упустят они добычи и не ограничатся пустяками, если добыча сама идет в руки. Оставить бутылку вина недопитой тоже не в правилах этих людей. Не удивляют ли вас все эти несообразности, Уотсон?

— Все вместе они производят впечатление, хотя каждая в отдельности не такая уж невозможная вещь. Самое странное в этом деле, мне кажется, то, что леди привязали к креслу.

— Мне это не кажется странным, Уотсон. Они должны были или убить ее, или сделать так, чтобы она не подняла тревоги сразу же после их ухода. Но все равно, Уотсон, разве я не убедил вас, что в рассказе леди Брэкенстолл не все заслуживает доверия? А хуже всего эти бокалы.

— Почему?

— Вы можете представить себе их?

— Могу.

— Леди Брэкенстолл говорит, что из них пили трое. Не вызывает это у вас сомнения?

— Нет. Ведь вино осталось в каждом бокале.

— Но почему-то в одном есть осадок, а в других нет... Вы, наверное, это заметили? Как вы можете объяснить это?

— Бокал, в котором осадок, был, наверное, налит последним?

— Ничего подобного. Бутылка была полная, осадок в ней на дне, так что в третьем бокале вино должно быть точно такое, как и в первых двух. Возможны только два объяснения. Первое: после того, как наполнили второй бокал, бутылку сильно взболтали, так что весь отстой оказался в третьем бокале. Но это маловероятно. Да, да, я уверен, что я прав.

— Как же вы объясняете этот осадок?

— Я думаю, что пили только из двух бокалов, а в третий слили остатки, поэтому в одном бокале есть осадок, а в двух других нет. Да, именно так и было. Но тогда ночью в столовой было два человека, а не три, и дело сразу из весьма заурядного превращается в нечто в высшей степени интересное. Выходит, что леди Брэкенстолл и ее горничная сознательно нам лгали, что нельзя верить ни одному их слову и что, видимо, у них были очень веские причины скрыть настоящего преступника. Так что нам придется восстановить обстоятельства дела самим, не рассчитывая на их помощь. Вот что нам предстоит сделать, Уотсон. А вот и чизилхерстский поезд.

Наше возвращение очень удивило всех обитателей Эбби-Грейндж. Узнав, что Стэнли Хопкинс уехал докладывать своему начальству, Шерлок Холмс завладел столовой, запер изнутри двери и два часа занимался самым подробным и тщательным изучением места преступления, чтобы на собранных фактах возвести блестящее здание неопровержимых выводов. Усевшись в углу, я, как прилежный студент на демонстрации опыта у профессора, не отрываясь следил, как подвигается это замечательное исследование. Окно, портьеры, ковер, кресло, веревка — все было внимательно изучено и о каждом предмете сделано заключение. Тело несчастного баронета уже убрали, а все остальное оставалось на своих местах. К моему удивлению. Холмс влез на дубовую каминную полку. Высоко над его головой висел обрывок красного шнура, все еще привязанный к звонку. Холмс долго смотрел вверх, потом, чтобы приблизиться к шнуру, оперся коленом на карниз стены и протянул руку. До шнура оставалось всего несколько дюймов. Но тут его внимание привлек карниз. Осмотрев его, он, очень довольный, спрыгнул на пол.

— Все в порядке, Уотсон. Дело раскрыто. Это будет одно из самых замечательных дел в вашей коллекции. Однако, мой дорогой, до чего я был недогадлив — ведь я чуть было не совершил самой большой ошибки в моей жизни! Теперь остается восстановить только несколько недостающих звеньев. И вся цепь событий будет ясна.

— Вы уже знаете, кто эти люди?

— Это один человек, Уотсон, один! Один, но поистине грозная фигура. Силен, как лев, — вспомните удар, который лопнул кочергу. Рост — шесть футов. Проворен, как белка. Очень ловкие пальцы. Умен и изобретателен. Ведь все это представление придумано им. Да, Уотсон, мы столкнулись с замечательной личностью. Но все-таки и он оставил следы. Этот шнур от звонка — ключ к решению всего дела.

— Не понимаю.

— Послушайте, Уотсон: если бы вам понадобился этот шнур и вы бы его с силой дернули, как по-вашему, где бы он оборвался? Конечно, там, где он привязан к проволоке. Почему же он оборвался гораздо ниже?

— Потому что он в этом месте протерся.

— Вот именно. И оборванный конец действительно потерт. У этого человека хватило ума подделать потертость ножом. Но другой конец наверху целый. Отсюда не видно. Но если встать на каминную полку, в этом легко убедиться. Он очень чисто срезан, и никаких потертостей там нет. Теперь уже можно восстановить ход событий. Неизвестный не стал обрывать шнур, боясь поднять тревогу. Чтобы обрезать его, он влез на каминную полку, но этого ему показалось мало. Тогда он оперся коленом на карниз, оставив на его пыльной поверхности след, протянул руку и обрезал шнур ножом. Я не дотянулся: еще оставалось три дюйма до шнура. Из этого я заключаю, что он по крайней мере на три дюйма выше меня. А теперь взгляните на сиденье кресла. Что это?

— Кровь.

— Кровь, вне всякого сомнения. Это одно доказывает, что рассказ леди Брэкенстолл — вымысел от начала до конца. Если она сидела в этом кресле, когда совершалось преступление, откуда взялись на нем пятна крови? Нет,

нет, ее посадили в кресло после того, как супруг ее был убит. Бьюсь об заклад, что и на черном платье леди есть такое же пятно. Это еще не Ватерлоо, Уотсон, но это уже Маренго. Начали с поражения, кончаем победой. А сейчас я хотел бы поговорить с этой няней Терезой. Но чтобы получить необходимые сведения, надо проявить большой такт.

Эта суровая австралийская няня оказалась очень интересной особой. Молчаливая, подозрительная, нелюбезная, она не скоро смягчилась, побежденная обходительностью Холмса и его добродушной готовностью выслушать все, что она скажет. Тереза и не пыталась скрыть свою ненависть к покойному хозяину.

— Да, сэр, это правда, что он бросил в меня графин. Он при мне выругал госпожу гадким словом, и я сказала ему, что, будь здесь ее брат, он не посмел бы так говорить. Тогда он и швырнул в меня графин. Да пусть бы он каждый день бросался графинами, лишь бы не обижал мою славную птичку. Как он терзал ее! А она была очень горда и никогда не жаловалась. Она и мне рассказывала не все. Вы видели на ее руках ссадины? Она не говорила мне, откуда они. Но я-то знаю, что это он проткнул ей руку длинной шпилькой от шляпы. Сущий дьявол он был, а не человек, — да простит меня бог, что я так говорю о покойнике. Когда мы встретили его в первый раз полтора года назад, он прикинулся таким ласковым, ну чисто мед! А теперь нам эти полтора года кажутся вечностью. Она, моя голубушка, только что приехала в Лондон. Первый раз оторвалась от дома. Он вскружил ей голову титулом, деньгами, обманчивым лондонским блеском. Если она и совершила ошибку, то заплатила за нее слишком дорогой ценой. В каком месяце мы с ним познакомились? Вскоре после того, как приехали. Приехали мы в июне, познакомились в июле. А поженились они в январе, в прошлом году. Да, она сейчас в своей гостиной. Конечно, она поговорит с вами. Но не мучайте ее расспросами — ведь ей столько пришлось натерпеться...

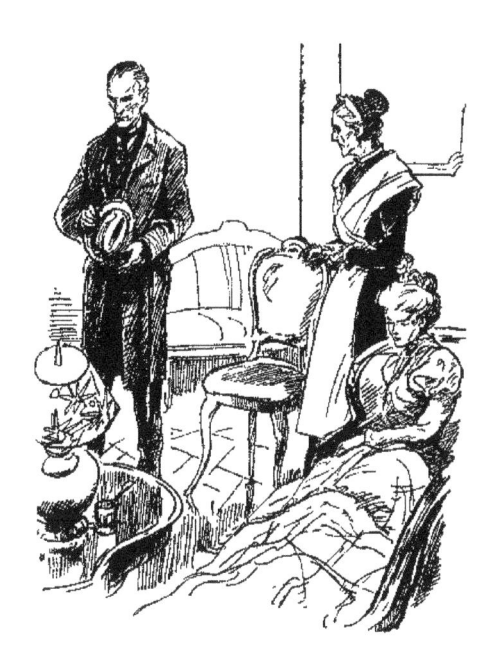

Леди Брэкенстолл полулежала на той же кушетке, но вид у нее был теперь гораздо лучше. Горничная вошла вместе с нами и сразу же стала менять примочку на лбу.

— Надеюсь, — сказала леди Брэкенстолл, — вы пришли не за тем, чтобы опять меня допрашивать.

— Нет, — сказал Холмс очень мягко. — Я не причиню вам лишнего беспокойства. У меня есть одно желание — помочь вам, ибо я знаю, сколько вам пришлось выстрадать. Отнеситесь ко мне, как к другу, доверьтесь мне, и вы не раскаетесь.

— Что я должна сделать?

— Сказать мне всю правду.

— Мистер Холмс?!

— Нет, нет, леди Брэкенстолл, это бесполезно. Вы, возможно, слышали когда-нибудь мое имя. Так вот, ставлю на карту свое имя и свою репутацию, что ваш рассказ — от первого слова до последнего — вымысел.

— Какая наглость! — воскликнула Тереза. — Вы хотите сказать, что моя госпожа солгала?

Холмс встал со стула.

— Итак, вам нечего мне сказать?

— Я все сказала.

— Подумайте еще раз, леди Брэкенстолл. Не лучше ли искренне рассказать все?

Сомнение изобразилось на ее прекрасном лице. И в ту же секунду оно снова стало непроницаемо, как маска. Видно, леди Брэкенстолл приняла какое-то решение.

— Я больше ничего не знаю.

— Очень жаль. — Холмс пожал плечами и взял шляпу.

Не сказав больше ни слова, мы оба вышли из комнаты и покинули дом.

В парке был пруд. Мой друг направился к нему. Пруд весь замерз. Но в нем была полынья, оставленная для зимовавшего здесь одинокого лебедя.

Холмс взглянул на полынью, и мы пошли к сторожке привратника. Там Холмс написал короткую записку для Стэнли Хопкинса и оставил ее у привратника.

— Попали мы в цель или промахнулись, но Хопкинс должен это знать. Иначе что он подумает о нашем повторном визите? — сказал Холмс. — Но во все подробности его еще рано посвящать. Теперь нашим местом действия будет пароходная контора линии Аделаида — Саутгемптон, которая находится, если память не изменяет мне, в конце Пэлл-Мэлл. Есть еще и вторая линия, связывающая Южную Австралию с Англией, но начнем сперва с более крупной.

Визитная карточка Холмса, посланная управляющему конторой, оказала магическое действие. Очень скоро Холмс имел все интересующие его сведения.

В июне 1895 года только одно судно этой фирмы, «Рок оф Гибралтар», прибыло в отечественный порт. Это было самое большое и лучшее их судно. В списке пассажиров значилось имя мисс Фрейзер из Аделаиды и ее горничной. Сейчас этот пароход был на пути в Австралию, где-то к югу от Суэцкого канала. Команда та же, что и в 1895 году, за одним исключением. Старший помощник, мистер Джек Кроукер, назначен капитаном на судно «Бас Рок», которое выходит из Саутгемптона через два дня. Кроукер живет в Сайденхэме, но сегодня утром должен прийти за инструкциями. Его можно подождать.

Нет, мистер Холмс не хочет его видеть, но был бы рад взглянуть на его послужной список и узнать, что он за человек. Это была поистине блестящая карьера. Во всем флоте не было офицера, которого можно было бы сравнить с капитаном Кроукером. Что до его личных качеств, то на работе он исполнителен и точен, но вне службы иногда проявляется его необузданная, горячая натура. Человек вспыльчивый, даже безрассудный, но при всем том очень добр, честен и верен долгу.

Вот что узнал Холмс в пароходной конторе линии Аделаида — Саутгемптон.

Оттуда мы отправились в Скотленд-Ярд. Но, подъехав к полицейскому управлению, Холмс не вышел из кеба, а продолжал сидеть, нахмурив брови и глубоко задумавшись. Очнувшись от размышлений, он приказал ехать на телеграф в Черинг-кросс; там отправил какую-то телеграмму. И только тогда мы вернулись на Бейкер-стрит.

— Нет, я не мог этого сделать, Уотсон, — сказал мне Холмс. — Если будет выписан ордер на арест, ничто на свете уже не сможет спасти его. В первый или во второй раз за всю мою карьеру я чувствую, что, раскрыв преступника, я причиню больший вред, чем преступник своим преступлением. Я научился быть осторожным, и уж лучше я согрешу против законов Англии, чем против моей совести. Прежде чем начать действовать, нам надо разузнать еще кое-что.

Под вечер к нам пришел инспектор Стэнли Хопкинс. Дела у него шли не очень хорошо.

— Вы ясновидящий, мистер Холмс. Право, я иногда думаю, что вы наделены сверхъестественными способностями. В самом деле, каким чудом вы могли узнать, что украденное столовое серебро на дне пруда?

— А я этого не знал.

— Но вы посоветовали мне осмотреть пруд.

— И вы нашли серебро?

— Нашел.

— Очень рад, что помог вам.

— Но вы не помогли мне! Вы только осложнили дело. Что это за взломщики, которые крадут серебро, а затем бросают его в ближайший пруд?

— Что и говорить, довольно странные взломщики. Я исходил из той мысли, что если серебро похитили люди, которые взяли его для отвода глаз, то они, конечно, постараются как можно скорее избавиться от него.

— Но как вам могла прийти в голову эта мысль?

— Я просто допустил такую возможность. Когда грабители вышли из дома, у них перед носом оказался пруд с этой соблазнительной прорубью во льду. Можно ли придумать лучшее место, чтобы спрятать серебро?

— Именно спрятать! В этом все дело! — воскликнул Хопкинс. — Да, да, теперь мне все ясно! В полночь на дорогах еще людно. Преступники побоялись, что их увидят с серебром, и бросили добычу в пруд, чтобы вернуться за ней, когда их никто не увидит. Блестяще, мистер Холмс! Это лучше, чем ваша идея похищения серебра для отвода глаз.

— Пожалуй, вы правы. Отличная версия. Мои рассуждения, конечно, абсурдны. Но вы должны признать, что именно они помогли обнаружить похищенное серебро.

— Да, сэр, да. Это ваша заслуга. Но это еще не все. Меня постигло горькое разочарование.

— Разочарование?

— Да, мистер Холмс. Сегодня утром в Нью-Йорке арестована банда Рэндалла.

— Это ужасно, Хопкинс. Ваша версия лопнула. Если их арестовали в Нью-Йорке, они не могли минувшей ночью совершить убийство в Кенте.

— Для меня это страшный удар, мистер Холмс. Правда, есть еще банды из трех человек. А может, тут действовала шайка, неизвестная полиции?

— Да, конечно, вполне возможно. Что же вы теперь собираетесь делать?

— Буду продолжать поиски, мистер Холмс. Может, вы подскажете мне что-нибудь?

— Я вам уже подсказал.

— Что именно?

— Помните, для отвода глаз?

— Но мотивы, мистер Холмс, мотивы?

— Да, это, конечно, самое главное. Я вам дал идею, подумайте над ней. Возможно, она и приведет к чему-нибудь. Не останетесь ли отобедать с нами? Нет? До свидания, Хопкинс. Держите нас в курсе дела.

Только после обеда, когда со стола было убрано, Холмс снова заговорил об убийстве в Эбби-Грейндж. Он закурил трубку и протянул ноги в домашних туфлях поближе к веселому огоньку камина. Потом вдруг взглянул на часы.

— Жду событий, Уотсон.

— Когда?

— Сейчас, в ближайшие минуты. Держу пари, вы считаете, что я нехорошо поступил со Стэнли Хопкинсом.

— Я верю вашему здравому смыслу. Холмс.

— Очень любезно с вашей стороны, Уотсон. Вы вот как должны смотреть на это: я лицо неофициальное; Хопкинс — лицо официальное. Я имею право действовать по личному усмотрению, он — нет. Он должен давать ход всему, что знает, иначе он изменит служебному долгу. В сомнительном случае я не могу ставить его в такое трудное положение. Поэтому подождем, пока дело прояснится.

— А когда оно прояснится?

— Очень скоро. Сейчас вы увидите последнее действие этой маленькой, но поистине замечательной драмы.

На лестнице послышались быстрые шаги, дверь нашей комнаты распахнулась, и мы увидели перед собой молодого моряка, поразившего нас своей мужественной красотой.

Вошедший был очень высокий молодой человек, голубоглазый, с усами золотистого цвета, с кожей, опаленной тропическим солнцем; его легкая, пружинящая походка говорила о том, что он так же быстр, как и силен.

Он закрыл за собой дверь и остановился, стиснув кулаки и тяжело дыша от волнения.

— Садитесь, капитан Кроукер. Вы получили мою телеграмму?

Наш гость сел в кресло и вопросительно посмотрел сначала на Холмса, потом на меня.

— Я получил вашу телеграмму и пришел точно в назначенный час. Я знаю, вы были у нас в конторе. И я вижу — мне деваться некуда, я готов услышать самое худшее. Что вы собираетесь предпринять? Арестовать меня? Говорите, сударь! Нечего играть со мной в кошки-мышки!

— Предложите капитану сигару, Уотсон, — сказал Холмс. — Закуривайте, капитан Кроукер, и не нервничайте. Можете не сомневаться, мы бы не сидели здесь с вами и не курили бы сигары, если бы я считал вас обыкновенным преступником. Будете со мной откровенны, я, возможно, помогу вам. Нет — пеняйте на себя.

— Что вы хотите от меня узнать?

— Расскажите нам, ничего не утаивая, что произошло этой ночью в Эбби- Грейндж. Ничего не утаивая, заметьте, и ничего не скрывая. Я знаю уже так много, что если вы хоть на дюйм уклонитесь от истины, я свистну из моего окна в этот полицейский свисток, и дело из моих рук уйдет в руки полиции.

Моряк на минуту задумался. Потом хлопнул себя по колену своей большой загорелой рукой.

— Рискну! — воскликнул он. — Не сомневаюсь, что вы человек слова и джентльмен, и я расскажу вам все. Но сперва два слова о самом важном. Что касается меня, то я ни о чем не жалею и ничего не боюсь. Доведись мне начать сначала, я бы сделал то же и гордился этим. Будь он проклят, этот зверь! Имей он десять жизней, он всеми десятью заплатил бы за свои бесчинства! Но Мэри, Мэри Фрейзер — я не могу назвать ее тем дьявольским именем… Когда я думаю, что навлек на нее беду — а ведь я готов жизнь отдать за одну ее улыбку, — душа моя начинает дрожать от страха. Но что мне оставалось делать? Вы сейчас все узнаете и тогда скажете, можно ли было поступить на моем месте иначе.

Мне придется вернуться немного назад. Вы, как видно, знаете все. И вы знаете, конечно, что мы познакомились с Мэри на пароходе «Рок оф Гибралтар», где я был старшим помощником во время ее путешествия в Англию. С первого взгляда она стала для меня единственной женщиной на свете. С каждым днем я любил ее все сильнее и сильнее. Сколько раз во время ночной вахты я опускался на колени и в темноте целовал палубу корабля, потому что по ней ступали ее милые ножки. Она не обещала мне стать моей женой, не обманывала меня. Я ни на что не могу пожаловаться. Я любил ее, а она питала ко мне только дружеские чувства. Когда мы расстались, она была свободной женщиной. Я же потерял свою свободу навсегда.

Когда я вернулся из плавания в следующий раз, я узнал, что она вышла замуж. В самом деле, почему ей было не выйти замуж, если она встретила человека, который понравился ей? Титул и деньги — кому они подойдут больше, чем ей? Она рождена для всего изящного и прекрасного. Меня не обидело это замужество. Я не эгоист. Я даже радовался ее счастью. Я говорил себе: хорошо, что она не связала своей судьбы с нищим моряком. Как я любил Мэри Фрейзер! Я уже не думал, что увижу ее еще раз. В последнее плавание я получил повышение, но мое новое судно еще не было спущено на воду, и мне пришлось ждать месяца два. Жил я у своих в Сайденхэме. Однажды, гуляя по проселку, я встретил Терезу Райт, ее старую горничную. Она рассказала мне о ней, о нем, об их жизни. Услыхав рассказ Терезы, я чуть рассудка не лишился. Как он смел, пьяное чудовище, поднять на нее руку! Да он недостоин лизать ее башмаки! Я встретился с Терезой еще раз. А потом мы встретились с Мэри. Мы виделись с ней два раза. Больше она не захотела меня видеть. На днях я узнал, что через неделю выхожу в море. И я решил во что бы то ни стало повидать Мэри еще раз. Тереза всегда была мне другом, потому что любила Мэри и ненавидела этого негодяя почти так же, как я. От нее я и узнал привычки обитателей этого дома. Мэри обычно засиживалась с какой-нибудь книжкой в своей маленькой гостиной на первом этаже. Я пробрался ночью к ее окну и стал осторожно царапать стекло. Она не хотела мне открывать, но я знал, что она полюбила меня и не захочет, чтобы я мерз под окном. Она шепнула мне, чтобы я подошел к двери в столовую. Дверь была открыта, и я вошел в дом. Я опять услыхал из ее уст такие вещи, от которых во мне закипела кровь. Этот дикий зверь безжалостно мучил и терзал женщину, которую я любил больше жизни. Мы стояли с ней в столовой у самой двери и — небо свидетель — вели самый невинный разговор, когда он, как безумный, ворвался в комнату, гнусно обругал ее и ударил по лицу палкой. Тогда я схватил из камина кочергу. Бой был честный. Видите, у меня на руке след его первого удара. Мой удар был вторым. Я расплющил его голову, как гнилую тыкву. Вы думаете, джентльмены, что я жалею об этом? Ничуть. На карту были поставлены две жизни: его и моя, вернее, его и ее. Потому что, останься он в живых, он бы убил ее. Разве я не прав? А что бы сделали вы на моем месте?

Когда он ударил ее, она закричала. На крик прибежала Тереза. Но с ним все уже было кончено. На буфете стояла бутылка вина, я откупорил ее и влил несколько капель в рот Мэри, потому что она была в беспамятстве. Я тоже выпил немного. Одна Тереза сохраняла ледяное спокойствие. Весь дальнейший план действий принадлежал в равной мере ей и мне. Мы решили инсценировать нападение грабителей. Пока я лазил отрезать шнур от звонка, Тереза несколько раз повторила Мэри наш план. Затем я привязал ее крепко-накрепко к креслу, потер ножом конец шнура, чтобы выглядело естественно и никто не удивлялся, как это вор мог залезть так высоко. Оставалось только взять несколько серебряных приборов, чтобы не было сомнений, что здесь были грабители. Перед уходом я наказал им поднять тревогу не раньше чем через четверть часа. Бросив в пруд серебро, я вернулся в Сайденхэм, первый раз в жизни чувствуя себя настоящим преступником. Все, что я рассказал вам, мистер Холмс, — истинная правда, хотя бы мне пришлось поплатиться за нее головой…

Некоторое время Холмс молча курил. Затем он встал, прошелся по комнате из угла в угол, так же молча пожал нашему гостю руку.

— Вот что, — сказал он затем. — Я знаю, что каждое ваше слово — правда. Вы не рассказали мне почти ничего нового. Только акробат или моряк мог дотянуться с карниза до шнура, и только моряк мог завязать такие узлы, какими Мэри Фрейзер была привязана к креслу. Но она только один раз в своей жизни сталкивалась с моряками, когда ехала в Англию. Кроме того, этот моряк принадлежал, бесспорно, к ее кругу, раз она так стойко защищала его. Из этого следует, между прочим, что она полюбила этого моряка. Так что мне не трудно было найти вас.

— Я думал, что полиция никогда не разгадает нашу хитрость.

— Хопкинс и не разгадал ее. И не разгадает, сколько бы ни бился. Теперь вот что, капитан Кроукер, дело это очень серьезное, хотя я охотно признаю, что вы действовали под давлением исключительных обстоятельств. Я не могу сказать, превысили вы меру необходимой обороны или нет. Это решит английский суд присяжных. Но если вы сумеете исчезнуть в ближайшие двадцать четыре часа, обещаю вам, вы сделаете это беспрепятственно.

— А потом вы поставите в известность полицию?

— Конечно.

Лицо моряка вспыхнуло от гнева.

— Как вы могли предложить мне это? Я знаю законы и понимаю, что Мэри будет признана сообщницей. И вы думаете, я позволю, чтобы она одна прошла через этот ад? Ну нет, сэр! Пусть мне грозит самое худшее, я никуда не уеду. Прошу вас об одном, подумайте, как спасти Мэри от суда.

Холмс еще раз протянул моряку руку.

— Не волнуйтесь, это я проверял вас. Ни одной фальшивой ноты! Я беру на себя большую ответственность. Но я дал Хопкинсу нить, и, если он не сумеет за нее ухватиться, не моя вина. Знаете, что мы сейчас сделаем? Мы будем судить вас, как того требует закон. Вы, капитан Кроукер, — подсудимый. Вы, Уотсон, — английский суд присяжных, — я не знаю человека, который был бы более достоин этой роли. Я судья. Итак, джентльмены, вы слышали показания? Признаете ли вы подсудимого виновным?

— Невиновен, господин судья! — сказал я.

— Vox populi — vox dei[1]. Вы оправданы, капитан Кроукер. И пока правосудие не найдет другого виновника, вы свободны. Возвращайтесь через год к своей избраннице, и пусть ваша жизнь докажет справедливость вынесенного сегодня приговора.

---

[1] Глас народа — глас божий (лат.)

Человек с белым лицом

Мой друг Уотсон не отличается глубиной ума, зато упрямства ему не занимать. Вот уже сколько времени он уговаривает меня описать одно из моих дел. Впрочем, я сам, пожалуй, дал ему повод докучать мне этой просьбой, ибо не раз говорил, что его рассказы поверхностны и что он потворствует вкусам публики, вместо того чтобы строго придерживаться истины. «Попробуйте сами, Холмс!»— обычно отвечал он, и, должен признаться, едва взяв в руки перо, я уже испытываю желание изложить эту историю так, чтобы она понравилась читателю. Дело, о котором пойдет речь, безусловно, заинтересует публику— это одно из самых необычных дел в моей практике, хотя Уотсон даже не упоминает о нем в своих заметках. Заговорив о моем старом друге и биографе, я воспользуюсь случаем и объясню, пожалуй, зачем я обременяю себя партнером, распутывая ту или иную загадку. Я делаю это не из прихоти и не из дружеского расположения к Уотсону, а потому, что он обладает присущими только ему особенностями, о которых обычно умалчивает, когда с неумеренным пылом описывает мои таланты. Партнер, пытающийся предугадать ваши выводы и способ действия, может лишь испортить дело, но человек, который удивляется каждому новому обстоятельству, вскрытому в ходе расследования, и считает загадку неразрешимой, является идеальным помощником.

Судя по заметкам в моей записной книжке, мистер Джемс М. Додд посетил меня в январе 1903 года, сразу же, как только закончилась война с бурами. Это был высокий, энергичный, обожженный солнцем англичанин. Старина Уотсон в то время покинул меня ради жены— единственный эгоистический поступок, совершенный им за все время, что мы знали друг друга. Я остался один.

У меня есть привычка садиться спиной к окну, а посетителя усаживать в кресло напротив, так, чтобы свет падал на него. Мистер Джемс М. Додд, видимо, испытывал некоторое затруднение, не зная, с чего начать беседу. Я же не торопился прийти ему на помощь, предпочитая молча наблюдать за ним. Однако я не раз убеждался, как важно поразить клиентов своей осведомленностью, и потому решил наконец сообщить кое-какие выводы.

— Из Южной Африки, сэр, я полагаю?

— Да, сэр, — ответил он с некоторым удивлением.

— Имперский кавалерийский полк территориальной армии, разумеется.

— Совершенно правильно.

— Мидлсекский корпус, несомненно?

— Так точно, мистер Холмс. Да вы чародей!

Видя его изумление, я улыбнулся.

— Когда ко мне приходит столь энергичный на вид джентльмен, с лицом, загоревшим явно не под английским солнцем, и с носовым платком в рукаве, а не в кармане, — совсем не трудно определить, кто он. У вас небольшая бородка, а это значит, что вы не из регулярной армии. Выправка заправского кавалериста. Из вашей визитной карточки видно, что вы биржевой маклер с Трогмортон-стрит, — поэтому я и упомянул Мидлсекс. В каком же еще полку вы могли служить?

— Вы все видите!

— Не больше, чем вы, но я приучил себя анализировать все, что замечаю. Однако, мистер Додд, вы зашли ко мне сегодня утром не ради того, чтобы побеседовать об искусстве наблюдения. Так что же происходит в Таксбери-олд-парк?

— Мистер Холмс!..

— Мой дорогой сэр, я не делаю никакого открытия. Именно это место указано на бланке вашего письма, а из вашей настоятельной просьбы о свидании вытекает, что произошло нечто неожиданное и серьезное.

— Да, да, конечно. Но письмо написано в полдень, и с тех пор произошло многое. Если бы полковник Эмсворт не выгнал меня...

— Выгнал?!

— По существу, да. Суровый человек этот полковник Эмсворт. Трудно было сыскать в свое время более исправного армейского служаку, к тому же в армии в те годы грубость вообще считалась чем-то само собой разумеющимся. Я бы не стал связываться с полковником, если бы не Годфри.

Я закурил трубку и откинулся на спинку кресла.

— Может быть, вы объясните, о чем идет речь?

Мистер Додд усмехнулся.

— Я уже привык, что вы сами все знаете. Хорошо, я сообщу вам факты и надеюсь, что вы найдете им объяснение. Я не спал всю ночь, но чем больше ломал голову, тем невероятнее казалась мне вся эта история.

На военную службу я поступил в январе 1901 года, как раз два года назад, и попал в тот же эскадрон, где служил молодой Годфри Эмсворт. Он был единственным сыном полковника Эмсворта, того самого, что получил «Крест Виктории» в Крымской войне, — в жилах у Годфри текла солдатская кровь, н неудивительно, что он пошел добровольцем в армию. Лучшего парня не было во всем полку. Мы подружились, как могут подружиться только люди, которые ведут одинаковый образ жизни, делят одни и те же радости и печали. Он стал моим другом, а в армии это много значит. Целый год мы участвовали в ожесточенных боях, вместе переживали и поражения и победы. Затем в сражении у Брильянт-хилл, близ Претории, он был ранен пулей из крупнокалиберной винтовки. Я получил от него два письма— одно из госпиталя в Кейптауне, другое из Саутгемптона. После этого, мистер Холмс, за шесть с лишним месяцев он не написал мне ни слова, не единого слова, а ведь он был моим ближайшим другом.

Ну вот. Как только кончилась война и мы вернулись по домам, я написал его отцу и попросил сообщить, что ему известно о Годфри. Никакого ответа. Через некоторое время я написал снова. На этот раз пришел короткий и грубый ответ. Годфри, говорилось в нем, отправился в кругосветное путешествие и вряд ли вернется раньше, чем через год. Вот и все.

Такой ответ не удовлетворил меня, мистер Холмс. Вся эта история показалась мне чертовски неправдоподобной. Такой парень, как Годфри, не мог забыть так быстро своего друга. Нет, это совсем на него не походило. Кроме того, случайно я узнал, что ему предстояло получить большое наследство и что он не всегда жил в согласии со своим отцом. Старик бывал очень груб, и самолюбивый юноша не хотел покорно переносить его выходки. Нет, нет, ответ отца меня не удовлетворил, и я решил разобраться, что произошло. К сожалению, в результате двухлетнего отсутствия дела мои пришли в расстройство, и только на этой неделе я смог вновь вернуться к истории с Годфри. Но уж если я вернулся, то теперь брошу все, а дело до конца доведу.

Мистер Джемс М. Додд выглядел человеком, которого предпочтительнее иметь в числе друзей, нежели врагов. Его голубые глаза выражали непреклонность, а квадратный подбородок свидетельствовал о настойчивом и твердом характере.

— Ну и что же вы сделали? — поинтересовался я.

— Прежде всего я решил побывать у него в доме, в Таксбери-олд-парк, и выяснить обстановку на месте. Я предпринял лобовую атаку и написал его матери (с грубияном отцом я уже столкнулся и больше не хотел с ним связываться), что Годфри был моим приятелем, я мог бы рассказать много интересного о наших совместных переживаниях, и, так как скора должен побывать в соседних с имением местах, не будет ли она возражать, если я… и т. д. и т. п. В ответ я получил вполне любезное приглашение остановиться на ночь у них. Вот почему я и отправился туда в понедельник.

Не так-то просто оказалось попасть в Таксбери-олд-парк: от ближайшего населенного пункта нужно было добираться до него миль пять. На станцию за мной никто не приехал, и мне пришлось отправиться пешком, с чемоданом в руке, так что, когда я пришел на место, уже почти стемнело. Дом — огромный и какой-то несуразный — стоял посреди большого парка. Я бы сказал, что в нем сочеталась архитектура разных эпох и стилей, начиная с деревянных сооружений елизаветинских времен и кончая портиком в викторианском стиле. Комнаты дома, где, казалось, блуждают тени прошлого и скрыты какие-то тайны, были обшиты панелями и украшены многочисленными гобеленами и полувыцветшими картинами. Старик дворецкий, по имени Ральф, был, наверно, не моложе самого дома, а его жена еще дряхлее. Несмотря на ее странный вид, я сразу почувствовал к ней расположение: она была нянькой Годфри, и я не раз слышал, как он называл ее своей второй матерью. Мать Годфри — маленькая, ласковая, серенькая, как белая мышь, старушка — тоже мне понравилась. Зато сам полковник никакой симпатии у меня не вызвал.

Мы поссорились с ним в первые же минуты, и я бы немедленно вернулся на станцию, если бы не мысль о том, что именно этого он, возможно, и добивается.

Едва я появился в доме, как меня сразу провели к нему в кабинет, где я увидел огромного сутулого человека с прокопченной— так мне показалось— кожей и седой растрепанной бородой; он сидел за письменным столом, заваленным бумагами. Покрытый красными жилками нос торчал, как клюв грифа, а из-под косматых бровей свирепо смотрели серые глаза. Теперь я понял, почему Годфри так неохотно говорил об отце.

— Ну-с, сэр, — пронзительным голосом начал он, — хотелось бы мне знать истинные причины вашего визита.

Я ответил, что уже объяснил их в письме его жене.

— Да, да, вы утверждаете, что знали Годфри в Африке. Но почему, собственно, мы должны верить вам на слово?

— У меня с собой его письма.

— Позвольте взглянуть.

Он быстро просмотрел два письма, которые я вручил, потом оросил их мне обратно.

— Ну и что же? — спросил он.

— Я привязался к вашему сыну Годфри, сэр. Нас связывала большая дружба, мы с ним много пережили. Меня, естественно, удивляет, почему он вдруг перестал писать мне. Я хочу знать, что с ним произошло.

— Насколько мне помнится, я уже писал вам и все объяснил. Он отправился в кругосветное путешествие. Служба в Африке отрицательно сказалась на его здоровье, и мы с его матерью решили, что ему необходимы полный отдых и перемена обстановки. Не откажите в любезности поставить об этом в известность всех других его приятелей.

— Разумеется, — ответил я. — Но будьте добры, назовите, пожалуйста, пароходную линию и корабль, на котором он отплыл, а также дату отплытия. Уверен, что мне удастся переслать ему письмо.

Моя просьба одновременно и озадачила и привела в раздражение моего хозяина. Его мохнатые брови нахмурились, он нетерпеливо забарабанил пальцами по столу. Наконец он взглянул на меня, и на его лице появилось то же самое выражение, какое бывает у шахматиста, оценившего все коварство очередного хода противника и решившего достойно его парировать.

— Мистер Додд, — сказал он, — многие на моем месте нашли бы вашу настойчивость возмутительной, переходящей в откровенную наглость.

— Моя настойчивость только доказывает, как искренне я привязан к вашему сыну, сэр.

— Не спорю. Именно поэтому я проявляю такую снисходительность. И тем не менее я вынужден просить рас отказаться от дальнейшего наделения всяких справок. У каждой семьи есть свои сугубо семейные дела, и не всегда уместно посвящать в них посторонних, какими бы добрыми побуждениями те ни руководствовались. Моей жене очень хотелось бы услышать все, что вы знаете о военной жизни Годфри, но я прошу вас не задавать вопросов, относящихся к настоящему или будущему. Это ни к чему не приведет, а только поставит нас в щекотливое и даже трудное положение.

Я понял, мистер Холмс, что из расспросов ничего не выйдет. Мне оставалось лишь принять условия старика, но в душе я дал клятву не успокаиваться до тех пор, пока не выясню судьбу друга. Вечер прошел скучно. Мы втроем мирно поужинали в мрачной и какой-то поблекшей комнате. Старушка нетерпеливо расспрашивала меня о своем сыне, старик был угрюм и подавлен. Церемония ужина производила на меня столь тягостное впечатление, что под первым же благовидным предлогом я извинился и ушел в отведенную мне комнату. Это была большая, скудно обставленная комната на первом этаже, такая же мрачная, как и весь дом, но если в течение целого года единственным ложем человеку служила южноафриканская степь, мистер Холмс, он перестает быть чересчур разборчивым в отношении ночлега. Я раздвинул занавеси и выглянул в парк; вечер выдался великолепный, яркий лунный свет заливал все вокруг. Я уселся перед пылающим камином, поставил лампу на столик и попытался занять себя чтением романа. Дверь вдруг отворилась, и вошел старик дворецкий Ральф с корзиной угля в руках.

— Я подумал, сэр, что вам может не хватить угля на ночь. Комнаты эти сырые, а погода холодная.

Старик явно не спешил уходить, и, оглянувшись, я увидел, что он все еще топчется на месте с каким-то тоскливым выражением на морщинистом лице.

— Прошу прощения, сэр, но я нечаянно услышал, как вы рассказывали во время ужина о нашем молодом господине Годфри. Вы знаете, сэр, моя жена нянчила его, а я люблю его, как отец. Нам тоже интересно о нем послушать. Так вы говорите, сэр, он был хорошим солдатом?

— В полку не было человека храбрее его. Если бы не Годфри, я, возможно, не сидел бы сейчас здесь — однажды он вытащил меня из-под обстрела.

Старик дворецкий потер костлявые руки.

— Да, сэр, да, узнаю нашего молодого господина Годфри! В смелости ему не откажешь. В нашем парке, сэр, нет ни одного дерева, на которое бы он не взбирался. Ничто не могло его остановить. Какой был замечательный мальчик, сэр, какой был замечательный молодой человек!

Я вскочил.

— Послушайте! — воскликнул я. — Вы сказали «был», словно речь идет о мертвом. Что-то вы все скрываете! Что случилось с Годфри Эмсвортом?

Я схватил старика за плечо, но он отшатнулся.

— Не понимаю, сэр, о чем вы толкуете. Спросите о молодом господине у хозяина. Он знает. А мне запрещено вмешиваться.

Он хотел уйти, но я удержал его за руку.

— Или вы ответите мне на один вопрос, или я продержу вас здесь всю ночь. Годфри мертв?

Старик не мог поднять на меня глаза. Он стоял, словно загипнотизированный, а когда собрался с силами и ответил, я услышал нечто ужасное и совершенно неожиданное.

— Уж лучше бы он был мертв! — воскликнул старик и, вырвавшись из моих рук, выбежал из комнаты.

Вы понимаете, мистер Холмс, в каком настроении я снова опустился в кресло. Слова старика могли означать только одно: либо мой бедный друг замешан в каком-то преступлении, либо, в лучшем случае, совершил недостойный поступок, затрагивающий честь семьи. Непреклонный старик услал куда-то сына, укрыл его от глаз людских, опасаясь, как бы скандал не выплыл наружу. Годфри был сорвиголова и легко поддавался влиянию окружающих. Несомненно, он попал в чьи-то дурные руки, его обманули и погубили. Жаль, конечно, если это так, но и сейчас мой долг состоял в том, чтобы найти его и выяснить, чем можно ему помочь. Погруженный в эти размышления, я машинально поднял глаза и увидел перед собой... Годфри Эмсворта!

Мой клиент умолк, вновь охваченный волнением.

— Прошу вас, продолжайте, — сказал я. — История и в самом деле не совсем обычная.

— Он стоял за окном, мистер Холмс, прижимаясь лицом к стеклу. Я уже говорил вам, что незадолго до этого любовался парком, освещенным луной, и, очевидно, неплотно задвинул занавески на окно. В образовавшемся между ними просвете и стоял мой друг. Окно начиналось от самого пола, и я видел Годфри во весь рост, но прежде всего мне бросилось в глаза его лицо. Оно было мертвенно-бледное — ни у кого никогда я не видел такого бледного лица. Так, наверно, выглядят привидения, но когда наши взгляды встретились, я понял, что передо мной живой человек. Он заметил, что я смотрю на него, отскочил от окна и скрылся в темноте.

Вид Годфри, мистер Холмс, поразил меня. Не только это лицо, белевшее в темноте, словно ломоть сыра, но еще больше его жалкое, виноватое, какое-то приниженное выражение. Оно было так несвойственно прямодушному и мужественному юноше, каким я знал Годфри. Я содрогнулся от ужаса.

Но тот, кто провоевал год-другой, приучается сохранять хладнокровие и мгновенно принимать решения. Едва Годфри исчез, как я оказался у окна. Мне пришлось потратить некоторое время, чтобы справиться с замысловатым шпингалетом и распахнуть окно. Я выскочил в парк и побежал по тропинке по которой мог скрыться Годфри.

Тропинка, казалось, не имела конца, среди деревьев царил полумрак, но все же — или зрение обманывало меня? — я заметил впереди что-то движущееся. Несколько раз на бегу я окликнул Годфри по имени. Добравшись до конца тропинки, я обнаружил еще несколько дорожек, разбегавшихся в разных направлениях к каким-то постройкам. Я в нерешительности остановился и тут же услышал стук закрывающейся двери. Звук долетел не из дома, оставшегося у меня за спиной, а откуда-то из темноты, впереди меня. Этого было достаточно, мистер Холмс, чтобы рассеять мои сомнения в реальности происходящего. Это был Годфри, и, скрываясь от меня в доме, он захлопнул за собой дверь. Я был твердо в этом убежден.

Мне не оставалось ничего другого, как вернуться в свою комнату, где я провел бессонную ночь, размышляя и пытаясь найти какое-то объяснение случившемуся.

На следующий день полковник разговаривал со мной более дружелюбным тоном, а когда его жена вскользь заметила, что места вокруг очень живописные, я воспользовался случаем и спросил, не очень ли помешаю им, если останусь еще на ночь. Старик, хотя и не очень охотно, ответил согласием, и таким образом я получил для своих наблюдений целый день. Я уже не сомневался, что Годфри скрывается где-то поблизости, но где и почему— эту загадку мне предстояло решить.

Дом был такой большой и так беспорядочно построен, что в нем мог бы укрыться целый полк, и никто бы об этом не узнал. Если разгадка тайны скрывалась в самом доме, мне нечего было и надеяться на успех. Но дверь, стук которой я слышал, находилась безусловно не в доме. Мне предстояло обследовать парк и выяснить, какие строения в нем расположены. Задача не представляла особой трудности, поскольку хозяева занимались своими делами и предоставили меня самому себе.

Усадьба состояла из нескольких надворных построек, а в конце парка находился изолированный флигель, предназначенный, видимо, для садовника или егеря. Не здесь ли и хлопнула дверь накануне ночью? С небрежным видом, будто прогуливаясь по саду, я приблизился к флигелю. Как раз в это время невысокий энергичный человек с бородкой, в черном пальто и в шляпе-котелке, вышел из двери. Он совсем не походил на садовника. Выйдя из домика, он, к моему изумлению, закрыл дверь на замок и положил ключ в карман. Потом он с некоторым удивлением взглянул на меня.

— Вы здесь в гостях? — спросил он.

Я объяснил причины своего приезда и подчеркнул, что являюсь другом Годфри.

— Какая жалость, что ему пришлось отправиться в путешествие, — продолжал я, — наша встреча доставила бы ему удовольствие.

— Вот именно, — ответил он несколько сконфуженно. — Но ничего, вы еще побываете здесь в более подходящее время.

Неизвестный ушел, но, обернувшись через некоторое время, я заметил, что он стоит за лавровыми кустами в дальнем конце сада и наблюдает за мной.

Продолжая прогуливаться, я внимательно осмотрел домик. Тяжелые шторы на окнах не позволяли заглянуть внутрь, но во флигеле, видимо, никого не было. Я чувствовал, что за мной по-прежнему наблюдают, и понял, что испорчу себе всю игру, если буду действовать слишком уж дерзко. Мне просто-напросто предложат убраться из поместья. Я решил отложить дальнейшие поиски до наступления вечера и не спеша вернулся в свою комнату. Как только стемнело и все кругом затихло, я выскользнул в окно и, соблюдая величайшую осторожность, прокрался к таинственному домику.

Я уже говорил, что тяжелые шторы не позволяли заглянуть внутрь, а теперь окна были закрыты еще и ставнями. Однако в одном место сквозь них пробивалась полоска света, и я прильнул к окну. Мне повезло: шторы оказались задернутыми небрежно, в ставне нашлась узенькая щель, и я смог разглядеть все внутри. Это была довольно уютная, освещенная яркой лампой комната с пылающим камином. Напротив меня сидел невысокий человек — с ним я разговаривал сегодня утром. Он покуривал трубку и читал газету...

— Какую? — поинтересовался я.

Мне показалось, что мой клиент несколько раздражен тем, что я перебил его.

— Разве это имеет значение? — спросил он.

— Имеет, и очень важное.

— Я не обратил внимания.

— Но, возможно, вы заметили, какого формата была газета — большая или размер еженедельника?

— Теперь, после вашего вопроса, припоминаю, что небольшого. Возможно, это был журнал «Спектейтор». Но у меня не было времени интересоваться подобными деталями, я увидел в комнате второго человека. Он сидел спиной к окну, и я готов был поклясться, что это Годфри. Его лица я не видел, но узнал своего друга по знакомой покатости плеч. Он сидел, повернувшись к камину и опираясь на руку, и вся его поза выражала величайшую меланхолию. Пока я раздумывал, как поступить дальше, кто-то сильно толкнул меня в спину, и я увидел рядом с собой полковника Эмсворта.

— Идите за мной, сэр, — тихо проговорил он и молча направился к дому.

Мне не оставалось ничего другого, как последовать за ним в отведенную мне комнату. В вестибюле он захватил с собой железнодорожное расписание.

— Поезд в Лондон отправляется в восемь тридцать, — сказал он. — Двуколка будет ждать у подъезда в восемь.

Полковник даже побелел от ярости, а я испытывал такой стыд, что мог пролепетать в свое оправдание лишь несколько бессвязных фраз, объясняя свой поступок беспокойством за друга.

— Вопрос не подлежит обсуждению, — резко ответил полковник. — Вы нагло вмешались в частные дела нашей семьи. Вы приехали сюда как гость, а оказались шпионом. Нам не о чем больше говорить, хочу только добавить, что не имею ни малейшего желания еще раз встречаться с вами.

Я не сдержался, мистер Холмс, и заговорил со стариком с некоторой горячностью:

— Я видел вашего сына и убежден, что по каким-то причинам вы прячете его от всех. Не знаю, чем это вызвано, но не сомневаюсь, что он лишен возможности действовать по собственной воле. Предупреждаю вас, полковник Эмсворт, что до тех пор, пока я не получу доказательств, что жизни моего друга ничто не угрожает, я не откажусь от попыток до конца разобраться в этой тайне; я не позволю себя запугать, что бы вы ни говорили и ни делали.

Я опасался, что взбешенный старик вот-вот бросится на меня. Я уже сказал, что это был высоченный и энергичный старина-великан, и, хотя я и сам не из числа слабых, мне пришлось бы туго, если бы мы с ним схватились. Он долго с гневом смотрел на меня, потом резко повернулся и вышел. Я же сел в поезд, полный решимости немедленно обратиться к вам за советом и помощью. Письмо с просьбой о свидании я направил вам несколько раньше.

Такова была загадка, которую мне предложил мой посетитель. Проницательный читатель, вероятно, уже понял, что она не представляла особых трудностей, поскольку существовало всего два-три варианта ее решения. И все же, несмотря на простоту, она содержала несколько интересных и необычных деталей, что, собственно, и заставило меня выбрать ее, когда я взялся за перо. Применяя свой обычный метод, я продолжал сокращать количество возможных решений.

— Сколько всего слуг в доме? — спросил я.

— Если не ошибаюсь, только старик дворецкий и его жена. Эмсворты живут очень просто.

— Следовательно, во флигеле слуги не было?

— Нет, если только его обязанности не выполняет маленький человек с бородой. Однако он совсем не похож на слугу.

— Очень важное обстоятельство. Вы не замечали, пища доставляется во флигель из дома?

— Сейчас припоминаю, что однажды я видел, как Ральф шел по дорожке парка к флигелю с корзиной в руках. Но тогда мне и в голову не пришло, что он нес еду.

— Ну, а на месте вы наводили какие-нибудь справки?

— Да, я разговаривал с начальником станции и с хозяином деревенской таверны. Я интересовался, известно ли им что-нибудь о моем старом товарище Годфри Эмсворте. Оба они утверждали, что он отправился в кругосветное путешествие. По их словам, он вернулся домой из армии, но почти сразу же отправился путешествовать. Очевидно, это общее мнение.

— Вы ничего не говорили о своих подозрениях?

— Ни слова.

— Похвально. Дело безусловно нужно расследовать. Я поеду вместе с вами в Таксбери-олд-парк.

— Сегодня?

Случилось так, что в то время я заканчивал дело, названное моим другом Уотсоном «Приключением в школе аббатства», — в нем был серьезно замешан герцог Грейминстерский. Кроме того, я получил одно поручение от султана Турции, что требовало от меня немедленных действий, ибо в противном случае могли возникнуть самые неприятные политические последствия. Вот почему, судя по записям в моем дневнике, я только в начале следующей недели смог поехать в Бедфордшир вместе с мистером Джемсом М. Доддом. По пути на вокзал Юстон мы прихватили с собой седого джентльмена — сурового и молчаливого; с ним я договорился заранее.

— Это мой старый приятель, — объяснил я Додду. — Возможно, его присутствия и не потребуется, но возможно, оно окажется необходимым. Пока нет смысла вдаваться в детали.

Из рассказов Уотсона читатели несомненно знают, что я обычно не трачу слов впустую и не люблю раньше времени делиться своими мыслями. Додда удивляло мое поведение, но он молчал, и мы продолжали поездку. В поезде я задал мистеру Додду еще один вопрос: мне хотелось, чтобы его ответ услышал наш спутник.

— Вы, как мне помнится, сказали, что успели хорошо разглядеть лицо вашего друга в окне, настолько хорошо, что сразу его узнали. Это так?

— Никаких сомнений! Он прижался к стеклу вплотную, и свет лампы падал как раз на его лицо.

— Но, возможно, это был кто-нибудь другой, похожий на вашего друга?

— Нет и нет.

— Однако вы утверждали, что он изменился?

— Изменился только цвет его лица. Оно было— как бы вам сказать? — такого же белого цвета, как, скажем, живот рыбы. Словно выбеленное.

— Все или частично?

— Пожалуй, частично. Особенно мне бросился в глаза его лоб, когда он прижимался к стеклу.

— Вы окликнули Годфри?

— В ту минуту я был страшно удивлен и даже потрясен. Потом, как я уже рассказывал, я бросился за ним вдогонку, но безуспешно.

По существу, мне уже все было ясно, оставалось лишь уточнить одну небольшую деталь. После довольно продолжительной поездки мы добрались наконец до странного, беспорядочно построенного дома; дверь нам открыл старик-дворецкий Ральф. Коляску я нанял на весь день и попросил своего старого друга побыть в ней, пока мы его не позовем. На Ральфе, маленьком, морщинистом старичке, был обычный костюм— черный пиджак и брюки в полоску, но с одним курьезным дополнением. На руках у него я увидел коричневые кожаные перчатки. При нашем появлении он торопливо стянул их и положил на столик в вестибюле. Как уже, очевидно, отмечал мой друг Уотсон, я наделен отличным обонянием и потому сразу ощутил хотя и слабый, но характерный запах, исходивший, насколько я мог определить, от этого столика. Я повернулся, положил на него шляпу, как бы нечаянно столкнул ее на пол и, нагнувшись за ней, принюхался. Да, странный дегтярный запах исходил, несомненно, от перчаток, оказавшихся, благодаря моей уловке, не больше чем в футе от моего носа. Направляясь в кабинет хозяина, я уже считал расследование законченным. Какая жалость, что мне приходится самому выступать в роли рассказчика и раскрывать свои карты! Ведь только умалчивая до поры до времени о самых важных звеньях цепи, Уотсон умел так эффектно заканчивать свои истории.

Полковника Эмсворта в кабинете не оказалось, но, извещенный Ральфом, он вскоре предстал перед нами.

Сначала мы услышали в коридоре быстрые, тяжелые шаги. Потом распахнулась дверь, и в комнату ворвался ужасного вида старик. В руке он держал наши визитные карточки, которые тут же изорвал в мелкие клочки и, бросив на пол, принялся топтать.

— Разве я не советовал вам не совать свой проклятый нос в чужие дела? Разве не предупреждал, что не желаю вас больше видеть? Не вздумайте еще хоть раз показать мне свою гнусную физиономию! Коли вы осмелитесь снова появиться здесь без моего разрешения, я пристрелю вас, сэр! Такое же предупреждение, — он повернулся ко мне, — я делаю и нам. Мне известна ваша подлая профессия, но применяйте свои так называемые таланты где-нибудь в другом месте, только не здесь.

— Я никуда отсюда не уйду, — решительно заявил мой клиент, — пока не услышу от самого Годфри, что он в безопасности.

Наш нелюбезный хозяин звонком вызвал дворецкого.

— Ральф, — распорядился он, — позвоните в полицию и попросите инспектора прислать двух полицейских. Объясните, что у меня в доме воры.

— Минуточку, — сказал я. — Вы должны понять, мистер Додд, что полковник Эмсворт поступает справедливо. Мы не имеем права вторгаться в его дом. Вместе с тем и ему надо понять, что ваши действия вызваны только беспокойством об его сыне. Позволю себе выразить надежду, что, если я получу возможность поговорить с полковником Эмсвортом минут пять, мне безусловно удастся изменить его настроение.

— Не так легко меня переубедить, — отрезал старый вояка. — Ральф, выполняйте приказание. Какого дьявола вы ждете? Звоните в полицию!

— Ничего подобного, — сказал я и встал в дверях. — Вмешательство полиции приведет к той самой катастрофе, которой вы так опасаетесь. — Я вынул блокнот, написал на нем всего лишь одно слово и передал вырванный листок полковнику Эмсворту.

— Вот поэтому-то мы и приехали сюда, — пояснил я.

Некоторое время он молча смотрел на листок из блокнота, и выражение его лица постепенно менялось. Оторвавшись наконец от листка, он в удивлении посмотрел на нас.

— Как вы узнали? — с трудом проговорил он, тяжело опускаясь в кресло.

— Я обязан был узнать. Такова у меня профессия.

Наш хозяин погрузился в глубокое раздумье. Он сидел и молча теребил свою растрепанную бороду логом махнул худой рукой, и этот жест означал, что старик вынужден покоряться обстоятельствам.

— Ну что ж, если вы желаете повидать Годфри, — пожалуйста. Я не хотел этого, но бессилен помешать. Ральф, скажите Годфри и мистеру Кенту, что мы зайдем к ним минут через пять.

Когда истекло это время, мы прошли по дорожке через парк и очутились перед таинственным флигелем. У двери стоял невысокий бородатый человек и с удивлением смотрел на нас.

— Как все неожиданно, полковник Эмсворт! — воскликнул он. — Это расстраивает все наши планы.

— Ничего не могу поделать, мистер Кент. Нас вынудили. Как мистер Годфри?

— Он ждет.

Кент повернулся и провел нас в большую, просто обставленную гостиную. Спиной к камину стоял человек. Мой клиент бросился к нему с протянутой рукой.

— Годфри, старина!

Однако человек у камина знаком остановил его.

— Не прикасайся ко мне, Джимми, не подходи. Да, да, смотри на меня во все глаза. Я теперь не очень похож на бравого капрала Эмсворта из эскадрона «Б», не так ли?

Действительно, выглядел капрал Годфри Эмсворт по меньшей мере странно. Еще совсем недавно это был красивый, загоревший под африканским солнцем юноша, а сейчас его лицо покрывали беловатые пятна, кожа казалась как бы выбеленной.

— Вот почему я неприветлив с гостями, — заметил он. — Тебя-то я рад видеть, Джимми, однако не могу сказать того же о твоем знакомом. Он, вероятно, не случайно оказался здесь, но не знаю, что привело его сюда.

— Я хотел убедиться, что с тобой все в порядке, Годфри. Я видел, как ты вчера вечером заглядывал в мое окно, и решил во что бы то ни стало узнать, что у вас происходит.

— О твоем приезде мне рассказал старина Ральф, и я не мог удержаться, чтобы не взглянуть на тебя. Я надеялся, что ты не заметишь меня, и бросился со всех ног в свою нору, когда ты подошел к окну.

— Боже, но что же с тобой?

— Ну, объяснение не займет много времени, — ответил он, закуривая сигарету. — Ты помнишь утренний бой в Буффелспруите, около Претории, на Восточной железной дороге? Ты слышал, что я был тогда ранен?

— Да, слышал, но подробностей не знаю.

— Я и еще двое наших отстали от своей части. Если ты помнишь, местность там холмистая. Со мной были Симпсон, тот самый парень, которого мы называли Лысым Симпсоном, и Андерсон. Мы прочесывали участок, но солдаты противника хорошо укрылись и внезапно напали на нас. Симпсон и Андерсон были убиты, а я был ранен в плечо. Правда, мне удалось удержаться на лошади, и она проскакала несколько миль, прежде чем я потерял сознание и свалился с седла.

Когда я пришел в себя, уже наступила ночь, и хотя и ослаб и чувствовал себя очень плохо, все же сумел приподняться и осмотреться. С удивлением я обнаружил, что нахожусь недалеко от большого здания с широкой верандой и множеством окон. Было очень холодно. Ты помнишь этот отвратительный холод — он всегда наступал по вечерам, вызывал какое-то болезненное состояние и не имел ничего общего с бодрящей, здоровой прохладой. Так вот, я очень замерз, и мне казалось, что я выживу только в том случае, если доберусь до какого-нибудь крова. С трудом поднялся и потащился, почти не сознавая того, что делаю. Мне смутно помнится, как я медленно поднялся по ступеням крыльца, вошел через распахнутую дверь в большую комнату, где стояло несколько кроватей, и со вздохом облегчения бросился на одну из них. Постель не была заправлена, но меня это вовсе не обеспокоило. Я дрожал и, натянув на себя простыни и одеяло, мгновенно погрузился в глубокий сон.

Проснулся я утром, и мне сразу же показалось, что какая-то сила перенесла меня из реального мира в царство кошмаров. В огромные, без занавесок окна вливались лучи африканского солнца и ярко освещали большую голую спальню с выбеленными стенами. Передо мною стоял низенький, похожий на гнома человек с головой-луковицей; он размахивал обезображенными, напоминавшими коричневые губки руками и что-то возбужденно трещал по-голландски. За ним я увидел группу людей, которых, видимо, очень забавляла эта сцена. У меня же при взгляде на них стала стынуть кровь. Ни одного из них нельзя было назвать нормальным человеческим существом: изуродованные, искривленные, распухшие. Жуткое впечатление производил смех этих уродов.

Никто из них, кажется, не знал английского языка, но обстановка вскоре прояснилась, ибо существо с головой-луковицей уже пришло в ярость, с какими-то звериными возгласами ухватилось за меня своими изуродованными руками и принялось стаскивать с кровати, не обращая внимания на то, что из моей раны снова хлынула кровь. Маленькое чудовище обладало звериной силой, и не знаю, что оно сделало бы со мной, не появись в комнате какой-то пожилой человек, привлеченный шумом и, судя но манере держаться, обладавший определенной властью. Он бросил несколько сердитых слов по-голландски, и мой мучитель сейчас же оставил меня в покое. Потом человек повернулся и с величайшим изумлением уставился на меня.

— Каким образом вы оказались здесь? — не скрывая удивления, спросил он. — Одну минуту! Я вижу, вы утомлены и ранены. Я врач и сейчас перевяжу вас. Но, боже мой, здесь вам угрожает еще большая опасность, чем на поле боя. Вы попали в больницу для прокаженных и провели ночь в постели больного проказой.

Нужно ли рассказывать дальше, Джимми? Оказывается, в связи с приближением фронта все эти несчастные были накануне эвакуированы. После того как англичане продвинулись вперед, доктор— он оказался заведующим больницей — доставил своих пациентов обратно. Он сказал, что, хотя и считает себя невосприимчивым к проказе, все же не осмелился бы сделать то, что сделал я. Он поместил меня в отдельную палату, внимательно ухаживал за мной, а через неделю отправил в военный госпиталь в Преторию.

Вот и вся моя трагическая история. Вопреки всему я еще на что-то надеялся, но уже после возвращения домой ужасные знаки, которые ты видишь у меня на лице, дали знать, что болезнь не пощадила меня. Что мне оставалось делать? Наша усадьба расположена в уединенной местности. Нас обслуживают двое слуг, на которых мы могли полностью положиться. У нас есть флигель, где я мог жить. Врач, мистер Кент, согласился разделить со мной уединение и обязался хранить тайну. Казалось, все очень просто. А что ожидало меня, если бы мы открыли тайну моего заболевания? Пожизненная изоляция вместе с совершенно чужими людьми, без всякой надежды на освобождение. Нам оставалось только одно: соблюдать строжайшую тайну, иначе разразился бы скандал и ничто не спасло бы меня от ужасной участи. Даже тебя, Джимми, даже тебя пришлось держать в неведении! Ума не приложу, почему вдруг отец смягчился.

Полковник Эмсворт показал на меня.

— Вот господин, вынудивший меня сделать это. — Он развернул листок бумаги, на котором я написал слово «Проказа». — Я решил, что если уж он знает так много, то будет безопаснее, если узнает все.

— Правильно, — ответил я. — Возможно, именно поэтому все закончится очень хорошо. Насколько я понимаю, пока лишь мистер Кент наблюдал своего пациента. Позвольте спросить, сэр: вы действительно специалист по таким заболеваниям?

— Я просто врач, — несколько сухо ответил мистер Кент.

— Не сомневаюсь, сэр, что вы вполне компетентный врач, но уверен, что вы не станете возражать, если вам предложат выслушать еще чье-то мнение. Если не ошибаюсь, вы пока не сделали этого из опасения, что вас заставят изолировать вашего пациента.

— Именно так, — подтвердил полковник Эмсворт.

— Я предвидел, что возникнет подобная ситуация, — продолжал я, — и привез с собой друга, на чье молчание вполне можно положиться. В свое время я оказал ему профессиональную услугу. И он готов дать совет скорее как друг, чем как специалист. Я говорю о сэре Джемсе Саундерсе.

Перспектива побеседовать со своим главнокомандующим не вызвала бы у младшего офицера такого энтузиазма, какой отразился на лице мистера Кента при моих словах.

— Буду весьма польщен, — пробормотал он.

— В таком случае я приглашу сюда сэра Джемса. Он ждет в коляске у ворот. Мы же, полковник Эмсворт, пройдем в ваш кабинет, где я сочту своим долгом дать вам необходимые разъяснения.

Именно сейчас я и почувствовал, как мне недостает моего Уотсона. Уж он-то всякими интригующими вопросами и возгласами удивления умеет возвысить мое несложное искусство до уровня чуда, хотя в действительности оно представляет собой не что иное, как систематизированный здравый смысл. Я же, выступая в качестве рассказчика, лишен возможности прибегать к подобным методам. Поэтому ограничусь тем, что изложу здесь ход своих рассуждений, как изложил его маленькой аудитории в кабинете полковника Эмсворта.

— Размышляя над всей этой историей, я исходил из предпосылки, что истиной, какой бы невероятной она ни казалась, является то, что останется, если отбросить все невозможное. Не исключено, что это оставшееся допускает несколько объяснений. В таком случае необходимо проанализировать каждый вариант, пока не останется один, достаточно убедительный. Применим сейчас этот метод к нашему случаю. В том виде, в каком дело было изложено мне впервые, оно допускало только три возможных ответа на вопрос, чем вызвано добровольное уединение или принудительное заключение этого джентльмена в имении отца: либо он скрывался от привлечения к ответственности за какое-то преступление, либо сошел с ума и родители не хотели посылать его в сумасшедший дом, либо у него обнаружили болезнь, требовавшую изоляции. Иных приемлемых объяснений я придумать не мог. Таким образом, предстояло сравнить и проанализировать каждый из этих трех вариантов.

Версия о преступлении не выдерживала серьезной проверки. Нераскрытых преступлений в этом районе не было. Я это твердо знал. Если же речь шла о не раскрытом пока преступлении, интересы семьи, несомненно, потребовали бы поскорее отделаться от виновника и отправить его за границу, а не прятать в доме. Поведение семьи казалось мне необъяснимым.

Более правдоподобной выглядела версия о сумасшествии. Присутствие второго человека во флигеле давало повод предполагать, что вместе с Годфри живет санитар. Тот факт, что, выходя, он закрыл за собой дверь на замок, лишь подтверждало подобную возможность и свидетельствовало о каких-то ограничениях, наложенных на больного. Вместе с тем эти ограничения, видимо, не носили слишком строгий характер, иначе молодой человек не мог бы выйти из флигеля, чтобы взглянуть на своего приятеля. Вы помните, мистер Додд, меня интересовало, какую газету или журнал читал мистер Кент. Я утвердился бы в своем предположении, если бы это оказался «Ланцет» или «Британский медицинский журнал». Душевнобольной может оставаться в частном доме, если за ним присматривает медицинский работник и предупреждены соответствующие власти. Но тогда к чему вся эта таинственность в поведении Эмсвортов? Объяснения я не находил.

Оставалась третья версия, почти невероятная, но все ставившая на свои места. Проказа в Южной Африке очень распространена, и вполне возможно, что в результате какой-то нелепой случайности юноша заразился страшной болезнью. Это поставило его родителей в исключительно трудное положение, так как они, естественно, не хотели, чтобы их сына изолировали. Оставался один выход: постараться сохранить постигшее семью несчастье в тайне, не допустить возникновения слухов и избежать вмешательства властей. Не представляло трудности найти надежного медицинского работника, готового за соответствующее вознаграждение взять на себя уход за больным. Наконец, не было никаких оснований отказывать больному в некоторой свободе передвижения с наступлением темноты. Что касается белого лица юноши, то именно побеление кожи является одним из последствий заболевания проказой.

Это предположение показалось мне настолько убедительным, что я решил действовать так, словно оно уже подтвердилось. Мои последние сомнения рассеялись, когда я заметил, что Ральф носил еду в перчатках, пропитанных дезинфицирующим средством. Всего лишь одним словом, сэр, я дал вам понять, что ваш секрет раскрыт. Я мог бы произнести это слово, но предпочел написать, так как хотел показать вам, что мне можно довериться.

Я уже заканчивал свое краткое сообщение, когда раскрылась дверь и в ней появилась аскетическая фигура великого дерматолога. На этот раз черты его лица, напоминавшего в обычное время лик сфинкса, не казались суровыми, а глаза светились теплотой. Он не спеша подошел к полковнику Эмсворту и пожал ему руку.

— Чаще всего я приношу плохие вести, — сказал он, — но на этот раз пришел с хорошей новостью. Это не проказа.

— Что?!

— Бесспорный случай псевдопроказы, или ихтиоза, иногда еще называемого «рыбьей чешуей». Это вызывающее отвращение и с трудом поддающееся излечению заболевание кожи, к счастью, не заразно. Да, мистер Холмс, сходство поразительное! Но можно ли его назвать случайным? Разве нельзя предположить, что нервное потрясение, которое пережил молодой человек после соприкосновения с прокаженными, как раз и вызвало подобие того, чего он так боялся? Во всяком случае гарантирую своей профессиональной репутацией…Что это? Дама в обмороке! Побудьте с ней, мистер Кент, пока она не придет в себя. Это от радости.

Шерлок Холмс при смерти

Квартирная хозяйка Шерлока Холмса, миссис Хадсон, была настоящей мученицей. Мало того, что второй этаж ее дома в любое время подвергался нашествию странных и зачастую малоприятных личностей, но и сам ее знаменитый квартирант своей эксцентричностью и безалаберностью жестоко испытывал терпение хозяйки. Его чрезвычайная неаккуратность, привычка музицировать в самые неподходящие часы суток, иногда стрельба из револьвера в комнате, загадочные и весьма неароматичные химические опыты, которые он часто ставил, да и вся атмосфера преступлений и опасности, окружавшая его, делали Холмса едва ли не самым неудобным квартирантом в Лондоне. Но, с другой стороны, платил он по-царски. Я не сомневаюсь, что тех денег, которые он выплатил миссис Хадсон за годы нашей с ним дружбы, хватило бы на покупку всего ее дома.

Она благоговела перед Холмсом и никогда не осмеливалась перечить ему, хотя его образ жизни причинял ей много беспокойства. Она симпатизировала ему за удивительную мягкость и вежливость в обращении с женщинами. Он не любил женщин и не верил им, но держался с ними всегда по-рыцарски учтиво. Зная искреннее расположение миссис Хадсон к Холмсу, я с волнением ее выслушал, когда на второй год моей женитьбы она прибежала ко мне с известием о тяжелой болезни моего бедного друга.

— Он умирает, доктор Уотсон, — говорила она. — Он болеет уже три дня, и с каждым днем ему все хуже и хуже. Я не знаю, доживет ли он до завтра. Он запретил мне вызывать врача. Но сегодня утром, когда я увидела, как у него все кости на лице обтянулись и как блестят глаза, я не могла больше выдержать. «С вашего согласия или без него, мистер Холмс, я немедленно иду за врачом», — сказала я. «В таком случае, позовите Уотсона», — согласился он. Не теряйте ни минуты, сэр, иначе вы можете не застать его в живых!

Я был потрясен, тем более что ничего не слыхал о его болезни. Излишне говорить, что я тут же схватил пальто и шляпу. По дороге я стал расспрашивать миссис Хадсон.

— Я могу вам рассказать очень немного, сэр, — отвечала она. — Он расследовал какое-то дело в Розерхайте, в переулках у реки, и, вероятно, там заразился. В среду пополудни он слег и с тех пор не встает. За все эти три дня ничего не ел и не пил.

— Боже мой! Почему же вы не позвали врача?

— Он не велел, сэр. Вы знаете, какой он властный. Я не осмелилась ослушаться его. Но вы сразу увидите, ему недолго осталось жить.

Действительно, на Холмса было страшно смотреть. В тусклом свете туманного ноябрьского дня его спальня казалась достаточно мрачной, но особенно пронзил мне сердце вид его худого, изможденного лица на фоне подушек. Глаза его лихорадочно блестели, на щеках играл болезненный румянец, губы покрылись темными корками. Тонкие руки судорожно двигались по одеялу, голос был хриплым и ломающимся. Когда я вошел в комнату, он лежал неподвижно, однако что-то мелькнуло в его глазах — он, несомненно, узнал меня.

— Ну, Уотсон, как видно, наступили плохие времена, — сказал он слабым голосом, но все же в своей прежней шутливой манере.

— Дорогой друг! — воскликнул я, приближаясь к нему.

— Стойте! Не подходите! — крикнул он тем резким и повелительным тоном, какой появляется у него только в самые напряженные минуты. — Если вы приблизитесь ко мне, я велю вам тотчас уйти отсюда.

— Но почему же?

— Потому что я так хочу. Разве этого недостаточно?

Да, миссис Хадсон была права, властности в нем де убавилось. Но вид у него был поистине жалкий.

— Ведь я хотел только помочь, — сказал я.

— Правильно. Хотите помочь, так делайте, что вам велят.

— Хорошо, Холмс.

Он несколько смягчился.

— Вы не сердитесь? спросил он, задыхаясь.

Бедняга! Как я мог сердиться на него, когда он был в таком состоянии!

— Это ради вас самих, — сказал он хрипло.

— Ради меня?!

— Я знаю, что со мной. Родина этой болезни— Суматра. Голландцы знают о ней больше нас, но и они пока очень мало изучили ее. Ясно только одно: она, безусловно, смертельна и чрезвычайно заразна.

Он говорил с лихорадочной энергией, его длинные руки беспокойно шевелились, как бы стремясь отстранить меня.

— Заразная при прикосновении, Уотсон, только при прикосновении! Держитесь от меня подальше, и все будет хорошо.

— Боже мой, Холмс! Неужели вы думаете, что это может иметь для меня какое- либо значение? Я бы пренебрег этим даже по отношению к постороннему мне человеку. Так неужели это помешает мне выполнить мой долг по отношению к вам, моему старому другу?

Я снова сделал шаг в его сторону. Но он отстранился от меня с бешеной яростью.

— Я буду говорить с вами, только если вы останетесь на месте. В противном случае вам придется уйти.

Я так уважаю необычайные таланты моего друга, что всегда подчинялся его указаниям, даже если совершенно их не понимал. Но тут во мне заговорил профессиональный долг. Пусть Холмс руководит мною в любых других случаях, но сейчас я — врач у постели больного.

— Холмс, — сказал я, — вы не отдаете себе отчета в своих поступках. Больной все равно что ребенок. Хотите вы этого или нет, но я осмотрю вас и примусь за лечение.

Он злобно посмотрел на меня.

— Если мне против воли навязывают врача, то пусть это будет хотя бы человек, которому я доверяю.

— Значит, вы мне не доверяете?

— В вашу дружбу я, конечно, верю. Но факты остаются фактами. Вы, Уотсон, в конце концов только обычный врач, с очень ограниченным опытом и квалификацией. Мне тяжело говорить вам такие вещи, но у меня нет иного выхода.

Я был глубоко оскорблен.

— Такие слова недостойны вас, Холмс. Они свидетельствуют о расстройстве вашей нервной системы. Но если вы мне не доверяете, я не буду набиваться с услугами. Разрешите мне привезти к вам сэра Джаспера Мика, или Пенроза Фишера, или любого из самых лучших врачей Лондона. Так или иначе, кто-нибудь должен оказать вам помощь. Если вы думаете, что я буду спокойно стоять и смотреть, как вы умираете, то вы жестоко ошибаетесь.

— Вы мне желаете добра, Уотсон, — сказал Холмс с тихим стоном. — Но хотите, я докажу вам ваше невежество? Скажите, пожалуйста, что вы знаете о лихорадке провинции Тапанули или о формозской черной язве?

— Я никогда о них не слышал.

— На Востоке, Уотсон, существует много странных болезней, много отклонений от нормы. — Холмс останавливался после каждой фразы, чтобы собраться с силами. — За последнее время я это понял в связи с одним расследованием медико-уголовного характера. Очевидно, во время этих расследований я и заразился. Вы, Уотсон, не в силах помочь мне.

— Может быть, и так. Но я случайно узнал, что доктор Энстри, крупнейший в мире знаток тропических болезней, сейчас находится в Лондоне. Не возражайте, Холмс, я немедленно еду к нему!

Я решительно повернулся к двери.

Никогда я не испытывал такого потрясения! В мгновение ока прыжком тигра умирающий преградил мне путь. Я услышал резкий звук поворачиваемого ключа. В следующую минуту Холмс уже снова повалился на кровать, задыхаясь после этой невероятной вспышки энергии.

— Силой вы у меня ключ не отнимете, Уотсон. Попались, мой друг! Придется вам здесь посидеть, пока я вас не выпущу. Но вы не горюйте. — Он говорил прерывающимся голосом, с трудом переводя дыхание. — Вы хотите мне помочь, я в этом не сомневаюсь. Будь по-вашему, но только дайте мне немного собраться с силами. Подождите немножко, Уотсон. Сейчас четыре часа. В шесть я вас отпущу.

— Но это безумие, Холмс!

— Всего два часа, Уотсон. В шесть вы уедете, обещаю. Потерпите?

— Вы мне не оставили выбора.

— Вот именно. Спасибо, Уотсон, я сам могу поправить одеяло. Держитесь подальше от меня. И еще одно условие, Уотсон. Вы привезете не доктора Энстри, а того, кого я сам выберу.

— Согласен.

— Вот первое разумное слово, которое вы произнесли с тех пор, как вошли сюда, Уотсон. Займитесь пока книгами вон там, на полке. Я немного устал… Интересно, что чувствует электрическая батарея, когда пытается пропустить ток через доску?.. В шесть часов, Уотсон, мы продолжим наш разговор.

Но разговору этому суждено было продолжиться задолго до назначенного часа, при обстоятельствах, потрясших меня не менее, чем прыжок Холмса к двери.

Несколько минут я стоял, глядя на безмолвную фигуру на кровати. Лицо Холмса было почти закрыто одеялом; казалось, он уснул.

Я был не в состоянии читать и стал бродить по комнате, разглядывая фотографии знаменитых преступников, развешанные по стенам. Так, бесцельно переходя с места на место, я добрался наконец до камина. На каминной полке лежали в беспорядке трубки, кисеты с табаком, шприцы, перочинные ножи, револьверные патроны и прочая мелочь. Мое внимание привлекла коробочка из слоновой кости, черная с белыми украшениями и с выдвижной крышкой. Вещица была очень красивая, и я уже протянул к ней руку, чтобы получше ее рассмотреть, но тут…

Холмс издал крик, столь, пронзительный, что его, наверное, услышали в дальнем конце улицы. Мороз пробежал у меня по коже, волосы встали дыбом от этого ужасного вопля. Обернувшись, я увидел искаженное лицо Холмса, встретил его безумный взгляд. Я окаменел, зажав коробочку в руке.

— Поставьте ее на место, Уотсон! Немедленно поставьте на место!

И только когда я поставил коробку на прежнее место, он со вздохом облегчения откинулся на подушку.

— Не выношу, когда трогают мои вещи, Уотсон. Вы же это знаете. И что вы все ходите, это невыносимо. Вы, врач, способны довести пациента до сумасшествия. Сядьте и дайте мне покой.

Этот инцидент произвел на меня чрезвычайно тяжелое впечатление. Дикая, беспричинная вспышка, резкость, сталь несвойственная обычно сдержанному Холмсу, показывали, как далеко зашло расстройство его нервной системы. Распад благородного ума — что может быть печальнее? В самом подавленном настроении я тихо сидел на стуле, пока не наступил назначенный час. Холмс, по-видимому, тоже следил за часами. Как только стрелки показали шесть, он заговорил все с тем же лихорадочным возбуждением.

— Уотсон, — спросил он, — есть у вас при себе мелочь?

— Да.

— Серебро?

— Да, порядочное количество.

— Сколько полукрон?

— Пять.

— Мало, слишком мало! — воскликнул он. — Какая досада! Но вы все-таки переложите их в кармашек для часов, а все остальные деньги в левый карман брюк. Спасибо. Это вас в какой-то мере уравновесит.

Это уже было явное помешательство. Он содрогнулся и не то кашлянул, не то всхлипнул.

— Теперь зажгите газ, Уотсон. Будьте чрезвычайно осторожны, нужно открыть газ только наполовину. Умоляю вас быть осторожным. Хорошо, спасибо. Нет, шторы не задергивайте. Теперь, Уотсон, видите там щипцы для сахара? Возьмите ими, пожалуйста, эту черную коробочку с камина. Осторожно поставьте ее вот сюда на стол, среди бумаг. Прекрасно! Ну, а теперь отправляйтесь и привезите мне мистера Кэлвертона Смита, Лоуэр-Бэрк-стрит, дом тринадцать.

Говоря по правде, мне совсем не хотелось бежать за врачом, так как мой бедный друг, несомненно, бредил и я боялся оставить его одного. Однако теперь он требовал привезти к нему Смита, требовал так же упорно, как прежде отказывался от всякой помощи.

— Никогда не слышал такого имени, — сказал я.

— Очень может быть, дорогой Уотсон. И возможно, вас удивит, что лучший в мире знаток этой болезни — не врач, а плантатор. Мистер Кэлвертон Смит — постоянный житель Суматры и хорошо там известен, а в Лондон он только приехал по делам. Вспышка этой болезни на его плантациях, расположенных далеко от медицинских учреждений, заставила его самого заняться изучением ее, и он добился немалых успехов. Смит очень методичный человек. Я не хотел отпускать вас раньше шести часов, зная, что вы не застанете его дома. Если вам удастся уговорить его приехать ко мне и применить свои исключительные познания в этой области медицины, он, бесспорно, мне поможет.

Я передаю слова Холмса как связное целое. На самом деле речь его прерывалась одышкой и судорожными движениями рук, свидетельствующими о муках, испытываемых им. За то время, что я у него пробыл, внешний вид его резко изменился. Лихорадочный румянец сделался ярче, глаза еще сильнее блестели из темных глазных впадин, по временам холодный пот выступал на лбу. И все же он сохранял свою спокойную, четкую речь. До последней минуты он останется самим собой!

— Вы расскажете ему подробно о моем состоянии, — сказал он. — Опишете, какое впечатление я на вас произвел, скажете, что я в бреду, что я умираю... Просто непонятно, почему все дно океана не представляет собою сплошной массы устриц, — ведь они так плодовиты... Ох, я опять заговариваюсь! Любопытно, как мозг сам себя контролирует... Что я говорил, Уотсон?

— Вы давали указания относительно мистера Кэлвертона Смита.

— Ах да, помню. Моя жизнь зависит от него, Уотсон. Постарайтесь его уговорить. Отношения у нас с ним плохие. Его племянник умер, Уотсон... Я заподозрил недоброе, и он почувствовал это. Юноша умер в страшных муках. Смит зол на меня. Любыми средствами смягчите его, Уотсон. Просите его, умоляйте, во что бы то ни стало привезите его сюда. Только он может спасти меня, только он!

— Обещаю, что привезу его с собой, даже если бы мне пришлось снести его в кеб на руках.

— Нет, это не годится. Вы должны убедить его приехать. А сами возвращайтесь раньше. Придумайте какой-нибудь предлог, чтобы не ехать с ним вместе. Не забудьте, Уотсон, не подведите меня. Ведь вы никогда меня не подводили... Можно не сомневаться, что какие-то природные силы препятствуют их размножению. Мы с вами, Уотсон, сделали все, что могли. Неужели же весь мир будет заполнен устрицами? Нет, нет, это слишком страшно. Передайте ему ваше впечатление как можно точнее.

Я ушел, унося с собой образ этого умнейшего человека, лепечущего, как дитя. Он отдал мне ключ, и мне пришла счастливая мысль взять его с собой, чтобы Холмс не вздумал запереться в комнате. Миссис Хадсон, в слезах, ждала меня в коридоре. Уходя, я слышал, как Холмс высоким, тонким голосом затянул какую-то безумную песню. Пока я на улице подзывал кеб, ко мне из тумана приблизилась темная фигура.

— Как здоровье мистера Холмса? — спросил голос.

Это был мой старый знакомый инспектор Мортон из Скотленд-Ярда, одетый в штатское.

— Очень плохо, — ответил я.

Его взгляд показался мне странным. е будь это слишком невероятным, я подумал бы, что при свете, падающем из окна над дверью, я прочел на его лице удовлетворение.

— Да, я слышал об этом, — сказал он.

Кеб подъехал, и мы расстались.

Лоуэр-Бэрк-стрит представляла собою длинный ряд красивых домов между Ноттинг-Хиллом и Кенсингтоном. Здание, перед которым остановился кэб, имело чопорный и солидный вид — старомодная железная ограда, массивная двустворчатая дверь с блестящими медными ручками. Общему впечатлению соответствовал и величественный дворецкий, появившийся на пороге в розовом сиянии электрической люстры.

— Да, мистер Кэлвертон Смит дома. Доктор Уотсон? Хорошо, сэр, позвольте вашу визитную карточку.

Мое скромное имя и профессия, очевидно, не произвели должного впечатления на мистера Кэлвертона Смита. Через полуоткрытую дверь я услышал раздраженный, пронзительный голос:

— Кто это? Что ему нужно? Сколько раз я говорил вам, Стэплс, что, когда я работаю, мне нельзя мешать.

Послышались тихие и успокаивающие объяснения дворецкого.

— Я его не приму, Стэплс. Не терплю таких помех. Меня нет дома, так ему и скажите. Если я ему нужен, пусть придет завтра утром.

Снова тихое бормотание.

— Идите, идите, скажите ему. Пусть придет утром или совсем не приходит.

Мне представился Холмс, как он мечется по кровати и считает минуты в ожидании помощи. Тут было не до церемоний. Жизнь Холмса зависела от моей энергии и настойчивости. Прежде чем дворецкий успел передать мне ответ своего хозяина, я оттолкнул его и вошел в комнату.

Человек, сидевший в кресле у камина, с пронзительным криком ярости вскочил с места. Я увидел крупное желтое лицо с грубыми чертами, массивным двойным подбородком и злобными серыми глазами, свирепо глядевшими на меня из-под косматых рыжих бровей. На лысой розовой голове была надета бархатная шапочка, кокетливо сдвинутая набок. Череп хозяина был огромен, Но, переведя взгляд ниже, я с изумлением увидел, что тело у него маленькое, хилое, искривленное в плечах и спине, вероятно из-за перенесенного в детстве рахита.

— Что это значит? — кричал он высоким, визгливым голосом. — Что означает это вторжение? Ведь я велел вам сказать, чтобы вы пришли завтра утром.

— Простите, — сказал я, — но это дело неотложное. Мистер Шерлок Холмс...

Имя моего друга произвело удивительное действие на маленького человечка. Гнев моментально исчез, лицо сделалось напряженным и внимательным.

— Вы от Холмса? — спросил он.

— Я только что от него.

— Что с Холмсом?

— Он очень, очень болен. Поэтому-то я и приехал к вам.

Хозяин указал мне на стул и повернулся к своему креслу. В зеркале над камином мелькнуло его лицо. Я мог бы поклясться, что на нем появилась отвратительная, злобная усмешка. Но я тут же убедил себя, что это нервная судорога; через минуту, когда он снова повернулся ко мне, его лицо выражало искреннее огорчение.

— Мне больно слышать это, — сказал он. — Я встречался с мистером Холмсом только на деловой почве, но очень уважаю его как за талант, так и за человеческие достоинства. Он знаток преступлений, а я знаток болезней; он занимается злодеями, я — микробами. Вот мои заключенные, — продолжал он, указывая на ряд бутылей и банок, стоящих на столике у стены. — В этих желатиновых культурах отбывают срок наказания весьма опасные преступники.

— Зная вашу эрудицию, Холмс прислал меня к вам. Он чрезвычайно высоко ценит вас и считает, что во всем Лондоне только вы в силах оказать ему помощь.

Маленький человек вздрогнул, и его кокетливая шапочка свалилась на пол.

— Почему же? — спросил он. — Почему мистер Холмс думает, что я могу помочь ему?

— Потому что вы знаток восточных болезней.

— Но почему он думает, что болезнь, которой он заразился, восточная болезнь?

— Потому что ему пришлось работать в доках, среди китайских матросов.

Мистер Кэлвертон Смит любезно улыбнулся и поднял свою шапочку.

— Ах вот как… — сказал он. — Я надеюсь, что дело не так опасно, как вы полагаете. Сколько времени он болеет?

— Около трех дней.

— Он бредит?

— По временам.

— Гм! Это хуже. Было бы бесчеловечным не откликнуться на его просьбу. Я очень не люблю, когда прерывают мою работу, доктор Уотсон, но тут, конечно, исключительный случай. Я сейчас же поеду с вами.

Мне припомнилось указание Холмса.

— Меня ждут в другом месте, — сказал я.

— Хорошо, я поеду один. Адрес мистера Холмса у меня записан. Через полчаса я буду у него.

С замиранием сердца входил я в спальню Холмса. За это время могло произойти самое худшее. Однако я с огромной радостью увидел, что его состояние значительно улучшилось. Правда, лицо его все еще было мертвенно-бледным, но от бреда не осталось и следа: он говорил хотя и слабым голосом, но даже сверх обычного ясно и живо.

— Вы видели его, Уотсон?

— Да, он сейчас приедет.

— Замечательно, Уотсон, замечательно. Вы лучший из вестников.

— Он хотел вернуться со мной.

— Этого не следовало допускать, Уотсон. Это было бы просто невозможно. Спрашивал ли он о причинах болезни?

— Я сказал ему про матросов в Ист-Энде.

— Правильно! Вы сделали все, что только мог сделать настоящий друг. Теперь, Уотсон, вы можете исчезнуть со сцены.

— Я должен подождать и выслушать его мнение, Холмс.

— Конечно. Но я имею основания полагать, что он выскажет свое мнение гораздо откровеннее, если будет думать, что мы с ним одни. За изголовьем моей кровати как раз достаточно места для вас, Уотсон.

— Дорогой Холмс!

— Боюсь, что у вас нет выбора, Уотсон. В комнате негде спрятаться, и это к лучшему: это не возбудит подозрений. Но здесь, Уотсон, здесь, я думаю, мы ничем не рискуем.

Он внезапно сел на кровати. Его осунувшееся лицо было полно решимости.

— Я слышу стук колес, Уотсон. Скорее, если только вы меня любите. И не шевелитесь, что бы ни случилось. Что бы ни случилось, понятно? Не говорите, не двигайтесь. Только слушайте как можно внимательнее.

Столь же внезапно силы оставили его, и четкая, повелительная речь перешла в слабое, неясное бормотание человека, находящегося в полубреду.

Из своего убежища, в котором я так неожиданно оказался, я услышал шаги на лестнице, потом звук открываемой и закрываемой двери в спальню. А затем, к моему удивлению, последовало долгое молчание, прерываемое только тяжелым дыханием больного. Я представил себе, как наш посетитель стоит у кровати и смотрит на страдальца. Наконец это странное молчание кончилось.

— Холмс! — воскликнул Смит настойчивым тоном, каким будят спящего. — Холмс! Вы слышите меня?

Я уловил шорох, как будто он грубо тряс больного за плечо.

— Это вы, мистер Смит? — прошептал Холмс. — Я не смел надеяться, что вы придете.

Смит засмеялся.

— Ну еще бы, — сказал он. — И все же, как видите, я здесь. Воздаю добром за зло, Холмс, добром за зло.

— Это очень хорошо, очень благородно с вашей стороны. Я высоко ценю ваши знания.

Наш посетитель усмехнулся.

— К счастью, только вы во всем Лондоне и способны их оценить. Вы знаете, что с вами?

— То же самое, — сказал Холмс.

— Вот как! Вы узнаете симптомы?

— Да, слишком хорошо.

— Что ж, очень возможно Холмс. Очень возможно, что это оно и есть. Если так, то дело ваше плохо. Бедный Виктор умер на четвертый день, а он был здоровый, молодой. Вам тогда показалось очень странным, что он в сердце Лондона заразился этой редкой азиатской болезнью, которую я к тому же специально изучаю. Удивительное совпадение, Холмс. Вы ловко это подметили, но не очень-то великодушно было утверждать, что здесь можно усмотреть причину и следствие.

— Я знаю, что это ваших рук дело.

— Ах вот как, вы знали? Но доказать вы ничего не могли. А хорошо ли это: сперва выдвигать против меня такие обвинения, а чуть сами оказались в беде, пресмыкаться передо мной, умоляя о помощи? Как это назвать? А?

Я услышал хриплое, затрудненное дыхание больного.

— Дайте мне воды, — прошептал он задыхаясь.

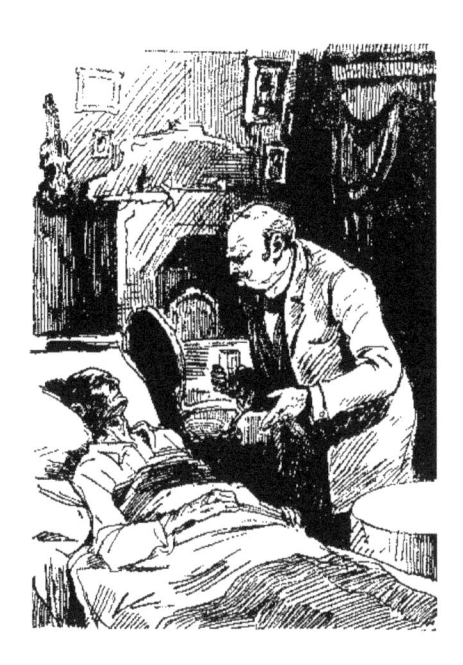

— Скоро вам крышка, милейший. Но я не уйду, не поговорив с вами. Только поэтому я и подаю вам воду. Держите! Не расплескайте. Вот так. Вы понимаете, что я вам говорю?

Холмс застонал.

— Помогите мне чем можно. Забудем прошлое... — шептал он. — Я выброшу из головы все это дело. Клянусь вам. Только вылечите меня, я все забуду.

— Что забудете?

— О смерти Виктора Сэведжа. Вы сейчас сознались в своем преступлении. Я это забуду.

— Можете забывать или помнить, как вам будет угодно. Я не увижу вас среди свидетелей. Вы будете в другом месте, мой дорогой Холмс. Вы знаете, отчего умер мой племянник, ну и ладно. Сейчас речь не о нем, а о вас.

— Да, да.

— Ваш приятель которого вы послали за мной — не помню его имя, — сказал, что вы заразились этой болезнью в Ист-Энде, у матросов.

— Я только так могу это объяснить.

— И вы гордитесь своим умом, Холмс! Вы считаете себя таким догадливым, не правда ли? Но нашелся кое-кто поумнее вас. Подумайте-ка, Холмс, не могли ли вы заразиться этой болезнью другим путем?

— Я не могу думать. Голова не работает. Ради всего святого, помогите…

— Да, я вам помогу, помогу вам понять, что и как произошло. Я хочу, чтобы вы узнали об этом прежде, чем умрете.

— Дайте мне чего-нибудь, чтобы облегчить эти боли!

— Ага, у вас появились боли? Да, мои кули тоже визжали перед смертью. Ощущение, как при судорогах?

— Да, да, это судороги.

— Ничего, слушать они вам не помешают. Слушайте! Не припомните ли вы какое- нибудь необычное происшествие в вашей жизни, как раз перед тем, как вы заболели?

— Нет, нет, ничего.

— Подумайте хорошенько.

— Я слишком болен, чтобы думать.

— Ну, тогда я вам помогу. Не получали ли вы чего-нибудь по почте?

— По почте?

— Например, коробочку.

— Я слабею, я умираю!..

— Слушайте, Холмс! — Он, видимо, тряс умирающего за плечо. (Я едва усидел в своем убежище.) — Вы должны меня услышать! Помните коробочку из слоновой кости? Вы получили ее в среду. Вы ее открыли… Помните?

— Да, да, я открыл ее, там была острая пружина. Какая-то шутка…

— Это не было шуткой, в чем вы очень скоро убедитесь. Пеняйте на себя, глупый вы человек. Кто просил вас становиться на моем пути? Если бы вы меня не трогали, я не причинил бы вам вреда.

— Вспомнил! — Холмс задыхался. — Пружина! Я оцарапался о нее до крови. Вот эта коробочка, там на столе.

— Она самая! И сейчас она исчезнет в моем кармане. Таким образом, здесь не останется ни одной улики. Ну вот. Холмс, теперь вы знаете правду и умрете с сознанием, что я вас убил. Вы слишком много знали о смерти

Виктора Сэведжа, поэтому я заставил вас разделить его судьбу. Вы очень скоро умрете, Холмс. Я посижу здесь и посмотрю, как вы будете умирать.

Голос Холмса понизился почти до невнятного шепота.

— Что? — спросил Смит. — Отвернуть газ? У вас уже темно в глазах? Охотно. Я отверну газ, чтобы лучше вас видеть. — Он пересек комнату, и мгновенно ее залил яркий свет. — Не нужно ли оказать вам еще какую-нибудь услугу, мой друг?

— Спички и папиросы!

Я едва не закричал от радости. Холмс говорил своим естественным голосом, правда, немного слабым, но тем самым, который я так хорошо знал. Последовала долгая пауза, и я почувствовал, что Кэлвертон Смит в безмолвном изумлении смотрит на Холмса.

— Что это значит? — спросил он наконец сухим, резким голосом.

— Лучший способ хорошо сыграть роль, — сказал Холмс, — это вжиться в нее. Даю вам слово, что все эти три дня я ничего не ел и не пил, пока вы любезно не подали мне стакан воды. Но труднее всего было не курить. А вот и папиросы! (Я услышал чирканье спички.) Ну вот, мне сразу стало лучше. Ого, я, кажется, слышу шаги друга!

Снаружи послышались шаги, дверь открылась, и появился инспектор Мортон.

— Все в порядке. Можете его забрать, — сказал Холмс.

— Вы арестованы по обвинению в убийстве Виктора Сэведжа, — сказал инспектор.

— И можете прибавить: за покушение на убийство Шерлока Холмса, — заметил мой друг, посмеиваясь. — Чтобы зря не затруднять больного, мистер Кэлвертон Смит сам дал вам сигнал полным включением газа. Между прочим, у арестованного в правом кармане пиджака небольшая коробочка. Ее надо изъять. Благодарю вас. С ней надо обращаться очень осторожно. Положите ее сюда. Она пригодится на суде.

Послышался внезапный бросок, борьба, сопровождаемая звяканьем железа и криком боли.

— Только себя же изувечите, — сказал инспектор. — Стойте смирно!

И я услышал, как защелкнулись наручники.

— Вот как! Ловушка! — закричал высокий визгливый голос. — Это приведет на скамью подсудимых вас, Холмс, а не меня. Он просил меня приехать лечить его. Я его пожалел и приехал. Теперь он, конечно, будет утверждать, будто я сказал какую-нибудь чепуху, которую он сам придумал в подтверждение своих безумных подозрений. Можете лгать сколько хотите, Холмс. Мои слова имеют не меньший вес, чем ваши.

— Боже мой! — воскликнул Холмс. — Ведь я совершенно забыл о нем. Дорогой Уотсон, приношу вам тысячу извинений! Подумать только, что я упустил из виду ваше присутствие! Мне незачем знакомить вас с мистером Кэлвертоном Смитом — вы, сколько я понимаю, уже виделись с ним сегодня. Есть у вас кеб, инспектор? Я поеду вслед за вами, как только оденусь: мое присутствие может понадобиться полиции.

Одеваясь, Холмс съел несколько бисквитов и утолил жажду стаканом кларета.

— Никогда я, кажется, не ел и не пил с таким удовольствием, — сказал он. — Впрочем, мой образ жизни, как вам известно, не отличается регулярностью, и такие подвиги даются мне легче, чем многим другим. Мне было крайне необходимо, чтобы миссис Хадсон уверилась в моей болезни, так как ей предстояло сообщить эту новость вам, а вы должны были, в свою очередь, уведомить Смита. Вы не обиделись, Уотсон? Признайтесь, что умение притворяться не входит в число ваших многочисленных талантов. Если бы вы знали мою тайну, вы никогда не смогли бы убедить Смита в необходимости его приезда, а этот приезд был главным пунктом моего плана. Зная его мстительность, я был убежден, что он приедет взглянуть на результаты своего преступления.

— Но ваш вид, Холмс, ваше мертвенно-бледное лицо?..

— Три дня полного поста не красят человека. А остальное легко может быть устранено губкой. Вазелин на лбу, белладонна, впрыснутая в глаза, румяна на скулах и пленки из воска на губах— все это производит вполне удовлетворительный эффект. Симуляция болезней — это тема, которой я думаю посвятить одну из своих монографий. А разговор о полукронах, устрицах и прочих не относящихся к делу вещах неплохо создал иллюзию бреда...

— Но почему вы не разрешали мне приближаться к вам, раз никакой инфекции не было?

— И вы еще спрашиваете, мой дорогой Уотсон! Вы думаете, я не ценю ваши медицинские познания? Разве я мог надеяться, что ваш опытный взгляд пройдет мимо таких фактов, как отсутствие изменений температуры и пульса у умирающего? На расстоянии четырех шагов я еще мог обмануть вас. А если бы мне это не удалось, кто привез бы сюда Смита? Нет, Уотсон, не трогайте эту коробочку. Если взглянете на нее сбоку, вы сможете заметить, где именно появляется острая пружинка, когда коробку раскроешь. Очевидно, при помощи какого-нибудь приспособления вроде этого и был убит бедный Сэведж, который стоял между этим чудовищем и наследством. Я, как вы знаете, получаю самую разнообразную корреспонденцию и привык относиться с опаской ко всем посылкам, приходящим на мое имя. Мне было ясно, что, убедив Смита в том, что его злобный план осуществился, я смогу выманить у него признание. Свою болезнь я разыграл со старанием настоящего актера.

Благодарю вас, Уотсон, а теперь помогите мне, пожалуйста, надеть пальто. Когда мы закончим дела в полиции, я полагаю, что не лишним будет заехать подкрепиться к Симпсону.

ГОРБУН

Однажды летним вечером, спустя несколько месяцев после моей женитьбы, я сидел у камина и, покуривая последнюю трубку, дремал над каким-то романом — весь день я был на ногах и устал до потери сознания. Моя жена поднялась наверх, в спальню, да и прислуга уже отправилась на покой — я слышал, как запирали входную дверь. Я встал и начал было выколачивать трубку, как раздался звонок.

Я взглянул на часы. Было без четверти двенадцать. Поздновато для гостя. Я подумал, что зовут к пациенту и чего доброго придется сидеть всю ночь у его постели. С недовольной гримасой я вышел в переднюю, отворил дверь. И страшно удивился — на пороге стоял Шерлок Холмс.

— Уотсон, — сказал он, — я надеялся, что вы еще не спите.

— Рад вас видеть, Холмс.

— Вы удивлены, и не мудрено! Но, я полагаю, у вас отлегло от сердца! Гм... Вы курите все тот же табак, что и в холостяцкие времена. Ошибки быть не может: на вашем костюме пушистый пепел. И сразу видно, что вы привыкли носить военный мундир, Уотсон. Вам никогда не выдать себя за чистокровного штатского, пока вы не бросите привычки засовывать платок за обшлаг рукава. Вы меня приютите сегодня?

— С удовольствием.

— Вы говорили, что у вас есть комната для одного гостя, и, судя по вешалке для шляп, она сейчас пустует.

— Я буду рад, если вы останетесь у меня.

— Спасибо. В таком случае я повешу свою шляпу на свободный крючок. Вижу, у вас в доме побывал рабочий. Значит, что-то стряслось. Надеюсь, канализация в порядке?

— Нет, это газ...

— Ага! На вашем линолеуме остались две отметины от гвоздей его башмаков...как раз в том месте, куда падает свет. Нет, спасибо, я уже поужинал в Ватерлоо, но с удовольствием выкурю с вами трубку.

Я вручил ему свой кисет, и он, усевшись напротив, некоторое время молча курил. Я прекрасно знал, что привести его ко мне в столь поздний час могло только очень важное дело, и терпеливо ждал, когда он сам заговорит.

— Вижу, сейчас вам много приходится заниматься вашим прямым делом, — сказал он, бросив на меня проницательный взгляд.

— Да, сегодня был особенно тяжелый день, — ответил я и, подумав, добавил: — Возможно, вы сочтете это глупым, но я не понимаю, как вы об этом догадались.

Холмс усмехнулся.

— Я ведь знаю ваши привычки, мой дорогой Уотсон, — сказал он. — Когда у вас мало визитов, вы ходите пешком, а когда много, — берете кеб. А так как я вижу, что ваши ботинки не грязные, а лишь немного запылились, то я, ни минуты не колеблясь, делаю вывод, что в настоящее время у вас работы по горло и вы ездите в кебе.

— Превосходно! — воскликнул я.

— И совсем просто, — добавил он. — Это тот самый случай, когда можно легко поразить воображение собеседника, упускающего из виду какое-нибудь небольшое обстоятельство, на котором, однако, зиждется весь ход рассуждений. То же самое, мой дорогой Уотсон, можно сказать и о ваших рассказиках, интригующих читателя только потому, что вы намеренно умалчиваете о некоторых подробностях. Сейчас я нахожусь в положении этих самых читателей, так как держу в руках несколько нитей одного очень странного дела, объяснить которое можно, только зная все его обстоятельства. И я их узнаю, Уотсон, непременно узнаю!

Глаза его заблестели, впалые щеки слегка зарумянились. На мгновение на лице отразился огонь его беспокойной, страстной натуры. Но тут же погас. И лицо опять стало бесстрастной маской, как у индейца. О Холмсе часто говорили, что он не человек, а машина.

— В этом деле есть интересные особенности, — добавил он. — Я бы даже сказал — исключительно интересные особенности. Мне кажется, я уже близок к его раскрытию. Остается выяснить немногое. Если бы вы согласились поехать со мной, вы оказали бы мне большую услугу.

— С великим удовольствием.

— Могли бы вы отправиться завтра в Олдершот?

— Конечно. Я уверен, что Джексон не откажется посетить моих пациентов.

— Поедем поездом, который отходит от Ватерлоо в десять часов одиннадцать минут.

— Прекрасно. Я как раз успею договориться с Джексоном.

— В таком случае, если вы не очень хотите спать, я коротко расскажу вам, что случилось и что нам предстоит.

— До вашего прихода мне очень хотелось спать. А теперь сна ни в одном глазу.

— Я буду краток, но постараюсь не упустить ничего важного. Возможно, вы читали в газетах об этом происшествии. Я имею в виду предполагаемое убийство полковника Барклея из полка «Роял Мэллоуз», расквартированного в Олдершоте.

— Нет, не читал.

— Значит, оно еще не получило широкой огласки. Не успело. Полковника нашли мертвым всего два дня назад. Факты вкратце таковы.

Как вы знаете, «Роял Мэллоуз» — один из самых славных полков британской армии. Он отличился и в Крымскую кампанию и во время восстания сипаев. До прошлого понедельника им командовал Джеймс Барклей, доблестный ветеран, который начал службу рядовым солдатом, был за храбрость произведен в офицеры и в конце концов стал командиром полка, в который пришел новобранцем.

Полковник Барклей женился, будучи еще сержантом. Его жена, в девичестве мисс Нэнси Дэвой, была дочерью отставного сержанта-знаменщика, когда-то служившего в той же части. Нетрудно себе представить, что в офицерской среде молодую пару приняли не слишком благожелательно. Но они, по-видимому, быстро освоились. Насколько мне известно, миссис Барклей всегда пользовалась расположением полковых дам, а ее супруг — своих сослуживцев-офицеров. Я могу еще добавить, что она была очень красива, и даже теперь, через тридцать лет, она все еще очень привлекательна.

Полковник Барклей бы, по-видимому, всегда счастлив в семейной жизни. Майор Мерфи, которому я обязан большей частью своих сведений, уверяет меня, что он никогда не слышал ни о каких размолвках этой четы. Но, в общем, он считает, что Барклей любил свою жену больше, чем она его.

Расставаясь с ней даже на один день, он очень тосковал. Она же, хотя и была нежной и преданной женой, относилась к нему более ровно. В полку их считали образцовой парой. В их отношениях не было ничего такого, что могло бы хоть отдаленно намекнуть на возможность трагедии.

Характер у полковника Барклея был весьма своеобразный. Обычно веселый и общительный, этот старый служака временами становился вспыльчивым и злопамятным. Однако эта черта его характера, по-видимому, никогда не проявлялась по отношению к жене. Майора Мерфи и других трех офицеров из пяти, с которыми я беседовал, поражало угнетенное состояние, порой овладевавшее полковником. Как выразился майор, средь шумной и веселой застольной беседы нередко будто чья-то невидимая рука вдруг стирала улыбку с его губ. Когда на него находило, он по многу дней пребывал в сквернейшем настроении. Была у него в характере еще одна странность, замеченная сослуживцами, — он боялся оставаться один, и особенно в темноте. Эта ребяческая черта у человека, несомненно обладавшего мужественным характером, вызывала толки и всякого рода догадки.

Первый батальон полка «Роял Мэллоуз» квартировал уже несколько лет в Олдершоте. Женатые офицеры жили не в казармах, и полковник все это время занимал виллу Лэчайн, находящуюся примерно в полумиле от Северного лагеря. Дом стоит в глубине сада, но его западная сторона всего ярдах в тридцати от дороги. Прислуга в доме — кучер, горничная и кухарка. Только они да их господин с госпожой жили в Лэчайн. Детей у Барклеев не было, а гости у них останавливались нечасто.

А теперь я расскажу о событиях, которые произошли в Лэчайн в этот понедельник между девятью и десятью часами вечера.

Миссис Барклей была, как оказалось, католичка и принимала горячее участие в деятельности благотворительного общества «Сент-Джордж», основанного при церкви на Уот-стрит, которое собирало и раздавало беднякам поношенную одежду. Заседание общества было назначено в тот день на восемь часов вечера, и миссис Барклей пообедала наскоро, чтобы не опоздать. Выходя из дому, она, по словам кучера, перекинулась с мужем несколькими ничего не значащими словами и обещала долго не задерживаться. Потом она зашла за мисс Моррисон, молодой женщиной, жившей в соседней вилле, и они вместе отправились на заседание, которое продолжалось минут сорок. В четверть десятого миссис Барклей вернулась домой, расставшись с мисс Моррисон у дверей виллы, в которой та жила.

Гостиная виллы Лэчайн обращена к дороге, и ее большая стеклянная дверь выходит на газон, имеющий в ширину ярдов тридцать и отделенный от дороги невысокой железной оградой на каменном основании. Вернувшись, миссис Барклей прошла именно в эту комнату. Шторы не были опущены, так как в ней редко сидят по вечерам, но миссис Барклей сама зажгла лампу, а затем позвонила и попросила горничную Джейн Стюарт принести ей чашку чаю, что было совершенно не в ее привычках. Полковник был в столовой; услышав, что жена вернулась, он пошел к ней. Кучер видел, как он, миновав холл, вошел в комнату. Больше его в живых не видели.

Минут десять спустя чай был готов, и горничная понесла его в гостиную. Подойдя к двери, она с удивлением услышала гневные голоса хозяина и хозяйки. Она постучала, но никто не откликнулся. Тогда она повернула ручку, однако дверь оказалась запертой изнутри. Горничная, разумеется, побежала за кухаркой. Обе женщины, позвав кучера, поднялись в холл и стали слушать. Ссора продолжалась. За дверью, как показывают все трое, раздавались только два голоса — Барклея и его жены. Барклей говорил тихо и отрывисто, так что ничего нельзя было разобрать. Хозяйка же очень гневалась, и, когда повышала голос, слышно ее было хорошо. «Вы трус! — повторяла она снова и снова. — Что же теперь делать? Верните мне жизнь. Я не могу больше дышать с вами одним воздухом! Вы трус, трус!» Вдруг послышался страшный крик — это кричал хозяин, потом грохот и, наконец, душераздирающий вопль хозяйки. Уверенный, что случилась беда, кучер бросился к двери, за которой не утихали рыдания, и попытался высадить ее. Дверь не поддавалась. Служанки от страха совсем потеряли голову, и помощи от них не было никакой. Кучер вдруг сообразил, что в гостиной есть вторая дверь, выходящая в сад. Он бросился из дому. Одна из створок двери были открыта — дело обычное по летнему времени, — и кучер в мгновение ока очутился в комнате. На софе без чувств лежала его госпожа, а рядом с задранными на кресло ногами, с головой в луже крови на полу у каминной решетки распростерлось тело хозяина. Несчастный полковник был мертв.

Увидев, что хозяину уже ничем не поможешь, кучер решил первым делом отпереть дверь в холл. Но тут перед ним возникло странное и неожиданное препятствие. Ключа в двери не было. Его вообще не было нигде в комнате. Тогда кучер вышел через наружную дверь и отправился за полицейским и врачом. Госпожу, на которую, разумеется, прежде всего пало подозрение, в бессознательном состоянии отнесли в ее спальню. Тело полковника положили на софу, а место происшествия тщательно осмотрели.

На затылке полковника была обнаружена большая рваная рана, нанесенная каким-то тупым орудием. Каким — догадаться было нетрудно. На полу, рядом с трупом, валялась необычного вида дубинка, вырезанная из твердого дерева, с костяной ручкой. У полковника была коллекция всевозможного оружия, вывезенного из разных стран, где ему приходилось воевать, и полицейские высказали предположение, что дубинка принадлежит к числу его трофеев. Однако слуги утверждают, что прежде они этой дубинки не видели. Но так как в доме полно всяких диковинных вещей, то возможно, что они проглядели одну из них. Ничего больше полицейским обнаружить в комнате не удалось. Неизвестно было, куда девался ключ: ни в комнате, ни у миссис Барклей, ни у ее несчастного супруга его не нашли. Дверь в конце концов пришлось открывать местному слесарю.

Таково было положение вещей, Уотсон, когда во вторник утром по просьбе майора Мерфи я отправился в Олдершот, чтобы помочь полиции. Думаю, вы согласитесь со мной, что дело уже было весьма интересное, но, ознакомившись с ним подробнее, я увидел, что оно представляет исключительный интерес.

Перед тем, как осмотреть комнату, я допросил слуг, но ничего нового от них не узнал. Только горничная Джейн Стюарт припомнила одну важную подробность. Услышав, что господа ссорятся, она пошла за кухаркой и кучером, если вы помните. Хозяин и хозяйка говорили очень тихо, так что о ссоре она догадалась скорее по их раздраженному тону, чем по тому, что они говорили. Но благодаря моей настойчивости она все-таки вспомнила одно слово из разговора хозяев: миссис Барклей дважды произнесла имя «Давид». Это очень важное обстоятельство — оно дает нам ключ к пониманию причины ссоры. Ведь полковника, как вы знаете, звали Джеймс.

В деле есть также обстоятельство, которое произвело сильнейшее впечатление и на слуг, и на полицейских. Лицо полковника исказил смертельный страх. Гримаса была так ужасна, что мороз продирал по коже. Было ясно, что полковник видел свою судьбу, и это повергло его в неописуемый ужас. Это, в общем, вполне вязалось с версией полиции о виновности жены, если, конечно, допустить, что полковник видел, кто наносит ему удар. А тот факт, что рана оказалась на затылке, легко объяснили тем, что полковник пытался увернуться. Миссис Барклей ничего объяснить не могла: после пережитого потрясения она находилась в состоянии временного беспамятства, вызванного нервной лихорадкой.

От полицейских я узнал еще, что мисс Моррисон, которая, как вы помните, возвращалась в тот вечер домой вместе с миссис Барклей, заявила, что ничего не знает о причине плохого настроения своей приятельницы.

Узнав все это, Уотсон, я выкурил несколько трубок подряд, пытаясь понять, что же главное в этом нагромождении фактов. Прежде всего бросается в глаза странное исчезновение дверного ключа. Самые тщательные поиски в комнате оказались безрезультатными. Значит, нужно предположить, что его унесли. Но ни полковник, ни его супруга не могли этого сделать. Это ясно. Значит, в комнате был кто-то третий. И этот третий мог проникнуть внутрь только через стеклянную дверь. Я сделал вывод, что тщательное обследование комнаты и газона могло бы обнаружить какие-нибудь следы этого таинственного незнакомца. Вы знаете мои методы, Уотсон. Я применил их все и нашел следы, но совсем не те, что ожидал. В комнате действительно был третий — он пересек газон со стороны дороги. Я обнаружил пять отчетливых следов его обуви — один на самой дороге, в том месте, где он перелезал через невысокую ограду, два на газоне и два, очень слабых, на крашеных ступенях лестницы, ведущей к двери, в которую он вошел. По газону он, по всей видимости, бежал, потому что отпечатки носков гораздо более глубокие, чем отпечатки каблуков. Но поразил меня не столько этот человек, сколько его спутник.

— Спутник?

Холмс достал из кармана большой лист папиросной бумаги и тщательно расправил его на колене.

— Как вы думаете, что это такое? — спросил он.

На бумаге были следы лап какого-то маленького животного. Хорошо заметны были отпечатки пяти пальцев и отметины, сделанные длинными когтями. Каждый след достигал размеров десертной ложки.

— Это собака, — сказал я.

— А вы когда-нибудь слышали, чтобы собака взбиралась вверх по портьерам? Это существо оставило следы и на портьере.

— Тогда обезьяна?

— Но это не обезьяньи следы.

— В таком случае, что бы это могло быть?

— Ни собака, ни кошка, ни обезьяна, ни какое бы то ни было другое известное вам животное! Я пытался представить себе его размеры. Вот четыре отпечатка, когда зверек стоял неподвижно. Вы видите, расстояние от передних лап до задних не менее пятнадцати дюймов. Добавьте к этому длину шеи и головы — и вы получите зверька длиной около двух футов, а возможно, и больше, если у него есть хвост. Теперь взгляните вот на эти следы. Они дают нам длину его шага, которая, как видите, постоянна и составляет всего три дюйма. А это значит, что у зверька длинное тело и очень короткие лапы. К сожалению, он не позаботился оставить нам где-нибудь хотя бы один волосок. Но, в общем, его внешний вид ясен, он может лазать по портьерам. И, кроме того, наш таинственный зверь — существо плотоядное.

— А это почему?

— А потому, что над дверью, занавешенной портьерой, висит клетка с канарейкой. И зверек, конечно, взобрался по шторе вверх, рассчитывая на добычу. — Какой же это все-таки зверь?

— Если бы я это знал, дело было бы почти раскрыто. Я думаю, что этот зверек из семейства ласок или горностаев. Но, если память не изменяет мне, он больше и ласки и горностая.

— А в чем заключается его участие в этом деле?

— Пока не могу сказать. Но согласитесь, нам уже многое известно. Мы знаем, во-первых, что какой-то человек стоял на дороге и наблюдал за ссорой Барклеев: ведь шторы были подняты, а комната освещена. Мы знаем также, что он перебежал через газон в сопровождении какого-то странного зверька и либо ударил полковника, либо, тоже вероятно, полковник, увидев нежданного гостя, так испугался, что лишился чувств и упал, ударившись затылком об угол каминной решетки. И, наконец, мы знаем еще одну интересную деталь: незнакомец, побывавший в этой комнате, унес с собой ключ.

— Но ваши наблюдения и выводы, кажется, еще больше запутали дело, — заметил я.

— Совершенно верно. Но они с несомненностью показали, что первоначальные предположения неосновательны. Я продумал все снова и пришел к заключению, что должен рассмотреть это дело с иной точки зрения. Впрочем, Уотсон, вам давно уже пора спать, а все остальное я могу с таким же успехом рассказать вам завтра по пути в Олдершот.

— Покорно благодарю, вы остановились на самом интересном месте.

— Ясно, что когда миссис Барклей уходила в половине восьмого из дому, она не была сердита на мужа. Кажется, я упоминал, что она никогда не питала к нему особенно нежных чувств, но кучер слышал, как она, уходя, вполне дружелюбно болтала с ним. Вернувшись же, она тотчас пошла в комнату, где меньше всего надеялась застать супруга, и попросила чаю, что говорит о расстроенных чувствах. А когда в гостиную вошел полковник, разразилась буря. Следовательно, между половиной восьмого и девятью часами случилось что-то такое, что совершенно переменило ее отношение к нему. Но в течение всего этого времени с нею неотлучно была мисс Моррисон, из чего следует, что мисс Моррисон должна что-то знать, хотя она и отрицает это.

Сначала я предположил, что у молодой женщины были с полковником какие-то отношения, в которых она и призналась его жене. Это объясняло, с одной стороны, почему миссис Барклей вернулась домой разгневанная, а с другой — почему мисс Моррисон отрицает, что ей что-то известно. Это соображение подкреплялось и словами миссис Барклей, сказанными во время ссоры. Но тогда при чем здесь какой-то Давид? Кроме того, полковник любил свою жену, и трудно было предположить существование другой женщины. Да и трагическое появление на сцене еще одного мужчины вряд ли имеет связь с предполагаемым признанием мисс Моррисон. Нелегко было выбрать верное направление. В конце концов я отверг предположение, что между полковником и мисс Моррисон что-то было. Но убеждение, что девушка знает причину внезапной ненависти миссис Барклей к мужу, стало еще сильнее. Тогда я решил пойти прямо к мисс Моррисон и сказать ей, что я не сомневаюсь в ее осведомленности и что ее молчание может дорого обойтись миссис Барклей, которой наверняка предъявят обвинение в убийстве.

Мисс Моррисон оказалась воздушным созданием с белокурыми волосами и застенчивым взглядом, но ей ни в коем случае нельзя было отказать ни в уме, ни в здравом смысле. Выслушав меня, она задумалась, потом повернулась ко мне с решительным видом и сказала мне следующие замечательные слова.

— Я дала миссис Барклей слово никому ничего не говорить. А слово надо держать, — сказала она. — Но, если я могу ей помочь, когда против нее выдвигается такое серьезное обвинение, а она сама, бедняжка, не способна защитить себя из-за болезни, то, я думаю, мне будет простительно нарушить обещание. Я расскажу вам абсолютно все, что случилось с нами в понедельник вечером.

Мы возвращались из церкви на Уот-стрит примерно без четверти девять. Надо было идти по очень пустынной улочке Хадсон-стрит. Там на левой стороне горит всего один фонарь, и, когда мы приближались к нему, я увидела сильно сгорбленного мужчину, который шел нам навстречу с каким-то ящиком, висевшим через плечо. Это был калека, весь скрюченный, с кривыми ногами. Мы поравнялись с ним как раз в том месте, где от фонаря падал свет. Он поднял голову, посмотрел на нас, остановился как вкопанный и закричал душераздирающим голосом: «О боже, ведь это же Нэнси!» Миссис Барклей побелела как мел и упала бы, если бы это ужасное существо не подхватило ее. Я уже было хотела позвать полицейского, но, к моему удивлению, они заговорили вполне мирно.

«Я была уверена, Генри, все эти тридцать лет, что тебя нет в живых», — сказала миссис Барклей дрожащим голосом.

«Так оно и есть».

Эти слова были сказаны таким тоном, что у меня сжалось сердце. У несчастного было очень смуглое и сморщенное, как печеное яблоко, лицо, совсем седые волосы и бакенбарды, а сверкающие его глаза до сих пор преследуют меня по ночам.

«Иди домой, дорогая, я тебя догоню, — сказала миссис Барклей. — Мне надо поговорить с этим человеком наедине. Бояться нечего».

Она бодрилась, но по-прежнему была смертельно бледна, и губы у нее дрожали.

Я пошла вперед, а они остались. Говорили они всего несколько минут. Скоро миссис Барклей догнала меня, глаза ее горели. Я обернулась: несчастный калека стоял под фонарем и яростно потрясал сжатыми кулаками, точно он потерял рассудок. До самого моего дома она не произнесла ни слова и только у калитки взяла меня за руку и стала умолять никому не говорить о встрече.

«Это мой старый знакомый. Ему очень не повезло в жизни», — сказала она.

Я пообещала ей, что не скажу никому ни слова, тогда она поцеловала меня и ушла. С тех пор мы с ней больше не виделись. Я рассказала вам всю правду, и если я скрыла ее от полиции, так только потому, что не понимала, какая опасность грозит миссис Барклей. Теперь я вижу, что ей можно помочь, только рассказав все без утайки.

Вот что я узнал он мисс Моррисон. Как вы понимаете, Уотсон, ее рассказ был для меня лучом света во мраке ночи. Все прежде разрозненные факты стали на свои места, и я уже смутно предугадывал истинный ход событий. Было очевидно, что я должен немедленно разыскать человека, появление которого так потрясло миссис Барклей. Если он все еще в Олдершоте, то сделать это было бы нетрудно. Там живет не так уж много штатских, а калека, конечно, привлекает к себе внимание. Я потратил на поиски день и к вечеру нашел его. Это Генри Вуд. Он снимает квартиру на той самой улице, где его встретили дамы. Живет он там всего пятый день. Под видом служащего регистратуры я зашел к его квартирной хозяйке, и та выболтала мне весьма интересные сведения. По профессии этот человек — фокусник; по вечерам он обходит солдатские кабачки и дает в каждом небольшое представление. Он носит с собой в ящике какое-то животное. Хозяйка очень боится его, потому что никогда не видела подобного существа. По ее словам, это животное участвует в некоторых его трюках. Вот и все, что удалось узнать у хозяйки, которая еще добавила, что удивляется, как он, такой изуродованный, вообще живет на свете, и что по ночам он говорит иногда на каком-то незнакомом языке, а две последние ночи — она слышала — он стонал и рыдал у себя в спальне. Что же касается денег, то они у него водятся, хотя в задаток он дал ей, похоже, фальшивую монету. Она показала мне монету, Уотсон. Это была индийская рупия.

Итак, мой дорогой друг, вы теперь точно знаете, как обстоит дело и почему я просил вас поехать со мной. Очевидно, что после того, как дамы расстались с этим человеком, он пошел за ними следом, что он наблюдал за ссорой между мужем и женой через стеклянную дверь, что он ворвался в комнату и что животное, которое он носит с собой в ящике, каким-то образом очутилось на свободе. Все это не вызывает сомнений. Но самое главное — он единственный человек на свете, который может рассказать нам, что же, собственно, произошло в комнате.

— И вы собираетесь расспросить его?

— Безусловно… но в присутствии свидетеля.

— И этот свидетель я?

— Если вы будете так любезны. Если он все откровенно расскажет, то и хорошо. Если же нет, нам ничего не останется, как требовать его ареста.

— Но почему вы думаете, что он будет еще там, когда мы приедем?

— Можете быть уверены, я принял некоторые меры предосторожности. Возле его дома стоит на часах один из моих мальчишек с Бейкер-стрит. Он вцепился в него, как клещ, и будет следовать за ним, куда бы он не пошел.

Так что мы встретимся с ним завтра на Хадсон-стрит, Уотсон. Ну, а теперь... С моей стороны было бы преступлением, если бы я сейчас же не отправил вас спать.

Мы прибыли в городок, где разыгралась трагедия, ровно в полдень, и Шерлок Холмс сразу же повел меня на Хадсон-стрит. Несмотря на его умение скрывать свои чувства, было заметно, что он едва сдерживает волнение, да и сам я испытывал полуспортивный азарт, то захватывающее любопытство, которое я всегда испытывал, участвуя в расследованиях Холмса.

— Это здесь, — сказал он, свернув на короткую улицу, застроенную простыми двухэтажными кирпичными домами. — А вот и Симпсон. Послушаем, что он скажет.

— Он в доме, мистер Холмс! — крикнул, подбежав к нам, мальчишка.

— Прекрасно, Симпсон! — сказал Холмс и погладил его по голове. — Пойдемте, Уотсон. Вот этот дом.

Он послал свою визитную карточку с просьбой принять его по важному делу, и немного спустя мы уже стояли лицом к лицу с тем самым человеком, ради которого приехали сюда. Несмотря на теплую погоду, он льнул к пылавшему камину, а в маленькой комнате было жарко, как в духовке. Весь скрюченный, сгорбленный, человек этот сидел на стуле в невообразимой позе, не оставляющей сомнения, что перед нами калека. Но его лицо, обращенное к нам, хотя и было изможденным и загорелым до черноты, носило следы красоты замечательной. Он подозрительно посмотрел на нас желтоватыми, говорящими о больной печени, глазами и, молча, не вставая, показал рукой на два стула.

— Я полагаю, что имею дело с Генри Вудом, недавно прибывшим из Индии? — вежливо осведомился Холмс. — Я пришел по небольшому делу, связанному со смертью полковника Барклея.

— А какое я имею к этому отношение?

— Вот это я и должен установить. Я полагаю, вы знаете, что если истина не откроется, то миссис Барклей, ваш старый друг, предстанет перед судом по обвинению в убийстве?

Человек вздрогнул.

— Я не знаю, кто вы, — закричал он, — и как вам удалось узнать то, что вы знаете, но клянетесь ли вы, что сказали правду?

— Конечно. Ее хотят арестовать, как только к ней вернется разум.

— Господи! А вы сами из полиции?

— Нет.

— Тогда какое же вам дело до всего этого?

— Стараться, чтобы свершилось правосудие, — долг каждого человека.

— Я даю вам слово, что она невиновна.

— В таком случае виновны вы.

— Нет, и я невиновен.

— Тогда кто же убил полковника Барклея?

— Он пал жертвой самого провидения. Но знайте же: если бы я вышиб ему мозги, что, в сущности, я мечтал сделать, то он только получил бы по заслугам. Если бы его не поразил удар от сознания собственной вины, весьма возможно, я бы сам обагрил руки его кровью. Хотите, чтобы я рассказал вам, как все было? А почему бы и не рассказать? Мне стыдиться нечего.

Дело было так, сэр. Вы видите, спина у меня сейчас горбатая, как у верблюда, а ребра все срослись вкривь и вкось, но было время, когда капрал Генри Вуд считался одним из первых красавцев в сто семнадцатом пехотном полку. Мы тогда были в Индии, стояли лагерем возле городка Бзарти. Барклей, который умер на днях, был сержантом в той роте, где служил я, а первой красавицей полка… да и вообще самой чудесной девушкой на свете была Нэнси Дэвой, дочь сержанта-знаменщика. Двое любили ее, а она любила одного; вы улыбнетесь, взглянув на несчастного калеку, скрючившегося у камина, который говорит, что когда-то он был любим за красоту. Но, хотя я и покорил ее сердце, отец хотел, чтобы она вышла замуж за Берклея. Я был ветреный малый, отчаянная голова, а он имел образование и уже был намечен к производству в офицеры. Но Нэнси была верна мне, и мы уже думали пожениться, как вдруг вспыхнул бунт и страна превратилась в ад кромешный.

Нас осадили в Бхарти — наш полк, полубатарею артиллерии, роту сикхов и множество женщин и всяких гражданских. Десять тысяч бунтовщиков стремились добраться до нас с жадностью своры терьеров, окруживших клетку с крысами. Примерно на вторую неделю осады у нас кончилась вода, и было сомнительно, чтобы мы могли снестись с колонной генерала Нилла, которая отступила в глубь страны. В этом было наше единственное спасение, так как надежды пробиться со всеми женщинами и детьми не было никакой. Тогда я вызвался пробраться сквозь осаду и известить генерала Нилла о нашем бедственном положении. Мое предложение было принято; я посоветовался с сержантом Барклеем, который, как считалось, лучше всех знал местность, и он объяснил мне, как лучше пробраться через линии бунтовщиков. В тот же вечер, в десять часов, я отправился в путь. Мне предстояло спасти тысячи жизней, но в тот вечер я думал только об одной.

Мой путь лежал по руслу пересохшей реки, которое, как мы надеялись, скроет меня от часовых противника, но только я ползком одолел первый поворот, как наткнулся на шестерых бунтовщиков, которые, притаившись в темноте, поджидали меня. В то же мгновение удар по голове оглушил меня. Очнулся я у врагов, связанный по рукам и ногам. И тут я получил смертельный удар в самое сердце: прислушавшись к разговору врагов, я понял, что мой товарищ, тот самый, что помог мне выбрать путь через вражеские позиции, предал меня, известив противника через своего слугу-туземца.

Стоит ли говорить, что было дальше? Теперь вы знаете, на что был способен Джеймс Барклей. На следующий день подоспел на выручку генерал Нилл, и осада была снята, но, отступая, бунтовщики захватили меня с собой. И прошло много-много лет, прежде чем я снова увидел белые лица. Меня пытали, я бежал, меня поймали и снова пытали. Вы видите, что они со мной сделали. Потом бунтовщики бежали в Непал и меня потащили с собой. В конце концов я очутился в горах за Дарджилингом. Но горцы перебили бунтовщиков, и я стал пленником горцев, покуда не бежал. Путь оттуда был только один — на север. И я оказался у афганцев. Там я бродил много лет и в конце концов вернулся в Пенджаб, где жил по большей части среди туземцев и зарабатывал на хлеб, показывая фокусы, которым я к тому времени научился. Зачем было мне, жалкому калеке, возвращаться в Англию и искать старых товарищей? Даже жажда мести не могла заставить меня решиться на этот шаг. Я предпочитал, чтобы Нэнси и мои старые друзья думали, что Генри Вуд умер с прямой спиной; я не хотел предстать перед ними похожим на обезьяну. Они не сомневались, что я умер, и мне хотелось, чтобы они так и думали. Я слышал, что Барклей женился на Нэнси и что он сделал блестящую карьеру в полку, но даже это не могло вынудить меня заговорить.

Но когда приходит старость, человек начинает тосковать по родине. Долгие годы я мечтал о ярких зеленых полях и живых изгородях Англии. И я решил перед смертью повидать их еще раз. Я скопил на дорогу денег и вот поселился здесь, среди солдат, — я знаю, что им надо, знаю, чем их позабавить, и заработанного вполне хватает мне на жизнь.

— Ваш рассказ очень интересен, — сказал Шерлок Холмс. — О вашей встрече с миссис Барклей и о том, что вы узнали друг друга, я уже слышал. Как я могу судить, поговорив с миссис Барклей, вы пошли за ней следом и стали свидетелем ссоры между женой и мужем. В тот вечер миссис Барклей бросила в лицо мужу обвинение в совершенной когда-то подлости. Целая буря чувств вскипела в вашем сердце, вы не выдержали, бросились к дому и ворвались в комнату…

— Да, сэр, все именно так и было. Когда он увидел меня, лицо у него исказилось до неузнаваемости. Он покачнулся и тут же упал на спину, ударившись затылком о каминную решетку. Но он умер не от удара, смерть поразила его сразу, как только он увидел меня. Я это прочел на его лице так же просто, как читаю сейчас вон ту надпись над камином. Мое появление было для него выстрелом в сердце.

— А потом?

— Нэнси потеряла сознание, я взял у нее из руки ключ, думая отпереть дверь и позвать на помощь. Вложив ключ в скважину, я вдруг сообразил, что, пожалуй, лучше оставить все как есть и уйти, ведь дело очень легко может обернуться против меня. И уж, во всяком случае, секрет мой, если бы меня арестовали, стал бы известен всем.

В спешке я опустил ключ в карман, а ловя Тедди, который успел взобраться на портьеру, потерял палку. Сунув его в ящик, откуда он каким-то образом улизнул, я бросился вон из этого дома со всей быстротой, на какую были способны мои ноги.

— Кто этот Тедди? — спросил Холмс.

Горбун наклонился и выдвинул переднюю стенку ящика, стоявшего в углу. Тотчас из него показался красивый красновато-коричневый зверек, тонкий и гибкий, с лапками горностая, с длинным, тонким носом и парой самых прелестных глазок, какие я только видел у животных.

— Это же мангуста! — воскликнул я.

— Да, — кивнув головой, сказал горбун. — Одни называют его мангустом, а другие фараоновой мышью. Змеелов — вот как зову его я. Тедди замечательно быстро расправляется с кобрами. У меня здесь есть одна, у которой вырваны ядовитые зубы. Тедди ловит ее каждый вечер, забавляя солдат. Есть еще вопросы, сэр?

— Ну что ж, возможно, мы еще обратимся к вам, но только в том случае, если миссис Барклей придется действительно туго.

— Я всегда к вашим услугам.

— Если же нет, то вряд ли стоит ворошить прошлую жизнь покойного, как бы отвратителен ни был его поступок. У вас по крайней мере есть то удовлетворение, что он тридцать лет мучился угрызениями совести. А это, кажется, майор Мерфи идет по той стороне улицы? До свидания, Вуд. Хочу узнать, нет ли каких новостей со вчерашнего дня.

Мы догнали майора, прежде чем он успел завернуть за угол.

— А, Холмс, — сказал он. — Вы уже, вероятно, слышали, что весь переполох кончился ничем.

— Да? Но что же все-таки выяснилось?

— Медицинская экспертиза показала, что смерть наступила от апоплексии. Как видите, дело оказалось самое простое.

— Да, проще не может быть, — сказал, улыбаясь, Холмс. — Пойдем, Уотсон, домой. Не думаю, чтобы наши услуги еще были нужны в Олдершоте.

— Но вот что странно, — сказал я по дороге на станцию.

— Если мужа звали Джеймсом, а того несчастного — Генри, то при чем здесь Давид?

— Мой дорогой Уотсон, одно это имя должно было бы раскрыть мне глаза, будь я тем идеальным логиком, каким вы любите меня описывать. Это слово было брошено в упрек.

— В упрек?

— Да. Как вам известно, библейский Давид[1] то и дело сбивался с пути истинного и однажды забрел туда же, куда и сержант Джеймс Барклей. Помните то небольшое дельце с Урией и Вирсавией? Боюсь, я изрядно подзабыл библию, но, если мне не изменяет память, вы его найдете в первой или второй книге Царств.

---

[1] Согласно библейской легенде, израильско-иудейский царь Давид, чтобы взять себе в жены Вирсавию — жену военачальника Урии, послал его на верную смерть при осаде города Раввы.

ОГЛАВЛЕНИЕ

КРАСНЫМ ПО БЕЛОМУ 4

   Часть I 5

      Глава I. М-р ШЕРЛОК ХОЛМС 6

      Глава II. ИСКУССТВО ДЕЛАТЬ ВЫВОДЫ 14

      Глава III. ТАЙНА ЛОРИСТОН-ГАРДЕНС 24

      Глава IVю ЧТО РАССКАЗАЛ ДЖОН РЭНС 35

      Глава V. ПОСЕТИТЕЛЬ ПРИХОДИТ ПО ОБЪЯВЛЕНИЮ 42

      Глава VI. ТОБИАС ГРЕГСОН ДОКАЗЫВАЕТ, НА ЧТО ОН СПОСОБЕН 50

      Глава VII. ПРОБЛЕСК СВЕТА 59

   Часть II 67

      Глава I. В ВЕЛИКОЙ СОЛЯНОЙ ПУСТЫНЕ 67

      Глава II. ЦВЕТОК ЮТЫ 77

      Глава III. ДЖОН ФЕРЬЕ БЕСЕДУЕТ С ПРОВИДЦЕМ 83

      Глава IV. ПОБЕГ 87

      Глава V. АНГЕЛЫ-МСТИТЕЛИ 97

      Глава VI. ПРОДОЛЖЕНИЕ ЗАПИСОК ДОКТОРА ДЖОНА УОТСОНА 105

      Глава VII. ЗАКЛЮЧЕНИЕ 116

РАССКАЗЫ 121

   Морской договор 121

   Чертежи Брюса-Партингтона 156

   Три студента 189

   "Глория Скотт" 207

Рейгетские сквайры 226

Серебряный 247

Львиная грива 273

Подрядчик из Норвуда 294

Берилловая диадема 336

"Медные буки" 360

Убийство в Эбби-Грейндж 385

Человек с белым лицом 408

Шерлок Холмс при смерти 429

Горбун 446

Milton Keynes UK
Ingram Content Group UK Ltd.
UKHW031318271124
451618UK00007B/263